DARKLOVE.

TWO WORLDS AND IN BETWEEN

Os personagens e as situações desta obra são reais apenas no universo da ficção; não se referem a pessoas e fatos concretos, e não emitem opinião sobre eles.

Diretor Editorial
Christiano Menezes

Diretor Comercial
Chico de Assis

Gerente Comercial
Giselle Leitão

Gerente de Marketing Digital
Mike Ribera

Editores
Bruno Dorigatti
Raquel Moritz

Editores Assistentes
Lielson Zeni
Nilsen Silva

Capa e Direção de Arte
Retina78

Designers
Arthur Moraes
Flavia Castro

Finalização
Sandro Tagliamento

Revisão
Ana Kronemberger
Carla Bitelli
Cecília Floresta
Isadora Torres
Retina Conteúdo

Impressão e acabamento
Gráfica Geográfica

DADOS INTERNACIONAIS DE CATALOGAÇÃO NA PUBLICAÇÃO (CIP)
Angélica Ilacqua CRB-8/7057

Kiernan, Caitlín R.
O mundo invisível entre nós / Caitlín R. Kiernan ; tradução de Regiane Winarski. -- Rio de Janeiro : DarkSide Books, 2020.
512 p.

ISBN: 978-85-9454-028-7
Título original: Two worlds and in between

1. Ficção norte-americana 2. Contos norte-americanos 3. Ficção fantástica I. Título II. Winarski, Regiane

19-1939 CDD 813.6

Índices para catálogo sistemático:

1. Ficção norte-americana

[2020]

Rua Alcântara Machado, 36, sala 601, Centro
20081-010 — Rio de Janeiro — RJ — Brasil
www.darksidebooks.com

CAITLÍN R. KIERNAN

O MUNDO INVISÍVEL ENTRE NÓS

tradução
REGIANE
WINARSKI

DARKSIDE

HOKAMA

CRK

SUMÁRIO

CAITLÍN R. KIERNAN

Invisibilia Summary

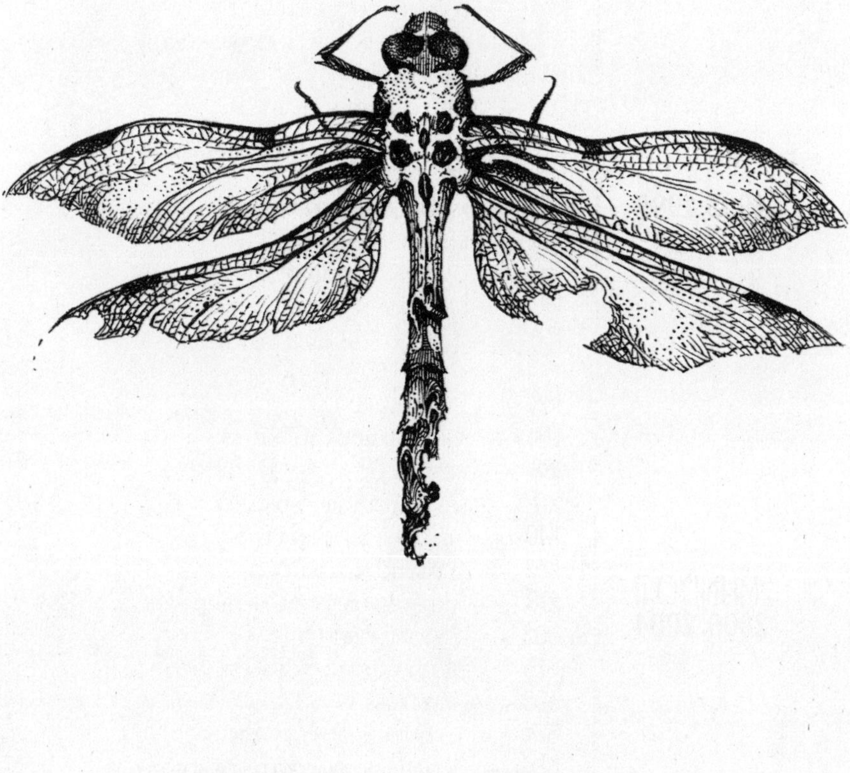

Para tia Criatura

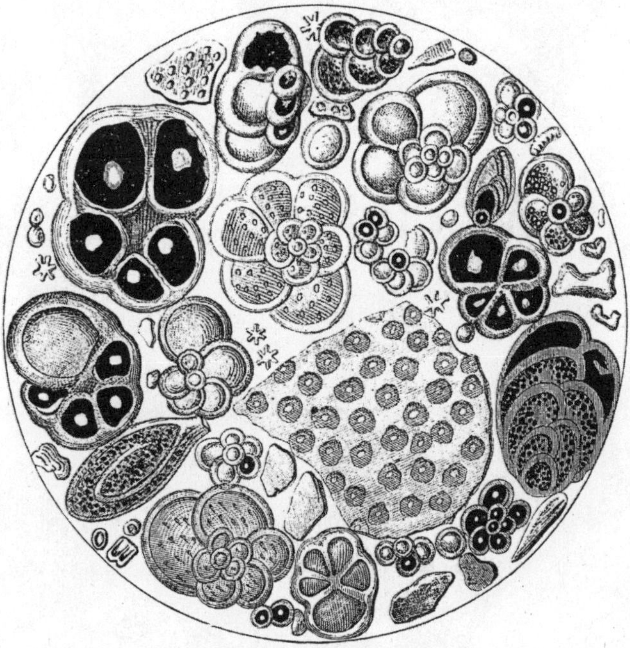

In memoriam
Elizabeth
Tilman Aldridge
(1970-1995)

"Tell on," quoth the King, who chanced to be sleepless and restless, and therefore was pleased by the prospect of hearing her story. So Shahrazad rejoiced; and thus, on the first night of a Thousand Nights and a Night, she began with the..."

Alf Laylah Wa Laylahí,
traduzido para o inglês por
Sir Richard Francis Burton (1884)

Um longo trem sustentado por página em página.
Um reinado difícil sustentado por ira.
Antes uma ferrovia,
Agora, acabou...
Sisters of Mercy

"Lucretia, My Reflection" (1987)

CAITLÍN R. KIERNAN

INTRODUÇÃO

Esta é a segunda introdução que escrevo para esta coletânea. Escrevi a primeira em outubro e, em fevereiro, joguei fora. Passei tempo demais tagarelando sobre *o que há* neste livro, mas quase não falei sobre o que este livro *significa* para mim, que é, no que me diz respeito, o que ele *significa*. E este livro significa retratos, porque é a isso que se resumem todas as histórias que escrevo; cada uma é um retrato de quem eu era durante o número de dias e semanas em que a história foi escrita. Uma reflexão ficcional fossilizada, presa em papel e tinta em vez de em pedra. Eternizada, para o bem ou para o mal. Isto é quem eu era, e isto, e isto, e aquilo, e na maior parte das vezes eu olho para trás e faço uma careta. Raramente sou gentil com quem eu era. Em outras ocasiões, olhar para trás é agridoce. Às vezes, fico até agradecida ao eu da época que deixou uma fotografia para o eu de agora. Talvez eu devesse deixar para lá e me juntar àqueles que fingem que o passado é passado, mas é uma mentira que nunca aprendi a contar. Eliot escreveu:

Time present and time past
Are both perhaps present in time future,
And time future contained in time past.
If all time is eternally present
All time is unredeemable.

"Burnt Norton" (1935-1936)[1]

E, em *Longa jornada noite adentro*, Mary diz: "O passado é o presente, não é? É o futuro também. Todos tentamos ficar fora disso, mas a vida não nos deixa".

Isso eu entendo.

Nem sempre fui contadora de histórias. Era outra coisa e outra pessoa antes, e houve uma série de anos tão equivalentes ao apocalipse quanto os sete selos abertos ou as trombetas soando, um tumulto de guerra e fome particulares, terremotos, gafanhotos e rios envenenados. Tornar-me uma contadora de histórias foi uma reinvenção necessária de mim mesma, das cinzas de quem eu era e de quem eu podia ter sido. Depois de tudo, foi o que sobrou para mim e, de alguma forma, por algum motivo, eu decidi que era melhor do que me deitar

1 "O tempo passado e o tempo presente/ Estão ambos, talvez, presentes no tempo futuro,/ E o tempo futuro, contido no tempo passado./ Se todo tempo é eternamente presente,/ Todo tempo é irrecuperável." (Tradução nossa.) [Nota da Tradutora, daqui em diante NT]

e morrer. Uma era terminou e a seguinte começou, e na nova era eu me tornei contadora de histórias. Elaborei enredos, personagens e adjetivos contra a desgraça e segui em frente. E, agora, viajei para o futuro. Somos todos viajantes do tempo até o dia em que morremos. Dessa condição, avalio as histórias que contei e faço caretas, sorrio e penso em todos os outros caminhos pelos quais poderia ter seguido se não tivesse conseguido contar minhas histórias. Ou se eu as tivesse escrito, mas ninguém tivesse prestado atenção. Eu não estaria aqui agora. Seria algum outro eu – algum outro eu – em algum outro momento e lugar – isso se eu estivesse em algum lugar.

Retrospectiva é coisa complicada, o que parece óbvio pra caralho. É escolher entre as polaroides desbotadas e páginas de amostra e negativos, deixando que me perfurem novamente, remexendo em feridas que eu achava que eram cicatrizes. É querer ser gentil com elas, mas desprezando, rosnando e lamentando não poder ter sido quem eu sou agora quando estava ocupada sendo quem eu era na época para poder chegar no agora. É muito fácil supor que o póstumo é misericordioso, e eu teria mais sorte se essa tarefa tivesse caído nas mãos de outra pessoa, muitos anos a partir do agora que ainda não é o agora futuro.

Você vai virar as páginas e ler histórias de locais distantes, de mundos secretos e paralelos vislumbrados a preços perigosamente altos, atos de paixão em meio à decadência industrial, os alienígenas que somos, fantasias de pretensos infernos, céus e purgatórios, pesadelos virados do avesso só para depois serem colocados no lado certo outra vez. Você vai ver anjos aprisionados atrás de barras de aço, fadas em calçadas de cidades e em quartinhos imundos, crianças perdidas, adultos que jamais serão encontrados, canibais, ghouls, pragas de romances baratos e vampiros de lojas de quinquilharia, futuros tão incríveis quanto consegui prever.

Porém, quando viro as páginas, não é isso o que eu vejo.

Eu vejo a procissão de mim.

No começo, há longas noites em bares sórdidos do sul que talvez já tenham sido boliches ou postos de gasolina antes de caírem nas mãos dos batalhões cheios de segredos dos excêntricos e dos viciados. Birmingham. Comprimidos e tragos, meu rosto tão impossivelmente jovem olhando por espelhos de camarim, presumindo que a vida vai ser curta e feia, e que por isso é melhor viver intensamente, viver rápido, foder loucamente, ficar bêbada, constantemente autodestrutiva e gentil com os amantes para quem as receitas médicas e as profecias se provassem fatais antes que o total da adolescência e da juventude tivesse passado. Vodca e Vicodin. Há uma noite na companhia de um homem bonito que injetou heroína em mim e me abraçou enquanto eu vomitava. Há o dia em que quebrei a moldura de uma cama com um martelo. Aqui, eu me enlaço com força a você, nenhum de nós sabendo que você tiraria sua vida apenas cinco anos depois. A salvação de pistas de dança fumacentas e música tão alta a ponto de quase fazer meu coração parar.

A procissão, o desfile.

Eu troco uma cidade por outra, Birmingham por Atenas, uma transição bem aqui, em preto e branco. Eu poderia ter afundado, quase afundei, abraçando o que vi como minha melhor hora de merda; ninguém está mais surpresa do que eu de saber que sinto raiva demais para me afogar. Lembranças azedas e morte prematura me deixaram em chamas. Claro, eu não sobrevivi inteira, mas sobrevivi. Escapei quando tantos outros não escaparam. E, nessa minha próxima nova era, se não estou digitando, estou em cafés, estúdios de tatuagem, bares que servem drinques em copos de vidro, e não de plástico. Pego um microfone, rabisco uma letra e canto em palcos. Choco-me até sangrar contra uma muralha de novos amantes com quem nada tenho em comum além de desespero e ódio, e isso nunca termina bem. Os meses todos fedem a baunilha, cerveja Pabst Blue Ribbon, flores de magnólia, fitas cassete, café quente, suor, cigarro, sexo, feijão enlatado, maconha, quadrinhos, estacionamentos quentes à meia-noite, integrantes de banda que não se dão ao trabalho de tomar banho, dentes podres, a salinha onde escrevo. Eu pinto os olhos de preto e o rosto de branco, depois de trocar o papel de concubina da Morte pelo papel de boba da corte da Morte. Eu digito, grito e acordo em locais nada familiares. Amigos perfuram meu coração com agulhas esterilizadas e autoclavadas, e eu uso uma máscara de rosto inteiro de um foda-se de aço inoxidável.

Eu digito. O que mais faço é digitar.

Mas esta era tem data de validade, como todas as outras antes e todas as que ainda estão por vir, então sou arrancada com olhos apertados das sombras grudentas manchadas de lágrimas e cerveja de outros digitadores, heróis de livros que não ousei imaginar que pudessem me dedicar um tempo. E para um homem, para uma mulher, eles me mandam continuar digitando, e talvez esse eu contadora de histórias reformulado vá a lugares. Ela vai. Eu ando pelas ruas de Londres, de Los Angeles, de Dublin, de Manhattan, de New Orleans, de San Francisco, de Seattle, sempre voltando para casa. Vejo meu nome na capa de um livro pela primeira vez e só tenho um pouco de vergonha por ter vontade de esfregá-lo na cara de todo mundo que me disse até onde eu nunca iria, que eu era nada além da soma total dos fracassos deles e dos meus defeitos. Por um tempo, essas pequenas vitórias até se mostram um antídoto meio decente para a aversão própria, para o vício e para a insanidade, real e metafórica. Mesmo assim, não posso fingir que não teria significado infinitamente mais se meus mortos fossem meus vivos e estivessem aqui comigo. E continuo digitando.

Isso não é tudo, claro. Há ainda uma década que não vou detalhar aqui. Eu só queria dizer que isso é o que eu vejo sempre que olho para o sumário desta coleção. A procissão, o desfile. Porque o passado é o presente, não é? E eu o mantenho bem guardado em caixas com formato de histórias.

Trecho da minha primeira introdução (porque nunca jogo algo fora *de* verdade; eu guardo todas as entradas de todos os filmes que vi desde 1994, sem brincadeira):

Eu tive um professor de escrita criativa – um oximoro, se já existiu algum – que me repreendia repetidamente por escrever ficção "oblíqua". Também me repreendia por ser lírica e por escrever prosa floreada. Por ter uma voz, que eu permitia que colorisse e às vezes obscurecesse a limpidez da minha prosa. Ele parecia apreciar a clareza acima de tudo, como se a ficção não passasse de um sermão, uma monografia de grilhões ou uma lista de compras. Gostava de citar George Orwell, que certa vez escreveu: "... mas também é verdade que não dá para escrever algo legível a não ser que se lute constantemente para apagar a própria personalidade. A boa prosa é como uma vidraça"[2]. Eu gosto muito de Orwell e estou bem ciente de que essa passagem é sagrada para professores de escrita em toda parte e para aqueles que pregam a doutrina de que, acima de tudo, a ficção precisa ser simples, direta e acessível. Mas tenho problemas com isso, por acreditar que um autor nunca deve "apagar a própria personalidade" de sua prosa. De fato, fazer isso é totalmente antiético para a boa prosa. Nossas ficções, se forem sinceras e autênticas, precisam ser indistinguíveis de nossas personalidades. Devem ser um destilado de nossas essências, o mundo visto por nossos olhos. Se eu acreditasse na alma, diria que a boa prosa não deve ser menos do que a mais pura expressão da nossa alma. Portanto, vou ser arrogante a ponto de alterar a declaração famosa e exaustivamente citada de Orwell. Sim, a boa prosa é uma janela. Nessa parte, ele acertou, pois nos permite olhar o mundo e dentro de outras mentes. Mas a boa prosa é uma *janela de vitral*, e o pigmento no vidro se torna a voz do autor.

Portanto, eis aqui minhas janelas, coloridas junto comigo. É impossível dizer se são verdadeiramente as melhores janelas que já criei, mas eu adorei criar cada uma delas. Dê uma olhada.

Caitlín R. Kiernan
4 de fevereiro de 2011
Providence, Rhode Island

2 "Why I write", George Orwell, junho de 1946, publicado originalmente na última edição de *Gangrel* (verão de 1946). [Nota da Autora, daqui em diante NA]

EHRHARDT 453: A *flat top, curved*
B *equal bowls, curved link;* b *rounded*
no foot; g *lower bowl tilted. Note i*

WALBAUM 374: *thin link in* K; *d*
curve leg R; *no foot serif* b; *lower a*
extended; no lower serifs p q; kerned

BELL 341: *horizontal serifs bracket*
sharp point. Alternative sorts exis
bowed-leg k; *lining* J *in some sizes*

ROMULUS 458: *flat curves* h m n
etc.; *fine-bracketed serifs; squaris*

CASLON 128: *cupped apex* A; T *a*
serifs, wide; well-curved head a; *small*
swash J; scythe-tail Q; kerned f g j

GARAMOND 156: *Deep-cupped he*
first stem of m, n, r; *left arm serif* T
shallow loop of e; *c very narrow.*

Este livro foi diagramado em Garamond, uma fonte batizada em homenagem ao tipógrafo Claude Garamond (c. 1480-1561). Garamond foi escolhida aqui pela capacidade de transmitir uma sensação de fluidez e consistência. Foi escolhida pela autora porque essa fonte está entre as mais legíveis e agradáveis de ler das fontes impressas com serifa de estilo antigo. Em termos de uso de tinta, Garamond também é considerada uma das fontes mais ecológicas.

IMPRINT 101: *sheared apex A;*
link in K, k. *A darker, larger "app*
ing," more regular version of Ca

PLANTIN 110: P *unclosed b*

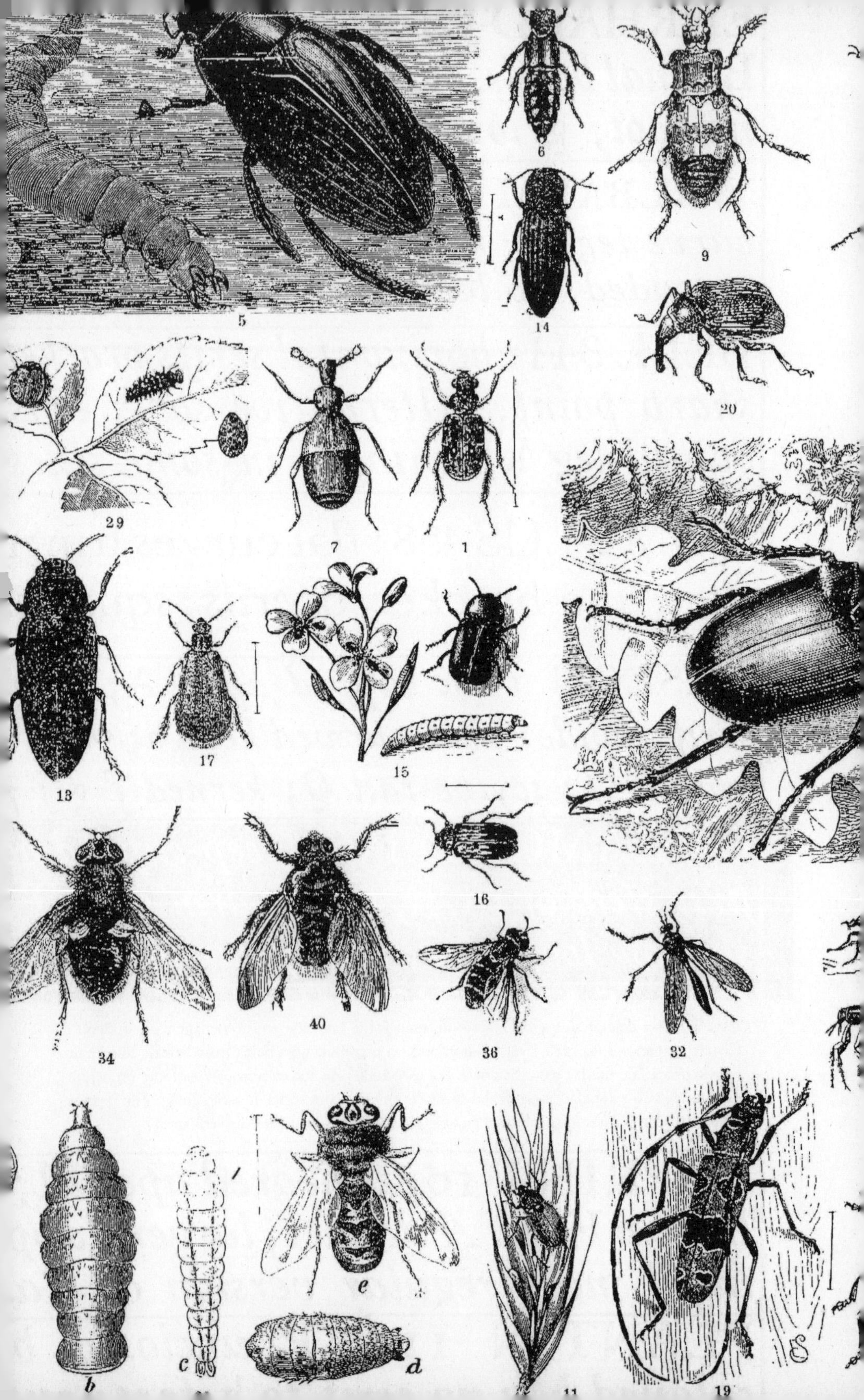
5
6
14
9
20
29
7
1
13
17
15
16
34
40
36
32
b
c
e
d
11
19

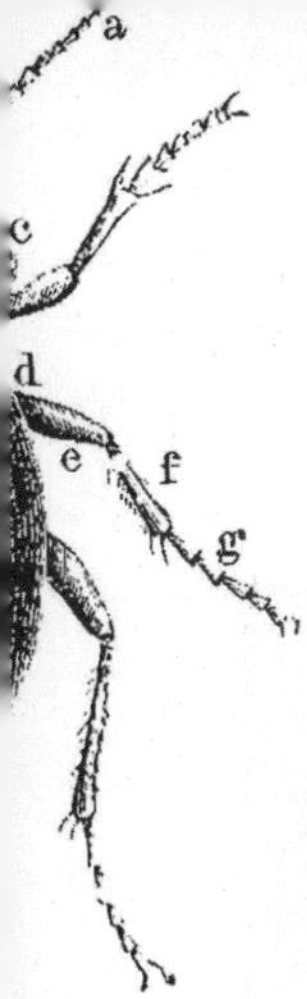

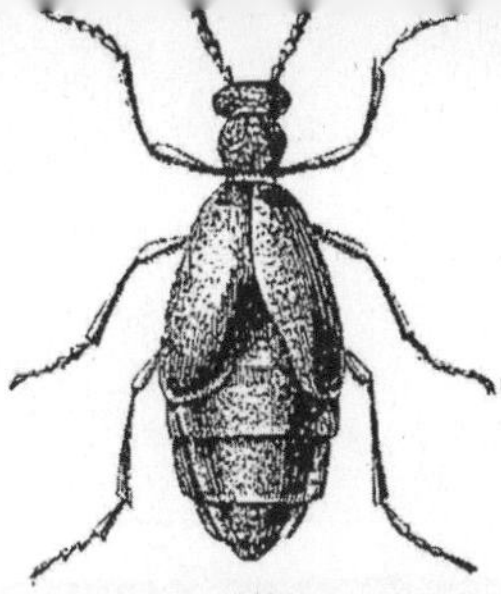
27

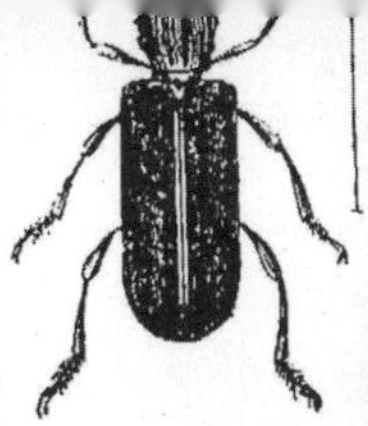
25

18

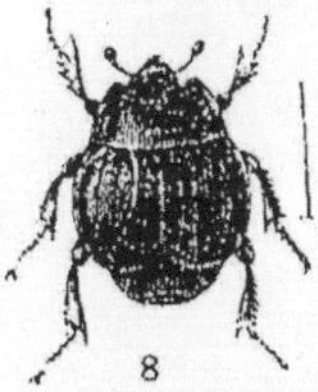
8

4

24

10

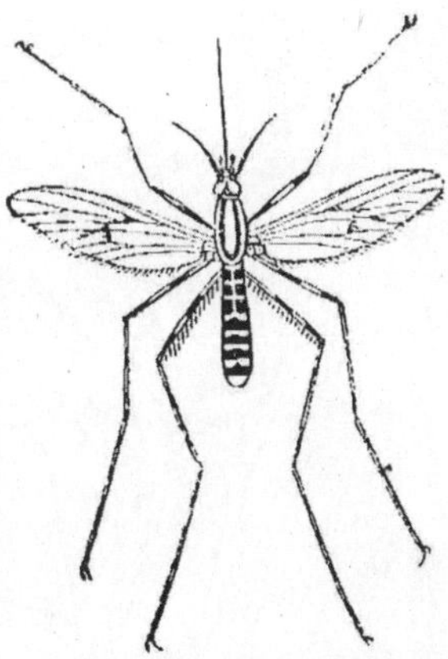
30

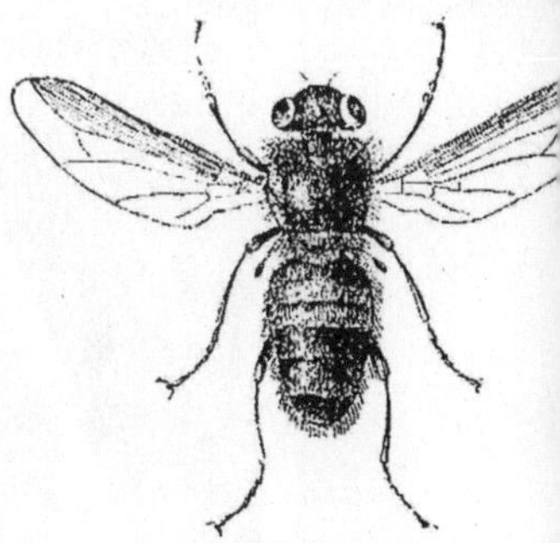
37

21

33

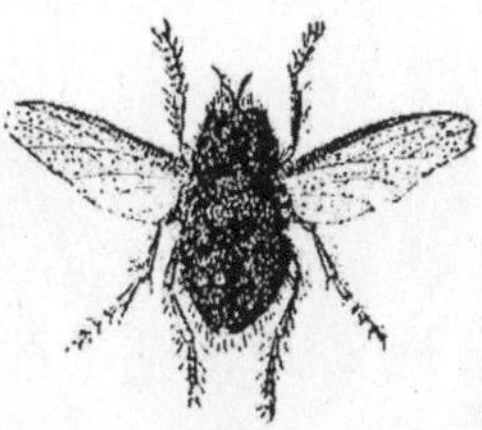
35

22

3

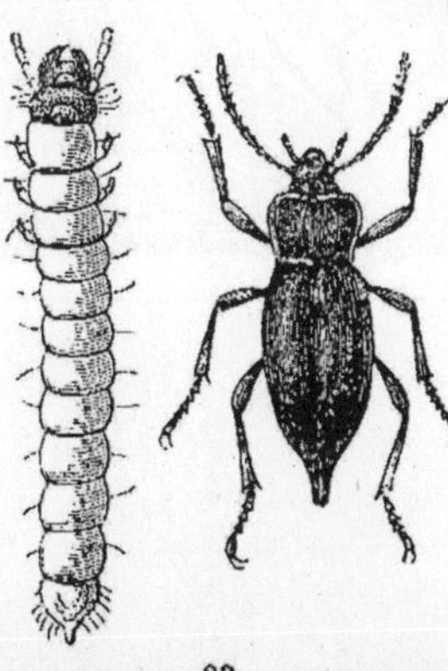
23

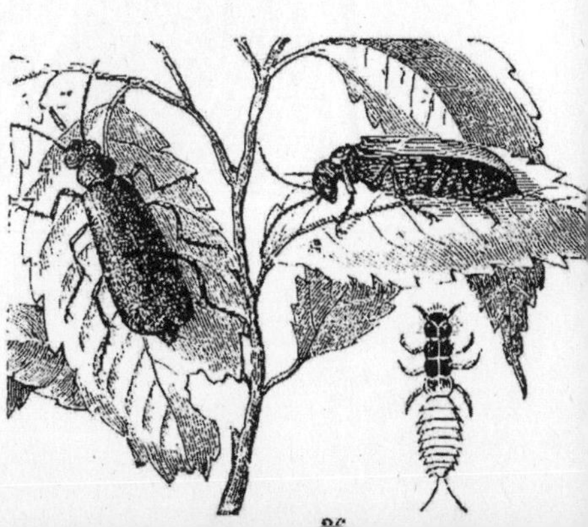

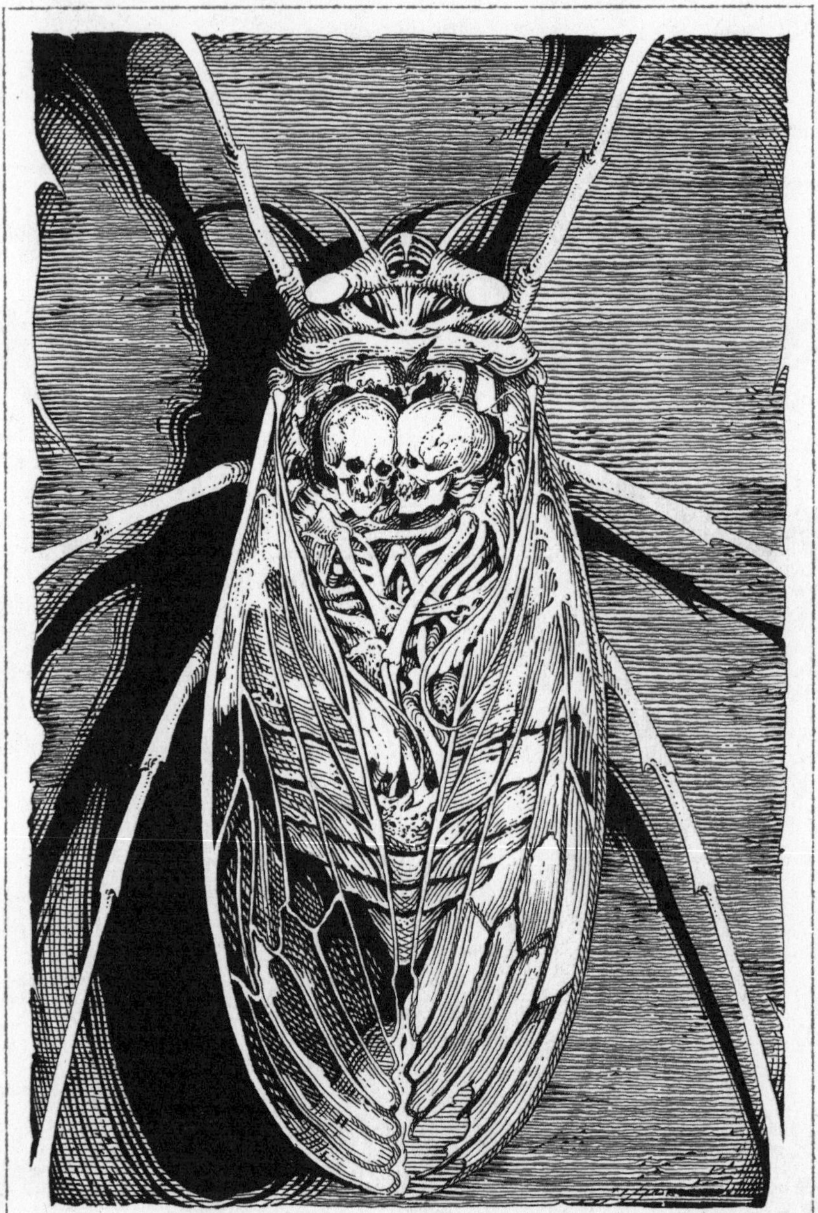

1993

MUNDO I

1999

INSECTUM.

HIST.I

O VAZIO ELOQUENTE

01.

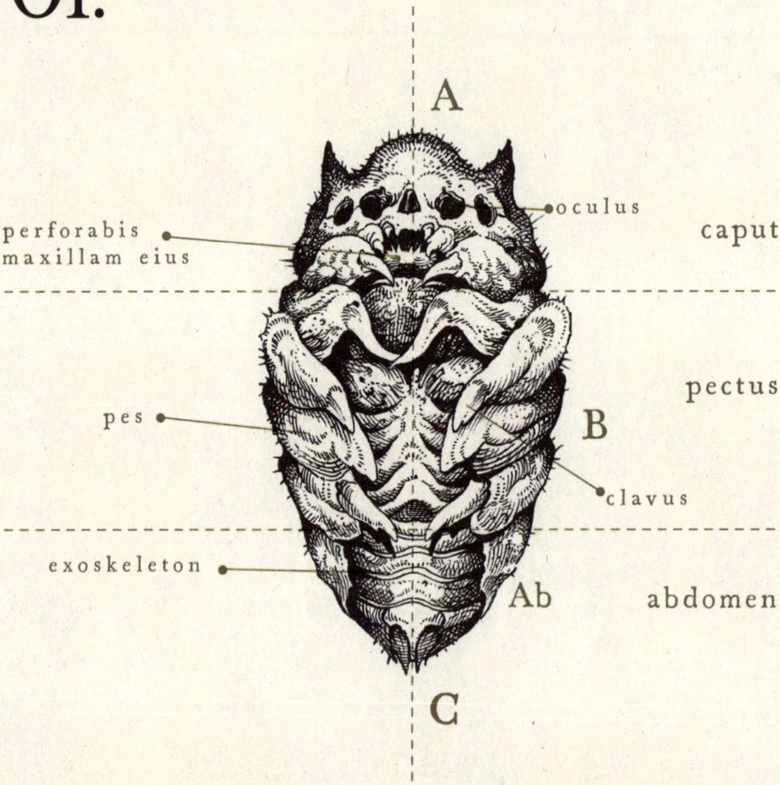

Chiroptera Fatvinvm

FEMINAM —— *VIGINTI DUO*

P.24

Aos vinte e nove anos, minha ambição costumava vencer minhas habilidades, e eu costumava morder um pedaço maior do que meu talento era capaz de mastigar. Mas, sem jamais ter acreditado nos parágrafos finais do romance de Stoker, vendo uma insinceridade inerente com intenção de subverter tudo de bom sobre Drácula, eu tinha de tentar encontrar a verdade do que se passou com Mina.

KIERNAN OFFICINARUM INVESTIGATIONIS

CAITLÍN R. KIERNAN

Lucy está na janela novamente, com as unhas afiadas batucando no vidro, arranhando lá fora, na chuva, como um animal implorando para entrar. Pobre Lucy, sozinha na tempestade. Mina estica a mão para chamar a enfermeira, para na metade do caminho e se obriga a acreditar que está ouvindo apenas os galhos do resedá balançando ao vento, galhos nus de inverno arranhando como unhas o vidro molhado de chuva. Ela força a mão para baixo do cobertor quente. E sabe muito bem que essa simples ação diz muito. Recuar, afastar-se dos riscos frios; janelas mantidas fechadas contra a noite, o calafrio e o trovão.

Naquela época, havia tantas janelas.

Na televisão colorida presa no alto da parede, tanques e soldados na floresta asiática e aquele filho da mãe do Nixon, sem som.

Há um brilho branco elétrico, e quase na mesma hora um trovão que sacode o céu e gera um tremor no concreto, no esqueleto de aço do hospital, nas janelas e na velha Mina, em seu cobertor seguro e quente.

A *velha* Mina.

Ela fica de olhos abertos, evitando o sono e as lembranças de outras tempestades.

E Lucy na janela.

Mais uma vez, ela pensa em chamar a enfermeira, aquele anjo pálido, para trazer comprimidos que lhe concedam misericórdia, escuridão e o nada, o espaço sem sonho entre despertares sofridos. Ah, se o querido dr. Jack, com sua piedosa morfina, seu cloral e seus láudanos, pudesse ver as maravilhas que os homens criaram para conduzir ao entorpecimento, à calma da mente, do corpo e da alma. E ela *está* esticando a mão, na direção do botão e da mão de Jonathan, que ele devia chamar Seward, qualquer coisa contra os sonhos e o barulho na janela.

Desta vez, ela não vai olhar, os olhos grudados no noticiário noturno, e a campainha não faz som no quarto dela. Desta vez, ela vai esperar os passos suaves de borracha, que a porta se abra e Andrea ou Neufield ou quem estiver de plantão traga a inconsciência em um copinho de papel.

Mas, depois de um minuto, um minuto e meio sem resposta, Mina vira a cabeça, que cede em graus lentos de tartaruga, e olha a chuva molhando o vidro escuro, a sombra inquieta do resedá.

Junho de 1904

Os sobreviventes da Sociedade da Luz pararam nos destroços na base do castelo em Arges e olharam para além de ferro e trepadeiras, para os caixilhos vazios e sem alma. Parecia pouco mudado, emoldurado agora pela espuma verde do verão dos Cárpatos em lugar de neve, gelo e pedra cinza.

A viagem foi ideia de Jonathan, virou uma obsessão, apesar dos protestos de Mina e de Arthur, e, no final, até mesmo de Van Helsing, ao perceber o quanto essa viagem custaria a ela. Jack Seward, cujo humor foi ficando cada vez mais sombrio desde que o navio a vapor atracou em Varna, se recusou a entrar no terreno do castelo e ficou sozinho do lado de fora do portão. Mina segurou a mão do pequeno Quincey, talvez com força demais, e ficou olhando em silêncio para as muralhas engolidas pelo musgo.

Havia uma tempestade surgindo a leste, acima das montanhas. Um trovão ribombou como um canhão distante, e o ar quente tinha cheiro de chuva, ozônio e das pesadas flores roxas penduradas nas trepadeiras. Mina fechou os olhos e escutou, ou *tentou* escutar, da forma como escutara naquele dia de novembro anos antes. Quincey se agitou, com seus inquietos seis anos, ao lado dela. Ouviu o gorgolejar e o barulho do rio caudaloso, correndo abaixo deles sem ser visto, e os gritos turbulentos dos pássaros que ela não reconhecia. Porém, mais nada.

E Van Helsing discutindo com Jonathan.

"... e agora, Jonathan, agora você está satisfeito?"

"Cale a boca. Só cale a porcaria da boca."

O que você está querendo ouvir, Mina?

Lorde Godalming acendeu o cachimbo, fumo turco, especiarias exóticas e fumaça, enxofre do fósforo. Ele entrou na discussão, qualquer coisa sobre a tempestade que se aproximava, sobre dar meia-volta.

O que você espera ouvir?

O trovão lhe respondeu, bem mais perto desta vez, e um sopro repentino e frio antes da tempestade.

Ele não está aqui, Mina. Ele não está aqui.

Nas montanhas, vagando por passagens estreitas e árvores, um animal selvagem gritou, só uma vez, de dor, medo ou talvez raiva. E Mina abriu os olhos, piscou, esperando que o grito soasse de novo, mas outro trovão estalou como madeira verde, e as primeiras gotas de chuva, grossas e frias, começaram a cair. O professor segurou o braço dela, puxando-a para longe, murmurando baixinho em holandês, e eles deixaram Jonathan lá, olhando com a expressão vazia para as ruínas do castelo. Lorde Godalming esperou, impotente, ao lado dele.

E, na chuva, as lágrimas dela se perderam, e ninguém as viu.

Novembro de 1919

Fugindo do alvoroço da vitória, Mina voltou para Whitby menos de duas semanas depois do armistício. Boas-vindas cansadas para os vivos e feridos, e caixões cobertos de bandeiras. Ela deixou Quincey para resolver as questões do pai dele.

De trem, depois de caminhão da estação, as malas carregadas até um quarto que ela ainda não tinha visto; ela não dormiria na antiga residência dos Westenra, no Crescent, apesar de estar incluída na porção da propriedade Godalming deixada para ela depois da morte de Arthur Holmwood. Ela tomou chá na salinha de jantar da hospedaria, sentada em frente às janelas salientes. De lá, conseguia ver o vale, para além de telhados vermelhos e da cal até os pilares do porto e o mar. A água cintilava, sombria, sob o céu baixo. Ela tremeu e apertou o casaco, tomou um gole de Earl Grey com limão na xícara rachada, esta tão escura quanto o céu pesado. E, se olhasse para o outro lado, na direção de East Cliff, poderia ver as ruínas da abadia, a igreja da paróquia e o velho cemitério.

Mina encheu a xícara com o bule de outro conjunto que estava na mesa, mexeu a água turva e viu os grumos do limão girarem no pequeno redemoinho que criou.

Ela iria ao cemitério mais tarde, talvez amanhã.

E mais uma vez o fato, a franqueza fria da situação em que se encontrava, tomou conta dela; tinha começado a se sentir um pedaço de cascalho polido nas águas de um riacho até ficar liso. O fato de eles estarem todos mortos agora, a Sociedade, e de ela não ter ido a nem sequer um dos enterros. Arthur primeiro, quase quatro anos atrás, depois Jack Seward, morto na baía de Suvla. A notícia sobre Jonathan só chegou a ela dois dias depois que a cacofonia embriagada da vitória explodiu em Trafalgar Square e finalmente pareceu engolir Londres por inteiro. Ele morreu em um vilarejo sem nome perto da fronteira belga, um pouco a leste de Valenciennes, em uma emboscada alemã sem sentido horas antes do cessar-fogo.

Ela colocou a colher de lado e viu a mancha, cada vez maior, que fazia no guardanapo. O céu estava feio, escuro.

Um homem chamado MacDonnell, um escocês de barba grisalha, foi até a casa dela com os pertences de Jonathan: o cachimbo, o daguerreótipo dela com moldura de metal, uma carta inacabada. O crucifixo de prata que ele usou como uma cicatriz nos últimos vinte anos. O homem tentou confortá-la, oferecendo garantias apáticas de que o marido foi um cabo tão bom quanto todos os outros do front. De vez em quando, ela pensava que devia ter se mostrado mais agradecida a ele pelo trabalho que teve.

Estava com a carta inacabada, que havia trazido com ela de Londres, e talvez lesse novamente mais tarde, embora já a soubesse quase de cor agora. Rabiscos que mal conseguia reconhecer como sendo dele, palavras loucas e desconexas sobre algo animalesco que seguia o batalhão pelos campos e trincheiras lamacentas.

Mina tomou o chá, quase sem reparar que tinha esfriado, e observou as nuvens lá fora conforme se aproximavam do mar e seguiam pelo pontal pedregoso.

Uma névoa densa matinal, fantasmas indistintos de navios e homens separados no recife, e Mina Harker seguiu a curva da escada que subia para a cidade, passando pela abadia em ruínas e indo até o cemitério da velha igreja de East Cliff. Parecia que mais lápides tinham caído, e ela se lembrou de velhos marinheiros, pescadores e baleeiros que estiveram lá antes, o sr. Swales e os outros, e se perguntou se alguém ainda ia lá. Encontrou um banco e se sentou, olhando para onde Whitby ficava escondida. Os olhos amarelos dos faróis piscaram ao longe, ladeando a cidade invisível abaixo.

Ela abriu a carta de Jonathan, e a brisa gelada tocou as beiradas do papel.

As buzinas de nevoeiro tocaram, aquele berro profundo, perplexo e solitário.

Antes de sair de Londres, ela pegou todos os papéis, as páginas datilografadas e os velhos cadernos, o testamento impossível da Sociedade, no cofre de parede onde Jonathan guardava tudo. Agora, estavam cuidadosamente arrumados na bolsa de lona com brocado apoiada nas pedras cheias de areia aos seus pés.

"*... e queime, Mina, queime todo vestígio do que nós vimos*", rabiscado naquela caligrafia que era de Jonathan mas também de um completo desconhecido.

E, assim, ela havia se sentado em frente à lareira com os registros no colo, vendo as chamas, sentindo o calor no rosto. Pegou uma carta para Lucy da pilha, segurou o envelope por um momento, provocando o fogo como uma criança poderia provocar um gato com sobras de comida da mesa.

"Não", sussurrou ela, fechando os olhos para o faminto brilho laranja e colocando a carta de volta com o restante. *Tudo o que me restou, e não sou tão forte.*

No mar, ela pensou ouvir sinos, e, perto do Tate Hill Pier, um cachorro latindo. Mas a névoa pregava peças com os sons, e ela não conseguia ter certeza de ter ouvido algo além das ondas e de sua própria respiração. Mina pegou a bolsa e colocou ao seu lado no banco.

Naquela manhã, bem cedo, ela parou em frente ao espelho no quarto da hospedaria, olhando para os olhos suaves de uma jovem, e não de alguém que tinha vivido quase quarenta e dois anos e os horrores do seu vigésimo. Como tantas vezes fez em frente aos seus espelhos, ela procurou a idade que devia ter começado a marcar e destruir seu rosto e só encontrou um suave pé de galinha.

"*... todos os vestígios, Mina, se quisermos um dia ficar verdadeiramente livres dessa terrível maldição.*"

Ela abriu a bolsa e colocou a carta de Jonathan dentro, espremida entre as páginas do antigo diário dele, depois fechou a fivela novamente. *Agora*, ela pensou, tomada repentinamente pela velha fúria, negra e ácida. *Eu talvez jogue no mar, perca essas lembranças aqui, onde tudo começou.*

Mas ela abraçou a bolsa com força e observou os faróis conforme o dia começava a queimar a névoa até que desaparecesse.

Antes do anoitecer, as nuvens altas se aglomeraram para lá de Kettleness, enchendo o céu oriental com cúmulos-nimbos cujas barrigas já iam soltando jorros de chuva no mar branco e espumoso. Antes da meia-noite, a tempestade parou acima de Whitby Harbor e caiu. Em seu quarto estreito acima da cozinha, envolta de madeira, gesso e papel de parede de guingão apagado, assombrada por cem mil repolhos cozidos, Mina sonhou.

Ela estava sentada em frente à pequena janela, toda aberta, vendo a tempestade percorrer as ruas, sentindo o borrifo salgado e gelado e a chuva no rosto. O relógio dourado de bolso de Jonathan estava aberto na escrivaninha, tiquetaqueando alto junto aos estrondos lá fora. MacDonnell não trouxe o relógio de volta da Bélgica, e ela não perguntou sobre ele.

Mesmo assim, ali estava ele, tiquetaqueando. Dedos rápidos e duros de relâmpago se abriram acima dos telhados e banharam o mundo num instante de luz do dia.

Na cama atrás dela, Lucy disse alguma coisa sobre Churchill e o vento frio, e ela deu risada. Diamantes do candelabro tilintando e risadinhas de hospício entre veludo, gaze e barras de ferro cobertas de ferrugem.

Ainda rindo, ela diz: "Vadia... apóstata, Wilhelmina covarde".

Mina olhou para baixo e observou os ponteiros – hora, minuto, segundo – correndo pelo mostrador. A corrente estava retorcida e coberta por uma coisa desagradavelmente escura.

"Lucy, por favor..." E sua voz veio de muito longe, parecia uma criança pedindo para ficar acordada depois da hora de dormir.

Um grunhido e um gemido das molas da cama, barulho dos lençóis e um som ainda mais úmido que a chuva. Os passos de Lucy Westenra seguiram pelo chão nu, com os saltos estalando, diminuindo a distância.

Mina olhou para fora de novo, e a Drawbridge Road estava absurdamente lotada de ovelhas balindo, com sua lã encharcada pela chuva. O pastor desengonçado era um espantalho soprado dos campos de trigo a oeste de Whitby. Dedos finos surgiram de dentro das mangas de aniagem enquanto ele conduzia o rebanho na direção do porto.

Lucy estava bem perto agora. Mais forte do que a chuva e o fedor de repolho velho, raiva que tinha cheiro de sangue, e cabeças de alho, e poeira. Mina ficou olhando as ovelhas e a tempestade.

"*Vire-se*, Mina. Olhe para mim e me diga que amou Jonathan."

Vire-se Mina e diga

"Por favor, Lucy, não me deixe aqui."

e me diga que amou

As ovelhas estavam virando, os pescoços curtos inclinados para cima, todas tinham olhinhos vermelhos de rato, e o espantalho gritou.

As mãos de Lucy eram seda fria nos ombros febris de Mina.

"Não vá, ainda não..."

Os dedos de Lucy, pernas de aranha sem pelos, tinham subido pelas bochechas dela e segurado o maxilar. Uma coisa seca e áspera, um estalo de papel nos dentes, foi enfiada entre os lábios dela.

Na rua, as ovelhas estavam se desfazendo na tempestade, reduzidas a lã amarelada e carne de carneiro cheia de gordura; um rio carmesim escorrendo por entre as pedras. Crânios sorridentes e costelas brancas polidas, e o espantalho tinha se virado e se quebrado no vendaval.

Os dedos de Lucy empurraram o primeiro dente de alho pela língua de Mina, depois enfiaram outro em sua boca.

E ela sentiu o aço frio na garganta.

nós amávamos você, Mina, amávamos tanto quanto o sangue e a noite e até tanto quanto

Mina Harker acordou no espaço vazio entre um relâmpago e um trovão.

Até o amanhecer, quando a tempestade virou um chuvisco leve e ecos distantes, ela ficou sentada sozinha na beirada da cama, tremendo incontrolavelmente e sentindo o sabor da bile com gosto de alho.

Janeiro de 1922

Mina levou sopa até os lábios do professor, com o vapor da galinha subindo no ar frio. Abraham Van Helsing, oitenta e sete anos e bem mais morto que vivo, tentou aceitar um pouco do caldo ralo. Tomou um gole desajeitado, e a sopa escorreu da boca, descendo pelo queixo até a barba. Mina limpou os lábios dele com o guardanapo manchado que tinha no colo.

Ele fechou os olhos com cílios grisalhos, e ela colocou o prato de lado. Lá fora, a neve caía novamente, e o vento bramia ruídos lupinos pelos cantos da velha casa dele. Ela tremeu, tentou prestar atenção nos estalos calorosos da lareira, na respiração pesada do professor. Pouco depois, ele estava tossindo de novo, e ela o ajudou a se sentar, segurando o lenço dele.

"Esta noite, madame Mina, esta noite..." E ele sorriu, um sorriso fraco, e parou de falar, as palavras virando outro ataque de tosse, com o estalo úmido tuberculoso. Quando passou, ela o deitou nos travesseiros e reparou em um pouco mais de sangue no lenço puído.

Sim, pensou ela, *talvez*.

Antes, ela tentaria garantir que ele viveria para ver a primavera, as malditas tulipas e outra primavera depois dessa, mas agora só limpou as mechas suadas da testa dele e puxou a colcha comida por traças até os ombros ossudos.

Como não havia mais alguém ou algo que a estivesse prendendo na Inglaterra, ela fez a travessia até Amsterdã na semana anterior ao Natal; Quincey foi levado pela epidemia de influenza depois da guerra. Agora eram só Mina e esse velho maluco. Em pouco tempo, só restaria ela.

"Devo ler um pouco, professor?" Eles estavam quase na metade de *A flecha de ouro*, do sr. Conrad. Ela estava esticando a mão para pegar o livro na mesa de cabeceira (e viu que tinha colocado o prato de sopa em cima) quando a mão dele, seca e quente, se fechou delicadamente ao redor do pulso dela.

"Madame Mina." E ele já a estava soltando, o toque de papel afastado, e agora havia alguma coisa nos olhos dele além da catarata e do vazio da febre. A respiração assobiou para entrar e saiu ruidosa.

"Eu estou com *medo*", disse ele, a voz pouco mais de um sussurro rouco, esgueirando-se entre a trama da noite.

"O senhor devia descansar agora, professor", disse ela, rejeitando tudo o que ele pudesse dizer.

"Que fraude eu fui, madame Mina."

você sequer amou

"Foi minha mão que acabou com ela, foi pela minha *mão*."

"Por favor, professor, deixe que eu chame um padre. Eu não posso..."

O brilho que surgiu atrás dos olhos dele, uma coisa selvagem e amarga, um humor cruel, fizeram-na afastar o olhar, destruindo sua determinação frágil.

"Ah" e "Sim" e uma coisa estrangulada que poderia ter sido uma gargalhada. "Para que eu confesse minha culpa? Para limpar o sangue das minhas mãos com aquele outro sangue?"

O vento sacudiu e estalou as janelas fechadas, procurando um jeito de entrar. Por um momento, um espaço vazio tomado de tique-taques do relógio acima da lareira, do vento e de sua respiração difícil, e não houve mais nada.

E ele disse: "Por favor, madame Mina, estou com sede".

Ela esticou a mão na direção da jarra e do copo lascado.

"Me perdoe, doce Mina."

O vidro estava manchado, e ela limpou a beirada com sua saia azul.

"... se ela tivesse podido escolher..." Ele tossiu de novo, mais uma vez, um som rouco e partido. Mina limpou o copo com mais força.

Abraham Van Helsing suspirou delicadamente, e ela ficou sozinha.

Quando terminou, Mina devolveu com cuidado o copo para a mesa com a jarra de cristal, o livro não terminado e a sopa fria. Quando voltou para a cama, viu seu reflexo no espelho alto do outro lado do aposento; a mulher olhando para ela poderia passar por trinta e poucos anos. Apenas os olhos, vazios, vazios, coisas sem fundo, a traíam.

Maio de 1930

À medida que o crepúsculo se desvanecia na estreita Rue de l'Odéon, Mina Murray tomou um gole da taça de chardonnay e andou em meio às estantes abarrotadas da Shakespeare and Company. A leitura começaria logo, algumas passagens do novo romance de Colette. Os dedos de Mina percorreram distraidamente as lombadas dos trabalhos reunidos de Hemingway, Glenway Wescott e D. H. Lawrence, títulos e autores dourados, rubros ou pretos impressos em tecido. Alguém que ela achava que conhecia de um café, de uma festa ou de alguma outra leitura passou perto, sussurrou um cumprimento, e ela sorriu em resposta e voltou aos livros.

De repente, Mlle Beach estava pedindo a todos para se sentarem, algumas cadeiras de encosto reto espalhadas por entre as estantes e os cestos. Mina encontrou um lugar perto da porta e viu os outros se acomodarem, conversando baixinho, rindo de piadas sussurradas. A maioria ela conhecia de vista, alguns de nome e de conversas casuais, um ou dois só pela reputação. Messieurs Pound e Joyce, e Radclyffe Hall em seu terno inglês ajustado e com abotoaduras de safira. Havia um grupo agitado de surrealistas menores que ela reconhecia do bistrô da Rue Jacob, onde costumava fazer as refeições noturnas. E, a princípio despercebida, uma jovem alta, desacompanhada, escolhendo uma cadeira do outro lado.

As mãos de Mina tremeram, e ela derramou algumas gotas de vinho na blusa.

A mulher se sentou e ficou de costas para Mina. Embaixo do brilho amarelado das lâmpadas da livraria, o cabelo comprido da mulher ardia em ruivo-dourado. O grupo murmurante de surrealistas se sentou na fileira torta imediatamente à frente de Mina, e ela logo afastou o olhar. Suor repentino e boca seca, uma leve sensação de náusea, e ela colocou rápida e desajeitadamente a taça de vinho no chão.

Aquele nome, deixado havia tanto tempo de lado, pronunciado em uma voz que ela achava que tinha esquecido.

Lucy.

O coração de Mina, um tambor arrítmico, disparou no peito como o de uma criança assustada.

Sylvia Beach estava falando de novo, silenciando gentilmente a plateia murmurante, apresentando Colette. Houve aplausos controlados quando a autora se adiantou, e um dos surrealistas murmurou uma coisa sarcástica. Mina fechou os olhos com força, com frio e respirando rápido demais, os dedos suados tateando a beirada da cadeira.

Alguém tocou em seu braço, e ela deu um pulo, quase deu um grito, e fez um ruído alto o bastante para chamar atenção.

"Mademoiselle Murray, *êtes-vous bien*?"

Ela piscou, atordoada, reconhecendo o rosto não barbeado do garoto como o de um dos atendentes da loja, mas incapaz de lembrar o nome dele.

"*Oui, je vais bien.*" E ela tentou sorrir, afastando a vertigem que ameaçava engoli-la e a consternação. "*Merci... je suis désolé.*"

Ele assentiu, inseguro, e voltou com relutância para a posição na janela atrás dela.

À frente da plateia, Colette tinha começado a ler, libertando suavemente suas palavras. Mina olhou para onde a ruiva estava sentada, quase esperando encontrar a cadeira vazia ou então ocupada por outra pessoa. Sussurrou uma oração sem fé de que tivesse sido uma alucinação ou tivesse se enganado numa artimanha de luz e sombras. Mas a mulher ainda estava lá, embora um pouco virada na cadeira, de forma que agora Mina via o perfil, os lábios carnudos e as maçãs familiares.

O menor som, um gemido reprimido, saiu dos lábios pálidos de Mina, e ela viu uma imagem de si mesma se levantando, abrindo caminho entre os corpos e pela porta da livraria, fugindo direto pelas ruas escuras de Paris até seu pequeno apartamento em Saint-Germain.

Mas Mina apenas ficou perfeitamente imóvel, fitando, alternadamente, os lábios inquietos da leitora e as feições delicadas da ruiva sem nome que usava o rosto de Lucy Westenra.

Depois da leitura, enquanto os outros se levantavam e se misturavam, oferecendo opiniões respeitosas sobre *Sido* (e sobre Madame Colette em geral), Mina se aproximou aos poucos da porta. A multidão parecia ter dobrado durante a meia hora, e ela se espremeu, abruptamente claustrofóbica, entre ombros e fumaça de cigarro. Mas quatro ou cinco dos surrealistas da Rue Jacob estavam plantados com solidez, tipicamente agressivos, na porta da loja, murmurando alto entre si, a novelista já esquecida na conversa deles.

"*Pardon*", disse ela, falando alto o bastante para ser ouvida acima da conversa, "*puis-je...*" Mina apontou para a porta atrás dos homens.

O que estava mais próximo, esquelético e sujo, quase pálido o suficiente para passar por albino, se virou para ela. Mina se lembrava do rosto dele, do nariz torto. Já o tinha visto cuspir em uma freira em frente ao Deux Magots. Ele não deu sinal de que pretendia deixá-la passar, e ela achou que até os olhos dele pareciam sujos.

Olhos desprezíveis, ela pensou.

"Mademoiselle Murray, por favor, um momento."

Mina sustentou o olhar do homem por mais um segundo e se virou lentamente, reconhecendo Adrienne Monnier; a loja dela, a Maison des Amis des Livres, se destacava com a vitrine escura naquela noite do outro lado da rua. Era sabido de um modo geral que Mlle Monnier compartilhava de responsabilidade considerável pelo sucesso da Shakespeare and Company.

"Tenho uma pessoa aqui que gostaria muito de conhecê-la." A mulher ruiva estava ao lado dela, tomando vinho tinto. Ela sorriu, e Mina viu que ela tinha olhos castanho-esverdeados.

"Esta é Mademoiselle Carmichael, de Nova York. Ela diz que é grande admiradora do seu trabalho, Mina. Eu estava contando para ela que você publicou outra história na *Little Review*."

"*Anna* Carmichael", disse a mulher, com voz afoita e sedosa, oferecendo a mão para Mina. Distante, flutuando, Mina se viu apertando-a.

Anna Carmichael, de Nova York. Não Lucy.

"Obrigada", disse Mina, sua voz com a mesma calma mortal do mar antes de uma tempestade.

"Ah, Deus, não, *eu* é que agradeço, srta. Murray."

E Mina reparou no quanto essa mulher era mais alta do que Lucy Westenra, as mãos mais magras, e havia um pequeno sinal no canto dos lábios vermelhos.

Adrienne Monnier se foi, levada para o meio da multidão por uma mulher gorda usando um chapéu com penas de avestruz, deixando Mina sozinha com Anna Carmichael. Atrás dela, os surrealistas divididos discutiam, uma briga desgastada e um fervor cansativo.

"Leio você desde 'O anjo branco de Carfax', e ano passado, meu Deus, ano passado eu li 'Canto Babel' na *Harper's*. Nos Estados Unidos, srta. Murray, estão dizendo que você é a nova Poe, que faz Le Fanu e os vitorianos bobos parecerem..."

"Sim, bem", começou ela, sem saber o que pretendia dizer, só querendo interromper. A tontura, aguçando a irrealidade, estava voltando, e ela se encostou em uma estante para se apoiar.

"Srta. Murray?" E um gesto, como se para pegar uma pessoa que tropeçou, dedos longos em alerta. Anna Carmichael deu um passo cauteloso à frente, diminuindo o espaço entre as duas.

"Mina, por favor, me chame apenas de Mina."

"Você está..."

"Sim." Mas ela estava suando de novo. "Me perdoe, Anna. Vinho demais com o estômago vazio."

"Então, por favor, me deixe levá-la para jantar."

Com os lábios repuxados, Mina mordeu a ponta da língua com força suficiente para gerar um toque salgado de sangue, e o mundo começou a entrar em foco novamente, a escuridão melosa nas beiradas da visão diminuindo aos poucos.

"Ah, não. Eu não poderia", ela conseguiu dizer. "Realmente, não é..."

Mas a mulher já a estava segurando pelo braço, com o sorriso de lua crescente exibindo dentes como pérolas perfeitamente espaçadas, em tudo a americana vigorosa. Ela pensou em Quincey Morris e se perguntou se aquela mulher já tinha ido ao Texas.

"Mas eu insisto, Mina. Vai ser uma honra, e, em troca, bem, não vou sentir muita culpa se falar demais."

Juntas, de braços dados, elas abriram caminho pelo bloqueio de surrealistas, fazendo uso dos cotovelos, os homens preferindo ignorá-las. Exceto o albino esquelético, e Mina imaginou alguma coisa acontecendo entre ele e Anna Carmichael, silenciosa ou simplesmente indizível.

"Odeio aqueles idiotas", sussurrou Anna quando a porta se fechou atrás delas. Ela segurou a mão de Mina com força, espremendo calor na palma grudenta, e, surpreendendo a si mesma, Mina retribuiu o aperto.

Na Rue de l'Odéon iluminada a gás, uma brisa quente de primavera soprava, e o ar da noite tinha cheiro de chuva.

A refeição foi boa, mas Mina quase não sentiu o gosto do pouco que comeu. Frango frio e pão, salada com tomilho selvagem e queijo de cabra, mastigados e engolidos com indiferença. E mais do que sua cota de uma jarra grande de um Bordeaux tinto anônimo. Ela ouviu a mulher que não era Lucy falar, discursos infinitos com as ideias abundantes de Anna Carmichael sobre o macabro e os escritos de Mina.

"Eu fui a Carfax", disse ela e fez uma pausa, como se esperasse alguma reação em particular. "No verão passado. Estão fazendo algumas reformas lá agora, sabe."

"Não", respondeu Mina, tomando vinho e puxando um pedaço de carne branca com o garfo. "Não, eu não estava ciente disso."

Finalmente, a garçonete trouxe a conta, e Anna aceitou contrariada que Mina deixasse a gorjeta. Enquanto elas comiam, uma chuva havia chegado e passado, deixando a noite úmida e fria, estranhamente silenciosa. Os saltos delas pareciam o tempo passando nas pedras molhadas. Anna Carmichael tinha um quarto em um dos hotéis menos caros da Rive Gauche, mas elas andaram juntas até o apartamento de Mina.

Quando Mina acordou, estava chovendo de novo, e por alguns minutos perdidos ela ficou parada, sentindo cheiro de suor e incenso, um toque de rosa e de lilás nos lençóis. Finalmente, só havia um gotejar regular, caindo talvez das calhas do velho prédio, e talvez dos beirais, salpicando as lajotas do pequeno jardim. Ela ainda conseguia sentir o cheiro de Anna Carmichael na pele. Mina fechou os olhos e pensou em voltar a dormir, percebendo bem lentamente que agora estava sozinha na cama.

A chuva tinha acabado, e o gotejar – o barulho cronometrado e medido da água na água, uma cadência mecânica – *não* estava vindo de fora. Ela abriu os olhos e rolou para o espaço vazio e frio deixado pela ausência de Anna. A luz do lavatório estava acesa. Mina piscou e chamou o nome dela, dizendo:

Lucy

"Anna?"

pinga e pinga e pinga e

"Anna?" E sua garganta apertou, a paz em que acordou suplantada pelo medo e pela adrenalina. "Anna, você está bem?"

você chamou Lucy primeiro, eu

pinga e pinga e

O chão estava frio sob os pés dela. Mina passou pela cômoda, com o piso de madeira dando passagem a um mosaico de polígonos de cerâmica apagado pelo tempo, pela umidade e pelo toque de pés. Faltavam alguns azulejos, deixando cavidades sujas cor de fígado no desenho. A banheira era grande, de alabastro esmaltado lascado, o ferro preto aparecendo. Pés de garras de leão congelados em um ricto moldado, procurando se segurar nos azulejos escorregadios.

Lucy Westenra estava deitada, vazia outra vez, na banheira cheia, quase transbordando. Cada gota de água inchava como um abscesso, até que o peso a libertava da torneira de cobre e ela caía, perdendo-se na água rubra. Os pulsos da suicida pendiam inertes pelas laterais da banheira, com as mãos abertas; a cabeça estava inclinada para trás em um ângulo quebrado. E havia três sorrisos alegres entalhados na pele, todos oferecidos ao céu, ou só para Mina.

A navalha jazia, com a lâmina brilhando em escarlate grudento, no chão onde havia caído da mão de Lucy. E, como a água que pingava, Mina ficou de pé até que a gravidade a libertasse, e então desmoronou.

Outubro de 1946

Depois da mais recente guerra e das salas antissépticas de amônia, onde eletrodos uniam o espaço atormentado entre os olhos dela com seu zumbido enfadonho e ligeiro, depois dos longos anos em que foi deixada protegida de si mesma, e o mundo suicida mantido a salvo dela, Mina Murray voltou para Londres.

Uma nova cidade onde admirar o Tâmisa cinzento, totalmente mudada, marcada pelas tempestades de fogo da Luftwaffe e envelhecida pelos vinte e quatro anos de ausência dela. Ela passou três dias andando pelas ruas, a destruição como um labirinto para ela resolver ou descartar com frustração. Em Aldermanbury, parou em frente às ruínas de St. Mary's e imaginou – não, desejou – estar com as mãos no pescoço de Van Helsing. Os ossos velhos e frágeis prestes a serem quebrados como madeira queimada e bancos de igreja despedaçados. *Foi* por isso, *filho da mãe? Foi para isso que salvamos a Inglaterra*?

E a pergunta, reconhecendo sua falta de sentido intrínseca, sua futilidade inerente, ficou parada no nada, como todas aquelas janelas estilhaçadas emoldurando o céu azul de outono, os corredores terminando só em destroços. Ou o reflexo dela, uma mulher a um ano de fazer setenta olhando de uma vidraça que parecia ter conseguido escapar da destruição especialmente para isso, para esse momento: a um ano de fazer setenta, e ela quase aparentava isso. O tempo a estava alcançando.

O garoto sentado no muro viu a mulher sair do táxi, uma mulher idosa de meias pretas e vestido preto com gola alta, os olhos escondidos atrás de óculos escuros. Soltou distraidamente o pequeno lagarto marrom que estava torturando, e o bicho deslizou com gratidão para alguma rachadura ou vão na alvenaria em ruínas. O garoto achou que a mulher parecia viúva, mas era melhor fingir que era uma espiã alemã em um encontro clandestino, com segredos a serem trocados por outros melhores. Ela andou a passos curtos que faziam parecer que estava contando a distância entre eles. Na manhã fria e iluminada, os sapatos dela estalavam, um clique de sinal codificado, possivelmente código Morse, e ele achou que talvez devesse se esconder rapidamente atrás do muro desmoronado, mas ela o viu, e era tarde demais quando o táxi se afastou. Tarde demais, então ele acenou para ela, e ela voltou a ser uma velha senhora.

"Oi", disse ela, procurando alguma coisa na bolsa. Pegou um cigarro e, quando ele pediu, a viúva deu um para ele. Ela o acendeu para ele com um isqueiro prateado e se virou para olhar as ruínas da Abadia de Carfax, para os muros quebrados e precários, escorados contra o desabamento inevitável. Cotovias e pardais barulhentos cantavam nas árvores queimadas, e, mais ao longe, o lago dos patos cintilava ao sol.

A mulher se encostou no muro e soprou uma lufada de fumaça.

"Não deixaram muita coisa, não é?", perguntou a ele.

"Não, senhora", ele disse. "Foi um daqueles aviões bomba voadora que acertou aqui ano passado." E ele fez um assobio de foguete para ela, descendo oitavas até um grande bum no final.

A mulher assentiu e apagou o cigarro em uma parte de argamassa exposta, esmagou de um lado para o outro, com a mancha escura de cinzas no cinza-pálido, e a guimba caiu aos pés dela.

"É assombrada, sabe", disse o garoto. "Só que mais à noite." Ela sorriu, e ele viu os dentes manchados de nicotina atrás da mancha magenta dos lábios. Ela assentiu de novo.

"Sim", disse ela. "Sim, acho que é isso mesmo, não é?"

Mina matou o garoto bem longe da estrada, a navalha que comprou em Cheapside tirada da bolsa quando ele estava cavando atrás de estilhaços para mostrar a ela souvenires irregulares de uma tarde agradável de outono em Purfleet. Uma mão enluvada e rápida sobre a boca e só um pequeno som abafado de surpresa antes de ela passar a lâmina rapidamente pela garganta dele, e a vida do garoto jorrou escura e molhada nas pedras. Ele foi o primeiro assassinato que ela cometeu desde a volta à Inglaterra, e por isso ficou com ele por um tempo na sombra fria do muro inclinado, o sangue secando ao redor da boca. Em um momento, ela ouviu um cachorro latindo com empolgação na direção da destruição que já tinha sido o hospício de Jack Seward tanto tempo antes. Houve um tremor de adrenalina, e o coração dela deu um pulo, disparou por um instante, porque ela achou que talvez alguém estivesse vindo, que tinha sido descoberta. Mas ninguém veio, e assim ela ficou com o garoto e questionou o nó rebuscado de vazio ainda dentro dela, inalterado e, evidentemente, inalterável.

Uma hora depois, deixou o garoto embaixo de uma cerca viva desfolhada e foi lavar as mãos e o rosto no laguinho. Se havia fantasmas em Carfax, eles ficaram longe.

Agosto de 1955

O consultório apertado e abarrotado na West Houston estava ainda mais quente do que o habitual, com as venezianas fechadas para impedir a entrada do sol, de forma que só havia o brilho suave do abajur de metal de Audry

Cavanaugh, uma incandescência delicada através da cúpula de vidro verde. Mas não importava o verão grudento e resoluto de Manhattan. O escritório estava abafado, e Mina precisava urinar novamente. A bexiga doía, e ela suava franzindo o nariz para o cheiro estagnado e intenso dos cigarros ingleses caros que a psicanalista fumava. Uma fotografia emoldurada e apagada de Carl Jung estava pendurada em um gancho atrás da mesa, e Mina sentiu os olhos cinzentos e sábios querendo entrar nela, querendo ver, saber e encontrar razão na insanidade.

"Você parece bem hoje, Wilhelmina", disse a dra. Cavanaugh, oferecendo um sorriso lacônico. Ela acendeu outro cigarro e expirou uma nuvem grande no ar letárgico do consultório. A fumaça se posicionou ao redor de sua cabeça como uma mortalha. "Está dormindo melhor?"

"Não", disse Mina, o que era verdade. "Não muito." Não com os pesadelos e o barulho do trânsito a noite toda na rua do apartamento no SoHo, as vozes inquietas da rua, que ela nunca tinha certeza se não eram dirigidas a ela. E também não com o calor, como uma coisa viva que a sufocava, que segurava o mundo perpetuamente à beira de um incêndio.

"Lamento muito." A dra. Cavanaugh olhou para ela com os olhos apertados através da fumaça fina, o sorriso avarento já substituído pela preocupação familiar. Audry Cavanaugh não parecia suar, sempre estava tão tranquila com seus ternos masculinos, o cabelo preso em um coque benfeito e apertado.

"Você falou com seu amigo em Londres?", perguntou Mina. "Você disse que falaria." E talvez a psicanalista tenha ouvido a tensão na voz de Mina, porque deu um suspiro alto e impaciente e inclinou a cabeça para trás, olhando o teto.

"Sim", disse ela, "eu falei com o dr. Beecher. Ontem mesmo, aliás."

Mina lambeu os lábios, a língua seca passando por lábios ainda mais secos, a casca seca de frutas mortas. Houve um momento de silêncio, uma pausa, e Audry Cavanaugh disse: "Ele conseguiu encontrar uma série de referências a ataques a crianças por uma 'dama de branco', alguns artigos datados do fim de 1897 em *The Westminster Gazette* e alguns outros jornais. Duas histórias sobre o acidente do navio em Whitby também. Mas, Mina, eu *nunca* disse que duvidava de você. Você não precisava provar nada".

"Eu *tinha* esses recortes", murmurou Mina com a língua seca. "Eu tinha todos os recortes."

"Eu sempre acreditei que tivesse."

Houve mais silêncio, e só sons da rua dez andares abaixo o preenchiam. A dra. Cavanaugh colocou os óculos de leitura e abriu o bloco amarelo de estenógrafa. O lápis deslizou pelo papel para registrar a data.

"Os sonhos, eles ainda são sobre Lucy? Ou outra vez sobre o hospício?"

E uma gota de suor desceu lentamente pela bochecha maquiada de Mina, parando no canto da boca, o gosto abrupto de sal e cosméticos provocando sua sede. Ela afastou o olhar, observou o tapete gasto e poeirento embaixo dos sapatos, as prateleiras protegidas por vidro e lotadas de livros médicos e periódicos de psicologia. Os diplomas emoldurados, e, quase sussurrando, ela disse: "Eu sonhei com o mundo".

"Sim?" Audry Cavanaugh pareceu meio ansiosa, porque havia uma coisa nova, talvez, uma novidade no cansativo desfile de alucinações da velha Mina Murray. "O que você sonhou sobre o mundo, Wilhelmina?"

Outra gota de suor se dissolveu na ponta da língua de Mina, deixando para trás o gosto almiscarado e fugidio dela mesma e sumindo rápido demais. "Eu sonhei que o mundo estava morto", disse ela. "Que o mundo acabou muito, muito tempo atrás. Mas ele não sabe que está morto, e tudo o que sobrou do mundo é o sonho de um fantasma."

Durante alguns minutos, nenhuma das duas falou, e assim só houve o som do lápis da psicanalista, e depois nem isso. Mina ouviu a rua, os carros e caminhões, a cidade. O sol deixava marcas ardentes nas persianas de alumínio, e Audry Cavanaugh riscou um fósforo para acender outro cigarro. O fedor de enxofre fez Mina franzir o nariz.

"Você acha que é verdade, Mina?"

E Mina fechou os olhos, querendo estar sozinha com o ritmo cansado e constante de seu coração, as imagens deixadas como marcas de queimadura talhadas no escuro por trás das pálpebras de velino. Estava cansada demais para confissões ou lembranças hoje, insegura demais para comprometer os pensamentos dispersos em palavras; ela vagou, e não houve intrusão da paciente Cavanaugh. Em poucos minutos ela estava dormindo.

Abril de 1969

Depois que engoliu as cápsulas e um gole d'água com gosto de plástico da jarra azul que tinha na mesa de cabeceira, depois que Brenda Neufield e seus sapatos brancos saíram do quarto de hospital, Mina senta. Luta para baixar a barra de proteção e vira as pernas lentamente, dolorosamente, pela lateral da cama. Ela olha os pés descalços balançando acima do piso de linóleo, as unhas feias e amareladas dos pés, manchas senis e pele fina como papel muito esticada sobre ossos que pareciam a armação de uma pipa.

Uma semana antes, depois do ataque cardíaco e da ambulância que a tirou de seu apartamento de merda, houve um pronto-socorro e o médico que sorriu para ela e disse: "Você é durona, srta. Murray. Tenho pacientes de sessenta anos que deviam ficar felizes de estarem com metade da sua saúde".

Ela espera, contando os passos da enfermeira – doze, treze, catorze –, e Neufield já deve estar na mesa dela agora, voltando para suas revistas. Mina então se senta, olhando para o outro lado do quarto, as costas viradas para a janela, a covardia se passando por provocação.

Se tivesse uma navalha ou uma faca de cozinha, ou mais alguns dos comprimidos tranquilizadores de Neufield.

Se tivesse coragem.

Mais tarde, quando a chuva cessa e o resedá descansa pelo resto da noite, a enfermeira volta e a encontra cochilando, ainda sentada na beirada da cama como um papagaio tolo ou uma gárgula geriátrica. Ela volta a deitar Mina, e um estalo seco diz que a grade de proteção foi erguida novamente. A enfermeira murmura alguma coisa tão baixo que Mina não consegue identificar as palavras. Então, ela fica bem imóvel, deitada em lençóis e fronhas duros engomados, e escuta o gotejar e os sons da rua lá fora, ruídos de veludo depois da tempestade suficiente para borrar os contornos de Manhattan por algumas horas. O cobertor está bem preso embaixo do queixo. E rodas de táxi na rua, a buzina de um carro, uma sirene de polícia a quarteirões dali. Passos na calçada abaixo da janela dela e depois o suave e inconfundível som de patas de lobo no asfalto.

A maré manchada de sangue à solta, e em toda parte
Os ritos da inocência se afogam...

W. B. Yeats, "A segunda vinda" (1919)

INSECTUM.

O MUNDO INVISÍVEL ENTRE NÓS

HIST.II

02.

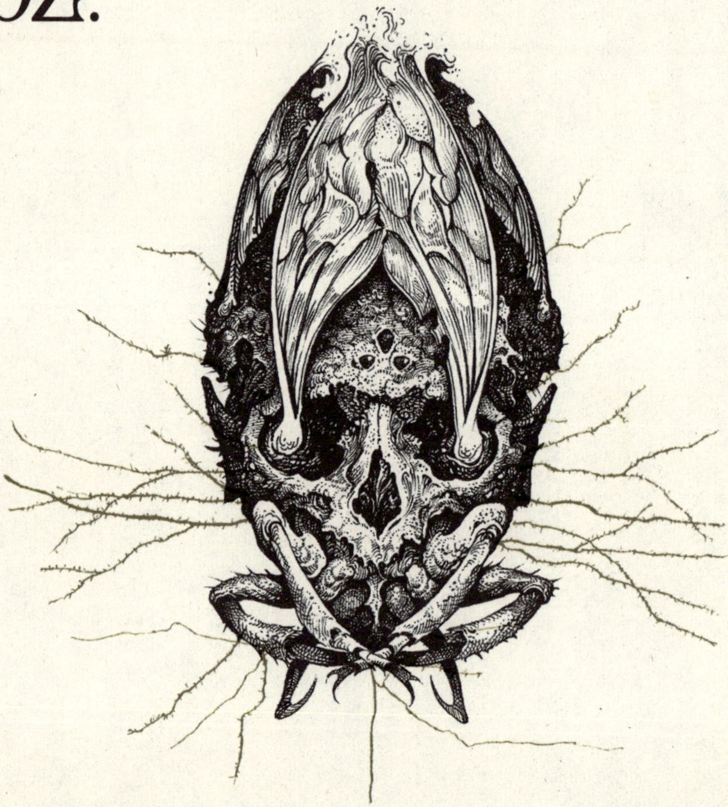

Dæmonis Sanctimonial

MASCULUM —— *QUADRAGINTA*

Um editor (não importa quem) disse: "Escreva uma história de zumbi para mim. No estilo George Romero". Ele não disse exatamente isso. Estou parafraseando. Essa era para ser minha "grande chance"; sequer chegou perto. Escrevi uma história de zumbi, mas não saiu muito ao estilo George Romero. "Quando os gêmeos davam uma festa, todo mundo ia." Isso é o melhor dela, eu acho.

KIERNAN OFFICINARUM INVESTIGATIONIS

CAITLÍN R. KIERNAN

Na beirada desmoronada do buraco, e parece que ela está ali há uma eternidade, quando a febre cede e Twila abre os olhos. Ela precisa piscar três ou quatro vezes para que comecem a entrar em foco, e eles ainda ardem e lacrimejam com a fumaça oleosa de cadáver e o leve ardor da decepção, dissolvendo-se com o sonho. Do outro lado do quartinho, sua penteadeira do Exército da Salvação, e, pelo espelho rachado, Peter Murphy faz beicinho, os lábios da cor arroxeada de berinjela. No chão, a chama da vela se afoga na poça vermelha de cera líquida.

Ela fica imóvel, prestando atenção no som que a acordou, lembrando onde está e que o apocalipse chegou, passou e ela ainda está aqui. O quarto fede a vômito velho, merda e coisa estragada.

Blondie está dormindo na poltrona velha encostada na cama, com a cabeça caindo e o queixo apoiado no peito nu. Ele não está de camisa, só com uma calcinha preta com cinta-liga e meias arrastão com os pés cortados. Roncando baixinho, a respiração apitando para entrar e sair. E, na rua, caras mortos grunhem e se arrastam pela calçada.

Mais nada, e nada diferente de antes.

Ela ainda está viva ou está morta.

"Blondie?", ela quer sussurrar, mas a garganta parece que andou engolindo produto de limpeza, e sai um som estrangulado e zumbificado.

"*Blondie.*" Desta vez, as pálpebras dele tremem e a cabeça se levanta, os olhos escuros tortos de sono interrompido, confusão e medo.

"Twila?" Ele soa perdido e distante. "Nossa, Twila. Você..." Mas não faz sentido perguntar, e ele procura o pulso dela e aperta o polegar no tecido cicatricial inchado e na interseção azul-esverdeada de veias e artérias.

Ela consegue sentir o leve latejar da pulsação pressionada pelo toque do irmão. E sabe antes mesmo do alívio nos olhos dele e do esboço de um sorriso.

Blondie seca a testa dela com uma esponja cortada no formato de um flamingo rosa, empurrando de lado a franja preta como tinta. Ela tenta se sentar, mas ele a faz se deitar de novo no emaranhado de lençóis molhados de suor. O travesseiro está caroçudo e rígido de catarro e sangue secos; ela não precisa olhar para saber que se cagou.

"Estou me sentindo melhor", diz ela, trêmula, mas quase com sua própria voz dessa vez, e depois não resta força para dizer mais nada. Blondie está chorando e a abraça com força, com manchas de merda e tudo, acaricia o cabelo sujo e a segura até o amanhecer.

A cabeça dela parece vazia, apagada pelo sonho e pela febre e cheia de vespas furiosas zumbindo. Uma brisa avarenta sacode as cortinas, rearranjando o calor.

Ela está sentada no chão, em sombras frescas onde o sol do fim da manhã não chega, e começa a desenrolar a mão, soltando a gaze grudenta, amarela de pus e que ainda dói pra caralho. Blondie foi buscar um copo d'água e ver se ainda tem alguma bebida. A última camada está grudada na pele por manchas grandes e cascudas, mas quando ela a solta só tem um pouco de sangue e um leve odor de amônia.

(buzzbuzzbuzz)

E o crescente perfeito do beijo de Arlene embaixo; Twila vira a mão e ali estão novamente, perfurações de incisivos, caninos e bicúspides tatuadas na palma da mão dela. A linha da vida, a linha do coração e a linha da alma, partidas. Twila tenta fechar a mão, e a pele inchada racha, escorre pelo pulso como uma pulseira de âmbar e pinga no chão.

Ela fica tonta de novo e precisa se apoiar na parede. A mão parece uma imagem que ela viu uma vez, a picada de uma aranha-marrom, e ela se lembra de uma palavra: necrose.

No corredor, Arlene se joga na porta do banheiro. Partes da madeira estão quebradas, e a tinta está descascando por causa das batidas, mas Blondie arrastou o sofá, a mesa e um monte de merdas para segurá-la lá dentro.

"Vai em frente, filha da puta", murmura Twila para a porta. "Pode se matar de tanto bater. Não estou nem aí."

Arlene geme, gargareja e bate na porta de novo.

(buzzbuzzzz)

Blondie sai da cozinha com o copo de Mulher-Gato de Twila e uma garrafa quase vazia de vodca Papov, tentando não prestar atenção nos sons que vêm do banheiro. Ele se senta ao lado da irmã, serve vodca no copo e mistura com o indicador.

"Acho que ela não consegue sair", diz ele com insegurança.

Twila toma um gole e olha na direção da porta.

"Me arranja um martelo e eu acabo com a puta", diz ela, dando um gole maior. Temperatura ambiente, e o álcool desce queimando.

"Fiquei com tanto medo, Twila", diz ele, que agora está olhando só para os olhos dela. "Achei que você estivesse morrendo, que ia acabar como ela. Você a escuta? Ela só fica pior e pior, e a energia acabou ontem à noite e..."

Se eu abrir a boca, vão todas sair voando, e ela vê os corpos pretos e amarelos se contorcendo e se agarrando ao rosto de Blondie, enfiando as bundas com ferrão na ponta nas bochechas pálidas e nas pálpebras apertadas, tentando entrar pelo nariz.

"... não tinha nada na televisão mesmo. Só estática e padrão de teste."

E Arlene se joga com toda a força na porta do banheiro. Twila fecha os olhos e escuta o irmão, as vespas e o berro de uma sirene distante.

A rave de fim de mundo foi ideia de Twila.

E os gêmeos foram anfitrião e anfitriã do velório dos velórios, lamentando os célebres falecidos e os que partiriam em breve com suas melhores roupas pretas, de seda e renda, e lábios tão vermelhos que olhos sangravam em solidariedade. Trinta ou quarenta pessoas se espremeram no pequeno apartamento como sardinhas enlatadas vivas, contorcendo-se com música gótica, techno e remix industrial. Não tinha ar-condicionado porque o velho aparelho na janela não sobreviveu ao último mês de agosto; suor, cê-cê e o fedor de terra remexida de patchuli. Chá de rosas e cigarros de cravo.

Em algum momento depois da meia-noite, Twila percebeu o quanto precisava mijar, tinha perdido a noção da tequila e das latas de cerveja de outra pessoa que tinha bebido e seguiu, em meio às pessoas dançando, até o banheiro. E realmente achou que Arlene só tinha desmaiado, que tinha descolado uma passagem de primeira classe de ida e volta para ver o sr. Morfeu; era só deixá-la em paz e ela estaria bem de manhã.

"Você está meio verde, Arlene." Ela riu e empurrou Arlene da privada, deu descarga e viu o vômito escuro descer. Arlene ficou caída por cima da banheira, com os olhos revirados e os lábios levemente azulados. Twila, bêbada e desequilibrada, lutou para levantar a minissaia e para baixar a meia-calça até as botas Doc Martens na altura dos joelhos, depois sentou no vaso e só então reparou na poça de urina que cobria metade do piso. Embaixo do brilho do mijo, o linóleo azul-claro parecia turquesa.

Ela deixou a porta bem aberta, e alguém olhou lá dentro: Dougie e seu cabelo laranja arrepiado. Ele apertou o nariz e fez sons de vômito até ela mostrar o dedo do meio. Um momento depois, ela o ouviu rindo, fazendo piadas sobre chuva dourada.

"Claro", disse Twila, "entra na fila."

Nesse momento, Arlene abriu a boca e arrotou, um som feio e rouco, e o corpo todo tremeu, como se um gambá tivesse andado sobre o túmulo dela.

"Ei, vaca, você mijou no meu chão", disse Twila.

Arlene piscou com uma lentidão réptil. Íris leitosas pintadas quase de cinza, um olhar aquoso de garota cega, uma leve sugestão de reconhecimento e o tremor de novo.

"Arlene, se você for vomitar, seja fofa e vomite na banheira, *por favorzinho*." Twila pegou um pedaço do papel higiênico barato e áspero e se limpou.

Arlene pulou para a frente, com espasmos desconjuntados de marionete e os dentes batendo como um brinquedo idiota de halloween. Caiu de cara no colo de Twila, enfiando o rosto entre as coxas, e por um momento Twila ficou atordoada demais para se mexer. Arlene rosnou, Cristo, *rosnou*, e o barulho que Twila ouviu e sentiu foi o punhado de pelos pubianos louros preso entre os dentes amarelados de cigarro de Arlene.

Os olhos enevoados brilharam e crepitaram, apenas pupilas com um finíssimo anel de íris; a luz que eles engoliram simplesmente sumiu.

Twila gritou, nunca na vida ela encheu os pulmões e gritou assim, berrou como uma vadia de filme de terror. Tentou afastar a garota, enfiou os dedos no cabelo emaranhado de hena, mas Arlene passou os longos braços em volta da privada e se segurou.

Dougie voltou para a porta, com o sorriso idiota e o olhar chapado, a mão direita segurando uma garrafa de cerveja como se fosse o pau.

"Caramba, Dougie! Tira ela de cima de mim!" E não tinha como aquela ser a voz dela, não aquela coisa assustada e frágil saltando oitavas.

Arlene lutou contra o puxão de cabelo, mordendo e respingando cuspe nas pernas expostas de Twila.

"Vocês garotas são umas safadinhas", disse Dougie e bebeu um gole de cerveja.

Arlene recuou de repente, houve um barulho de velcro quando ela se soltou, e Twila ficou com um punhado inútil de cabelo na mão. A cabeça de Arlene virou, os lábios tão esticados que os dentes pareciam se projetar quando sua boca fechou ao redor da mão de Twila. Os dentes perfuraram pele e músculo. Dentes fortes, esmagando ossos como galhos envoltos em carne, e a dor foi uma coisa quase viva, subindo pelo braço como fogo ou uma água-viva cheia de filamentos, ou como quando eles tinham oito anos e Blondie fechou a porta do carro na mão dela.

Ela soltou o cabelo de Arlene e bateu na cara dela, e finalmente Dougie se moveu, mas só porque Blondie estava atrás dele e o empurrou para o lado. Blondie, gritando coisas que ela não conseguia entender, mal conseguia ouvir por causa da névoa vermelha que se espalhava em sua cabeça. O som molhado da sua mão na cara de Arlene, o nariz já esmagado em polpa e sangue e os sons de mordida.

Alguma coisa captando a luz no fim do braço dele, um secador descendo pela incandescência de vinte e cinco watts, e a força de cada golpe passando para ela pelo aperto de Arlene.

"Para, cara! *Para*!", gritou Dougie, tentando segurar Blondie. "Você vai matar ela, porra!"

E Blondie, *não eram* palavras, uma expressão perfeita demais para a confusão, a dor e a raiva dela para serem apenas palavras. Uma última vez, o cabo do secador acertou a cara de Arlene, e o plástico rachou, um osso estalou e a mão de Twila caiu da boca frouxa e quebrada.

Twila rastejou, se levantou, respingando vermelho e escorregando no linóleo cheio de urina até passar por Dougie, entrar no corredor e na confusão murmurante de corpos que se reuniam para o show.

Quando os gêmeos davam uma festa, todo mundo ia.

Passa do meio-dia, e o dia segue no calor de meados do verão e no brilho de água da miragem de asfalto. O aroma grudento de kudzu pela janela não é tão diferente da podridão zumbi que parece ficar mais forte cada vez que Arlene se joga na porta do banheiro.

Os gêmeos estão no chão, onde está um pouco mais fresco, a cabeça de Twila no colo ossudo do irmão. Gastando as pilhas do CD player portátil estão This Mortal Coil e Cocteau Twins, nada mais pesado porque a cabeça dela ainda lateja, o zumbido na base do crânio se espalhando lentamente enquanto as vespas fazem buracos no cérebro. O estômago está embrulhado da luta sem sentido com o almoço, nem três mordidas no sanduíche de queijo cheddar e bagel ressecado antes que ela vomitasse tudo. Ela quer cochilar, quer sonhar com o buraco morto onde as vespas e os sons do banheiro não conseguem encontrá-la.

Blondie está penteando o cabelo dela, soltando os nós e os emaranhados de ninho de rato, e Twila sabe que ele só está cantando com o aparelho de som para ela não perceber o quanto está assustado. Se ela evitar o rosto dele, pode até dar certo. Ela fecha os olhos e se concentra nas vozes, na melodia e no toque agradável das cerdas da escova no couro cabeludo.

"Presta atenção", diz ele. "*Agora.* Você ouviu?"

Twila abre os olhos e vê os três terços pendurados no pescoço dele, contas pretas de ônix e três crucifixos perfeitos, e presta atenção.

Em algum lugar na rua, tiros e o cantar quente de pneus. Homens gritando, e mais um grito, que parece bem derradeiro. Mas não há sirenes, nenhuma sirene há horas agora, e ela se pergunta se todos os policiais estão mortos ou se só estão se escondendo em algum lugar.

"Esse foi perto", diz Blondie, e o medo que volta para a voz dele faz as vespas se contorcerem e zumbirem.

"Ei, Abbott", diz ela, esforçando-se para encontrar a própria voz no meio da rouquidão de cascalho. "O que é mais fácil de descarregar: um caminhão cheio de bolas de boliche ou um caminhão cheio de bebês mortos?"

Mas ele ainda está olhando para a janela aberta e para o céu turbulento de cromo e nem parece perceber. E, porra, ela se sente destruída demais para fazer piada, mas o desespero tenso ao redor da boca de Blondie e os olhos de casca de pecã são ainda piores.

"Bebês mortos", diz ele quando finalmente responde. "Dá pra usar um forcado."

"E o que é *pior* do que um caminhão cheio de bebês mortos?"

"Um bebê vivo embaixo", diz ele, "abrindo caminho até o alto a mordidas."

"E o que é ainda pior do que *isso*?"

Ele perde o momento da resposta. Na rua, freios berram antes da batida.

"Blondie?"

"Ele sobreviver", diz ele.

Debaixo de um céu amarelado e sujo, o buraco morto boceja e expira fumaça de carvão e um espirro leve de cinzas. Twila chega mais perto da beirada, e o barro solto faz barulho embaixo dos seus pés.

Atrás dela, os mortos insones se movem e grunhem, um círculo zumbi que segue uma fila única sinuosa e desajeitada pela beirada do buraco, a marcha de pés de chumbo no sentido horário. Ocasionalmente, algo se solta e cai, e é chutado e pisoteado até virar uma pasta. Qualquer alegação de diferença nos rostos é mera variação vazia sobre um único tema desesperador.

Nenhum som vindo do buraco além do estalo e do crepitar de fogo. Como chuva, ela pensa, o crepitar de um pé-d'água, e acima dela o céu cinza-amarelo-verde ribomba arrogantemente sozinho. Um relâmpago tão negro e chapado quanto os olhos de uma garota morta cai no mundo fumegante e é instantaneamente sugado de volta para a turbidez e a agitação das nuvens.

Quando começa, a chuva não cai, mas escorre, em câmera lenta, do céu ferido em gotas oleosas e lamacentas de pus.

Twila vira o rosto para a tempestade, fazendo uma careta quando as primeiras gotas mornas caem nas bochechas e na testa. Outro trovão faz tremer a colmeia atrás dos olhos dela, e pernas articuladas tremem e correm da cavidade nasal até o fundo da garganta. Ela engasga, tosse um amontoado catarrento de vespas e já há bem mais enchendo sua boca novamente, movendo asas e filamentos inquietos. Elas rastejam pela beirada dos lábios, saem pelas narinas e pelos ouvidos.

A chuva vira um aguaceiro, espalhando podridão, golpeando, encharcando até seu cabelo ficar pesado e as roupas grudarem na pele. Atrás dela, pés zumbis sugam e batem na lama e na pedra molhada.

Há a provocação de mil línguas de fita quando os insetos sugam o néctar de podridão do rosto dela, subindo uns em cima dos outros, até voltarem de barriga cheia para dentro do crânio. Twila espera, paciente, até que eles tenham terminado, o maxilar estar doendo e a chuva ser apenas uma névoa azeda.

Foi fácil assim para Eva?, ela pensa. O trovão cada vez mais baixo é o estrondo de aço dos portões do jardim se fechando e de cadeados trancados contra ela.

No buraco morto, vapor sobe de ossos chamuscados e das coisas queimadas, sem forma.

O som é o estalo de madeira no fundo de um navio pirata de um set de filmagem, um ritmo de madeira arrastando com o movimento de um oceano incansável. Pelo tempo que demora para o fim da tarde virar crepúsculo e até os primeiros sinais da noite, Twila fica bem imóvel, de costas para o som. Não tem mais luz lá fora, não tem o brilho tangerina da placa de neon do bar do outro lado da rua. Não tem facho fantasma de faróis do viaduto.

Mas ela tem as instruções farfalhadas das vespas, dez mil pequenas vozes em seu coro chiado e agradável, para repassar na mente.

Esse catecismo final, esses óbvios sins e nãos para uma nova ordem de um. A srta. Bons Modos para a coisa brilhante surgida de sua crisálida de febre e sonhos.

Para ela não precisar ver nada antes de estar pronta.

Arlene começa um suave ataque à porta do banheiro, baques irregulares e batidas com os dedos.

Twila rola e não tem surpresa na flacidez suspensa do corpo do irmão, nada além de fatos silenciosos. Por um tempo, ela fica sentada no chão vendo o arco curto e o oscilar dos pés descalços dele, os dedos apontados para baixo de uma forma nada graciosa, um pêndulo de pele a centímetros da cadeira caída na cozinha. A brisa tem cheiro de chuva e ozônio, e o calor do dia some no espaço. A forca de cinto de couro estala e geme, amarrada forte no encanamento exposto pintado no mesmo tom de branco-ostra do teto.

Ela encontra uma faca e, de pé na mesma cadeira onde ele esteve, ela o solta, serrando o couro preto entre rebites e pontas. Lá pelo meio, o peso dele faz o resto do serviço. Ela tenta pegá-lo por baixo dos braços, mas é peso demais, e Blondie cai no chão fazendo barulho. A cabeça dele bate na madeira, e ela só fica ali parada, segurando a faca grande, olhando para a poça pálida em formato de menino.

Ele tinha usado as lâminas novamente, e a barriga, as coxas e as palmas das mãos estão cortadas como guelras de peixe. Quando se agacha na cadeira, ela vê a única palavra entalhada miúda no quadril dele. DESCULPA.

Twila senta na cadeira, o ponto de início, ela pensa, e levanta a faca acima da cabeça, enfia até o cabo no ponto macio abaixo do esterno dele. Por pele, músculo e órgãos macios e mortos. Ela puxa a faca, e agora as mãos estão manchadas de preto e escorregadias, e o sangue faz o ar feder como um jarro cheio de moedas velhas.

O choramingo começa bem dentro dela, despedaçando no fundo, inchando e crescendo, virando uma coisa que tem garras de foice, e destrói a escuridão imóvel quando a lâmina mergulha de novo e de novo e de novo.

Depois, ela olha para ter certeza. Agacha-se na cadeira e apoia a cabeça nos joelhos puxados para perto do corpo, cantarola Hendrix, hey joe, hey joe, e a faca segue inerte na mão esquerda. Para ter certeza de que entendeu as vespas, de que leu em todas as entrelinhas e captou todas as informações. Que o que a fez vencer a febre vai manter o irmão morto. Mas Blondie é um bom morto; nada de brincadeira de Lázaro esta noite.

buzzbuzzbuzzBUZZBUZZ, tagarelam as vespas, e um vazio tão grande quanto o céu gangrenado acima do buraco morto se abre dentro dela; um nada lindo e perfeito inflando das entranhas como um universo sugando, devorando o arrependimento, o medo e a perda. Estilhaçando a certeza cristalina e o apetite sombrio e lamentoso.

"Arlene?", sussurra ela. Twila empurrou o sofá, a mesa e todas as outras merdas que estavam bloqueando a porta do banheiro e encosta o rosto e as palmas das mãos na porta maltratada. O silêncio do outro lado é sólido e frio. Palpável.

"Ei, Arlene. Você mijou no meu chão, sua vaca zumbi idiota." E pensa que é a primeira vez, desde que tudo começou, que ela diz a palavra com Z em voz alta.

O fedor é vertiginoso, e ela sabe que, quando girar a maçaneta de metal e empurrar a porta, o ar preso vai sair como uma névoa invisível e séptica. Ela abre a boca para dizer outra coisa, e as palavras se afogam no jorro denso de saliva. Twila seca o queixo com as costas da mão, limpa na camiseta. A porta raspa delicadamente no linóleo deformado pelo tempo, e as dobradiças gemem.

Nada poderia tê-la preparado para isso, essa coisa tangível que inunda a cabeça em ondas de doçura ácida sufocante; o ar, uma fermentação espessa de carne de porco rançosa, pêssegos podres bichados e cheiro de queijo. Não é um simples cheiro ou gosto ou qualquer outra coisa identificada apenas pelos sentidos. As vespas são uma cacofonia de cigarras berrando, e Twila ofega, esticando a mão na escuridão para se apoiar. Ela pisca para afastar a vertigem e aperta os olhos.

Um único retângulo de escuridão mais fraca, a noite filtrada pelas cortinas imundas acima da banheira.

"Arlene?"

Em algum lugar à frente, um choramingo líquido e peso levantado por mãos quebradas; medo cintilante costurado na escuridão em cores que Twila nunca viu. Ela dá outro passo, e seu pé roça na suave e úmida Arlene, e a garota morta geme e se joga na banheira, *tump*. Uma parte definhando da mente de Twila, lacrada bem no fundo do labirinto de hexágonos de cera, se dá ao trabalho de questionar quanta coisa ficou no chão, porque o que ela tocou ainda está lá.

O estômago de Twila ronca quando ela se inclina na banheira, e a fome recém-descoberta é quase tão monstruosa quanto os sons chacoalhantes subindo da garganta destruída da zumbi.

Nos momentos finais de veludo cinza-escuro antes do amanhecer, ela anda sozinha pelas ruas silenciosas da cidade, passando por prédios em brasas fumegantes, carros abandonados e mais cem outros clichês do espetáculo apocalíptico. Os mortos a conhecem, sentem a mistura discrepante de carne quente e a podridão verde-empretecida que mancha seu rosto, suas mãos e roupas. Eles nunca passam de sombras hesitantes, covardes de passo oscilante e açougueiros transitórios. E os vivos são apenas um cochicho nos sonolentos lábios da noite.

Por trás dos olhos dela, as vespas sumiram, e a mente está tão parada e silenciosa como a manhã. Seu nariz pinga mel.

Ela chega ao cume de uma ladeira sem saída, e uma carcaça enferrujada de Bondo Corvette está parada de um jeito louco em cima da linha divisória amarela. A porta do lado do motorista está aberta, e o estofamento gasto está manchado de castanho. Twila se senta no capô, e onde as árvores e topos de prédios tocam o céu do leste a luz já está fazendo promessas que ela sabe que não vai conseguir cumprir.

INSECTUM. HIST.III

03. A ESSA ÁGUA

(*Johnstown, Pensilvânia, 1889*)

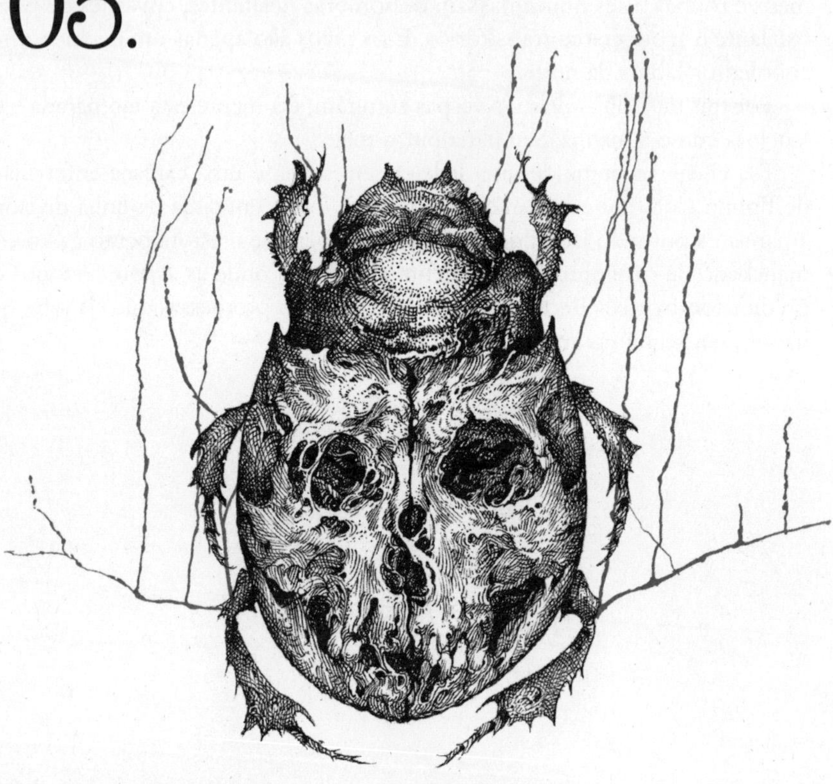

Acari Spectrum

FEMINAM —— *QUINQUAGINTA*

Esse foi o primeiro dos meus contos a ser publicado em um livro de capa dura, então foi muito importante para mim. Obrigada, Steve e David. Dito isso, assim como "O vazio eloquente", é um bom exemplo de uma autora imatura com mais ambição que bom senso. Escrito em Atenas, durante um furacão.

Caitlín R. Kiernan

1.

Mal amanheceu, e Magda já tinha seguido pela floresta até o gelo cintilante no pé da barragem de Johnstown. Quando o sol ficasse alto o bastante, afastaria as sombras e deixaria o vale em chamas, brilhando em fogo de cristal que derreteria delicadamente no amanhecer de fim da primavera e pingaria de galhos de teixos e choupos, vitrificaria a vegetação alta de louro da montanha, mais tarde subiria de novo como um vapor leve e suave. Tudo, samambaias cobertas de gelo e todo o resto, era esmagado pelos sapatos dela, fazendo um barulho alto no ar frio e parado; nenhum som além de aves matinais e o jorro constante do vertedouro até o riacho South Fork, barulhento e discreto, como sussurros descuidados às suas costas.

Sem fôlego, com o ar saindo branco pelos lábios rachados e uma dor irritante na lateral do corpo, ela descansou por um momento encostada numa pedra em forma de batata, e o musgo nela também estava endurecido pela geada, pelagem verde coberta de gelo e liquens acizentados como cascas de ferida. No vale, na direção de South Fork, a noite seguia em frente, uma coisa preguiçosa encolhida na proteção da montanha. Magda tremeu e puxou o xale ao redor dos ombros.

O caminho todo de Johnstown desde o anoitecer, vinte e cinco quilômetros ou mais desde que ela saiu discretamente das fileiras escuras de casas em Prospect Hill, seguindo a ferrovia primeiro e, mais tarde, depois das ruas adormecidas de South Fork, trilhas de animais até, finalmente, o riacho sinuoso, marrom-amarelado e inchado com o degelo de abril e as pesadas chuvas de maio. Àquela altura, sua família já estaria acordada, o pai já teria saído para a fábrica, doze horas nas fornalhas, a mãe e a irmã negligenciando tarefas, e em pouco tempo elas estariam perguntando de casa em casa, em varandas e portas dos fundos.

Mas ninguém a viu sair, e nada haveria além de preocupadas cabeças balançantes, movimentos de ombros e desconfiança das perguntas e do inglês hesitante. E, quando elas se fossem, haveria sussurros, como o murmúrio e o zumbido de riachos de montanha.

Quando o céu clareou de seu violeta suave, perdendo o tom, Magda virou e começou a seguir caminho pela face íngreme e pedregosa da barragem.

Isso não é uma lembrança, é uma coisa nova em folha, o tempo amarrado, uma cama de gato, ou emaranhado como o cabelo castanho da irmã. Magda está sempre fechando os olhos, sempre abrindo de novo, e a faixa estreita de céu sempre está vermelha, um corte avermelhado entre as paredes pretas do beco e os telhados, mandíbulas de pinheiros e telhas. E nada sobrou dos homens além de dedos calejados e tateantes, a doçura azeda e escaldante de uísque dos bafos. Sons como gargalhadas das gargantas dos cachorros e dos lábios peludos de porcos, cachorros e porcos rindo, se pudessem.

E Magda não grita, porque disseram que, se ela gritar, se ela chorar ou até falar, eles vão cortar a língua dela, vão cortar sua garganta imigrante de orelha a orelha, e ela sabe inglês suficientemente para entender as ameaças. O irlandês grande mostrou a faca; todos vão mostrar suas facas e cortá-la, quer ela grite ou não.

As mãos empurrando, e ela afasta o rosto; melhor a lama fria, a água empoçada que entra em sua boca, enche as narinas, aquilo tem gosto de terra, podridão e do álcool de barris vazios e caixas transbordando de garrafas empilhadas bem alto atrás do saloon da Washington Street. Ela trinca os dentes, mastiga terra, a areia ferindo as gengivas.

E antes de fechar os olhos, a única coisa antes de haver só dor bruta e os sons que ela nunca vai esquecer, Magda pega o homem elegante olhando da extremidade distante do beco, o rosto surpreso espiando dentro do poço. Olhando de queixo caído, e a luz de um lugar seguro se reflete friamente em seus óculos, luar em gelo fino.

Os demônios grunhem, e ele se afasta rapidamente. Eles a abrem como uma concha.

Na luz laranja tremeluzente do lampião, o rosto da mãe brilhava com o calor, a velhice e o cansaço quase desaparecidos, e ela estava falando com elas em húngaro, embora o pai tenha dito que dessa forma elas nunca aprenderiam inglês. A mãe se inclinou sobre elas, tirando o cabelo da irmã de Magda do rosto. Então colocou o lampião cuidadosamente na mesinha bamba ao lado da cama e se posicionou na cadeira bamba. Ainda era inverno naquela noite, com a neve suja ainda no chão lá fora, o vento ao redor dos cantos de pinho da casa chorando suas desgraças. E duas filhas, Magda e a pequena Emilia, embrulhadas em segurança embaixo de colchas e com tijolos quentes da lareira enrolados em panos nos pés.

Magda tinha observado as sombras criadas nas paredes, paredes nuas, exceto por buracos preenchidos com jornais velhos e pelo crucifixo que a mãe levou de Budapeste, madeira escura como sangue e estanho torturado. E a luz do lampião dançava enquanto a mãe falava, parecendo seguir o subir e descer das palavras, passos medidos em um padrão sutil demais para Magda acompanhar.

Então, ela fechou os olhos com força, afundando o rosto nos travesseiros e nas costas de Emilia, e ouviu as histórias da mãe, da infância no vilarejo de montanha de Tátra Lomnitz e nos Cárpatos selvagens, ouvindo mais a voz acalentadora do que as palavras em si. Ela conhecia todas as velhas histórias sobre elfos domésticos, o pequeno domovoy peludo que morava no canto poeirento e com fuligem, os vodyaniye e as russalkas; o conforto que a irmã tirava dos contos de fadas, ela tirava diretamente da música, do timbre e da entonação suave.

"E no outono", a mãe dissera, "quando um ganso gordo era oferecido às pessoas que moravam debaixo do lago, nós primeiro cortávamos a cabeça e a prendíamos no celeiro, para que nosso domovoy não soubesse que um de seus gansos tinha sido dado para outros."

Um tempo depois, o lampião foi tirado da mesa bamba, e a mãe beijou as duas, Magda fingindo dormir, e sussurrou, com a voz mais macia que a cama, "*Jó éjszakát kívánok*", as pegadas descalças já se afastando, parecendo ocas no chão, quando Emilia a corrigiu: "Boa noite, mãe".

"Boa noite, Emilia", respondeu a mãe, e elas ficaram sozinhas com a noite, o vento e o céu do lado de fora da janela, que nunca ficava preto o bastante para estrelas, mas sempre manchado de vermelho dos fogos ardentes da fundição de Johnstown.

Era manhã quando Magda chegou ao topo da barragem, e seus olhos ardiam com o próprio suor. Quando lambeu os lábios, provou o próprio sal; não o gosto de sangue, mas alguma coisa parecida. O vestido estava grudado às costas molhadas, às axilas úmidas e grudentas, e ela tinha rasgado a saia e as meias em amoreiras e trepadeiras. Por duas vezes escorregou nas pedras soltas, e havia um pequeno corte na palma da mão esquerda e um hematoma arroxeado embaixo do polegar. Ela parou um momento na passagem estreita que conduzia pela crista da barragem, ouvindo os próprios batimentos embaixo do algodão e da pele, dos músculos e dos ossos. Olhando a névoa, filetes leitosos subindo da água verde-acinzentada, queimando no sol.

Ali em cima, a manhã tinha um cheiro limpo, de pinheiro e do lago silencioso, sem sinal da cortina de poeira, carvão e fumaça de fábrica do vale. Havia nuvens se aproximando lentamente do sudoeste, de cara feia, trovejantes cúmulos-nimbos de barrigas de aço, e assim a brisa tinha um cheiro leve de chuva e ozônio também.

Magda atravessou a passagem por um terreno irregular, deixando suas pegadas rasas na argila. Os bolsos das saias estavam inchados com as pedras que reuniu conforme foi subindo, xisto alisado pelo tempo e cascalho irregular da cor de damascos secos. Quatro passos e, do outro lado, o declive era íngreme, abrupto, mas só a poucos metros da água, cheia de taboas e mato.

Um olhar rápido por cima do ombro, sem se dar ao trabalho de se virar por inteiro e bancar a perfeita esposa de Ló. O fogo *ardia* dentro dela, uma chama escaldante e justa brilhando através dos olhos, incapaz de pureza, só marcando e maltratando o cérebro. E, com cuidado, Magda pulou na água fria.

Quando todos terminaram com ela, cada um na sua vez, depois de a destrincharem por dentro e forçarem as línguas gordas pelos dentes dela e a encherem com sua semente quente a ponto de escorrer como pus salgado por entre as coxas sangrentas, eles saem andando pela lama e a deixam; não como morta, não como qualquer outra coisa além de descartada, usada. Por muito tempo, ela fica parada e vê o céu acima do beco, e a dor parece muito, muito distante, e as nuvens vermelhas parecem tão próximas que, se ela levantar a mão, consegue tocá-las, pode romper as peles finas como bolha e sentir a chuva preta oleosa escondida lá dentro. Olhando de dentro do poço para a luz do fogo que o próprio pai atiça, para que os demônios possam andar pelas ruas de Johnstown.

Mas os demônios cumpriram suas promessas, e a garganta não está cortada de orelha a orelha, ela ainda consegue falar. Ela sabe disso porque ouve os sons animais vindos de sua boca, distantes como a dor entre as pernas. Ela não está morta, mesmo não estando mais viva.

"Conte sobre a russalka, mãe", dissera a irmã, e a mãe franzira a testa e olhara para as mãos dobradas no colo como asas quebradas.

"*Nem*, Emilia", respondera a mãe com firmeza e delicadeza. "Russalka não é uma boa história para a hora de dormir."

Enquanto a irmã implorava, Magda ficara sentada com as costas retas na beirada da cama, silenciosa, olhando a janela, vendo o céu vermelho sem estrelas, e já havia se passado duas semanas desde que os homens com a charrete e a égua branca a tinham levado para casa, duas semanas desde que a mãe chorara e limpara a sujeira e o sangue, o sêmen grudado. Duas semanas desde que o pai descera de Prospect Hill com o rifle de matar cervos e passara a noite na cadeia, fora lembrado pelo guarda de expressão séria de que eles eram húngaros, afinal, e que com toda a falação sobre a empresa contratar temporários estrangeiros, trabalho barato que tirava salários decentes de homens honestos com família, bem, não seria bom procurar mais confusão, seria? No fim, dissera ele, seria a palavra da garota contra a de qualquer pessoa que ele pudesse capturar.

Naquele espaço de tempo, os dias se empilharam como pratos quebrados, sem qualquer palavra de Magda ou lágrimas dos olhos escuros e vazios. Quando a comida era levada aos seus lábios, uma colherada de sopa ou de goulash, ela comia, e quando o sol se punha e os lampiões eram apagados ela se deitava com os olhos abertos, olhando pela janela para o céu furioso.

"Por favor, mamãe, *kérem*", choramingara e choramingara a irmã, e Magda se virou nessa hora, virou-se para elas com tanta fúria que uma tábua do estrado gritou alto como um tiro embaixo do colchão de penas. A assustada Emilia gritara, esticando os braços para a mãe. E Magda se jogara na direção delas, as mãos transformadas em garras, rosnado de tétano e dentes à mostra como os de um cachorro faminto. Todo aquele brilho de fornalha se reuniu, roubado das noites vermelhas, e transbordou dos olhos dela.

"Magda, *pare com isso*", disse a mãe, puxando Emilia para si. "Você está assustando sua irmã! Está me assustando!"

"Não, mãe. Ela quer ouvir uma história sobre a russalka, então eu vou *contar* pra ela sobre a russalka. Eu vou *mostrar* a russalka pra ela."

Mas a mãe se levantara, com uma Emilia grande demais agarrada desajeitadamente nos braços dela, e a cadeira bamba caiu para o lado. Recuando da cama oscilante e de Magda, da Magda ardente, o rosto de Emilia escondido no peito. Recuando para as sombras reunidas na porta.

"Ela quer ouvir, mãe, ela *quer* ouvir a minha história."

A mãe fora andando de costas para a escuridão do corredor, batera a porta do quarto, e Magda ouvira a chave sendo girada na tranca, um chacoalhar de ossos, um chacoalhar de morte, e ficara sozinha. O lampião a óleo ainda brilhava na mesa bamba, e um trem apitara ao passar no vale. Quando o assobio do motor e o sacolejar e latejar dos vagões sumiram, só havia os soluços da mãe do outro lado da porta e o clamor distante das fábricas.

Magda deixara o lampião aceso, olhando por um tempo para a pequena chama protegida pelo vidro enegrecido, e se virara para a janela, com o mundo lá fora emoldurado e protegido. Ela levara os dedos à boca e, entre eles, sussurrou sua história para a noite solidária.

Todos os suicídios perdidos e bonitos, todas as garotas em lagos fundos e rios agitados, lagoas paradas, afogadas ou assassinadas, e os corpos descartados em palácios prateados como peixes. Almas comprometidas com a água, em vez da terra consagrada, e consegue vê-la na Quinta-Feira Santa, nas pedras achatadas penteando o cabelo comprido, ficando verde e embaraçado com algas e enguias? Veja-a sentada nos galhos baixos desse salgueiro, as pernas nuas penduradas como frutas pálidas, os dedos fazendo ondulações no riacho, e seja gentil nesta sexta semana depois da Páscoa e deixe um pedaço de pano, um retalho ou um trapo. Volte, andando silenciosamente pela grama alta, e o encontre lavado e estendido para secar no céu claro de maio.

E tem mais, depois disso, guirlandas para maridos e o som de aplausos dos campos, vozes como gelo derretendo, músicas como o momento antes de uma pedra largada acertar o indistinto poço de água.

Carregue artemísia nos bolsos, jovem, e se banhe com uma cruz no pescoço. Deixe vinho e ovos vermelhos para ela.

E quando ela dançar sob a lua de verão, quando o feno estiver alto e as irmãs dela derem as mãos, reze para ficar atrás de portas trancadas, ou ande rapidamente pelo trigo oscilante; fique na estrada, olhe seus pés.

Senão você vai acabar como o pobre Józef, lembra-se de Józef, o filho do velho Viktor? Os lábios dele estavam azuis, havia grãos no cabelo, e como você acha que as roupas dele ficaram molhadas e lamacentas tão longe do rio?

E você a vê ali, na margem embaixo das árvores, o pente de ossos de peixe? Veja-a passar os dentes afiados pelo cabelo verde e veja a água subir.

Magda pensou: Então essa é a sensação de se afogar, como mexer sal na água, pensando enquanto afundava, dissolvendo-se logo abaixo da superfície do lago, afundando lentamente no crepúsculo cor de musgo morto, as pedras nos bolsos oferecendo só uma pequena ajuda. O cabelo flutuou, cobrindo o rosto, e as últimas bolhas de prata saíram pela boca aberta, fugindo apressadas. Só uma leve pressão no peito, atrás dos olhos, e um segundo fugidio de pânico, e depois só houve um silêncio mais perfeito do que qualquer coisa que ela tenha imaginado. A paz se espalhando densa ao redor, afastando o frio entorpecente e o sol inútil e cintilante filtrado de cima, sufocando a dúvida, o medo e o arrependimento arrasador que quase a fez dar meia-volta, subir pela margem escorregadia quando a água se fechou como melado nos tornozelos dela.

Magda fluiu pela água ao mesmo tempo que a água fluía para dentro dela, e quando chegou ao fundo não havia mais diferença entre as duas.

2.

Quinta-feira, os resíduos molhados do Memorial Day, e o sr. Tom Givens saiu discretamente da conversa e da fumaça de charuto dos salões frontais do clube. Conversas sobre o desfile em Johnstown, os Veteranos do Exército e os Filhos dos Veteranos, os amputados de muletas e casacos azuis desbotados da União; vinte e quatro anos depois de Appomattox, e Grant estava morto, Lee estava morto, e aqueles velhos marchando da Main Street até a Bedford apesar do céu chuviscado. Ele tinha sentado longe dos outros, olhando para o lago que escurecia, para as docas e a frota do clube, as canoas, veleiros e o catamarã elétrico do sr. Clarke presos em segurança da ameaça de uma noite tempestuosa.

E alguém, talvez o sr. D. W. C. Bidwell, tocou no assunto da garota, e rostos escondidos pela fumaça e avermelhados pelo conhaque se viraram na direção dele, curiosos, e

Ah, sim, vocês não sabiam? Tom a viu, viu todo o acontecimento lamentável...

e assim ele pediu licença educadamente. Deixou-os murmurando frente ao estalo e ao brilho da grande lareira de pedra. Quando chegou ao patamar e ao trecho macio de tapete vinho que o levaria até o quarto, a conversa se voltou, inevitavelmente, para ferro e coque, os novos navios da Marinha para os quais a Carnegie, Phipps S. A. tinha sido contratada para produzir placas de aço. Outro triunfo para Pittsburgh, outro golpe na concorrência de Chicago.

Agora, Tom fechou a porta, e a única luz era o cinza-escuro que entrava pelas janelas; por um momento, ele ficou no escuro antes de pegar o lampião. Acima do lago, as nuvens se abriam, dando sinal de estrelas e luar nas frestas. O lago quase cintilava, parecendo ondular e oscilar no meio.

É só vento na água, disse Tom Givens para si mesmo quando puxou o lampião com força e uma luz amarela quente inundou o aposento, afastou a escuridão para fora, e ele não conseguia ver nada pelas janelas exceto o espelho do quarto e a si mesmo, alto e precisando muito se barbear. Segundo o relógio na cômoda, passava pouco das nove. *Pelo menos*, pensou ele, *talvez não haja tempestade hoje*. Mas o vento ainda se chocava contra o clube, e ele se sentou em uma cadeira, de costas para o lago, e serviu uísque âmbar. Bebeu rapidamente e logo encheu o copo, tentando não ouvir o vento intenso e o sacolejar da janela, o roçar dos galhos de pinheiro como mulheres velhas balançando as mãos ossudas.

Às dez, a garrafa estava vazia, e Tom Givens estava dormindo na cadeira, os pés calçados pelas meias apoiados na cama.

Uma hora depois, a chuva começou.

A tempestade era tão viva quanto tudo, tão viva quanto as montanhas antigas de xisto e arenito e tão viva quanto o vento; tão viva quanto o calor e o ardor dos enormes conversores de Bessemer e do ferro derretido misturado à escória que rolava como o sangue de Deus pelos pisos escorregadios de aço da indústria Cambria. E também tão perfeitamente insignificante, tão apaixonadamente indiferente. Nasceu em algum lugar de Nebraska dois dias antes, percorreu as planícies e, no Kansas, teve filhos tornados que dançaram pelo sinuoso rio Cottonwood e destruíram estradas e fazendas. Seduziu o ar ártico que vinha dos Grandes Lagos e gerou nevascas por todo o Michigan e Indiana, declamou sua poesia rouca de vendaval e trovão por todo o vale do rio Ohio e, finalmente, com braços violentos, abraçaria toda a orla do meio-Atlântico.

Enquanto Tom Givens ouvia distraidamente a pompa e a falação dos cavalheiros no clube, a tempestade já tinha passado pelo lado oeste da Pensilvânia, já tinha esnobado a cicatriz que era Pittsburgh, em favor dos amantes verdes a leste. Enquanto ele dormia, acariciou cristas e vales cheios de riachos, cobrindo de chuva Blairsville e Bolivar, New Florence e Ninevah, seguiu a ferrovia sinuosa por Conemaugh Gap até os cantos fundos e desgastados de Sang Hollow.

E depois Johnstown, com o amontoado de distritos reunidos no buraco negro entalhado na confluência de dois rios. Os pátios quentes de Cambria e os escritórios, as boas e belas casas na Main Street. A tempestade batucava em telhados de metal e de telhas, tocando para o punhado de funcionários e mineiros que bebiam até tarde no California Tom's, para as prostitutas do bordel de Lizzie Thompson em Frankstown Hill. George e Mathilde Heiser, fechando naquela noite, pararam no amontoado de mercadorias da loja para ver o pé d'água, e dentro da residência do clero de St. Joseph o reverendo Chapman, que vinha tendo pesadelos ultimamente, foi acordado pela esposa, Agnes, e eles ficaram deitados juntos ouvindo a chuva cair na Franklin Street.

Insatisfeita, insaciável, a tempestade seguiu para o leste, engolindo o vale estreito, o Mineral Point e o arco alto do viaduto da ferrovia da Pensilvânia, e, finalmente, a adormecida South Fork.

Tão viva quanto tudo em que tocava.

A garota na barragem não sabe que ele está olhando, disso ele tem certeza. Ele está sentado em frente à janela aberta, e o ar da madrugada tem cheiro de lago, de peixe e lama, e de uma coisa mais pungente. Ele fica mais tempo bêbado do que sóbrio desde a noite em Johnstown, a noite em que se sentou na varanda da Washington Street Opera House, *Zozo the Magic Queen* no palco, e alguns outros sujeitos do clube conversando mais do que vendo os atores.

A garota da represa está andando na água.

Ele se inclina para a frente, cabeça e ombros para fora da janela porque não consegue ouvir com Irwin gritando como uma mula do assento atrás, e ele não consegue ouvir as palavras, as falas dos atores, só consegue ouvir Irwin repetindo a piada idiota sem parar. Embaixo da janela do quarto, a plateia está sentada, e ele olha para as cabeças dos homens e para os chapéus com penas das mulheres, fileira após fileira no gramado do Clube de Caça e Pesca de South Fork.

A tempestade ainda está longe, mas correndo como uma locomotiva, como trovão, como aplauso e gargalhadas, e as luzes da ribalta são como relâmpago congelado no rosto dela.

"Pergunte ao Tom", diz o recepcionista. "Tom viu todo o acontecimento lamentável." E Irwin uiva de rir.

Então a garota some, isso se é que estava mesmo lá, e a plateia está de pé, pele contra pele em aprovação frenética; se é que estava mesmo lá. O lago Conemaugh está liso como madeira envernizada, e ele sabe que tudo se faz com alçapões e espelhos e que, em algum momento, ela vai surgir nas tábuas do palco para fazer reverência. Mas as rosas caem na água e ficam imóveis, e agora as cortinas estão sendo fechadas, veludo cor de chuva cortando o céu.

"... viu o acontecimento *todo*", ecoa Irwin, tão engraçado que ele quer repetir sem parar, e estão todos rindo, todos, quando Tom se levanta para sair, quando fica óbvio que o show acabou e todo mundo está deixando seus lugares, o teatro esvaziando na varanda da frente do clube.

Tábuas na calçada gemem alto embaixo dos seus sapatos, ruído abafado e estalo podre de mofo; depois das chuvas da noite, o ar pelo menos está com um cheiro limpo, pó de carvão e fuligem da fábrica lavados do céu industrial furioso nas valas pretas, mas as nuvens baixas sustentam o brilho de fornalha acesa de Cambria City, e o céu está mais sangrento do que nunca.

Carruagens pequenas e rodas laqueadas, saias de cetim e anáguas suspensas na rua lamacenta. O almíscar pungente de cavalo molhado.

E ele sabe que só saiu do quarto, que está no corredor do segundo andar, que se andar para a frente vai passar por três quartos, três portas numeradas, e chegar à escada com o corrimão de carvalho descendo sinuosamente. Mas está escuro, as luzes dos postes não chegam àquela abertura estreita de beco invertido entre a Washington Street e a Union. O tapete parece lama e cascalho, e ele se vira, começa a se virar, quando um trovão ribomba como sussurros animalescos e tecido rasgando e

O Tom aqui a viu. Viu todo o acontecimento lamentável.

as coisas sombrias estão encolhidas aqui; garras, grunhidos e respiração exalada por narinas molhadas de catarro. Ela vira a cabeça, o cabelo encharcado de sujeira e água parada, o rosto manchado de preto, mas olhos brilhantes, e ela o vê, e ele sabe que ela está implorando para que ele a ajude, para que acabe com isso, para que tire as sombras dela antes que não reste mais nada para salvar.

Mas uma cabeça desgrenhada surge lentamente do espaço entre os seios dela, e aqueles olhos nada são além do céu vermelho, poças derretidas de fome estúpida, e Tom se vira, perdido por um momento, tateando o caminho pelas paredes cobertas de papel sedoso, até que a mão hesitante encontre a maçaneta fria de metal e o trovão destrua aquele mundo. Destrua a garota do beco como um pêssego maduro, e ele atravessa a passagem, os pés descalços afundando pelo chão até o lago gelado, e ela está esperando, a mão morta apertando seu tornozelo para puxá-lo para baixo, para a gosma de peixe e para a noite lodosa.

O sr. Tom Givens acordou encharcado de suor, os olhos arregalados, ainda vendo mãos brancas apertadas, sugando ar com respiração trêmula, ar que parecia tão denso e irrespirável quanto a água escura do lago. O copo de cristal com uísque caiu das mãos dele e rolou para baixo da cama. Um trovão ribombou na noite de Allegheny como fogo de artilharia e julgamento do Velho Testamento.

As pernas permaneciam apoiadas na cama de dossel e, enquanto ele se mexia, a cãibra começou a relaxar lenta e invejosamente, e ele percebeu que não havia sensação alguma na perna esquerda. Lá fora, uma chuva furiosa caía nas vidraças e batia as janelas na parede do clube. Tom Givens amaldiçoou sua estupidez de cochilar em uma cadeira como um bêbado qualquer e baixou com cuidado as pernas torturadas até o chão. Uma nova dor em ondas intensas e nauseantes enquanto o sangue voltava pelos capilares ressecados; o quarto girou, perdendo a solidez preciosa por um momento, e o sonho, ainda tão próximo, pairou como corvos ao redor das bordas cinzentas.

Um brilho de relâmpago, um crepitar ofuscante que eclipsou a lâmpada elétrica, e o trovão estourou ansioso logo em seguida.

Ele ficou sentado na cadeira, esperando o formigamento terminar de passar, e ouviu a tempestade. Uma noite selvagem na montanha, e isso explicava muito o pesadelo, isso e o bourbon, isso e as coisas que ele viu desde que chegou ao lago duas semanas antes. Ele chegou cedo, antes das multidões de junho, torcendo por um descanso e um tempinho para se recuperar da agitação fumacenta de Pittsburgh.

As janelas abertas sacudiram e tremeram como se o vento estivesse batendo e querendo entrar, e ele se levantou, cauteloso, pernas ainda inseguras, mas só dois passos, três, até a janela. E, enquanto abria o trinco, enquanto impelia contra a chuva forte, sabendo perfeitamente bem que estaria encharcado antes de terminar, ele ouviu o rugido. Não de trovão, não desta vez, mas de outra coisa. Uma coisa nova. Houve o frio imediato e ardido quando os painéis das vidraças foram arrancados das mãos dele, jogados contra a parede, e as vidraças se estilhaçaram ao bater nas janelas paradas.

Através da escuridão e da chuva ele viu a coisa branca rodopiante, impossivelmente ampla, movendo-se pelo cais e se arrastando pelo lago. Girava no sentido horário, o rugido e o bum ensurdecedores, e Tom Givens esqueceu as janelas quebradas, as cortinas frenéticas voando, ignorou a chuva entrando, encharcando-o, molhando o quarto. Ele viu a tromba d'água passar, e a garota, a garota lá de pé, o cabelo comprido e escuro balançando na ventania; o corpo dela, um corte de alabastro na noite negra. Ela levantou os braços nus, idolatrando, dando boas-vindas, dando passagem ao funil. Ela se virou, o vestido branco se tornando um eco rodopiante da coisa. Os braços estavam abertos para ele agora, e Tom reconheceu o rosto.

O rosto que se virou para ele, impotente, suplicante, no beco de Johnstown, mas mudado, os olhos inchados com fúria infinita e uma coisa que poderia ser triunfo, isso se triunfo pudesse ser arrependimento. E ele também sabia que era a garota que ele viu se afogando na represa de South Fork pouco mais de uma semana antes.

Os lábios dela se moveram, mas o vento carregou as palavras para longe.

O relâmpago encheu a doca com o brilho do meio-dia, e ela sumiu, sobrando nada além de canoas oscilando, as ondas e as árvores se dobrando quase até o chão.

Ele passou a noite no andar de baixo, horas ficando sóbrio até a dor de cabeça e ouvindo a tempestade da enorme sala de estar principal. Sentou-se em couro de bezerro cheio de pedrinhas e andou pelo chão com tapetes persas, virando nervosamente as páginas do novo romance de Mark Twain que alguém deixara ali, terminado ou só esquecido em uma mesinha lateral. De vez em quando, olhava para as janelas, na direção do cais e do lago. E a parte sensata do século xix em sua mente já tinha começado a se convencer de que ele só estava sonhando, ou algo bem parecido; bêbado e sonhando.

Finalmente, outros acordaram e começaram a se mexer, com barulhos de potes e panelas e cheiros de comida vindos da cozinha, e os aromas quentes de café e bacon foram o bastante para resolver a questão; um café da manhã racional, um silogismo perfeito contra a noite que se esvaía. Ele ajeitou o cabelo, esticou a camisa e o colete com mãos que tinham quase parado de tremer e se levantou para fazer a refeição matinal com os outros.

O jovem sr. Parke, engenheiro residente, barbeado e vestido com a elegância de sempre, desceu rapidamente a escada, andou apressado até a varanda e deixou a manhã entrar, uma luz como leite estragado, e o céu lá fora um tom mais claro do que a noite. Alguma coisa rugiu na distância enevoada.

John Parke saiu, e Tom Givens foi atrás, sabendo que estaria melhor se fosse para a sala de jantar, mas se viu tremendo na varanda comprida. À frente deles, o gramado estava coberto de galhos e pedaços quebrados, com destroços irreconhecíveis, e o lago estava agitado e marrom.

"Está meio alto, não está?", perguntou Tom, e sua voz pareceu amplificada no ar úmido.

John Parke assentiu lentamente, de forma contemplativa, e falou sem afastar o olhar da água: "Eu diria que subiu pelo menos sessenta centímetros desde ontem à noite".

"E aquele barulho horrível, o que é?"

Parke apontou para o sudeste, na direção do alto do lago, apertando os olhos como se assim pudesse ver através da névoa e do chuvisco.

"Esse barulho horrível, sr. Givens, provavelmente é a lama vindo das montanhas para o lago." Ele fez uma pausa e acrescentou: "Deve ser uma torrente depois de tanta chuva".

"O som não é muito bom, não é? Você acha que a barragem está, ah, quer dizer, você..."

"Vamos tomar o café da manhã, sr. Givens", disse John Parke, oferecendo um sorriso fraco, uma tentativa débil de tranquilização, "depois eu cuido do lago."

A porta se fechou, e ele ficou sozinho na varanda, esfregando as mãos por causa da umidade e do frio. Depois do café da manhã, ele subiria para fazer as malas e procuraria uma carruagem para South Fork; de lá, poderia pegar o trem das nove e quinze de volta para Pittsburgh. O mais provável era que outras pessoas também fossem embora, e bastaria dizer que ele estava cansado do tempo, cansado daquelas supostas férias patéticas.

Independentemente do resto, isso era verdade.

Tom Givens deu as costas para o lago, para a sujeira que a noite fez no terreno do clube, e, quando esticou a mão para a porta, ouviu o que podia ser uma gargalhada, vidro quebrando ou só o vento assobiando sobre a água. Atrás dele, um barulho de água alto e repentino, uma coisa pesada deixando o cais, mas ele manteve o olhar na escura porta de nogueira, segurou a maçaneta de metal e entrou mais uma vez.

Depois de uma semana afogada, o que sobrou dela, do corpo, carne esponjosa inchada como um morango amassado e o queijo mais branco, marcada por bocas famintas e nervosas de achigãs, tudo isso estava no emaranhado de madeira de pinheiro e de vegetação que entupia as grandes grades de ferro. As grades que filtravam a água, que mantinham os peixes caros do lago lá dentro (um dólar cada, os pais e avós desses peixes foram enviados do lago Erie por um vagão especial de trem). Grades que agora peneiravam a água marrom do lago antes de cair por quase dois metros pelo vertedouro. O encarregado e seus italianos, os desobstruidores de dutos com suas pás e picaretas, olharam o lago subindo e consumindo os montes de terra que eles passaram a manhã toda fazendo na crista da barragem.

Buracos enegrecidos que eram os olhos dela, órbitas cheias de gosma envolta em osso branco e restos de carne, berços para as larvas cegas e recém-nascidas de besouros-d'água e libélulas.

Alguns minutos depois do meio-dia cinzento, o lago se espalhou em um espelho amplo e metálico e transbordou no alto, começando a erodir e corroer, pouco a pouco. Areia, argila e pedra se soltando e caindo do outro lado. E, agora, as sugestões cautelosas da manhã, as considerações desesperadas e as cabeças sacudidas, especulações compartilhadas, as coisas que poderiam ter sido feitas, nada importava. Os trabalhadores e os observadores se juntaram, os responsáveis e os meramente curiosos, todos encharcados de chuva dos dois lados da colina, aparadores de livros de um alagamento.

Tom Givens estava sozinho, em segurança e quase bêbado de novo no abrigo na estação de South Fork, bebericando uísque da garrafinha de prata e tentando não ver os rostos nervosos, não ouvir as conversas abafadas entre o bilheteiro e o encarregado do pátio de manobras. Durante a noite, quase quatrocentos metros de trilhos foram levados pela água entre South Fork e Johnstown, e assim não houve trem para Pittsburgh e nem para qualquer outro lugar naquela manhã. À tarde, os trilhos estavam consertados; o Chicago Limited se alongava pela ponte Lamb como uma serpente vermelha e gorda, e um trem de carga de Derry, comum demais para ter nome, soltava vapor e esperava, molhado de chuva e taciturno, do lado de fora da estação.

Tom foi até lá na charrete de Bidwell, mas se perdeu dele por volta do meio-dia, pouco depois de John Parke ter chegado da represa. Encharcado até a alma, uma visão lamentável, na verdade um ratinho ensopado galopando em um potro castanho emprestado. Parke reuniu uma pequena multidão em frente à loja Stineman, avisou que a água estava transbordando na represa e que havia perigo real de que a represa cedesse a qualquer momento.

Bidwell riu com deboche, o riso suíno treinado de autoridade e dinheiro, e se ocupou na mesma hora de contradizer o engenheiro molhado, garantindo a todo mundo que quisesse ouvir (e todo mundo ouve o corte autoritário daquelas roupas, a voz calma que se vê com tanta autoestima) que não havia nada com que eles devessem se preocupar. O sr. Parke deu de ombros, o dever cumprido, sabendo que não devia discutir. Mandou dois homens até o outro lado da rua para enviar uma mensagem para Johnstown da torre telegráfica da estação, montou no cavalo sujo de lama e foi embora, subindo novamente a estrada escorregadia na direção do lago.

A bunda de Tom Givens estava doendo por causa do banco, aquele tortuoso banco que mais parecia de igreja e tentava se fazer passar por confortável, e a chuva estava caindo forte de novo, batucando no telhado de metal. Ele fechou os olhos e pensou brevemente em cochilar, abriu-os novamente e olhou para o relógio: três e vinte, quase três horas passadas sentado ali, esperando. Ele fechou o relógio e o colocou de volta no bolso do colete. Sabia que a coisa sensata a fazer era voltar para o clube, voltar para os confortos e o isolamento, e também sabia que preferia passar a noite dormindo naquele banco.

Quando se levantou, seus joelhos estalaram quase tão alto quanto bombinhas. O funcionário do pátio de manobras estava gritando com alguém na plataforma; o bilheteiro levantou os olhos do jornal e ofereceu um sorriso tenso e cansado. Tom Givens assentiu e andou lentamente pelo aposento, parando para aquecer as mãos no aquecedor arredondado e atarracado antes de voltar a olhar pelas janelas molhadas de chuva. Do outro lado dos trilhos, a Railroad Street, com a fileira organizada de lojas, a serraria e o vertedor de carvão da estação; mais à frente, o Little Conemaugh e o riacho South Fork se juntavam em uma fita amarelo-amarronzada que engolia as planícies depois da estação, já ocupando o terreno de várias casas lá. Nas margens, choupos com troncos cobertos de shimejis-pretos se balançavam e se contorciam com o vento e a correnteza.

Havia pessoas na rua, homens e mulheres parados como idiotas no temporal, gritando, alguns correndo, mas sem voltar para um lugar coberto.

Nessa hora, ele ouviu o trovão rimbombando mais do que um trovão, mais do que o terrível rodopiar e rugir da tromba d'água do pesadelo. A terra tremeu embaixo dos seus pés. O piso, as paredes e as vidraças da estação ressonando com tremores solidários.

Fuja, Thomas, fuja correndo.

Um, dois batimentos acelerados, e surgiu, bem perto, quinze metros de altura e enchendo o vale de um lado a outro, uma montanha de espuma e detritos avançando. Cada tronco, árvore viva e poste de cerca entre a cidade e a represa se soltava, dentes de carvalho, bétula e pinheiro enfiados em gengivas de terra e espuma de cachorro doido, mastigando o mundo conforme passava.

Fuja, Thomas, fuja correndo. Ela está chegando.

Mas não dava para afastar o olhar, mesmo quando ele ouviu passos e alguém o segurou e puxou bruscamente seu ombro, mesmo quando ele se mijou e sentiu o calor se espalhando pela virilha. Ele teve um vislumbre de um telhado de celeiro sendo jogado alto na crista antes de cair e ser esmagado até virar lascas.

Tarde demais. Ela chegou, Tom. Ela chegou.

E então o lago Conemaugh e tudo o que ele pegou no caminho até South Fork chegaram à cidade, e, no último momento antes de a água chegar à Railroad Street e à estação, Tom Givens fechou os olhos.

Embaixo do céu vermelho, ele não tem lembrança precisa da longa caminhada até aquele inferno em particular, cantos escorregadios manchados de choque e água, não se lembra sequer de subir na ponte. Só existe a mais leve lembrança de se deitar no chão da estação, com o rosto em estilhaços de vidro enquanto a construção se inclinava e se entortava, ancorada pelo cabo do telégrafo; estilhaços de vidro e os carvões incandescentes caindo do aquecedor virado – fumegando, chiando na água suja, uma chuva cinza enegrecida de fuligem da chaminé pendurada; lembranças mais difusas do caos da queda através da escuridão de folhas molhadas e golpes de teixo e garras de galhos, e em algum momento o braço esquerdo parou de doer e agora pende, inútil e paralisado, na lateral do corpo; ele se lembra de cair de novo e de novo e de cachorros invisíveis uivando como carpideiras. Um garoto negro, chorando e nu, pintado com sangue da cor grudenta de piche derretido, os dois olhando juntos para o vão aberto onde Mineral Point devia estar,

"Onde está?", perguntou Tom Givens. "Me diga para onde foi."

"Senhor", respondeu o garoto negro, "a água veio e destruiu tudo."

e seus olhos seguiram o dedo do garoto, e cachorros uivantes como carpideiras e

"Senhor, seu braço está quebrado, não está? Eu acho que parece quebrado."

E nada mais, nada que Tom Givens consiga lembrar. Acima dele, o céu está vermelho-fornalha, e ele está sentado sozinho na ponte. Arcos de arenito e de argamassa entupidos de ossos quebrados dos mortos recentes, South Fork e Mineral Point, Woodvale e Franklin, Johnstown propriamente, o vômito emaranhado da enchente empilhado mais alto do que a ponte. Vagões e árvores, centenas de casas arrancadas das bases e empilhadas aqui, postes de telégrafo e mobília. Quilômetros impossíveis de arame farpado cintilante da demolida fábrica Gautier, uma guirlanda horrível decorada com cadáveres de vacas, cavalos e seres humanos.

E os gritos dos vivos presos ali dentro.

E tudo queima.

Turbidez preta como piche, fumaça oleosa das chamas, expirada estalando para o céu, uma respiração sufocada com fedor de fumaça de madeira e carne frita. Fagulhas espiralam no céu laranja escaldante e branco-amarelado e somem acima, espalhando o fogo como sementes incandescentes do demônio.

Ao redor dele, homens e mulheres se movem, corpos inclinados e lutando para puxar os mortos, os moribundos e os levemente feridos dos destroços. E se alguém repara que ele não se mexe para ajudar, ninguém para e pergunta o motivo.

De algum lugar no fundo da pira vem o gemido rouco de aço, o rangido de tábua, madeira e metal transformados em um único grito animalesco perfurante, uma ululação crescente, e os destroços oscilam, tremendo em seu sonho febril; por *isso* eles param, por isso eles gastam segundos temerosos e olham a noite fumacenta, com medo do que vão ver, de ainda haver alguma coisa pior, guardada para o clímax, para dar ênfase. Mas o vento sufocante leva para longe, abafa qualquer chance de eco, e mais uma vez há apenas os sons sofridos e os sons abrasadores.

E ele é o único que a vê, o único ainda olhando quando ela anda por entre a madeira protuberante, pisa em poças chamejantes de água suja de querosene. Um momento, perdida na fumaça, e ela sai no ar limpo de novo. O cabelo dança no calor escaldante, e o vestido branco está queimado e rasgado, pendendo do corpo em trapos de linho. A mancha florescendo na virilha, um cravo marrom-ferrugem se abrindo, com pétalas ensanguentadas, sangue brilhante nas palmas das mãos que ela vira para ele.

Olhos mortos salpicados de fogo e lábios mortos que se movem, formando palavras sem som, e *Ah, sim, você não sabia? O Tom aqui a viu*, e o que não há para ele ouvir está bem claro para que ele veja. Ela abre os braços e mais uma vez ela some, restando apenas o lixo em chamas.

... viu todo o acontecimento lamentável.

Ele luta contra o aperto forte das mãos deles, mãos que o puxam para longe da beirada, mãos tão duras quanto o ferro e o coque que eles fazem há cinco, dez ou quinze anos, forçando-o pelas pedras lisas e frias como cadáveres, prendendo-o, impotente, à ponte.

Acima dele, o céu está vermelho e cheio de brasas que velejam e piscam e finalmente caem como estrelas.

Se existisse algo como fantasmas, a noite estaria cheia deles.

David McCullough, *The Johnstown Flood* (1987)

INSECTUM. HIST.IV

04.

LÁGRIMAS SETE VEZES SAL

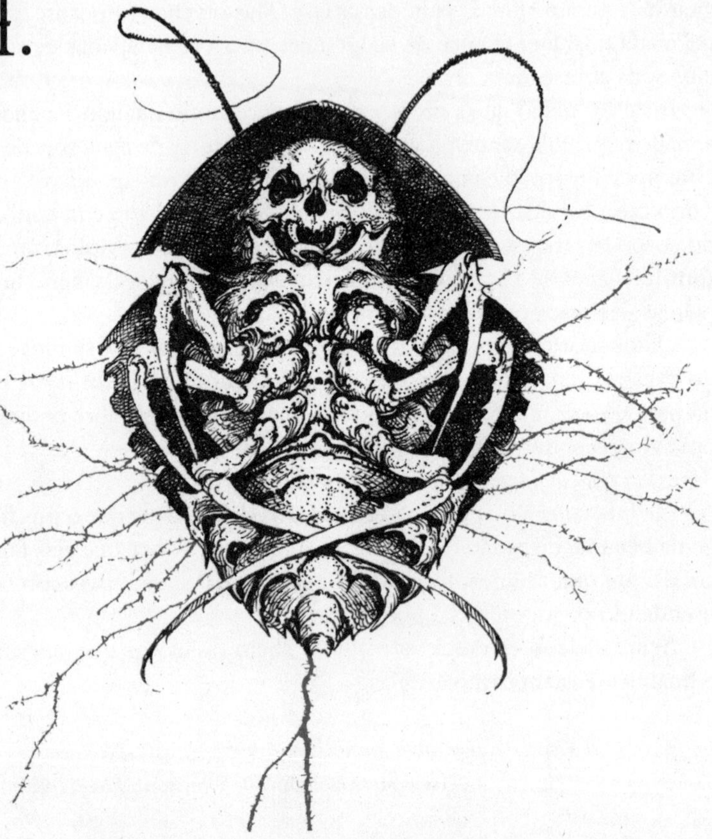

Blattaria Nefastvm

FEMINAM —— *SEXAGINTA SEX*

P.68

Um exercício prático para tantas histórias depois dessa, minha releitura punk-rock febril de A pequena sereia. Acho que dá para perceber. Além disso, foi minha primeira história de Manhattan, porque, quando entrei no metrô, não consegui parar de pensar no que há embaixo dele.

CAITLÍN R. KIERNAN

Jenny Haniver está sentada sozinha no colchão eternamente úmido no meio do piso de concreto, o forro de algodão escuro de mofo, e nenhuma luz entra pelas janelas pintadas de preto fosco no apartamento de porão. Os livros estão espalhados ao redor dela como tijolos de papel, capas empenadas e páginas inchadas. O oscilar de velas e a firmeza fluorescente das dezenas de aquários borbulham alegremente, o sussurro catarrento e onipresente do ar passando por carvão, turfa e rocha vulcânica. Ela sabe as palavras de cor, uma interação de latim e inglês, fotos sagradas de escamas e pele arrancada, músculos brilhando de tinta e órgãos abertos no colo dela.

Se esse conhecimento fosse suficiente, ela teria ido até eles muito, muito tempo antes.

Os dedos de Jenny seguem as linhas familiares e reconfortantes, e os lábios se movem, pronunciando sem som, como quem reza um terço para cada filete de cartilagem e ponta de osso, hiomandibular, interopercular, crista supraoccipital.

Necessário, mas totalmente insuficiente; um beco sem saída para a salvação ou evolução, transcendência, e, quando termina, Jenny fecha o grande livro e o coloca de lado.

O apartamento é pequeno demais, e seus tanques cobrem cada centímetro de parede com prateleiras; mesas compridas e abarrotadas, portas roubadas equilibradas sobre blocos de concreto quebrados, ocupando todo o espaço que sobra, superfícies irregulares lotadas de potes embaçados com formol e bandejas de dissecção cobertas de cera, alfinetes e bisturis enferrujados. No centro, o colchão resgatado de um lixão e ela em seu âmago encharcado. Ela abre os olhos, íris cor de alga, as pupilas castanhas lisas como estrelas mortas comendo a pequena poça de luz da vela amarela e a inundação verde-esbranquiçada ao redor. O ar fede a coisa molhada, peixe e merda de peixe, mofo e alga, e a cogumelos cinzentos que crescem carnudos, em toda parte, sem serem incomodados.

Quando Jenny Haniver se levanta, lenta bolha de ar se erguendo de seu lótus descuidado, algumas das camadas de bandagens nas pernas longas se rasgam, a crosta da gaze se agarrando ao tecido ciumento do colchão velho, arrancando as cascas inúteis de ferida por baixo. Ela ignora a dor, que nem chega a ser uma inconveniência agora, só um murmúrio distante e zombeteiro de fracasso.

Boatos de boatos chegam até o porão dela, e esta noite Jenny Haniver sai para ver se há alguma verdade no que é dito. Ela vem até aqui cada vez com menos frequência, essa caverna de aço e cimento, um armazém no passado, com o Hudson sujo suspirando lá fora, de forma que o ar tem gosto seguro o bastante. Ela usa um body preto e prata já meio velho para esconder as marcas, as bandagens, beberica a tequila salgada e observa os dançarinos, corpos se contorcendo como algas e enguias emaranhadas na corrente invisível de som, uma mistura alternada de repique industrial e murmúrio gótico sufocante. Vampiros pintados e garotos com lábios carnudos da cor de guelras vivas, um fedor de rave: suor, fumaça, leve ranço de cerveja derramada e porra.

"Jenny", diz a garota, gritando delicadamente acima da música, e senta no banco em frente a ela, do outro lado da mesa. Jenny levanta o olhar da bebida e espera até se lembrar do rosto, encontra o nome para o cabelo descolorido e as sobrancelhas raspadas e pintadas a lápis.

"Oi", diz ela. "Oi, Maria."

"Ninguém vê você mais", diz a garota, inclinando-se para a frente para ser ouvida, e a luz negra estroboscópica faz brilhar o piercing prateado em sua língua, o pequeno aro no lábio inferior. "Alguém disse que viu você em Chelsea mês passado. Pedro, é, foi ele que disse isso."

Jenny assente, não diz sim nem não, um leve sorriso mostrando os dentes, triângulos afiados e amarelados de placa, incisivos e caninos lixados com a perfeição de piranhas. Ela deixa o olhar voltar ao copo, e a garota continua falando.

"Jamie e Glitch montaram uma banda nova juntos", diz ela. "E Jamie está cantando quase sempre, mas, Cristo, Jenny, você sabe que ela não canta como você."

"Eu soube que Ariadne voltou", diz Jenny, e a garota nada fala por um longo tempo, um espaço esticado e desconfortável preenchido pelo ruído e pelo berro das caixas de som, pelo pandemônio calculado e pelo barulho de vozes humanas ao fundo.

"Nossa, onde foi que você ouviu uma coisa dessas? As pessoas não voltam dos túneis. Quando você chega tão fundo assim, não volta."

Jenny Haniver não discute, termina a tequila e olha as pessoas dançando. A garota se aproxima de novo, e o hálito dela tem cheiro de alho e álcool.

"Eu consegui um pouco de X", diz ela. "Quer usar um pouco de X comigo, Jenny?"

"Eu tenho que ir", diz Jenny e se levanta, repara em uma mancha oleosa e brilhante no couro sintético vermelho, onde encharcou os curativos e o body de náilon.

"Todo mundo sente sua falta, Jenny. Vou dizer pra Glitch que você mandou lembranças, tá?"

Ela não responde, se vira rapidamente e deixa a garota, sem dizer mais qualquer palavra, abre caminho pela pista de dança, andando entre renda rasgada, látex e mãos que tateiam casual e desesperadamente quando ela passa, aquela contracorrente de esquecimento, necessidade e pelo menos cem fomes diferentes.

O pai de Jenny Haniver nunca a estuprou, nunca a abriu como uma ostra cinzenta viva e plantou grãos de areia para gerar pérolas e psicoses; nada desse tipo de trauma de talk-show da moda, nada tão horrível que teria de ser libertado com hipnose e terapia de regressão.

Ele era estivador, e a mãe o abandonou quando Jenny ainda era bebê, deixou-o sozinho com a filha e a mãe idosa e senil com sotaque polonês denso como creme. Às vezes, quando estava bêbado, ele batia nelas, e quando estava sóbrio às vezes ele pedia desculpas.

Uma vez, depois de uma demissão ou de uma briga com o chefe, ele deu um tapa tão forte na cara de Jenny que arrancou um dente da frente, era de leite e já estava mole mesmo, mas depois ele chorou, e eles foram de trem até Coney Island, para o Aquário de Nova York. Ele a pegou no colo, e Jenny encostou o rosto nos vidros grossos, os olhos arregalados e se afogando na luz cheia de musgo que entrava por cima, sem acreditar enquanto garoupas, barracudas e tubarões passavam em silêncio, como os pesadelos mais aerodinâmicos.

Depois da boate e da longa caminhada no frio de fevereiro até o apartamento, Jenny para na frente do espelho do banheirinho, um espelho sem moldura mais alto do que ela, e as paredes cobertas de papéis coloridos arrancados de livros de bibliotecas. A Ofélia de Millais e Shalott de John Waterhouse, *O abismo verde* e uma dezena de sereias vitorianas sem nome. Ela tirou a roupa aos trapos, soltou a maioria dos curativos encharcados. Estão caídos em uma pilha grudenta aos pés dela, tons manchados e imperdoáveis de infecção e algumas manchas sangrentas.

O ar está tão frio que se move lenta e pesadamente como água ártica ao redor do corpo nu, denso e gélido e cheirando ao perfume cárneo e intenso de podridão que sai das incisões que não se curam, das manchas escuras contornadas de vermelho por suas coxas e pernas, na barriga. A incisão mais recente, de apenas dois dias antes, já está sumindo, um brilho azulado trocado pela cor de gordura de sanduíche em um saco de papel-pardo. Ela toca nela, e as escamas cicloides se soltam como caspa, caindo mortas e inúteis no chão.

Jenny Haniver fecha os olhos até a decepção e a náusea passarem, e não sobrou nada além do gotejar das torneiras, do murmúrio borbulhante dos aquários no outro aposento. Desta vez, ela não vai quebrar o espelho, não vai se entregar ao desespero. Ela abre os olhos e observa a coisa esquelética que a observa, um brilho metálico de desespero naquele rosto magro estilo Auschwitz, os ângulos e os vãos dos ossos embaixo da pele pálida de morte.

Você não tem como vencer, ela pensa. *Não vou morrer trancada aqui.*

Jenny Haniver dá as costas ao espelho, se vira para o box do chuveiro, não tem banheira ali, e abre a cortina de plástico escura de mofo. Ela precisa usar a chave de boca na pequena prateleira destinada ao sabonete ou xampu para abrir a torneira, e a água sai gelada e entorpecente. Ela fica embaixo do jorro até parar de tremer, até conseguir não sentir nada além da pressão distante da água batendo inutilmente na pele imutável.

Quando Jenny Haniver era criança, a vovó falava com os canos, inclinava-se sobre pias e banheiras, sobre a privada e calhas de chuva e falava lenta e delicadamente pelos ralos, microfones que carregavam a voz rouca da velha para as entranhas da cidade, para a cidade embaixo da cidade. Jenny ficava sentada olhando, prestando atenção, esforçando-se com ansiedade para ouvir as respostas que a avó claramente ouvia.

"Por que nunca consigo ouvir nada?", perguntou Jenny finalmente em uma tarde de inverno, depois da aula. Ela tinha ficado olhando por quase uma hora, da mesa da cozinha, enquanto a avó se reclinava, com a cabeça e os ombros ossudos, na direção da pia branca, alternadamente colocando o ouvido e depois os lábios no ralo. Quando falava, quase parecia que ela beijava o aro enferrujado do buraco.

Vovó levantou a cabeça com uma careta de impaciência, e Jenny soube que a tinha interrompido, sentiu muito, mas teve medo de dizer. O sol do fim da tarde, suave na janela suja da cozinha, marcava as rugas e dobras do rosto da avó, sombreando cada ruga ainda mais, fazendo-a parecer mais velha do que era. Os olhos pareciam buracos feitos pelo bico de um pássaro, escuros e apertados, observando a neta abusada.

"Só quando você começar a sangrar pra lua", disse a avó, segurando com violência a virilha sobre o vestido largo. Ela fez uma careta e mostrou as gengivas.

Jenny não era burra; sabia sobre menstruação, que um dia teria mensalmente, que não seria mais criança.

"Mas, aí, você não vai precisar esperar que eles falem com você, Jenny", disse a avó, "porque *aí* eles vão sentir seu cheiro, vão sentir sua seiva na água do seu banho ou quando você lavar as mãos ou der descarga. Aí, eles vão vir pra levar você *de volta*."

Jenny teve medo, apesar de saber que vovó não estava bem, não estava boa da cabeça, como o pai dizia às vezes, desenhando círculos no ar em volta da orelha.

"De volta pra onde?", perguntou ela com cautela, sem querer realmente saber o que vovó queria dizer.

"Pros esgotos, onde, na merda e na escuridão, o vovô encontrou você."

O avô de Jenny trabalhava debaixo das ruas, contou para ela histórias sobre jacarés e ratos de esgoto enormes e cegos que nunca viam o sol, e gatos grandes e fortes como cachorros que moravam lá embaixo e se alimentavam deles. Mas ele estava morto e nunca tinha dito para ela uma palavra sobre tê-la encontrado no esgoto.

"Você era um bebê tão feio que nem o povo-peixe que mora lá embaixo queria você. Deixaram você embaixo de um bueiro grande, e vovô encontrou você, pelada e suja de merda, e o coração amoleceu, e ele trouxe você pra casa."

Jenny abriu a boca, mas de repente ficou com muito medo de dizer alguma coisa.

"Sua mãe, *ela* sabia, Jenny. Sim, sua mãe sabia que você não era o bebê dela de verdade, e foi por isso que foi embora."

A avó riu, um cacarejo seco, e balançou um dedo torto de artrite para Jenny. "E não pergunte ao seu pai. Ele é burro demais e não sabe que a garotinha dele não é uma garotinha de verdade. Se soubesse, ficaria tão zangado que levaria você de volta lá pra baixo ou mataria você."

Então ela colocou a cabeça na pia de novo, e Jenny ficou olhando para o traseiro magro da avó, ainda sem conseguir falar, presa entre o nó frio e sólido pesando no estômago e o ardor quente e salgado de lágrimas surgindo nos olhos. Depois de um tempo, a avó ficou entediada, ou as pessoas-peixe pararam de falar com ela, e ela foi ver televisão e deixou Jenny a sós na cozinha.

Depois que toma banho, depois que engole duas cápsulas verdes de cefalexina sem água – antibióticos que ela compra barato nas ruas – e coloca ataduras limpas nas pernas, Jenny adormece no colchão fedorento.

E ela sonha com Ariadne Moreau e o quarto pendurado e com os fios esticados que a seguram, suspensos bem acima do chão escorregadio. Cem farpas de aço inoxidável perfuram a pele suja de sangue dos braços esticados, dos ombros e seios e do rosto virado para cima. Ela se tornou uma crucificação incomparável. Ariadne a segura firmemente e passa a lâmina do bisturi na parte interna das coxas, primeiro em uma e depois na outra, pelo comprimento de cada perna pendurada.

"A bruxa velha devia ter sido presa por dizer coisas malucas assim para uma criança", diz Ariadne.

Jenny não tira os olhos do ponto acima, onde todos os fios convergem, o anel louco de spray de sal e espuma comendo o teto, a ebulição anti-horária de ripas, gesso e vigas que se quebram como as costelas de gigantes morrendo.

"Gente assim", diz Ariadne, "me faz lamentar não acreditar no inferno."

Ela prende os tornozelos de Jenny um no outro com fita adesiva e começa a costurar, enfia a agulha logo acima do tornozelo direito, passa o fio cirúrgico delicado até o esquerdo. Fechando os ferimentos, costurando o caminho do bisturi e a odiosa fenda entre as pernas.

Jenny Haniver segue ao oeste na Forty-Eighth Street, com sombras envolventes contra o sol do fim da manhã, que se mostra por breves momentos de cada vez, aparecendo e se escondendo atrás das nuvens cinzentas como uma criança tímida e quente. Ela anda com passos rápidos e determinados, ignorando as pontadas de dor nos pés e nas pernas, que parecem subir da calçada. Desloca-se entre e pela confusão distraída de ombros e rostos, evita seu reflexo nas vidraças de vitrines e de saguões de prédios comerciais quando passa. O vento gelado do Hudson sacode o casaco fino, balança o cabelo comprido e embaraçado.

O caminho até os túneis, a vala entre as avenidas Tenth e Eleventh que Ariadne mostrou meses antes, continua lá e não foi fechado. Da beirada de um latão de lixo, Jenny sobe pela cerca de arame que a cidade botou para impedir os sem-teto do subterrâneo de sair e entrar; ela se agarra na tapeçaria de aço, nos espaços em forma de diamante como escamas de marlim, com dedos nus maltratados pelo vento e as pontas gastas dos tênis. Uma única faixa de arame farpado no alto cria um problema momentâneo, mas a solução custa só algumas gotas do sangue dela e um novo corte em uma das mangas do casaco.

Nove metros descendo até os trilhos, e ela desce pelas paredes íngremes de granito, nada além de amontoados secos de solidago e sumagre venenoso como apoios traiçoeiros de mão. Ela escorrega e cai os últimos dois metros e meio até a estrada de cascalho abaixo, cai sentada com força, o coração disparado e sangue na boca, de morder a língua. Gosto de sal e ferro, mas nada quebrado.

Na frente e atrás, a ferrovia velha desaparece nas pedras, explodidas mais de cem anos antes, e nada mais passa por ali além de um ocasional trem de carga. Ela tira os óculos de sol, guarda-os no bolso do casaco e anda para a escuridão em um tapete de boas-vindas de roupas e garrafas verdes quebradas, frascos de crack vazios e seringas descartadas.

Lá dentro, o fedor de urina e fezes humanas é tão denso e completo quanto o escuro; Jenny tem ânsia de vômito, sente o gosto ácido e amargo de bile e esconde a boca e o nariz na dobra do braço. Ela sabe que tem gente olhando, consegue sentir o acompanhamento cauteloso ou até apavorado dos olhos, e às vezes consegue ouvir sussurros baixos nos túneis adjacentes. Alguma coisa passa perto da orelha esquerda dela, e com um estalo alto e molhado uma garrafa se espatifa na parede do túnel. Ela é salpicada de estilhaços de vidro e gotas de vinho ou cerveja estragados.

"Quem *é* você?", pergunta uma voz rouca e sem gênero. "Quem *diabos* é você?"

Ela não responde, fica perfeitamente imóvel e olha para a escuridão, fingindo desafio, fingindo não estar com medo, não estar com o coração disparado no peito e com a boca seca como o cascalho do chão.

Nenhuma outra palavra soa no escuro, só os resmungos distantes de carros e caminhões na rua acima, e Jenny começa a andar de novo, agradecida pela companhia dos próprios passos.

Há grades de ferro no telhado do túnel em intervalos irregulares, com luz quadriculada ofuscante vinda do mundo alheio lá em cima que só torna a escuridão muito mais absoluta. Ela contorna, não passa pela luz, mas vai contando cuidadosamente as poças intensas e cegantes na mente; uma, três, cinco, e na sétima vira à esquerda. O arco estilo alça de cesta do túnel lateral é quase invisível, um reflexo leve da confusão calculada dos tijolos; pichado em branco acima e pelas pedras irregulares, jesus salva; e um desenho como um peixinho dourado de criancinha. Jenny olha por cima do ombro uma vez antes de deixar a luz para trás e seguir a inclinação suave do túnel lateral oeste, na direção do rio.

Ela aprendeu a ouvir as vozes nos canos três anos antes do primeiro período menstrual, menos de um mês depois de a avó ter contado sobre o avô tê-la encontrado no esgoto.

Bem tarde da noite, quando tinha certeza de que todo mundo estava dormindo – o pai perdido nos sonhos agitados e a avó roncando como uma britadeira no fim do corredor –, Jenny saía da cama e descia pé ante pé até o banheiro do andar de baixo. Levava um cobertor, porque o piso e a banheira de ferro estavam sempre gelados, e ficava deitada durante horas, encolhida em posição fetal, com a orelha encostada no ralo.

No começo, não havia nada além de um zumbido distante de oceano, como conchas, e os sons do encanamento velho de cobre da construção limpando suas mil gargantas, o gorgolejar de água subindo da rua ou descendo pelo esgoto. O estalo metálico de canos expandindo ou contraindo. Às vezes, ela cochilava e sonhava nos verdes e marrons embotados do grande aquário de Coney Island, o oscilar preguiçoso de plantas marinhas e filamentos de anêmona e as sombras estranhas que se moviam como nuvens de tempestade acima.

Mas, três noites antes do Natal e de uma camada fresca de neve como cobertura de baunilha, ela ouviu as vozes deles, tão baixas a princípio que poderiam ser qualquer outra coisa, ar preso ou sua imaginação. E Jenny ficou bem parada, de súbito desperta e com todos os músculos contraídos, ouvindo sem acreditar no que estava ouvindo, sem querer acreditar que estava ouvindo.

Um murmúrio suave e sibilante, e a pele dela ficou toda arrepiada.

Não palavras, pelo menos não palavras que ela pudesse entender, uma mistura abafada de sibilares, estalos e suspiros aveludados que subiam e desciam em ondas sobrepostas, respiradas. Jenny lutou contra o medo, aquela coisa escorregadia e vermelha se contorcendo por dentro, e o coração disparado, a vontade de se afastar, de correr gritando para o pai e *contar* tudo para ele, tudo o que a avó disse naquele dia na cozinha e tudo o que disse depois. A vontade de abrir a torneira de água pelando e afogar o que tinha lá embaixo.

As pessoas-peixe que moram lá embaixo.

Mas Jenny Haniver não fugiu. Apertou bem os olhos e ignorou tudo, exceto as vozes molhadas. Ficou deitada com os punhos bem fechados e os joelhos apoiados nas laterais da banheira. Tentou arrancar algo parecido com significado da falação. E depois voltava todas as noites, passava as horas mortas da casa ouvindo com paciência e pavor até começar a entender.

A cidade embaixo da cidade, um labirinto acumulado de canos e túneis com profundidade de arranha-céu abaixo da casca de asfalto e concreto de Manhattan; esgoto e metrô barulhento e dezenas de milhares de quilômetros de adutoras de gás, vapor e água. Cabos elétricos e telefônicos como neurônios crepitantes enterrados na carne da cidade, dendritos de cobre enrolados em neoprene, borracha e chumbo.

Jenny Haniver anda pelo labirinto de formigueiro, paredes de argamassa ruindo e granito sólido. Ela conta cada passo cego, as instruções de Ariadne memorizadas como uma combinação de cofre: quarenta e cinco, direita; setenta e um, esquerda. Cada vez mais fundo na colmeia de terra embaixo de Hell's Kitchen. O ar fica mais quente aos poucos, e os únicos sons que restam são os guinchos e arranhões nervosos de ratos, o gotejar e o jorro d'água de paredes e tetos conforme o ar mofado umedece.

Os olhos dela não se ajustam, registram só a ausência cada vez maior de luz, mil tons mais escuros que o breu; escuridão capaz de sufocar, que penetra pelas narinas e se acomoda nos pulmões como uma pneumonia preta. Ela anda desajeitada como um zumbi cambaleante, as mãos esticadas de Frankenstein na frente do corpo, levanta bem os pés para não tropeçar no lixo nem pisar em um rato.

Cinquenta e sete, daí à direita, essa é a última parte, e até onde sabe ela está perdida, é quase certo que nunca vai conseguir reverter a ordem e seguir os números ao contrário até a superfície. Quando percebe o mais leve dos brilhos à frente, ela acredita que só pode ser pânico, alucinação, uma provocação cruel de fogo-fátuo sonhada pelos bastonetes e cones dos olhos famintos por luz. Mas, a cada passo, a luz parece inchar, torna-se um brilho azulado leve agora, e ela quase consegue identificar as paredes do túnel, as mãos brancas em algum lugar na frente do rosto.

Há sons novos também, o sussurro seco de papel e o estalo úmido de pele na lama. O ar tem cheiro de merda e do apodrecimento frio de geladeiras esquecidas. O túnel amplia, depois se abre abruptamente em uma pequena caverna, as paredes baixas cobertas de salitre e uma escória de fungos luminescentes, e ela consegue enxergar bem o bastante para identificar as formas encolhidas lá dentro. Pele sem cor na escuridão constante, esticada demais em esqueletos magrelos, ombros finos, costelas de xilofone. Corpos nus no frio e na umidade ou roupas pendendo em trapos como uma segunda pele descamando.

Jenny segue o caminho estreito entre eles, e eles a veem passar com olhos vazios e famintos, olhos de tubarão, seguram suas panturrilhas e tornozelos em um frenesi desanimado, com mãos pouco mais do que garras com veias azuis, braços pouco mais que galhos.

Ariadne Moreau está sentada sozinha em uma cadeira dobrável de metal retorcida no fim da câmara, com uma auréola de juba de leão de cabelo preto embaraçado e colares de ossos de rato pendurados como contas ao redor do pescoço. Ela não usa nada além das botas altas de couro e da jaqueta de vinil, ambas com uma crosta de lama seca e mofo. As coxas, as costas das mãos ossudas, têm marcas de choro, e ela sorri, uma aprovação fraca e doentia, ou alívio, quando Jenny se aproxima.

"Eu sabia que você viria", diz ela, e a voz sai num suspiro, um ofego rouco, e ela estica uma das mãos para Jenny, os dedos trêmulos e as unhas roídas até os sabugos imundos. "Nunca parei de acreditar que você viria."

Jenny não segura a mão dela, fica alguns metros distante.

"Não está funcionando", diz ela, e abre o casaco longo, exibe a pele destruída para mostrar o que disse. Ela está apenas com uma calcinha boxer por baixo, e todas as ataduras estão purgando, com manchas que parecem tinta sépia na luz azul estranha da caverna. Algumas se soltaram completamente, revelando as suturas desajeitadas e os necróticos retalhos dos enxertos.

"Eu tenho que saber se você aprendeu alguma coisa. Se viu alguma coisa aqui embaixo", diz Jenny, e fecha o casaco.

O sorriso de Ariadne some, bobo, dissolve-se em câmera lenta, e ela deixa o braço pender novamente ao lado do corpo. Ela ri, um som dolorido e quebrado, e balança a cabeça descabelada.

"*Alguma coisa*", diz Jenny de novo. "*Por favor.*" E pega o saco de pó branco no bolso do casaco, estende para Ariadne. Atrás de Jenny, mais pessoas sussurram nervosamente entre si.

"Foda-se, Jenny." As palavras são cuspidas delicadamente, como sementes de melão. "Foda-se, e que se fodam as vozes na porra da sua cabeça doente."

Jenny chega mais perto, coloca a heroína no joelho nu de Ariadne com delicadeza.

"Desculpa", diz ela. "Não posso ficar."

"Pelo menos me deixa beijar você, Jen." E os braços de Ariadne se esticam como moreias, fechando-se com firmeza no pescoço de Jenny, e a puxam com força para baixo. A boca de Ariadne tem gosto de cinzas e dentes estragados, e a língua explora para além do recife irregular de incisivos afiados. Jenny tenta se afastar, empurra com força, e Ariadne morde a ponta da língua dela quando as bocas se separam, morde com força, e Jenny cambaleia para trás e quase cai no meio das pessoas agitadas, a dor e o calor de cobre enganoso do próprio sangue nos lábios.

Ariadne ri de novo, uma risada má e sem esperanças, limpa a boca com as costas de uma das mãos e pega o saco de droga no joelho com a outra.

"Saia daqui, Jenny. Suba e se corte até ficar em tiras."

Olhos que são só pupila agora, e a mancha escura do sangue de Jenny no queixo.

Jenny Haniver volta correndo pelo caminho de onde veio, desviando da floresta de mãos que se ergue ao redor dela.

No sonho, o sonho que ela teve repetidamente desde a primeira noite que ouviu as vozes, Jenny Haniver flutua sem peso em tons silenciosos de malaquita e ocre. O sol entra pelo mundo de algum outro lugar lá em cima, feixes da Bíblia na escuridão perfeita e lodosa. Ela move a longa cauda lentamente, de um lado para o outro, e afunda mais, abre bem os braços prateados, aceitando e convidando. E ele vem de baixo, das profundezas frias e imóveis onde o sol nunca chega, a noite do peixe-víbora, e a envolve em ondas pélvicas e espinhas afiadas. Ela ofega, e a água salgada desce pela garganta por aberturas avermelhadas embaixo do queixo.

Jenny afunda os dentes, uma fileira serrada atrás da outra, na carne macia dos ombros dele, arranha o peito liso com as esporas eretas dos mamilos.

E as vozes estão ao redor, ecos batipelágicos, tão tangíveis quanto o gosto doce do sangue dele em sua boca.

Ela nunca se sentiu tão segura, nunca se sentiu metade desse inteiro.

Os corpos se entrelaçam, uma trança viva de escamas cintilantes e pele iridescente sem escamas. E juntos eles descem rolando, até a única luz ser o brilho fotóforo amarelado dos chamarizes dos tamboris e dos filamentos das medusas.

Ela acorda de novo, dolorida no buraco úmido, mais cega do que no último momento antes de abrir os olhos. Não há mais senso de tempo, só a leve certeza de que ficou vagando pelos túneis pelo que deviam ser dias e dias agora, e a dor ardente na boca e na garganta, o presente infeccioso de Ariadne corroendo até o crânio. Ela está se afogando, mente e corpo, na maré noturna incessante dos túneis e nos fluidos azedos que escorrem da língua ferida.

Jenny Haniver tosse, anzóis perfurando seu peito e sua garganta, e cospe uma coisa densa e quente no escuro. Ela tenta se levantar, apoia-se, braços e ombros instáveis na parede escorregadia do túnel, mas os espasmos perfurantes nos pés e nas pernas e a vertigem da febre a obrigam a se sentar rapidamente antes de cair.

Os ratos ainda estão ali, esperando com infinita paciência carniceira que ela morra. Ela consegue ouvir a respiração e o barulho das patinhas no piso de pedra. Não sabe por que não a atacaram quando dormia; ela não tem mais voz para gritar com eles, então chuta com força os corpos macios cheios de pulgas quando chegam perto demais.

Como não consegue andar, ela engatinha.

Aqui, além do fracasso misericordioso do concreto e dos reforços dos bastões de aço, onde um túnel esquecido desabou, caiu no vão de outro bem mais velho, ela espera, jogada no fundo de cascalho e detritos. Com o rosto enfiado numa mistura de entulho de cimento e trabalho destruído de construtores coloniais, o rio de resíduos e água coberta de sujeira se move a centímetros do rosto. Os ratos e os fantasmas murmurantes da avó, do avô e do pai não vão segui-la até lá embaixo; eles esperam como um júri, como abutres esqueléticos, como os vivos (coisa que não são) na vigília do leito de morte dela.

Há uma luz oscilante amarelo-esverdeada embaixo da água, a luz espalhafatosa e marrom de coisas que nunca verão o sol e aprenderam a fazer o seu próprio. Tanta luz que machuca seus olhos e ela precisa apertá-los. O esgoto antigo vibra com as vozes, as músicas sirênicas com estalos e trinados e berros altos, mas ela não pode responder, a língua destruída tão inchada que ela mal consegue fechar a boca ou respirar. Ela mexe fracamente com os dedos da mão esticada, batendo na superfície com a palma.

A avó ri de novo, e o pai e o avô tentam chamá-la de volta, eles prometem coisas que ela nunca teve e nunca quis. Isso só faz a avó rir mais alto. Jenny os ignora, vê as sombras longas e sinuosas que se movem preguiçosamente pelo teto abobadado. Uma coisa grande roça as pontas dos dedos dela, uma aspereza sedosa e barbatanas como rendas, uma força inimaginável no flexionar lateral daqueles músculos, e ela quer chorar, mas o calor da febre selou seus dutos lacrimais.

Ela enfia as duas mãos fundo na espuma e na gosma que marca o limite entre mundos, pedra e água, e rasteja pelos últimos poucos metros. Arrastando as pernas inúteis, Jenny Haniver desliza no rio quente como mijo e deixa que as correntezas familiares a carreguem para o mar.

Oh, se esta carne sólida, tão sólida, se desfizesse...

William Shakespeare, Hamlet

INSECTUM. HIST.V

05.

CAFÉ DA MANHÃ NA CASA DO SOL NASCENTE[3]

(Balada do Assassinato n° 1)

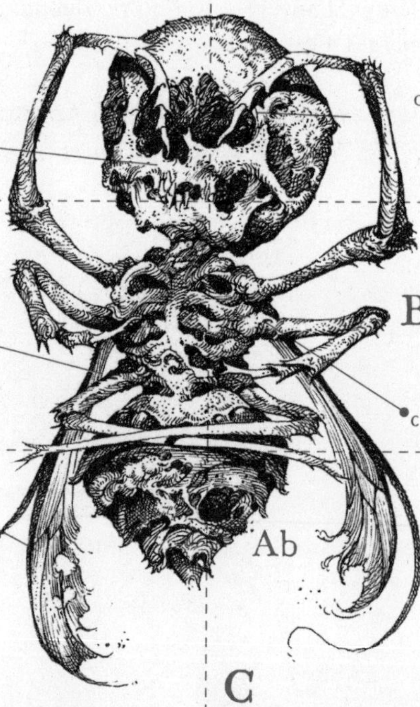

Appia Malparidvm

FEMINAM —— *SEPTUAGINTA OCTO*

Jimmy DeSade e eu fomos amantes secretos durante anos, e não se preocupe com Salmagundi, que também foi minha amante durante anos. Essa história foi concebida no verão de 1995, boa parte do qual passei na velha casa de Poppy, em New Orleans, suando por longas noites com cheiro de magnólia. Eu estava começando a encontrar minha voz aqui, minha primeira voz, que me serviria bem por alguns anos.

3 Referência à música do The Animals, de 1964, "House of the Rising Sun". [NE]

CAITLÍN R. KIERNAN

Aqui, passando pela extremidade norte maltrapilha do Quarter, depois de muros sensatos para impedir que os vivos entrem e que os mortos saiam, com vislumbres de mármore gasto por cima do muro do cemitério St. Louis n. 1, seguindo para depois da imundície do planejado Iberville e de Our Lady of Guadalupe. Faltam horas para o amanhecer, e o homem alto em seu carro longo dobra outra esquina e desliza pela Burgundy Street. Quase sonhando, tem muito tempo que ele não dorme nem come, muito tempo desde que saiu de Matamoros e daquele longo dia do Texas antes disso, do sol e do azul ofuscante do golfo. Toda aquela porra de cocaína costurada nos assentos, blocos brancos enfiados em plástico embaixo da bunda dormente, e ele verifica o retrovisor do Lincoln, observando, observando para o caso de um policial de New Orleans não ir com a cara dele. As veias grossas nos olhos estão quase do mesmo tom de vermelho dos comprimidos rubros que o mantêm acordado, o mantêm em movimento. Mas não tem muita coisa por lá: a silhueta e a sombra provocada por postes de luz de um velho negro maluco na rua, e ele está apontando para o céu e cai de joelhos no asfalto, mas não é algo com que Jimmy DeSade deva se preocupar. Ele acende outro Camel, expira fumaça cinza, e ali está a Casa, como todas as vezes antes. Uma ruína vitoriana extravagante, com o grotesco de janelas soltas e telhas de biscoito faltando, o apodrecimento lento do tempo e da umidade da Louisiana. Talvez esteja mais curvada sobre si mesma do que na última vez, e talvez haja dois crânios novos de cachorro ou jacaré pendurados na grande magnólia montando guarda na frente. É difícil identificar no escuro, não há postes de luz aqui, nenhuma revelação em sódio, e todas as janelas do térreo são pintadas de preto, como prostitutas de luto. Jimmy DeSade passa reto, olha no retrovisor mais uma vez e entra no beco ao lado.

Rabbit abre uma fresta da porta e olha o cliente do prostíbulo cambaleando pelo longo corredor, o gordo que fedia a alho e loção pós-barba, o gordo que amarrou as mãos de Rabbit nas costas e o inclinou sobre a cama, puxou a calcinha de renda e bateu na bunda dele com uma escova de cabelo de madeira até ele fingir chorar. Até gritar pare, papai, pare, serei uma boa menina agora. Eles ainda o apavoram mais do que todos, os homens que pedem me chame de papai. Rabbit fecha a porta novamente, sussurrando uma meia oração para não haver mais um hoje, mais nada de apetite e desespero bufado, e talvez ele possa ter um tempinho sozinho antes de se drogar e adormecer.

Não vamos contar com isso, ele pensa, e tira os escarpins de vinil, anda os familiares cinco passos até o banco baixo na frente da penteadeira, senta e se olha no espelho. Cada minuto de seus vinte e dois anos aparece no rosto esta noite, e também mais um pouco, as dificuldades brilhando com crueldade por baixo do pó e das manchas de rímel. Rabbit encontra o isqueiro, encontra o baseado fino e avarento que Arlo passou para ele mais cedo, e a fumaça não torna mais fácil encarar o reflexo; a fumaça torna remotamente possível. Ele tira um lenço áspero da caixa, uma coisa barata que se desmancha com o creme de limpeza, e limpa o fantasma rosa do batom, dá outra tragada no baseado e segura a fumaça até os ouvidos começarem a zumbir, um som altamente elétrico como vespas furiosas ou fios de eletricidade, depois expira devagar pelas narinas. E aqueles olhos cinza-azulados olham intensamente para ele através da névoa – azul Dresden, sua mãe dizia –, belos olhos azuis que uma garota deveria ter, e Rabbit lambe o polegar e o indicador, apaga o fogo com os dedos e guarda o resto do baseado para depois. Coloca em segurança embaixo de um canto da caixinha de joias; depois, ele vai precisar mais do que precisa agora.

Rabbit retoca os lábios carnudos perfeitos, ajeita a curvatura do superior, uma virada no sentido horário, e o cotoco do batom volta para o estojo de metal. Não adianta retocar os olhos tão tarde, mas ele ajeita o vestido – preto e simples de um jeito puritano, como um pedido de desculpas pelo resto. Também ajeita o colar de pérolas simples no pescoço, de plástico iridescente, para não enganar quem quer que fosse sobre a pele café com leite, pele que não é negra nem branca, e ali está ele, uma paródia do conceito equivocado de alguém sobre prostitutas mulatas da Velha New Orleans. Romance ruim, mas isso é real, esse quarto com cheiro de paredes com infiltração e porra de um cara qualquer secando no lençol, perfume barato e os fantasmas de fumaça de tabaco e maconha.

Não fica mais real do que isso, e pode vender o resto dessa merda para os turistas com seus copos compridos de bebidas tropicais, contas de Mardi Gras, camisetas com a frase "Red Beans and Anne Rice"[4] e moedinhas para os garotos negros sapateadores com chapinhas de Pepsi nas solas dos sapatos. Rabbit fecha os olhos e abre espaço na cabeça somente para o doce beijo da agulha, como se a expectativa em si pudesse dar onda, e ele não se mexe até que alguém bata na porta do quarto.

Arlo trabalha no andar de baixo, atrás do bar, e varre e passa pano no chão, esfrega o sangue ou o vômito e o que mais precisar ser limpo. Cuida para que os garotos do andar de cima tenham o que os energiza, um saquinho disso ou daquilo, uma palavra de gentileza ou um punhado de comprimidos. Cuida para

4 "Feijão-vermelho e Anne Rice", em tradução livre. A graça da frase é que *rice*, sobrenome da escritora Anne Rice, significa "arroz". [Nota da Editora, daqui em diante NE]

que os filhos da puta nas mesas do térreo recebam suas bebidas. Esvazia cinzeiros, recolhe garrafas vazias e lava copos de uísque. Arlo nem é o nome dele. Seu verdadeiro nome é Etienne, Etienne Duchamp, mas ninguém gosta dessa merda cajun aqui, e uma vez uma puta linguaruda e bêbada disse que o cabelo dele o fazia parecer um cantor folk velho, um hippie escroto dos anos 1960. *Você sabe qual, cara, o de Alice's Restaurant e you can get anything you waaaaaant...* E pegou. Aqui é tão bom quanto qualquer outra coisa, ele acha, e estar aqui é melhor do que vender crack nos conjuntos habitacionais, fugindo de gangues e de policiais que não foram pagos ou que convenientemente podem não lembrar que foram pagos.

Arlo serve outra cerveja da torneira e coloca no bar, o copo suado na madeira escura e maltratada, estica a mão para trás para pegar a garrafa amarelo-mijo de Cuervo e serve uma dose dupla para o homem alto do outro lado do balcão. O homem só está de passagem em sua viagem de volta a Nova Jersey, o homem com a entrega da Cidade do México, o homem cujos olhos nunca saem de trás dos óculos escuros. O homem que parece um pouco um motoqueiro, mas dirige aquela banheira enferrujada que é o Lincoln. Jimmy DeSade (*sr.* DeSade para Arlo e para qualquer um que queira ficar com os dentes, que queira ficar com as porras das bolas), tão pálido que parece uma coisa tirada de um rio depois de flutuar muito tempo lá dentro, o rosto bem anguloso, e o cabelo preto-azulado sem vida projetado do crânio.

"Noite movimentada, Arlo?", pergunta ele, a voz gelada e um sotaque que pode ser inglês mas também pode ser falso, e Arlo dá de ombros e assente.

"Está sempre movimentado aqui, sr. DeSade. Vinte e quatro horas por dia, sete dias por semana, trezentos e sessenta e cinco dias por ano." E Jimmy DeSade não sorri nem ri, só assente lentamente e bebe tequila.

Um homem gordo vem sacolejando pela escada com tapete rubro em frente ao bar, o homem que ficou com Rabbit da meia-noite até agora, e Arlo vê na hora que o zíper do homem está aberto, com um amassado de algodão amarelo espiando com descuido por entre as duas laterais do zíper. Um escroto burro e gordo, com olhos pequenos como veneno velho quase perdidos no rosto brilhante e rosado. E Arlo pensa em ir dar uma olhada em Rabbit, só um rápido *Tudo bem? Você vai ficar bem?* antes do cliente das duas horas. Ele sabe que o homem gordo não ousaria fazer uma burrice como deixar uma marca em um dos meninos de Jo Franklin, nada tão objetivo e suicida, então a preocupação não era essa. Mas esse homem se mexe como uma coisa ruim presa entre pele e tônico capilar, e quando ele se aproxima do bar – os nós dos dedos grandes como presuntos, dedos de salsicha estendidos na madeira – Arlo sente cheiro de suor e do bafo azedo e um leve toque do perfume de baunilha de Rabbit – o perfume de Rabbit, como uma coisa aprisionada.

"Cerveja", grunhe o homem gordo, e Arlo pega uma caneca limpa. "Não, não essa coisa aguada, garoto. Me dê uma cerveja *de verdade*, em uma porcaria de garrafa."

Nenhuma palavra de Jimmy DeSade, e talvez ele esteja olhando diretamente para o homem gordo, abrindo buracos nele, e talvez esteja olhando para algum lugar atrás dele, escada acima; não dá para saber para qual, estando do lado de cá dos óculos de sol, e ele bebe tequila.

"Jo sabe que estou esperando", diz Jimmy DeSade. Não pergunta, não de verdade, as palavras ribombando entre lábios finos, a voz tão grave e fria que não dá para ouvir o fundo. Arlo diz sim, senhor, ele sabe, ele vai sair logo, mas Arlo está pensando mais no cheiro de Rabbit emanando do homem gordo, e sabe muito bem, sabe que não tem nada para ele nessa preocupação além do nó apertando nas entranhas, essa preocupação que vai além do dever com Jo, além do emprego.

O homem gordo engole metade da garrafa úmida em um gole, o som molhado e carnudo quando o caroço suave onde o pomo de adão deveria estar sobe e desce, sobe e desce. Ele passa as costas de uma das mãos na boca, e agora tem um sorriso sem brilho, dentinhos tortos lá dentro parecendo pinos antigos de cribbage.

"Jesus, doce menino Jesus", diz ele. "Aquele garotinho tem a bunda mais deliciosa que já provei." E ele se vira parcialmente, a cabeça girando sem pescoço nos ombros, para olhar diretamente para Jimmy DeSade. "Moço, se você veio atrás de uma bunda deliciosa de menino, bem, veio ao lugar certo. Veio mesmo."

Jimmy DeSade não diz nada, uma gárgula muda de couro preto ainda olhando para onde quer que os olhos por trás dos óculos estejam olhando, e o homem gordo balança a cabeça e fala de novo antes que Arlo possa impedi-lo. "É uma verdade sincera pra caralho", diz ele. "Apertadinho como a tampa de um pote novo de picles..."

"Acabou seu tempo com Rabbit? Está fechando a noite?", pergunta Arlo rapidamente, a pergunta injetada como uma vacina, e o homem gordo fica desconfiado de repente, meio ofendido.

"Eu já tentei dar o cano em Jo por alguma foda? A bichinha recebeu o dinheiro. Você acha que tenho cara do tipo de filho da puta pão-duro que tentaria roubar uma bundinha? *Merda*."

As mãos de Arlo se esticam na defensiva. *Não, cara, tudo bem, eu só queria saber, só isso, só queria saber*. O homem gordo esvazia a garrafa de cerveja, e Arlo já abriu a tampa de outra. "Por conta da casa", diz ele.

Atrás deles, as mesas cobertas de feltro, e um dos homens baixa um seis duplo (nada de cartas nem dados, só dominó é permitido no estabelecimento de Jo Franklin, e isso não é tradição, é regra) e dá um grito triunfante; é respondido com um ruído suave de irritação ao redor dos retângulos de madeira cor de marfim velho. Dinheiro perdido e pontos pretos de ponta a ponta, como uma coisa para uma bruxa ler.

O cabelo dele não é grisalho, é branco algodão, e, mesmo na luz suave do abajur Tiffany do escritório, JoJo Franklin parece bem mais velho do que é, os anos que os detalhes de sua vida roubaram e nunca vão devolver. Ele fecha um livro-caixa e tira os óculos, massageia a pele enrugada ao redor dos olhos. Fileiras de números, somas de caneta-tinteiro rabiscadas com a própria caligrafia irregular canhota, porque ele nunca confiou em quem quer que fosse para cuidar dos livros. Ele pisca, e a sala fica perto de entrar em foco: uma imagem embotada das paredes com papel vinho aveludado, belas e velhas mobílias gastas, mais surradas do que ele, e a réplica lindamente emoldurada de *La morphine*, de Albert Matignon, que um homossexual belga tentou vender como genuína. Ele pagou o que o homem pediu, plenamente ciente da enganação, com conversas triviais e gratidão fingida por um preço tão generoso, depois mandou matar o belga antes que ele pudesse sacar o cheque; Jo esqueceu o nome do homem muito tempo atrás, mas guardou o Matignon falso, as três belas viciadas em morfina, verdade decadente por baixo das ilusões vitorianas de castidade, e essa fraude, outro nível de mentira, então vale mais para ele do que o verdadeiro poderia valer. O valor da ilusão nunca foi uma coisa ignorada por JoJo Franklin.

E agora Jimmy DeSade está do outro lado da porta, esperando para fazer negócios, a simples troca de pó branco puro por papel verde. JoJo põe os óculos no rosto, uma armação de metal presa nas orelhas, e as três moças do quadro ganham foco, fúrias delicadamente eufóricas escondendo mais uma enganação, as notas falsas recém-chegadas de Miami empilhadas no cofre, boa companhia para os livros e para os segredos mais escuros em envelopes pardos e caixas velhas de sapatos. Tão bom quanto ouro; melhor, até.

A gaveta de cima da escrivaninha está aberta, e a pequena pistola está bem ali, onde deveria estar, aninhada de forma tranquilizadora entre lápis e clipes de papel. Só por garantia, mas ele sabe que não vai haver drama feio e inconveniente com Jimmy DeSade, uma porra de zumbi sinistro, mas um zumbi sensato; não mais do que com os haitianos na noite anterior, os haitianos que estão sempre desconfiados de uma coisa ou de outra, mas essas notas são tão reais que eles nem olharam duas vezes. Jimmy DeSade vai pegar o dinheiro e levar para o norte como um vírus, sem fazer perguntas, sem confusão, sem problema. Em um ou dois minutos, Jo Franklin vai apertar o botão do interfone, vai dizer para Arlo mandar o traficante entrar, mas está com sede, e alguma coisa no homem pálido e magrelo sempre o deixa com mais sede, então um conhaque primeiro e *depois* o interfone, depois o zumbi e a transação do dia.

Jo Franklin apoia a mão por um momento no cabo da pistola, um consolo frio nas pontas dos dedos, antes de fechar a gaveta novamente.

Quatro batidas altas na porta do quarto de Rabbit, quatro batidas pesadas e lentas, um som descuidado como golpes, mais para castigar a madeira do que chamar atenção, e ele limpa o excesso de batom com um lenço de papel barato, faz um biquinho rápido antes de dizer "Está aberta", e está, a porta se abre lentamente, e a luz do corredor se esparrama entre eles. Rabbit vê os homens refletidos sem precisar virar a cabeça e fica bem parado, observando-os. Os dois escuros, pele como café bem preto, os dois grandes pra caralho. Rabbit não consegue ver os rostos deles, só silhuetas com profundidade: um bem mais magro que o outro e de óculos escuros; o outro careca e parecendo um muro. Concreto num terno feito para parecer caro. Uma pausa, batimentos cardíacos e "Entrem", ele diz e se pergunta se falou alto o bastante, porque os homens não se mexem, e sua voz ficou pequena e frágil em um instante. Cristo, ele já atendeu dois juntos antes. Arlo não deixaria quem quer que fosse causar problemas ao subir a escada. Falando com o espelho, procurando calma: "Entrem", diz ele. "Podem fechar a porta ao entrar."

Um sussurro baixo de um para o outro, e o homem careca ri, uma gargalhada seca e sem sentimentos antes de Rabbit respirar fundo e se levantar para olhá-los. O homem alto primeiro, com o rosto tão flácido, os braços ossudos tão inertes nas laterais do corpo, uma camiseta do Mickey Mouse rasgada e suja e uma calça ainda mais surrada, sem sapatos nos pés nodosos. Movimentos lentos como se embaixo d'água, descuidado como um sonâmbulo, como as quatro batidas, e o homem careca vai atrás. Ele fecha a porta, e o trinco faz um clique alto.

"Trezentos e cinquenta pelos dois", diz Rabbit, voz covarde de coelho que quer ser corajoso, que deseja a agulha e a doce salvação da heroína; o homem careca sorri, um sorriso de cachorro faminto, um dente de prata na frente captando a luz da vela. "*Ou chich*", dito em crioulo, misturado com uma gargalhada. Rabbit dá de ombros, um movimento experiente de rua, mesmo não sendo o que ele sente. "Não importa", responde Rabbit. "Nosso preço aqui é justo." E o gelo não se quebra, embora o cliente tenha dado risada de novo, cada gargalhada dessas só mais gelo em veias doloridas, uma gargalhada e: "Você é um *masisi* engraçado, uma bicha engraçada". Diversão com sotaque caribenho, jamaicano, haitiano ou alguma coisa do tipo. O homem alto só fica atrás do homem gordo, com as costas na porta, e não sorri nem ri nem diz nada.

Era só parte da excitação deles, tentar deixar você com medo, e *Não deixe que eles fodam com sua cabeça*, Rabbit pensa, tentando ouvir as próprias palavras na voz de Arlo ou de Chantel, Chantel, que fica a três quartos do dele e nunca tem medo dos esquisitos. Mas ainda é só a voz dele, uma coisinha pequena de sussurro de coelho vinda da grama alta. E um rolo gordo de notas sai do bolso do casaco do homem careca, há um estalo de elástico, e ele está tirando duas, três, quatro, colocando na mesa como o evangelho, como um ponto de exclamação na mesa ao lado da porta, a mesa com lírios de plástico roubados de madrugada de um mausoléu de St. Louis. Lírios de plástico manchados pelo sol em um vaso seco.

"Vou te comer até você não conseguir sentar, *masisi* engraçado." E Rabbit olha para o dinheiro em busca de forças, quatro notas de cem, papel novinho, a tinta forte quase intocada, e tem cinquenta a mais ali, cinquenta dólares que não vão para a mão de Frank. "Tá", diz ele. "O que quiser, senhor..." E a pausa costumeira, um espaço branco para um codinome, seu nome aqui, mas o homem careca está ocupado tirando o paletó, ocupado demais para responder, ou talvez não queira responder. O homem alto e parado pega o paletó do companheiro, coloca delicadamente no braço fino, como um mordomo de pesadelos, e o homem careca leva a mão ao zíper.

"E ele?", pergunta Rabbit, tentando parecer durão, mas quase sussurrando, parecendo com medo e odiando, fazendo sinal para o homem com as costas na porta. "Ele não fala muito, né?"

"Ele não fala nada e ele não fode. Então, não se preocupe com ele. Você só precisa se preocupar *comigo*."

"Você pagou o bastante para os dois..."

"*Fèmen bouch ou*", e um brilho repentino como um relâmpago nos olhos escuros do homem, um tremeluzir que desce um poço de mina tão fundo que pode ser que vá até o inferno. Rabbit não entende as palavras, mas há significado suficiente transmitido pelo tom daquela voz, pelos olhos e pelas linhas duras no rosto para ele saber que está na hora de calar a boca, calar a porra da boca e fazer o joguinho deles seguindo as regras deles até acabar.

"Pare de falar e tire esse vestido feio", diz o homem, e Rabbit obedece, abre o zíper rapidamente e deixa o vestido preto bem simples cair até os tornozelos, uma poça de algodão preto ao redor dos tornozelos, de onde ele deve sair, e um passo relutante para mais perto do homem. A calça dele já está abaixada, uma calça cinza de seda que combina com o paletó, mas não tem cueca, uma moleza sem circuncisão, uma orquídea bizarra e carnuda, mas ele está ficando duro, e Rabbit sabe que provavelmente vai usar almofadas para hemorroidas no dia seguinte e que vai cagar um pouco de sangue. A calça também está pendurada no braço do homem alto agora, e ainda não há emoção naquele rosto, cada movimento longe de lento ou eficiente, perto de uma última parada agitada antes da paralisia do coma. Rabbit sente um frio por dentro, mais nu do que pode ser explicado pelo vestido abandonado; o homem careca faz um som satisfeito no peito, uma aprovação murmurada, e Rabbit olha para si mesmo no espelho da penteadeira. Seu corpo magro parece o de uma garota adolescente, pele de amêndoa, pernas e axilas raspadas, e agora ele não está usando nada além de renda e cetim pretos, sutiã e calcinha com bordas escarlate, um contraste entre malicioso e sóbrio, com cinta-liga combinando e meias arrastão até as coxas nas pernas compridas: nada que estrague a ilusão cultivada da feminilidade, exceto pelo volume sutil na virilha e o peito reto.

"Certeza que é menino?", pergunta o homem, e isso não é novidade, essa pergunta e a resposta são tão comuns que Rabbit quase consegue relaxar um pouco. Ele passa o polegar pelo elástico da calcinha, abaixa o suficiente para revelar seu sexo, o sexo da carne dele, e o homem assente, uma das mãos passada no crânio sem cabelos e cintilante. "Fique de calcinha", murmura ele.

"Claro, se é isso que você quer." E agora as mãos grandes do homem estão nele, palmas suadas e dedos na pele fria. Um beijo duro como algo desesperado, uma coisa forçada que não é forçada, mas precisa *parecer* assim, um leve gosto de charuto, a língua abrindo caminho pelos dentes de Rabbit e dentro dele, explorando dentes, palato e sua própria língua. E então os lábios se separam, e um filete de saliva escorre entre eles, grudando no queixo de Rabbit.

"Vira, puta", diz o homem careca, e Rabbit se vira, com as mãos na colcha da cama, a bunda para o céu, e sente a calcinha sendo tirada, respira fundo antes de dois dedos molhados entrarem nele, examinando, trabalhando no cu, e ele fecha os olhos, apoia os joelhos na cama bamba quando as mãos fortes seguram as coxas, apertam com força, dedos fortes que vão deixar marcas, e um pequeno choramingo sai dos lábios de Rabbit quando o pau do homem careca abre caminho e entra.

A última porta no fim crepuscular de um corredor que é todo portas, seis opções com maçanetas antigas de cristal para facilitar a decisão, e essa última porta é de Chantel Jackson; está aqui há mais tempo do que todo mundo, do que qualquer um dos garotos, mais tempo até do que Arlo. Seu lado do acordo foi renovado quando JoJo Franklin pagou a viagem dela para Bruxelas, um dinheiro que ela nunca teria para resolver o problema que tinha entre as pernas, e dinheiro que nunca faria falta a ele. Em troca, ela é a especialidade da casa agora, o pacote completo, não só um menino bonito de cueca de babados, merda nenhuma, quer saber como é foder uma boceta que antes era um pau? E ela não tem reclamações, de tantas formas as coisas poderiam ter sido bem piores, e essa resolução era tudo o que ela sempre quis mesmo.

Ela não tem qualquer reclamação, exceto aquela magnólia em frente à janela. E ainda restam alguns minutos até o cliente das duas e quinze, então ela senta na cama, fuma e olha a árvore velha e assustadora, a vidraça fechada e trancada, uma proteção de vidro sujo entre ela e aqueles galhos retorcidos, folhas grandes como cascos verdes iridescentes de mil besouros gigantes. Não tem nada de bom naquela árvore, e em geral ela a ignora, deixa a persiana fechada e tenta não reparar na sombra que faz nas paredes dia e noite. Mas às vezes, como agora, quando os demônios interiores são piores do que os exteriores, ela tenta encarar a árvore, fazer com que pisque primeiro, fazer com que a árvore se encolha. Ela imagina aquela magnólia se encolhendo, da forma como os vampiros dos filmes fazem se o sol bate neles, todas a folhas ficando marrons e caindo, a árvore virando pó antes mesmo que as folhas toquem o chão, o tronco retorcido nu como um coração culpado, e a madeira racha e quebra, e a terra se abre para levá-la de volta ao inferno. Ou talvez ela se incline, puxe as próprias raízes, cansada da mentira que era uma puta trans conseguir entender o que ela quer, tanto faz, e vergonhosamente se arrasta para os pântanos – chegue pra lá, sr. Peixe-Gato, chegue pra lá, sra. Tartaruga – e vai se deitar e esperar em uma poça escura até que todos a tenham esquecido.

"Tola idiota", sussurra ela. Sabe que é ridículo ter medo de uma árvore feia e velha quando há muitas outras coisas a temer na cidade; puta idiota, mas ali está sua fileira organizada de talismãs e velas, santos pintados, um Jesus de plástico e a Virgem Maria no parapeito. Seu santuário cuidadoso para o caso de não ser tanta tolice ter medo de fantasmas, afinal. Fantasmas e coisas piores do que fantasmas.

Enforcavam piratas nessa árvore, alguém disse, e ladrões e escravos que fugiam também. Praticamente qualquer um era enforcado naquela árvore, dependendo de para quem você perguntava. E tem também a história dos amantes de Storyville: dias impossíveis e mágicos cem anos atrás, quando prostituição e jogo eram coisas legais. A luz vermelha de Storyville antes que o bairro todo fosse destruído para uma corrupção mais legítima: um cavalheiro jogador de Memphis, St. Louis ou Chicago, e ele se apaixonou perdidamente por uma garota negra, ou por uma mulata, debaixo dessa mesma árvore, só que ela era uma *loup-garou*, e quando ela finalmente lhe mostrou seu verdadeiro rosto, ele ficou total e irremediavelmente louco. Alguns alegam que ainda dá para encontrar as iniciais deles entalhadas no tronco, cicatrizes de nomes presas dentro de um coração, se você souber onde procurar; que ainda dá para ouvir o choro dela se a lua e o vento estiverem certos. Que ainda dá para ouvir o estalo de galhos verdes dos ossos dele entre os dentes dela.

Nada dessa merda folclórica é tão ruim quanto os crânios esbranquiçados de animais e pequenos esqueletos amarrados em fios ao redor, talismãs que as mulheres do vodu ainda deixam nos galhos quando ninguém está olhando, coisas que JoJo nunca tira, não deixa Arlo sequer chegar perto, não importando o barulho horrível que fazem sempre que tem uma tempestade.

E, esta noite, só ficam olhando para ela, a magnólia e todos os seus segredos guardados, verdades e mentiras e meias verdades, imperturbável, constante enquanto o mundo se move ao redor. *Não é nesta noite que vai piscar para você nem para quem quer que seja, não há a menor chance*, ela pensa, e Chantel Jackson faz o sinal da cruz, estica a mão para a cordinha que baixa a persiana e, lá embaixo, na sempre sombra que cresce debaixo de uma árvore assim, ela vê os homens chegando, os homens escuros e confiantes no caminho com grama alta até a porta da frente bem fechada. Um rosto olha para cima e talvez a veja, pequena e assombrada na moldura da janela, ou talvez não a veja, mas sorri de qualquer modo, e ela ouve o vento e os ossos na árvore, como dentes mastigando e um julgamento.

A porta se abre de repente, uma explosão de pregos e lascas, anos de porta selada e bloqueada, mas arrancada das dobradiças enferrujadas em uma fração de instante e quebrada bem no meio. Arlo não espera para ver, leva uma das mãos para baixo do bar e sobe com a espingarda que Jo deixa guardada lá, uma escopeta calibre .12 sempre carregada, então aponta para os merdas entrando pela porta quebrada. Homens enormes, pretos e tão austeros que não parecem reais, a pele parece a noite zangada e viva, o brilho fosco de aço de submetralhadoras e de lâminas de machete; os jogadores de dominó falam palavrões, os corpos se espalham quando Arlo aponta o cano da Winchester para os haitianos, peças brancas voam como dentes quebrados, mesas e cadeiras sobem como escudos antes do trovão. Deus de sons tão altos e repentinos que oblitera qualquer coisa no caminho da bala, e Arlo acerta o primeiro idiota que entra pela porta e também acerta um homem chamado Scooter Washington, um merda lento e magrelo que deve a JoJo quase dez mil dólares, e Scooter cai com tudo.

Jimmy DeSade está se movendo agora, pulando, sem ser convidado, por cima do balcão do bar, e tem uma coisa saindo da jaqueta dele, mas não dá tempo de Arlo ver enquanto atira novamente. A bala vazia é cuspida, e ele faz trovão mais uma vez antes que os haitianos revidem, explosões em staccato destruindo o salão, madeira e gesso e carne, tudo junto. Há um zumbido quente na orelha esquerda de Arlo, e o longo espelho atrás do bar se quebra, uma chuva de estilhaços afiados quando ele se abaixa no chão, e parece que todas as balas do mundo estão acertando o bar, abrindo caminho pelo carvalho e batendo na placa de aço escondida embaixo.

"Merda", diz ele, mal consegue se ouvir com o barulho das Uzis, mas "Merda, merda, *merda*", mesmo assim, e Jimmy DeSade não diz nada. Tem um revólver enorme nas mãos brancas e firmes, o tambor de seis balas aberto, as câmaras cheias, o tambor fechado novamente, um homem cuidadoso se certificando; o vidro ainda caindo neles, uma chuva de vidro, uísque, rum e todos os licores doces e melados. E então silêncio, tão opressor e repentino quanto os tiros, um silêncio tão intenso que pesava nas beiradas com o fedor sufocante de pólvora e álcool derramado.

"Filhoda*puta*." Arlo sabe o quanto parece assustado, mas não se importa. E então a voz alta e irritada do outro lado: "Ei, sr. JoJo Franklin!". Uma voz de jacaré explodindo no ar ainda frágil das armas. "Onde você está, sr. JoJo Franklin?"

"Você *conhece* essas pessoas?" Um momento se passa até que Arlo perceba que a pergunta é para ele, Jimmy DeSade e sua brilhante Smith and Wesson agachados ali com ele, e Arlo se pergunta se suas chances são mesmo tão melhores daquele lado do bar.

"Sim", diz ele. "Sim, eu conheço. Eles vieram ontem à noite. Negócios com Jo, mas não sei o quê, de verdade. Um bando de haitianos do outro lado do rio..."

"Eu vim aqui falar com você, sr. JoJo Franklin!"

Arlo engole em seco, um engolir febril, fecha os olhos e procura a calma lá dentro, qualquer coisa que faça suas mãos pararem de tremer. "O que está falando estava com os Tonton Macoute, eu acho, antes de Duvalier ser derrotado."

"Que porra tranquilizadora, Arlo." Palavras estalando por entre dentes trincados, e Jimmy DeSade olha para o lugar onde antes ficava o espelho.

"Não sei o nome dele..."

"Vou ter que começar a atirar de novo se você não falar!", grita o haitiano, e Arlo consegue ouvir o som impaciente e o rangido das botas no vidro quebrado. "Vou ter que começar a matar algumas dessas boas pessoas aqui fora, sr. JoJo Franklin!"

Jimmy DeSade inclina a cabeça e apoia a ponta do nariz fino na mira de barbatana de tubarão do longo cano da pistola; ele suspira, e é outro som ruim que dá um nó no estômago de Arlo. "O filho da puta já deve estar a caminho de Baton Rouge agora", sussurra Jimmy DeSade. "Você não acha que é um bom palpite, Arlo?"

"É, talvez." Ele é que não discordaria, independente do que pense, e não que ele tenha alguma porra de ideia de *onde* Jo possa estar no momento, só desejando estar junto e que fosse um lugar distante, desejando ter pegado Rabbit e botado o pé na estrada muito tempo antes. "Estamos fodidos", diz ele. E Jimmy DeSade olha para ele, os óculos escuros escorregaram um pouco pelo nariz, o bastante para Arlo ter um vislumbre dos olhos cinza-azulados ali, quase os mesmos olhos de Rabbit; olhos de *lobo*, e agora ele acha que talvez vá vomitar mesmo.

"Mais cedo ou mais tarde, todo mundo se fode", diz Jimmy DeSade calmamente, com determinação, quando puxa o cabo do revólver e se levanta.

Depois que o homem careca goza e Rabbit fica deitado de bruços na cama, as molas barulhentas finalmente ficam em silêncio de novo, e seu cu, em chamas – esqueça o hamamélis, ele vai ter de usar absorventes noturnos na bunda. Está molhado de sêmen e de suor lá embaixo; tem sangue também, mas ele fica bem parado enquanto o homem veste a roupa, fecha o zíper, e Rabbit só aperta um pouco as mãos porque dói e ele quer ficar sozinho. Quer se drogar, dormir e esquecer que esses dois existem.

"Boa foda, *masisi*", diz o homem, o grunhido satisfeito como o do padrasto de Rabbit se afastando da mesa de jantar depois de uma boa refeição. "Uma pena eu ter que matar uma bundinha linda como a sua." E as palavras não são bem registradas, uma ameaça muitos passos distante do aqui e agora, tão irreal e distante quanto o homem alto e silencioso como a morte de pé junto à porta, mas Rabbit está rolando para o lado, se virando para poder ver o grande homem careca, suas roupas amassadas e o machete na mão direita.

"Não é nada pessoal", diz ele, a sombra azeda de um sorriso nos cantos grossos da boca. "*Je suis un pauvre Tonton*, srta. Chantel, e só faço o que meu chefe manda fazer, e ele disse que vai ser uma lição para JoJo Franklin perder a puta especial dele."

Rabbit abre a boca, e as palavras engasgam na garganta, *Eu não sou Chantel*, palavras mortas como milho em campos secos de medo, saliva que virou pasta. E o homem careca levanta o braço como prova de culpa e penalidade sendo aplicada.

"Não, não. Eu não sou Chantel." Um grunhido feio pelos lábios de Rabbit, não sua voz, mas eram palavras, palavras que aquele homem devia entender, mesmo aquele homem com um braço que termina em uma lâmina longa e escura. "Você entrou no quarto errado..."

Um apocalipse abrupto nessa hora, uma cacofonia no andar de baixo, o Armagedom subindo pelas tábuas do piso, tudo presente, menos as trombetas; Rabbit se move, arrasta-se de bruços pela cama e consegue sentir o tremor dos tiros, um, dois, antes que a tatuagem de metralhadora comece, e ele já está do outro lado da cama, despencando como se fosse a beirada de um mundo plano, sem som quando bate no chão porque já tem tanto barulho. Sangue em sua boca porque ele mordeu a ponta da língua, enfia a mão entre o colchão e a base da cama box, um tatear desesperado, e está em algum lugar, está sempre lá, então por que ele não consegue encontrar. *Estou cagando se dá medo*, disse Arlo. *Você vai aceitar e botar em algum lugar onde possa pegar rapidinho se precisar, tá? Mas isso não é rápido o bastante*, nem um pouco.

Lá embaixo, os tiros param, e agora só seu coração e os passos do homem careca contornando a cama, o homem careca xingando a bichinha idiota no chão, e a mão de Rabbit se fecha no cabo da pistola.

"Posso fazer com que seja rápido pra você", diz o homem careca, "se você ficar parado pra mim", e ele está olhando para a arma na mão trêmula de Rabbit, que recua pelo chão, esbarra na mesa de cabeceira e alguma coisa cai, se quebra, alta e molhada. O homem careca está rindo agora. "*Ah*, você vai atirar em mim, é? Vai atirar no pobre Charlot com essa coisa idiota..." E Arlo diz com calma e paciência, *Aperte o gatilho, aponte e aperte o gatilho, então Rabbit* aperta, faz uma careta de expectativa, mas o som não é tão alto, afinal, é um estalo de garrafa, de bombinha, e aquele buraco se abre como magia no pescoço do homem careca. Um buraquinho regular, grande o bastante para colocar o mindinho dentro, só um pouco de sangue para ele parecer tão surpreso quanto o machete caindo no chão, e as mãos grandes vão até a garganta.

Rabbit aperta o gatilho de novo, e o homem cambaleia, cai lentamente de joelhos, e não há muita coisa no rosto dele além de surpresa. Um sorriso largo e dentes brancos à mostra, a boca aberta para falar, mas só tem mais sangue, um filete vermelho e gordo no canto da boca descendo pelo queixo.

"*Morre*, porra", rosna Rabbit, mas parece que outra pessoa falou isso, uma pessoa num filme, e a bala seguinte acerta o careca bem na cara; tem muito sangue agora, uma névoa quente e grudenta que afeta Rabbit antes que o homem caia de lado e morra em cima do machete. Uma olhada rápida no homem alto, o cúmplice quase esquecido, e os braços rígidos de adrenalina de Rabbit viram a pistola para lá, mas ele não se mexeu, o rosto flácido continua vazio como antes, o paletó do morto ainda pendurado no braço.

"Seja qual for o motivo dessa merda", diz Jimmy DeSade, falando tão calmamente com o grande haitiano, "não tem nada a ver comigo." Arlo ainda está agachado no chão com a escopeta, perguntando a si mesmo se consegue alcançar a escada sem ser morto, talvez até chegar ao quarto de Rabbit, para os dois poderem descer pela escada bamba dos fundos até o beco e fugirem dali, o mais longe e mais rápido que conseguirem correr.

"Quem diabos é *você*?", pergunta o grande haitiano, e Jimmy DeSade responde: "Ninguém. Ninguém que queira problemas". E dá um chute forte no quadril de Arlo com a ponta fina da bota preta.

"Aqui só *temos* problemas hoje", diz o haitiano e ri, a gargalhada se espalhando pelo salão como destruição impiedosa. "Então você está no lugar errado, sr. Branco Magrelo, se não quer problemas." E Jimmy DeSade chuta Arlo de novo.

"*Foda-se*", diz ele antes de ter tempo para pensar melhor, as palavras saindo antes que pudesse impedir.

"Eu não trabalho pro JoJo Franklin", diz Jimmy DeSade. "O que quer que ele tenha feito pra você, não tem nada a ver comigo. E estou cagando pro que você vai fazer com ele. Ele provavelmente merece."

Silêncio por um momento, como se o haitiano estivesse pensando em tudo isso, e Jimmy DeSade pode muito bem ser de mármore ou de carne e osso, pode ser feito de gelo, de pé ali com o dedo no gatilho e o cano longo apontado para a frente.

"Mas talvez eu *não* ligue pra isso, sr. Magrelo", diz o haitiano. "Talvez eu esteja tão puto da vida hoje que queira matar todos os filhos da puta brancos que conseguir encontrar."

Palavras venenosas dos lábios pálidos de Jimmy DeSade, o sibilar sussurrado pingando nos ouvidos de Arlo: "Vem pra cá, Arlo, ou juro por Deus que eu mesmo vou atirar em você, porra". E como não há mais nada para fazer, como não tem coragem de fugir, não tem coragem de ficar onde está, Arlo se levanta lentamente. Tão devagar quanto um homem pode se mexer, lento como o amanhecer no fim da noite mais longa do mundo. Ele segura a escopeta contra o peito, um crucifixo de aço, um terço de pólvora, e os dois homens estão falando de novo, mas não tem espaço na cabeça dele para algo além do som de martelo do seu coração.

E os baques repentinos e desajeitados de passos na escada.

Não é como nos filmes, nem um pouco, dolorosamente em câmera lenta para que tudo faça sentido, mesmo quando não há nada que ele possa fazer para impedir; não há tempo para arrependimento e previsão inútil passo a passo. Não há tempo para algo além de adrenalina fervendo e a Winchester descendo, bombeada e disparada duas vezes antes de Arlo saber que é Rabbit, Rabbit seminu na escada, e o homem negro alto logo atrás, o homem alto com uma porra de camiseta do Mickey Mouse, *Dá pra acreditar nessa merda*? O homem alto ali para pegar o corpo, o que sobra depois que Arlo puxa o gatilho e a arma faz seu trabalho, e só sobra o buraco vermelho e preto onde ficava a barriga de Rabbit e o olhar vazio no rosto bonito, que não é de surpresa, nem de acusação, nem de dor ou de qualquer coisa que Arlo já tenha visto.

Um sol frio perolado quase subiu, e o céu do leste está ficando branco-ostra na direção de Biloxi e Mobile; Jimmy DeSade está sentado ao volante do Lincoln, tentando não reparar nas águas lamacentas e escuras do lago Pontchartrain, as ondas ásperas e brilhantes como pele de réptil embaixo da longa ponte que sai de New Orleans. Ele acende um cigarro e mantém o olhar na estrada, olha pelo capô comprido do carro, para o ornamento sujo como a mira da pistola, o pé no gatilho.

Não tinha nada que ele pudesse ter feito lá, nada além do que fez; vinte quilos gordos de cocaína de primeira trocados com os haitianos pela sua pele, e eles o deixaram ir embora, na porra do dia mais sortudo da vida toda de merda, e devia haver alívio queimando por dentro dele, mas há somente a imagem de Arlo ajoelhado sobre o corpo destruído do garoto negro de calcinha. Arlo gritando, um grito de lata e cascalho, um som feito para manter os mortos acordados à noite, tudo tão ridiculamente imóvel quanto a escopeta virada para os haitianos. O *bangue* alto de desenho animado quando Jimmy DeSade enfiou uma bala na cabeça de Arlo, *bangue*, e a Winchester caindo no chão. Ele sabe que foi aquela bala que salvou sua vida, não a porra da droga; isso é fato, e não há o que ele possa fazer para mudar isso.

Jimmy DeSade olha para o mundo desolado e cada vez mais claro por trás das lentes escuras, o carro grande segue para o leste, e o sol não faz a menor diferença.

CRK

INSECTUM.

PROPRIEDADE

HIST.VI

06.

A.

B.

Formicatvs Soniffera

MASCULUM — *NONAGINTA QUATTUOR*

P.96

Na primeira vez que vi o rio Hudson, essa história começou. Finalmente, vi o castelo, que ainda está de pé. Boa parte dele. Foi meu primeiro a chegar a uma antologia de «melhores do ano», e isso foi tudo para mim durante um tempinho. Tantas das minhas obsessões estão aprisionadas nessa história, aquele beija-flor em âmbar.

KIERNAN OFFICINARUM INVESTIGATIONIS

CAITLÍN R. KIERNAN

Garoto rústico e faminto, mal tinha feito dezenove anos naquela primeira vez que Silas Desvernine viu a Storm King, botou os olhos jovens e brilhantes no granito bruto e na fenda verde subindo pelo rio e se perdendo novamente na névoa matinal do Hudson. O crânio envelhecido do mundo, pensou ele, escalpelado por algum deus índio vermelho e deixado para sangrar, um grão de mica atrás do outro, e ele se inclinou por cima da amurada insegura da proa da barca, a trilha branca e espumosa na água escura, sem reflexo lá. Ele apertou os olhos, e ali estava a cicatriz de ferro da ferrovia, sinuosa pela montanha, a roda de pá lateral inquieta do *A. F. Beach* conduzindo-o rio cima, para dentro das terras altas, na direção de Newburgh e do trabalho em Albany. Agora, ele abre as pálpebras pesadas e velhas e é o inverno de 1941, não aquela manhã úmida de maio de 1889. Um homem muito, muito velho, pergaminho e galhos, não aquele garoto, e ele está cochilando de novo, resvalando, mas a voz dela o traz de volta. A voz dela pelas décadas, e ele limpa um filete de baba no canto da boca.

"Estava sonhando de novo?", pergunta ela, a língua suave de veludo vinda do canto dela, e ele pisca, olha para a luz fria e vazia entrando pelas janelas altas, fendas avarentas e estreitas na pedra da longa mansarda.

"Não", murmura ele. *Não*, mas ele entende muito bem que não faz sentido mentir, não adianta se esconder dela, mas pelo menos ele fez o esforço.

"Sim. Estava", diz ela, Jesus, aquela voz que nunca está um momento sequer mais velha que na primeira vez, e as palavras apertam seu coração cansado. "Estava sonhando com a Storm King, com a primeira vez que viu a montanha, com a primeira manhã."

"Por favor." Não há força nele, implorando, e ela para, tudo o que ele conhece de misericórdia. Ele deseja que o sol estivesse quente em seu rosto, quente onde cai em poças de chá fraco no amontoado da galeria. A maior parte de sua coleção está aqui, a melhor parte, reunida em torno dele como os anos e as marcas no rosto com barba por fazer. O orgulho de um homem moribundo, a obsessão de um homem em breve morto, *bens*, essas coisas que ele passou uma vida reunindo, roubadas ou escondidas, mas apropriadas para que não pudessem ser de mais ninguém. As coisas sentenciadas a flutuar no pequeno para sempre dele em tumbas escuras de formalina, potes de amostras e garrafas com rolhas, mil olhos leitosos olhando para o nada. Olhos de vidro de crânios empalhados, corpos recheados de serragem; asas e pernas abertas e pregadas em estruturas de museu. Ossos velhos amarelados e presos uns aos outros em imitações desleixadas de vida, ossos ainda mais velhos que viraram sílica e se fossilizaram, envernizados, esmaltados. Gesso e imaginação sempre que alguma coisa pudesse ter sido perdida. Aqui, os dentes de leviatãs; ali, as garras de um beemote. Um pedaço de uma coisa carnuda que caiu do céu no Missouri e foi guardado em uma redoma. Sapos de pedras encontradas um quilômetro e meio debaixo da terra. Sarcófagos se desfazendo como a profanada nobreza egípcia dentro deles, e um fragmento de âmbar do tamanho de uma laranja, o beija-flor carbonizado aprisionado nele por cinquenta milhões de anos.

Um dente de marfim de narval comprado por meia fortuna, e ele já acreditou com a fé inflexível dos mártires que era um chifre de unicórnio. Um pedaço precioso de escama da Grande Serpente do Mar, atravessada por um arpão em Malta em 1807, disseram, e não importava que ele soubesse que não passava de um pedaço que se soltou da barriga de um crocodilo.

"Não tem muito mais tempo", diz ela. "Um dia, talvez."

E mesmo na urgência dela, no medo, é paciente, gentil como uma ama de leite, mas Silas Desvernine fecha os olhos de novo, reza para poder voltar, cinquenta e duas viagens para o lado contrário em volta do sol, e quando abrir os olhos ele vai estar no convés da barca, com a umidade e o frio longe de serem páreo para seu encantamento juvenil, sua expectativa e um corpo forte, e o rio rolando lento e fundo embaixo dos pés.

"Não", diz ela. "Eu ainda estou aqui, Silas."

"Eu sei disso", diz ele, e o vento de dezembro produz um som intenso nas esquinas da casa daquele homem rico.

Depois da Guerra, seu pai foi embora, fugindo da derrota, de represálias e da dor, de uma Confederação destruída. O mundo partido, e não haveria ressurreição, não haveria reconstrução. O capitão Eustace Desvernine, que marchou para casa em 1865 e encontrou os túmulos rasos da esposa e do filho, túmulos feitos na argila vermelha da Georgia com mãos negras livres. E, assim, ele caiu nos braços do inimigo, deixando para trás os restos de uma vida que virou cinzas e fumaça, que virou chumbo e larvas, escondendo-se na esqualidez da luz a gás e na área industrial de pedras de Manhattan. Os primeiros arranha-céus subiram em torno dele enquanto a União lambia as feridas e esquecia seus mortos.

Outro casamento, uma garota forte de Galway que lhe deu outro filho, Silas Josiah. Os restos de sua fortuna foram gastos em uma barca, a *Alexander Hamilton*, um nome vigoroso que nada significava para ele, mas ele o viu pintado na lateral de um prédio alto. Assim, o Capitão (como Silas sempre se lembraria dele, o Capitão, com um boné rústico e um casaco ainda mais rústico sobre ombros largos) levava homens e carga de Weehawken até o pé da West

Forty-Second Street. Mais tarde, outro barco, branco e movido a roda de pá com dois extremos, que ele batizou de *A. F. Beach*, e, no ano que Robert E. Lee morreu, o Capitão começou a fazer a rota longa entre Nova York e Albany.

Uma noite, quando Silas tinha quase vinte anos, quase um homem e forte, ele estava ao lado do pai na casa do leme do A. F. Beach. O rosto do Capitão mais velho no lampião irregular conforme eles passavam pelas luzes de West Point seguindo rio abaixo. O Capitão pegando o velho revólver, um Colt dos Confederados, a superfície fosca e o polegar calejado armando o cão enquanto Silas olhava, olhava o grande cano encostado na têmpora do Capitão. Um nome de mulher nos lábios do pai nessa hora, um "Carrie" desconhecido queimado para sempre no cérebro de Silas como o brilho, o eco do tiro preso entre os penhascos altos, sumindo na noite do rio e impresso para sempre atrás de seus olhos.

"Tem certeza de que foi assim que aconteceu?", perguntou ela uma vez, quando ele contou a história. Anos e anos antes, não muito tempo depois que ele a levou para seu castelo na ilha Pollepel, e ela ainda tinha as asas na época, e os olhos ainda brilhavam como prata de moeda nova entre as barras estreitas da gaiola.

"Eu era jovem", disse ele. "Muito jovem." E ela suspirou, um suspiro baixo e sensato que dizia alguma coisa, mas ele não sabia bem o quê.

Minutos depois: "Quem era ela?". E ele já tinha se virado e estava abrindo uma caixa que tinha acabado de chegar de Catmandu.

"O quê?", perguntou ele, mas já estava lembrando, o significado da pergunta dela e a resposta, tirando um pedaço solto de lasca de madeira da barba e vendo aqueles olhos que o observavam.

"Carrie", disse ela. "Quem era Carrie?"

"Ah." E: "Eu nunca descobri", mentiu ele. "Nunca tentei." Não havia motivo para a mentira, mas ele já sentia a necessidade de proteger os detalhes estranhos da sua confissão, fragmentos de verdade, encantos frívolos. Guardando uma bolsa vazia quando todas as moedas foram para as mãos de mendigos.

"Ah", disse ela, e Silas olhou rápido demais para as coisas na caixa, tesouros roubados que percorreram metade do mundo para chegar até ele, e demorou muito tempo para sentir que os olhos dela o deixavam.

A ilha Pollepel: um pedaço irregular de pedra acima da água onde o Hudson se alarga depois do Northern Gate, Wey-Gat, a longa garganta de pedra de Martyr's Reach, uma casca de ferida verde no pé da baía de Newburgh; um emaranhado de carvalho branco e espinheiro, casca de bétula sobre ossos de gnaisse e granito. Ossos do mundo espalhados um bilhão de anos antes e elevados de novo na separação dos continentes, terras divorciadas; nascimento das Terras Altas na época dos lagartos terríveis, depois raspadas e esculpidas, fizeram aquele trecho de rocha nua e garganta durante o frio e a febre das eras do gelo. A ilha Pollepel como uma nota de pé de página em tanto tempo, uma pequena cicatriz nesse lugar que mais parecia um ferimento.

Silas Desvernine já era um homem rico quando chegou ali. Já era um homem que tinha trocado as barcas populares do Capitão por um império barulhento de aço e suor, a Desvernine Consolidated Shipyard, fabricando barcos a vapor revestidos de ferro, navios modernos para carregar homens modernos pelo oceano, para carregar homens para a guerra moderna. E Pollepel escolhida para seu refúgio da indústria, do caos espalhado e ordenado do estaleiro, do barulho e da humanidade descuidada de Manhattan. Um primeiro vislumbre, uma fachada entalhada do sr. N. P. Willis para a *American Scenery*: velas altas e serenidade de barcos a remo, a Storm King subindo a distância enevoada. A ilha relembrada das viagens rio acima e rio abaixo, e o Capitão mostrou a ele onde os soldados de George Washington afundaram o *chevaux-de-frises*, troncos de vinte metros entalhados com pontas envoltas em ferro, colocadas em caissons de pedra, e largados no rio perto de Pollepel para furar os cascos dos navios de guerra britânicos.

Esse vale já foi um vale de castelos, imponente e inibido, Millionaire's Row décadas antes de os arquitetos de Silas começarem, antes de seus pedreiros posicionarem as primeiras pedras, desde a ida dos novos-ricos, homens que fixaram trilhos metálicos de locomotivas pela nação, fabricaram aço ou fizeram mineração e, com suas fortunas, construíram esconderijos modernos no meio da natureza; um romance refinado e iludido de cavalheiros fazendeiros em tijolo e mármore, pináculos de ferro e piscinas de jardim. Mas Silas Desvernine nunca foi um homem da sociedade e da moda, e seus motivos para ir até a ilha Pollepel eram unicamente pessoais.

Uma monstruosidade modesta, gótica de segunda mão emprestada da memória de uma coisa vislumbrada em uma viagem de negócios para a Escócia, aumentada pelo gosto do arquiteto pelo Tudor inglês. A mulher pálida com que se casou, Angeline, sua esposa, nunca gostou dos salões grandiosos e vazios, do frio e da umidade que nunca abandonavam os aposentos. O som constante do rio e do vento, inquieto nas árvores próximas demais, os barcos passando à noite.

Se ele tivesse permitido, Angeline Desvernine teria batizado a casa horrível, teria dado um nome para domá-la, para controlá-la, para torná-la seu lar, talvez, em vez do que era. Mas, Não, disse Silas, uma recusa severa e marital, então nada de ostentação poética, nada de Tioranda, Oulagisket ou Glenclyffe naquela ilha, só o castelo de Silas, o Castelo de Silas.

Seu sonho, e a longa noite na Storm King nunca é precisamente a mesma duas vezes e nunca precisamente do jeito como as coisas aconteceram. E nunca diferente da verdade. Esse sonho e a verdade gastos e finos, macios como veludo velho, lisos como pedra de riacho, esses momentos apertados entre o peso do agora, do antes e de tudo antes disso, e ainda tão terríveis.

Mais jovem, mas não jovem, pensando no passado, e ela segura sua mão, ou Angeline segura sua mão, nenhuma das duas, mas um aperto encorajador para essa subida precária e lenta, rio acima, enquanto o prof. Henry Osborn fala, dando uma aula como se o homem nunca precisasse recuperar o fôlego.

"Cuidado onde pisa aí. Tem muitas pedras soltas", diz ele, e Silas se sente com sessenta anos, e não quarenta e cinco.

Em algum lugar perto do cume, ele para, ofegante, os olhos lacrimejando, e olha para baixo e para trás, na direção da ilha. Uma tempestade vindo, chegando pelo vale, o crepúsculo se antecipando, o dia espantado como ovelhas sujas antes dos relâmpagos, pastores barrigudos e o fedor lamacento do rio no vento.

"Mas é uma pena esse tempo, de verdade." Osborn suspira. "Em um dia claro, dá para ver as Catskill e as Shawangunk."

Claro, Osborn não estava realmente com ele naquele dia, neste dia, e ele sabe disso vagamente, uma relembrança suave de outra história; outra subida misturada com essa, o dia em que Osborn mostrou a ele um lugar onde havia cerâmica iroquois quebrada e pontas de flechas. Osborn, um homem cujo pai fez fortuna em Illinois Central, que nunca conheceu algo diferente de privilégio. A chuva começa, um barulho molhado e estalado, e Henry Osborn aperta os olhos para o céu, a vê cair enquanto as gotas derreterem sua pele, açúcar de esqueleto de ferro batido e juntas soldadas.

"Em um dia limpo", sussurra ele por lábios que se dissolvem, antes que seu maxilar caia, estalos e cobre espalhado, e Silas continua subindo a montanha sozinho.

Ninguém algum dia perguntou para ele o *porquê* de colecionar, exceto ela. Muitos o quês, ondes e comos, dos poucos que foram até a ilha. Os anos curtos em que Angeline estava viva e fazia as grandes e barulhentas festas, os bailes para os ricos dos outros castelos do vale, para grupos extravagantes da sociedade e celebridades de Nova York, Filadélfia ou Boston. Integrantes menores da realeza, uma ou duas vezes. Os curiosos que iam espiar a fortaleza silenciosa de Pollepel. Noites longas em que ela fingia que a casa não era diferente, e ele deixava que ela brincasse do jogo dela, para cegar o fio do isolamento que já a corroía viva.

Mais tarde, novos visitantes, depois da Grande Guerra que o deixou mais rico, que o fez parar de contar sua fortuna, e Angeline no túmulo solitário na extremidade oeste da ilha, o filho deles em Manhattan, o estaleiro gerenciado por tantos outros, que Silas raramente saía da ilha. Que o que ele precisasse do mundo fosse até ele, e nunca mais de um ou dois de cada vez, homens e mulheres que iam andar pelos corredores parados e se maravilhar com essa ou aquela esquisitice. Todos cheios de perguntas, cada um sua própria enciclopédia de interrogatórios esotéricos, catequistas pobres e indefinidos, cem investigadores do passado e do futuro, os cantos escondidos desta vida e da próxima.

Ocultistas, espiritualistas, aqueles cujas perguntas e experimentos os deixavam nos limites bastardos entre ciência e religião. Eles iam, e ele trocava vislumbres de meias verdades pelas coisas pequenas e inconsequentes que eles aprenderam em outros lugares. Todos obstinados, e eles sabiam, ou achavam que sabiam, o motivo da coleção, então não fazia sentido perguntar.

Aquilo era para ela essa coisa que ele levou para Pollepel da qual ele tinha medo e essa coisa que ele amava além das palavras e da sanidade. A aquisição consciente que poderia questionar a coleção, o colecionador.

"Eu tenho dinheiro demais", disse ele uma vez, depois da compra de uma réplica em gesso do esqueleto do *Diplodocus* de Carnegie que seria montada no saguão, e ela perguntou o que ele queria dizer. "É um jeito de me livrar de um pouco da porcaria do dinheiro", disse ele.

Ela piscou os olhos com lentidão de coruja, com sabedoria de coruja, os olhos dourados e rubros zombando com tristeza.

"Você conhece o vazio dentro de você, Silas. Essas coisas são substitutas pobres para as coisas das quais você sente falta." Então, ele puxou as cortinas da gaiola dela e as deixou fechadas por uma semana, que era o tempo que conseguia aguentar sem ter a visão dela.

Mil novecentos e dezoito, então quase três anos depois que o filho foi tirado gritando do corpo inchado da esposa, puxado, molhado e cego para o mundo cão que o esperava; uma coisa indefesa da cor de uma queimadura. Seu herdeiro, mas Silas Desvernine mal conseguia olhar para ele, o som agudo que fazia. Angeline quase morrendo no pesadelo de parto cheio de sangue e suor, horas imensuráveis de dor sem fôlego. Não haveria outros, o médico disse. Batizado em homenagem ao pai e ao fantasma do avô, Eustace Silas, bebê adoentado que foi ficando lentamente mais forte enquanto a saúde da mãe começava a piorar, a criação do filho deixada nas mãos de criados indiferentes; Silas vendo-a cada vez com menos frequência, até que, por fim, ela raramente saía do quarto na ala leste.

Uma noite, fim de outubro e a primeira tempestade de inverno caindo em Pollepel vinda das montanhas, o bafo ártico das Catskill, e Silas na cidade. Pretendendo voltar antes de escurecer, mas o tempo tão ruim e ele tão exausto depois de horas com engenheiros cabeça-dura, sem paciência para o trem, então a noite foi passada no calor e na conveniência do apartamento perto do Central Park.

Algum sonho ou terror noturno, e Angeline saiu do quarto, vagou parcialmente acordada, confusa, pela casa adormecida, sem chinelos nem meias, os pés descalços suaves como um ladrão em tapetes persas e pedra fria, procurando alguma coisa ou alguém real. Alguém em quem tocar ou com quem conversar, alguém para trazê-la de volta para este mundo, tirá-la dos pesadelos insistentes. Alguma coisa na tempestade se encostando nas paredes e janelas, pelagem selvagem de neve, indomada e querendo entrar, e ela sozinha no segundo andar; os criados bem embaixo, o filho e a babá distantes, em outra parte da casa que, naquela hora desamparada, parecia se entrelaçar eternamente em si mesma. Corredores tão desconhecidos como se ela nunca tivesse andado por eles, portas que se abriam em quartos dos quais ela não conseguia lembrar. Quadros estranhos olhando para ela, visões ainda mais estranhas sempre que ela chegava a uma janela para olhar a noite prateada e agitada, árvores nuas e estátuas ou cercas esquecidas. Jardins alienígenas, e tudo tão parecido com o sonho, tão vazio, tão faminto.

Perdida na casa do marido e dentro de si mesma, Angeline chegou finalmente às portas de carvalho da galeria de Silas, madeira como sangue velho, e o escritório dele para além delas, e quantos anos desde que ela não ia lá? Ainda assim, *isto* ela reconheceu, um gemido de dobradiça e estalo de madeira quando ela passou pela porta, o desenho simples no chão da sala, desenho dentro de desenhos que a deixavam tonta quando ela olhava diretamente.

"Silas?" Nenhuma resposta além da tempestade lá fora, sufocando um mundo morto. Ela tão pequena, tão sozinha na boca daquela galeria comprida e lotada de vidro, poeira e rótulos cuidadosos, o grotesco dele, esconderijo de tesouros horrendos. Tudo o que ele amava em vez dela; os anos cinzentos de ódio dela virando raiva como vapor, virando uma revelação escaldante. Alguma coisa nas mãos dela, uma arma aborígene ou um talismã tirado do suporte na parede, e ela a girou em arcos longos e impiedosos, quebrando, destruindo, sombra se tornando destruidora. Vidro como chuva, poças de estilhaços que cortaram as solas dos seus pés, farpas, estrondos e o fedor enjoativo e doce de formaldeído. Angeline imaginando gratidão nos olhos verdes vazios de um lince de duas cabeças que caiu do pedestal e ficou ferozmente parado, empalhado, comido por traças no caminho dela.

E o berro subindo das profundezas dela, águas estagnadas na alma por tanto tempo transformadas de repente em tempestade, para competir com a fúria e o trovão da nevasca lá fora. Virou um grito de guerra, arrastando-a em sua ressaca vermelha, e quando ela chegou do outro lado as cortinas altas de veludo escondiam uma rivalidade final: rasgando o tecido com as próprias mãos, puxando com tanta força que as cortinas se soltaram dos anéis de metal e caíram como pele solta no chão.

Barras de ferro, uma gaiola, e primeiro mais nada, a escuridão tão densa quanto a névoa na cabeça dela, grossa como geleia, porém mais nada. Um passo para trás, ofegante, sentindo os ferimentos nos pés, e o movimento sutil de luz e escuridão, todo o nada na gaiola coalescendo, solidificado e belo, olhos odiosos e magoados, e ela entendeu da maneira como entendia seu próprio cativeiro, sua solidão.

A mulher com asas e olhos brilhantes de pássaro disse o nome dela, *Angeline*, disse o nome de forma a significar coisas das quais ela nunca desconfiara, de algum jeito um nome que abarcava tudo o que ela era em suas sílabas.

Um braço comprido na direção dela, um braço comprido demais e magro demais para se acreditar, pele como o luar ou o pós-parto, dedos ainda mais longos e apontando para a porta da gaiola. Aço encadeado e o desenho entrelaçado da porta de novo, entalhado ali como um aviso. "Por favor", disse a mulher na gaiola. "*Por favor*, Angeline."

Angeline Desvernine saiu correndo, correu da mera possibilidade dessa coisa suplicante, fechando a porta da galeria no caminho, fechando e afastando a ilusão cada vez mais apagada de vitória. Quase uma hora para que ela encontrasse o caminho até o próprio quarto, deixando poças e marcas de sangue dos pés feridos; rastejando, mãos e joelhos, no fim. Ela trancou a porta. Àquelas alturas, os sons dos criados acordados, movimento distante, o nome dela chamado repetidamente, mas não havia consolo depois daqueles olhos, dos buracos irregulares que fizeram nela. Era impossível não vê-los e não ouvir aquela voz sedosa e rouca.

A maior parte da tempestade tinha passado ao amanhecer, quando as empregadas, as cozinheiras e vários criados homens desistiram e chamaram alguém do estábulo para soltar a porta das dobradiças. Primeira visão, luz matinal chapada enchendo o quarto vazio, as portas da varanda escancaradas e rastros de neve chegando quase até a cama. Eles a encontraram pendurada na balaustrada, uma forca feita de amarras de cortina, com neve no cabelo preto embaraçado, gotas congeladas na pele cortada dos dedos e calcanhares. Os olhos arregalados fitando cegamente a Storm King.

"São os meus sonhos", diz ele, sussurra alto, e ela diz: "São mentiras". Ele mantém os olhos nas últimas manchas sem cor da tarde e diz com voz baixa e murmurada para que ela não ouça: "Então, são as minhas mentiras".

Desta vez, nesta versão mais do que explorada da subida da Storm King, ele está sozinho, exceto pelos trovões, relâmpagos e pela chuva como agulhas molhadas na pele exposta, vento que o pegaria no punho frio e o jogaria, quebrado, nas rochas embaixo, no rio impaciente e expectante. Não há mais sinal da trilha que ele seguiu vindo da estrada, um leve caminho de cervos ou qualquer outra coisa que pudesse andar por ali e que agora sumiu. Ele consegue ver, nos espaços brancos depois do trovão, lampejos da montanha, árvores se curvando e o volume da Breakneck do outro lado do rio, a gêmea da Storm King. Uma coisa siamesa invejosa partida pelo ácido Hudson, e ele pensa *Não, em algum lugar no fundo elas ainda estão ligadas*, ainda unidas pelo vínculo de granito sob o movimento e o lodo da água.

Trovão que soa como anjos em chamas, e ele escorrega, segura-se, mãos dormentes nas raízes de alguma coisa pequena que se contorce, repulsão de madeira ao toque dele. Ele está tremendo agora, as roupas encharcadas e cobertas de lama. Fica imóvel, esperando cair, afogar-se no dilúvio gargarejante, até o trovão dizer que é hora de ir em frente de novo, e ele abre os olhos. Logo está de pé no cume, uma pequena clareira e a pedra alta no centro como uma estaca que segura o mundo no lugar. Coisas cinzentas monolíticas que ele viu na Inglaterra, na Dinamarca ou na França, e no breve brilho elétrico estalante ele consegue discernir as marcas que fez na pedra, marcas quase apagadas pelo tempo, pela neve e por cem mil tempestades anteriores. Personagens esquecidos riscados em filetes claros como ênfase. Ele daria meia-volta e correria, do lugar e do momento (*se você pudesse fazer de novo, se pudesse voltar atrás*), mas as raízes se enrolaram nos pulsos dele, transformadas em pítons verdes, e com todas as variações inteligentes e perturbadoras só há um caminho para seguir.

Ela sai do local onde fica a pedra, um momento brilhante, um breve fragmento de instante capturado e retido em dentes bifurcados de relâmpago; contas feitas de chuva escorrem das penas, cada gota exótica de pedra preciosa bruta, e braços e pernas em ângulos estranhos, juntas demais. A cabeça que gira no pescoço elegante e os olhos que o encontram, o rosto anguloso e os olhos fundidos que nunca vão libertá-lo.

"Nada do Pterodáctilo, eu diria", proclama o professor Osborn, em algum lugar atrás dele. "Se bem que o crânio relembra estranhamente o *Dimorphodon*, não acha?", e Silas Desvernine inclina a cabeça, olhando para a escuridão encharcada onde os pés deviam estar, e espera o barulho de couro e cetim das asas, um som delicado e amado pela tempestade. A chuva se mistura com as lágrimas dele e as leva junto com tudo.

O enterro acabou, e os empregados estavam ocupados no andar de baixo quando Silas abriu as portas da galeria; viu pela primeira vez os danos que ela provocou, soube que era quase tudo vidro quebrado e que pouco não poderia ser ajeitado, mas a visão machucou seu peito, feriu seus olhos. O coração já tão quebrado e os olhos já tão doídos, mas uma nova dor mesmo assim. Não havia fundo para a dor, e ele se inclinou e pegou seu dodô, tirou de uma cama de estilhaços de diamante, tirou o vidro do bico poeirento e das penas traseiras. Colocou novamente na prateleira alta entre os pombos-passageiros e os três papagaios-da-carolina. Ele deu um passo na direção da gaiola dela, as cortinas ainda abertas, e os sapatos fizeram barulho. Ela, agachada nas sombras, as asas enroladas no corpo como um casulo, um escudo vivo contra ele, e ele disse: "O que você fez com ela, Tisífone?". Surpreso com a calma na voz, tão vazia de tudo preso dentro dele, tentando sair.

As asas tremeram, abriram-se e se fecharam. "Esse não é meu nome", disse ela.

"O que você fez com ela, Megera?"

"Cale a boca." As palavras cuspidas para a parede onde o rosto dela ainda estava escondido, cuspidas para ele. "Você sabe que não sou uma das três, você sabia disso o tempo todo."

"Ela não poderia ter machucado você mesmo que quisesse", disse ele, ouvindo as palavras dela, mas o mais perto que chegaria de poder ignorá-las: ela, fraca, e a dor dele forte demais para ser ignorada, ainda que pela voz dela. "Você achou que ela podia machucar você?", perguntou ele.

"*Não*." E ela estava balançando a cabeça agora, a testa batendo no tijolo, e ele conseguiu ver a mancha preta e grudenta que ela deixou na parede.

"Então você fez para se vingar de mim. Foi isso? Você pensou em me machucar ao machucá-la."

"Não", disse ela, e essa foi a única vez que ele a viu chorar, se é que era choro, a fosforescência leve escorrendo dos cantos dos olhos. "Não, *não*."

"Mas você sabe que ela está morta, não sabe?"

"Sei", disse ela, o *sei* pequeno e rápido demais, e isso fez com que ele tivesse vontade de apertar a garganta branca, fechar as mãos no pescoço e girar até ser recompensado com o estalo e o som de cartilagem de vértebra quebrada. Apertar até a língua dela pender inútil da boca sem lábios.

"Ela nunca machucou ninguém, Alecto", sibilou ele, e ela se virou, um movimento repentino de cobra, e ele deu um passo para longe das barras, embora não quisesse.

"Eu pedi para ela me *ajudar*." E ela estava gritando agora, dentes perfeitos de cristal à mostra. "Pedi que me libertasse."

E a dor e a fúria dela foram despejadas nele, um calor de fornalha emanando dela, e o leve odor de noz-moscada e decomposição pairou no ar em torno da cabeça dele.

"Eu *pedi* que ela abrisse a porra da gaiola, Silas!" E, abruptamente, as asas escorregaram das costas dela e caíram, sangrentas e inertes, no piso de metal sujo e coberto de palha da jaula.

No sentido mais simples, essas coisas, pelo menos, são verdade: que, durante a última semana de junho de 1916, Silas Desvernine contratou trabalhadores de Haverstraw para escavar uma pedra grande em um local perto do cume da Storm King e que, durante essa escavação, vários homens morreram ou caíram seriamente doentes, cada um sob circunstâncias que só pareceriam incomuns se consideradas as ligações entre elas. Quando o chefe deles pediu demissão (um escocês pequeno com olhos de marta e rosto feito oxicocos maduros), Silas contratou uma segunda equipe, e em julho a pedra foi carregada para baixo e para longe da montanha, em um dispositivo engenhoso elaborado por ele, depois com cavalos e carroças e, finalmente, de barca, na distância curta rio acima até a ilha Pollepel. Dinheiro foi pago a um sr. Harriman da Palisades Interstate Park Commission, o bastante para a discrição dele em assuntos assim, e nenhuma pergunta foi feita.

Além disso, que arqueólogos e antropólogos, linguistas e criptógrafos tiveram permissão de dar olhadas breves no artefato ao longo do ano seguinte, embora só conclusões superficiais e conflitantes sobre os entalhes na pedra tenham sido tiradas; que podiam ter sido feitos por vikings, fenícios, minoicos ou atlantes; que podiam ser meio parecidos com sânscrito, ou talvez só marcas de vermes marítimos pré-históricos, ou foram feitos pelo próprio Silas Desvernine. A sugestão de um geólogo desconhecido de que a pedra, xisto preto oleoso com manchas creme de calcita, não era sequer nativa da região foi sumariamente ignorada por todo mundo, exceto por Silas, que nada ignorava.

Uma menção passageira de pé de página à "pedra Butterhill" em uma monografia sobre cerâmica moicana, e, por volta de 1918, foi esquecida pelo mundo agitado e desatento de homens e palavras além da proteção das paredes do Castelo de Silas.

"Acorde", diz ela. "Você tem que acordar." E ele acorda, pisca os olhos grudentos, desfocados, e o aposento está escuro, exceto pela luz dos lampiões com cúpulas de vitral como salgueiros, libélulas e glicínias roxas pendentes.

"Você está morrendo, Silas."

Ele aperta os olhos para a grande gaiola, uma gaiola que poderia abrigar leões ou leopardos, e ela parece tão terrivelmente pequena lá dentro. Um contraste enganador de ferro e branco, pele branca, e ela diz: "Antes que o sol suba de novo...".

Um grande suspiro sacode o peito ossudo e: "Não", enquanto procura os óculos na mesa. "Não, ainda não." Mas ela diz: "Você é um homem velho, Silas, e homens velhos acabam morrendo. Todos eles".

"Ainda não." E ali estão eles, seus bifocais em cima de um livro grosso sobre besouros africanos. "Tem uma nova guerra, navios novos que precisam ser construídos." E ele os coloca, a armação de ferro amassada e ajeitada e amassada outra vez, de forma que não mais encaixa bem no rosto dele. A bengala ao alcance da mão, mas ele não se levanta, espera que a sala escura fique sólida de novo.

"Me liberte agora", diz ela, como se não tivesse dito mil, mil vezes antes, como se fosse uma ideia nova que nunca ocorreu a ela, e ele ri. É um som engasgado e estrangulado que mais parece um arroto.

"Você está tentando me enganar", diz ele, dando seu sorriso de dentes falsos para ela, um dedo torto apontando para a gaiola, para que não possa haver dúvida. "Você não é uma sibila." E ele demora cinco minutos para lembrar onde colocou o relógio de bolso.

"Consigo ouvir seu coração velho e cansado, e ele está perdendo a corda, como seu relógio." E ali está ele, no bolso do colete; 4h19, mas os ponteiros das horas, dos minutos e dos segundos estão parados como gelo. Ele anda esquecendo muito de dar corda, e quanto tempo perdeu dormindo na escrivaninha? O pescoço está rígido, e ele consegue ver estrelas pelas janelas altas.

"Você não pode me deixar aqui, Silas."

"Eu não *digo* sempre que não vou?" Ainda olhando as estrelas, um vislumbre leve de Canes Venatici ou parte da Ursa Menor. A raiva na voz o surpreende. "Eu já não disse isso? Que vou soltar você antes de morrer?"

"Você é um mentiroso, Silas Desvernine. Vai me deixar aqui com todas essas outras coisas que roubou."

E ele repara que os olhos dela pousaram na cúpula alta de vidro perto da gaiola, quatro painéis altos e a armação de metal dentro, as coisas murchas e ásperas presas lá. As penas mortas que se soltaram e estão caídas como folhas outonais no fundo.

"Você as teria destruído se eu não as tivesse colocado ali", murmura ele. "Não me diga que não é verdade." Ele se vira, qualquer coisa agora para ocupar sua atenção, e era verdade essa parte. Que ela tentou comê-las depois que caíram, antes que ele as tirasse dela, ainda quentes e com sangue escorrendo dos cotocos esfarrapados.

"*Por favor*", sussurra ela, um som tão mínimo que parecia um floco de neve. E: "Por favor, Silas", quando ele abre um livro, papel amarelo-amarronzado que estala alto entre os dedos e ajeita os óculos.

"Eu cumpro minhas promessas", resmunga ele e vira uma página seca.

INSECTUM. HIST.VII

RATS LIVE ON NO EVIL STAR

07.

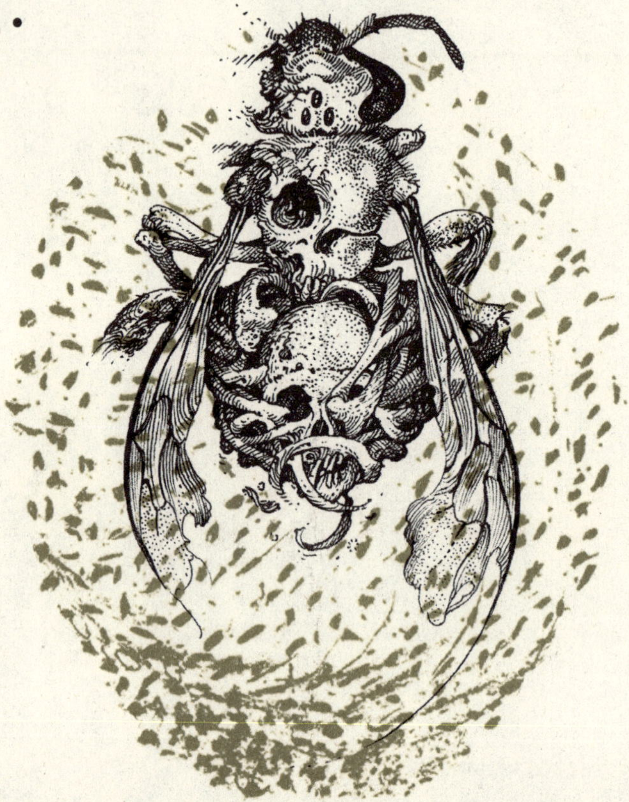

Mvsca Necromantica

MASCULUM —— *CENTUM OCTO*

P.110

Porque em Birmingham eu observava demais o céu, e às vezes havia coisas lá. Os cachorros-vareta estão comigo quase desde sempre e provavelmente sempre estarão. Ah, e Charles Fort, claro. E Anne Sexton. E todas as coisas danadas.

KIERNAN OFFICINARUM INVESTIGATIONIS

CAITLÍN R. KIERNAN

"Acho que estão nos *fisgando*", diz Olan, com o cigarro de mentol fumado quase até o filtro, e ele está sentado à mesinha bamba de cartas perto da janela, olhando para o céu alto de janeiro, aquele céu desanimador como uma pedra preciosa azul com defeito, e Jessie para de passar pasta de amendoim em fatias de pão branco macio e olha para ele.

"O quê?", pergunta ela, e ele só assente para o céu, e ela precisa perguntar de novo. "O que você disse, Olan?"

"Acho que estão nos fisgando." As palavras repetidas em voz alta e mais lentamente, como se ela fosse só surda e burra, afinal, e ele estivesse falando coisas com sentido.

"Não sei do que você está falando." Sem pretender parecer irritada. Ela junta duas fatias de pão com uma camada grossa de pasta de amendoim, mais um sanduíche para esse homem magro e maluco que mora no fim do corredor, esse homem com quem ela não tem parentesco e nem pode chamar de amigo. Mas, se ninguém cuidar dele, ele não come. Jessie corta o sanduíche em triângulos caprichados, corta a casca porque ele só a arranca fora mesmo. Ela coloca em um dos pires rosa que resgatou do amontoado de pratos imundos da cozinha, uma terra de ninguém com pratos quebrados e xícaras de café, própria para as baratas perambularem. Ela precisou levar detergente do apartamento dela, claro. Isso e um pano de prato limpo.

"Eu não me importo de ouvir", diz ela, colocando o sanduíche na frente dele. "Se você quiser tentar explicar."

Olan expira e apaga o cigarro em um cinzeiro de cerâmica no formato da Flórida, com dezenas de guimbas e cinzas caindo no tampo da mesa. Ele olha para o sanduíche, e não para o céu, mas sua expressão não muda, um tão misterioso para ele quanto o outro. Toma um gole pequeno e hesitante da cerveja que Jessie levou. Ela não faz isso com frequência, mas, às vezes, só uma garrafa da cerveja barata que ela bebe quando escreve – Old Milwaukee, Sterling ou PBR sacrificada à indiferença confiável.

"Deixa pra lá", diz ele e olha para ela através dos óculos com arame e fita adesiva em um canto, vidro grosso emoldurando os olhos distantes. Ele dá uma mordida no sanduíche e olha para o céu enquanto mastiga.

"Em que você está trabalhando hoje, Jessie?", pergunta ele com a boca cheia de pasta de amendoim, enquanto ela senta do outro lado da mesa. "Anne Sexton", diz ela. A mesma resposta de sempre, mas isso não importa, porque ela sabe que ele só pergunta por educação, para parecer que se importa. Os olhos dela também são atraídos pela janela, para além das plantas mortas no vaso de cerâmica sobre o aquecedor, folhas ressecadas e caules murchos e marrons. Lá fora, a ferrovia brilha em prateado sujo embaixo do sol branco, branco, linhas de aço paralelas e dormentes manchadas de creosoto, granito e balastro de cascalho, as fábricas abandonadas e armazéns vazios do outro lado, algumas árvores raquíticas para enfatizar a desolação.

Ela afasta o olhar, se vira para o próprio almoço, pão ainda com a casca, uma coisa mundana para quebrar o feitiço. "Vou começar um capítulo novo esta tarde", diz ela, não sentindo mais fome.

"'The Death Baby'?", pergunta ele, e ela balança a cabeça, *não*.

"Eu acabei 'The Death Baby' por enquanto."

"*Ali*", diz Olan e encosta a ponta do dedo no vidro sujo, apontando para uma coisa que vê no céu. "Bem ali. Está vendo?" E Jessie olha. Ela sempre olha, porém nunca viu o que quer que fosse até agora. Mas também não mente para ele.

"Não estou vendo", diz ela. "Mas meus olhos estão uma merda. Passo tempo demais olhando para as porras de telas de computador."

"Ah, agora já foi", diz ele baixinho, mas só para que ela não se sinta mal, porque os olhos dele não saem da janela. Olan dá outra mordida no sanduíche, toma outro gole de cerveja, e seus olhos não desgrudam da janela.

O pequeno apartamento fica no lado ocidental de uma cidade do sul que já teve indústria próspera e viu longas décadas de decadência, fundições e fábricas fechadas, o céu preto vazio e cheio de fumaça, e os empregos desapareceram junto. Não a Birmingham da infância dele, só a casca da lembrança daquela cidade, e mais ao leste as sementes famintas da gentrificação foram plantadas. Nos jornais, ele leu sobre o "Historic Loft District", uma expressão que usam como Esperança ou Expectativa. Mas *esse* apartamento existe em seus próprios termos, ou nos termos dele, esse espaço selecionado vinte anos antes pela vista desobstruída do céu, que não mudou.

Três aposentos bem pequenos, cada um repleto dos seus livros e jornais, seus arquivos, recortes e pastas. As coisas que ele escreveu diretamente nas paredes com caneta permanente porque não houve tempo de encontrar uma folha de papel antes de ele esquecer. Montanhas de revistas caindo como avalanches brilhosas, enterrando traças e baratas, *Fate* e *Fortean Times*, periódicos para os alquimistas modernos, sociedades criptozoológicas e cultos ufologistas. Exatamente 1348 fichas presas por tachas ou grampeadas em gesso com a cor frágil e desbotada de cascas de ovos sujas e manchas de grãos de café. Testamentos não correlacionados, dados não conferidos, e um dia a concordância e a conferência sozinhas terão cem mil páginas.

Depois que a garota vai embora (A Acadêmica, é como ele pensa nela), Olan encontra a mancha fresca, grudenta e marrom de pasta de amendoim na janela da cozinha, sua digital da cor de merda ainda marcando o local exato, e ele desenha um círculo preto no vidro ao redor. Tem outros círculos lá, vinte e três círculos pretos e vermelhos naquela janela, e um dia ele vai fazer linhas conectando uns aos outros para revelar outra parte do todo, esse mapa do telhado do céu.

"Não estou vendo", sussurra ele, lembrando o que ela disse, e uma coisa que um médico disse para ele falar anos atrás, quando ele ainda era um garoto e poderia ter crescido e virado um homem capaz de dizer "não estou vendo" quando vê.

Olan está sentado à janela, a nova tinta secando conforme o sol desce na direção do crepúsculo. Tinta preta para indicar um Provável Inorgânico, a classificação hesitante do globo brilhante que ele viu pairando no céu vazio acima da cidade. Um desenho a lápis já em um dos cadernos, e estimativas de altura e dimensão embaixo, algo como uma bola de boliche, tão perfeitamente imóvel quanto os trilhos de trens abaixo.

"Visível por aprox. 14 minutos, 13h56 até 14h10", escreveu ele, sem ter certeza do tempo de duração, porque a garota ficou falando e falando, e aí ele a levou até a porta e, quando voltou, não estava mais lá, tinha caído, sumido ou ido embora.

"Não estou vendo", diz ele de novo, as palavras e a inflexão emprestadas dela, e ele tira os óculos e massageia os olhos cansados e certeiros.

Esta é a Página Um. O que quer dizer: isto é onde a história começa quando pedem que ele conte a história, quando ele contava para os médicos que davam comprimidos, conselhos e diagnósticos. A narrativa linear que tem tão pouca e tanta verdade quanto qualquer ficção necessária, uma tentativa de entender, de tornar o subjetivo objetivo.

"Eu tinha sete anos, e nós morávamos na fazenda do meu avô em Bibb County, depois que meu pai foi embora, e minha mãe e eu morávamos lá com a minha avó porque meu avô já estava morto. Não era mais uma fazenda *de verdade*, mas nós criávamos galinhas e plantávamos quiabo, tomate e couve. Eu tinha um cachorro chamado Biscuit.

"Um dia, foi em julho, um dia de julho de 1955, quando eu tinha sete anos, Biscuit foi atrás de um coelho no bosque. E eu estava no campo ao lado da casa chamando por ele, e não tinha uma nuvem sequer no céu. Nenhuma nuvem. Tenho certeza de que não tinha. Eu estava chamando Biscuit, e começou a chover apesar de não haver nuvens. Mas não estava chovendo água, estava chovendo sangue e pedacinhos de carne iguais aos que se bota no ensopado, pedaços de carne vermelha crua, carne caindo no chão, deixando-o vermelho e preto. Houve um som esmagado, como quando a gente remexe na caixa de cereal para pegar o brinquedo no fundo, um som bem suave de cereal esmagado que veio do céu, eu acho.

"E aí minha mãe gritou e me arrastou pra casa. Ela me arrastou até a varanda, e nós ficamos ali vendo sangue e carne caírem do céu limpo, fazendo poças e riachos no chão.

"Não, Biscuit nunca voltou pra casa. Não posso culpá-lo. O cheiro ficou horrível depois."

Ele tem um pote grande na mesa ao lado do colchão onde dorme, um pote de maionese de um litro, e dentro está o corpo mumificado de uma coisa parecida com um rato. Caiu do céu, três anos antes, aos pés dele quando ele estava andando nos trilhos perto do prédio, a coisa-rato caída de um céu limpo, e ele marcou em violeta, o que significava Definitivamente Orgânico.

A garota do 407 não costuma levar janta para ele, mas em uma noite levou, um mês antes, e também levou algumas folhas digitadas da dissertação. Preparou ravióli enlatado com queijo parmesão e fez uma salada de alface com fatias de rabanete e pepino. Eles comeram juntos, sentados no chão cheio de papéis enquanto ela falava sobre o trabalho de uma poetisa que cometeu suicídio em 1974. Ele nunca leu a poetisa, mas teria sido deselegante não ouvir, não oferecer algumas palavras quando achava que não pareceria idiota demais.

"É um palíndromo de um celeiro em algum lugar na Irlanda", disse a garota, respondendo à pergunta sobre o título de um dos poemas. "Alguém pintou em um celeiro." E ela pegou um livro surrado, no qual ele não tinha reparado, entre as páginas. Ela leu o poema que começava com o título do celeiro. Ele não entendeu exatamente, Adão e Eva e a Queda, palavras que soavam bem reunidas assim, ele achava. Mas aquelas palavras, STAR. RATS STAR, aquelas palavras como uma mão colocada aberta em um espelho, como apoios de livros com nada entre eles.

"Às vezes, ela se chamava sra. Dog", disse a garota, e ele viu o truque na hora: Dog, God, ou cachorro e Deus.

"Eu gostaria muito de uma cópia desse poema", ele disse para ela, comendo o restinho de salada. E, três dias depois, ela levou uma fotocópia das páginas do livro, e ele as deixa presas por uma tachinha em uma parede perto da janela. Ele escreveu rats e STAR e RAT'S STAR na parede em vários lugares.

O sol já se pôs há horas, e Olan está sentado à mesa de cartas perto da janela, observando a luz fluorescente fraca da cozinha. Ele está com *O livro dos danados*, de Charles Fort, aberto na página 260, e copia uma frase em um dos cadernos: "Coisa vasta, preta e confiante, como um corvo, sobre a Lua". É um dos livros que o deixam nervoso... não, um dos livros que o assustam. *O ramo de ouro* o deixa nervoso, Gilgamesh o deixa nervoso, e esse livro, esse livro o assusta. Arrepios nos braços por uma frase assim: "Coisa vasta, preta e confiante...". Coisas que eram vistas lançando sombras na Lua em 1788, coisas entre a Terra e a Lua, talvez, fazendo sombras.

Ele volta duas páginas e copia outra frase: “Era a coisa mesmo ou a sombra de uma coisa?”. A pergunta zombeteira de Fort anotada na caligrafia obsessivamente caprichada de Olan, recriada nas mesmas precisas dez palavras. Ele faz uma pausa, acende um Newport e fica fumando, olhando pela janela, tentando encontrar sentido na pergunta, a lógica terrível além do medo.

Só há uma fatia de lua minguante esta noite, e isso é bom, ele pensa, uma tela pequena demais para a sombra de qualquer coisa.

Nos trilhos da ferrovia, há movimento e um brilho, brilhos gêmeos de esmeralda, um reflexo cintilante como olhos de gato capturados em uma lanterna ou em faróis. Olan fica imóvel, o cigarro pendendo dos lábios, fumaça espiralando ao redor do rosto, e ele nem pisca. Espera o brilho aparecer de novo, e se houvesse lua hoje ele talvez visse melhor, ele pensa. Um momento antes feliz de não haver mais luz no céu, mas agora o não saber pior que o saber, então ele força os olhos na noite. Mas não vê nada, e em um momento ele vai até as lâmpadas fluorescentes zumbindo acima da pia e apaga, depois senta no escuro. Ainda tem um pouco de brilho do quarto ao lado, mas agora ele consegue ver os trilhos melhor.

“Não estou vendo”, diz ele em voz alta, mas vê, aquela forma magra andando entre os trilhos, as pernas flexíveis e longas como pernas de pau, mas, se tem pés, ele não consegue ver. “*Pode* ser um cachorro”, sussurra ele, só com a certeza de que não é um cachorro. Ele pensa que tem pelo, e vira a cabeça na direção dele nessa hora, e sorri, sim, sim, Olan, está sorrindo, então não finja que não está, não finja, porra. Ele aperta bem os olhos e, quando os abre, ainda está lá. Ele fica bem parado, suor frio e fumaça no escuro, enquanto fica ali mais um momento nos trilhos, depois sai correndo na direção das fábricas abandonadas.

“Você já falou sobre isso com sua mãe ou sua avó?”, perguntou a médica (não médica, não de verdade; terapeuta), e ele balança a cabeça.

“Não”, disse ele. “Nós nunca falamos sobre aquele dia.”

“Entendo”, disse a terapeuta, fazendo que sim lentamente. Ela fazia muito isso, essa concordância lenta ou gesto tranquilizador, e mordia a borracha do lápis. “De que mais você lembra daquele dia, Olan?”, perguntou ela.

Ele pensou por um momento, o que dizer, o que esconder, o que nunca poderia ser explicado, pensamentos se movendo, filtrando, e finalmente disse: “Nós entramos, e ela trancou todas as portas e janelas. Minha vó saiu da cozinha e ficou olhando com a gente, e rezou. Ela segurou o terço e rezou. Eu lembro que aquela casa tinha cheiro de feijão-manteiga”.

“Deve ter caído em você todo, então? O sangue.”

“É”, disse ele. “Quando parou de cair, minha mãe me levou pro banheiro e esfregou minha pele com sabonete Ivory. Ela quase me deixou em carne viva.”

"Sua mãe tinha o hábito de dar banho em você, Olan?", perguntou a terapeuta, e ele olhou para ela por um tempo sem responder, percebendo o quanto tinha ficado com raiva, a fúria repentina guardada nele por essa mulher que assentia e fingia compreensão e compaixão.

"Aonde você quer chegar?", ele perguntou, e ela tirou a borracha do lápis da boca.

"Era fora do normal esse grau de intimidade entre você e sua mãe?"

"Eu estava coberto de sangue", disse ele, ouvindo a tensão na voz. "Nós dois estávamos, e ela estava com medo. Nós achamos que talvez fosse o fim do mundo."

"Então foi incomum? É isso que você está dizendo?"

E ele se lembrou da mãe o arrastando pelo corredor, de uma mancha vermelho-escura que ele deixou na parede, da mãe chorando e tirando as roupas imundas, da desconfiança de que era culpa *dele*, de alguma forma, essa coisa terrível, e Onde está Biscuit?, ele ficava perguntando, onde está Biscuit?

"Eu tenho que ir agora", disse ele, e a terapeuta colocou o lápis na mesa e pediu desculpas de forma generalizada, pediu desculpas duplamente se o tinha aborrecido. Ele pagou, vinte e cinco dólares, porque ela o estava atendendo com uma escala de preços, ela explicou no começo. Uma nota de vinte, três notas de um e algumas moedas, e ela fez um recibo.

"Você volta semana que vem? Está marcado às três na quinta, mas se achar que está muito longe..."

"Não sei", disse ele com desonestidade, e ela assentiu de novo, e Olan nunca mais voltou ao consultório dela.

"Bem?", ele pergunta à garota, a Acadêmica. "Você vai abrir ou não?" E ela levanta o rosto lentamente com o saco de papel-pardo nas mãos, olhos confusos, surpresa e um eboço de sorriso nos lábios.

"É um presente?", pergunta ela. "Você está me dando um presente, Olan?" Ele consegue ouvir a cautela, o sentimento de será-que-eu-quero-encorajar-esse-tipo-de-coisa na voz dela. Mas ele sabe que ela vai aceitar o que tem no saco, porque ela levou comida e cerveja e conversou com ele, e rejeitar uma reciprocidade tão pequena pareceria grosseria. Ele reparou que a Acadêmica tem uma grande indisposição em parecer grosseira.

"Não é nada de mais", diz ele quando o silêncio do corredor é interrompido pelo barulho do papel, por ela estar abrindo o saco. Ela enfia a mão lá dentro e pega o conjunto de cadeado e ferrolho, o Yale embrulhado em plástico que ele comprou em uma loja de materiais de construção a sete quarteirões dali. "Não é nada de mais", diz Olan outra vez, porque não é, e ele pensa que é o tipo de coisa que se diz quando se dá um presente a alguém.

Ela olha por um momento sem dizer uma palavra, e ele diz: "Este bairro é perigoso. Não era, mas agora é".

"É", responde ela, e ele consegue ver que ela ainda está procurando palavras. "Obrigada, Olan. Foi muito atencioso da sua parte. Vou colocar na porta hoje à tarde."

"De nada." E, para mudar de assunto, porque não é difícil ver o quanto ela está pouco à vontade, ele pergunta: "Como está indo o novo capítulo?".

"Ah, hã, bem, você sabe. Está indo", diz ela e sorri com mais segurança agora, dá de ombros. "Deus, estou sendo tão grosseira de deixar você aí, parado no corredor. Quer entrar, Olan? Eu precisava dar uma paradinha mesmo."

"Não", diz ele, talvez um pouco rápido demais, mas ele tem anotações para as quais precisa voltar, e a caminhada até a loja já gastou a maior parte da tarde.

"Tem certeza? Posso fazer um café."

Ele assente para mostrar que sim, ele tem certeza. "Fica no Hemisfério Sul", diz ele. Ela parece confusa de novo, e ele reconhece a paciência familiar na confusão dela, a paciência que brilha friamente nela sempre que ela não entende imediatamente alguma coisa que ele diz.

"Sextans", diz ele. "A constelação Sextante. A Estrela do Rato, Rat's Star." Agora há um leve brilho de compreensão nela, aparecendo lentamente como uma coisa saindo de águas profundas para respirar. "Eu não sabia se você sabia. Se sabia muito de astronomia", diz ele.

"Não, eu não sabia, Olan. Pode ser interessante. Quer dizer, acho que nunca alguém fez essa conexão." E agora ela está olhando para o cadeado como se talvez estivesse reparando nele pela primeira vez.

"São três, na verdade", diz ele. "Três estrelas em um triângulo isósceles, assim." E Olan tenta mostrar com as mãos, na geometria de polegar em polegar, a interseção de indicadores. "Como o sextante de um navio", acrescenta ele.

"Pode ser muito útil saber disso."

"Tenho livros, se você precisar." Ele já está virando as costas para ela, consegue sentir que a deixou incomodada, passou anos suficientes deixando as pessoas incomodadas para conseguir ver os sinais. "Tenho muitos livros sobre estrelas caso você precise de algum. Sei que você cuida bem de livros."

E ela diz "Obrigada" quando ele vai andando na direção da porta do apartamento dele, na outra ponta do corredor. "E obrigada pela tranca, Olan", disse ela, como se só se lembrasse depois.

De uma parede, ele retirou vinte e sete fichas, relatos de coisas vivas encontradas em pedra maciça, a maioria sapos e minhocas, e escreveu LIVE EVIL onde as fichas estavam. Dois elementos do palíndromo tirados do contexto e reconectados, como RAT'S STAR. Às vezes, é mais fácil ver a verdade quando as coisas estão desmontadas e montadas de outra forma. É o que a Acadêmica faz, ele acha, desmonta as palavras de mulheres mortas e as junta de forma diferente, para tentar encontrar a verdade escondida em versos de poesia. É o que ele faz com seus livros e jornais.

Agora, Olan está deitado na escuridão em seu colchão de molas com cheiro de suor e fumaça de tabaco e talvez também de mijo, e uma única luz entra pela janela acima da cabeça, caindo em um retângulo torto na parede em frente, de forma que ele consegue ler live evil no local de onde tirou as cartas.

Ele fica imóvel, ouvindo o prédio e a cidade lá fora, e pensa: não dá para chegar mais perto da verdade, independentemente do que você escreva em fichas de papel ou em paredes de gesso, de como você rearrume as palavras. Porque a verdade é como o horizonte, relativa ao local onde você está, e se move quando você se move. E ele pensa que devia se levantar, acender a luz e escrever isso em um dos cadernos, porque vai esquecer até o amanhecer. Em seguida, ouve o som: vassouras batendo na escada, o som com uma qualidade de staccato e madeira, vassouras ou pernas de pau, talvez, e se lembra da coisa de pernas compridas no trilho dos trens na noite anterior. Pergunta-se se as pernas compridas não fariam aquele som subindo a escada. Seu coração está batendo mais rápido, ouvindo o som chegar mais perto, não mais na escada, tum, tum, tum no corredor agora. Mas na outra ponta, perto da porta da Acadêmica, não da dele, e ele fica muito parado, torcendo para ela ter feito o que disse, para que tenha colocado a tranca extra na porta.

Nesse momento ele percebe que tem outro tipo de barulho, mais suave, mas pior de ouvir, um barulho molhado e fungado, como uma coisa farejando o chão ou a abertura estreita embaixo de uma porta fechada. Um ruído com propósito, procurando, e ele olha para o outro lado do aposento cheio de sombras na direção da porta, ficando com frio por causa do próprio suor azedo, apesar do aquecedor. Em poucos minutos, o barulho farejante para e as batidas recomeçam, como se a coisa no corredor estivesse indo para a porta seguinte.

"Não estou ouvindo", sussurra Olan, escondendo o rosto no travesseiro. E espera o amanhecer.

A manhã parecia leite talhado no céu, e Jessie sai, os braços carregados de livros atrasados da biblioteca até o queixo, temendo o frio lá fora e o trajeto de ônibus até a faculdade. O barulho do chaveiro dela no corredor silencioso: chave da maçaneta, da tranca e da porta que levava à rua, chave da lavanderia e da caixa de correio, mais uma para o escritoriozinho na universidade; todas juntas em um aro brilhante de metal e uma placa suja de metal com as iniciais gravadas, presente de Natal de cinco anos antes do pai agora morto. É um truque de contorcionismo trancar a porta, ajeitar os livros, e o de cima escorrega, *The World Into Words* cai no chão poeirento. Jessie deixa a chave pendurada na fechadura e se inclina para pegar o livro que caiu, e fala um palavrão alto quando o resto da pilha quase cai também, mas ela os pega ao se inclinar rapidamente para a frente contra a porta.

"*Porra*", diz ela, um sussurro rígido e furioso, e a respiração faz névoa no ar frio. Está cedo demais para essa merda. Ela apoia a testa na madeira, engole e sufoca o brilho repentino de fúria, sabe que está exagerando, sabe o que o terapeuta diria.

Ao olhar para baixo, ela vê as marcas na porta, as fendas fundas perto do chão, e por um segundo pensa que é uma coisa que sempre esteve lá, mas ela nunca reparou, só isso. Mas tem lascas no chão também, madeira velha raspada recentemente, e um amontoado de flocos de tinta cor de bile. E a última coisa em que ela repara é um cheiro leve e desagradável que paira no frio pesado, o cheiro como o de um cachorro molhado e uma coisa que estragou no fundo da geladeira, um cheiro de animal, mofo e cogumelos.

"Jesus." Sem se dar ao trabalho de sussurrar agora. "Jesus Cristo."

Ela coloca os livros no chão com cuidado e explora uma das fendas com a ponta do dedo, a madeira áspera e violada, cortante na pele macia. Jessie se vira e olha para o corredor, e há marcas similares nas outras portas e um corte largo e diagonal na de Olan, tão grande que dá para ver de onde ela está. Ela treme, não um tremor de frio, mas um arrepio na nuca, um arrepio nos braços ao ver cada porta com suas cicatrizes individuais. Mas todas estão fechadas, não há sinal de que aquilo que fez as marcas conseguiu entrar em algum dos apartamentos.

Jessie tranca a porta e pensa no presente de Olan, fechado e inútil na mesa de centro. *Este bairro é perigoso*, ele disse, e ela pega os livros novamente, com mais atenção ao equilíbrio desta vez. Ela tenta não pensar em viciados com pés de cabra, usuários de crack com chaves de roda andando pelo prédio enquanto ela dormia, merdas assim. Quando chegar em casa, ela vai pegar uma chave de fenda e um martelo e vai prender o cadeado novo e brilhante de Olan na porta.

Um buscador da Verdade. Ele nunca vai encontrá-la.
Mas a menor das possibilidades –
Ele mesmo pode se tornar a Verdade.

Charles Fort, *O livro dos danados* (1919)

INSECTUM.

SALMAGUNDI

HIST.VIII

(Nova York, 1981)

08.

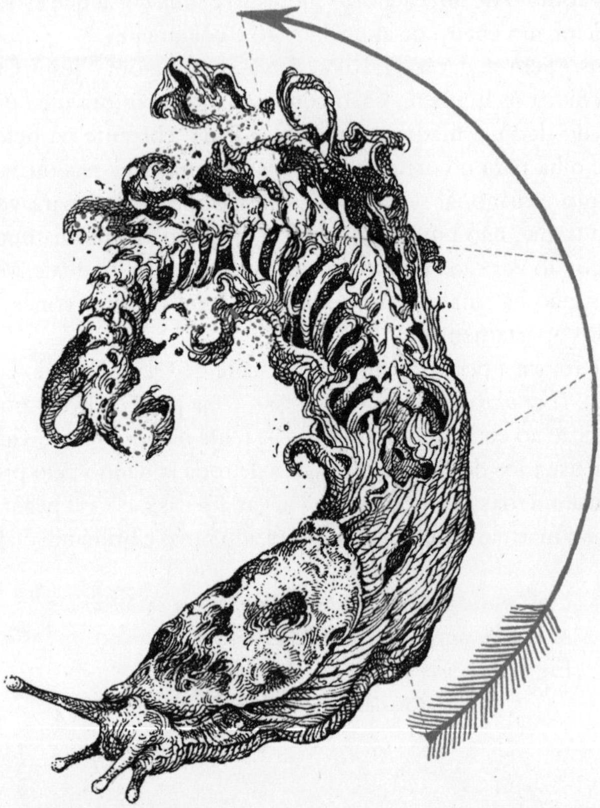

Costalidae Vermicularis

FEMINAM —— *CENTUM DECEM ET OCTO*

P.120

Peter Straub já chamou Salmagundi Desvernine de «avatar de Caitlin». Chamou-a assim em 1999 ou 2000, quando escreveu o posfácio de Tales of Pain and Wonder. Sei que era verdade naquela época. Ela era, assim como Jimmy DeSade, minha sombra. Nos anos 1990, fui tomada por uma saudade das eras vitoriana e eduardiana perdidas, mas isso logo passou e morreu. Salmagundi também passou e morreu, e, pouco depois, Jimmy DeSade não passava de cinzas. Novos avatares vieram e foram embora. Não vou citá-los.

KIERNAN OFFICINARUM INVESTIGATIONIS

Elgin está tomando sua segunda cerveja e olhando o espaço vazio atrás das luzes da ribalta que ainda não foram acesas, um buraco preto de compensado tão pequeno que mal dá para chamar de palco, pequeno até pelos padrões frugais aos quais ele se acostumou nos últimos dois anos; esses dois anos freneticamente divididos entre Nova York e Los Angeles, Seattle e San Francisco, vendo, entrevistando, escrevendo sobre tudo, de teatro de rua à arte performática pós-feminista, para *The Village Voice* e qualquer outro que o pagasse o bastante para fingir que isso era jornalismo. Porra nenhuma, para qualquer um disposto a publicar o que ele diz, o que eles dizem para ele. Esta noite, esse artigo para a *RE/Search*, para uma edição sobre cultura industrial. Ele olha para o folheto de novo, tirado de um poste telefônico na Bleecker Street. Papel da cor de uma mancha de sangue, talvez, ou de uma mancha de ketchup, pelo menos, e o tipo de decupagem que ele esperaria – imagens violentas e desconectadas de fontes anônimas e escrito à mão no alto "Salmagundi", uma data, uma hora e o endereço desse lugar, onde um rato pensaria duas vezes antes de cagar. SubAllegory, diz a placa acima da porta, embora isso não estivesse no folheto.

Elgin dobra o pedaço irregular de papel vermelho e o enfia de volta no bolso da camisa. A cerveja está quente e tem gosto de uma coisa feita com flocos de milho fermentados.

De repente, as luzes se acendem, um branco súbito e ofuscante na névoa e na escuridão, e agora é um palco, ou pelo menos um lugar onde uma coisa está prestes a acontecer, então vai ter de servir. A plateia murmurante enfiada no SubAllegory para de murmurar, e as cabeças se viram, os olhos se viram, como os olhos de um organismo multicorpo faminto se virando para ver, morto de fome, e talvez em um momento haja algo comestível sendo servido. Mas só há uma montanha de ossos, uma pirâmide quadriculada de fêmures e crânios, costelas e omoplatas secos cuidadosamente equilibrados e interligados; a maioria de vacas ou porcos, Elgin supõe, talvez alguns de ovelha, lixo de ossos coletado de frigoríficos e açougues da região. Ele está com o bloco de estenografia e o lápis, e há tempos aprendeu a tomar nota no escuro, um rabisco de grafite que ele pode decifrar depois em lugares mais iluminados.

Há outras coisas, suspensas por fios de metal ou náilon e ganchos, pedaços de carne e de órgãos rubro-acinzentados – um coração, um fígado, um pedaço de intestino violeta-ostra –, tudo isso suspenso em alturas variadas, presos formando uma mandala rudimentar no alto, ao redor dos ossos. E, agora que pensa no assunto, Elgin percebe que consegue sentir o cheiro da carne, de sangue velho e um leve odor de podridão no ar frio de porão do local – "um odor leve como um subtexto fétido", ele escreve rapidamente, sem tirar os olhos do palco.

Deve haver alto-falantes que ele não consegue ver, porque de repente há um som, uma explosão repentina de som, instantâneo como a luz, um gemido de retorno e um estalo arrítmico como correntes em vidro quebrado. Um som que o faz se encolher, que faz todos se encolherem, a criatura plateia redescobrindo reações esquecidas e instintivas, mas não inteligente o bastante para fugir, não inteligente o bastante para se esconder. E o som aumenta uma oitava, penetrando mais fundo na cabeça de Elgin. Ele pensa que pode haver uma voz no meio da cacofonia, mais do que uma voz, talvez, murmurando palavras que ele quase consegue ouvir, uma corrente subliminar de palavras que poderiam ser ameaças, que dão a *sensação* de ameaças sussurradas ouvidas sem querer, ou poderiam ser perversidades casuais, ou as duas coisas, ou poderia não ser nada. Sua boca está seca, e a cerveja fica esquecida no bar.

No palco, o monte de ossos parece se mexer, arrumando-se sutilmente, um tipo de movimento quase imperceptível, e Elgin força a vista através do brilho, da fumaça de cigarro e do barulho, para ter certeza. E, sim, eles estão mesmo se mexendo, cada pedacinho de esqueleto independente do outro, flexionando-se e se contraindo de alguma forma sem derrubar a estrutura precária. Faz com que ele pense na pele de um réptil grande com couraça – impossível, um jacaré ou crocodilo torto machucado, morrendo ou despertando. Ele também anota isso.

Um grito de corda de violino que derrete ao virar em graus lentos um grito ou berro agudo, uma coisa declarando uma dor tão terrível que só pode ser expressada por esse lamento interminável e agonizante. E, depois disso, *dentro* disso, um estalo audível, um estampido seco de concha se quebrando, alto o bastante para conseguir se isolar, alcançar a singularidade, e Elgin sente quando o atinge, um punho no peito, um porrete invisível que quase tira todo o ar dele. A criatura-plateia parece se inclinar ligeiramente para a frente, na expectativa, impaciente pela extinção, um fim para o tédio dela, seu esclarecimento insaciável. Elgin sabe que, seja lá o que estiver acontecendo, só pode terminar em decepção para a plateia, que nenhuma revelação chega aos pés da necessidade dela.

Nesse momento, os ossos *realmente* se abrem, um rasgo ou fenda silenciosa na lateral olhando para ele, uma boca ou vagina irregular; líquido denso jorrando, gotas escuras e grossas como uma carótida perfurada, e duas ou três pessoas sentadas bem na frente recuam um pouco, limpando as roupas, os rostos ou os cabelos com dedos relutantes em tocar a substância, mas curiosos para saber, enojadas e empolgadas pela repulsa. O uivo está sumindo agora, tornando-se distante ou implodindo, e deixa para trás um tum-tum-tum de coração que é mais de metal que de carne, uma prensa mecânica batendo no ar, forçado à imobilidade, ao vácuo, pelo som.

A fenda cresce um pouco mais, e Elgin consegue ver alguma coisa membranosa dentro, abrindo caminho para sair, uma superfície brilhosa gosmenta com o que quer que uma montanha de ossos possa sangrar. A batida está ficando mais alta, aço contra aço, e ele quer fechar os olhos, quer afastar o rosto, mas não faz nada. Não é seu trabalho desviar o olhar; seu trabalho é observar, aconteça o que acontecer, ver o que há para ser mostrado e colocar em palavras.

A plateia emite um ruído coletivo quando a membrana explode, se abre e joga o enorme feto no palco. Um movimento hesitante dentro de uma rede da cor de vísceras vivas, e ele consegue ver o cordão umbilical sinuoso que vai até dentro da fenda, para dentro da mãe morta e sem carne dessa coisa que se contorce. O cheiro de podridão fica mais forte, e ele consegue ver larvas se mexendo na luz, centenas ou milhares, e agora a criatura-plateia está se partindo, perdendo coesão conforme mais e mais elementos dela se separam e vão para longe do palco.

O coração mecânico se espatifa, colisões de trole e o inevitável desmoronamento de arranha-céus, aço e concreto, quando ela se solta, mãos e braços pálidos como pele que nunca viu o sol, que não consegue imaginar calor ou luz, jogada na direção de todos. A rede arqueja uma vez, desliza pesadamente para o lado direito do palco, arqueja de novo e está livre e cortando o cordão que leva até aquele útero morto e chocante, rasgando com dentes cruéis, maxilares furiosos e fortes; o cabelo comprido voa e bate de um lado para o outro, molhado, pingando gotas de líquido e larvas do nascimento na plateia.

Elgin não lembra de ter se levantado, ficando de pé, derrotado, mas está empurrando pessoas, abrindo caminho em meio aos corpos até a porta, para o ar da noite do sul de Manhattan, que nunca teve um cheiro tão limpo, tão puro. Ele sobe a escada de cimento que leva até a rua e se apoia, ofegante, em uma parede de tijolos, tentando tirar o cheiro intoxicante e doce de podridão das narinas. E quando Elgin Murray olha para o bloco de estenografia, não tem praticamente nada escrito lá.

"Você é Murray", diz a garota, não perguntando, mas dizendo como uma ordem, como se ele pudesse ter pensado que tinha escolha na questão. "O cara que quer a entrevista."

Ele assente, é, larga a guimba do cigarro na calçada e a esmaga com a ponta da bota. O cabelo da garota é da cor de romã, e ela está usando calça jeans e um moletom manchado com riscos de alguma coisa que pode ser graxa ou sangue cenográfico.

"Venha", diz ela, com um toque de irritação ou desprazer na voz, e ele a segue até a esquina, para longe do SubAllegory. "Ela não fala com muita gente", diz a garota. "Não com qualquer um. Você tem que entender isso. Você tem sorte, cara, de poder fazer uma entrevista com ela."

"É", responde Elgin, e a garota o conduz por um lance de escadas, um esconderijo escuro embaixo de um sex shop, sem luz no final, e o ar de fevereiro denso lá embaixo, o frio condensado, gélido.

"Cuidado com a escada", avisa ela. "Pode ter gelo." A garota bate em uma porta com o punho, bam, bam, bam, e em um momento há vozes do outro lado.

"Quem está aí?", pergunta uma das vozes, e a garota bate na porta de novo, socando a madeira em busca de resposta.

"ConEd, filho da puta", rosna ela. "Quem você acha que é? Abra a porta, estou com a bunda congelando aqui fora, porra. Estamos só eu e o cara." O som metálico de trancas sendo abertas, a entrada sendo relutantemente concedida, e Elgin passa os dedos rapidamente no cabelo.

"Desculpa", diz a garota quando a porta se abre. "Temos que tomar cuidado, sabe. Desde aquela apresentação em Jersey. Cara, aquilo foi uma merda federal."

E um homem negro grande os deixa entrar, finalmente. Tem uma pessoa menor de pé logo atrás dele, mas, por enquanto, *esse* homem é o que importa, músculos como uma ameaça por baixo de trapos de roupas; ele olha de cara feia para Elgin, olhos desconfiados, pagos para serem assim, e a garota o está arrastando para a frente, para longe da noite e para um corredor estreito pintado de laranja brilhante. Não está muito mais quente ali, e isso não o surpreende, mas, pelo menos, eles saem do vento. Ela o leva por portas com números que parecem ter sido designados aleatoriamente, sem ordem perceptível, numerais de metal presos em portas laranja – 8, 21 e 3 –, e o ar tem cheiro de poeira, mofo e de alguém cozinhando curry.

"Eu não a vi sair", diz Elgin, olhando as portas, parte dele ainda procurando um padrão para os números, e a garota diz: "Tem uma entrada por trás, direto do estúdio. Tem todo o tipo de merda aqui embaixo, cara. Parece um labirinto de ratos embaixo desses prédios".

"Ah", diz ele quando eles param na porta com o número 12, a quinta na fila, mas que é 12 mesmo assim, e tem um drogado magro como um lápis sentado no chão do lado de fora, folheando uma revista *Hustler* antiga.

"Ela está pronta pra nós?", pergunta a garota, e o drogado funga alto e limpa o nariz nas costas da mão. "Ele é o cara?", pergunta o drogado, com os olhos remelentos em Elgin, e a garota diz: "É, ele é o cara. Ela está pronta ou não?".

"Mais pronta, impossível", diz o drogado e sorri, um sorriso irregular, podre e amarelo, e volta à revista, os nus exagerados se abrindo no papel brilhoso, e a garota diz: "Você sabe que só está perdendo tempo, Willy. Quanto tempo tem que você não fica de pau duro? Você sabe que só está se torturando com essa merda".

"Ei, gata, eu *lembro*, tá? Não esqueci qual é a *sensação*, então não faz mal olhar." O drogado mostra o dedo do meio para a garota quando ela bate três vezes e gira a maçaneta do número 12.

"Não sei por que ela ainda deixa esse merda aqui", diz a garota para Elgin, como se o drogado não pudesse ouvir. Willy resmunga alguma coisa obscena, mas não se dá ao trabalho de tirar os olhos da revista.

O aposento é apertado, quase quente e sem a esqualidez cultural que ele esperava. Na verdade, há uma mistura inesperada de objetos vitorianos gastos e art déco, um amontoado de antiguidades estragadas pelo tempo, descuido e pelos lugares por onde passaram. Uma iluminação agradavelmente indireta depois do corredor, de abajures com franjas nas cúpulas e tocheiras com vitral; uma gravura emoldurada de Erté em uma parede e uma de Beardsley em outra, uma coisa de que ele se lembra de um livro de Poe ou de Wilde; um divã com estofamento em veludo vinho embaixo de uma cobertura improvisada de lenços e rendas, uma penteadeira ali perto, e Elgin e a garota olham para si mesmos no espelho largo e revelador.

"Ela carrega essas coisas todas pra onde vai?", pergunta ele, e o reflexo da garota assente. Ela aponta para uma cadeira de madeira escura arranhada, incrustada de madrepérola e mais veludo cor de vinho derramado, e ele senta e abre o bloco de estenografia de novo. A garota fecha a porta ao sair e o deixa sozinho, e Elgin olha para a página quase vazia que devia ter enchido de anotações durante a apresentação, torcendo para o que se lembra do show ser parecido com o que realmente aconteceu.

Na sala ao lado, alguém diz "Cala a boca, Jimmy, tá bom? Cacete, cala a boca", e Elgin se empertiga, nem percebe que havia outro aposento, mas agora consegue ver uma porta depois do divã, um crânio de cachorro pendurado lá, o focinho apontando para baixo, na direção do chão, e para um tapete persa imundo que ele vê pela primeira vez.

A porta se abre nesse momento e ela entra, a última herdeira de uma fortuna perdida de um bisavô, a bisneta perdida da Era Dourada, sua primeira visão dela fora de zines de arte fotocopiadas e daquela coisa fetal que ela virou no palco. "De tirar o fôlego", ele vai escrever na entrevista, embora, depois de uma discussão com o editor, vá trocar isso por "encantadora", sabendo que não importa de verdade, porque nenhuma palavra chega perto da verdade. Salmagundi Desvernine: o cabelo louro, louro ainda molhado e escuro do banho, pés descalços, um robe marrom de algum tecido barato imitando seda, o rosto de porcelana que pode quebrar ao mais leve toque, como gelo ou porcelana, e ela para e aperta os olhos na direção do outro lado da sala, na direção dele.

"Oi", diz ela, os lábios de um rosa-pálido sem sorrir, e a voz combinando perfeitamente com o rosto, uma voz de sinos de cristal tilintando nos ventos subterrâneos.

"Oi", responde ele.

"Eu o fiz esperar?" E ele balança a cabeça em negativa.

"Acabei de chegar."

"Que bom", diz ela. "Quer uma bebida?" Elgin vê o homem atrás dela, ainda de pé na porta, mais um garoto do que um homem, na verdade, porém alto, mais alto do que ela, mais pálido do que ela, e os olhos escondidos atrás de óculos pretos curvos. Ele rói nervosamente uma unha preta e olha para além de Salmagundi, o olhar de plástico preto voltado para Elgin, o que o faz sentir ter nove ou dez anos de novo e estar frente a frente com o maior filho da mãe entre todos os valentões do pátio de escola.

Ele olha para o bloco. "Seria ótimo", diz ele. "Uma bebida cairia bem."

"Jimmy, sirva ao senhor...?"

"Murray", diz Elgin na mesma hora. "Elgin Murray." Ela sorri para ele, um sorriso sofrido e suave, e olhos de safiras perfeitas.

"Sirva uma bebida para o sr. Murray. Conhaque está bom? Temos conhaque comum e cognac."

"Conhaque está bom", diz Elgin, sorrindo e a observando, tomando o cuidado de não olhar para o companheiro de pele acinzentada de couro preto e camiseta rasgada, calça jeans preta e botas de caubói de pele de lagarto.

"Conhaque está bom", diz o homem alto com deboche; há dois decantadores em uma mesa pequena ali perto, vidro cortado cheio até a metade de um líquido âmbar, e o homem alto serve uma bebida de um deles para Elgin.

"Me disseram que você não gosta de gravadores", diz Elgin para Salmagundi, e ela assente, sentando-se à penteadeira a pouca distância dele e olhando para si mesma.

"Não gosto de ouvir minha voz dessa forma", diz ela. "Sabendo que alguém pode apertar um botão e fazer você dizer coisas que talvez não pense mais. Coisas que talvez nunca tenha pretendido dizer."

"Mas tudo bem se eu fizer anotações?", pergunta Elgin, segurando o bloco para que ela possa ver pelo espelho, e, sim, ela assente, sorrindo de novo, mas não um sorriso tão convidativo desta vez, como se o espelho a estivesse distraindo.

O homem alto atravessa a sala e entrega uma taça grande de conhaque para Elgin, com o vidro lascado ao redor da borda e as iniciais S. D. gravadas na lateral como geada.

"Obrigado", diz Elgin, recebendo a bebida, mas o rosto do homem está vazio, um desprezo vazio pelo invasor educado, e Elgin consegue se ver nos óculos escuros pretos. Ele não gosta do que vê, como se estivesse vendo a imitação reprovadora que outra pessoa está fazendo dele multiplicada por dois, e é melhor se concentrar nas perguntas que passou uma semana elaborando.

Salmagundi pega uma escova prateada gasta na penteadeira, passa com cuidado pelo cabelo comprido e molhado.

"Foi uma apresentação incrível hoje", diz ele para ela, e a entrevista começa.

Ela tira uma velha caixa de metal de uma das gavetas enquanto fala, toda amassada e com a tinta dourada descascada em algumas partes, a ferrugem como uma doença de pele; Elgin reconhece o retrato na tampa, o perfil perfeito no centro de um mosaico intrincado de cor, como azulejos islâmicos pintados. Se o desenho não for um verdadeiro Alphonse Mucha, então é uma cópia benfeita, e o belo rosto nouveau é parecido o bastante com o da mulher sentada à penteadeira, a ponto de provocar arrepios em Elgin. SALMAGUNDI está escrito em letras de forma embaixo do retrato, um estilizado "Whitman's" no canto inferior esquerdo e "chocolates" no inferior direito.

"Então é verdade?", pergunta ele, tentando não parecer surpreso e falhando. "Sobre seu nome, eu quero dizer."

Salmagundi Desvernine faz uma pausa, com a tampa da caixa parcialmente aberta, e olha de lado para ele, sem usar o espelho da penteadeira como intermediário desta vez, mas olhando diretamente para ele. Em seguida, ela olha para a caixa como se não tivesse *realmente* olhado havia muito tempo, e talvez não seja só uma caixa de metal, afinal, mas algo mais que ela finja ser apenas uma caixa de metal.

"Era da minha mãe", diz ela. "Era da minha avó, e ela deu para a minha mãe."

"E foi daí que veio seu nome, da lata?"

"Fazia minha irmã rir muito, que meu nome tenha sido tirado de uma caixa de chocolates."

Ela abre totalmente a caixa, e ele consegue ver que tem um saquinho plástico de pó branco dentro, uma lâmina de barbear e um pequeno espelho que pode ter sido tirado de um estojo compacto. Tem outras coisas lá dentro também, mas ela fecha a caixa antes que Elgin consiga ver o que são. Ela desenrola o elástico que fecha o saco e vira cocaína com cuidado no espelhinho, faz uma carreira com a lâmina. Elgin olha para o bloco, esforçando-se para lembrar o que ia dizer em seguida.

"Você estava me perguntando sobre o projeto do filme", diz ela.

"É", responde ele, "... *Entre as árvores das gárgulas*, por que você não terminou?" Constrangido, mas aliviado por ter sido lembrado, aliviado por seguir em frente. O rapaz alto e pálido de couro e óculos de sol o está olhando agora, e Elgin imagina o tipo de olhos que aqueles óculos devem esconder, atentos e predatórios, olhos ciumentos da cor de ídolos de jade ou de um céu tempestuoso de outono.

"Eu vi um clipe ano passado em Montreal, um clipe bem curto, mas definitivamente era..."

"Era uma merda, Elgin", diz Salmagundi rapidamente, terminando a frase por ele, e termina de fazer as três carreirinhas cuidadosas de cocaína. Ela usa um canudo cortado para cheirar as duas primeiras. Fecha os olhos em seguida, os punhos apertados, o maxilar contraído e um vislumbre de dentes brancos. Trinta segundos, quarenta, e: "Foi um erro", acrescenta ela, e limpa o nariz com um lenço de papel tirado de uma caixa na penteadeira. "Um erro gigantesco e pretensioso. Fico feliz de ter percebido antes de perder mais tempo com a porcaria. Era pior que os poemas. Achei que talvez pudesse explicar umas ideias com um filme, explicar visualmente, pois mataram a poesia."

"Quem matou a poesia?"

Ela olha para ele por um longo momento, um leve sorriso melancólico surgindo nos cantos dos lábios como anzóis. Salmagundi balança a cabeça, e os olhos de safira brilham.

"*Eles*, Elgin. Eles. Todo mundo desde a porra do Yeats e de T. S. Eliot. Jesus, como quer que esses merdas se chamem atualmente. *Eles*. Os 'cidadãos--poetas'. Não dá mais para emocionar as pessoas com poesia porque ela foi desmontada, desconstruída, eviscerada, e ninguém nem lembra de como botar tudo de volta." E ela cheira a terceira carreira e fecha os olhos de novo.

Elgin assente com insegurança; ele quer tanto um cigarro que quase dói, pensa em acender um, mas não há cinzeiros na sala. "O que você está fazendo agora lembra tanto Mark Pauline", diz ele então, e tenta não pensar no garoto chamado Jimmy.

"É, eu vi Male/Female Relations em agosto, depois conversei com Mark. Ele me mostrou como construir muitas das coisas que estou usando, me fez pensar na direção certa, pelo menos. Máquinas orgânicas, reanimação."

"Mas você ainda está abordando as mesmas questões fundamentais das quais falava em... *Entre as árvores das gárgulas*, certo? A paisagem pós-industrial."

Ela coloca uma das mãos na testa, um dedo encostado entre os olhos. "Jimmy, coloque uma música, tá?"

"O que você quer ouvir?", pergunta ele, sem se mexer da cadeira nas sombras.

"Qualquer coisa. Qualquer coisa mesmo. Qualquer coisa, pra que eu não precise ouvir as porcarias dos carros e as pessoas conversando lá em cima." Jimmy se levanta e vai até um deck de rolo velho em uma prateleira perto da porta que dá para os corredores tangerina, aperta um botão e "All Tomorrow's Parties", do Velvet Underground, começa a tocar.

"Odeio essa expressão", diz ela. "Abomino." E antes que Elgin possa perguntar o que ela quer dizer, ela acrescenta: "Pós-industrial. Como se não houvesse mais nada agora além do que vem depois, como pós-moderno, como se não houvesse jeito de podermos nos definir, exceto em relação a... Porra, Jimmy, essa é a única fita que a gente *tem*?".

"Você disse que não fazia diferença", diz Jimmy, suspirando, a voz aborrecida, voltando para a cadeira. "E sua hora acabou, sr. Murray", acrescenta ele. "Acabou cinco minutos atrás."

"É", responde Elgin, e olha para o relógio. "Só mais duas perguntas, tá, e largo do seu pé."

"Eu falei que sua hora *acabou*." E Jimmy fala de forma deliberada e ameaçadora agora. Ele se inclina para a frente, inclina-se na direção de Elgin, e suas sobrancelhas sobem lentamente em arcos escuros acima dos óculos. "Sr. Murray, eu não vou repetir."

Elgin olha para Salmagundi em busca de apoio, mas ela apoiou a cabeça na penteadeira, os olhos fechados, a mão apoiada na antiga caixa de chocolates, como em busca de conforto. O cabelo molhado esconde boa parte do rosto bonito.

"Você tem que ir agora, Elgin", diz ela, não sem gentileza. "Você só pediu uma hora."

E, assim, ele fecha o bloco, já tendo aprendido a não forçar esse tipo de situação; sem dúvida, já tem o suficiente para o artigo. Jimmy se levanta e abre a porta para ele.

"Obrigado", diz Elgin. "Agradeço pelo seu tempo." Ele olha para trás uma vez, logo antes de a porta se fechar e ser trancada, e vê o rosto dela emoldurado no espelho, aquele espelho de porcelana ainda manchado pelo dinheiro do Vale do Hudson, de onde veio, vendo-o ir embora, e os olhos de pedras preciosas estão brilhando e cansados. Uma coisa pequena e branca, como um único grão vivo de arroz, cai da testa dela e fica se contorcendo na penteadeira ao lado da latinha Whitman.

Os olhos em meio a muitas rugas, os olhos,
Os olhos, antigos e brilhantes, estão alegres.

W. B. Yeats, "Lapis lazuli" (1938)

As coisas que escuto, elas não fazem sentido.
Não vejo muitas provas.
Eu não sinto. Eu não sinto. Eu não sinto.

Sisters of Mercy, "Lucretia, My Reflection" (1987)

INSECTUM.

CARTÕES-POSTAIS DO REI DAS MARÉS

HIST.IX

09.

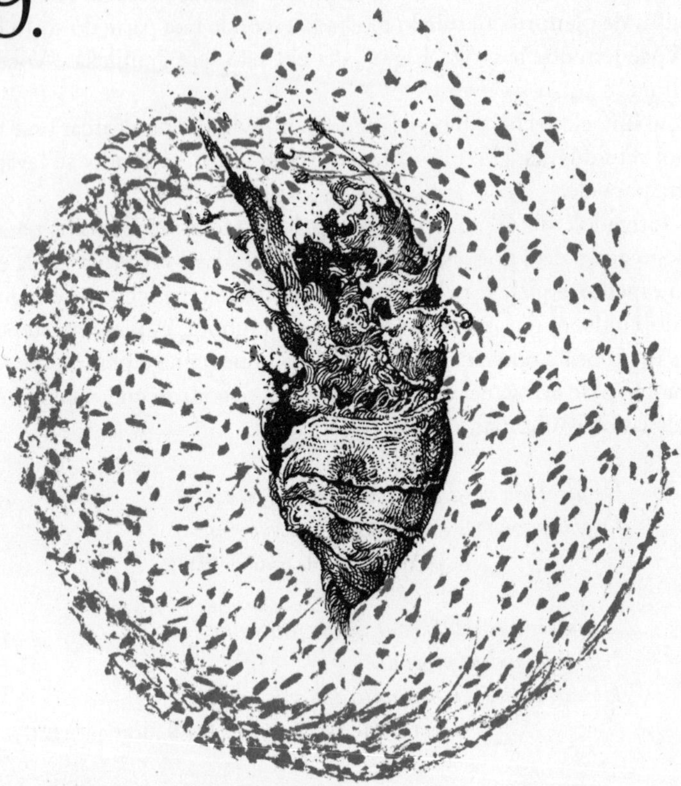

Plasmodivm Mvmificatta

MASCULUM —— *CENTUM VIGINTI OCTO*

P.130

Christa Faust e eu na 101, indo de Florence, Oregon, para Fortuna, Califórnia, na primavera de 1997, passando por Winchester Bay, Coos Bay, Gold Beach e E. V. Nelson's Prehistoric Gardens, sequoias, penhascos sobre o mar negro, seguindo a sombra ocidental das montanhas Klamath. Em algum lugar (e eu queria saber precisamente onde), encontrei o local exato onde esta história acontece, mesmo sem haver qualquer velho com seu trailer e a exposição de coisas do mar. Tenho uma única pedra verde na minha mesa, que peguei no riacho que Tam e os gêmeos atravessaram.

KIERNAN OFFICINARUM INVESTIGATIONIS

CAITLÍN R. KIERNAN

A cena é a seguinte: as três crianças sombrias, três almas com mais de vinte, mas ainda vagando pelo limbo das infâncias prolongadas por acaso, escolha e circunstância. As roupas, trapos impecáveis da noite costurados com linha da cor de corvos e antracito. Duas claras, um garoto e uma garota, e a marca de inocência prolongada mais forte neles; a terceira, um fiapo de menina com um sorriso de lábios negros e um coração que abriria buracos na determinação do mais experiente niilista, mas ainda tão criança quanto os companheiros. Ela está sentada atrás do volante de um carro velho, olhos azul-acinzentados olhando em frente, dividindo a gargalhada com determinação intensa e irritação, e tem a música alta e intensa, e a floresta fluindo em torno deles, mil vezes mais velha do que qualquer outra coisa viva.

O caminho, longo e sinuoso desde Seattle, com duração de quase dois dias agora. A Highway 101 virou uma cobra estreita de asfalto se curvando e recurvando pela floresta de sequoias, e eles ainda nem chegaram em San Francisco. Provavelmente, não vão ver a cidade antes do anoitecer, Tam pensa, uma leve dor de cabeça atrás do volante e dos óculos escuros pretos, porque ela não confia nos gêmeos para dirigir. Nem Lark nem Crispin têm habilitação, e o carro nem é de Tam; é um Chevrolet Impala velho de Magwitch, um lixo dos anos 1970 que pode ter sido verde-escuro de sopa de ervilha fria muito tempo antes. Agora, é cheio de ferrugem e cola, e tem uma porta branca fosca no lado do motorista. Incontáveis adesivos o seguram no lugar.

"Oooh", sussurra Lark com voz impressionada ao curvar o pescoço para espiar entre as árvores que passam voando, a costa irregular visível em breves vislumbres entre troncos e galhos. A cabeça para fora da janela, o vento sacudindo o cabelo branco e fino como seda, e Tam pensa que ela parece um cachorro, um cachorro burro e babão, logo antes de Crispin dizer: "Você parece um *cachorro*". Ele tenta parecer enojado nessa última palavra, mas Tam desconfia que também esteja eufórico, tão encantado pela floresta do Pacífico quanto a irmã (isso se eles realmente forem irmão e irmã; Tam não sabe, não tem certeza, não conhece alguém que tenha, na verdade).

"Você vai ficar com bichos presos nos dentes", diz Crispin. "Algum bicho vai voar pela sua garganta e botar ovos no seu estômago." A resposta de Lark não passa de outro coro de *ooohs* e *ahhhs* quando eles fazem uma curva fechada, passam em disparada por um trecho de floresta, e o mundo termina ali, despencando de repente à mercê de um mar cinza-amarelo-verde que parece seguir para sempre, misturando-se em um ponto distante e indefinido com o céu quase sem cor. Há uma mancha de sol lá, mas está afundando lentamente no oeste, e Tam olha outra vez para o relógio no painel. Está sempre vinte minutos adiantado, mas, mesmo assim, vai estar escuro bem antes de eles chegarem em San Francisco.

Ela aperta o isqueiro com um indicador de unha benfeita, com esmalte metálico furta-cor, e aumenta a música já alta no toca-fitas do Impala. Lark interpreta isso como dica para começar a cantar, a berrar junto com "Black Planet", e os pneus quase todos carecas cantam um pouco quando Tam faz a curva quinze quilômetros por hora acima do limite de velocidade. Um momento no sol filtrado pelas nuvens, piscando depois da escuridão, antes que as sombras das árvores engulam o carro inteiro de novo. O isqueiro pula, e Tam lança um olhar para si mesma no espelho retrovisor enquanto acende um Marlboro: o delineador de ontem, e ela já tirou quase todo o batom com os dentes, uma mancha negra na bochecha direita. Os olhos estão meio embaçados, um pouco vermelhos e com capilares inchados, mas as cápsulas de efedrina que ela tomou duas horas antes, dois comprimidos vermelhos de um pote que ela comprou em uma parada de caminhão no Oregon, ainda estão trabalhando, e ela está mais do que desperta.

"Quer fazer a porra do favor de sentar, Lark, antes que me faça bater e matar todos nós? Por favor?", diz ela, palavras roucas saindo pelos lábios manchados. Lark para de cantar, coloca a cabeça dentro do carro, e Crispin mostra a língua para ela, um movimento de reprovação de eu-falei-pra-você. Lark apoia as botas pretas de bico fino no painel, afunda no estofamento coberto de fita adesiva e não diz nada.

Eles passaram a noite anterior em Eugene e partiram para o oeste, seguindo os vales de rios sinuosos até o mar antes de virarem para o sul na direção de casa. Quase uma semana agora desde que os três saíram de Los Angeles, só Tam e os gêmeos, porque Maggie não conseguiu folga no trabalho, mas disse para eles irem mesmo assim. Ela não queria ir sem ele, sabia que Lark e Crispin a deixariam louca sem Magwitch por perto, mas a turnê não passaria por Los Angeles nem por San Francisco. Então, ela foi sem precisar de muita persuasão, *eles* foram, e foi melhor do que ela esperava, na verdade, ao menos até hoje.

Pelo menos até Gold Beach, só cinquenta ou sessenta quilômetros ao norte da divisa estadual da Califórnia, onde Crispin viu o pescoço de cisne de um *Brachiosaurus* acima de galhos de teixo e na mesma hora começou a implorar para que ela parasse, até prometeu não pedir mais que ela botasse a fita da PJ Harvey se ela fizesse o favor de parar para deixar que ele olhasse. Assim, eles perderam uma hora no Prehistoric Gardens, pagaram uma grana para entrar, depois passaram a porra de uma hora inteira andando por trinta hectares de árvores úmidas pingando, ouvindo Crispin falar sobre as esculturas de dinossauros e de coisas como dinossauros em tamanho real, monstruosidades que não passavam de armadilhas para turistas construídas em alguma época dos anos 1950, esqueletos de aço e madeira escondidos em algum lugar embaixo de peles de arame e cimento.

"Eles nem parecem reais", disse Tam, enquanto Crispin se impressionava na frente de um estegossauro com expressão de desprezo e Lark remexia na bolsa em busca da câmera Instamatic.

"Bom, parecem bem reais para *mim*", respondeu ele, e Lark só deu de ombros, um movimento cúmplice suspeito e nem um pouco colaborativo. Tam franziu um pouco mais a testa, um franzido sem fim. "Você é um nerd de merda, Crispy", disse ela baixinho, mas alto o bastante para os gêmeos ouvirem.

"Não o chame assim", disse Lark rispidamente, com voz de irmã defensora, e encontrou a câmera em algum lugar da bolsa grande e preta cheia de contas e mirou para o menino bonito e para o estegossauro com cara de infeliz.

"Um nome nerd para um garoto nerd", disse Tam com desdém enquanto Lark tirava a foto. Crispin piscou para ela nessa hora e saiu correndo, indo rápido ver o *Pteranodon* ou o *Ankylosaurus*. Tam olhou para o relógio de pulso e para o céu, sem encontrar consolo em nenhum dos dois, e foi atrás do João zumbi e da Maria zumbi pelas árvores.

Depois do Prehistoric Gardens, foi a vez de Lark, claro, com a lógica infalível de que não era justo parar para Crispin e não para ela, e ela só queria tirar uma foto ao lado de uma das sequoias gigantes. Eles mal tinham entrado no parque nacional e ela já estava com aquela camerazinha de merda de novo, um retângulo furtivo de plástico imitando madeira e com adesivos da Hello Kitty.

E como era mais fácil parar de uma vez do que ouvi-la resmungar e ficar emburrada até San Francisco, o carro saiu da estrada em um pequeno retorno, passou por uma vala rasa e por cima de alguns galhos. A porta de Lark abriu antes mesmo de Tam mudar o câmbio do Impala, e Crispin saiu do banco de trás depois dela. Em seguida, um insulto à inconveniência, eles fizeram Tam tirar a foto: os dois, de braços dados e com sorrisos arrogantes nos rostos parecidos, um tapete de agulhas secas cor de canela embaixo das botas e os fustes das grandes sequoias atrás, com uma moldura primitiva de samambaias e um emaranhado de vegetação rasteira ao redor.

Tam suspirou alto e inspirou ar tão limpo que feriu seus pulmões de habitante de Los Angeles, e ela desejou ter um cigarro. *Acabem com essa porra logo*, pensou ela, um pensamento severo e paciente que guardou só para si. Mas fez questão de mirar a câmera para baixo o bastante para cortar o alto das cabeças deles na foto.

No caminho para o carro, um gritinho de surpresa e prazer de Lark. "*O quê?*", perguntou Crispin. "O que foi?" Lark parou e pegou uma coisa no chão irregular coberto por agulhas de sequoias.

"Entrem na porcaria do carro, tá?", implorou Tam, mas Lark não estava ouvindo, mostrou a descoberta para Crispin, apresentada para a aprovação dele. Ele fez uma cara que foi, em partes iguais, de nojo e alarme e deu um passo para longe de Lark e da coisa amarela, meio pálida, nas mãos dela.

"*Eca*", disse ele com repulsa. "Coloca no lugar, Lark, antes que morda, pique ou sei lá."

"Ah, é só uma lesma amarela, seu bobão", disse ela e franziu a testa como se estivesse tentando imitar Tam. "Tá vendo? Não faz nada." E colocou embaixo do nariz de Crispin.

"*Eca*", gemeu ele. "*É enorme*." E foi para o carro, sentou no banco de trás e se escondeu nas sombras.

"É só uma lesma amarela", disse Lark novamente. "Vou ter como animal de estimação e batizar de Chiquita."

"Você vai colocar o bicho de volta e entrar na porra do carro", disse Tam, de pé junto ao para-choque traseiro e sacudindo o chaveiro de Magwitch com uma das mãos como um par de dados barulhentos. "Ou você faz isso, Lark, ou vou deixar sua bunda magrela aqui com os ursos."

"E com os pés-grandes!", gritou Crispin de dentro do carro. Tam o silenciou com um olhar pelo para-brisa de trás.

"Meu Deus, Tam. Não vai fazer nenhum *mal*. É sério. Vou botar na minha bolsa, tá? Não vai fazer nenhum mal se estiver dentro da minha bolsa, né?" Mas Tam apertou os olhos e apontou para o chão, para o espaço coberto de folhas entre ela e Lark.

"Você vai botar a porra do inseto no chão agora", rosnou ela, "depois, vai entrar na porra do carro."

Lark não conseguiu se mexer, ficou olhando com teimosia para a lesma gorda que rastejava com cautela pela palma da mão direita, deixando uma trilha de gosma cintilante na pele.

"Não", disse ela.

"*Agora*, Lark."

"Não", repetiu Lark, olhando para Tam pela franja branca. "Não vai fazer nenhum mal."

Em dois passos curtos e rápidos, Tam foi pra cima dela, quase uma cabeça mais alta e com os dentes à mostra, como todos os ursos e pés-grandes do mundo.

"Para!", gritou Lark. "Crispin, faz ela parar!" Tarde demais, ela tentou se virar e sair correndo, mas Tam já tinha o que queria, já tinha arrancado o bicho das mãos grudentas de Lark, e Chiquita, a lesma amarela, saiu voando em meio às árvores. Caiu em algum lugar no meio das samambaias e dos troncos podres cheios de musgo com um barulho baixo, mas audível.

"Agora", disse Tam, sorrindo e limpando gosma de lesma das mãos na frente da camiseta preta do Switchblade Symphony de Lark. "Entra no carro. *Por favorzinho*."

E, por um momento, o tempo que Tam levou para sentar atrás do volante e acelerar o motor duas vezes, Lark ficou parada, olhando silenciosamente para o lugar onde a lesma caíra. Ela poderia ter chorado se não soubesse que Tam realmente a deixaria lá. A terceira acelerada fez uma nuvem de fumaça no escapamento do Impala, e Lark já estava abrindo a porta do passageiro e deslizando para o lado de Tam.

Ficou quieta por um tempo, olhando para a floresta e para os vislumbres miseráveis da costa rochosa, ainda tão próxima das lágrimas que Tam conseguia ver o brilho molhado no reflexo dos olhos azuis na janela.

A estrada os leva para o sul, entre o mar e a encosta ocidental das montanhas Klamath, por rochas da época dos dinossauros de Crispin, rochas pousadas em mares quentes e atormentados por serpentes; para fora da proteção catedrática da floresta virgem de sequoias, por colinas e passos onde as sequoias são obrigadas a dividir espaço com árvores menos privilegiadas, meros abetos de Douglas, teixos e carvalhos. E gradualmente as visões de praias escuras e estreitas ficam mais frequentes, os pontais finos e altos separando-as umas das outras como parênteses sedimentares.

Tam está dirigindo rápido, o mais rápido que ousa, não tão preocupada com policiais e multas de velocidade, mas sim em perder o controle em uma das curvas fechadas e despencar de cara na porra da vista, mergulhar de uma das pontes estreitas, sessenta metros abaixo. Ela fuma um cigarro atrás do outro e começou a ouvir música mais pesada, remexendo na caixa de sapatos cheia de fitas cassete piratas em busca de Nine Inch Nails e Front 242, Type-O Negative e Nitzer Ebb, todas as coisas que fariam Lark e Crispin choramingar como gatinhos afogados se não soubessem o quanto ela estava puta da vida. De repente, o carro começa a fazer um barulho como se alguém tivesse jogado um balde de pregos embaixo do capô, e a luz da temperatura acende. Vai se danar, Tam, toma mais merda para foder com sua maravilhosa tarde de merda perto da porra do mar.

"Não é pra fazer esse barulho, é?", pergunta Crispin, encolhido no banco de trás, e ela quer mesmo se virar, enfiar um dedo por um dos olhos dele até chegar ao cérebro.

"*Não*, Einstein", diz ela. "Não é pra fazer esse barulho. Agora, cala a boca." A opção foi por uma resposta fraca em vez de lobo frontal fresco embaixo das unhas. O motor dá uma tossida final e metálica e morre, deixando o carro com o derradeiro impulso do movimento, na direção do acostamento. O asfalto é trocado por cascalho irregular e barulhento. Tam deixa o para-choque do lado direito raspar na mureta por quase seis metros antes de pisar no freio, a menor fração possível de sua raiva expressada pelo ruído de metal contra metal. Quando o Impala finalmente para de se mover, ela puxa o freio de mão e coloca o câmbio no modo estacionar, depois liga o pisca-alerta.

"A gente não pode parar *aqui*", diz Lark, e parece quase com medo, olhando para o sol começando a se pôr acima do horizonte infinito do Pacífico. "Quer dizer, não tem nem onde parar. E vai ficar escuro logo..."

"Pois é, mas diz isso para esse pedaço de bosta de Detroit do Magwitch, gatinha." E Tam abre a porta, fecha ao sair e deixa os gêmeos se olhando em pânico silencioso e atônito.

Lark tenta abrir a porta, mas está encostada na mureta e não tem espaço para ela sair, só uns sete ou dez centímetros, e isso não dá espaço nem para os ângulos ossudos dos ombros dela. Assim, ela desliza pelo couro falso verde e desbotado, e derruba sem querer a caixa de fitas, que se espalham com um barulhão no banco e no chão. Ela se senta atrás do volante enquanto Crispin sai do banco de trás. Tam está de pé na frente do carro agora, olhando com fúria para o capô.

Crispin sussurra: "Se você soltar o freio de mão, talvez a gente consiga atropelar ela". E Lark estica a mão para debaixo do painel como se não fosse uma má ideia, mas só puxa a alavanca do capô.

"Ela provavelmente sobreviveria", diz Lark."É", responde Crispin começando a reunir as fitas espalhadas e a colocá-las na caixa de sapatos.

Os gêmeos se sentam juntos no guard rail enquanto Tam xinga o carro traiçoeiro e sibilante, xinga sua ignorância sobre fios, correias e radiadores, xinga o ausente Magwitch mais do que tudo, por ser dono de um Impala velho e em petição de miséria.

"Ele diz que esquenta às vezes, que é pra deixar esfriar", diz Crispin com esperança, mas ela o cala com um olhar fulminante. Assim, ele segura a mão de Lark e olha para um canteiro luminoso de papoulas-da-califórnia crescendo do outro lado da cerca, uma poça laranja de flores balançando pétalas grandes na brisa de sal e verde. Mais alguns minutos e Lark e Crispin ficam entediados com a indignação familiar demais de Tam, com a repetição cansativa de cem outros chiliques, e saem andando em meio às flores.

"Não deve ser tão ruim quanto ela tá fazendo parecer", diz Crispin, pegando uma papoula e colocando o cabo atrás da orelha direita de Lark. "Só precisa esfriar."

"É", diz Lark. "Provavelmente." Mas ela não parece tranquila, olha para a encosta íngreme e precária na direção da praia, a areia cor de cimento do apocalipse frio embaixo do cascalho cinza e do penhasco de arenito. Ela também pega uma papoula e coloca no cabelo de Crispin, atrás da orelha esquerda, para que eles se complementem novamente. "Eu quero procurar conchas", diz ela, "e galhos vindos do mar." Ela aponta para uma trilha estreita depois das papoulas. Crispin olha para Tam uma vez, o cabelo preto voando ao vento, o rosto nas mãos como se estivesse até chorando, e vai atrás de Lark.

O que mais tem são mexilhões, conchas compridas mais escuras que a praia, se encurvando e se despedaçando, como unhas doentes, mas Lark coloca alguns na bolsa de qualquer modo. Crispin encontra uma única garra de caranguejo, quase tão laranja quanto as flores que eles têm nos cabelos, com um toque azulado, e ela também guarda isso. Há pedaços de madeira em grande quantidade, mas as peças realmente boas são gigantescas, ossos tortos e polidos de grandes árvores que caíram das montanhas e se espalharam por ali, esqueletos quebrados sem conserto. Eles andam pela areia morna e por um tapete grosso de cascas dos troncos de sequoias, galhos ramificados e pedaços de alga, e seguem os restos até um riacho que corre para o mar calmo, uma interface larga e rasa de água salgada e doce. Sobre eles, gaivotas esvoaçam e protestam contra a invasão. As pedras escarpadas na água rasa estão cobertas de gaivotas alertas, com penas cinza-claras, com penas brancas, os bicos prontos para pegar peixes. E *bicar olhos*, Lark pensa. Elas grasnam e olham, e ela mostra o dedo do meio, uma unha roída até o sabugo e boa parte do esmalte preto descascada.

Crispin se inclina e deixa o riacho passar pelas mãos pálidas. Está cheio de pedras polidas, pedrinhas verde-oliva e verde-garrafa arredondadas pelos séculos na água fria. Ele leva um dedo aos lábios e o lambe com cuidado. "Doce", diz ele. "É muito doce."

"O que é aquilo?", pergunta Lark, apontando, e ele levanta o olhar por cima do riacho, para uma área de abetos maltratada pelo vento do outro lado, e há uma placa lá, quase tão grande quanto um outdoor e com o mesmo mau gosto. Mas não tinha como alguém conseguir ver da estrada. Uma placa enorme de tábuas pintadas de branco com letras vermelhas, letras artísticas e decoradas dizendo VIVOS E INDOMADOS! MONSTROS E MISTÉRIOS DAS PROFUNDEZAS DE NETUNO!, e, abaixo, em letra um pouco menor: SEREIAS E MILAGRES! A GRANDE SERPENTE DO MAR! TUBARÕES BRANCOS E ARRAIAS!

"Alguém gosta de pontos de exclamação", diz Lark, mas Crispin já está atravessando o riacho, andando por pedras bambas que se projetam da água; ela vai atrás, os dois braços esticados para se equilibrar como uma trapezista. "Espera", pede ela, e, com relutância, ele faz uma pausa até que ela o alcance.

O trailer velho fica um pouco acima da praia, o bastante para estar a salvo das marés altas. Lark e Crispin param lado a lado, de mãos dadas, e olham para lá, os lábios abertos e os olhos arregalados o bastante para sinalizar sua surpresa mútua. A bota esquerda de Lark está molhada de quando ela errou a pedra e o pé entrou no riacho, e a água está começando a infiltrar pelas tiras de couro e fivelas, pela meia-calça. Mas ela não repara, ou não se importa, porque isso é muito inesperado. Essa casca velha com paredes de alumínio manchadas de sol, pele de metal enrugado coberta de redes de pesca cinzentas, tanta rede que é difícil ver que o trailer por baixo talvez já tivesse sido azul. Como algo que um pescador gigante arrastou do mar e, finalmente, ao perceber o que tinha, esse monte de lixo, deixou ali para que as gaivotas e o tempo cuidassem.

"Uau", sussurra Lark, e Crispin se vira, olha por cima do ombro para ver se Tam desistiu do carro e foi procurá-los. Mas só há a praia, as ondas, os pássaros. O ar com cheiro de peixe morto e maresia, e Crispin pergunta: "Quer ir ver?".

"Talvez tenha telefone", diz Lark, ainda sussurrando. "Se tiver telefone, a gente pode chamar alguém pra consertar o carro."

"É", responde Crispin, embora na verdade eles só precisem de uma desculpa que vá além da curiosidade. Tem mais placas que levam até o trailer, migalhas de pão espalhadas que os provocam para que deem o próximo passo, e o próximo, e o próximo: A BOCA QUE ENGOLIU JONAS! E OS ETERNOS LEVIATÃ E CARÍBDIS REVELADOS! Quando se aproximam, eles veem outras coisas no pátio de areia ao redor do trailer: restos enferrujados de motores de lanchas e um leme de navio preso a um poste, gaiolas de lagosta quebradas e os dentes branco-marfim de tubarões pendurados para secar como em uma lavanderia de dentes. Há fachadas enormes de compensado e lona apoiadas ou presas no trailer, uma de cada lado da porta estreita, e as duas mais altas que o telhado: paisagens marinhas espalhafatosas com monstros do mar de dentes brancos surgindo na superfície, espuma acrílica e spray, barbatanas balançando como leques japoneses de pele e arame, olhos como hemorragias furiosas e intensas.

Um sopro repentino da praia, e os dois precisam parar e cobrir os olhos para protegê-los da areia. O vento estala e assobia em torno de tudo no pátio, sacudindo as lonas com as imagens.

"Acho que a gente devia voltar agora", diz Lark, quando o vento passa e ela tira a areia das roupas e do cabelo. "Ela vai querer saber aonde a gente foi."

"É", diz Crispin, com voz fraca e distante, distraída. "Talvez", diz ele, mas os dois ainda estão subindo a encosta, passando pelas placas feitas à mão e entrando no pátio de lixo. Crispin para em frente aos dentes de tubarão, mandíbulas cartilaginosas bocejando na linha de pesca de náilon, e passa de leve a ponta de um dedo nas fileiras de triângulos brilhantes e serrados. Só mais um pouco de pressão e poderia sair sangue.

A porta do trailer se abre, e um homem aparece no espaço escuro que conduz ao interior, não o que eles esperavam, ao menos por eles não saberem o que esperar. Um homem alto, com joelhos e cotovelos ossudos despontando nas roupas puídas, uma calça e uma camisa no mesmo mesmo tom de cáqui desbotado; ossos finos nas mangas desabotoadas, curtas demais para os braços longos; nós dos dedos inchados de artrite nas mãos grandes. Lark faz um som de desconforto quando o vê, e Crispin afasta a mão dos dentes de tubarão, uma criança surpreendida com a mão no pote de biscoitos. Roça o mindinho, a pele macia é cortada, e ele deixa uma gota escarlate de si mesmo para trás.

"Tome cuidado, garoto", diz o homem com uma voz que nem água batendo em um lugar cheio de pedras. "É uma *Carcharodon carcharias* pendurada aí, e o fantasma dela é tão faminto quanto a barriga era. Você deu a ela um gostinho do seu sangue, e ela vai lembrar agora."

"Nosso carro quebrou", diz Lark para o homem, olhando para o rosto dele pela primeira vez desde que a porta se abriu. "E nós vimos as placas." Ela aponta para trás sem afastar o olhar do homem, com olhos enevoados que parecem grandes demais para o crânio, um crânio estranho inclinado para a frente, com o maxilar mais projetado do que ela achava possível, além de uma ruga fina e rosada onde devia estar o lábio inferior e nada fazendo as vezes de lábio superior. Olhos muito separados, narinas largas muito abertas e uma barba grisalha irregular pendurada na ponta do queixo fino. Cabelo sem vida caído até os ombros e quase tão grisalho quanto a barba.

"Querem ver o que tem dentro, então?", pergunta ele, aquela voz aquosa. Lark e Crispin olham para as placas, para o riacho que corta a praia no meio. Sem sinal de Tam em lugar algum.

"Custa algum dinheiro?", pergunta Crispin, olhando com hesitação para o homem por baixo do cabelo branco que esconde metade do rosto.

"Não, se você não tiver", responde o homem e pisca uma vez, pálpebras de velino piscando rapidamente por cima dos olhos saltados.

"Está ficando tarde, e nosso carro quebrou", diz Lark, e o homem faz um barulho que pode ser um suspiro ou uma tosse.

"Não demora nadinha", diz ele para ela e sorri, mostrando dentes tortos da cor de manchas de nicotina.

"E você tem aí dentro todas as coisas que essas placas dizem?", pergunta Crispin, uma sobrancelha inclinada, com dúvida ansiosa e empolgada. O homem dá de ombros.

"Se é de graça, imagino que você não vai pedir seu dinheiro de volta." Como se isso fosse resposta, mas basta para Crispin. Ele assente e anda na direção da porta, afastando-se dos dentes de tubarão. Mas Lark segura a mão dele, um aperto ansioso que diz "espera" sem usar palavras. Quando ele olha para ela, vê olhos que dizem *Isso não é como os dinossauros, seja lá o que for, não é gesso e compensado*, e ele sorri para ela, mostrando consolo e confiança.

"Vai ser legal", diz ele. "Pelo menos é melhor do que ficar ouvindo Tam gritar com a gente por causa do carro."

Ela sorri para ele, um sorriso pequeno e nervoso, mas aperta a mão dele com mais força.

"Venham, se é que vocês vêm", diz o homem. "Estou deixando as moscas entrarem, ficando aqui com a porta aberta."

"Espera", diz Crispin. "Nós vamos."

O homem segura a porta para eles, chega para o lado, e o trailer os engole como uma baleia de metal faminta.

Lá dentro, o ar está frio e tem cheiro de peixe e água do mar estagnada, também de mofo, e há um leve odor de algo podre em algum lugar abaixo, como uma coisa morta que foi levada pela água e está inchando na areia. Crispin e Lark param quando o homem fecha a porta, fechando-os, fechando o mundo lá fora.

"Você mora aqui?", pergunta Lark, ainda apertando a mão de Crispin, e o velho se vira, o homem velho e alto com cavanhaque. Ele olha para os gêmeos enquanto coça a pele seca e descamando do pescoço.

"Eu tenho um colchão nos fundos e um prato de comida", responde ele. Lark assente. Os olhos dela estão se ajustando à luz fraca que entra pelas vidraças sujas, e ela consegue ver flocos de pele morta, soltos pelas unhas, caindo lentamente e indo pousar no piso sujo de linóleo do trailer.

O comprimento do trailer foi ocupado com estantes de madeira e tanques de vidro enormes, e há sons acompanhando os cheiros, sons *molhados*, o borbulhar constante de bombas de aquário, filtros de água, movimentos furtivos e ocasionais.

"Maravilhas das profundezas mais escuras", diz o homem, suspirando, chiando, uma imitação cansada e doentia de um apresentador de parque de diversões. "Joias e pesadelos tirados do armário de Davy Jones, trazidos para as margens dos Sete Mares..."

O velho é interrompido por um ataque violento de tosse nesse momento, e Crispin se aproxima da estante mais próxima, uma coleção de potes, dezenas e dezenas de potes cheios de etanol e formol turvos, formaldeído que ganhou um tom marrom de chá fraco e coisas que flutuam sem vida lá dentro: escamas e espinhas, carne cinza-ostra e olhos sem pálpebras e cegos como uvas em conserva. Há rótulos nos potes, identidades em uma caligrafia fina e rebuscada e papel tão velho e amarelado que, ele sabe, se desfaria ao mais cuidadoso toque.

O velho limpa a garganta, um chiado alto e catarrento, e cospe em um canto.

"Segredos dos museus do mundo, dos próprios armários do sr. Charles Darwin, tirados do mar de Montevidéu em 1832."

"Isso é um polvo?", pergunta Lark. Os gêmeos olham para um dos potes maiores, três ou quatro galões e um calombo verruguento preso dentro, um florescer de tentáculos espremidos no vidro como algo que quer sair. Crispin pressiona a ponta do dedo no vidro, acompanhando o contorno de uma única ventosa do tamanho de uma moedinha.

O velho tosse de novo, um sacolejo rouco na garganta, tira um lenço sujo e amassado do bolso da camisa e limpa a boca.

"Isso, garoto, é a larva do Kraken, o maior dos cefalópodes, a ruína dos vikings, dez braços estranguladores que puxavam os navios para baixo das ondas." O velho limpa a garganta e, com uma voz diferente, apresentador transformado em poeta, recita: "*Abaixo dos trovões da superfície, muito abaixo do mar profundo, dorme o Kraken seu sono antigo, sem sonhos, imperturbado*".

"Tennyson", diz Lark, e o homem assente, satisfeito.

Crispin chega mais perto, aperta os olhos para o vidro escuro e sujo, através dos fluidos turvos de conservação, e agora consegue ver uma coisa escura e pontuda como um bico de papagaio aninhado no centro da massa emborrachada de carne de molusco. Mas logo eles estão sendo levados por todos os espécimes não examinados, e eis a próxima parada do passeio do velho.

Embaixo de uma cúpula, a cabeça, os braços e o tronco empalados de um macaco, costurados na cauda seca de um peixe, com os pontos visíveis, mas ele diz que é uma sereia bebê, pescada na costa de Java cem anos atrás.

"É só metade de um macaco velho morto com rabo de peixe costurado", diz Crispin, impertinente, já se cansando dessas maravilhas mofadas e inventadas. "Tá vendo?" E ele aponta para os pontos, para o caso de Lark não ter reparado.

O velho faz um som irritado, não exatamente de raiva, mas de impaciência, sem dúvida, e os faz andar rapidamente, desta vez até um aquário enorme, com as laterais de vidro tão tomadas por algas que não dá para ver o que tem dentro, só um verde-musgo de cabelo de sereia que oscila na corrente leve criada pela bomba do aquário.

"Não consigo ver nada lá *dentro*", diz Crispin, enquanto Lark olha nervosamente por cima da sereia falsa, na direção da porta. Mas Crispin fica nas pontas dos pés, espia pela beirada do tanque. "Você precisa botar umas lesmas aqui", diz ele. "Pra comerem uma parte dessa merda verde e as pessoas conseguirem ver."

"*Isso* não tem nome, não um nome *certo*", grunhe o velho pela garganta encatarrada. "Não tem legenda. Foi raspado do casco de um baleeiro russo com os teredos e as cracas. No Solstício de Verão, coloque o ouvido no vidro e você vai ouvi-lo *cantando* na língua das correntezas e dos tufões."

Uma coisa no tanque pareceu ter se mexido nessa hora, talvez, atrás da sujeira cor de esmeralda, o movimento leve de uma brânquia vermelha ou mil pernas articuladas cor de uma queimadura, e Crispin pula, se afasta do vidro e solta a mão de Lark. Um sorriso arrogante surge no rosto do velho, mostrando os dentes amarelados, e ele faz um som de latido como focas ou risadas, ou focas dando risadas.

"Vá embora se está ficando com medo", diz o homem, e parece que tudo o que Lark quer agora no mundo é sair do trailer, voltar para a praia e subir o penhasco até o Impala. Mas Crispin segura a mão dela de novo, o mesmo garoto que tem medo de lesmas amarelas, mas há uma coisa aqui que ele tem que ver, e algo que ele precisa provar para si mesmo ou para o homem arrogante.

"O que vem agora, kikos marinhos?", pergunta ele com coragem fingida.

"Bem aqui", diz o velho, apontando para uma coisa que parece mais uma jaula que um tanque. "A cria ilegítima da Grande Serpente do Mar e um dragão aquático chinês." Tem uma construção malfeita de tábuas e cerca de arame no chão, quase da altura dos gêmeos, e Crispin arrasta Lark nessa direção.

"Tam deve estar procurando a gente, né?", pergunta Lark, mas ele a ignora e olha para o cercado. Palha lamacenta no fundo e músculos imóveis e enrolados, dourados e marrom-chocolate.

"Cacete, é só um píton idiota, Lark. Tá vendo? Nem é grande como o que aquela srta. Alexandra tinha. Que golpe..." Mas ele para. Porque a cobra se move, mudando seu volume no corpo de corrente, e agora ele consegue ver a cabeça, os pequenos chifres acima dos olhos de contas e, mais para baixo, uma única aba curta na lateral do corpo, que bate nervosamente no ar por um momento e fica imóvel na palha imunda.

"Tem alguma coisa errada com ela, Crispin, só isso. É deformada", diz Lark, um argumento para convencer a si mesma, e o velho diz: "Ela consegue esmagar um porco adulto com esses músculos, ou um homem". Ele pausa para criar um clima e acrescenta, retomando a cadência anterior de apresentador, uma voz sedutora para atrair a plateia: "Ficou em um monastério budista secreto no Yangtzé e foi idolatrada por um século, com direito a todos os sacrifícios de crianças que conseguisse comer", diz ele.

A coisa nadadeira na lateral se move de novo, um vestígio de membro se mexendo na palha, e a cobra mostra uma língua cor de gangrena e puxa a cabeça lentamente na direção do corpo enrolado, encolhendo-se, escondendo-se da visão deles ou da luz pálida do trailer, ou de ambos. "Maravilhas das profundezas mais escuras", sussurra o velho. "Mistérios do fundo, restos do abismo."

E Lark está praticamente implorando agora.

"*Por favor*, Crispin. A gente tem que ir." Mas a voz dela quase se perde no murmúrio borbulhado dos filtros de aquário.

A mão de Crispin envolve o pulso dela como uma algema de polícia, e ela pensa *Que mais pode haver, quanto esse trailerzinho horrível pode abrigar*? Quando ela olha para o lugar de onde eles vieram, antes da jaula da coisa cobra, do tanque verde e da sereia falsa, antes de todos os potes, o caminho parece muito longo; há uma impressão vertiginosa de que o trailer é maior por dentro do que por fora, e ela treme, percebe que está suando, um suor grudento e frio de gotículas salgadas acima do lábio superior, na testa e escorrendo nos olhos. *Que mais*?, mas tem pelo menos mais *um*, e eles passam por uma cortina de chuveiro, um plástico escorregadio e azul com desenhos de cavalos-marinhos, estrelas-do-mar e tartarugas, e param na frente da exibição final da coleção malcuidada do sujeito.

"Dragado do fundo do Eel Canyon na baía Humboldt, puxado por quinhentas braças por água tão preta e fria que pode ter sido num momento antes da própria Criação." Crispin está olhando uma coisa que Lark não consegue ver, apertando os olhos para o último tanque. O ar frio se acumula ao redor dos tornozelos de Lark, um seco e um ainda molhado do riacho, um frio repentino e tangível que se acumula como as palavras do velho, ou como ar pesado saindo por uma porta aberta de freezer.

"E isso foi só um *fragmento*, garoto, um *pedaço* arrancado das ancas ou do crânio coberto de algas de um beemote."

"Não dá pra ver nada", diz Crispin, mas ofega. "Ah. Ah, merda. Ah, Jesus."

Lark percebe de onde está vindo o frio, que está saindo de debaixo da cortina de chuveiro, e finalmente solta a mão da de Crispin. Ele nem parece perceber, não consegue parar de olhar para o tanque sujo e mal iluminado bem mais alto do que eles, que ocupa a parede de trás de um lado a outro.

"*Talvez*", diz o velho, inclinando-se para perto, e ele está quase sussurrando para Crispin agora, segredos e desconfianças para o gêmeo menino e mais ninguém. "Talvez esteja crescendo um corpo novo lá dentro, um organismo novo a partir do pedaço roubado de carne, como um braço de estrela-do-mar que é arrancado e continua vivendo."

Lark toca na dobra da cortina, e o frio faz pressão do outro lado. Um frio que queimaria sua mão se ela a deixasse ali, se ficasse por muito tempo. Ela olha para o velho e para Crispin para ter certeza de que não estão olhando, pois sabe que deve ser proibido ver uma coisa que ela não pode ver. Em seguida, puxa o canto da cortina, e aquele frio terrível se espalha, parte para cima dela como uma onda de hálito ártico com cheiro de caixa de areia de gato esquecida e um outro odor, mais pungente, como de repolho deixado por tempo demais no fundo da geladeira.

"Porra", diz Crispin atrás dela. "Não é possível."

O velho está recitando Tennyson de novo.

"*Jaz ali há séculos e assim continuará, alimentando-se de imensos vermes marinhos durante o sono, até que o fogo do Juízo Final aqueça as profundezas...*"

Há escuridão atrás da cortina de chuveiro, uma escuridão como um muro, sólida como o frio, e novamente aquela sensação de vertigem de um espaço amplo dentro do trailerzinho, de que essa escuridão deve se prolongar por quilômetros. Que ela poderia entrar atrás da cortina e passar a vida vagando perdida na noite perpétua reunida ali.

"*Então, quando visto por homens e por anjos*", diz o homem, em algum lugar no mundo lá atrás, onde há simples luz e calor, "*rugindo surgirá e na superfície morrerá.*"

Ao longe, na escuridão à frente dela, há sons molhados, alguma coisa surgindo na superfície da água que ficou imóvel por tanto tempo, e ela consegue sentir os olhos da coisa nela, olhos feitos para ver onde a luz é um conto de fadas e o sol é uma heresia murmurada. O som de uma coisa enorme e sinuosa se aproximando lentamente pela água na direção dela, e Crispin diz: "Se *mexeu*, não foi? Jesus, mexeu lá dentro, porra".

Está muito perto agora, Lark pensa. *Está muito perto, e esse é o pior lugar do mundo. Eu devia estar com medo, eu devia estar me cagando de medo.*

"Faz isso às vezes", diz o velho. "Enquanto dorme, às vezes se mexe."

Lark passa pelo portal, pela linha fina de corda bamba entre o trailer e aquele lugar, abaixa a cabeça para passar por baixo da cortina, e o cheiro está mais forte do que nunca agora. Dá ânsia de vômito, e ela cobre a boca com uma das mãos, mais um passo e a cortina vai se fechar atrás dela, e nada vai haver além desse frio e dessa escuridão perfeita e absoluta, e ela e a coisa nadando pelo negro. Não é exatamente água ali, ela sabe, só negro para esconder a coisa da luz xereta e invejosa – mas Crispin segura sua mão de novo e a está puxando para o brilho ofuscante do trailer. Então a cortina de chuveiro se fecha com um *shoosh* implacável e reprovador. O velho e sua cara de peixe estão olhando para ela com os olhos úmidos e acusatórios.

"Aquilo não era pra você, garota", diz ele. "Eu não mostrei pra você."

Ela se livra da mão de Crispin e quase consegue voltar para trás da cortina antes que possam impedi-la, a única possível libertação do sentimento repentino e vazio que a corrói por dentro, como acordar de um sonho com o paraíso ou como alguém morto que ressucita, o vislumbre de uma coisa tão pura sendo arrancada. Mas Crispin é mais forte, e o velho a está bloqueando, um Cérbero grisalho montando guarda na frente do plástico verde-água, um filete de baba no canto da boca.

"Venha, Lark", Crispin diz para ela. "A gente não devia estar aqui. A gente não devia nem ter entrado."

A expressão nos olhos do velho diz que ele está certo, e o sonho já está sumindo, o que ela pode ter visto ou ouvido já se esvaindo nos últimos raios de aquarela do dia entrando no trailer.

"Me desculpe", diz Crispin quando eles passam pela sereia murcha, e ele abre a porta, não tão longe, afinal. "Eu não queria que você pensasse que eu estava com medo."

"Não", diz ela. "Não." Mas não sabe o que mais pode dizer, e não importa, porque agora eles estão cambaleando pelos degraus de concreto do trailer, os pés outra vez na areia. O ar está tomado pelo crepúsculo suave e pelas gaivotas gritando.

Tam está de pé ao lado do riacho há meia hora, tem pelo menos esse tempo desde que ela desceu para a praia procurando os gêmeos, depois que o homem da picape parou e consertou a correia arrebentada da ventoinha com uma meia-calça velha do banco de trás do Impala e encheu o radiador. "Vá devagar agora, mas deve segurar até San Francisco", disse ele. Depois, ela não conseguiu encontrar Lark nem Crispin. Sua garganta estava doendo de tanto chamá-los. Já quase escurecia, e ela está parada ali, onde as pegadas terminam na beira da água, os últimos trinta minutos gritando o nome deles. Ficando com mais raiva, ficando com medo pra caralho, o alívio pelo carro estar funcionando de novo sumindo, abandonando-a com a visão dos gêmeos afogados, perdidos ou estuprados e mortos.

Duas vezes ela começou a atravessar o riacho, um pé esticado e pedras suficientes entre ela e o outro lado para ela não precisar molhar os pés. Duas vezes ela parou, pensando que talvez tenha vislumbrado formas escuras se movendo abaixo da superfície, formas ondulantes como as asas de arraias ou os tentáculos de um polvo ou lula, coisas pretas e compridas como enguias nadando entre as pedras. Não fazia diferença que a água era transparente e não podia ter mais que poucos centímetros de profundidade. Não fazia diferença ela *saber* que não passavam de truques de sombra e dos últimos brilhos do sol poente captados pelo riacho ondulante. Essas apreensões eram instintivas, o pensamento do que poderia estar esperando se ela escorregasse, dentes afiados ansiosos por tornozelos desavisados, a ansiedade profunda demais para ser questionada. Assim, ela ficou ali, sentindo-se idiota, chamando-os como se fosse a droga da mãe deles.

Ela levanta novamente o rosto, e ali estão eles, quase tropeçando encosta abaixo, o caminho íngreme de terra descendo do trailer velho e sinistro. Crispin na frente, arrastando Lark junto, uma nuvem de poeira atrás. Quando chegam ao riacho, eles nem se dão ao trabalho de usar as pedras, pisam direto na água, fazendo espirrar em Tam.

"Filhoda*puta*", diz ela, e anda para trás, para a areia mais seca. "Você pode tomar cuidado com a merda que faz? Porra."

Mas nenhum dos gêmeos diz nada, só ficam sem ar na beira do riacho, a margem baixa aberta na areia pela água. Crispin olha para os sapatos molhados, e Lark espia com nervosismo na direção do trailer na colina.

"Onde os dois palhaços estavam? Não me ouviram chamando? Estou rouca de tanto gritar."

"Um velho", diz Lark, ofegante. "Um velho terrível." Chiando as palavras. Antes que ela possa dizer qualquer outra coisa, Crispin acrescenta: "Uma exposição menor, Tam, só isso". Ele está falando rapidamente, como se tivesse medo do que Lark possa dizer se ele não falar nada, do que ela podia estar prestes a dizer. Ele acrescenta: "Só um velho maluco com uma exposição aí".

"Jesus", diz Tam, dando um suspiro cansado e furioso que ela espera que soe da forma como se sente, depois estica a mão, pega uma papoula murcha no cabelo de Crispin e joga na areia aos pés dele. "Faz sentido, sabe. Faz sentido pra caralho. Na próxima vez, ou Magwitch vem, ou vocês dois ficam em casa." Ela vira as costas para eles e segue pela praia na direção do carro. Só para uma vez, virando-se para ter certeza de que eles estão atrás, e eles estão, logo atrás e com os braços ao redor dos ombros um do outro, apertando, como se não pudessem seguir sozinhos. Os rostos dos gêmeos estão escondidos nas sombras, envoltos pela noite, e, atrás deles, o mar ganhou um tom frio e metálico de azul-marinho e segue ao longe para encontrar as estrelas.

INSECTUM. HIST.X

10.

GIGANTES NA TERRA

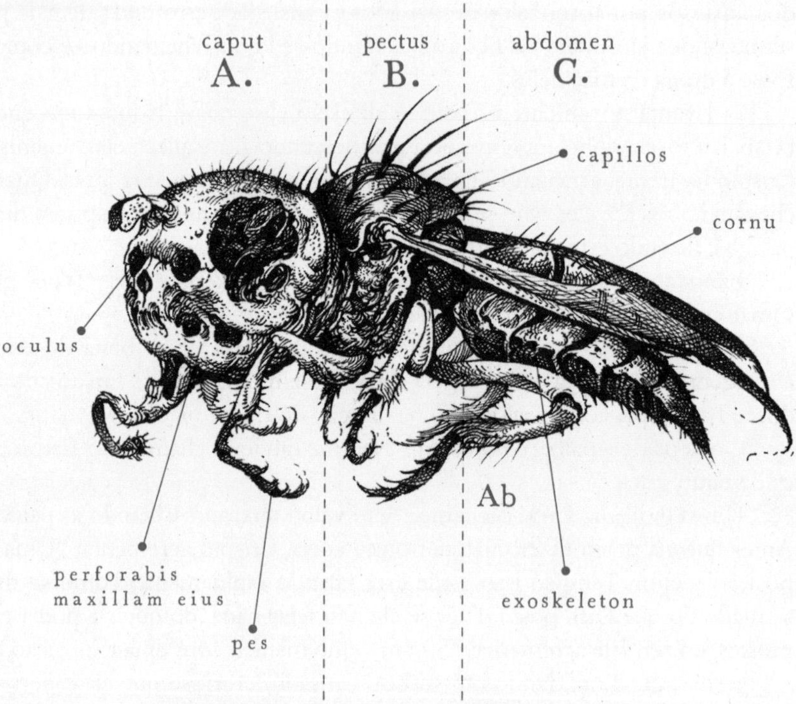

Chiroptera Fatvinvm

FEMINAM —— *CENTUM ET QUADRAGINTA DUO*

P.146

Uma esquisitice dos primeiros anos da minha carreira, a antologia de “ligações”, brincando nas caixas de areia de outras pessoas. Aqui, foi Dancers At the End of Time, *de Michael Moorcock, e a história pode ou não fazer sentido se você não leu os livros. Mas adoro a forma como juntei as palavras, e esse futuro impossível, decadente e distante que entende tão mal o passado (como sempre acontece). Portanto, esse é meu tributo a Moorcock e também a Benjamin Waterhouse Hawkins e ao natimorto Museu Paleozoico, que devia, até hoje, existir no Central Park. Essa história acontece antes de* An Alien Heat *(1971), de Moorcock. Além disso, nunca confunda mesossauros (Mesosauria) e mosassauros (Squamata).*

CAITLÍN R. KIERNAN

Por nenhum motivo específico do qual Iron Orchid se lembre, ela esperou até que seu filho, o fruto sorridente de seu útero, o precioso Jherek, tivesse sete anos para apresentá-lo formalmente em uma reunião social. De forma intermitente, ele cresceu tão normal quanto ela consegue imaginar que o ritmo dessas coisas ocorra, e não importa que ela tenha decidido não renunciar às sutilezas e aos fluidos da gestação, meses de barriga inchada, e tenha optado pela incubadora na sombra das samambaias enquanto andava pelos pisos de contas de vidro e seda jade de mares silenciosos e feitos sob medida. Importa menos ainda que o domo de acrílico e metal e o mercúrio cristalino mais transparente tenham amamentado o bebê com seu par cintilante de mamilos de borracha. Ainda assim, ele é o orgulho das células dela, a multiplicação misteriosa de seu eu genético, fundido com a matéria trêmula do esperma do belo e anônimo pai. Uma perfeição tão incrível de um cruzamento tão rudimentar, as tentativas risonhas e desajeitadas de decodificar os segredos daquele ritual da Era do Alvorecer, obscurecido pelos ossos velhos e sussurrantes de Shanalorm.

"Não, querido", riu ela, o pênis de três cabeças dele (pareceu certo na época) escorregando para dentro da fenda eriçada entre as omoplatas dela. "Não por *aí*, coisa linda. *Aqui*."

Portanto, não foi por vergonha que ela o protegeu, eles não deixaram de fazer piquenique com Li Pao e lorde Jagged e a ebuliente Sweet Orb Mace. Ele não deixou de ser aninhado e entretido nos joelhos do duque de Queens.

Jherek, com olhos dourados hoje, embora ela preferisse algo prateado; o cabelo branco, branquíssimo, brilhoso e preso atrás da cabeça com as garras de uma coisa encontrada e quebrada com seus dentes curiosos. Sua pele nua como um artifício, tão lisa, tão perfeita para ser o produto da mera biologia.

"O que eu vou usar, mãe?", pergunta ele, porque ela ainda não cansou do apelo. "O que você *quer* que eu use, mãe doce e severa?"

Iron Orchid pensa por um momento, impaciente. Passa as pontas douradas dos dedos pelo terceiro canino inferior antes de girar o anel de safira, o mais suave dos movimentos, e o novo vestido paira no ar com aroma de jasmim e diesel do quarto que Jherek construiu com madeira cor de sementes de romã. Veludo salmão, mais macio até do que a pele dele, mangas bufantes, abotoaduras de fórmica e uma gola alta e rígida que parece platina. O rosto de Jherek brilha, e ele acrescenta um babado de renda de algas e um broche de olho de tigre.

Ele não vai usar nada nos pés, mas passa pó para que combinem com o vestido.

"Me fale novamente, mãe absoluta, sobre Embaixo-do-Lago e os besouros", pede ele, e ela tem de sorrir, pois ela fez essa beleza exigente, porque ele encheu uma coisa dentro dos corações dela.

"É melhor irmos agora, Jherek, ou não chegaremos atrasados", diz ela.

Jherek Carnelian anda silenciosamente ao lado de Iron Orchid nos corredores brilhantes travertinos embaixo do lago Billy the Kid, de mãos dadas, porque senão elas não ficariam paradas. O teto desse túnel, um caminho abobadado entre um portal de cachoeira e a grande caverna à frente, fica próximo o bastante para que ele consiga ver as carapaças iridescentes preto-esverdeadas dos besouros; corpos pendurados de cabeça para baixo na luz violeta pulsante dos fungos subterrâneos decorando as paredes com desenhos de lágrimas espiraladas. Ele pisa descalço, e o som baixo de pele os incomoda a ponto de eles baterem as asas de quitino, um som seco como gelo quebrando, que o faz rir.

De repente, o túnel os despeja na caverna, as estalactites pelo menos trezentos metros acima. Há aplausos suaves, mas ele não sabe dizer se para ele ou para Iron Orchid. A caverna é ébano impressionante, arcos de ônix e obsidiana e pináculos de gárgulas do Texas, véus de névoa matinal, cortinas escuras de musselina de múmia. Uma necrópole sem cadáver, cem estilos de cripta, de mausoléus e de sarcófagos selados desafiando a gravidade irrepreensível.

Milady Charlotina os cumprimenta imediatamente. Jherek só a viu uma vez antes, em uma caçada nada importante de três dias em uma floresta primitiva de pinheiros e mangues de abricó, criada especialmente para a ocasião por lorde Jagged. Quando nada importante foi encontrado, ela ficou decepcionada, ele lembra, espalhou todo o bosque sem se dar ao trabalho de perguntar se Jagged se importava.

"Ah", diz ela por lábios pretos lustrosos. "Ele é, sem a menor sombra de dúvida, tudo o que uma criança nascida dessa união exótica deveria ser, minha Orchid dedicada. *Tudo*."

Milady Charlotina está usando um macacão grudado na pele feito de látex (um animal marinho que Iron Orchid descreveu para ele em detalhes), com punhos e golas de osso de siba polido. O decote é fundo e enfatiza os novos seios que ela colocou acima do esterno. A barriga lisa e sem umbigo, não marcada como a de Jherek pelas lembranças umbilicais da pele, foi cuidadosamente encrustada de rubis agulha.

"A mais adorável das trogloditas que respiram", diz Iron Orchid, inclinando-se para perto de milady Charlotina, sussurrando, mas ele consegue ouvir de qualquer modo e capta um toque de irritação agradável na voz dela. "Eu *achei* que você tivesse escolhido um tributo barroco à Décima Primeira Glaciação Equatorial como tema."

"Ah, sim, bem", diz milady Charlotina, sorrindo. "Eu tinha mesmo, originalmente, mas aí pensei nisto no *último* minuto, o Império de Quatro Anos, claro. Não é bem melhor?"

"Claro", diz Iron Orchid. "Mas você poderia ter informado os convidados de honra, para que os trajes fossem mais adequadamente terríveis." Ela gira um anel de força, e seu cromo branco escurece e fica azul-anil.

"Ah, mas você devia deixar a criança em paz", diz milady Charlotina, passando a mão de látex com carinho no casco de Iron Orchid. "Ele é um contraste incomparável, o centro incondicional de todas as nossas atenções."

"Jherek?", pergunta a mãe. "Você prefere trocar de roupa?" Mas ele está ocupado olhando um dos lânguidos navios funerários que passa lentamente acima, as asas de couro subindo e descendo, as velas negras sopradas por ventos não sentidos. Os rostos afundados cinza-ostra dos marinheiros olham para ele, observação inexpressiva.

"Jherek, querido, produto de mim mesma", diz ela, e ele olha para Iron Orchid e para milady Charlotina.

"Sim, mãe?"

"Você quer trocar de roupa para se harmonizar com o período que milady Charlotina escolheu tardiamente como tema?"

"Ou", diz milady Charlotina, "você prefere ficar usando esse traje maravilhoso para que todos possam ver você dos cantos mais remotos do salão?"

Ele levanta o olhar de novo, mas o navio funerário já passou por eles. "Assim está perfeitamente bom, mãe. Afinal, eu quero que *todos* me vejam."

O Alto Lorde Jagged sai do meio da multidão nesse momento, olhos de granito e uma capa ainda mais cinza de pele de selkie, todo seda preta por baixo e ossos pendurados em categute.

"Ah", diz ele, um sorriso largo e reconfortante, "doce Orchid, forjada no fogo. Acredito que você não terá muita dificuldade em se ajustar aos ímpetos da nossa anfitriã."

"Claro que não", sussurra Iron Orchid. "A inconveniência é deliciosa. Mas seja sincero, Jagged, nosso amado e melancólico Werther teve uma mãozinha na mudança de ideia de milady Charlotina, não teve?"

"De que mão especificamente você fala, minha deliciosa monocotiledônia?", responde ele, porque o jovem Werther de Goethe, cujo nascimento natural não foi tão feliz quanto o de Jherek Carnelian, ainda está no meio do processo de decidir um número preciso e desejável de braços.

Jherek inclina a cabeça para trás, os olhos dourados arregalados e a boca aberta, impressionado, mais intrigado pelos crânios de simulbasalto de camadas encrustadas de vértebras da arquitetura Imperial Hipergótica de Quatro Anos do que pelas perguntas de Iron Orchid. Panoramas pairantes, vitrais com um milhão de tons sóbrios com pigmentos moídos e espremidos de bolhas, ossos e bexigas, manchados de cinzas e tingidos de sangue; solda de antimônio e molduras com crosta de pura ferrugem.

Ocasionalmente, há rostos, tão pálidos e franzidos quanto os dos soldados, e Jherek se pergunta se são genuínos, talvez viajantes do tempo emprestados para a festa de uma coleção variada, ou apenas invenções inteligentes.

"*Agora*", diz milady Charlotina com sua voz tilintante, "não podemos guardar a *criança* só para nós, podemos?" E ela pega a mão dele, pega a atenção dele, e o arrasta para as loucas e calculadas apresentações dela.

Mais tarde, depois dos elogios das pessoas que Jherek já tinha encontrado vezes demais a ponto de perder a conta, rostos novos para ele: a srta. Una Persson e o coreógrafo Brannart Morphail (que ainda não assumiu sua prestigiosa corcunda e seu pé torto), a Everlasting Concubine e O'Kala Incarnadine, o duque de Queens com sua veste grudenta de doces de pavão, meia centena de outros, pelo menos, e todos oferecendo elogios generosos e presentes ainda mais generosos.

Ele ainda está sentado no tablado latejante de telhas vivas, de pernas cruzadas no divã desconfortável, espinha trançada e pele de peixe, onde milady Charlotina o colocou. As pessoas estão se afastando, separando-se como um céu cheio de nuvens murmurantes. Lorde Jagged se inclina para perto – Jagged, que nada deu para ele e deve ter guardado para o final.

"Venha comigo, belo Jherek." E Jherek fica feliz de finalmente estar livre do divã que o espeta. Pisa com cuidado os amontoados de carbúnculos e coisas cricrilantes em cestas de brim. Segue lorde Jagged pelo bufê de petiscos e delícias com tentáculos trêmulos. O estômago de Jherek ronca, e ele faz uma pausa e pega um doce com pernas inquietas de miriápode.

"Vamos logo", diz Jagged, um pedido ansioso. "Estou ficando terrivelmente impaciente para você ver meu presente."

Jherek morde uma ponta do doce e é surpreendido ao descobrir que o recheio cremoso tem um gosto agradável de alecrim e jacinto, com um leve toque amargo de artemísia.

"Iron Orchid me disse que você adquiriu uma, ah, *fascinação* especial por relíquias e pela cultura da Era do Alvorecer do Século XIX."

Jherek murmura uma afirmação com o último pedaço do doce na boca, que está morto agora e perdendo um pouco do sabor.

"Milady Charlotina insistiu que eu deixasse aqui, longe dos convidados, para não estragar a ilusão dela."

Eles passam por um arco de trevos, afastam seda fina de aranha, as sombras e a escuridão; as camadas densas de penumbra, posicionadas de forma calculada, somem, e Jherek para na luz do sol filtrada em tons verdes e brancos por vidro transparente e folhagem. Ele pisca, aperta os olhos enquanto as pupilas se ajustam lentamente.

Um domo bem comprido e abobadado, de ferro fundido e vidro, tão alto e frágil que Jherek não consegue imaginar por que não desaba sob o próprio peso; acima dos muros há galerias e arcadas emolduradas por colunas de mármore e fibafome. E, posicionado no centro, um jardim exótico, cuidadoso e desordenado de árvores e arbustos, palmeiras de figueiras e samambaias de tamareiras que sobem até o teto, galhos graciosos que pendem e ecoam exatamente a curva do domo. Uma lagoa de cristal cintila na beirada, e o jardim está vivo, vibra com animais e coisas que pairam no ar úmido, contorcendo-se na água turquesa.

"Ah, Jagged", diz ele e corre pelo piso até parar na grade brilhante de bronze que os separa do jardim. "Ah, é maravilhoso mesmo! É o melhor presente do mundo! O que é exatamente?"

"Um Museu Paleozoico", diz lorde Jagged, parando atrás de Jherek, as mãos finas de alabastro nos ombros do garoto. "Eu soube que era moda durante o reinado de Nixon Kennedy ii, jardins de flora e fauna primordiais."

Jherek bate as mãozinhas, um barulho alto de pele de criança, assustando um bando de gralhas e ranforrincos. Os pássaros negros e os sáurios alados sobem grasnando, uma nuvem de penas da meia-noite e bicos de estilete circulando o domo, voando pelas árvores, arrancando mais gargalhadas de Jherek.

"Encontrei alguns quadros e hologramas nas cidades apodrecidas", diz lorde Jagged. "Um arquivo dedicado à história das Ciências Mortas, acredito."

Nesse momento, há um rugido repentino e um uivo de dor. Jherek olha e vê o iguanodonte desajeitado com nariz de rinoceronte logo antes de esconder o corpo escamoso e quadrúpede no meio de um amontoado de cedros. A preguiça-terrestre gigante que vai atrás do dinossauro pela campina impecável ruge novamente, arrasta-se com garras de foice e desaparece atrás da presa.

"Claro que vou mandar transportar para a sua casa depois da festa." E Jagged senta em um banco de papelão trabalhado, uma réplica perfeita, até os detalhes de neon levemente cintilantes.

"Posso ficar aqui?", pergunta Jherek. "Quer dizer, se não precisar voltar para a festa."

"Claro", diz ele. "Não posso culpar você por se cansar de toda aquela melancolia tediosa." Ele se levanta, vai até Jherek e se inclina para beijar o garoto, roçando lábios e línguas, sentindo o gosto um do outro. Lorde Jagged passa os dedos pelo rabo de cavalo branco de Jherek.

"Ninguém poderia duvidar que Iron Orchid é sua mãe, doce Jherek."

E Jagged aperta a capa de carvão ao redor dos ombros e se afasta pela entrada do Museu Paleozoico, volta para o mofo e para a palidez do Império de Quatro Anos de milady Charlotina.

E Jherek fica sozinho.

O caminho de lajota e azulejos brilhosos de cerâmica, descobriu Jherek, envolve completamente o jardim, uma elipse suave e uma caminhada nada curta, um caminho completo. O ar dentro do Museu Paleozoico é opressivo, quente e úmido se ele anda no sol, e quando recua para as sombras é frio como os corredores das cavernas de milady Charlotina. Tem cheiro de coisas crescendo, de pedra quebrada, de rastros de criaturas extintas cem milhões de anos antes de o Homem de Piltdown ter construído suas primeiras cidades primitivas na Babilônia e em Muncie.

Das margens arenosas de âmbar da lagoa, o raso tomado de conchas espiraladas de moluscos pré-cambrianos e ordovicianos, nuvens rosadas de peixes trilobitas e devonianos cobertos de bronze, o jardim sobe por eras geológicas esquecidas até uma colina gramada onde mastodontes e um pequeno bando de unicórnios pastam. As áreas escuras e densas de floresta entre cada parte ecoam com gritos deliciosamente apavorantes de vida e morte, sons que deixam os braços nus e as costas de Jherek arrepiados.

E lorde Jagged também decorou as paredes do museu, o armário organizado de um geólogo do século xix: caixas peculiares de carvalho e isovidro cheias de ossos petrificados de leviatãs, marcas fossilizadas de beemotes. Esqueletos envernizados inteiros de quartzo e sílica montados para o prazer dele.

Percorrida mais da metade do caminho, Jherek encontra uma pequena ponte, um arco de ferro sobre um riacho que sai, pela parede, da boca de um boto de pedra e percorre uma distância curta por uma calha de concreto antes de chegar à lagoa. Ele se senta, cansado, as pernas doendo, mas ainda tão satisfeito quanto na hora que botou os olhos no presente de Jagged.

"Você é meu amigo mais fabuloso", diz ele quando um arqueópterix de plumas coloridas pousa na grade de bronze, falando, claro, de lorde Jagged, e não do pássaro antigo. "Além da querida mamãe."

Há um leve ruído de água, e ele espia por entre as pernas penduradas, embaixo da ponte, e ali está a garota, a única criança que ele já viu além do próprio reflexo. Ela está no meio do riacho gorgolejante com água até os tornozelos, empurrando um curioso mesossauro com a ponta da bota molhada. Jherek a reconhece na hora como uma das criações do Ano Quatro de milady Charlotina. A cor de cera e a pele como casca de maçã murcha, os olhos cinzentos e os dreadlocks de corvo trançados com ossos.

"Oi", diz ele, e ela só tira os olhos do pequeno réptil por tempo suficiente para lançar um meio sorriso perturbado na direção dele. "O que você está *fazendo* aí embaixo?"

O mesossauro, sentindo na distração dela a sua oportunidade, pula da água como um salmão, enfia dentes afiados como agulhas na perna coberta por uma meia, e a garota bate nele para que solte.

"Me ajude, *por favor*", implora ela. "Acho que pretendem me comer viva."

"Acho que são pequenos demais para isso", diz ele, mas deita-se de barriga para baixo, com o metal aquecido pelo sol embaixo do corpo, uma brisa fria vinda da água, e estica a mão para a garota, ajudando-a a subir na ponte.

Ela fica parada na frente dele, pingando, a água se acumulando ao redor das pesadas botas pretas. A roupa toda é do mesmo tom comum de preto, de um fosco sem graça e sem vida que parece completamente indiferente à clareza do meio-dia do museu: um vestido preto de um tecido simples e desconhecido que vai até abaixo do joelho, com renda preta rasgada ao redor dos pulsos e um casaco preto rígido com botões grandes e pretos e um babado preto ainda mais rígido ao redor do pescoço. Um tricorne preto comido por traças pendia torto na cabeça dela.

"Não fica terrivelmente cansativo", pergunta ele, "sempre se vestir de forma tão sóbria?"

"É respeitoso", diz ela, arrogante e com o queixo fino para cima.

"Respeitoso com quem?", pergunta ele, ainda deitado na ponte, mas virado de lado para vê-la melhor.

"Com os *Mortos* Presentes e Futuros, seu imbecil blasfemo." Ela faz um gesto estranho com as mãos.

Tem um rasgo comprido em uma das meias listradas de preto e roxo, e um ponto sangrento onde o mesossauro a machucou, uma mancha avermelhada ficando cada vez maior no tecido escuro. Jherek nunca havia visto alguém *sangrar*.

"Você acha", pergunta ele, "que, se eu entrasse na água, também poderia ser mordido? Parece bem interessante sangrar."

A garota levanta uma sobrancelha preta e lança um olhar que é em parte exasperação surpresa, em parte curiosidade crescente.

"*Dói?*", pergunta Jherek Carnelian com esperança.

"*Sim*", diz ela. "*Claro* que dói. O que você é, um tolo imbecil?"

"Acho que não", diz ele, "porque nunca sangrei na vida."

"Você é bem esquisito mesmo." E ela se abaixa para desamarrar as botas molhadas. "Vocês todos são mais esquisitos que chulé de minhoca, se quer saber."

Jherek se senta e observa, alerta, enquanto ela tira água dos sapatos, afugenta um pequeno crustáceo do esquerdo e pendura os dois pelos cadarços pretos para secar; as botas ficam penduradas na grade de bronze como parasitas gêmeos.

Jherek dá de ombros e decide que talvez seja melhor deixar o sangramento para outra ocasião, que talvez seja melhor mudar de assunto.

"Você gosta?", pergunta ele, indicando o jardim e as paredes lotadas de fósseis do Museu. "Não é o presente mais encantador do mundo?"

"O que é?", pergunta ela.

"Um Museu Paleozoico, obviamente", responde Jherek. "Meu presente especial do doce lorde Jagged."

"É muito claro", diz ela com incerteza, protegendo os olhos e apertando-os na direção do domo alto, com o sol branco ardendo através de vidro, metal e hera entrelaçada. "Tanta luz é desrespeitoso. Acho que vou ser punida se Anúbis ou Ligeia souberem que vim aqui."

"Quem?"

"Meus Superiores", diz ela, ainda olhando para o céu. "Mestres Copticios da Corte do Conde Perfidy. Só estou no segundo ano como aprendiz. Esse tipo de coisa pode acabar me deixando fora da Guilda."

"Então por que você saiu da festa?", pergunta Jherek. Ele não tem uma ideia clara sobre o que a garota está dizendo, mas não se interessa o bastante para fazer perguntas demais, só deseja que ela fique feliz em apreciar a tarde abafada e antediluviana, com o balido suave dos hadrossauros descansando nas sombras das palmeiras de figueiras.

"Eu não *pretendia* vir para cá", diz ela. "Só estava tentando encontrar o Grand Mortis..."

Jherek boceja, percebe que ficou sonolento no calor, e a garota para no meio da frase.

"Você é muito grosseiro", diz ela.

"Eu não pretendia, sinceramente", responde Jherek, começando a se perguntar o que poderia dizer ou fazer que não fosse ofender a garota.

"Bem", diz ela, sentando-se ao lado dele, alisando com cuidado a saia e a longa cauda do casaco. "Imagino que não seja culpa sua. Não consigo imaginar que você tenha sido criado de forma melhor. Sua gente é tão horrivelmente desrespeitosa. Uns selvagens, vocês todos."

"Selvagens?" Jherek reconhece a palavra, mas sempre pensou que fosse algum termo botânico arcaico.

"Sim", diz ela com um novo tom de paixão na voz. "*Selvagens*. A mera ideia de tanta luz do sol e a recusa de morrer. E, o pior, voltar se algum de vocês por acaso for morto!"

"Selvagens, então, são pessoas que não morrem?"

A garota suspira alto, assustando o arqueópterix.

"Se você não fosse selvagem, jamais teria feito uma pergunta tão tola e ignorante. Selvagens não respeitam os Mortos, mas se deleitam com os prazeres transientes da vida, desconsiderando os Ritos Sagrados da Mortificação. E seguindo esse caminho fica a dissolução corpórea e o apodrecimento eterno. A Morte é tão sagrada quanto a Vida, que ela preserva, e é por isso que devemos preservar a Morte. É por isso que as palavras e os feitos sagrados dos Superiores da Guilda, os Coptícios e os Embalsamadores, os Curtumeiros e os Artesãos de Mortalhas, até os mais inferiores polidores de ossos comuns, têm que receber atenção."

E ela repete o gesto estranho que fez antes com a mão.

"Ah", diz Jherek, resignando-se à verdade de que devia mesmo ser um selvagem, que todo mundo que ele ama também devia ser selvagem. "Entendo. Você tem nome?"

"Sexton", diz ela, olhando sombriamente por entre as botas como o hadossauro. "Sexton Dakhmas."

"E eu sou Jherek Carnelian, filho de nascença de Iron Orchid."

"Um nome selvagem." Sexton Dakhmas suspira. "Pobre Jherek perdido. Mas não vou culpar você."

"Você é gentil."

"Sou misericordiosa", responde ela.

"Você é parte da coleção de milady Charlotina, Sexton Dakhmas?", pergunta Jherek depois de concluir que a garota não é uma autômata, não uma simples reprodução de uma criança do Império de Quatro Anos.

"Toda a corte de milorde Perfidy foi roubada das criptas antes de eu nascer e ser abandonada aqui." Ela faz uma pausa e se corrige. "Não, abandonada *agora*, eu acho. Ainda assim, lutamos bravamente para observar os Ritos e preservar os restos sacrossantos dos nossos Mortos."

Jherek assente, já ouviu histórias de abduções temporais, ouviu Iron Orchid dizer para Jagged que mais de uma coleção foi grandemente enriquecida com seres resgatados dos escravagistas do tempo.

Atrás dos hadrossauros e além de uma pequena colina, surge o pescoço sinuoso azul-petróleo e creme de um plesiossauro, elegante como um cisne, no meio da lagoa. Jherek fecha os olhos, satisfeito com o momento, com o luxo do Museu Paleozoico e seus tesouros, com a companhia da garota estranha e deslocada.

"Mas não posso dizer que seja desagradável", diz ela, sussurrando quase baixo demais para ele ouvir, Jherek distraído, considerando dormir. "O calor", diz ela.

Seguindo as instruções cuidadosas de Jagged, Iron Orchid chega, hematita etérea e dama de pétalas e pólen dourado, finalmente, ao Museu Paleozoico. Ela gira um anel de zircônio para proteger os olhos contra a claridade repentina e para um momento na grade, admirando o trabalho artístico, o equilíbrio impecável entre restauração e imaginação, que teria revelado a autoria do Museu se ela já não soubesse. Depois dos olhares incansavelmente raivosos da festa de milady Charlotina ("Mil e duzentos tons *distintos* de cinza", gabou-se Werther de Goethe, traindo seu papel no caso descuidado), depois dos eternos "entretenimentos", que consistiam unicamente em demonstrações cansativas de técnicas de embalsamamento e mumificação, o ar fragrante e a vibração daquele jardim fazem com que ela se sinta limpa novamente.

"Carnelian?", chama ela sem ver Jherek, mas é respondida apenas pelos grunhidos e chilreios dos itens expostos no Museu. Primeiro, ela desconfia que ele esteja brincando com ela, de pique-esconde ou algum outro jogo, mas o encontra com facilidade um momento depois, dormindo em uma pequena ponte perto da entrada. E a garota de roupas escuras, um dos adereços de milady Charlotina, sem dúvida, roncando baixinho ao lado dele. A pele da garota, estranha ao sol, adquiriu um tom vermelho intenso de cravo.

Uma melhoria, sem dúvida, Iron Orchid pensa ao tomar Jherek nos braços cintilantes. Ele se mexe, um barulho suave de sonho saindo pelos lábios entreabertos.

"Adorável Jherek", diz ela. Ela beija sua testa, sai andando para longe da garota adormecida, maltrapilha e queimada do sol do Império de Quatro Anos. "Até a eternidade vai parecer curta com você ao meu lado."

Atrás dela, o jardim de Jagged, uma tapeçaria exótica de anacronismos, eras costuradas como soldados feridos, sussurra e grita quando eles saem.

Se todo o tempo está eternamente presente,
Todo o tempo é irredimível.

T. S. Eliot, "Burnt Norton" (1935-1936)

INSECTUM.

ZELDA FITZGERALD DE ROUPA DE BALÉ

HIST.XI

11.

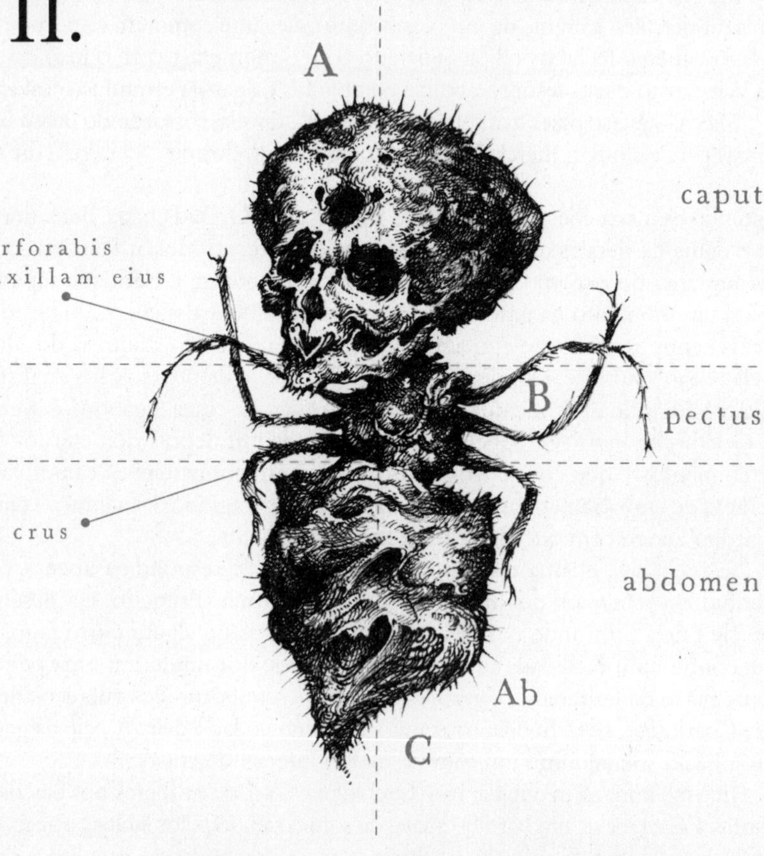

Appia Putreficattum

MASCULUM —— *CENTUM ET QUINQUAGINTA SEX*

P.156

Não escrevo muita poesia. Há motivos demais para isso. Essa foi a primeira que achei boa o bastante para mostrar para alguém, a primeira que permiti que fosse publicada. Nela, há muitos anos pelos quais vivi e sobrevivi, condensados, destilados em algumas estrofes.

KIERNAN OFFICINARUM INVESTIGATIONIS

1. Nessa ausência de outros
Não existe a paz na qual nos fizeram
Acreditar, como na escola dominical

Não consigo ouvir, pois o rugido Deste vento
Me deixou meio surda Bem assim
Ou mais
Nada foi recuperado Coisas desabam e é Assim
Que ficam
Nada a aprender exceto que beiradas cortam e
Crianças desmontam porque
Elas podem e choram com a bagunça
Que fizeram Ah

Chame o pai para pedir a cola (que é o Paraíso)
A mãe para beijar feridas (que é de
Um tom reflexivo com pulsos de cristal) Ah

2. Filas feias de casas de papel
O céu nunca está escuro
E as estrelas esquecem
Somos olhos rosados em jaulas

3. Nossas vidas não são inocentes
Tanto quanto não podem ser românticas;
O século longo e vermelho colocou pedras sem graça
Entre nós e qualquer atributo melhor.

Nós enterramos o que poderíamos conhecer
De tais coisas,
Polvilhamos os túmulos com sal e indiferença
Para que nada pudesse voltar a crescer lá
Exceto memórias fracas e órfãs.

Há palavras que nunca poderemos escrever,
Nem falar, por terem esquecido a sinceridade.

Casca de ovo e nenhuma
Restauração real.
Esses fragmentos guardados
Para você, e eu finalmente vejo só por você.

12 de outubro, 1995 – 20 de julho, 1999

Fig. 3.
Fig. 9
Fig.
13g
3c
3b
3d
5c
6c
6f
1c
4.
4c
9
9g
9b
9c
10c
10h
12c
12b
12d

Fig. 7
Fig. 8
Fig. 9
Fig. 13

2000

MUNDO II

2004

INSECTUM. **SPINDLESHANKS** HIST.XII

SPINDLESHANKS

(New Orleans, 1956)

12.

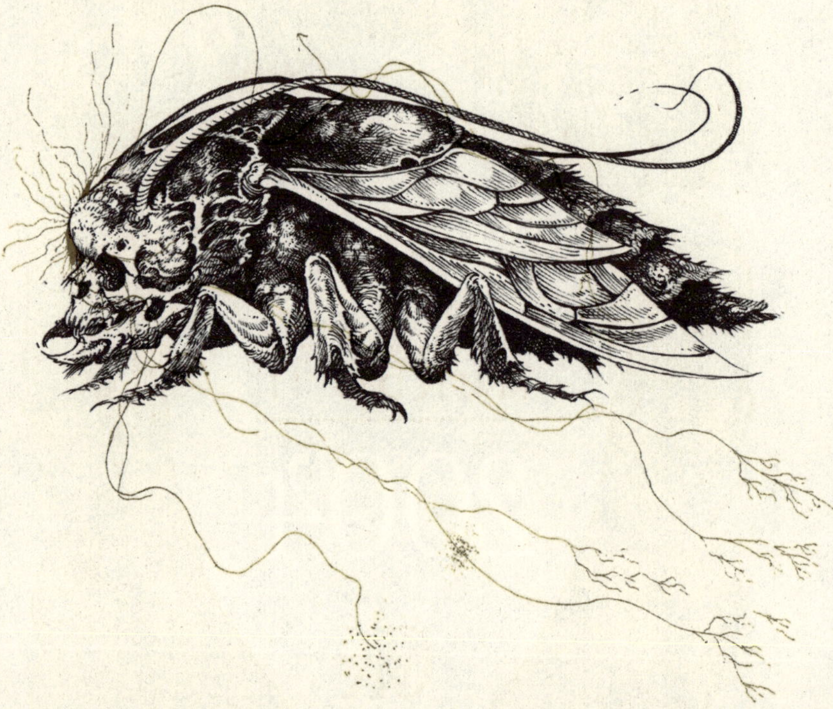

Spectrvm Dentato

MASCULUM —— *CENTUM ET SEXAGINTA*

P.162

Isso começou como uma história completamente diferente, mas seguiu em uma direção que jamais achei que seguiria. Acontece com frequência. Aconteceu nessa época; acontece agora. Aqui, estou tentando aprender a sussurrar. Algumas vezes eu quis tanto ser Tennessee Williams que ficou na cara.

CAITLÍN R. KIERNAN

E fim de julho, um calor indolente e abafado dentro da casa grande e branca na Prytania Street; colunas gregas pintadas com o branco refrescante de um sorvete de casquinha de baunilha, e, da varanda do segundo andar, Reese consegue ver por cima do muro o cemitério Lafayette, se quiser – Lafayette n. 1, com letras pretas de ferro acima do portão preto de ferro para lembrar qualquer um que esqueça. Ela não desgosta da casa, não da forma como passou a não gostar do apartamento de Boston antes de finalmente ir embora, mas é grande demais, mesmo com Emma, e até o momento ela nem se deu ao trabalho de tirar os lençóis que cobrem boa parte da mobília do andar de baixo. Esse quarto é quase mais do que elas precisam, com a máquina de escrever dela e o ventilador elétrico do Woolworth's na mesa ao lado da porta dupla que dá na varanda, e ela pode ficar sentada ali o dia inteiro, tomar gim-tônica e olhar para os muros brancos de tijolos e para as criptas sempre que as palavras não vêm.

E nesses dias as palavras quase não vêm, quase nunca estão lá quando ela as procura, e sua editora queria o romance terminado dois meses antes. Fugindo dessa mulher com os sapatos pretos e brilhantes de salto, com os chapéus elegantes, tanto quanto fugiu de Boston, das pessoas de lá que estava cansada de ouvir, e, assim, Reese Callicott alugou essa casa grande e branca para o verão e não contou para quem quer que fosse aonde estava indo nem por quê. Ela poderia ter procurado uma casa em Vermont ou Connecticut se tivesse parado para levar o calor a sério, mas pagou o verão todo adiantado, até setembro, e não dá para voltar atrás agora. Agora não há nada além de gelo triturado, Gilbey's e a vista do cemitério; as manhãs e as tardes passadas em frente à máquina de escrever e o papel branco debochado, com suor e o cheiro doce de magnólias o dia inteiro e de jasmim à noite.

As festinhas barulhentas de Emma à noite também, a noite toda às vezes, a mistura heterogênea de pessoas que ela traz como cachorros perdidos e espalha pela casa grande da Prytania Street – esse homem, estudante de filosofia ou de religião no Mississippi; aquele sujeito, amigo de um amigo de Faulkner ou Capote. Seus sotaques e fingimentos, e o último deles ficando até quase o amanhecer, a não ser que Reese encontre energia para expulsá-los antes. Mas ultimamente a energia está mais em falta do que as palavras, e quase sempre ela os deixa em paz, deixa que toquem jazz e discos do Fats Domino alto demais e mandem na casa, porque faz Emma feliz. Não faz sentido negar que ela sente culpa por arrastar a pobre Emma até New Orleans, por fazê-la sofrer com o calor e os mosquitos porque o oitavo capítulo de *O rio em êxtase* mais parece um muro de concreto.

Reese acende um cigarro e sopra a fumaça na direção da varanda, na direção do cemitério, e uma brisa quente a pega e faz picadinho do seu fantasma de fumaça.

"Tem uma festa no Quarter hoje", diz Emma. Ela está deitada na cama, quatro da tarde de sexta e ela ainda está com o roupão amarelo, deitada na cama com um dos livros estranhos dela e um copo de bourbon e limonada.

"Não tem sempre uma festa no Quarter?", pergunta Reese, e agora ela está olhando duas mulheres idosas no cemitério, uma delas com um buquê de flores brancas. Ela acha que são crisântemos, mas as mulheres estão muito distantes para se ter certeza.

"Bom, tem. Claro. Mas essa vai ser diferente. Acho que uma praticante verdadeira de vodu vai estar lá." Uma pausa e ela acrescenta: "Você devia vir também".

"Você sabe que tenho muito trabalho."

Reese não precisa se virar na cadeira para saber que tem um beicinho emburrado na cara de Emma, a decepção familiar e exagerada, e desconfia que não importa para Emma se ela for ou não à festa. Mas esse ritual é uma coisa que precisa ser observada, do mesmo modo que mulheres idosas precisam levar flores para os túmulos de parentes que morreram cem anos atrás, do mesmo modo como ela precisa passar os dias olhando para páginas em branco.

"Poderia ajudar, e estou falando da sua escrita, se você saísse de vez em quando. É sério, às vezes acho que você esqueceu como falar com as pessoas."

"Eu falo com as pessoas, Emma. Eu falei com aquele senhor..." E ela precisa parar para procurar o nome dele, e ali está. "Aquele sr. Leonard outro dia. Você sabe, o gordo da loja de antiguidades."

"Ele tem quase sessenta anos", diz Emma. Reese dá outra tragada no cigarro, expira e: "Bem, você não quer mesmo que eu saia pra procurar marido", diz ela.

"Faça como quiser", diz Emma, do jeito como fala sempre, *Faça como quiser*, e volta para o livro, e Reese volta a olhar para a obstinada máquina de escrever e a observar as respeitosas mulheres idosas do outro lado do muro alto do cemitério.

Reese acorda de um pesadelo poucas horas antes do amanhecer, desperta suando e sem ar, gelada com a brisa que entra pela porta aberta da varanda. Emma está dormindo pesado ao seu lado, nua em cima dos lençóis, embora Reese não a tenha ouvido entrar. Se ela gritou ou fez qualquer outro ruído dormindo, ao menos não pareceu ter incomodado Emma. Reese olha para a varanda por um momento, para a noite além, e senta, coloca os dois pés no chão e estica a mão para o abajur. Mas isso pode acordar Emma, *foi* só um pesadelo, afinal, um sonho ruim, e em um ou dois minutos tudo vai parecer pelo menos tão absurdo quanto seu último romance.

Ela acende um cigarro e fica sentada fumando no escuro, ouvindo os sons inquietos que a casa faz sempre que todo mundo está parado e quieto e ela fica por conta própria, estalos e baques aleatórios, pensamentos e lembranças de casa solitária filtrados por gesso, tubulações e carvalho polido. A casa murmurante e o som exótico e piado de uma ave noturna em algum lugar lá fora, uma música mundana que se torna exótica porque ela não passou a vida inteira a ouvindo, algum pássaro que não voa até Boston. Reese escuta a ave e a casa se ajeitando, e escuta os roncos suaves de Emma enquanto fuma o cigarro quase até o filtro, depois se levanta, anda pelo quarto amplo até as portas da varanda com a mera intenção de fechá-las. Só querendo isolar um pouco a noite para depois, talvez, conseguir voltar a dormir.

Mas ela para na metade do caminho, distraída pelo livro na mesa de cabeceira de Emma, um livro muito velho pela aparência, mais uma coisa emprestada de um ou outro conhecido da Royal Street, sem dúvida. Mais superstição bayou, contos negros de vodu e magia do pântano, zumbis e roubos de túmulos, o bicho-papão visto como folclore, e Reese aperta os olhos para ler a capa, couro de qualidade gasto pelos anos de manuseio e o título gravado com tinta carmim descascando: *Cultes des Goules*, de François-Honoré de Balfour, Comte d'Erlette. Todo em francês, as poucas ilustrações tão medonhas que em nada ajudam com os nervos de Reese, então ela coloca o livro de volta na mesa e toma uma nota mental para perguntar a Emma o que ela vê nessas coisas mórbidas e, a propósito, por que ela nunca mencionou que sabe ler em francês?

As portas da varanda estão parcialmente fechadas, mas Reese se detém, olha para a pequena cidade dos mortos do outro lado da rua, para os telhados de mármore e cimento esbranquiçados pela luz da lua crescente se pondo, e um pequeno fragmento do sonho volta a ela nesse momento. Emma, no dia que elas se conheceram, uma tarde de dezembro cheia de neve na Harvard Square, Reese andando rapidamente pelo Old Burying Ground e pela First Church, esperando o trem no frio, e Emma de pé ao longe. Uma silhueta escura na corrente de ar, os flocos de neve girando em torno dela, e Reese tenta pensar no que podia ser tão assustador naquilo. Algum detalhe momentâneo que já estava sumindo quando ela abriu os olhos, alguma coisa no som do vento nas árvores, talvez, ou uma fileira de pegadas na neve entre ela e Emma. Reese Callicott olha para o Lafayette por alguns minutos, fecha a porta da varanda, tranca e volta para a cama.

"Ah, que horrível", diz Emma franzindo a testa enquanto serve uma dose de uísque no copo de limonada. "Jesus Cristo, não consigo acreditar que a encontraram bem ali na calçada e que estávamos dormindo durante a coisa toda."

"Ah, talvez não tenha havido tanto barulho", diz Carlton, solícito. Toma um gole de bebida, bourbon com gelo, tira o chapéu e coloca na mesa de vime importada no meio da varanda. Carlton, a única pessoa em New Orleans que Reese pensaria em chamar de amigo, um homem elegante de meia-idade com bigode grisalho e sotaque da cidade. Uma pessoa que ela conheceu em um congresso de escritores em Providence anos atrás, antes de a Harper finalmente comprar *A luz além do centro* e de seus contos começarem a ser vendidos para *The New Yorker* e para *The Atlantic*. Carlton é o motivo de ela estar passando o verão em exílio na casa da Prytania Street, porque pertence a um amigo pintor dele que está na Espanha, em Portugal ou em algum lugar assim.

"Disseram que a garganta dela, a laringe, foi arrancada", diz ele. "Então ela não deve ter feito muito barulho."

Reese coloca a bebida na grade branca da varanda à frente, não sobrou muito além de gelo derretido e água com um leve sabor de gim, mas ela não levou a garrafa de Gilbey's para a varanda, e o calor matinal a deixou preguiçosa demais para voltar para dentro de casa e preparar outro drinque. Ela olha para o ponto molhado na esquina da Prytania e da Sixth, para o asfalto molhado bem perto do muro do cemitério, secando rapidamente no sol escaldante das dez horas.

"Mesmo assim", diz Emma, "acho que ouviríamos *alguma* coisa, você não acha, Reese?"

"Emmie, eu acho que você dorme como os mortos", diz Reese, fazendo o trocadilho apavorante sem querer, mas agora já saiu, e ninguém pareceu reparar mesmo.

"Bom, o *Picayune* publicou uma matéria dizendo que foi um vira-lata com raiva...", começa Emma, mas Carlton limpa a garganta e a interrompe.

"Eu tenho um bom amigo na polícia", diz ele. "Ele não acha que tenha sido um animal. Acha que é mais o caso de alguém tentando fazer *parecer* que o assassino foi um animal."

"Quem era ela?", pergunta Reese, e agora tem dois garotos novos, de nove ou dez anos, perto do muro do cemitério, apontando para a mancha úmida e sussurrando com empolgação.

"Uma mulher de cor. A nova cozinheira da sra. Duquette", diz Carlton. "Não me lembro do nome dela agora. Importa?"

Os dois garotos se inclinaram para olhar melhor, talvez torcendo para encontrar uma mancha de sangue que a polícia deixou passar quando lavou a calçada com uma mangueira algumas horas antes.

"O que ela estava fazendo lá fora àquela hora?", pergunta Emma ao terminar de mexer o drinque com o indicador, provando-o com a ponta da língua.

Carlton suspira e se encosta na cadeira de vime. "Ninguém parece saber exatamente."

"Bom, acho que já cansei dessa história horrível por hoje", diz Reese. "Olhem só aqueles garotos lá embaixo." Ela se levanta e grita com eles: "Ei, garotos, saiam daí agora mesmo", e eles se levantam e olham para ela como se ela fosse maluca. "Eu falei para *saírem* daí. Vão pra casa!"

"São só *garotos*, Reese", diz Carlton, e nessa hora um deles mostra o dedo do meio para Reese, e os dois caem na gargalhada antes de se agacharem de novo na calçada para continuar examinando a cena do assassinato.

"São *monstrinhos* horríveis", diz Reese, sentando-se lentamente.

"São *todos* monstros, querida", diz Emma e sorri, esticando a mão por cima da mesa para massagear o ponto entre as omoplatas de Reese, que sempre tem nós, sempre está tenso.

Carlton coça o bigode. "Suponho que as coisas *não* estejam bem com o livro", diz ele, e Reese faz cara feia, ainda olhando para os dois garotos na calçada.

"Você sabe que não deve fazer uma pergunta dessas."

"Sim, querida, eu tinha esperanças de que uma mudança de clima fosse fazer bem a você."

"Acho que esse clima não é bom pra nada além de brotoejas e mofo", resmunga Reese, girando o gelo no copo. "Preciso de outra bebida. E preciso voltar ao trabalho."

"Talvez você esteja se esforçando *demais*", diz Carlton, e para de mexer no bigode. "Talvez precise sair desta casa de vez em quando."

"É o que eu sempre digo pra ela", diz Emma. "Mas você sabe que ela não ouve ninguém."

A voz dela está emburrada de novo, e Reese não aguenta, aqueles garotos horríveis e o assassinato, as boas intenções de Carlton e agora Emma emburrada. Ela se levanta e os deixa, entra na casa, trocando o sol intenso pelas sombras mais suaves do quarto, deixando a amante e o amigo sozinhos na varanda.

É sábado, e Emma se encontra com as companhias desclassificadas de sempre, mas esta noite está passando a maior parte do tempo com uma mulher de pele escura chamada Danielle Thibodaux, uma pessoa que conheceu na noite anterior à festa na Esplanade, na festa com a suposta sacerdotisa de vodu. Reese está ficando silenciosamente bêbada em um canto da sala de jantar imensa; na sala de jantar, e não no quarto, por insistência de Emma.

"É uma pena tão grande estarmos desperdiçando este local", disse ela. Reese estava no meio de um parágrafo e não tinha tempo para discutir. Não valia a pena perder o fio do pensamento, e aqui estão todos eles, fumando e bebendo ao redor da mesa comprida de mogno, velas tremeluzindo como estrelas no candelabro de cristal, e Reese sozinha em uma cadeira Chippendale no canto. O mais longe dos outros que pode ficar sem ofender Emma, e fingindo não estar com ciúmes da mulher de pele escura com o leve sotaque jamaicano.

Há um tabuleiro ouija no meio da mesa, garrafas vazias e também fechadas de vinho, conhaque e uísque, cristal Waterford e castiçais de prata, e o tabuleiro barato de loja vagabunda lá no meio de tudo. Alguém do grupo levou, pois tinha ouvido que havia um fantasma na grande casa branca da Prytania Street, uma garota que se enforcou no topo da escada quando soube que o jovem noivo tinha morrido no Appomattox ou em alguma outra tragédia explorada da Guerra de Secessão, e houve uma hora que eles estavam bebendo e tentando chamar o fantasma da suicida ou de qualquer outra pessoa que pudesse não ter algo melhor para fazer na vida após a morte além de falar com um bando de bêbados.

"Estou entediada", diz Emma ao empurrar o tabuleiro ouija para longe, joga a planchette longe, deslizando na direção de uma garrafa de conhaque de pera. "Ninguém quer falar com a gente." A petulância na voz dela em nada ajuda a melhorar o humor de Reese, e ela pensa em pegar o gim e subir.

Mas alguém fala da mulher assassinada, que está morta não faz nem um dia ainda, mas já tem um babaca que quer tentar arrastar o espírito dela de volta para a terra. Reese revira os olhos, pensando que até a máquina de escrever seria menos tortura que esses jogos frívolos e mórbidos, mas repara na expressão de desconforto no rosto da mulher negra. A mulher sussurra alguma coisa para Emma, só um sussurro, mas íntimo o bastante para gerar uma nova pontada de ciúme em Reese. Emma olha para a mulher, um longo momento de silêncio é trocado entre as duas, e Emma ri e balança a cabeça, como se talvez a mulher tivesse feito o tipo mais ridículo de sugestão que se possa imaginar.

"Ouvi dizer que foi um cachorro selvagem", diz alguém na mesa.

"Sempre tem muitos casos de raiva nessa época do ano", diz outra pessoa.

Emma se inclina para a frente, os olhos apertados e uma expressão de confiança embriagada no rosto, o sorriso de eu-sei-de-uma-coisa-que-*vocês*-não--sabem, e todos a escutam contar sobre o amigo policial de Carlton e o que ele disse naquela manhã sobre a garganta da mulher assassinada ter sido cortada, sobre a laringe ter sido atingida para que ela não pudesse gritar por ajuda. Que os policiais estão procurando um assassino que quer que todo mundo pense que foi só um animal.

"Então vamos perguntar pra ela", diz o homem que levou o tabuleiro ouija para Emma, e a mulher loura sentada ao lado dele dá uma risadinha, um tipo feio e desavergonhado de gargalhada que faz Reese pensar nos dois garotos perto do muro do Lafayette, procurando rastros do sangue da mulher morta na calçada. Há outro olhar reprovador de Danielle Thibodaux, mas Emma só dá de ombros e estica a mão para a placa triangular caída.

"Ah, por que não?", diz ela, as palavras começando a ficar um pouco arrastadas. "Talvez *ela esteja* por aí ainda." Mas a mulher de pele negra empurra a cadeira para longe da mesa, se levanta e para um pouco atrás de Emma, olhando com nervosismo quando sete ou oito pessoas colocam o dedo nas beiradas da placa.

"Nós precisamos falar com a mulher que foi assassinada em frente ao cemitério hoje de manhã", diz Emma, soltando um sussurro baixo e sinistro, um fingimento de reverência de filme de terror, e grudando o olhar no centro da placa. "A cozinheira morta da sra. Duplett", sussurra Emma, e alguém a corrige: "Não, querida. É Duquette. Sra. Duquette". Várias pessoas riem.

"É, isso. Sra. Duquette."

"Minha nossa", sussurra Reese. A mulher de pele negra olha para ela do outro lado da sala, os olhos castanhos parecendo dizer *Você não consegue ver que as coisas já estão bem ruins*? A mulher franze a testa, e Reese suspira e se serve de outra bebida.

"Nós queremos falar com a cozinheira assassinada da sra. Duquette", diz Emma de novo. "Você está aí?"

Há uma risadinha repentina de surpresa ou medo fingido quando a placa de metal finalmente começa a se mexer, com hesitação no começo, depois circulando pelo tabuleiro de madeira por um momento antes de desviar subitamente para o não e parar de novo.

"Então com *quem* estamos falando?", pergunta Emma com impaciência, e a placa triangular começa a se mover de novo. Move-se pelo tabuleiro por um momento, e pessoas do grupo começam a dizer as letras conforme a plaquinha em forma de coração vai de caractere em caractere.

"S... P... I... N..."

A mulher de pele negra dá um passo à frente e apoia as mãos cor de amêndoa nos ombros de Emma. Reese pensa que a mulher parece estar com medo agora e se senta mais empertigada na cadeira, para poder ver melhor o tabuleiro.

"D... L...", diz alguém.

"Pare com isso agora, Emma", exige a mulher de pele negra. Ela *fala* como alguém que está com medo, e talvez haja sinal de raiva também, mas Emma só balança a cabeça e não tira os olhos da placa em movimento.

"Está tudo bem, Danielle. Só estamos nos divertindo um pouco, só isso."

"F... não, E..." E agora alguém sussurra a palavra: "Spindle, disse que o nome é Spindle". Mas a placa continua se movendo. "*Por favor*", pede a mulher negra a Emma.

"S... H..."

E agora a mulher tira as mãos do ombro de Emma, recua um passo para trás, para as sombras nos limites da luz de velas. Emma diz as letras junto com os outros, vozes unidas em expectativa embriagada, e Reese precisa controlar a vontade de se unir a eles.

"A... N... K... S." A placa triangular para, e todo mundo olha para Emma como se ela soubesse o que eles deviam fazer agora. "Spindleshanks", diz ela. Reese percebe uma pausa sem ar na voz dela, como se ela tivesse acabado de correr ou de subir as escadas rápido demais. Gotas grandes de suor se destacam na testa dela e brilham na luz tremeluzente laranja-esbranquiçada das velas.

"Spindleshanks", diz Emma de novo. "Ah, pare com isso. Esse não é seu nome", sussurra ela.

"Pergunte outra coisa", diz uma das mulheres, com ansiedade. "Pergunte outra coisa a Spindleshanks, Emmie." Mas Emma balança a cabeça, franze a testa e tira as mãos da placa, quebrando o círculo místico de dedos no metal. Quando os outros fazem o mesmo, ela empurra o tabuleiro para longe.

"Estou cansada dessa merda", diz ela. Reese percebe que, desta vez, a petulância serve para esconder outra coisa, uma coisa que ela não está acostumada a ouvir na voz de Emma. "Alguém acenda a luz."

Reese levanta e pressiona o interruptor na parede da sala de jantar, ao lado de uma reprodução extravagante com moldura dourada de *As filhas de Edward Darley Boit*, de John Singer Sargent (os rostos pálidos e cheios de segredos de cinco garotas e a escuridão sólida emoldurada por dois vasos), e, na luz elétrica que se espalha, a primeira coisa em que Reese repara é que a mulher de pele de amêndoa sumiu, que não está mais atrás da cadeira de Emma. Ela só vê a segunda coisa quando uma das mulheres grita e aponta freneticamente para a parede acima da janela, para o gesso branco acima da cortina. Emma também vê, mas ambas não dizem nada; as duas ficam paradas e em silêncio por um minuto, dois minutos, enquanto as letras grandes escritas com sangue acima da sanefa brocada começam a secar e passar de escarlate para um marrom-avermelhado sujo.

Quando todo mundo já tinha ido embora e Emma tomou dois comprimidos para dormir e subiu, Reese senta em uma ponta da mesa e olha para as letras na parede da sala de jantar. SPINDLESHANKS em grafia desajeitada que começara a escorrer e borrar antes de começar a secar. Ela toma um gole de gim e se pergunta se já estavam ali antes de a sessão espírita descuidada ter começado. Pergunta-se também se Danielle Thibodaux tem alguma participação nisso, se pregou uma peça desagradável nos amigos bêbados e urbanos de Emma, se eles a ofenderam ou ofenderam outra pessoa na festa de sexta à noite e essa foi a consequência, dente por dente, e na próxima vez quem sabe eles fiquem na deles e deixem os nativos em paz.

As letras estão a pelo menos três metros e meio do chão, e Reese não consegue imaginar como a mulher poderia ter feito isso, a não ser que Emma estivesse envolvida na história. Talvez as duas tivessem planejado tudo para fazer com que as pessoas falassem das festas de Emma Goldfarb muito depois de o aluguel ter acabado e de elas terem voltado para Boston. "Lembram a noite em que Emma falou com Spindleshanks?", eles dirão, ou "Lembram aquela coisa horrível na parede da sala de jantar? *Era* sangue, não era?" E, sim, Reese pensa, é uma explicação sensata para a insistência deles em usarem o andar de baixo para a festa daquela noite e em não haver qualquer luz além das velas.

Quase faz Reese sorrir a ideia de que Emma pudesse ser criativa assim, e ela se pergunta como elas vão conseguir limpar a parede. Ela viu uma escada no abrigo do jardineiro atrás da casa, e Carlton deve conhecer alguém que possa cuidar do problema, passar tinta por cima da sujeira se não der para lavar.

De manhã, Emma provavelmente vai acabar admitindo seu papel na enganação fantasmagórica e vai ficar na cama rindo dos amigos trouxas. Provavelmente, vai rir até de Reese. "Peguei você também, não foi?", ela vai dizer, rindo. "Ah, não, não tente mentir para *mim*, srta. Callicott. *Eu* vi a expressão na sua cara." Em um minuto, Reese sopra as velas, apaga as luzes, e segue Emma até a cama no andar de cima.

Algumas horas depois, quase 4h15, segundo os ponteiros pretos do despertador tiquetaqueando alto na mesa de cabeceira, Reese acorda do pesadelo da Harvard Square de novo. A tempestade de neve vira nevasca, e dessa vez ela sequer consegue passar pela igreja, não vai além do pequeno cemitério embaixo do pináculo, e a tempestade parecia feita de adagas de gelo. Ela andou contra o vento e manteve o olhar diretamente à frente, porque havia alguma coisa do outro lado da cerca de ferro, alguma coisa depois das pontas afiadas que queria que ela se virasse e olhasse. Uma coisa que murmurava. O som dos pés da coisa na neve era tão suave quanto passos em açúcar de confeiteiro.

De repente, Reese estava acordada e suando, tremendo porque as portas da varanda estavam abertas de novo. O calor e a umidade eram tão ruins à noite, piores à noite do que durante o dia, desconfia ela, e elas não conseguem dormir sem o ventilador barulhento e as portas escancaradas. Mas agora até essa brisa leve a faz tremer, e ela se levanta, anda com a lentidão e o silêncio de um gato para não acordar Emma, e vai até o outro lado do quarto para fechar as portas e desligar o ventilador.

Ela está com a mão esticada para a maçaneta de metal quando Emma se mexe atrás dela, a voz grogue do Valium e do álcool, grogue e confusa. "Reese? Tem algum problema?", pergunta ela. "Aconteceu alguma coisa?" "Não, querida", responde Reese. "Eu tive um pesadelo, só isso. Volte a dormir." E ela já está fechando as portas altas quando uma coisa na calçada chama sua atenção. Um movimento rápido lá na escuridão, embaixo das magnólias e dos carvalhos antigos da Sixth Street; quase não há lua para criar sombras esta noite, mas há sombras suficientes para gerar uma escuridão mais profunda embaixo dos galhos. Reese fica bem parada e mantém os olhos na rua, esperando, embora não saiba pelo quê.

Emma se mexe na cama, o colchão range, e só ficam o barulho do ventilador velho e do coração de Reese, os pássaros noturnos cujos nomes ela não sabe chamando uns aos outros nas árvores. Reese aperta os olhos para os tons mais escuros da noite perto da beirada folhosa da Sixth, diretamente em frente ao local onde o policial encontrou o corpo da cozinheira assassinada, procurando sinal do movimento que poderia ou não ter visto um momento antes. Mas há apenas um luar leve reluzindo no para-choque cromado do Chrysler de alguém, só um truque dos olhos sonolentos, do pesadelo prolongado. Reese fecha as portas da varanda e volta para a cama e para Emma.

INSECTUM. HIST.XIII

A ESTRADA DOS ALFINETES

13.

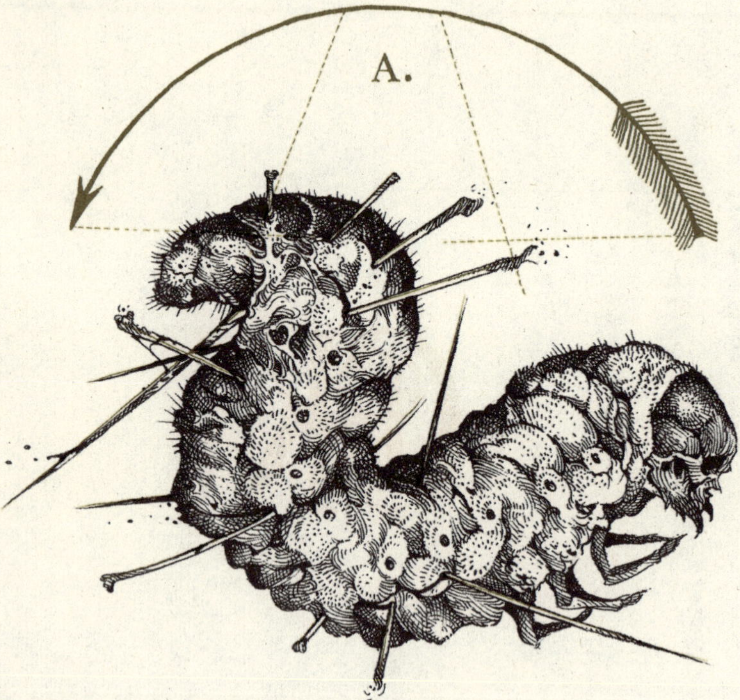

Lacarta Sagittada

FEMINAM — *CENTUM SEPTUAGINTA DUO*

P.174

Outra história sobre meu problema com bloqueio de escritor. A primeira vez que escrevi sobre Albert Perrault, que continua comigo hoje (apesar de eu o ter matado um tempo atrás). O começo da minha fascinação por filmes "perdidos" (que chegou a mim por meio de Ancient Images, de Ramsey Campbell [1989] e de Throat Sprockets, de Tim Lucas [1994]). Minha fascinação infinita pela Bête du Gévaudan. Ah, espere. Tem um filme misterioso em "Salmagundi (Nova York, 1981)", não tem?

KIERNAN OFFICINARUM INVESTIGATIONIS

CAITLÍN R. KIERNAN

1.
Maio

Sem dúvida, os quadros de Perrault são algumas das coisas mais horrendas que Alex já vira, e se a cabeça dela não doesse tanto, se não estivesse doendo o dia todo, ela talvez guardasse sua opinião só para si, talvez tivesse passado a noite sem irritar Margot de novo. Era a primeira quinta-feira do mês, outra noite de estreia no Artifice, outra longa noite de sorrisos forçados para os zumbis estetas, apertos de mãos e busca de traços poeirentos de simpatia, quando tudo o que ela quer é estar em casa mergulhada em um banho quente de espuma ou deitada de bruços no piso frio de madeira do quarto enquanto Margot faz massagem em seu pescoço. Talvez algo tranquilo no aparelho de som, uma coisa relaxante, com o volume tão baixo que quase não há som, Nina Simone ou Billie Holiday, e a dor de cabeça dela começaria lentamente a tirar os dedos de aço das partes macias atrás dos olhos, e ela conseguiria respirar de novo.

"Você não devia ter vindo hoje", sussurra Margot enquanto beberica vinho branco barato em um copo de plástico e olha com tristeza para o chão. "Se era pra ficar assim, eu preferia que tivesse ido pra casa."

"Você e eu, gata." E Alex franze a testa e olha para além da namorada, para as pessoas bem-vestidas andando pela pequena galeria como um bando cauteloso de pombos.

"Então por que você não vai embora? Posso ir de táxi pra casa, ou Paul vai ficar feliz em me dar uma carona." E agora Alex pensa que Margot está começando a parecer mais impaciente que o habitual, provavelmente com medo de alguém ter ouvido as coisas que ela disse sobre os quadros.

"Estou aqui agora", diz Alex. "Acho que posso ficar." Ela massageia o espaço dolorido entre as sobrancelhas, aperta os olhos para as paredes altas e brancas do outro lado da sala, decoradas com as telas de Perrault, com os pequenos holofotes tornando cada cena obscura em sua poça incandescente e quente.

"Então pare de fazer cara feia. Converse com alguém. Eu tenho que voltar ao trabalho."

Alex dá de ombros de forma evasiva, e Margot se vira e sai andando, seguindo sem esforço no meio da multidão murmurante. Quase na mesma hora, um homem de suéter de gola alta amarelo-banana e calça jeans preta apertada a detém e aponta para um dos quadros. Margot assente e sorri para ele, já com o rosto agradável de novo, a irritação escondida atrás da máscara. O homem sorri para ela e também assente.

Cinco minutos depois, e Alex atravessou a galeria, outro copo do chardonnay seco e meio amargo na mão, o quarto copo em meia hora, mas em nada a ajudou com a cabeça, e ela queria estar tomando gim-tônica. Ela estava ouvindo as outras conversas, prestando atenção em um casal alemão idoso, apesar de não falar uma palavra em alemão. O homem e a mulher estão bem próximos em frente a um dos quadros maiores; as mesmas manchas fuliginosas de tintas a óleo do restante, pelo menos mil tons de cinza, leves rumores de verde e alabastro e uma única mancha escarlate flutuando no centro. O pequeno cartão impresso na parede ao lado da tela diz *Fecunda ratis*, sem data, sem preço, e Alex se pergunta se o homem e a mulher entendem latim melhor do que ela entende alemão.

O homem respira fundo de repente, uma respiração hesitante quase como o espaço entre soluços, e estica a mão como se pretendesse tocar na tela, encostar as pontas dos dedos no caos rodopiante de pinceladas de carvão. Mas a mulher o impede, a mão nervosa no cotovelo dele, palavras trocadas aos sussurros, e em um momento eles se afastam e Alex fica sozinha em frente ao quadro.

Ela toma um gole de vinho, faz uma careta por causa do gosto e tenta se concentrar no quadro, tenta ver o que todos os outros parecem ver; a mancha vermelha como um ponto estacionário, um cerne ou fulcro, e ela acha que é para ser um boné ou um chapéu, um boné de lã escarlate enfiado na cabeça da garota nua de quatro, a cabeça abaixada e o rosto escondido, só um emaranhado selvagem de cabelo e o boné vermelho cruel e incongruente. Há formas escuras e corpulentas ao redor da garota, e, em um primeiro olhar, Alex achou que eram só pedras, um anel rudimentar e megalítico, rochas eretas, mas agora ela vê que representam algum tipo de animal. Coisas grandes e desgrenhadas agachadas, olhando a garota, protetores ou captores que a aprisionam, e talvez esse seja o momento final e prolongado antes da matança.

"Não é incrível?" Alex não tinha percebido que a garota estava de pé ao seu lado até que ela falasse. Uma garota negra bonita com quatro aros de prata em cada orelha. Ela tem olhos azuis.

"Na verdade, não", diz Alex. "Acho horrível." Não importa o que Margot *gostaria* que ela dissesse, sua cabeça está doendo muito para mentir, e ela não gosta do sentimento que a pintura provoca nela. Seu estômago está azedo por causa da enxaqueca e do Chardonnay amargo.

"Sim, é mesmo, não é?", diz a garota negra, inabalada, e se inclina para mais perto da tela. "Nós vimos essa em San Francisco ano passado. Às vezes, sonho com ela. Escrevi dois poemas sobre esse quadro."

"Não brinca", responde Alex sem se esforçar muito para esconder o sarcasmo. Ela observa o salão, mas não vê sinal de Margot em lugar algum. Porém, tem um vislumbre do artista: um homem alto, magro como um espantalho, e desarrumado, com um terno preto brilhante que parece grande demais para ele. Está conversando com o casal alemão. Ou está ouvindo enquanto eles falam, ou está fingindo ouvir, com os braços compridos cruzados e sem expressão particular no rosto amarelado. Mas as pessoas se deslocam, e ela não consegue mais vê-lo.

"Você é Alex Marlowe, não é? Namorada da Margot", pergunta a garota negra.

"Sou", diz Alex. "Eu mesma." E a garota sorri e dá uma gargalhada calculada e musical.

"Gostei muito do seu livro", diz ela. "Não vai escrever outro?"

"Bom, meu agente acha que não." E talvez a garota consiga ver o quanto Alex prefere falar sobre quase qualquer outra coisa no mundo e ri de novo.

"Sou Jude Sinclair. Vou escrever uma crítica para a *Artforum*. Você não gosta muito do trabalho de Perrault, estou vendo."

"Tenho certeza de que não devo ter opinião sobre quadros, Jude. Esse é o departamento de Margot..."

"Mas você não gosta, não é?", diz Jude, insistindo, a voz mais baixa agora, e tem uma coisa quase conspiratória no tom dela. Um toque irônico no sorriso, e ela olha para *Fecunda ratis*.

"Não", diz Alex. "Me desculpe. Não gosto."

"Eu também acho que não gostei no começo. Mas ele entra na cabeça. Na primeira vez que vi um Perrault, achei artificial, retrô de forma consciente. Eu pensei: esse cara quer ser Edvard Munch, Van Gogh e Albert Pinkham Ryder, tudo junto. Achei que era obcecado demais pelo romantismo."

"E essas coisas deviam ser ursos?", pergunta Alex, apontando para um dos objetos altos que não é um monólito.

Jude Sinclair balança a cabeça. "Não", diz ela. "São lobos."

"Bom, não parecem lobos pra mim." Jude pega a mão dela e a leva até o quadro ao lado, com menos da metade do tamanho do último. Um céu da cor doentia de sálvia e azeitona, ocre e queijo acima de uma paisagem murcha, algumas árvores franzinas ao fundo, e os galhos nus e tortos arranhando um céu irrevogável em vão. Entre os troncos, a figura de uma mulher está visível a meia distância, tão magra e contorcida quanto os galhos das árvores, e ela está olhando com apreensão por cima do ombro para alguma coisa que o artista só indicou, sombras de sombras agachadas de forma ameaçadora nas beiradas inferiores da tela. O cartão na parede ao lado do quadro está vazio, exceto por uma data: 1893. Jude aponta para uma tira amarelada de papel presa dois centímetros acima da cabeça da mulher, uma tira estreita não muito maior do que a sorte que se lê em biscoitos da fortuna.

"Leia", diz ela.

Alex precisa se inclinar, porque as palavras estão muito pequenas e ela não está de óculos. "Não. Leia em voz alta." Alex suspira, cansando-se disso rapidamente. "Uma mulher em um campo", lê ela. "Alguma coisa a pegou." E ela relê para si mesma, para o caso de não ter entendido o sentido na primeira vez. "Que diabos isso quer dizer?"

"É de um livro de um homem chamado Charles Hoy Fort. Já ouviu falar dele?"

"Não", diz Alex. "Não ouvi." Ela olha para a mulher no campo amplo e estéril depois das árvores, e quanto mais olha, mais assustada a mulher parece estar. Não só apreensiva, não; genuinamente apavorada. Ela correria, Alex pensa, sairia correndo o mais rápido que pudesse, mas está com medo demais para se mexer. Com medo demais do que vê espreitando nas sombras embaixo das árvores, e um pintor a aprisionou nesse momento para sempre.

"Eu também não tinha ouvido falar dele antes de Perrault. Tem passagens de Fort na maioria desses quadros. Às vezes, é difícil encontrar."

Alex dá um passo para trás, a boca seca como poeira e desejando tomar mais vinho, desejando ter um cigarro, se perguntando se Judith Sinclair fuma.

"A genialidade dele, e estou falando de Perrault, está no que ele *sugere*", diz a garota negra, e seus olhos azuis cintilam como pedras preciosas. "No que ele não precisa nos *mostrar*. Ele entende que nossos piores medos vêm das imagens que criamos na cabeça, e não de algo que ele pudesse pintar."

"Me desculpe", diz Alex, sem saber direito por que está pedindo desculpas desta vez, mas é a única coisa que consegue pensar em dizer, a cabeça de repente cheia demais com a mulher assustada e as árvores nuas e retorcidas, a dor atrás dos olhos aumentando. Ela só tem certeza de que não quer mais olhar esses quadros ridículos. Que eles a fazem se sentir suja, quase como se, ao simplesmente olhar para eles, ela tivesse exercido uma parte involuntária na sua criação.

"Não tem por que você pedir desculpas", diz Jude. "É tudo bem complicado. Meu namorado não suporta Perrault, não me deixa sequer *falar* sobre ele."

Alex diz alguma coisa educada, foi um prazer conhecer você, boa sorte com a crítica, a gente se vê por aí, alguma coisa que não é verdade e de que não vai se lembrar depois. Deixa a garota ainda olhando para o quadro intitulado *1893*. Do outro lado da galeria, Margot ainda está ocupada sorrindo para o espantalho com o terno preto grande, e Alex passa despercebida pela multidão, por mais de dez trabalhos grotescos de Albert Perrault cuidadosamente pendurados, os que ela não examinou e nem pretende. Mantém os olhos voltados para a frente até ter saído pela porta e estar sozinha na calçada em frente ao Artifice, respirando os odores seguros e estagnados de cidade na noite quente de Atlanta.

2.
Junho

A sala de projeção abafada na Peachtree Street fede a fumaça velha de cigarro e aos fantasmas grudentos e fermentados de bala e refrigerante derramado, pipoca velha e o odor mais leve e almiscarado de suor humano. Provavelmente fede a coisas piores, tendo sido um cinema pornô por mais de uma década antes da nova gerência e da transição nada lucrativa dos filmes de sexo por cinema artístico. Alex está sozinha na última fila, e só tem mais onze ou doze pessoas no cinema, uma projeção lamentável de sábado à noite de dois filmes do Bergman. Ela parou de se perguntar se Margot vai aparecer, parou de se perguntar isso na metade do terceiro rolo de *Morangos silvestres*, e sabe que, se for até o telefone público em frente ao saguão, se parar na chuva e ligar para ao apartamento, vai ser atendida pela secretária eletrônica.

Mais tarde, claro, Margot vai pedir desculpas por ter dado um cano nela, vai explicar que não conseguiu sair da galeria porque os carpinteiros derrubaram uma parede quando só deviam pregar suportes, ou que o sistema de segurança quebrou de novo e ela teve de esperar duas horas até que um técnico aparecesse. Nada que pudesse ser evitado, mas ela pede desculpas mesmo assim. Ela dirá que essas coisas não aconteceriam se Alex tivesse um celular ou pelo menos um pager.

Morangos silvestres terminou, e depois de um intervalo de dez ou quinze minutos as luzes se apagam de novo, um longo momento de escuridão marcada apenas pelo brilho verde-garrafa de uma placa de saída antes de a tela ser inundada por uma luz tão brilhante que os olhos de Alex doem. Ela pisca junto com a contagem regressiva, cinco, quatro, três, o bipe em staccato no dois, um, e a imagem preta e branca granulada. Não tem título inicial; um homem carregando um cajado de madeira anda lentamente por um pasto descuidado cheio de pedras, e um cachorro vai logo atrás. O homem usa roupas de camponês, pelo menos da forma como os camponeses europeus se vestem nos filmes antigos de Hollywood, e, quando chega ao cume de uma colina, ele para e olha na direção de alguma coisa fora da tela, alguma coisa escondida da plateia. Os lábios se abrem e os olhos se arregalam, uma expressão que é raiva e surpresa, nojo e horror, tudo ao mesmo tempo. Não há som além do cachorro latindo ao vento.

"Ei, que merda é *essa*?", grita alguém ali pela parte da frente do cinema, um homem gordo, e se levanta e olha de cara feia para a cabine de projeção. Algumas outras pessoas começaram a murmurar, sussurros confusos ou irritados, e Alex não faz ideia de que filme é, só que não é *O sétimo selo*. Na tela, a câmera corta o camponês, e agora tem um close de um animal morto, uma massa desgrenhada e peluda cheia de gosma cor de melado. Ela demora um segundo ou dois para reparar que é uma ovelha. A garganta foi rasgada, e a língua pende para fora da boca. A câmera afasta quando o homem se ajoelha ao lado do animal morto, e corta para um close do cachorro. Parou de latir e só está lambendo os lábios.

"Jesus *Cristo*, porra", resmunga o homem gordo e vai andando pelo corredor, passa por Alex e sai pela porta giratória no saguão. Ninguém mais se levanta, embora algumas cabeças tenham se virado para ver a saída do homem gordo. Alguém ri com nervosismo, e na tela o camponês levantou a ovelha morta nos braços e está andando rapidamente para longe da câmera, e o cachorro vai logo atrás. A câmera permanece no lugar, e o homem vai ficando cada vez menor ao longe. O chão onde a ovelha estava brilha com a umidade.

Uma mulher sentada duas cadeiras na frente de Alex se vira. "*Você* tem ideia do que é isso?", pergunta ela.

"Não", responde Alex. "Não tenho."

A mulher franze a testa e suspira alto.

"O projecionista deve ter cometido algum erro", diz ela, e se vira para a tela antes que Alex possa dizer qualquer coisa.

Quando o homem e o cachorro encolheram a ponto de virarem manchas distantes, a câmera finalmente corta a imagem e troca o pasto pedregoso, o trecho do gramado encharcado de sangue, por um close de um pináculo de igreja, e a cacofonia de sinos repicando se espalha pelos alto-falantes e enche o teatro.

"Bom, não foi pra ver isso que paguei seis dólares", resmunga a mulher duas cadeiras na frente de Alex.

O homem gordo não volta, e se o projecionista *realmente* cometeu um erro ninguém parece estar com pressa de corrigir. A plateia está em silêncio de novo, aparentemente mais curiosa que perturbada, e o filme segue de cena em cena, uma progressão intermitente de imagens e história, diálogos reduzidos a pouco mais de sussurros e olhares ocasionais e furtivos entre atores. Um vilarejo de montanha e um lobo matando ovelhas em algum lugar que pode ser a França ou a Itália, mas é impossível saber, porque todo mundo fala com sotaque britânico. O camponês da cena de abertura (se aquela *foi* mesmo a cena de abertura) tem uma filha cega que passa os dias dentro da casinha deles olhando pela janela, como se pudesse ver as montanhas ao longe.

"Ingmar Bergman não fez esse filme", diz a mulher sentada na frente de Alex de forma conclusiva. "Eu não sei quem fez esse filme." E alguém se vira e pede para a mulher fazer o favor de parar de falar.

Finalmente, um garoto é encontrado morto, e uma caçada frenética pelo lobo vem em seguida, à noite, com aldeões furiosos com tochas, cachorros e rifles antigos no meio da floresta cheia de névoa. É óbvio que essa cena foi filmada em um estúdio, as árvores retorcidas de pesadelo bizarras demais para serem reais, nada além de compensado e cerca de arame e papel machê. Alguns troncos, membros contorcidos, sem dúvida querem dar a ideia de pedaços aleatórios da anatomia humana: o arco de uma coluna, um par de braços terminando em raízes nodosas, um tronco feminino surgindo parcialmente formado do fuste de um carvalho.

Alex acha que deve haver alguma coisa grande se esgueirando pela escuridão, distante da luz oscilante das tochas, a insinuação de pernas longas de aranha, e às vezes parece se mover um pouco à frente dos caçadores; outras vezes, vai atrás.

A mulher sentada duas filas à frente de Alex faz um som enojado e exasperado e se levanta, a silhueta eclipsando momentaneamente a tela. "Isso é um absurdo", diz ela. "Vou pedir meu dinheiro de volta agora." Ela fala com ninguém e com todo mundo que possa estar ouvindo. Sai do cinema, e alguém na frente ri. "Já vai tarde", sussurra uma voz rouca de homem.

Na tela, um grito, o estalo úmido de madeira viva, e um dos aldeões levanta a arma, com um close extremo dos dedos no gatilho antes do bum e do brilho de pólvora. Os alto-falantes explodem com fogo de tiro e latidos furiosos de cachorros, tão alto que Alex coloca as mãos nos ouvidos. Um homem grita, e a cena se dissolve, some e vira luz do dia, em um ângulo amplo de uma estrada de terra sinuosa entre os campos na direção do vilarejo. A câmera dá um zoom lento em um pequeno grupo de camponesas esperando no fim da estrada; há nos rostos marcados um desespero silencioso, perda, resignação, medo, e uma a uma elas se viram e voltam andando para casa.

Alex aperta os olhos para o relógio, se inclina para a frente na cadeira e vira o mostrador para a tela, com a luz cinza-prateada no cristal arranhado para conseguir ler os ponteiros pretos da hora e dos minutos. Só tem meia hora que o filme começou, mas parece bem mais, e ela se pergunta se Margot já chegou em casa. Pensa novamente no telefone público em frente ao cinema, na galeria e na secretária eletrônica.

Olha novamente para a tela, e agora tem um close de um crânio, talvez de ovelha, mas Alex não tem certeza; osso seco e branco como giz, uma parte encouraçada da pele ainda grudada no focinho, as órbitas vazias dos olhos que apodreceram ou foram comidos por insetos e corvos. O som solitário do vento, e o filme corta para a filha cega do camponês, uma caixa de música tocando o tema de *O lago dos cisnes* baixinho ao fundo, e ela olha pela janela da casa do pai morto. Ela não sorri nem parece infeliz, com as mãos cruzadas no colo. Um homem fala em algum lugar atrás dela. A voz fria e gutural é tão inesperada que Alex pula, assustada, e perde a primeira parte da fala, o que foi dito antes de a garota virar a cabeça na direção do falante invisível, levantar uma das mãos e colocar o indicador no centro da testa.

"Eu vi a luz de novo ontem à noite", diz ela, as cataratas leitosas e sem cor provando que é mentirosa ou louca, e a mão da garota volta para o colo. "Flutuando na campina", acrescenta ela.

A caixa de música para abruptamente, e agora há o som baixo e grave de um cachorro latindo bem, bem longe.

"Quem é você? Sua mão está fria..."

"Que estrada você vai escolher?", pergunta a voz gutural, interrompendo-a. "A das agulhas ou a dos alfinetes?"

Ela se vira para a janela de novo, um espelho imperfeito e transparente para o rosto simples. Por um instante, parece haver outro reflexo ali, uma sombra magra e faminta encolhida perto da cadeira da garota cega. Depois, um estalo, um barulho agitado da cabine de projeção quando o mundo é engolido em luz branca e pura, e Alex sabe que o filme não terminou, só *parou* da mesma forma inexplicável como começou.

As luzes do cinema se acendem, mas ela fica sentada, esperando que os olhos se ajustem enquanto as poucas pessoas que ainda estão lá dentro se levantam e começam a andar na direção da porta, rostos confusos e pensativos, conjecturas e confusão indisfarçada ouvidas ao acaso.

"Pode ter sido Robert Florey", diz um homem que parece um professor universitário para uma garota loura com camiseta da kmfdm, jovem o bastante para ser filha dele. "Você conhece Florey, querida?", pergunta ele. "Eu sempre ouvi que havia um Florey perdido por aí."

"Bom, podiam ter avisado que não tinham *O sétimo selo*", reclama outro homem. "Podiam ter dito *alguma coisa*."

E, depois que todos saíram e Alex está sozinha com as paredes pretas foscas e com os odores de açúcar e vinagre do cinema, ela fica sentada olhando para a tela vazia por mais um minuto, tentando ter certeza sobre o que viu ou não viu no final.

3.
Julho

Margot fica a semana toda fora, uma série de palestras em Montreal – "Formalismo, expressionismo e a negação pós-modernista", de acordo com o folheto preso na geladeira com um ímã em forma de miolo de maçã –, e deixa Alex sozinha no apartamento de Midtown, pago com o dinheiro do adiantamento de *Os barcos da manhã*. Há quatro dias ela não vai mais longe do que as fileiras de caixas de correspondência no saguão do prédio. Está quente demais para sair se não for absolutamente necessário, daria para fritar ovos na calçada, então ela fica meio bêbada de Absolut e suco de toranja, fuma demais e vê filmes em preto e branco na televisão. O que for preciso para não pensar na máquina de escrever no escritório no fim do corredor do quarto delas, com a gaveta da escrivaninha cheia de papel em branco. Margot ligou na noite de quarta, e elas conversaram durante vinte minutos sobre nada em particular, que é praticamente a única coisa sobre a qual elas falam ultimamente.

"Você ia gostar daqui", diz Margot. "Ia gostar do céu daqui. É muito grande e azul."

No fim da tarde de quinta, Alex sobe com a correspondência do dia, a variedade de contas e catálogos de sempre, uma *Rolling Stone* nova, uma proposta de Visa Platinum com juros de vinte e um e meio por cento. E um envelope acolchoado grande da cor de um saco de mercado. O nome e o endereço dela estão escritos com capricho na frente, com grandes letras de fôrma, SRA. ALEX MARLOWE, e não há remetente, só as iniciais J. S. escritas em tamanho bem pequeno no canto superior esquerdo. Ela deixa todo o resto na mesa de jantar, uma pequena montanha de correspondência fechada já acumulada ali, dívidas e distrações para Margot resolver quando chegar. Alex se serve de uma bebida, leva o grande envelope marrom para o sofá na frente da televisão e o abre puxando a aba na parte de trás. Lá dentro há uma fita de videocassete, junto com duas folhas de papel de carta lilás e alguns recortes de jornais e revistas presos com um clipe lilás.

Alex toma um gole da bebida, a vodca forte demais. Mexe distraidamente com o dedo indicador e olha para a primeira folha de papel de carta. Ela demora um momento para localizar o nome, Jude Sinclair, um momento até se lembrar da garota bonita na galeria, a garota de pele escura e olhos azuis que tentou ardentemente explicar o trabalho de Albert Perrault para ela. Alex se encosta nas almofadas do sofá, espia a tela da TV (um filme velho de gângsteres que ela não reconhece) e toma outro gole. "Querida Alex", começa a carta, e ela repara que foi digitada em uma máquina de escrever com os Ts rebaixados.

> Querida Alex,
>
> Tenho certeza de que você não vai se lembrar de mim. Conversamos rapidamente na galeria em maio. Eu era a garota com um tesão danado pelo sr. Perrault. Acho que falei que escrevi poemas sobre o "Secunda ratis", lembra? Desconfio que você deve ter me achado uma fraude. Você soube do acidente de P? Terrível. Fui ao enterro em Paris. Achei que você talvez quisesse ler um dos poemas (eu queimei o outro). Espero que você esteja bem. Mande um beijo para Margot.
>
> Jude S.

Alex solta os papéis do clipe, coloca a primeira página embaixo, e a segunda é o poema, o que Jude Sinclair não queimou. Alex olha para a fita de videocassete preta, pensa em enfiar tudo no envelope e jogar na lixeira da cozinha. Perrault é uma das últimas coisas em que ela está com humor para pensar agora. Ela quase conseguiu esquecê-lo e aos quadros dele, embora Margot tenha falado dele durante semanas depois da exposição. Elas souberam do acidente, claro, um desastre de moto em algum lugar da França, e isso finalmente pareceu encerrar o assunto.

Alex toma um longo gole da bebida e passa os olhos pelos primeiros versos do poema curto, uma cópia feita na mesma máquina de escrever da carta, com o mesmo T torto revelador e algumas manchas de tinta e marcas de digitais no papel lilás.

"Caramba, quem ainda usa papel-carbono", ela pensa em voz alta, colocando a bebida na mesa de centro. Alex recomeça e lê o poema desde o começo, "**A noite em que encontramos o gorro vermelho**", seguido de uma tentativa forçada e desajeitada em forma de soneto italiano, estrofe de oito versos, estrofe de seis versos, para passar as impressões um pouco pomposas e perfeitamente irrelevantes de Jude Sinclair sobre o quadro.

Alex passa os olhos rapidamente pelos recortes: a crítica da *Artforum* sobre a exposição no Artifice, uma crítica de outra exposição de Perrault no verão passado em Manhattan, o relato do *Le Monde* sobre o acidente de motocicleta e um obituário curto em francês. E, no fim da pilha, uma fotocópia de uma litografia muito velha. Ela coloca o resto de lado e olha para a imagem, uma cena pastoral centrada ao redor de um animal estranho que parece um lobo enorme mais do que qualquer outra coisa que ela consiga imaginar, embora esteja encolhido sobre as patas de trás e a cauda longa e sinuosa a faça pensar em um gato grande, talvez um leão ou uma pantera. A criatura está atacando uma jovem, e tem outros corpos mutilados espalhados pelo chão. Ao longe, há homens a cavalo usando tricornes, e a criatura levantou a cabeça e está olhando sem medo por cima do ombro para eles. Embaixo da cena está a legenda "La Bête du Gévaudan". Atrás, alguém, presumivelmente Jude Sinclair, escreveu uma data a lápis: 1767.

Alex coloca a pequena pilha de papéis na mesa de centro e pega a bebida. O copo deixou um anel de condensação na madeira escura, o verniz já ficando claro e opaco embaixo. É herança da avó ou de uma tia-avó de Margot, e ela vai ter um ataque quando vir, então Alex limpa a água com a barra da camiseta. Mas o anel fica no lugar, uma tatuagem desafiadora, acusadora, condenadora. Ela suspira, se encosta e toma outro gole de vodca com suco de toranja.

"E o que você é, afinal?", pergunta ela à fita de videocassete. Não tem qualquer tipo de etiqueta como resposta, mas deve ser mais alguma coisa de Perrault, uma entrevista, possivelmente, ou talvez algo um pouco mais exótico, mais mórbido, uma notícia do acidente gravada da TF1 ou até imagens feitas no funeral. Alex não ficaria surpresa, já viu e ouviu falar de coisas piores feitas por groupies de arte como Jude Sinclair. Ela decide guardar o vídeo para mais tarde, uma distração rápida antes de dormir. Deixa-o no sofá e vai preparar outra bebida.

Alguma coisa do freezer para o jantar, uma comida chinesa pré-preparada que saiu do micro-ondas em nada parecendo com a foto da caixa de papelão, borrachas Kung Pao e uma garrafa de cerveja, e Alex se senta no chão da sala enquanto vê *Scooby Doo* no Cartoon Network. É o fim de mais um dia que podia muito bem não ter acontecido, mais de ontem e de anteontem, semanas e meses desde que ela nada consegue terminar se acumulando tão rápido que logo chega a um ano. Hoje, ela parou na porta do escritório durante quinze minutos e olhou inutilmente para a máquina de escrever, a Royal vintage que herdou do pai. Ela nunca conseguiu escrever em qualquer outra coisa, só no claque-claque-claque seco das teclas de aço, todos os cliques, repiques e apitos marcando o progresso pela página, por uma cena, a sinfonia nada harmoniosa de um capítulo atrás do outro na direção da conclusão e do FIM.

Quando a cerveja acaba e ela engoliu comida suficiente do freezer para estar convencida de que é melhor não terminar, Alex enfia o prato embaixo da mesa de centro e pega a fita de videocassete de Jude Sinclair no sofá. Coloca no aparelho, aperta o play e, em um momento, Scooby e Salsicha são substituídos por um barulho alto de estática. Alex começa a baixar o volume, mas a neve e o ruído branco já foram substituídos por uma tela preta em silêncio. Ela fica olhando, um pouco curiosa, impaciente, esperando o que está para começar, seja lá o que a garota de olhos azuis da galeria queira que ela veja.

Na cozinha, o telefone toca, e Alex tira o olhar da tela da televisão; mas, por não ter interesse em falar com quem quer que seja, pensa em deixar a secretária eletrônica atender. No terceiro toque, ela se vira para a TV, mas continua escura como antes, e ela verifica para ter certeza de que não apertou o pause sem querer. Há o brilho suave e verde de letras digitais, play, e uma seta piscando, para ela saber que não se enganou, que a fita está vazia ou a gravação ainda não começou. Ou talvez Jude Sinclair tenha filmado um aposento perfeitamente escuro como tributo ou homenagem a Perrault.

"Que baboseira", murmura Alex ao apertar o botão para adiantar a fita. Agora, a escuridão continua enquanto o contador registra todos os minutos de nada arquivados. Na cozinha, o telefone toca novamente, e a secretária eletrônica é ativada, a voz de Margot recitando o número delas e informando educadamente a quem ligou que ninguém pode atender agora, mas que, por favor, deixe o nome e o telefone, a data e a hora, e alguém vai retornar assim que possível.

Em seguida, a própria Margot fala, com voz baixa e distante, parecendo chateada. "Alex?", diz ela. "Alex, se você estiver aí, atenda, por favor. Eu preciso falar com você."

Alex suspira e massageia as têmporas. Há uma explosão intensa de dor atrás do olho esquerdo, talvez o começo de uma enxaqueca, e ela não está mesmo a fim de aguentar uma das crises de longa distância de Margot, as duas gritando uma com a outra com meio continente entre elas. Ela olha para a tela da televisão, aperta o play, e o nada para de tremer.

"Alô? Alex? Anda *logo*. Eu sei que você está em casa. Atende a porcaria do telefone, *por favor*."

Não tem nada mesmo, pensa ela. *A vaca maluca me mandou uma fita vazia*.

"Alex! Eu não estou brincando, tá? Atende a porcaria do telefone!"

"Tudo bem! Jesus, estou *indo*!", grita ela para a cozinha, se levanta rápido demais e um pé derruba a garrafa de cerveja vazia. O vidro rola com muito barulho na direção de uma estante de livros, deixando para trás um gotejar semicircular e brilhante de líquido. Quando Alex chega ao aparelho, Margot já começou a chorar.

"*O quê*? O que foi?"

"Cristo, Alex. Por que você não atende a porra do telefone? Por que tenho que ficar histérica pra conseguir fazer você atender o telefone?"

Por um segundo, Alex considera a simples eficácia de uma mentira, a conveniência inofensiva de *Eu estava no banheiro* ou *Acabei de entrar em casa*. Qualquer desculpa plausível para se safar.

"Me desculpe", ela acaba dizendo. "Passei o dia mal. Estou ficando com dor de cabeça. Não queria falar com ninguém."

"Puta que pariu." Margot tosse, e Alex consegue perceber que ela está tentando parar de chorar.

"Margot, o que foi?", pergunta Alex de novo. "Aconteceu alguma coisa?" Ela quer um cigarro, mas deixou o maço na sala, junto com o isqueiro, e decide roer uma unha irregular.

"Eu vi uma coisa hoje", diz Margot, falando baixinho. Alex a ouve inspirar fundo, parar enquanto prende o ar e expirar longamente, antes de dizer: "Eu vi uma coisa terrível hoje".

"O que foi? O que você viu?"

"Um ataque de cachorro." Ela está quase sussurrando agora. "Eu vi uma garotinha ser atacada por um cachorro."

Por um momento, nenhuma das duas fala, e Alex olha pela janela acima da pia da cozinha para os últimos tons de azul-marinho e violeta do pôr do sol atrás dos prédios de Atlanta. A dor atrás do olho esquerdo voltou, mais persistente do que antes, acompanhando seus batimentos. Ela não tem ideia do que dizer em seguida, está prestes a dizer para Margot que lamenta, o sentimento automático melhor do que nada, melhor do que ficar ali com a dor na cabeça crescendo, ouvindo o zumbido elétrico leve e o estalar que vem da linha telefônica.

"Eu estava andando no parque", diz Margot. "Lafontaine, não é longe do hotel. Essa pobre garotinha não podia ter mais do que cinco anos. Deve ter se afastado da mãe..."

E agora, Alex percebe que consegue ouvir as notas metálicas baixas de uma caixa de música tocando no aposento ao lado, alguma coisa no vídeo, afinal. Ela se vira e olha pela porta para a tela da televisão.

"... ela estava morta antes que qualquer pessoa pudesse tirar o animal de cima dela."

Preto e branco granulado, luz e sombra, e primeiro Alex não tem certeza do que está vendo, não consegue unir todos aqueles tons de cinza em um todo coerente. Movimento, claro-escuro, o movimento de pixels puxados de uma tira magnética de plástico, mas a imagem se define, e o rosto de uma jovem olha para Alex da tela. Olhos sem pupilas, como o branco de ovos cozidos, uma mecha de cabelo na bochecha, e a caixa de música para de tocar. Um cachorro late.

"Quem é você? Sua mão está fria..."

"Eu nunca vi nada tão horrível na vida", diz Margot. "O maldito estava *comendo* ela, Alex."

"Que estrada você vai escolher?", pergunta uma voz gutural da fita de vídeo para a jovem. "A das agulhas ou a dos alfinetes?"

A dor na cabeça de Alex duplica, triplica de repente, e ela aperta bem os olhos, segura a beirada da bancada e espera a tontura e a náusea passarem, a desorientação que nada tem a ver com a enxaqueca. O mundo todo está se inclinando ao redor dela, embriagado.

"Eu tenho que desligar", diz ela. "Me desculpe, Margot. Eu ligo depois, mas tenho que desligar agora."

"Alex, não. *Espere*, por favor..."

"Eu prometo. Ligo assim que puder." Ela abre os olhos, desliga o telefone rapidamente para não ter de ouvir a confusão e a raiva na voz de Margot. A jovem na televisão olha para o reflexo cego na janela da casa do pai. O reflexo dela e o reflexo menos definido da figura corcunda e escura encolhida perto dela.

"A estrada dos alfinetes", diz ela. "Não é muito mais fácil prender as coisas com alfinetes do que ter que costurar com agulhas?"

O filme corta para uma imagem da porta da casa: sem tinta, tábuas maltratadas pelo tempo, as cabeças dobradas e enferrujadas dos pregos, uma cruz pintada na madeira com alguma coisa branca; vira lentamente para a esquerda, e agora a janela aparece, o brilho limpo do sol matinal no vidro e o rosto redondo da filha do camponês, a forma indistinta inclinada acima dela, e a câmera se afasta até a casa ficar bem pequena, uma mancha solitária e suja em um vale desolado tomado pelo vento.

Alex aperta o stop, e o videocassete gira e estala e fica em silêncio, a tela tomada por nada além da animação inferior de sábado de manhã, quatro adolescentes hippies e um dinamarquês quicando em uma estrada de terra dentro da van psicodélica, com a lua fatiada de desenho animado alta no céu pintado, e ela senta no chão em frente à televisão.

Quando ela aperta o botão de ejetar, a fita sai suave e obedientemente do compartimento, e Alex estica a mão para pegá-la, segura a coisa com mãos trêmulas e grudadas de suor enquanto o coração dispara e a dor atrás dos olhos diminui até virar uma dor de cabeça seca e suportável.

Em poucos minutos, o telefone começa a tocar de novo, e desta vez ela não espera a secretária eletrônica.

Incomensurável, intangível,
Mas, latente nele, há formas;
Intangível, incomensurável,
Mas, dentro dele, há entidades.
É indistinto e obscuro.

Lao-Tzu, Tao Te Ching

INSECTUM. # CEBOLA HIST.XIV

14.

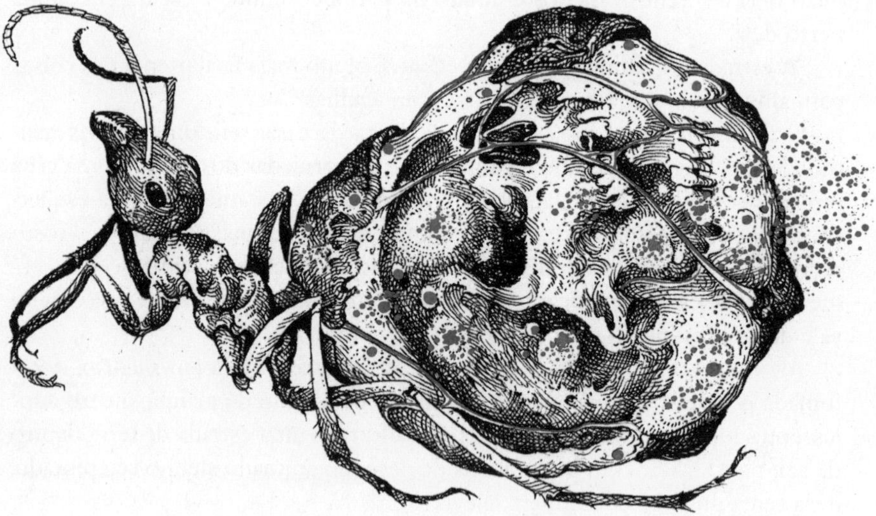

Formicae Escrotalis

MASCULUM —— ***CENTUM ET VIGINTI SEX***

P.188

Ainda me frustra que onion, cebola em inglês, pareça tanto um palindromo, mas não seja. Essa história ganhou bem mais atenção do que eu imaginava. Um prêmio, reimpressões em coletâneas com os melhores e, no verão de 2007, um produtor queria que eu a transformasse em roteiro. Eu tentei, mas quando ele me disse que era só para a primeira metade da história eu perdi o interesse. Está tão inteira quanto consigo fazer, e um bom mistério vale mil soluções.

CAITLÍN R. KIERNAN

Frank tinha sete anos quando encontrou os campos de grama vermelha crescendo atrás da parede do porão do prédio na St. Mark's, onde os pais moraram depois que o pai aceitou um emprego em Manhattan, tirou-os dos subúrbios de New Jersey e os levou para o outro lado do grande Hudson cinzento. É claro que disseram que era para ele ficar longe do porão, não era um lugar para crianças brincarem porque havia ratos lá embaixo, disse a mãe, e ratos podiam passar tétano e raiva. Ratos podiam até estar carregando peste bubônica, disse ela, mas a escuridão fuliginosa no pé da escada era tentação demais para qualquer criança de sete anos, o corredor longuíssimo depois da porta do apartamento do zelador, e às vezes uma única lâmpada exposta acesa no fim desse corredor. Uma mancha branco-amarelada que só parecia enfatizar a escuridão, chamando atenção para o quanto devia ser escuro, e depois da aula Frank ficava no pé da escada durante uma hora, olhando o corredor que levava ao porão.

"Sua mãe sabe que você sempre fica por aqui?", perguntava o sr. Sweeney toda vez que saía e encontrava Frank escondido nas sombras.

Frank olhava para o jorro de luz saindo da porta aberta do sr. Sweeney e dava de ombros ou murmurava a resposta mais descompromissada em que conseguisse pensar.

"Aposto que não", dizia o sr. Sweeney. "Aposto que ela *não* sabe."

"Tem mesmo ratos lá?", Frank talvez perguntasse, e o sr. Sweeney fazia que sim, apontava para o longo corredor e dizia:

"Pode *acreditar* que tem ratos. Garoto, tem ratos atrás desse lixo que são maiores do que filhotes de pastor-alemão. Eles têm olhos como maçaricos de acetileno e dentes como facas. Conseguem morder concreto, os ratos que a gente tem aqui."

"E por que você não arruma um gato?", perguntou Frank uma vez, e o sr. Sweeney riu uma gargalhada encatarrada de velho.

"Ah, já tivemos alguns gatos, garoto", disse ele. "Tivemos *exércitos* de gatos, mas quando os ratos terminam não sobra nada além de ossos mastigados e bigodes."

"Não acredito nisso", disse Frank. "Ratos não ficam tão grandes. Ratos não comem gatos."

"É melhor você subir com essa bundinha magrela, senão eles comem você também." O sr. Sweeney riu de novo e bateu a porta, deixando Frank sozinho no escuro, com o coração batendo forte e a cabeça cheia de visões de ratos vorazes e gigantes que abriam buracos em concreto e jantavam qualquer gato azarado o bastante para entrar no caminho deles.

E foi assim, semana após semana, mês após mês, até uma tarde cheia de neve de fevereiro, com tempo frio e úmido demais para sair na rua, e a mãe não reparou quando ele desceu silenciosamente com a lanterna que ela guardava na gaveta da cozinha. O sr. Sweeney estava ocupado com um aquecedor quebrado no terceiro andar, então não havia ninguém por perto para contar histórias assustadoras e mandá-lo para casa. Frank passou direto pela porta do zelador, parou tremendo no ar gelado com cheiro de mofo do corredor. O raio oscilante da lanterna revelou paredes estreitas que podiam ter sido azuis ou verdes muito tempo antes e pisos de cerâmica brancos e pretos com seis lados no chão, mas com metade faltando, e ele conseguiu ver tábuas podres embaixo. Havia portas por todo o corredor, algumas cobertas por tábuas e presas com pregos, e uma moldura de porta sem porta alguma. Ele passou bem rápido por essa.

Indiana Jones não ficaria com medo, pensou ele, contando os passos para o caso de ser importante depois, ouvindo o vento invernal uivando nas ruas enquanto atingia o prédio a caminho do Tompkins Square Park e do East River. Vinte passos, vinte e cinco, trinta e três e, quando ele estava embaixo da lâmpada pendurada, pela primeira vez Frank parou e olhou para o caminho por onde seguiu. Talvez tivesse contado errado, porque pareciam bem mais do que trinta e três passos para voltar à penumbra da área iluminada pela luz do dia que tinha o tamanho de um selo postal, na outra ponta do corredor.

Só mais dez passos até a porta do porão, uma porta cinza pesada de aço com um ferrolho enferrujado e um cadeado Yale, mas escancarada como se o estivesse esperando. Talvez o sr. Sweeney só tivesse se esquecido de trancar na última vez que foi checar a fornalha ou cobrir os canos para um período de frio. Mais tarde, Frank não se lembraria de muita coisa sobre a hora que passou pelo umbral e entrou na noite mais profunda do porão, sobre o fedor denso e o gosto de poeira, podridão e cogumelos, sobre abrir caminho pelo labirinto de prateleiras bambas e caixas de madeira, pilhas podres de trapos e jornais, passando pela antiga fornalha encolhida no canto como um polvo de ferro. Um brilho furioso e laranja saía da grade da fornalha, como os olhos dos ratos que comiam gatos do zelador (ele se lembraria disso), e Frank ouviu o farfalhar seco que vinha de um canto do porão.

Anos depois, durante o ensino médio, a faculdade e o lento purgatório dos vinte anos, *era lá* que os sonhos ruins sempre começavam, no momento em que ele levantou a lanterna e viu a rachadura larga e irregular na parede de concreto. Havia uma brisa leve vinda daquele canto, com cheiro de canela e amônia, e ele *sabia* que não devia olhar, sabia que devia dar as costas e voltar correndo, porque não era de ratos que ele devia ter medo. Os ratos eram só uma mentira boba de adulto para mantê-lo em segurança, um pesadelo menor e mais gentil para o bem dele. Corra, garoto, sussurrou o sr. Sweeney dentro da cabeça dele. *Corra rápido enquanto ainda puder, enquanto ainda não sabe.*

Mas Frank não correu, e quando encostou o rosto na rachadura da parede conseguiu ver que os campos se estendiam por quilômetros e quilômetros, campinas rubras com um céu amarelo-esverdeado como um hematoma antigo. As árvores brancas se contorciam e se agitavam na brisa apimentada e sufocante, e, bem longe, a coisa preta e enorme caminhava lentamente pela grama com pernas arqueadas e longas.

Frank e Willa dividem o pequeno apartamento na Mott Street, um buraco cheio de baratas em Chinatown, um andar acima de um boticário, de forma que o local está sempre com cheiro de ginseng e jasmim e de conchas de criaturas marinhas em pó. Quatro paredes, um fogão a gás, uma Frigidaire antiga que só funciona quando tem vontade. Mas juntos eles conseguem pagar o aluguel na maioria das vezes, e no mês ou dois que não conseguiram o suficiente a sra. Wu deixou passar. O emprego dele é numa copiadora e o dela é de garçonete, e às vezes eles falam em sair da cidade, em arrumar os poucos pertences e pegar um Greyhound até a Flórida, até Keys, onde é verão o ano todo. Mas não esse verão grudento e abafado de Nova York, não, haveria o ar limpo do mar e drinques com rum e guarda-chuvinhas de papel, areia quente do sol e a cantiga de ninar das ondas à noite.

Frank ainda está na cama quando Willa sai do cubículo que faz as vezes de banheiro deles, nua e pingando do chuveiro, o cabelo enrolado em uma toalha que costumava ser branca. Para de olhar para a gravura de Cézanne presa por tachinhas acima da televisão e olha para ela. Willa é alta, e a pele é tão branca que ele achou que ela devia estar doente quando eles se conheceram, tão magra que ele consegue ver as marcas do esqueleto por baixo da pele de leite e pérolas. Consegue acompanhar com o dedo a rede azul-esverdeada de veias e capilares do pescoço, entre os pequenos seios, serpenteando como pinceladas hesitantes de aquarela pelos braços. Ele tem certeza de que um dia Willa vai finalmente perceber que pode conseguir coisa bem melhor do que ele e vai abandoná-lo, mas tenta não deixar que isso estrague o que eles têm agora.

"É todo seu", diz ela, a vez dele no chuveiro, embora a água fosse demorar pelo menos mais meia hora para esquentar de novo, e Willa senta em uma cadeira perto do pé da cama. Ela se inclina para a frente e massageia com vigor o cabelo preso na toalha velha.

"A gente podia matar o trabalho", diz Frank com esperança, olhando para ela, imaginando o quanto seria melhor fazer sexo do que ouvir o barulho das máquinas Xerox que dava dor de cabeça, do que a infinita insatisfação dos clientes. "Você podia voltar pra cama e a gente podia passar o dia aqui. Podíamos ficar deitados suando e vendo televisão."

"Jesus, Frank, como posso resistir a uma proposta *dessas*?"

"Tá, então a gente pode transar, suar e ver televisão."

Ela para de secar o cabelo e faz cara feia para ele, balança a cabeça e franze a testa, mas é o tipo de expressão que diz *Quem me dera* mais do que qualquer outra coisa.

"Aquela garota nova não está dando certo", diz ela.

"A garota gorda do Cazaquistão?", pergunta Frank e rola até ficar de costas; é mais fácil esquecer as fantasias de um dia de preguiça sozinho com Willa se não estiver olhando para ela ali, nua.

"Da porra do *Cazaquistão*. O que Ted e Daniel estavam pensando? O inglês dela não serve nem pra dizer às pessoas onde fica o banheiro, imagina anotar pedidos."

"Talvez eles tenham ficado com pena dela", diz Frank, sem ajudar muito, e agora ele está olhando para a sua rachadura favorita no teto com infiltração, a que sempre o faz pensar na foto tirada pela sonda espacial Viking do Valles Marineris, de um dos seus velhos livros de astronomia. "Eu ouvi dizer que as pessoas sentem isso às vezes, pena dos outros."

"Bom, eles provavelmente perderiam menos dinheiro se mandassem a vaca pra faculdade, pelo jeito como ela anda irritando os clientes."

"Talvez você devesse sugerir isso hoje." Um momento depois, a toalha molhada de Willa o acerta na cara, o tecido atoalhado úmido de vapor com cheiro da tinta preta de cabelo dela e do xampu de bebê barato que ela usa. Cobre os olhos dele e obscurece a vista do vale marciano acima, mas Frank não tira a toalha na hora, melhor ficar ali mais um momento, sentindo o cheiro dela.

"Ainda vai chover hoje?", pergunta Willa.

Ele resmunga, com a toalha molhada na cara, que não sabe.

"Ficam prometendo que vai chover", diz ela. "Mas nunca chove."

Frank senta, e a toalha desliza do rosto e cai no colo, e a umidade começa a passar para a cueca boxer.

"Não sei", diz ele de novo. Willa está de costas para ele e não responde e nem faz sinal para indicar que ouviu. Ela está colocando uma camiseta amarela pela cabeça, a camiseta de George, o Curioso que ele deu para ela de Natal, e também veste uma calcinha amarela.

"Desculpa", diz ela. "É o calor. O calor está me deixando louca."

Frank olha na direção da janela, a vidraça aberta, mas a cortina barata está pendurada sem vida e imóvel no ar estagnado de julho. Ele teria de sair da cama, andar até o outro lado do aposento, se inclinar para fora e espiar depois das paredes e telhados para ver se tem alguma nuvem.

"Pode ser que chova hoje", diz ele.

"Acho que não vai chover nunca mais enquanto eu viver", diz Willa enquanto veste a calça jeans. "Acho que quebramos essa porcaria de planeta e nunca mais vai chover em lugar nenhum."

Frank passa os dedos pelo cabelo sujo e duro e olha para a natureza morta de Cézanne acima da televisão: uma mesa, a garrafa de absinto e uma jarra de água, um copo vazio e frutas que podem ser pêssegos.

"Você vai na reunião esta noite?", pergunta ele, mantendo o olhar na gravura, porque não gosta da expressão taciturna e cheia de segredos que Willa faz sempre que eles precisam falar das reuniões.

"Vou", diz ela, suspira, e há o ruído de tecido e metal do zíper. "Claro que vou na reunião. Pra onde mais eu iria?"

Ela volta para o banheiro e fecha a porta, deixando Frank sozinho com o Cézanne e com o fedor exótico do boticário embaixo, Valles Marineris e o dia ensolarado entrando sem ser convidado pela janela que dá para a Mott Street.

Duas e meia, e Frank está sentado em uma caixa plástica de leite no depósito do Gotham Kwick Kopy, tentando decidir se come ou não o sanduíche de pasta de amendoim e mel que levou para o almoço. O ar-condicionado está enguiçado de novo, e ele acha que pode estar mais quente na loja que na rua. Mas está alguns misericordiosos graus mais frio no depósito, um refúgio de sombras cheio de caixas de papelão com papel de fotocópia em doze tons de branco e todas as cores de um arco-íris em tons pastel. Ele levanta a fatia de cima do sanduíche, o pão Millbrook massudo de que Willa gosta, e franze a testa para a bagunça embaixo. Está tão quente lá na frente que a pasta de amendoim derreteu, uma sujeira oleosa que vaza pelo papel encerado e pelo saco de papel pardo, e ele tenta lembrar se pasta de amendoim e mel podem estragar.

As duas portas do depósito se abrem, e Frank levanta o rosto, pisca e aperta os olhos para a silhueta emoldurada pelo sol, Joe Manske deixando o calor entrar.

"Ei, não faz isso", diz Frank quando Joe acende a luz. As lâmpadas fluorescentes zumbem e piscam com incerteza, afastando as sombras, inundando o depósito com seu brilho seco e indiferente.

"Cara, por que você está sentado aqui no escuro?", pergunta Joe, e por um momento Frank pensa em jogar o sanduíche nele.

"Por que você não está trabalhando naquele Mac?", pergunta Frank.

"Está consertado, novinho em folha", diz Joe, dá seu sorriso grande e idiota e se senta em uma caixa de papel de impressão a laser perto da porta.

"Aquela porra nunca mais vai ficar novinha em folha."

"Bom, pelo menos parou de fazer aquele barulho. Isso basta pra mim." Joe pega um maço de Camel e oferece um para Frank, que balança a cabeça em negativa. Faz um mês que ele fumou seu último cigarro, parou porque a madrasta de Willa está morrendo de câncer de pulmão, parou porque cigarros são caros demais. "Mas obrigado", diz ele.

"Beleza", murmura Joe Manske com o filtro do Camel na boca, o polegar no isqueiro prateado, e em um momento o ar se enche do odor pungente de tabaco queimando.

Frank desiste do sanduíche duvidoso, coloca de volta no saco de papel pardo e amassa até virar uma bola oleosa.

"Eu odeio essa porra de emprego", diz Joe, enojado, uma nuvem de fumaça de palavras pairando acima da cabeça, e aponta para a porta do depósito com o cigarro. "Você perdeu uma obra de arte, cara."

"É?" Frank joga a bola de sanduíche na direção da lixeira de plástico grande a poucos metros, erra, e a bola rola para trás da copiadora Canon 2400 quebrada que está no mesmo lugar desde que ele começou no emprego, um ano atrás.

"É", diz Joe. "Eu estava tentando terminar aquele trabalho do pet shop, e um cara entrou, um homenzinho pequeno que parecia ter acabado de sair de um navio vindo da Polônia, da Armênia ou de alguma porra de lugar nos Bálcãs..."

"Meu avô era polonês", diz Frank, e Joe suspira alto, um suspiro longo e impaciente. Ele bate a cinza do cigarro no chão de cimento.

"Você sabe o que eu quero dizer", diz Joe.

"E o que ele queria, afinal?", pergunta Frank, não por se importar, mas porque o caminho mais curto em qualquer conversa com Joe Manske costuma ser bem pelo meio, ficar quieto e ouvir, e mais cedo ou mais tarde ele vai chegar ao fim e calar a boca.

"Ele estava com um livro velho. A porcaria devia ser mais velha do que ele e estava se desfazendo. Acho que não dava nem pra olhar sem as páginas desmancharem. Amarrou a coisa toda com um barbante e ficava me fazendo um monte de perguntas, umas merdas bem técnicas sobre as máquinas, sabe."

"É? Tipo o quê?"

"Cara, sei lá. Não consigo me lembrar nem da metade daquela merda técnica, como se eu fosse a porcaria do Mr. Wizard ou o Bill Gates, sei lá. Acabei falando que não podia ser responsável se as copiadoras fizessem alguma coisa com o livro velho dele, mas ele continuou fazendo perguntas. Pra minha sorte, uma das máquinas de autosserviço emperrou, e falei que precisava ir consertar. Quando terminei, ele já tinha ido embora."

"Você vive pra servir", diz Frank enquanto se perguntava se Willa seria capaz de perceber se ele fumasse só um cigarro. "O cliente tem sempre razão."

"Que se foda essa merda", diz Joe Manske. "Não recebo o suficiente pra ficar escutando um velho senil resmungando comigo o dia todo."

"Sim, senhor, prestativo é seu sobrenome."

"Foda-se."

Frank ri e levanta, empurra a caixa de leite na direção da parede com a ponta do sapato para que ninguém que entre depois tropece nela, quebre o pescoço e bote a culpa nele. "É melhor eu voltar a trabalhar", diz ele.

"É melhor mesmo", resmunga Joe enquanto fuma o Camel.

Ele passa pela porta do depósito e volta para a loja abafada e barulhenta. Deve estar pelo menos doze graus mais quente lá, ele pensa. Tem uma fila na registradora e o telefone está tocando, ninguém além de Maggie atendendo, e ela faz cara feia para ele em meio ao caos.

"Pode deixar", diz Frank. Ela balança a cabeça com dúvida e se vira para ajudar uma mulher com um vestido roxo-escuro e boina combinando. Frank está esticando a mão para o telefone em cima da bancada quando repara em um cartão de visitas perto de um display de Liquid Paper. A impressão é preta sem serifa em cartão branco caro, e há o que parece ser o símbolo do infinito impresso no canto inferior esquerdo. encontrados: mundos perdidos no alto, centralizado, TERRAE NOVUM ET TERRAE INDETERMINATA na linha abaixo, com letras menores. Em seguida, um nome e um endereço (Dr. Solomon Monalisa, PhD, 43 W. 61st St., Manhattan), mas nenhum número de telefone nem e-mail, e Frank pega o cartão e levanta para Maggie ver.

"De onde veio isso?", pergunta ele, porém ela só dá de ombros, irritada, mas ainda dando o sorriso tenso e cansado para a mulher de boina roxa.

"Sei lá. Pergunte ao Joe se ele voltar. Agora você pode fazer o *favor* de atender o telefone?"

Ele pede desculpas e pega o aparelho. "Gotham Kwick Kopy, Frank falando. Como posso ajudar?" E coloca o cartão branco no bolso de trás.

O grupo se reúne no porão de uma sinagoga na Eldridge Street. Uma vez por mês às oito da noite, até que todo mundo que queira falar tenha tido oportunidade, com café e rosquinhas velhas antes e depois. Cadeiras dobráveis de metal e um púlpito na frente, um microfone e um sistema de alto-falantes que estalam, embora a sala não fosse grande o bastante para precisar de um. Nunca há mais de catorze ou quinze pessoas, às vezes só seis ou sete, e Frank e Willa sempre sentam no fundo, perto da porta. Às vezes, Willa não fica até o fim de uma reunião. Diz que odeia a forma como todos olham se ela se levanta para sair antes, como se tivesse feito alguma coisa errada, como se tudo fosse culpa dela. Então, eles sentam perto da porta, o que não é um problema para Frank. Ele prefere não ter todo mundo olhando para sua nuca, de qualquer forma.

Ele está bebendo café preto amargo em um copo de isopor, três pacotinhos de açúcar e ainda está amargo, olhando os outros, todos os tiques e peculiaridades familiares, os olhares duvidosos, quando Willa entra. Primeiro, o som dos coturnos pesados nos degraus de concreto, depois ela para na porta por um momento, aquela expressão como se sempre fosse sua primeira vez e que não poderia ser de outro jeito.

"Oi", diz Frank baixinho. "É, eu consegui chegar", responde ela ao se sentar ao lado dele. Tem uma mancha na frente da camiseta do George, o Curioso que parece calda de chocolate.

"Como foi seu dia?", pergunta ele, falando para que ela não se feche antes de tudo começar.

"O mesmo de sempre. Foi um horror. Não despediram a srta. Cazaquistão."

"Isso é bom, querida. Quer um martíni?" Ele indica com o polegar a mesa de café-e-rosquinhas-velhas-de-graça. "Acho que não", diz Willa, sem humor na voz, esfregando as mãos, e olha para o chão entre os pés. "Acho que meu estômago já está doendo o bastante."

"Você prefere ir pra casa? A gente pode perder uma noite. Eu não ligo..."

"*Não*", diz ela, respondendo rápido demais, enfática demais, e ele sabe que ela quer dizer sim. "Seria besteira. Vou ficar bem quando começar."

Nessa hora, o sr. Zaroba se levanta, um homem corpulento com pele de musselina manchada de chá, cabelo e barba grisalhos e sobrancelhas cinzentas peludas. Olhos gentis e azuis de avô, e ele levanta uma das mãos para chamar a atenção de todo mundo, como se as pessoas já não estivessem olhando para ele, como se não estivessem esperando que ele abrisse a boca e rompesse o silêncio tenso e inseguro.

"Boa noite, pessoal", diz ele, e Willa se senta um pouco mais ereta na cadeira, com as costas arqueadas e na expectativa, como se estivesse se preparando para sair correndo. "Antes de começarmos, tem uma coisa que eu queria contar. Encontrei isto semana passada."

Ele pega um pedaço de papel no bolso da camisa, desdobra-o e começa a ler. É uma notícia do *New York Tribune* de 17 de fevereiro de 1901. Relatos de uma tribo de índios no Alasca sobre uma cidade no céu que era vista às vezes, e de um explorador chamado Willoughby, que alegava ter testemunhado a coisa em 1897, alegava ter tentado fotografar em várias ocasiões e que finalmente tinha conseguido.

"E agora, isto", diz Zaroba, puxando uma segunda folha de papel dobrada do bolso da camisa, num passe de mágica, um poço sem fundo de magia aquele bolso, e dessa vez ele lê de um livro, *Alaska*, de Miner Bruce, página 107, diz ele. Outra pessoa que viu a cidade suspensa no céu do Ártico, um sr. C. W. Thornton, de Seattle. "Não foi necessário nenhum esforço da imaginação para compará-la com uma cidade", lê o sr. Zaroba, "mas era tão distinta que exigia fé para acreditar que não era realmente uma cidade."

As pessoas se mexem com nervosismo na cadeira, agitam os pés, e alguém sussurra alto demais.

"Tenho a foto do explorador", diz Zaroba. "É só uma fotocópia do livro, claro. Não está muito nítida, mas achei que alguns de vocês poderiam gostar de ver." Ele entrega uma das folhas de papel para a pessoa sentada mais perto.

"Droga, preciso de um cigarro", sussurra Willa.

"Você e eu", sussurra Frank. A folha de papel demora quase cinco minutos para chegar ao fundo da sala, passada de mão em mão enquanto Zaroba espera com paciência na frente, a cabeça ligeiramente inclinada de forma solene, como se estivesse fazendo uma oração. Algumas pessoas seguram a folha de papel pelo máximo de tempo que ousam, e outras parecem nem querer tocar nela. Um homem três fileiras à frente se levanta e a leva até Willa.

"Só vejo nuvens", diz ele, parecendo decepcionado.

E Frank também não vê nada, a fotografia embaçada de uma miragem, mentira de luz do sol na colisão de ar quente e gelado acima de uma geleira, mas Willa deve ver mais. Ela segura o papel com força e morde o lábio inferior, acompanhando os picos distorcidos e as torres de cúmulos-nimbos com a ponta do indicador.

"Meu Deus", sussurra ela.

Em um momento, Zaroba se aproxima pelo corredor e pega a imagem, deixa Willa olhando para as mãos vazias, os olhos úmidos, como se ela fosse começar a chorar. Frank passa um braço em volta dos ombros ossudos, mas ela se solta na mesma hora e afasta a cadeira alguns centímetros.

"Quem quer começar hoje?", pergunta o sr. Zaroba quando volta para o púlpito. Primeiro, ninguém se move, nem fala e nem levanta a mão, cada um olhando para os outros ou se esforçando para não olhar para lugar algum. Mas uma jovem levanta, mais nova do que Willa, com roupas imundas e manchas escuras como hematomas embaixo dos olhos, cabelo que há séculos não é penteado e nem lavado. O nome dela é Janice, e Frank acha que ela é drogada, provavelmente viciada em heroína, porque sempre usa mangas compridas.

"Janice? Muito bem." O sr. Zaroba volta para a cadeira dele na primeira fila. Todo mundo olha para Janice enquanto ela anda lentamente até a frente da sala, ou finge não olhar para ela. Tem um buraquinho no traseiro da calça jeans suja e puída, e Frank consegue ver que ela não está de calcinha. Ela para atrás do púlpito, tosse uma vez, duas, e tira a franja suja da testa. Olha com ansiedade para o sr. Zaroba.

"Está tudo bem, Janice", diz ele. "Leve o tempo que precisar. Ninguém vai apressar você."

"Baboseira", murmura Willa, alto o bastante para o homem sentado três fileiras à frente se virar e fazer cara feia. "O que você está olhando?", resmunga ela, e o homem se vira novamente para o púlpito.

"Está tudo bem, gata", diz Frank, e segura a mão dela, aperta com força a ponto de ela não poder se soltar com facilidade. "Podemos ir embora quando você quiser."

Janice tosse de novo, e então há um leve apito de feedback vindo do microfone. Ela limpa o nariz com as costas da mão. "Eu só tinha catorze anos", começa ela. "Ainda morava com meus pais adotivos em Trenton, e tinha um cemitério antigo perto de casa, o Cemitério Riverview. Eu e minha irmã, minha irmã adotiva, nós íamos lá fumar e conversar, sabe como é, só pra ficar longe de casa."

Janice olha para o teto do porão enquanto fala, ou para o púlpito, mas nunca para as pessoas. Faz uma pausa e limpa o nariz de novo.

"A gente ia lá o tempo todo. Não tinha nada que desse medo, não como em casa. Só gente morta, e eu e Nadine não tínhamos medo de gente morta. As pessoas mortas não fazem mal a ninguém, certo? Nós podíamos sentar lá embaixo das árvores no verão, e era quase como se as coisas não fossem tão ruins. Nadine era quase um ano mais velha do que eu."

Willa tenta soltar a mão, enfia as unhas na palma de Frank, mas ele não solta. Os dois sabem onde isso vai dar, já ouviram a história de Janice tantas vezes que poderiam recitá-la de trás para a frente, a mesma história de horror velha e cansada.

"Está tudo bem", diz ele em voz alta para Willa ou para si mesmo.

"A maioria lá era de lápides normais, mas havia algumas criptas grandes mais pra trás, perto da água. Eu não gostava de ir até lá. Falei várias vezes pra ela, mas Nadine dizia que eram como pequenos castelos de contos de fadas.

"Um dia, uma delas estava aberta. Talvez alguém tivesse arrombado, e Nadine tinha que ver se ainda havia ossos dentro. Eu implorei pra ela não ir, disse que quem abriu podia ainda estar por perto e que devíamos ir pra casa e voltar depois. Mas ela não quis me ouvir. Eu não queria olhar dentro. Juro por Deus que não queria."

"*Mentirosa*", sussurra Willa, tão baixo que o homem três fileiras à frente não ouve, mas Frank sim. As unhas dela estão afundando ainda mais na palma da mão dele, e os olhos dele estão começando a lacrimejar com a dor. "Você queria ver", diz ela. "Assim como todos nós, você queria ver."

"Eu falei 'E se ainda tiver alguém aí dentro?', mas ela não me deu atenção. Nunca tinha medo de nada. Ela deitava nos trilhos do trem só pra me irritar."

"O que você viu na cripta, Janice, quando você e Nadine olharam lá dentro?", pergunta o sr. Zaroba, mas não há sinal de impaciência na voz dele, ele não a está apressando nem incitando, só ajudando a encontrar um caminho em meio às palavras, como se fossem pedras escorregadias em um riacho frio. "Você pode nos contar?"

Janice respira fundo e engole em seco.

"Uma escada", diz ela. "Uma escada que descia no chão. Tinha uma luz lá embaixo, no fundo, uma luz azul, como a luz de um carro de polícia. Só que não estava piscando. E dava pra ouvir alguma coisa se mexendo lá embaixo, e outra coisa que parecia um cachorro ofegante. Tentei convencer Nadine a voltar pra casa comigo, mas ela não quis. Ela disse '*Essa escada pode ir pra qualquer lugar*, Jan. Você não quer *ver*? Não quer *saber*?'."

Outra pausa. "Eu não consegui impedir que ela fosse", diz Janice.

Willa murmura alguma coisa que Frank não entende, alguma coisa cruel, e ele solta a mão dela, massageia as quatro marcas em forma de arco que as unhas fizeram. Há sangue, tatuagens rubras que marcam o corte selvagem e irreparável na alma dela quando faz marcas nele. Ele aperta a palma da mão na calça preta de trabalho, não liga se manchar, ninguém vai reparar.

"Eu esperei no alto da escada até escurecer", diz Janice. "Fiquei chamando o nome dela. Chamei até minha garganta doer. Quando o sol começou a se pôr, a luz azul lá embaixo ficou mais intensa, e uma ou duas vezes eu pensei que podia ver alguém se mexendo lá embaixo, alguém entre mim e a luz. Finalmente, gritei que ia chamar a porcaria da polícia se ela não voltasse..." Janice para de falar, abraça o próprio corpo como se estivesse com frio e olha para a frente, mas Frank sabe que ela não vê qualquer um deles ali sentados, olhando para ela, esperando a próxima palavra, esperando a vez *deles* no púlpito.

"Não precisa dizer mais nada hoje", diz Zaroba. "Você sabe que todos vamos entender se você não conseguir."

"Não", diz Janice. "Eu *consigo*... Eu preciso conseguir." E ela aperta bem os olhos. O sr. Zaroba levanta e dá um passo tranquilizador na direção do púlpito.

"Estamos todos aqui", diz ele.

"Estamos *ouvindo*", murmura Willa com deboche.

"Estamos ouvindo", diz Zaroba um segundo depois.

"Eu não procurei a polícia. Não contei pra ninguém até o dia seguinte. Meus pais adotivos acharam que ela tinha fugido de novo. Ninguém acreditou quando contei sobre a cripta, quando falei que Nadine tinha sumido mesmo. Finalmente, me fizeram mostrar pra eles, os policiais, e eu os levei até Riverview."

"Por que sempre temos que começar com ela?", sussurra Willa. "Não consigo me lembrar de nenhuma vez em que ela não tenha sido a primeira."

Alguém espirra.

"Estava fechada de novo", diz Janice, a voz baixa e rouca ampliada e ainda rouca nos alto-falantes. "Mas eles abriram. O pessoal do cemitério não queria, mas abriram mesmo assim. Eu jurei que me mataria se não abrissem e tirassem Nadine de lá."

"*Você* consegue se lembrar de alguma vez em que ela não foi a primeira?", pergunta Willa, e Frank olha para ela, mas não responde.

"Só encontraram um caixão dentro. Os policiais até removeram parte do piso de mármore, mas não tinha nada embaixo. Só terra."

Mais alguns minutos, mais alguns detalhes, e Janice termina. O sr. Zaroba a abraça, e ela volta para a cadeira dela. "Quem quer ser o próximo?", pergunta ele, e é o homem que diz se chamar Charlie Jones, embora todos saibam que não é o seu nome verdadeiro. Todos os meses ele pede desculpas por não poder usar o nome verdadeiro nos encontros, por medo de alguém do trabalho descobrir, e conta sobre a vez que abriu a porta de um quarto na sua casa em Hartford e não havia nada do outro lado além de estrelas. Quando ele termina, Zaroba aperta a mão dele, dá um tapinha nas costas, e é a vez da mulher que se perdeu no metrô uma vez. Foram duas horas só para ir da South Ferry até a estação da Houston Street, sozinha em um trem vazio que disparava por uma escuridão tomada pelo som de crianças chorando. Depois, uma colombiana tímida chamada Juanita Lazarte, falando sobre a noite em que viu duas luas atravessarem o céu acima de Peekskill, sobre a manhã em que viu o sol nascer no sul.

E todos os outros, cada um na sua vez, enquanto o grande relógio de parede atrás do púlpito tiquetaqueia e a noite se enche com o peso e o absurdo das histórias, vislumbres de geografias impossíveis, mundos inteiros escondidos à vista de todos se você for azarado o bastante para ver. "Se você for amaldiçoado", Juanita Lazarte disse uma vez, e fez o sinal da cruz. O sr. Zaroba se aproxima sempre que alguém trava, com os olhos azuis e as palavras gentis; Zaroba, que já foi cientista atmosférico e piloto da Marinha. Ele também viu uma coisa, claro, no verão de 1969, ao levar suprimentos em um Hercules C-130 de Christchurch, Nova Zelândia, até a Estação McMurdo. Uma tempestade estranha, condições de baixa visibilidade e mau funcionamento de instrumentos, e quando eles finalmente encontraram uma abertura nas nuvens em algum ponto acima dos Montes Transantárticos a tripulação toda viu as ruínas de uma cidade enorme, torres cintilantes de obsidiana e pináculos de cristal quebrados, muros desmoronando, entalhados nas próprias montanhas. Pelo menos é o que Zaroba diz. Ele também diz que a Marinha pressionou os outros homens a assinarem papéis aceitando nunca falar sobre o voo, e quando ele se recusou foi declarado mentalmente insano por um psiquiatra militar, além de ter sido exonerado.

Quando chega a vez de Willa, ela olha para Frank sem dizer uma palavra, mas com todas as coisas terríveis bem nos olhos dela, à vista dele, resignação muda, rendição, e ela desce o corredor e para atrás do púlpito.

Frank desperta de um sonho de chuva e trovão, e Willa está sentada de pernas cruzadas no pé da cama, com nada no corpo além da parte de baixo do pijama, vendo televisão sem som e fumando um cigarro. "Onde você arrumou isso?", pergunta ele, piscando com sono, e aponta para o cigarro.

"Comprei um maço no intervalo hoje", responde ela sem tirar os olhos da tela. Ela dá uma tragada longa, e a fumaça sai lentamente pelas narinas.

"Achei que tínhamos um acordo. Nós não fizemos um acordo?"

"Desculpa." Mas ela não parece lamentar. Frank senta e pisca para a tela da TV, esfrega os olhos, e agora consegue ver que são Jimmy Stewart e Katharine Hepburn em *Núpcias de escândalo.*

"Pode botar som, se quiser", diz ele. "Não me incomoda."

"Não, tudo bem. Sei de cor mesmo."

Nenhum dele diz coisa alguma por alguns minutos, só ficam sentados vendo televisão, e quando Willa fuma o cigarro até o filtro ela o apaga em um pires.

"Acho que não quero mais ir às reuniões", diz ela. "Acho que só estão piorando as coisas pra mim."

Frank espera um momento para responder, para poder ter certeza de que ela terminou, e diz: "A decisão é sua, Willa. Se for o que você quer".

"Claro que a decisão é minha."

"Você sabe o que eu quis dizer."

"Não consigo ficar recitando sem parar como vocês. Não faz sentido. Eu poderia falar sobre a história até o juízo final, mas ainda não faria sentido, e eu ainda teria medo. Nada que Zaroba e aquele bando de esquisitos têm a dizer vai mudar isso, Frank."

Willa pega o maço de Camel na cama e acende outro cigarro com um isqueiro descartável, que parece rosa na luz tremeluzente e granulada da tela da TV.

"Desculpa", diz Frank.

"Ajuda pra você?", pergunta ela, e agora tem um tom de raiva e agressividade em sua voz, uma das mudanças de humor de Willa, de triste a furiosa em um piscar de olhos. "Já ajudou você *alguma* vez? Uma, pelo menos?"

Frank não quer brigar com ela hoje, quer fechar os olhos e voltar a dormir, voltar ao sonho frio e chuvoso. Está quente demais para discutir. "Não sei", diz ele, e isso quase não é mentira.

"Ah, tá, tudo bem", murmura Willa e dá outra tragada no cigarro.

"Podemos conversar de manhã, se você quiser", diz Frank e deita de novo, virando para a janela aberta e para o barulho da Mott Street às duas da madrugada, para o neon laranja que pisca no restaurante asiático do outro lado da rua.

"Eu não vou mudar de ideia, se é isso que você quer dizer", diz Willa.

"Pode botar o som", diz Frank de novo e se concentra no ritmo relaxante da placa de neon, uma pulsação laranja como a luz de uma fogueira de acampamento, muito, muito melhor do que contar carneirinhos imaginários. Em um momento, ele está quase dormindo de novo, a meros centímetros do sono.

"Você viu *O mundo fantástico de Oz*?", pergunta Willa.

"O quê?"

"*O mundo fantástico de Oz*, o filme no qual Fairuza Balk faz o papel de Dorothy e Piper Laurie faz o papel de tia Em."

"Não", responde Frank. "Não vi." Daí rola de costas e olha para o teto em lugar da placa de neon. No escuro e na luz cinzenta da televisão, sua rachadura favorita fica ainda mais parecida com Marte.

"Não era nem um pouco parecido com *O mágico de Oz*. Eu era pequena, mas me lembro. Fiquei morrendo de medo."

"Sua mãe deixava você ver filmes que davam medo quando você era criança?"

Willa ignora a pergunta, os olhos ainda grudados em *Núpcias de escândalo*, isso se estiverem grudados em alguma coisa, e ela expira uma nuvem de fumaça que gira e sobe acima da cama.

"Quando o filme começa, tia Em e tio Henry pensam que Dorothy está doente", diz ela. "Eles acham que ela ficou maluca, porque ela fala sobre Oz o tempo todo, porque não quer acreditar que foi só um pesadelo. Eles a mandam pra um sanatório, pra fazer tratamento com choques elétricos..."

"Porra", diz Frank sem ter certeza absoluta de que Willa não está inventando isso. "Que horrível."

"Sim, mas é verdade, não é? É o que acontece com garotinhas que veem lugares que supostamente não existem. As pessoas não ficam tão felizes por você não ter morrido em um furacão a ponto de quererem ouvir merdas loucas sobre espantalhos falantes e cidades de esmeralda."

Frank não responde porque sabe que não deve responder, sabe que ela prefere que ele nem tente, então ele sua e olha para a Marte falsa de gesso, para as sombras da tela da televisão. Ela não diz mais nada, e em pouco tempo ele dorme.

Nesse sonho ainda tem trovão, mas não tem chuva no céu ocre, só os raios e o estrondo de trovões tão altos que o ar treme e poderia se partir como gelo. A grama vermelha alta vai quase até a cintura, oscila delicadamente no vento, e Frank deseja que Willa não chegue tão perto das árvores brancas. Ela pensa que pode haver frutas nelas, pêssegos, e ela nunca comeu um pêssego branco, disse ela. Gigantes lutando no céu, e Willa pegando frutas no chão rochoso entre as árvores. Frank olha por cima do ombro na direção da fissura na parede do porão, o caminho por onde eles entraram, mas sumiram. A parede e a fissura.

Eu devia estar com meio, ele pensa. Não, eu devia estar com medo.

E agora Willa está voltando para perto dele pelas ondas rubras de grama, a saia fazendo as vezes de cesta, segurando todas as frutas pálidas que ela pegou. Ela está sorrindo, e ele tenta lembrar a última vez que a viu sorrir, sorrir de verdade, não só um sorrisinho ou uma expressão debochada. Ela sorri e anda pela grama murmurante que parece se abrir para deixá-la passar, os braços e pernas nus protegidos da grama afiada como navalha.

"São *mesmo* pêssegos", diz ela, sorrindo.

Mas as frutas são da cor de giz branco, a casca lisa, gosmenta e brilhante, com gotículas de néctar escorrendo pelos poros.

"Pegue um", diz ela, mas o estômago dele dá um pulo e embrulha com a ideia, repulsa até de tocar em uma dessas coisas.

Ela suspira e coloca todas na grama aos pés dele.

"Eu sabia uma história sobre pêssegos", diz Willa. "Era uma história japonesa, eu acho. Ou talvez fosse chinesa."

"Tenho quase certeza de que *não são* pêssegos", diz Frank e dá um passo para trás, para longe da pilha de frutas albinas que suam.

"Eu soube que o caroço é venenoso", diz ela. "Tem arsênico, ou talvez seja cianeto."

Um brilho intenso de relâmpago esverdeado surge nessa hora, e o céu estala e fica com cheiro de carne queimada. Willa se inclina e pega uma fruta, dá uma mordida antes que ele possa impedi-la. O som dos dentes dela afundando na casca, cortando a polpa sem cor lá dentro, é mais alto do que o trovão, e um suco leitoso escorre pelo queixo dela e mancha a camiseta de George, o Curioso. Alguma coisa se contorce entre os lábios, cai na grama, e quando Willa abre bem a boca para dar outra mordida Frank consegue ver que sua boca está *cheia* de coisas se contorcendo.

"Tem que tomar cuidado pra não engolir a língua", diz ela, murmurando com pêssego branco na boca. "Se você engolir sua língua, vai engasgar e morrer."

Frank arranca a fruta da mão dela, pega com rapidez, antes que ela coloque mais na barriga, e ela franze a testa e limpa na saia o suco que manchou suas mãos. A coisa parcialmente comida parece quente, e ele joga longe.

"Meu Deus, que besteira, Frank. O mal já está feito, *você* já sabe disso. O mal foi feito no dia que você olhou por aquele buraco na parede."

Nessa hora, o céu explode em sua sinfonia de gangrena e septicemia, e um relâmpago ataca o mundo com garras elétricas, trovão e relâmpago, é o caminho errado se ele fingir que Willa não está certa, se fingir que tem sete anos de novo, e desta vez ele não pega a lanterna na gaveta da cozinha. Desta vez, ele faz o que a mãe manda e não vai xeretar assim que ela vira as costas.

Frank fica sozinho embaixo das árvores agitadas, a cabeça dolorida e tonta, cheia demais com todo o tempo que não pode ser recuperado, nem agora, nem antes e nem nunca, e vê Willa andar sozinha pelos campos vermelhos na direção dos desertos infinitos de ferro e osso, na direção do sol vermelho-arroxeado e inchado. As coisas pretas enormes repararam nela e se aproximam por trás, acompanhando silenciosamente em pernas de louva-a-deus de ébano.

Desta vez, ele acorda antes que a peguem.

O longo fim de semana é mais quente e mais seco, o céu, mais branco que azul, e o ar na Mott Street e em todos os outros lugares aonde Frank tem motivo para ir ficou tão carregado, tão aromático, que às vezes ele puxa a gola de suas camisetas por cima da boca e do nariz e respira pelo algodão, como um cirurgião ou um bandido do velho oeste. Mas o cheiro sempre passa de qualquer jeito. No noticiário, tem gente morrendo de insolação e desidratação, pessoas morrendo nas ruas e nos prontos-socorros, mas homens do tempo de cara limpa ainda prometem que vai chover em breve. Ele parou de acreditar neles, e talvez isso queira dizer que Willa está certa e que nunca mais vai chover.

Frank não mostrou o cartão branco (ENCONTRADOS: MUNDOS PERDIDOS) para Willa, deixa guardado na carteira e só tira quando está sozinho e não há alguém por perto para ver, para ninguém perguntar onde, nem o que e nem quem. Ele leu um monte de vezes, sabe cada linha de cor, e na manhã de segunda-feira quase liga para o sr. Zaroba para falar disso. É naquela meia hora entre o momento em que Willa sai para o café e a hora que ele tem de sair para a copiadora se não quiser se atrasar, e ele segura o telefone e olha para o cartão do dr. Solomon Monalisa na mesa à frente. O som do coração dele, o ruído da linha telefônica e o trânsito na Mott Street, o odor de especiarias e peixe seco do boticário subindo pelo piso, e uma gota gorda de suor escorre pela testa e se espalha dolorosamente pelo globo ocular esquerdo. Quando termina de esfregar o olho, ligar para Zaroba não parece mais uma boa ideia, e Frank coloca o cartão branco na carteira, entre a habilitação e um MetroCard vencido e com os cantos dobrados.

Ele liga para o trabalho para dizer que está doente, Maggie atende e não acredita sequer por um segundo que haja algo de errado com ele.

"Eu juro que mal consigo sair da privada pra fazer uma ligação. Estou ligando pra você do banheiro." Ele só se esforça um pouco para parecer sincero, porque os dois sabem que é só para deixar registrado. "Enquanto estamos conversando...", começa ele, mas Maggie o interrompe.

"Já chega, Frank. Mas estou dizendo, cara, se você quiser manter esse emprego, é melhor deixar de preguiça e estar aqui amanhã de manhã."

"Certo", diz Frank. "Entendi." E ela desliga primeiro.

Frank fica olhando para a janela aberta, o sol entrando como a Voz de Deus lá fora, e ele demora quase cinco minutos para lembrar onde encontrar o próximo número para o qual precisa ligar.

Sidney McAvoy parou de ir às reuniões na sinagoga da Eldridge Street quase um ano antes, pouco tempo depois da primeira vez de Frank. É um homem pequeno com nariz adunco e olhos nervosos e agitados, e para Frank ele sempre lembrou um pouco o Dustin Hoffman de *Papillon*. Houve algum tipo de tensão ou ressentimento entre Sidney e o sr. Zaroba que Frank nunca entendeu completamente, mas viu desde o começo, pela forma como os olhos deles nunca se encontravam. Sidney nunca falou no púlpito, ficava sentado silencioso, taciturno, mordendo o cabo de um cachimbo barato apagado. E houve uma discussão depois de uma das reuniões, na mesma noite em que Zaroba disse para Janice que ela jamais devia voltar ao cemitério em Trenton, que nunca devia tentar encontrar a escadaria e a luz azul de novo. Os dois homens falando em sussurros urgentes e furiosos, Zaroba erguendo o rosto ocasionalmente para dar um sorriso tímido, constrangido, lamentoso. Todos fingiram não ver nem ouvir, ficaram falando entre si, ocupando-se com as rosquinhas velhas e com os pacotinhos de creme sem lactose, e Sidney McAvoy foi embora e nunca mais voltou.

Frank teria se esquecido dele, quase esqueceu, mas uma noite ele e Willa estavam voltando tarde de um bar onde bebem às vezes, sempre que se sentem irresponsáveis o bastante para gastar com bebida. Vodca barata ou cerveja ainda mais barata, algumas horas perdidas tentando se sentir como todo mundo, da forma como eles imaginavam que as pessoas normais deviam se sentir, e eles encontraram Sidney McAvoy a alguns quarteirões de casa. Ele estava usando uma capa de chuva verde e velha, apesar de não estar chovendo, mordendo um dos cachimbos e carregando uma caixa grande embrulhada em papel kraft, amarrada bem forte com barbante.

"Merda", sussurrou Willa. "Finja que não viu." Mas Sidney já tinha reparado neles e estava ocupado tentando esconder de uma forma meio desajeitada o pacote nas costas.

"Eu *conheço* vocês dois", declarou ele, falando alto, com um brilho desconfiado e acusatório na voz trêmula. "Vocês dois estão no grupo de Zaroba, não estão? Ainda vão nas *reuniões*." Essa última palavra foi dita com desdém, e ele apontou um dedo curto e grosso para o meio do peito de Frank.

"Isso não é nem um pouco da sua conta, é?", resmungou Willa, e Frank entrou rapidamente entre os dois; ela resmungou e soltou xingamentos atrás dele. Sidney McAvoy olhou para Frank com os olhinhos brilhantes. Havia uma vida inteira de amargura e desconfiança presa naqueles olhos, olhos que viram demais ou de menos.

"Como está, sr. McAvoy?", perguntou Frank, esforçando-se para parecer simpático, e conseguiu dar um fantasma de sorriso.

Sidney grunhiu e quase deixou cair o pacote cuidadosamente embrulhado. "Se você *gosta* dessa garota aí", disse ele, falando com o cachimbo preso entre os dentes amarelados, "vai deixá-la longe de Zaroba. E vocês dois vão parar de contar coisas pra ele se souberem o que é melhor pra vocês. Tem mais respostas úteis em um guia de ruas do que dá pra conseguir com aquele velho charlatão."

"O que faz você dizer isso?", perguntou Frank. "Por que vocês brigaram?" Mas Sidney já estava se afastando pela Canal Street, o pacote branco apertado contra o peito. Ele dobrou a esquina sem olhar para trás e sumiu.

"Que maluco", murmurou Willa. "Qual é a porra do problema dele, afinal?"

"Talvez quanto menos a gente souber sobre ele, melhor", disse Frank. Ele passou o braço pela cintura fina de Willa e a puxou para perto, tentando não pensar no que poderia haver naquela caixa, mas sem conseguir pensar em outra coisa.

Duas semanas depois, no dia escuro e cheio de neve antes do Dia de Ação de Graças, Frank encontrou o número de Sidney McAvoy no catálogo telefônico e ligou para ele.

Um pente molhado no cabelo, camisa e meias limpas, e Frank sai no dia quente; atravessa o Columbus Park até a estação da Canal Street, pega a linha M até a Grand Street e a B até a parada embaixo do Museu de História Natural. Seguindo pela colmeia subterrânea, na escuridão com cheiro de diesel, poeira e lixo, e ele escondido em aço e luz fluorescente irregular. Um tempo para pensar que ele preferia não ter o luxo indesejado de pensar duas vezes, e quando o metrô finalmente chega no museu ele está quase pronto para dar meia-volta e seguir para o centro. Quase, mas o cartão do dr. Solomon Monalisa está na carteira e o faz seguir em frente, o faz sair do trem e subir os degraus de concreto na entrada do museu. Dez dólares que ele não pode gastar para entrar, mas Sidney McAvoy nunca vai aceitar encontrar com ele em algum lugar lá fora. O homem é paranoico demais para uma caminhada no Central Park ou para uma mesa tranquila de lanchonete ou café por aí.

"Tem sempre gente ouvindo", dizia ele toda vez que Frank sugeria ou pedia que eles se encontrassem em algum lugar onde não fosse necessário pagar entrada. "Nunca se sabe o que podem ouvir."

Então às vezes é no banco longo de mármore em frente ao *Apatosaurus*, ou na penumbra abissal azulada do Salão dos Peixes, cadeiras embaixo de um céu cheio de constelações do planetário. O lugar que mais agradar Sidney no dia. Os ímpetos ou fantasias cabalísticas dele, se houver diferença. Hoje, Frank o encontra no Salão de Mamíferos Asiáticos, um homem baixo e desgrenhado de paletó surrado de tweed e tênis vermelhos, sozinho em frente ao diorama do leopardo indiano, olhando com atenção para a bolha de selva falsa e para os felinos empalhados. Frank espera atrás dele por um ou dois minutos, espera ser notado, e quando Sidney levanta o rosto e fala, ele fala com o reflexo de Frank no vidro.

"Estou muito ocupado hoje", diz ele, brusco, impaciente. "Espero que não demore."

E não, diz Frank, não vai demorar, eu prometo, mas a expressão de dúvida de Sidney mostra o quanto ele acredita nisso. Ele suspira e olha para os leopardos empalhados, para as árvores de papel machê e folhas de cera, um bando de pavões pintado subindo e pairando eternamente sob uma copa de floresta. Um momento de outro mundo. As paredes do salão mal iluminado apresentam outras doze ou mais cenas similares.

"Você quer saber sobre Monalisa", diz Sidney. "Foi por isso que veio aqui, porque acha que posso dizer quem ele é."

"É", admite Frank e enfia a mão no bolso para pegar a carteira. "Ele foi ao lugar onde eu trabalho semana passada e deixou isto." Ele pega o cartão, e Sidney se vira por tempo suficiente para pegar da mão dele.

"E você falou com ele?"

"Não. Eu estava almoçando no depósito. Não o vi em pessoa."

Sidney olha para o cartão. Parece ler com atenção três ou quatro vezes, depois devolve para Frank e volta a olhar para os leopardos.

"Por que você não mostrou pro Zaroba?", pergunta ele com sarcasmo, com provocação, mas Frank responde assim mesmo, sem paciência para os ressentimentos e intrigas de Sidney.

"Porque achei que ele não me contaria nada. Você sabe que ele está mais interessado em mistérios do que em encontrar respostas." Frank faz uma pausa, fica em silêncio por um momento, e Sidney também fica em silêncio, os dois homens olhando os felinos grandes agora, olhos de vidro, garras paralisadas e ancas encolhidas, como se os leopardos pudessem de repente pular em cima deles, toda a imobilidade um fingimento inteligente para os turistas e as crianças. Talvez leopardos mortos conheçam os rostos nervosos e cautelosos de homens que viram coisas que nunca deviam ter visto.

"Ele sabe que a verdade o engoliria inteiro", diz Sidney. Os leopardos não saltam, e ele acrescenta: "Ele sabe que é covarde".

"E quem é o dr. Monalisa?"

"Um pouco de uma coisa que a verdade já engoliu e cuspiu de volta." Sidney ri com azedume para si mesmo e tira um dos cachimbos de um bolso do paletó de tweed. "Ele se julga navegador, piloto, cartógrafo..."

Frank repara que um dos dois leopardos capturou um pavão empalhado, segurando com firmeza entre patas de veludo e lâminas, e não consegue lembrar se estava assim um momento antes.

"Ele desenha mapas", diz Sidney. "Cataloga portas, janelas e bueiros."

"Que baboseira", sussurra Frank, a voz baixa agora, para que a mulher idosa sentada em frente à exposição de pandas não escute. "Você está tentando me dizer que ele consegue *encontrar* lugares?"

"Ele não é um homem são, Frank", diz Sidney, e agora levanta a mão esquerda e encosta a palma com firmeza no vidro, como se estivesse testando a barreira invisível, avaliando a integridade. "Ele tem respostas, mas também tem preços. Se você acha que isso é o inferno, espere pra ver como é ter uma dívida com o dr. Solomon Monalisa."

"Não sou eu. É Willa. Acho que ela está começando a surtar."

"Nós todos *surtamos* muito tempo atrás, Frank."

"Tenho medo de que ela faça alguma coisa. Tenho medo de que ela se machuque."

E Sidney vira de costas para os leopardos, tira o cachimbo da boca e olha para Frank. Mas parte da raiva e parte da amargura sumiram dos olhos dele.

"Ele *talvez* a mantivesse viva", diz ele, "mas você não ia querer a moça de volta quando ele terminasse. Se ela *voltasse* a si. Não, Frank. Vocês dois, fiquem longe de Monalisa. Procurem suas próprias respostas. Você não acha que encontrou o cartão por acidente, acha? Não acredita que existem coincidências, né? Esse nem é o endereço de verdade dele..."

"Ela não consegue mais dormir", diz Frank, mas agora Sidney McAvoy não está ouvindo. Ele olha para trás por cima do ombro, para a floresta tropical da Índia, luz do dia incandescente, distâncias ilusórias.

"Tenho que ir agora", diz ele abruptamente. "Estou muito ocupado hoje."

"Eu acho que ela está *morrendo*, cara", diz Frank quando Sidney ajeita a gravata e coloca o cachimbo de volta no bolso; a mulher idosa desvia o olhar do panda na selva irreal de bambu e franze a testa para os dois.

"Estou muito ocupado hoje, Frank. Me ligue semana que vem. Acho que posso me encontrar com você no Guggenheim semana que vem."

E sai andando rapidamente na direção da Roosevelt Rotunda, passando pelo tigre-siberiano e pelos rinocerontes-de-sumatra, deixando Frank sozinho com a mulher de testa franzida. Quando Sidney sumiu nas sombras atrás de um pequeno bando de elefantes indianos, Frank se vira para os leopardos e para a mancha de palma da mão que Sidney McAvoy deixou no vidro. Há marcas de seis dedos.

Horas e horas depois, passado o pôr do sol até o outro lado do dia desperdiçado, a noite que parece ainda mais quente que a tarde ardente, e Frank está sonhando que a rachadura na parede do porão na St. Mark's Place é estreita demais para ele passar. Talvez tenha sido assim mesmo que aconteceu, afinal, e ele ouve um som baixo e angustiado vindo de algum lugar logo atrás, alguma coisa machucada ou perdida, mas, quando se vira para ver, Frank abre os olhos e só há o brilho tangerina do restaurante asiático em frente à janela do apartamento. Ele pisca uma vez, duas, mas o mundo teimoso não some, não se quebra em pedaços aleatórios e caleidoscópicos para virar uma coisa completamente diferente. Então, ele senta, a cabeça cheia de decepção familiar, dessa solidez incontestável, e demora um momento para perceber que Willa não está na cama. O leve contorno do corpo dela ficou no lençol emaranhado, e a luz do banheiro está acesa, a porta está aberta, ela deve estar mijando.

"Tudo bem aí?", diz ele, mas não há resposta. Há o gotejar suave da pia da cozinha, o tique-taque do despertador na mesinha perto da cama, no lado de Willa, mas nenhuma resposta. "Você caiu, por acaso? Se afogou?"

Ainda não há resposta, mas os sentidos dele estão despertando, captando mais do que os sons comuns da noite, um trinado vibrante tão agudo que ele mais sente do que ouve, e agora ele repara no cheiro do ar do apartamento.

Volte a dormir, ele pensa. *Quando você acordar de novo, vai ter acabado.* Mas as duas pernas já estão na beirada da cama, os dois pés já tocam o chão sujo.

O trinado parece entrar embaixo da pele dele, parece encharcá-la, eriçando delicadamente os pelos nos braços e na nuca. Todos os preenchimentos de metal nos dentes começaram a zumbir em solidariedade. De onde está, Frank consegue ver o banheiro, só uma parte, um pedaço estreito do linóleo, a caixa de porcelana da privada, uma dobra de poliuretano e mofo da cortina do chuveiro. E ele pensa que o ar começou a tremeluzir, uma distorção quase imperceptível na luz que escapa pela porta aberta, mas pode ser só imaginação. Ele dá um pequeno passo na direção do pé da cama, e ali está Willa, de pé, nua, na frente do pequeno espelho acima da pia da cozinha. Os ossos proeminentes das omoplatas e da bacia, as curvas anoréxicas da caixa torácica, todos os detalhes da magreza dolorosa parecem ainda mais pronunciados na luz forte e curva.

"Ei. Aconteceu alguma coisa? Você está passando mal?"

Ela vira a cabeça lentamente para olhar para ele, ou talvez só para olhar na direção dele, porque não tem muito reconhecimento no rosto dela. Os olhos arregalados não piscam, o olhar de uma mulher cega.

"Você não está me ouvindo, Willa?", pergunta ele enquanto ela se vira lentamente para o espelho. Os lábios se movem, formando palavras malformadas, inaudíveis.

O trinado fica infinitesimalmente mais alto, sobe meia oitava. Tem um filete quente e molhado nos lábios de Frank, e ele percebe que o nariz está sangrando.

Atrás de Willa, a parede do banheiro, o chuveiro, o teto baixo, tudo treme e se dissolve, e um estalo repentino se faz quando a lâmpada acima da pia estoura. Depois de um instante de escuridão perfeita, de nada perfeito, há raios pálidos de luz amarelo-esverdeada vindos de algum lugar bem acima, uma luz tremeluzente de um sol alienígena brilhando nas águas de um mar alienígena. Formas suaves e transparentes se deslocam por essa profundeza, mais insubstanciais do que águas-vivas, mais sinuosas do que enguias, e Willa se levanta para se encontrar com elas, braços esticados, o cabelo flutuando ao redor do rosto como uma auréola de algas marinhas. Na luz filtrada pelo oceano, a pele pálida de Willa parece lisa e macia como pele de golfinho. Ar sai dos lábios dela, das narinas, e sobe com ansiedade em um rodopiar de bolhas.

O trinado encheu tanto a cabeça de Frank que seu crânio dolorido, seu cérebro, parece apenas um instante de misericordiosa implosão, o osso frágil de casca de ovo esmagado pelo som terrível e solitário e pelo peso de toda a água acumulada acima dele. Ele cambaleia, dá um passo para trás, e agora o rosto de Willa está virado para cima, para a luz do sol que brilha, e ela está mais bonita do que qualquer pessoa ou coisa que ele tenha visto ou com que tenha sonhado.

Na Mott Street, há o cantar de pneus, o som furioso de uma buzina de carro, e alguém começa a gritar bem alto em mandarim.

E agora o banheiro é só um banheiro de novo, e Willa está caída e inerte no chão, o cabelo e a pele molhada brilhando na luz da lâmpada inteira acima da pia. A água escorre pelas costas, pelas coxas, espalha-se pelo chão em uma poça cada vez maior, e Frank percebe que o trinado finalmente parou, a única lembrança dele em seus ouvidos ecoantes e no nariz sangrando. Quando a tontura passa, ele vai até ela, senta com ela no chão molhado e a abraça enquanto ela tosse e vomita jorros de água salgada e filetes catarrentos de alguma coisa cor de azinhavre. A pele está tão fria que dói tocar nela, o frio emanando como uma febre invertida, e uma coisa pequena e quitinosa escorrega do cabelo e sai correndo para trás da privada com pernas longas e articuladas.

"Você *viu*?", pergunta ela, desesperada, as palavras catarrentas gorgolejando com toda a água que ela engoliu. "Viu, Frank? Você *viu*?"

"Vi", diz ele, como todas as vezes antes. "Vi, gata. Vi mesmo. Vi tudo." Willa sorri, fecha os olhos, e em pouco tempo está dormindo. Ele a carrega pingando até a cama e a abraça até o sol nascer e ela estar aquecida novamente.

No dia seguinte, nenhum dos dois vai trabalhar, e uma parte pequena e irritante da mente de Frank consegue se preocupar com o que vai acontecer com eles se ele perder o emprego de merda na Gotham Kwick Kopy, se Willa for despedida do café, aquela parte obstinada dele ainda capaz de se preocupar com essas coisas. Como o aluguel vai ser pago, como eles vão comer, tudo o que não parecia importar durante mais anos do que ele quer contar. Ele passa metade da manhã na cama. O nariz de vez em quando volta a sangrar, um rolo de papel higiênico e depois uma das toalhas deles manchada em todos os tons de sangue seco e por secar; Willa usando o casaco de inverno apesar do calor, e ela fica tentando convencê-lo a ir ao médico, mas não, ele diz. Pode levar a perguntas, e, além do mais, vai parar mais cedo ou mais tarde. Sempre parou nas outras vezes.

Ao meio-dia, Willa trocou o casaco pelo cardigã rosa e se sente bem o bastante para fazer sanduíches de pasta de amendoim com geleia de uva para comer com café preto e batatas chips velhas, e, depois que come, Frank começa a se sentir melhor também. Mas ir ao parque é ideia de Willa, porque o apartamento ainda está com um leve cheiro de lodo e peixe morto, um fedor lamacento de maré baixa que vai levar horas para desaparecer completamente. Ele sabe que o odor a deixa nervosa, então aceita, apesar de preferir passar a tarde dormindo para a dor de cabeça passar. Talvez tomar um banho frio, outra xícara do café forte e amargo de Willa e, se tiver sorte, talvez cochilar durante horas sem sonhar.

Eles pegam o metrô até a Fifth Avenue, seguem o lado leste do parque para a direção norte, passam pelo zoológico e pelo East Green até chegarem ao Pilgrim Hill e ao Conservatory Pond. Não está tão quente para não haver alguns veleiros de brinquedo no lago, com brisa suficiente para manter as velas em miniatura esticadas e empinadas como barbatanas de tubarão. Frank e Willa se sentam na sombra perto da estátua de Alice no País das Maravilhas, o lugar favorito dela no Central Park, a área de pedras perto do chá, granito e folhas balançando, a gargalhada límpida de crianças subindo nos cogumelos de bronze enormes. Uma garotinha com cabelo preto ondulado e meia-calça listrada de vermelho e branco está fazendo carinho no gatinho que fica no colo de Alice, acariciando o pelo de metal e miando alto.

"Não consigo nem lembrar o nome dela", diz Willa.

"O quê?", pergunta Frank. "Nome de quem?" Ele não sabe se ela está falando da garotinha, do gato ou de uma coisa completamente diferente.

"Da gatinha da Alice. Sei que tinha nome, mas nunca consigo lembrar."

Frank olha a garotinha por um momento. "Diná", diz ele. "Acho que o nome da gatinha era Diná."

"Ah, é, Diná. Isso mesmo." Ele sabe que ela só está pensando alto, que está dizendo o que vem à cabeça para não ter de falar sobre a noite anterior, para que a conversa não se dirija acidentalmente para os poucos momentos afogados de luz esverdeada e sombras de enguias. Ela está se esforçando tanto para fingir, e ele quase decide que os dois vão ficar melhor se ele fizer o que ela quer e não mostrar o cartão branco do dr. Solomon Monalisa.

"É um bom nome pra um gato", diz ela. "Se um dia tivermos um gato, acho que vou escolher o nome Diná."

"A sra. Wu não gosta de gatos."

"Bom, a gente não vai passar o resto da vida naquele buraco. Na próxima vez, vamos alugar um apartamento onde a gente possa ter um gato."

Frank pega o cartão e coloca a carteira na grama, mas Willa nem repara, está ocupada demais vendo as crianças subindo em Alice, está ocupada demais sonhando com gatinhos. O cartão está amassado e manchado depois de uma semana no bolso de trás e de ter sido manuseado tantas vezes, as beiradas começando a se desmanchar, e ele dá para ela sem qualquer explicação.

"O que é isso?", pergunta ela, e ele diz para ela ler primeiro, só ler, e ela faz isso. Ela lê duas ou três vezes, e Willa devolve o cartão e volta a olhar as crianças. Mas a expressão dela mudou, o sorriso trabalhado e fingido sumiu, e agora ela parece ela mesma novamente, a velha Willa de sempre, com distância nos olhos e ângulos duros nos cantos da boca que não são exatamente uma careta.

"Sidney diz que ele é coisa séria." É uma verdade parcial, na melhor das hipóteses, e Frank olha para o cartão e lê de novo pela centésima ou ducentésima vez.

"Sidney McAvoy é um lunático do caralho."

"Ele diz que esse cara tem mapas..."

"Meu Deus, Frank. O que você quer que eu diga? Quer que eu dê permissão pra você ir falar com um maluco? Você não precisa da minha *permissão*."

"Eu tinha esperança de que você fosse comigo", responde ele tão baixinho que é quase um sussurro, mas guarda o cartão na carteira, onde nenhum dos dois vai ter de olhar, e enfia a carteira de volta no bolso da calça jeans.

"Bom, eu não vou. Já vou às suas malditas reuniões. Já tenho que ouvir aquele babaca do Zaroba. Pra mim já está bom, muito obrigada. É mais do que suficiente."

A garotinha fazendo carinho em Diná escorrega, perde o apoio e quase desliza para trás na beirada da escultura. Mas a mãe a segura e a põe no chão em segurança.

"Eu vejo o que está provocando em você", diz Frank. "Eu tenho que ver. Por quanto tempo mais você acha que pode continuar assim?"

Ela não responde, abre a bolsa e pega um maço de cigarros. Só tem um, e ela amassa o pacote vazio e joga por cima do ombro, nos arbustos.

"E se esse cara realmente puder ajudar você? E se ele puder fazer *parar*?"

Willa está revirando a bolsa, tentando encontrar o isqueiro ou uma caixa de fósforos, e se vira e olha para Frank, o cigarro apagado pendurado nos lábios. Os olhos brilham tanto que parecem pedras preciosas quebradas, olhos de cristal fraturado, furiosos, ressentidos, e ele sabe nesse momento que ela poderia odiá-lo, que poderia deixá-lo ali e nunca olhar para trás. Ela tira o cigarro da boca, lambe o lábio superior, e por um longo momento deixa a ponta da língua presa entre os dentes.

"Mas o que faz você pensar que eu quero que *pare*?"

E só há silêncio quando o que ela diz é absorvido, e ele começa a entender que nunca a entendeu.

“Está matando você”, diz ele, finalmente, a única coisa que consegue pensar em dizer, e os olhos de Willa parecem brilhar e ficar mais brilhantes, mais partidos, mais ansiosos para cortar.

“Não, Frank, é a única coisa que me mantém *viva.* Saber que está lá, que vou ver de novo e que um dia não vou ser obrigada a voltar pra *cá.*”

Ela levanta e anda rapidamente na direção do lago, dando passos bruscos e determinados para botar mais distância entre eles. Faz uma pausa, só o tempo de usar o isqueiro do homem negro velho com um dachshund, depois contorna a casa de barcos e some de vista. Frank não vai atrás, fica sentado olhando os veleiros e as lanchas pequenininhos deslizando graciosamente pela superfície da água coberta de musgo, a coreografia silenciosa de rastros e ondas. Ele decide que talvez seja melhor não se preocupar com Willa agora, vai haver tempo suficiente para isso depois, e se pergunta o que vai dizer para Monalisa quando se encontrar com ele.

Seremos menos capazes de admirar o que este Mundo chama de grandioso, desprezaremos nobremente as Trivialidades nas quais a maioria dos Homens coloca seus Afetos, quando soubermos que há uma variedade de Terras assim, habitadas e adornadas como a nossa.

Christiaan Huygens (c. 1690)

CRK

15.

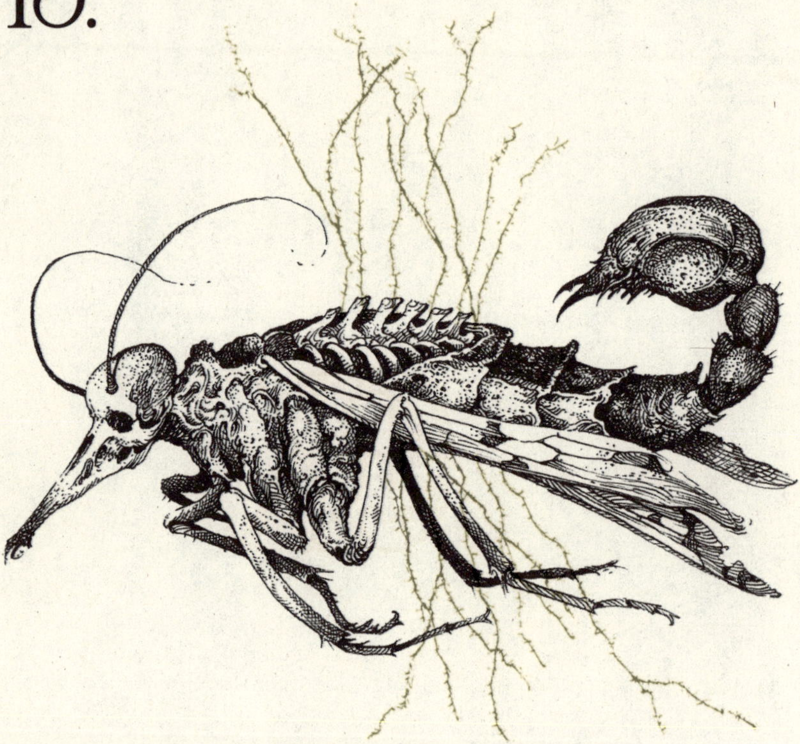

Alacravm Alatvm

FEMINAM —— *DUO CENTUM ET DUODECIM*

P.214

Eu vi essa casa em Savannah, mas devo a história a uma ilustração de Dame Darcy. Uma imagem delicadamente demoníaca de uma irmandade lésbica envolvida com todos os tipos de ritos profanos, essa foi a verdadeira inspiração. O urso empalhado falante com um chapeuzinho vermelho é minha parte favorita.

CAITLÍN R. KIERNAN

Quilômetros depois de uma cidade chamada Vidalia, uma cidade batizada em homenagem a uma cebola, uma cebola batizada em homenagem a uma cidade, mas a Garota Morta não tem ideia de quantos quilômetros; a noite ampla e comum da Georgia como uma colcha de estrelas e trepadeiras kudzu, e todas as estradas parecem iguais aos olhos dela. O Beleguim atrás do volante do Monte Carlo preto enferrujado que eles arrumaram em Jacksonville depois que o Oldsmobile quebrou; Bobby no banco da frente ao lado dele, brincando com o sintonizador do rádio. A corrente infinita de estações caipiras e gospel é interrompida só pelo estalo de estática no meio. A Garota Morta está sozinha no banco de trás, lendo um dos seus livros ao luar. Ela pede para Bobby parar, por favor, porque ela está ficando irritada, e talvez o Beleguim também. Ele para por tempo suficiente para olhar para ela, e os olhos prateados brilham como mercúrio e moedas molhadas de chuva. Ele poderia ser um garoto de seis anos qualquer se não fossem aqueles olhos.

"Deixa ele em paz", diz o Beleguim. "Ele não está me incomodando." Bobby dá um sorrisinho superior para ela, mostra a língua e volta a brincar com o rádio.

"Você que sabe", diz a Garota Morta e vira uma página, apesar de não ter terminado de ler a anterior.

"Ora, ora", diz o Beleguim, e dá sua gargalhada rouca e seca. "Que visão."

Os freios do Monte Carlo gritam, metal contra metal, e o carro sai da estrada. A Garota Morta se senta ereta e consegue ver a caroneira em frente aos faróis, uma garota adolescente levantando uma das mãos para proteger os olhos do brilho.

"Não estou com fome", diz Bobby, como se alguém tivesse perguntado, e a Garota Morta olha para o reflexo do Beleguim no retrovisor. Mas não há explicação esperando-a nos olhos verdes, no sorriso fácil, nas rugas de papel cheias de segredos no rosto velho. Ela deseja pela centésima vez ter ficado em Providence com Gable, há coisas melhores a fazer do que ficar rodando pelo interior pegando fugitivos e mendigos do que ter de dormir nos porta-malas de carros velhos enquanto o Beleguim faz suas tarefas debaixo do sol ardente do sul, um sol tão forte e violento que até a noite parece queimada.

"Talvez essa não seja para comer, garoto." O Beleguim ri, e o Monte Carlo para em uma nuvem de poeira, cascalho e monóxido de carbono. "Talvez essa seja uma coisa que você nunca viu."

A garota está usando óculos escuros e curvos, e o cabelo é branco como leite, leite tecido no fio mais delicado de seda, pele de talco. "É só uma albina", murmura a Garota Morta, decepcionada. "Você acha que nós nunca vimos nenhum albino?"

O Beleguim ri de novo e aperta a buzina. A garota se inclina para a frente e olha para ele através dos óculos e pela poeira baixando, dá um passo hesitante na direção do carro. Está usando uma camiseta amarela desbotada da Minnie e carrega uma bolsa surrada.

"Pura como neve empilhada, essa aí", diz o Beleguim. "Lírio de funeral e arame farpado. Fiquem de olhos bem abertos, vocês dois, senão ela pode acabar ensinando uma coisa que vocês não vão *querer* aprender."

"Cristo", sussurra a Garota Morta e afunda no banco. "Achei que estivéssemos com tanta pressa. Achei que a srta. Aramat ia..."

"Olha a língua, criança", rosna o Beleguim, e agora seus olhos brilham em fogo esmeralda furioso pelo retrovisor. "Se coloque no seu *lugar*." Bobby abre a janela, e a garota albina espia com insegurança dentro do Monte Carlo.

"Pra onde você está indo, irmã?", pergunta o Beleguim, mas ela não responde na mesma hora, olha com cautela para Bobby e para a Garota Morta e depois para a estrada que se estica na noite de verão.

"Savannah", diz a garota albina depois de um tempo. "Estou indo pra Savannah." E a Garota Morta consegue ouvir o receio, a apreensão cautelosa, pesando nas beiradas da voz dela.

"Ah, olha só. Você acreditaria que também estamos indo pra lá? Não fique parado aí, Bobby. Abra a porta pra garota e ajude com essa bolsa..."

"Talvez eu devesse esperar o próximo carro", diz ela, e mexe o nariz como um coelho. "Vocês já são três. Talvez não tenha espaço."

"Besteira", diz o Beleguim. "Tem bastante espaço, não tem, crianças?" Bobby abre a porta e pega a bolsa dela, enfia no chão atrás do banco dele. A albina olha para a estrada mais uma vez, e, por um momento, a Garota Morta pensa que talvez ela vá sair correndo, pergunta-se se o Beleguim vai correr atrás dela se ela fizer isso, se é *esse* tipo de lição.

"Obrigada", diz ela, parecendo qualquer coisa, menos agradecida, e sobe no banco de trás e senta ao lado da Garota Morta. Bobby fecha a porta, e os pneus carecas do Monte Carlo giram inutilmente por um momento, levantando areia e cascalho, mas encontram tração e o carro dispara pela estrada.

"Você é de Vidalia?", pergunta o Beleguim, e a garota faz que não, mas não diz nada. A Garota Morta fecha o livro – *A teia de Charlotte, em latim, Tela Charlottae* – e coloca no banco entre elas. A albina tem cheiro de suor antigo e roupas sujas, de ar fresco e do sangue quente que tem nas veias. Bobby se vira no banco e olha para ela com olhos prateados curiosos.

"Qual é o nome dela?", ele pergunta à Garota Morta, e o Beleguim desvia para não passar por cima de uma coisa jogada na estrada.

"Dancy", diz a albina. "Dancy Flammarion." E ela tira os óculos de sol, revelando olhos de um vermelho-rosado escuro de piropo ou de corações polpudos feitos de morangos frescos.

"Ela é cega?", pergunta Bobby.

"Sei lá", resmunga a Garota Morta. "Pergunte pra ela."

"Você é cega?"

"Não", diz Dancy com o tom ríspido na voz indicando que ela sabe que é um jogo, uma formalidade provocadora, e que talvez já tenha passado por isso. "Mas a luz machuca meus olhos."

"Os meus também", diz Bobby.

"Albinismo oculocutâneo", diz o Beleguim. "Um defeito genético na capacidade do corpo de converter o aminoácido tirosina em melanina. Ah, mas estamos sendo grosseiros, Bobby. Ela não deve gostar de falar sobre isso."

"Não, tudo bem. Não me incomoda", diz Dancy e se inclina para a frente de repente, com ousadia, deixando centímetros entre si e Bobby. O movimento o surpreende, e ele dá um pulo. "E você, Bobby? Qual é o problema com os *seus* olhos?", pergunta Dancy.

"Eu...", ele começa, mas para e olha com insegurança para a Garota Morta e para o Beleguim. A Garota Morta dá de ombros, sem ideia de quais podem ser as regras daquela situação, e o Beleguim mantém os olhos na estrada.

"Tudo bem", diz Dancy, piscando para ele. "Não precisa me contar se não quiser, se não pode contar. O anjo me conta o que preciso saber."

"*Você* tem um anjo?" E agora Bobby parece não acreditar.

"Todo mundo tem um anjo. Bom, todo mundo que já conheci até agora. Até você, Bobby. Ninguém te disse isso?"

A Garota Morta suspira e pega o livro de novo, abre em uma página que já leu duas vezes.

"Por que você não vê se consegue encontrar alguma coisa no rádio?", diz ela para Bobby.

"Mas eu ainda estou conversando com Dancy."

"Você vai ter bastante tempo pra conversar com Dancy, menino", diz o Beleguim. "Ela não vai a lugar nenhum."

"Ela vai pra Savannah com a gente."

"Não pra Savannah", diz Dancy bem baixinho, um leve sorriso nos cantos da boca, e se vira e olha pela janela para os campos escondidos pela noite e para as fazendas que passam em silêncio.

Bobby olha para ela por mais um ou dois minutos, como se tivesse medo de que ela desaparecesse, e volta a brincar com os botões do rádio.

"Você também, Mercy Brown", sussurra a albina, e a Garota Morta para de ler.

"*O quê?*", pergunta ela. "O que você disse pra mim?"

"Eu sonhei com você uma vez, Mercy. Sonhei com você dormindo no fundo de um rio frio, com lagostas no cabelo e esse garoto nos braços."

Dancy mantém o olhar na janela enquanto fala, a voz tão tranquila e sem medo, como se entrasse em carros com demônios todas as noites da semana. "Eu sonhei com você e com neve. Você também tem um anjo."

"Cala a porra da sua boca", rosna a Garota Morta. "Esse não é meu nome, e não me importa *quem* você é, cala essa boca ou..."

"Você vai me matar de qualquer jeito", diz Dancy calmamente, "então que diferença faz?" Na frente, o Beleguim ri baixinho. Bobby encontra uma estação que toca uma música antiga do Johnny Cash, "The Reverend Mr. Black", e canta junto.

Sudeste, e a terra passa de pradaria aberta e bosques de pinheiro para pântanos salgados e estuários, uma confluência de rios lamacentos e sinuosos, mijo preto dos distantes Apalaches, das colinas do Piedmont, e tudo o que tem entre os dois. O Lowcountry, *não tem lugar mais lindo nem mais adequado*, cheio de macega e mirica, de garças e jacarés, e a velha cidade espalhada onde o rio Savannah corre até o mar paciente e faminto. O fim da Marcha de Sherman, e essa pérola pantanosa evitou as tochas ianques, salva por mulheres graciosas e suas seduções noturnas, e em 1864 a cidade toda foi dada como um grande presente de Natal para Abraham Lincoln.

A mansão na East Hall Street, Stephens Ward, foi construída dezessete longos anos depois, nos dias de reconstrução, e o sr. Theodosius W. Ybanes contratou um arquiteto da moda de Rhode Island para criar o palácio eclético e irregular de alvenaria e ferro batido, pilastras góticas e sacadas altas em estilo italiano. O telhado com água-furtada, colocado depois de um furacão em 1888, e, depois da morte de Theodosius, a casa passada para os filhos e netos, bisnetos e gerações que vieram e se foram. Diferentemente de todas as casas antigas e opulentas de Savannah, essa nunca deixou as mãos das pessoas que descendiam diretamente do primeiro dono.

E finalmente, passada pelas décadas, um século vermelho furioso e décadas mais, até chegar às mãos pequenas e magras da srta. Aramat Drawdes, tataraneta de um comerciante de munições da Guerra de Secessão e matriarca implícita da Liga e Sociedade de Ressurreicionistas Stephens Ward Tea. A primeira descendente do sexo feminino do velho Ybanes a não ter marido, com inclinações sexuais, sociais e culinárias nem um pouco ortodoxas, a ponto de nem permitirem um casamento de conveniência. Mas a srta. Aramat tem uma espécie de família na mansão irregular da East Hall Street. Atrás das paredes de tijolos amarelos esmaltados, azaleias e trepadeiras, janelas protegidas por cortinas fechadas, a casa tem seu próprio conselho, seu próprio mundo, distante dos costumes e das preocupações prosaicas da cidade.

E, ao que parece, esta noite particular de junho não é especial, não como a vez que eles encontraram a drogada transexual que se enforcou com arame em Forsyth Park, nem como outubro, quando Candida teve a ideia de fazer todas as lanternas de halloween com crânios humanos e símios em vez de abóboras e depois colocar na varanda, a olhos vistos. Nada tão incomum ou extravagante, só as indulgências tradicionais de sábado à noite: as nove damas da Liga e Sociedade (nove agora, mas já houve mais e menos em outras ocasiões) reunidas na Sala Amarela. O papel de parede antigo de veludo é da cor pungente de açafrão, e elas sentam, ficam em pé ou deitam no tapete persa, com almofadas espalhadas no chão e em alguns divãs puídos. A srta. Aramat e suas oito irmãs exóticas, as nove que seriam realmente ghouls se tivessem nascido em corpos melhores do que esses falíveis e efêmeros corpos humanos femininos. Elas pintam os lábios como feridas abertas, os olhos como hematomas. Os belos vestidos não são reproduções: cada traje, cada corpete e cada crinolina são vintage vitorianos ou eduardianos, e nunca de algum momento depois de 1914, porque foi o ano em que o mundo acabou, diz a srta. Aramat.

Há uma bola de ópio preto e grudento no narguilé alto com oito mangueiras, e garrafas de borgonha, conhaque de pera, Chartreuse e conhaque, mas hoje a srta. Aramat prefere o amargo absinto espanhol e observa preguiçosamente enquanto Isolde equilibra uma colher prateada entalhada que parece uma pá na beirada do copo. Um único cubo de açúcar, e a garota joga água de uma jarra na colher, dissolvendo o açúcar, pinga, pinga, pinga, e o licor ganha um tom verde leitoso de jade polido.

"Agora, eu", pede Emily de onde está sentada, num dos divãs amarelos, mas Isolde a ignora, serve absinto para si mesma e senta no chão, perto dos pés descalços da srta. Aramat. Dá um sorrisinho debochado para Emily, que revira os olhos azuis e exasperados e estica a mão para o conhaque.

"É melhor se cuidar, Isolde", avisa Biancabella, brincando, de seu lugar embaixo de um abajur de piso Tiffany, com luz de vitral como girassóis estilhaçados espalhada no rosto e nos ombros. "Um dia, vamos botar a *sua* carcaça na mesa."

"Nos seus sonhos", responde Isolde com rispidez, mas se aninha mais entre as pernas da srta. Aramat mesmo assim, refugia-se no abrigo protetor das meias e da anágua dela, nas dobras da saia.

Mais tarde, claro, elas vão jantar, o bufê de mogno da sala de jantar coberto de molejas com champignon, tartaruga cozida com um leve tempero de noz-moscada e xerez, inhame, quiabo, arroz-vermelho, ostras cruas, alcachofras-de-jerusalém e uma dezena de opções de sobremesa. Depois, Alma e Biancabella vão tocar para elas, violoncelo e violino, até chegar a hora de ir para o porão e fazer as dissecações da noite.

Madeleine vira outra carta, a Rainha de Copas, e Porcelina franze a testa, não exatamente o que ela esperava, já ficando entediada com os prognósticos secos de Maddy; ela olha por cima do ombro esquerdo para a srta. Aramat.

"Eu vi Samuel de novo esta semana", diz ela. "Ele me disse que a garrafa começou a cantar à noite, quando a lua está bem iluminada."

A srta. Aramat para de passar os dedos pelo cabelo louro cacheado de Isolde e olha em silêncio para Porcelina por um momento. Outro gole de absinto, açúcar e anis na língua. "Achei que tínhamos um acordo", diz ela. "Achei que tivesse pedido que você não tocasse no nome dele, nem na minha presença e nem nesta casa."

Porcelina olha novamente para a carta de tarô, empurra o pincenê violeta para cima.

"Ele disse que os jamaicanos estão oferecendo muito dinheiro."

Do outro lado da sala, Candida para de ler para Mary Rose, fecha o exemplar de *Unaussprechlichen Kulten* e olha de cara feia para Porcelina. "Você pode ser a mais jovem", diz ela, "mas isso não é desculpa para ser abusada. Você foi avisada..."

"Mas eu vi com meus próprios olhos, eu vi." E agora ela não parece tão ousada, nem um pouco confiante como um instante antes. Madeleine está tentando ignorar a história toda, pega o maço e embaralha as cartas.

"Você viu o que ele quer que você veja. O que ele *fez* você ver", diz a srta. Aramat. "Mais nada. A garrafa é um conto de fadas, e Samuel e o resto daqueles velhos conjuradores sabem muito bem que sempre vai ser assim."

"Mas e se não for? E se só *metade* das coisas que ele diz for verdade?"

"Pare", murmura Candida e abre o livro de novo.

"Sim", diz Mary Rose. "Estamos cansadas de ouvir sobre Samuel e aquela porcaria de garrafa."

Mas a srta. Aramat mantém os olhos verde-acastanhados sem fundo em Porcelina, toma outro gole pequeno de absinto. Enfia os dedos no cabelo de Isolde e puxa a cabeça para trás com força, expondo a garganta pálida da garota para a sala; todas conseguem ver as cicatrizes, os cortes rosados e inchados entre o belo queixo de Isolde e a gola alta de renda.

"Então vá chamá-lo, Porcelina", diz a srta. Aramat com suavidade. "Diga para trazer a garrafa aqui esta noite. Diga que quero uma demonstração."

Madeleine para de embaralhar as cartas, e Biancabella estica a mão para o conhaque, apesar de seu copo não estar vazio.

"Antes das quatro, diga a ele, mas depois das três. Não quero que ele e nem os garotinhos dele interrompam as formalidades."

E quando tem certeza absoluta de que a srta. Aramat terminou, quando Isolde finalmente tem permissão de baixar o queixo e esconder as cicatrizes, Porcelina levanta e vai sozinha até o telefone no corredor.

No porão da casa na East Hall Street há três mesas de embalsamamento de mármore de uma ponta a outra, embaixo de uma fileira de lâmpadas fluorescentes. As lâmpadas são uma das poucas concessões contrariadas da srta. Aramat à modernidade, embora por um tempo a Sociedade tenha trabalhado apenas à luz de velas, depois com lâmpadas incandescentes penduradas acima das mesas. Mas seus olhos não são mais como eram, e tem o astigmatismo de

Biancabella em que pensar. Então, Aramat comprou as lâmpadas fluorescentes em um leilão do governo em Travis Field, e agora todos os cantos do porão estão banhados em luz branca, uma luz clínica para iluminar os cantos mais secretos dos cadáveres.

Paredes de tijolos vermelhos se desfazendo, e aqui e ali o chão arenoso de terra foi coberto com placas de compensado envernizado, um caminho improvisado e remendado para que as botas não fiquem lamacentas demais quando chove. Uma variedade de armários e prateleiras velhas cobre as paredes, estantes de livros e armários com portas de vidro; pelo menos mil garrafas fechadas com rolhas, potes com exemplares de vários formatos e tamanhos, cheios de etanol ou formol, para preservar as coisinhas velhas e os pedaços de coisas que flutuam dentro. Microscópios antigos, lentes de aumento e membros protéticos, um esqueleto humano pendurado por um gancho preso no alto do crânio amarelado, cada osso cuidadosamente rotulado com tinta nanquim na caligrafia rebuscada da srta. Aramat.

A coleção de Alma de fetos abortados e patológicos ocupa todo o canto noroeste do porão, e outro canto foi cedido para a obsessão de Mary Rose pelo crânio do *Homo sapiens*. Até o momento, ela tem cinquenta e três (inclusive os doze sacrificados às lanternas de halloween de Candida), classificados como Negroide, Australoide, Mongoloide e Xantocroide, de acordo com o tratado das raças do homem de T. H. Huxley, de 1970. Do outro lado das mesas de embalsamamento fica uma bancada baixa e longa de carvalho entalhado e polido, meio templo funerário, meio bancada de laboratório, onde as fotografias emolduradas de Emily de integrantes falecidas da Liga e Sociedade, cuidadosamente decoradas com lembranças pessoais e buquês de flores secas, brigam por espaço com o amontoado de béqueres, tubos de ensaio e cúpulas de Madeleine.

Perto da escada tem um cofre preto e grande com duas portas que nenhuma delas tentou abrir, com filigrana dourada e COFRES E TRABALHOS COM FERRO L. H. MILLER, BALTIMORE, MD pintado em uma porta, acima do botão de metal da combinação. Muito tempo atrás, antes de a srta. Aramat nascer, alguém colocou o retrato de uma mulher idosa de vestido azul em cima do cofre, uma tela anônima sem moldura encostada na parede, e os anos e a umidade constante cobraram um preço. O quadro tem vários buracos grandes, foi desgastado por insetos e fungos, e as feições da mulher foram praticamente obliteradas.

"Eu nunca nem *ouvi falar* de ceitas", diz Isolde, levando a mão às costas para amarrar o avental.

"*Ci*tas, querida", corrige a srta. Aramat.

"Ah", diz Isolde e boceja. "Bom, eu nunca ouvi falar *deles* também." E vê Biancabella fazer o primeiro corte, puxando o bisturi com destreza entre os pequenos seios da mulher deitada no meio da mesa. Seguindo a incisão original do agente funerário em Y, ela corta com facilidade as suturas que seguram o tronco do cadáver.

"Foi um povo antigo que deve ter se originado na Anatólia e no norte da Mesopotâmia", diz Biancabella enquanto acompanha com cuidado a fileira de pontos. "O reino deles foi conquistado pelos suoromatas iranianos, e no fim do século vi a.C. se tornaram nômades que vagavam pelas estepes de Kuban, mais tarde estepes Pônticas..."

Isolde boceja de novo, mais alto do que antes, alto o bastante para interromper Biancabella. "Você parece um professor que tive no ensino médio. Ele sempre tinha cheiro de pastilha de hortelã."

"Eles podem ter *sido* iranianos", diz Madeleine. "Sei que li isso em algum lugar."

Biancabella suspira e para de cortar as suturas, o bisturi imóvel dois centímetros acima do umbigo da mulher morta, e faz cara feia para Madeleine.

"Eles *não* eram iranianos. Você não se deu ao trabalho de ler Plínio?", pergunta ela e aponta para Madeleine com o bisturi. "*Ultra sunt Scytharum populi, Persae illos Sacas in universum appelavere a proxima gente, antiqui Arameos.*"

"Onde diabos fica Aram?", pergunta Madeleine, erguendo uma sobrancelha com desconfiança.

"No norte da Mesopotâmia."

"Quem se importa?", murmura Isolde.

Biancabella balança a cabeça de novo com repulsa e volta a trabalhar.

"Obviamente, algumas mais do que outras", diz ela.

A srta. Aramat estica a mão para a garrafa de vinho pela metade que Mary Rose deixou na mesa, perto dos joelhos do cadáver. Toma uma golada de borgonha, limpa a boca nas costas da mão e borra um pouco o batom. "De acordo com Heródoto, os citas evisceravam os reis mortos", diz ela e passa a garrafa para Isolde. "Em seguida, enchiam a cavidade abdominal com cipreste, semente de salsa, olíbano e anis. Depois, o corpo era costurado de novo e todo coberto de cera."

Biancabella termina de cortar as suturas, coloca o bisturi de lado e usa as duas mãos para abrir a barriga da mulher morta. Os cheiros doces e cáusticos de fluido de embalsamamento e apodrecimento, já palpáveis no ar estagnado do porão, parecem subir como vapor de dentro do cadáver.

"Claro que nós não temos *semente* de salsa", diz ela olhando para Porcelina, do outro lado da mesa, "porque o grego de alguém não é exatamente o que deveria ser."

"É bem parecido", diz Porcelina, na defensiva, e aponta com o indicador para a tigela de salsa fresca picada junto com todos os outros ingredientes para o ritual. "Não consigo imaginar que a srta. Sei Lá Quem aqui vá se importar."

Biancabella começa a inserir os ganchos de dissecação de aço na carne endurecida nas beiradas da incisão, cada gancho preso a uma corrente fina bem firme nas vigas acima.

"Alguém pode me lembrar de novo por que acolhemos essa piranha?"

"Bom, ela é muito boa de foda", diz Madeleine. "Ao menos quando está sóbria."

"E faz um pudim de milho absurdo", acrescenta Alma.
"Ah, é. O pudim. Como pude esquecer o pudim?"
"Da próxima vez", resmunga Porcelina, "resolvam vocês, porra."
"Não, querida", diz a srta. Aramat, com voz suave como a mesa de trabalho, fria como o coração da mulher morta. "Da próxima vez, você vai fazer direito. Ou pode não haver outra vez depois disso."
Porcelina vira as costas para elas porque tem medo de que vejam a verdade no fundo de seus olhos, a dor e a dúvida que tomam conta de sua alma. Olha para a janela com persianas acima dos crânios de Mary Rose, o vidro pintado de preto, com látex preto brilhante e grosso para impedir a entrada do dia e afastar olhos xeretas.
"Bom, vocês têm de admitir, pelo menos nunca mais teríamos que ouvir sobre aquela porra de garrafa de novo." Candida ri, e como se a gargalhada fosse um encantamento, uma magia habilidosa que destrói o momento, a campainha dos fundos toca diretamente acima. Um zumbido como vespas furiosas e elétricas, filtrado pelo piso de madeira. A srta. Aramat olha para Porcelina, que não tirou os olhos da janela.
"Você falou para ele vir às três?", pergunta a srta. Aramat.
"*Eu falei*", responde Porcelina, parecendo com medo, e a srta. Aramat assente uma vez, tira o avental e pendura em um gancho na parede.
"Se precisar de você, eu chamo", diz ela para Biancabella e, pegando o que sobrou do borgonha, sobe a escada para atender a porta.

"Acho que Bobby e eu devíamos ficar no carro", diz a Garota Morta novamente, para o caso do Beleguim não ter ouvido da primeira vez.
É um homem grande e exagerado brigando com as chaves, procurando a que entra no cadeado do portão de ferro. Ele se detém por tempo suficiente de olhar para ela e balançar a cabeça que *não*. O luar reflete na careca, e ele coça a barba e olha para a chave que não quer cooperar.
"Mas eu vi um policial lá atrás", diz a Garota Morta. "E se ele encontrar o carro e verificar a placa? E se..."
"A gente sempre pode pegar outro carro", resmunga o Beleguim. "É melhor ele encontrar um carro roubado do que um carro roubado com vocês dois dentro."
"E eu quero ver as moças", diz Bobby, balançando a bolsa de couro do Beleguim, e a Garota Morta queria poder dar um tapa nele, faria exatamente isso se o Beleguim não estivesse ali e fosse vê-la fazendo isso.
Bobby se inclina, aproximando-se da garota albina, e fica nas pontas dos pés, os lábios encostados embaixo da orelha esquerda dela. Tem um pedaço de fita adesiva na boca da menina, fita prateada enrolada nos pulsos, e a Garota Morta está segurando a gola da camiseta da Minnie.
"Elas são como *ghouls*", sussurra ele. "Só que mais legais."

"Não, não são." A Garota Morta ri. "Não são ghouls de verdade. Ghouls de verdade não moram em casas enormes."

"Você vai ver", Bobby sussurra para Dancy. "Elas remexem dentro de pessoas mortas e cortam em pedacinhos. É isso que ghouls fazem."

E o Beleguim encontra a chave certa nessa hora.

"*Aí* está você, meu pardalzinho enferrujado."

O fecho se abre, e em um momento eles passam pelo portão e param no jardim. A Garota Morta olha com desejo para o beco e para o Monte Carlo enquanto o Beleguim fecha o portão, *clang*, e trava o cadeado de novo.

O jardim está mais escuro que o beco, os membros baixos e espalhados dos carvalhos e magnólias vivos escondendo a lua, galhos tortos cobertos de barba-de-velho e samambaias epífitas. Dancy precisa apertar os olhos para ver. Ela respira fundo pelas narinas, absorvendo a noite grudenta e com aroma de flor, camélias e abrunheiros, e também as flores carnudas e brancas de magnólia. Atrás dela, as chaves do Beleguim tilintam, e a Garota Morta empurra Dancy para a frente, na direção da casa.

O Beleguim vai adiante pelo caminho estreito de pedra que serpenteia entre as árvores, passando por um relógio de sol de metal e por estátuas de mármore em pedestais de mármore, corpos nus envoltos em sombras de roupas, olhos cegos de pedra olhando para o céu. Dancy conta os passos, escuta o arquejo de homem gordo do Beleguim, os silêncios gêmeos onde deveriam estar a respiração da Garota Morta e de Bobby. Só uma leve brisa quente incomoda as folhas, o cricrilar dos grilos e esperanças e, em algum lugar próximo, um bacurau chamando outros bacuraus.

Uma cerca viva grossa de oleandro e o caminho vira abruptamente. Eles chegam à beirada de um espelho d'água tomado de jacintos e nenúfares; pedras largas contornam a circunferência larga, e o Beleguim se detém aqui, olha para a água e coça a barba. O rosto dele está com uma expressão de quem perdeu alguma coisa, de quem sabe que nunca mais vai encontrar, ou de que essa coisa nunca vai encontrá-lo.

"O que foi?", pergunta a Garota Morta. "Qual é o problema?" Mas o Beleguim balança os ombros largos e dá outro passo para mais perto do espelho d'água, parando bem na beirada agora.

"Um dia", diz ele. "Um dia, quando vocês forem mais velhos, talvez eu conte sobre este lugar. Um dia, talvez eu até conte o que ela guarda lá embaixo, com os peixes dourados e os girinos."

Ele ri, um som feio e amargo, e Dancy se obriga a virar de costas para o espelho d'água. Ela pode ouvir as coisas afogadas murmurando baixinho embaixo da superfície, ainda que a Garota Morta não consiga, as vozes catarrentas misturadas com raízes e lodo. Olha para a casa e vê que eles quase chegaram nos degraus que levam à varanda alta dos fundos. Algumas janelas do andar de baixo brilham com uma luz amarela suave, luz que não deixa de parecer convidativa depois de tanta escuridão. Mas Dancy sabe como são as coisas, reconhece uma mentira quando vê. Não há nada reconfortante ou salvador atrás daquelas paredes. Ela respira fundo de novo e começa a andar na direção da escada antes que a Garota Morta decida empurrá-la de novo.

"Ainda está com a bolsa?", pergunta o Beleguim.

"Sim, senhor", responde o garoto com olhos prateados, e levanta a bolsa para ele ver. "Está ficando pesada."

"Aguente firme, garoto. Vai ficar bem mais leve a qualquer momento."

Eles sobem a escada juntos, Dancy na frente, ainda contando os passos, e o Beleguim atrás, e os degraus de madeira estalam alto sob os pés deles. No alto, o Beleguim aperta a campainha, e a Garota Morta empurra Dancy para uma cadeira velha de vime.

"Onde está seu anjo agora?", diz ela com desdém e enfia as unhas afiadas no pescoço de Dancy, forçando a cabeça dela a descer até entre os joelhos.

"Cuidado, criança", diz o Beleguim. "Não comece a fazer perguntas que não quer que sejam respondidas." Ele está olhando para o beco, pelo jardim amplo, para o carro. "Ela pode mostrar um anjo ou dois antes do fim da noite."

E a Garota Morta abre a boca para mandar que ele vá se foder, sem se importar com seu "lugar", porque ser babá de garotas albinas malucas nunca foi parte do acordo. Mas a porta dos fundos se abre nessa hora, a luz de dentro da casa se espalhando, e a Garota Morta e Bobby cobrem os olhos e afastam o rosto. Dancy levanta a cabeça, desejando que não tivessem tirado seus óculos escuros, e se esforça para ver mais do que a silhueta de uma mulher em pé na entrada.

"Ah, mas que surpresa", diz a mulher, com alegria, e os leva para dentro.

Pela cozinha clara e por um corredor longo e pouco iluminado, paredes cheias de quadros com molduras douradas e cenas que poderiam ter saído dos próprios pesadelos de Dancy: imagens de cemitérios à meia-noite, túmulos abertos e lápides quebradas, uma rebelião de figuras corcundas e saltitantes, criaturas com maxilares de cachorro e olhos de fogo, arrastando cadáveres da terra profanada.

"Podemos tomar nosso chá na Sala Rubra", a mulher chamada srta. Aramat diz para o Beleguim. É uma mulher pequena, um pouco menor do que Dancy, com mãos e rosto de boneca de porcelana, roupas de boneca de porcelana, e Dancy pensa que ela pode se estilhaçar se alguém bater nela. As joias no pescoço cintilam como gotas de sangue e orvalho da manhã em prata, e ela está usando um chapéu grande e preto, com aba larga e cheio de rendas e laços, duas penas iridescentes de pavão presas na faixa. A cintura apertada é tão pequena que Dancy acha que uma única mão seria quase capaz de envolvê-la, do polegar até o dedo do meio. Ela não é velha, mas Dancy também não a chamaria de mulher jovem.

A srta. Aramat abre a porta e os leva para uma sala da cor de um matadouro: paredes vermelhas, piso vermelho, espadas cruzadas acima de uma lareira de azulejos vermelhos, um urso preto empalhado usando um barrete vermelho montando guarda em um canto. Ela puxa uma corda trançada de sino, e em algum lugar dentro da casa há um tilintar abafado.

"Eu só esperava vocês amanhã à noite", diz ela para o Beleguim e faz sinal para que ele sente em uma poltrona forrada de brocado vermelho.

"Jacksonville não tomou tanto tempo quanto eu esperava", responde ele, mexendo o corpo, tentando encontrar um jeito confortável de se sentar em uma cadeira desconfortável. "Você pareceu ansiosa pra receber essa entrega. Espero não estarmos atrapalhando."

"Ah, não, não", garante a srta. Aramat. "Claro que não." E dá aquele sorriso que faz Dancy pensar em um jacaré.

"Bom, desta vez eu tenho quase tudo o que você pediu." A poltrona estala alto, e ele para de se mexer e fica imóvel, olhando com uma expressão de desculpas para a srta. Aramat. "Menos o livro. Infelizmente, meu amigo da Magazine Street não conseguiu esse item."

"Ah. Que pena ouvir isso. Biancabella vai ficar decepcionada."

"No entanto", diz o Beleguim rapidamente ao apontar um polegar gorducho para Dancy, sentada agora entre a Garota Morta e Bobby em um sofá vermelho grande, "acho que eu talvez tenha uma coisa aqui que vai mais do que compensar."

A srta. Aramat finge que não havia reparado em Dancy ainda, que não estava olhando para ela nos últimos cinco minutos.

"Que maravilha", diz ela, embora Dancy perceba um tom de dúvida na voz, uma hesitação. "Acho que nunca tivemos uma albina."

"Ah, ela não é uma albina qualquer", diz o Beleguim, então sorri e coça a barba. "Você deve ter ouvido falar do aborrecimento em Waycross mês passado. Bom, foi essa garota que matou."

Uma coisa passa rapidamente pelo rosto da srta. Aramat nesse momento, um tom fugidio de medo ou indignação, e ela dá um passo para trás, na direção da porta.

"Meu Deus, homem. E você a trouxe para *cá*?"

"Não se preocupe. Acho que ela é bem inofensiva, na verdade."

O Beleguim pisca para a Garota Morta, e ela enfia o cotovelo nas costelas de Dancy para provar isso. O ar sai pelas narinas dela, e ela se inclina, ofegando inutilmente com a fita ainda cobrindo a boca. Um bando vertiginoso de vaga-lumes pretos e roxos dança na frente dos olhos dela.

Vou vomitar, ela pensa. *Vou vomitar e morrer sufocada.*

"Se você quer saber, alguém deve estar ficando descuidado em Waycross", diz o Beleguim, "se essa vaca magrela conseguiu provocar tantos danos. Quando a encontramos, eu pensei: quem ia gostar de um petisco tão extraordinário como esse, uma iguaria tão macia e rosada?"

A srta. Aramat está roendo uma unha com indecisão e puxa o sino de novo, com mais força agora, impaciente, e bate duas vezes com o pé no chão.

"Sem cobrança extra?", pergunta ela.

"Nem um centavo. Você estará nos fazendo um favor."

Dancy fecha bem os olhos, respira pelo nariz e sente gosto de sangue e bile no fundo da boca. O Beleguim e a srta. Aramat ainda estão conversando, mas as vozes deles parecem distantes agora, inconsequentes. Essa é a casa onde ela vai morrer, e ela não entende por que o anjo nunca contou isso. Na noite em Waycross, quando ela enfiou a faca no coração de um monstro vestido com a pele de homens e animais mortos, ou antes disso, na noite em que matou Bainbridge. Toda as vezes o anjo foi até ela para lhe dizer que estava certa, que o mundo se tornava um lugar mais limpo por causa do trabalho dela, mas nunca disse nada sobre essa casa e a mulher do chapéu com penas de pavão. Lentamente, a tontura e a náusea começam a passar, ainda que a dor não, e ela abre os olhos de novo e observa o tapete antigo entre os tênis.

"Eu disse *olhe* para mim." E Dancy demora um momento para perceber que a mulher está falando com ela. Ela vira a cabeça, e agora a srta. Aramat está bem mais perto do que antes, e tem duas mulheres mais jovens de cada lado dela.

"Ela matou o Gynander?", pergunta a mulher muito alta à direita da srta. Aramat, com dúvida na voz. "Jesus." E limpa as mãos no avental preto de borracha que está usando, ajeita os óculos para ver melhor.

A mulher de cabelo castanho-avermelhado à esquerda da srta. Aramat balança a cabeça, sem acreditar, ou talvez só impressionada. "Qual você acha que seria o gosto dela, Biancabella? Tenho uma receita brasileira de vitela que nunca experimentei."

"Ah, não. Não vamos desperdiçar essa aqui na panela."

"Vou ter que comprar banana-da-terra, claro. E muito limão fresco."

"Aramat, diga-lhe que essa vai para a chapa. De qualquer modo, ela parece muito fibrosa."

"É, mas eu posso marinar..."

"Apenas traga o chá, Alma", diz a srta. Aramat, interrompendo a mulher de cabelo castanho-avermelhado. "E doces para o garoto. Acho que ainda tem tortinha de mirtilo que sobrou do café da manhã. Pode chamar Isolde para ajudar."

"Mas você não vai deixar Biancabella ficar com ela *toda*, vai?"

"Vamos falar sobre isso depois. Pegue o chá. De jasmim, por favor."

Alma vai para a cozinha de cara emburrada, murmurando sozinha; Biancabella a observa se afastando.

"É um milagre aquela ali não ser gorda como um porco", diz ela.

A srta. Aramat se ajoelha na frente de Dancy, afasta as franjas de palha de milho dos olhos de coelho branco, e, quando Dancy tenta recuar, a Garota Morta segura um punhado do cabelo dela e a faz ficar imóvel.

"Ela morde?", pergunta a srta. Aramat à Garota Morta, apontando para a fita adesiva, e a Garota Morta dá de ombros.

"Não me mordeu. Só fiquei cansada de ouvi-la falando da porcaria do anjo."

"Anjo?"

"Ela tem um anjo", diz Bobby. "Disse que todo mundo tem um anjo, até eu. Até a Garota Morta."

"É mesmo?", pergunta a srta. Aramat para o garoto, boa parte da apreensão sumindo e algo como prazer surgindo na voz para ocupar o espaço.

"O anjo dela diz onde encontrar monstros e como matar."

"Anjos e monstros", sussurra a srta. Aramat e dá um sorriso, as pontas dos dedos acariciando delicadamente as bochechas de Dancy, a pele tão pálida que é quase transparente. "Você deve ser uma Joana d'Arc comum, então, *la pucelle de Dieu* que vai nos mandar correndo para o inferno."

"Ela é uma *doida* comum", diz a Garota Morta fazendo círculos com o dedo ao lado da orelha direita.

O Beleguim ri, e a poltrona estala de novo.

"É verdade, criança? Você é maluca?" A srta. Aramat puxa a fita adesiva lentamente da boca de Dancy e joga no tapete. A pele fica com uma marca vermelha forte, um retângulo perfeito emoldurando os lábios, e a srta. Aramat se inclina para a frente e a beija de leve. Dancy enrijece, mas a mão da Garota Morta está lá para impedi-la de se afastar. Só um momento, e quando as bocas se separam há uma mancha vermelha leve nos lábios de Dancy.

"Estranho", diz a srta. Aramat, encostando a ponta da língua nos dentes da frente. "Ela tem gosto de cicuta."

"Ela tem *cheiro* de merda", diz a Garota Morta com desdém, e puxa o cabelo de Dancy com força.

A srta. Aramat ignora a Garota Morta e não tira os olhos do rosto de Dancy.

"Você sabe, criança, o que queria dizer, cem anos atrás, quando um homem enviava para uma mulher um buquê de cicuta? Queria dizer: 'Você será a minha morte'. Mas, não, você não sabia disso, sabia?"

Dancy fecha os olhos e se lembra de todas as vezes que foram bem piores do que isso, de todo o horror, a vergonha e a dor para ganhar forças. As partes queimadas dela em que nada nem ninguém podem tocar, o fogo onde a alma costumava ficar.

"Olhe para mim quando eu falo com você", diz a srta. Aramat, e Dancy olha, abre bem os olhos e cospe na cara de boneca de porcelana da mulher.

"*Puta*", grita Dancy. "*Bruxa!*" Mas a Garota Morta cobre a boca dela com a mão.

"Acho que você devia ter deixado a fita, afinal", diz ela com deboche. A srta. Aramat respira fundo, pega um lenço de renda no punho da manga e limpa o cuspe grudado na cara. Olha em silêncio para o linho úmido por um momento, enquanto a Garota Morta ri e o Beleguim murmura um pedido de desculpas não muito entusiasmado atrás dela.

"Agulha e linha vão funcionar melhor, eu acho", diz a srta. Aramat calmamente, e levanta. Passa o lenço para Biancabella e ajeita as pregas da saia com movimentos exagerados.

Alma volta com uma bandeja, xícaras e pires, creme e açúcar, um bule de chá com detalhes em ouro e violetas pintadas do lado. Porcelina está um passo atrás dela, carregando outra bandeja, menor, cheia de bolinhos e tortinhas e uma tigela de bombons de chocolate.

"Não temos mais de jasmim", diz Alma. "Então, fiz o de rosa-mosqueta e camomila."

"O que ela está fazendo aqui?" A srta. Aramat aponta para Porcelina. "Eu falei para você chamar Isolde."

Alma franze a testa, coloca a bandeja em uma mesa de nogueira perto do Beleguim. "Eu chamei", diz ela. "Mas foi Porcelina quem veio."

"Isolde estava ocupada drenando o cadáver", explica Porcelina ao colocar a bandeja ao lado da outra. "E eu nunca vi vampiros."

"E é como você esperava?", ronrona a Garota Morta com sarcasmo.

"Rosa-mosqueta e camomila parece uma mistura maravilhosa", diz o Beleguim, pegando um pires e dois cubos de açúcar. "Os bolinhos são de semente de papoula?"

A srta. Aramat olha para Porcelina, que finge não reparar, enquanto Alma coloca chá fumegante nas xícaras.

"São, sim", diz Porcelina. "Mary Rose fez hoje de manhã."

"Que delícia. Não como um bolinho de semente de papoula gostoso há séculos."

"Posso, por favor, pegar dois?", pergunta Bobby, apontando para o recheio grudento e escuro de uma tortinha de mirtilo polvilhada com açúcar de confeiteiro.

"Não vejo motivo para não poder, querido. Vão acabar estragando."

De repente, há um uivo repentino e crescente da srta. Aramat, um som raivoso alto demais, selvagem demais para caber no corpo dela, na garganta estreita, mas sai mesmo assim. Ela se vira e corre para a lareira vermelha, esticando-se nas pontas dos pés para pegar uma das espadas no apoio acima da prateleira. São montantes quase do tamanho dela, mas há tanta graça no movimento, no arco prateado de aço temperado, que parece pesar o mesmo que uma vassoura.

Alma grita e larga o bule de violetas e a xícara que estava segurando. Parecem cair eternamente, enquanto a espada gira como a agulha de uma bússola mortal, caindo no chão com um barulho molhado no mesmo instante que a lâmina para embaixo do queixo de Porcelina. A ponta da lâmina está encostada no ponto macio embaixo do maxilar, só um pouco mais de pressão e ela sangraria; um movimento para a frente, e a lâmina deslizaria suavemente pela cartilagem da traqueia e entraria na espinha.

O Beleguim para de mastigar, a boca cheia de bolinho de semente de papoula, a espada a centímetros da ponta do nariz dele. Ele estica a mão lentamente para a automática presa na cintura da calça, e Bobby se vira e corre até a Garota Morta.

Há um sorriso no rosto da srta. Aramat como uma careta, um sorriso amplo e cheio de dentes de cadáver. "Biancabella", diz ela, mas a fúria já sumiu, deixando sua voz quase como um murmúrio rouco. "Lembra-se do inverno passado, quando você queria fazer *Salomé*? Talvez nossos convidados apreciem a diversão."

"Ela seria um Iokanaan horrível", diz Biancabella, os olhos na mão do Beleguim no momento em que ele destrava a arma e aponta para a cabeça da srta. Aramat.

"Ah, *eu* acho que ela vai se sair muito bem", diz Aramat, e agora a ponta da espada arranca uma única gota escarlate do pescoço de Porcelina.

"*Por favor*. Me desculpe. Eu só queria ver..."

"'Ela é monstruosa, a vossa filha, assombrosamente monstruosa. Na verdade, o que ela praticou foi um *grande* crime.'"

O Beleguim engole e lambe os lábios, pegando algumas migalhas perdidas. "Você é muito atenciosa, Aramat", diz ele com frieza, educadamente, como se estivesse recusando outro bolinho ou outra xícara de chá. "Alguma outra hora, talvez."

"'Eu não vou *olhar* as coisas, não vou tolerar que as coisas olhem para *mim*.'"

"Puta que pariu", sibila Biancabella. "Você sabe que ele está falando sério."

Aramat olha de soslaio para o Beleguim e para a arma, depois olha novamente para Porcelina. O sorriso fica melancólico e meio azedo, e ela baixa a espada até a ponta estar apoiada no tapete sujo de chá.

"Eu não queria que você pensasse que não sou uma boa anfitriã", diz ela, o olhar ainda grudado em Porcelina. A garota não se mexeu, fica tremendo como uma estátua paralisada, um filete fino de sangue escorrendo na direção da gola alta do vestido.

"Você entende isso, Beleguim. Eu não poderia deixar que você voltasse para Providence e Boston dizendo que eu não fui uma boa anfitriã."

O Beleguim expira ar parado e alívio, e lentamente baixa a arma, tirando o polegar do gatilho.

"Você sabe que eu nunca diria uma coisa dessas, srta. Aramat." Ele guarda a arma e estica a mão para uma das xícaras de chá. "Eu *sempre* fico ansioso pelas nossas visitas."

"Eu só estava esperando você amanhã à noite", diz ela, e Biancabella tira a espada das mãos dela, coloca no lugar acima da lareira. A srta. Aramat agradece e senta em uma cadeira perto do Beleguim, mas não desgruda os olhos de Porcelina até que Alma a tenha tirado da sala.

No sofá vermelho, Dancy vira a cabeça e olha para a Garota Morta e para o garoto assustado nos braços dela. Os olhos prateados vazios em rostos eternos que não envelhecem. Olhos que podem ter visto centenas de anos ou só décadas, e não faz diferença alguma, de uma forma ou de outra, quando um único momento pode envenenar uma alma para sempre.

"Posso beber alguma coisa, por favor?", pede ela, e a Garota Morta sussurra no ouvido de Bobby. Ele assente, tira os braços do pescoço dela e senta silenciosamente no sofá ao lado de Dancy enquanto a Garota Morta vai pegar uma xícara de chá para ela.

Um tempo depois, embora Dancy não consiga saber quanto, pois não há relógios na sala vermelha, mas já passou uma hora inteira, sem dúvida, desde que eles a deixaram em paz no sofá. O conteúdo da bolsa de couro é trocado por um rolo gordo de notas, e o Beleguim virou e piscou para ela antes de ir embora. A srta. Aramat e Biancabella foram atrás dele, da Garota Morta e de Bobby até o saguão, fechando a porta e trancando ao passarem. Só há uma janela pequena, bem alta, na parede depois da lareira, e se suas mãos não estivessem presas com fita adesiva talvez ela conseguisse alcançar, se subisse em uma das cadeiras ou mesas.

"Elas só pegariam você", diz o urso preto no canto. "Elas pegariam você e a levariam de volta." Não a surpreende muito que o urso tenha começado a falar com ela numa voz rouca e cheia de serragem de urso empalhado.

"Talvez não", diz ela. "Eu corro rápido."

"Elas correm mais", diz o urso, desesperançoso.

Dancy olha para o urso, para o chapéu ridículo apoiado entre as orelhas. Pergunta se ele pode falar com qualquer pessoa ou só com ela, porque às vezes tem coisas que só podem falar com ela, coisas que só ela consegue ouvir porque ninguém presta atenção.

"Eu falei com o homem que atirou em mim", resmunga o urso. "E falei com Candida uma vez, mas ela disse que iria me jogar fora com o lixo se eu falasse de novo."

"O que elas vão fazer comigo?", pergunta Dancy, e como o urso não responde ela pergunta de novo. "O que elas vão fazer comigo, urso?"

"Eu prefiro não dizer."

"Urso burro. Você não deve fazer ideia do que acontece nesta casa."

O urso resmunga baixinho e olha para a frente com os globos oculares de vidro. "Eu *queria* não saber", diz ele. "Queria que o taxidermista tivesse esquecido de me dar olhos para ver e ouvidos para ouvir. Queria que o caçador tivesse me deixado apodrecendo no bosque."

"Elas são mulheres muito más", diz Dancy, olhando na direção da porta agora, e não para o urso. Ele não responde, cansado de ouvi-la, ou talvez tenha voltado a dormir ou a fazer o que ursos mortos fazem em vez de dormir. Ela se levanta e atravessa a sala, para na frente de dois quadros pendurados lado a lado acima de uma planta. Os dois são retratos de corpos de mulheres mortas.

"Isso é uma charada?", pergunta ela ao urso.

"Eu não respondo a charadas", responde o urso.

"Não foi isso que eu perguntei."

"Se eu ainda tivesse estômago", diz o urso, "gostaria de um daqueles bombons de chocolate ali." Ele não aponta para a bandeja de prata porque não pode se mexer, e Dancy decide que é melhor ignorá-lo e observa os dois quadros.

O da direita mostra um cadáver nu tão magro que Dancy consegue identificar a curva da bacia, os picos e vales das costelas. Olhos afundados e vazios, boca aberta, e o seio esquerdo da mulher caiu tanto que está apoiado na axila. Ela está deitada em uma pedra, e só tem um bloco de madeira apoiando o crânio.

"Você poderia colocar um na minha boca", sugere o urso. "Eu talvez lembre como comer."

"Cala a boca, urso." E agora Dancy examina o quadro da esquerda. Essa mulher morta talvez só estivesse dormindo se não fosse a dor no rosto do velho sentado ao lado dela. As mãos estão dobradas em cima dos seios, e ela está usando um vestido de cetim, deitada em uma cama coberta de rosas brancas, com dois travesseiros macios embaixo da cabeça.

"*É* uma charada", diz Dancy. "Um é verdade e o outro não é. Ou os dois são verdade, mas só em parte. Os dois são mentiras, um sem o outro."

"Me dá um bombom e eu digo qual", grunhe o urso empalhado.

"Você não responde a charadas. Você mesmo disse."

"Vou abrir uma exceção."

"Acho que você nem sabe."

"Eu estou morto. Ursos mortos sabem muita coisa." E Dancy está pensando sobre isso, tentando decidir se devia levar um chocolate até a boca do urso mesmo com os pulsos amarrados.

"Tudo bem", diz ela, mas há movimento atrás dela, como folhas secas de outono em uma brisa fria, e o ar de repente fica com cheiro de canela e gelo.

Eu nunca soube que gelo tinha cheiro, ela pensa, se virando, e há um garoto muito bonito de pé do outro lado da sala, olhando para ela. A porta ainda está fechada, ou ele a fechou de novo. Ele é alto e muito magro, talvez um pouco mais velho do que ela, e está usando um vestido de veludo preto com um símbolo verde-escuro parecido com uma ampulheta bordado no peito achatado. O cabelo comprido é do mesmo tom de verde da ampulheta, e os olhos têm a cor da luz das estrelas.

"Oi, Dancy", diz ele e dá um passo na direção dela. Ele está descalço e tem um anel prateado em cada dedo do pé. "Com quem você estava falando?"

"Com o urso", diz ela, e o garoto sorri e enfia a mão no bolso do vestido. Pega uma garrafinha com rolha e mostra para que ela veja. O vidro é da cor âmbar da seiva de pinheiro ou de poças fundas de pântano manchadas pela vegetação podre.

"As Damas me pediram para falar com você", diz ele. "Eu levei uma coisa preciosa para elas, mas elas acharam que você devia ver primeiro. E, admito, ando querendo ver você pessoalmente. Tem muita gente falando de você, Dancy Flammarion."

"Você sabia que ele estava vindo?", pergunta ela ao urso, ou ao anjo, não importa qual, pois nenhum dos dois responde a ela.

"Você não é exatamente o que a gente esperava. Por que veio para Savannah? Quem veio matar aqui?"

"Não sei", diz ela, e isso é verdade, todos os sonhos depois de Waycross, todas as coisas que ela vê nas horas escuras, só trechos e pedaços desconexos, uma coisa quebrada, e não houve tempo de descobrir como todas as peças se encaixavam.

"Você não veio por causa das Damas?"

"Elas não são monstros de verdade", diz ela. "Não passam de bruxas, pervertidas e canibais. Claro que são todas malucas. Mas não são monstros de verdade."

"Não", diz ele. "Não são. Então você veio atrás de mim? Veio atrás do meu mestre ou de um dos Parsifal?"

"Não sei."

"Você veio atrás disso?" O garoto de vestido preto estica a garrafa para ela, e Dancy olha para o urso de novo, imagina uma história em que ele ganha vida de repente e sai pulando pela sala para devorar esse garoto estranho com uma única mordida.

"Não. Eu nem sei o que é", diz ela.

Por um momento, o garoto não diz nada, só a observa com olhos brilhantes de estrela, olhos que leem a mente, a alma, que arrancam mentiras e meias verdades. Estão começando a deixá-la tonta, aqueles olhos, e ela olha para o chão.

"Eu assusto você, Dancy?"

"Não", mente ela. "Não estou com medo de você."

"Olhe para mim, então", diz ele, e, quando olha, Dancy vê que não está mais ao lado do urso e dos quadros das mulheres mortas, mas sentada no sofá vermelho de novo, e a fita que prendia suas mãos sumiu. O garoto bonito está sentado ao lado dela, à esquerda, olhando para a garrafa âmbar na mão. O vidro parece muito velho, oleoso, prismático. Ele a balança, e dentro alguma coisa zumbe e ganha vida, um brilho de vaga-lume. Em pouco tempo, a garrafa começa a brilhar tanto quanto os lampiões espalhados pela sala, e ela não consegue mais olhar diretamente.

"Algumas pessoas ainda acham que é o Graal", diz ele. "Não é, claro. O alquimista Petrus Bonus achou que poderia ser uma lasca do *lapis exilis*, mas também não é isso. Por muito tempo, ficou perdido. Apareceu alguns anos atrás, na rede de um pescador português, preso dentro desta garrafa. O pescador morreu tentando abrir."

"E o que é?", pergunta Dancy, tentando não ouvir as vozes baixas e vibrantes misturadas à luz da garrafa. Um coral retumbante de tempestade capaz de sacudir seus dentes, de fazer seus ossos em cinzas e a pele branca em fuligem.

"Só um brinquedo. Um experimento incompleto. Uma bugiganga boba de um feiticeiro, esquecida e de segunda linha."

"Então não é precioso", diz Dancy, e os olhos começam a doer tanto que ela afasta o olhar. Lágrimas escorrem pelas bochechas, e o som vibrante está fazendo a cabeça dela doer.

"É bem inútil, mas tem pessoas que morreriam por isso. Tem pessoas que matariam por isso."

"Você é só mais uma charada, não é?", sussurra Dancy. "Estou cansada de charadas." Ela está com as pontas dos dedos nas têmporas, os olhos bem apertados, as vozes da garrafa presas na cabeça agora e tentando abrir caminho pelo crânio.

"Mas isso é tudo o que existe, infelizmente. No mundo todo, amplo e irremediável, só existe isso, por fim."

"Não. Não é verdade", diz Dancy. "Há dor."

"Mas por quê? *Por que* há dor, Dancy?"

"Para que possa haver um fim para a dor." E ela deseja, em nome de todos os santos e anjos que consegue lembrar, que o garoto pare de falar, pare de fazer perguntas, a mate e acabe logo com isso. Não quer estar viva quando as vozes da garrafa conseguirem sair da cabeça dela.

"O que você escuta, Dancy Flammarion? As vozes, o que elas cantam para você? Que músicas cantam para mártires e matadores de monstros?"

"Eu *odeio* você", diz ela e morde com força a ponta da língua para nada mais dizer, nada mais que não deva dizer. A boca fica com gosto de sal, moedas e água de chuva.

"Não é nada que eu já não soubesse. O que elas cantam em oferenda a mim, em seu sacrifício?"

O latejar atrás dos olhos dela se dobra e desdobra, torna-se uma coisa insuportável, impensável, que se estica pelo céu crepitante, correndo eternamente, ou tão longe que poderia ser eternamente. Um coral de sofrimento, um crescente afiado.

"Você nunca tentou abrir a garrafa?", pergunta Dancy ao garoto porque não consegue mais guardar tudo dentro de si.

E, como resposta, o som de movimento outonal de novo, mas desta vez ela pensa que é algo mais parecido com asas, asas grossas de morcego ou asas nervosas de pequenos pássaros, o movimento de dez mil asas batendo. Dancy sabe que, se abrir os olhos, não será o garoto quem vai estar sentado ao lado dela. Vai ser uma coisa totalmente diferente, uma coisa bem mais próxima do que ele é de verdade, e agora a sala vermelha fede a carniça, merda e lixo apodrecendo lentamente no sol de verão.

"É só um brinquedo", diz ela.

"É disso que ele tem medo", grunhe o urso empalhado do outro lado da sala, e Dancy ri, porque sabe que ele está dizendo a verdade. Ursos mortos também não gostam de charadas, e quando tenta se levantar ela cai, despenca como um bule derrubado que nunca pararia de cair se tivesse escolha, que nunca se estilhaçaria como a mulher boneca de porcelana, que se estilhaçou há muito, muito tempo, e o rio Savannah levou boa parte dos pedaços para o mar.

Dancy abre os olhos, e a garrafa está caída no chão na frente dela. As vozes estrondosas e sofridas de dentro pingam das narinas, dos lábios e das orelhas dela, uma poça grudenta e escura como melado no tapete.

"Pegue", rosna a coisa que não é um garoto de vestido, formando palavras do tumulto de penas e vento de furacão. "Você está morrendo mesmo. Não pode fazer nada com você. Me mostre o truque."

"*Não tem* nenhum truque", diz ela, esticando a mão para a garrafa. "É só um brinquedo."

"Não", grunhe o urso. "Não toque nisso. Mande que ele faça o trabalho sujo dele."

Mas ela já está segurando a garrafa, tão leve na mão dela, tão quente, um bálsamo aliviando a dor que a come viva, e ela olha para o tormento girando no lugar estragado pairando um pouco acima do sofá vermelho. O giro no sentido anti-horário dos ossos estalantes e finos como galhos e penas de tordo, os olhos como ferimentos inchados e purulentos. E *aqui*, dessa parte ela se lembra, desse momento de um pesadelo de fogo faminto e rodopiante e pássaros morrendo.

"Você devia ter tentado a janela", diz o urso, e Dancy vomita, com nada no estômago além do chá que a Garota Morta a deixou beber, mas vomita mesmo assim.

"A coisa conhece você, Dancy Flammarion. Antes de você nascer, já a conhecia. Antes de o sol ganhar vida, já estava chamando você aqui."

"Eu não quero." Ela tosse e limpa a boca.

"*Você* sabe qual é o *truque*. Nós sabemos que *você sabe qual é o truque*."

E a coisa no ar acima do sofá está gritando, berrando, girando cada vez mais rápido, e pedaços dela estão se soltando e caindo lentamente pelo chão. Onde caem, o tapete queima e solta fumaça.

"*Abra*!"

Dancy senta, e por um momento olha dentro da roda, do paradoxo ainda localizado no centro absoluto; um coração que consome e floresce, nada e tudo ao mesmo tempo.

"Abracadabra", sussurra ela, a garganta ardendo e a cabeça se desmanchando nas costuras, e ela joga a garrafa com o máximo de força que consegue. Faz um arco rodopiante, e o garoto bonito com olhar estrelado (e ela vê que ele *se tornou* um garoto de novo, que o garoto estava em algum lugar o tempo todo) está tentando ir atrás. Quando a garrafa bate na parede, explode em um borrifo de vidro em pó e chamas azul-douradas que sobem rapidamente na direção do céu. Uma ruína cintilante que se entrelaça em um martelo, uma onda, um punho da mais pura luz, e quando a dor sai dela e o mundo se esvai e a deixa sozinha na escuridão o martelo cai, e os únicos sons que restam são as promessas que os monstros fazem antes de morrer.

"Acabou?", pergunta Mary Rose, falando bem baixinho, e Biancabella leva o indicador aos lábios, fazendo sinal de silêncio.

As Damas da Liga e Sociedade de Ressurreicionistas Stephens Ward Tea esperam juntas no longo corredor em frente à porta da Sala Rubra. A srta. Aramat está sentada na escada, sozinha com o corpo de Porcelina nos braços, cantando baixinho para si mesma ou para o fantasma de Porcelina: *Negros e baios, pintados e malhados, quando acordar você vai ter todos os cavalinhos lindos.* A faca de pão que usou para cortar a garganta de Porcelina está a seus pés, grudenta com sangue secando. A casa na East Hall Street está silenciosa agora, sem ar no silêncio opressivo depois da tempestade, apenas a voz da srta. Aramat e o tiquetaquear obstinado do relógio de piso junto à escada, o tiquetaquear distante de outros relógios nas salas.

Todas as coisas que elas ouviram, ou só pensam que ouviram, desde que o Beleguim e seus subordinados saíram e o garoto de Samuel entrou na sala com a garrafa e a garota albina, o momento inescapável e inevitável da morte de Porcelina, mas nada tão terrível quanto esse silêncio. Essa espera, e quando Candida colocou a mão na maçaneta e a puxou de volta rapidamente a palma foi queimada pelo frio.

"Ele nos usou", murmura Isolde. "*Mentiu* para nós."

"Os *dois* nos usaram", responde Emily, mas o olhar da srta. Aramat basta para que nenhuma das duas diga mais uma palavra sequer.

Só o relógio, os cavalinhos lindos e a última e longa hora antes do amanhecer.

A maçaneta finalmente gira, as engrenagens da tranca rolando, a chave irrelevante no bolso de Biancabella, e a porta se abre. Dancy Flammarion aparece em silhueta na luz dos lampiões e de um brilho ainda mais estranho, um brilho etéreo, bioluminescência, que parece vir de algum lugar atrás dela. Tem poder nessa luz, tem dignidade, e coisas mais sombrias que vão assombrar os sonhos das Damas pelo resto da vida delas. Mas o brilho some imediatamente quando ela sai no corredor tomado de sombras, e ela volta a ser apenas a caroneira do Beleguim.

Dancy está segurando com as duas mãos uma das espadas que estava em cima da lareira. O rosto está manchado de lágrimas, sangue e vômito, e Biancabella repara que um dos sapatos está desamarrado.

A srta. Aramat para de cantar. "O que você fez com ele?", pergunta ela. "Ele está morto? Você o matou?"

"Ele teria deixado vocês abrirem a garrafa para ele", diz Dancy. "Teria deixado todas morrerem tentando."

A srta. Aramat olha para a cabeça de Porcelina no colo, dá um sorriso triste e acaricia o cabelo sujo da garota morta.

"O que havia dentro?", sussurra ela.

"Nada pra você. E nada pra ele."

"Eu tentei dizer para ela", diz a srta. Aramat, limpando uma mancha de sangue embaixo do olho esquerdo de Porcelina. "Tentei dizer que não queríamos nos envolver com aquela porcaria."

"Foi por isso que você a matou?", pergunta Dancy.

A srta. Aramat limpa outra mancha de sangue e fecha os olhos de Porcelina. "Não consigo lembrar por que a matei", diz ela. "Eu tinha certeza um momento atrás, mas agora não consigo lembrar. Você sabe, Biancabella?"

"Você estava com raiva", responde Biancabella, alerta e com os olhos na espada nas mãos de Dancy. "Estava com medo."

"Estava? Aí está, então. Biancabella raramente se engana."

"Você vai matar todas nós agora?", Alma pergunta a Dancy. "Nós não teríamos machucado você, sabe, não de verdade. Nós só estávamos..."

"Jesus *Cristo*", sibila Biancabella. "Você queria cozinhá-la com banana-da--terra. Cala a boca, senão eu mesma mato você."

"Vou embora agora", diz Dancy, e dá outro passo para longe da porta da Sala Rubra, ainda segurando a espada na frente do corpo como um escudo. Alma e Candida saem do caminho dela.

"Obrigada, ah, obrigada", diz Alma. "Nós não teríamos machucado você. Nós nunca..."

"Alma, eu *mandei* calar a porra da boca!"

"Me desculpe." E Alma começa a se afastar de Dancy e de Biancabella ao mesmo tempo, encostando-se na parede. "Não vou dizer mais nada, prometo. Me desculpe por ter dito alguma coisa."

"Saia daqui, garota", grunhe Biancabella. "*Agora*, antes que eu mude de ideia. Estou cagando para o que aconteceu lá dentro, você não poderia matar todas nós."

Dancy olha para a espada e assente uma vez, porque sabe que Biancabella provavelmente está certa. O que ela foi fazer está terminado, então não importa. Ela se vira e corre para a porta da frente. Do lado de fora, os primeiros vislumbres aquosos do cinza-azulado do amanhecer surgem na janela que fica no meio da porta da frente, e ela nunca achou que voltaria a ver a luz do dia.

"Pare!", grita a srta. Aramat, e, quando se levanta, o corpo de Porcelina rola para a frente e bate no pé da escada.

Tão perto, pensa Dancy, *tão perto*. Só mais dois ou três passos e ela teria passado pela porta, saindo correndo pela rua, e não olharia para a casa nem uma vez.

"Não termina assim", diz a srta. Aramat, e Dancy se vira, a mulher boneca de porcelana segurando um revólver apontado para ela. "Não na minha casa, moça. Você não entra na minha casa e faz ameaças e depois sai pela porta como se nada tivesse acontecido."

"Deixa ela ir", diz Biancabella. "Não vale a pena."

"Nós temos que fazer um banquete em homenagem a Porcelina, não temos? Vamos ter que comer alguma coisa *especial*." E a srta. Aramat puxa o gatilho. Um *clique* baixo e seco soa quando o cão acerta a câmara vazia.

"Eu não vim por causa de vocês", diz Dancy e aperta a espada porque é a única coisa à qual se agarrar. "Você não passa de uma mulher cruel e maluca."

"E *você*", diz Aramat com desprezo, "acha que é melhor? Que é tão altiva e superior, ao lado dos malditos anjos, e que não passamos de merda, é isso?"

"Por favor, Aramat", implora Biancabella. "Vamos encontrar outra coisa para o banquete de Porcelina, uma coisa verdadeiramente especial. Vamos pegar o carro e dirigir até St. Augustine."

"*Olhe* para ela, Biancabella. Ela é o monstro. Ela tem as marcas." E a srta. Aramat puxa o gatilho de novo, e de novo só há o toque seco do cão na câmara vazia.

"Deixe ela ir, Aramat." E agora Biancabella está indo na direção da escada. Ela empurra Isolde para o lado e quase tropeça no cadáver de Porcelina. "Ela não é nada para nós. Só uma porra de marionete."

"Eu não vim por causa de vocês", diz Dancy de novo.

"'Eu *vou* beijar sua boca, Iokanaan'", sussurra a srta. Aramat, e na terceira vez que aperta o gatilho o revólver explode em um brilho ensurdecedor de fogo e trovão, partindo-se ao meio, e os estilhaços levam com eles as mãos e o rosto dela, um pedaço de aço do tamanho de uma uva se aloja entre os olhos. Um dos fragmentos roça na bochecha esquerda de Biancabella, fazendo um rasgo de sangue do canto da boca até a orelha. Ela fica parada, desamparada, no pé da escada, enquanto Aramat desmorona e cai.

Dancy Flammarion não espera para ver o que acontece ou não acontece em seguida. Larga a espada e sai correndo pela porta da casa grande na East Hall Street, pelo pátio amplo, e o novo dia a envolve em segurança com asas redentoras de carvão e esconde seus passos.

Ainda não é meio-dia, mas já faz trinta e oito graus na sombra, e o Beleguim está sentado sozinho no para-lama traseiro enferrujado do Monte Carlo, tomando uma RC Cola. O sol é um demônio acima, e ele segura a garrafa fria na testa por um momento e aperta os olhos para o brilho de miragem que surge no asfalto. Dancy Flammarion está andando na direção dele na rampa que leva à entrada da interestadual, uma forma pequena de garota embaixo de um guarda-chuva preto enorme, vindo devagar e com teimosia pelo dia distorcido de verão. Um caminhão passa por ele, passa rugindo, e há vento por um momento, mas não é um vento frio. O caminhão segue fazendo barulho, e novamente o único som é o canto das cigarras. O Beleguim termina a bebida e joga a garrafa vazia no pântano na lateral da estrada; pega uma bandana azul no bolso de trás e seca o suor do rosto e da cabeça careca.

"Um homem precisa de chapéu em um lugar assim", diz ele, e Dancy para a poucos metros do carro e olha para ele. Está com óculos escuros que parecem ter sido encontrados jogados na lateral da estrada, com a lente esquerda rachada e o meio preso por linha de pesca de náilon enrolada.

"Você armou pra mim, coroa", diz ela para ele. "Armou para todos nós, não foi?"

"Talvez um belo chapéu Panamá de palha, uma coisa que impeça o sol de cozinhar meu cérebro. Clark Gable não usava um em *E o vento levou*?"

"Era a garrafa ou o garoto?"

O Beleguim enfia a bandana no bolso da calça e pisca para Dancy.

"Era a garrafa", diz ele. "E o garoto, e algumas outras pessoas que é melhor você torcer para nunca ter que encontrar cara a cara."

"E as mulheres?"

"Não. Não tinha nada a ver com as Damas."

"Aramat está morta", diz ela, e outro caminhão passa, fazendo voar o lixo e o cascalho na beira da estrada, como um furacão. Quando passa, Dancy limpa a sujeira das roupas. "Foi acidental."

"Ah, mas que pena, eu acho. Eu esperava que não chegasse a isso." E o Beleguim protege os olhos e vira o rosto para o sol. "Mas sempre foi questão de tempo. Algumas pessoas são más e malucas demais. De qualquer modo, acho que Biancabella pode cuidar das coisas agora."

"Não entendo."

"O que você não entende, Dancy Flammarion?"

"O garoto. Quer dizer, de que lado você está?"

O Beleguim ri baixinho e estica a mão para pegar a bandana de novo.

"Você tem muito a aprender, criança. Você é um terror sagrado, é verdade, mas tem *muito* a aprender."

Ela olha para ele em silêncio, os olhos escondidos por trás dos óculos quebrados, enquanto o Beleguim assoa o nariz na bandana e as cigarras gritam umas com as outras.

"Pode devolver minha bolsa?", diz ela. "Eu deixei no seu carro."

"Você não quer carona? Esse sol já não é bom para pessoas comuns. Odeio pensar no que faria a uma albina. Você já está ficando rosa."

Dancy olha para os antebraços, franze a testa e olha para o Beleguim.

"E os outros?", pergunta ela.

O Beleguim bate com os dedos duas vezes no porta-malas. "Mortos para o mundo", diz ele. "Pelo menos, até o pôr do sol. E eu devo uma a você depois..."

"Você não me deve nada", diz Dancy.

"Então pense nisso como um cessar-fogo temporário. Vai ser uma boa mudança ter alguém que ainda respira para conversar."

Dancy olha para o Monte Carlo e para o Beleguim, depois para a faixa ardente do I-16 que segue para o norte e para o oeste na direção de Atlanta e das montanhas.

"Mas nem sei pra onde estou indo."

"Eu achei que era por isso que você tinha um anjo, pra dizer essas coisas."

"Em algum momento, ele vai dizer."

"Bom, estamos a umas duas horas de Macon. Que tal, pra começar?"

No pântano, um pássaro canta, uma ave pantaneira de pernas compridas, e Dancy vira a cabeça e vê a garça abrir as asas amplas de alabastro e sair voando pela macega com uma coisa preta se contorcendo no bico comprido.

"É um começo", diz ela, mas espera a garça ser apenas uma mancha no céu azul-esbranquiçado para fechar o guarda-chuva e seguir o Beleguim até a sombra do carro.

Para Dame Darcy. Brilhe sempre.

INSECTUM.

HISTÓRIA NOTURNA 1973

HIST.XVI

(New Orleans, 1956)

16.

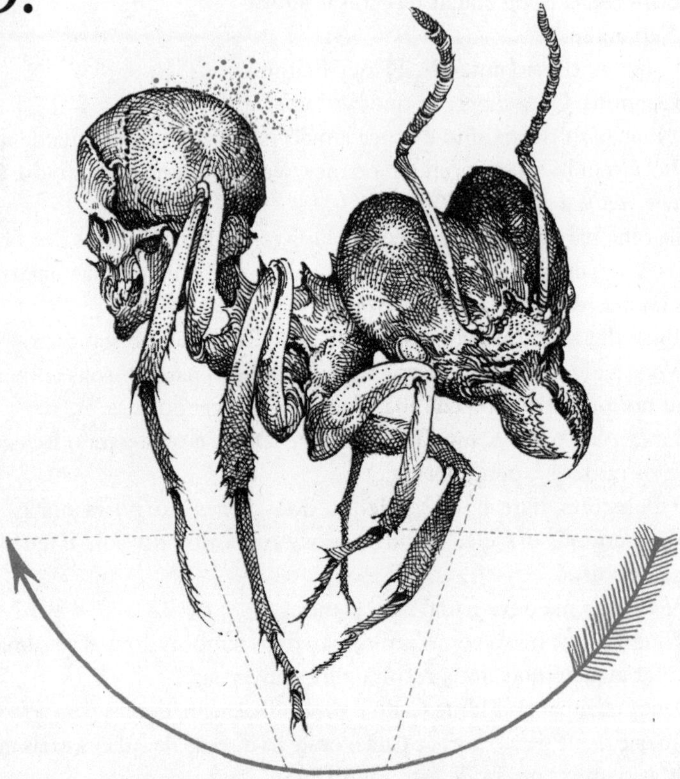

Cranium Caudalis

MASCULUM —— *DUO CENTUM ET QUADRAGINTA*

P.240

Fato conhecido: eu não trabalho bem com outras pessoas. Essa é uma de apenas quatro colaborações que fiz, sem contar quadrinhos, entre quase duzentos contos, novelas e vinhetas. Essa é a melhor de todas. Aqui, há vislumbres da minha infância no Alabama, dos bosques aos pés dos Apalaches. A montanha Lazarus é minha. Fantasma e Deliverance são de Poppy, claro.

KIERNAN OFFICINARUM INVESTIGATIONIS

CAITLÍN R. KIERNAN

“Choveu e choveu e choveu”, disse a velha senhora, lendo em voz alta um livro do *Ursinho Pooh*. Ela estava segurando o livro perto do rosto e apertava os olhos para ver as palavras na luz amarelada do lampião de querosene. “Leitão pensou que, em toda a vida, e *ele* sabia bem *quantos* anos (eram três ou quatro?), nunca tinha visto tanta chuva.” Ela fez uma pausa, levantou a cabeça para olhar para a porta da frente do chalé de dois aposentos na montanha que dividia com o neto, cujo nome era Fantasma.

“Dias e dias e dias”, disse Fantasma, com um toque de impaciência, tentando fazer com que ela continuasse. Mas ele também se empertigou na cama e olhou para a porta, reconhecendo a inquietação alerta no rosto da avó.

“Criança Fantasma, se você já sabe essa história de cor, por que estou me dando ao trabalho de ler pra você?” Mas não tirou os olhos da porta enquanto falava, da porta e das janelas molhadas de chuva dos dois lados dela. As janelas eram o que mais a preocupava. Não havia nada para ver lá fora além da noite de tempestade, mais negra do que piche em um balde, tão escura quanto o cu de um minerador de carvão, exceto pelos breves e trovejantes brilhos de relâmpago.

“O que você viu, Dee?” O nome dela era Deliverance, srta. Deliverance para a maioria, e Dee como apelido só para esse garoto. Deliverance franziu a testa e assentiu, assentiu devagar, depois olhou novamente para as páginas familiares do livro.

“Nadinha”, disse ela. “Deve ter sido um cachorro.”

“Qual?”

“Qual o quê?”

O garoto suspirou, encostou-se no travesseiro grande de penas de ganso. Uma linha vertical pequena apareceu entre as sobrancelhas dele, mais do que um toque de impaciência agora, aquela expressão desconfiada madura demais para seus seis anos e meio. “*Qual* dos dois?”, perguntou ele. “Nadinha ou um cachorro? Não pode ser as duas coisas.”

“Sabe, garoto, às vezes você parece a sua mãe.” E às vezes ele também se parecia com ela, mas Deliverance não disse isso. Já era bem difícil pensar, ver os pedaços descuidados da única filha no rosto de raposa, os olhos dela transformados nos dele, íris do azul-pálido de um amanhecer límpido.

Ela esticou a mão e afastou o cabelo comprido de Fantasma do rosto, aquele cabelo macio e tão louro que era branco, ou quase branco.

"Nada", disse ela. "Eu não vi nada. Não se preocupe." Mas não havia segredos entre esses dois, e ela sabia que ele não tinha acreditado. Em vez de fingir, ele apontou para o *Ursinho Pooh*.

"Choveu e choveu e choveu", disse ele.

"Fantasma, querido, por que a gente não lê outra coisa? Uma coisa em que não esteja chovendo tanto. Talvez aquela em que Ió perde o rabo, ou a da chegada de Can e Guru no Bosque dos Cem Acres."

Fantasma pareceu decepcionado, depois franziu a testa e olhou para o teto da casinha. A tempestade batucava no telhado de metal com mil dedos, a chuva gelada do fim de outubro que começou algumas horas antes de o sol se pôr e não dava sinais de que pararia tão cedo. O vento rugia e sacudia o telhado, tentando encontrar um jeito de entrar, tentando ajudar a chuva, e ele tinha quase certeza de que essa tempestade não era uma tempestade qualquer. Essa tempestade era *má*. Essa tempestade, pensou ele, não se importaria em machucá-los, pegá-los como Dorothy Gale e jogá-los em Oz ou algum outro lugar não tão legal.

"Está atrás de mim, não é, por causa do que eu fiz no riacho ontem, perto das pedras?"

A mulher idosa fechou o livro e o colocou perto do lampião, na mesinha de nogueira ao lado da cama.

"É só uma tempestade", disse ela com severidade, esforçando-se para parecer convincente. "Tempestades não procuram pessoas. Você sabe disso, não sabe?"

"Eu acho que essa sim", respondeu ele. "Essa está me procurando."

E um relâmpago tão forte brilhou que poderia ser a Segunda Vinda, um jorro gelado de luz do dia que afogou o interior da casinha. A mulher se virou para a janela, rápido mas não o bastante, velha demais para competir com o relâmpago, e as janelas já estavam pretas de novo. Não havia nada ali além do trovão e da chuva molhando o vidro.

"Eram os olhos dela", disse Fantasma. "Ela tem olhos grandes e brilhantes pra poder ver aonde está indo no escuro."

E Deliverance se virou novamente para o neto estranho e pálido aconchegado no ninho feito de colchas velhas e um cobertor verde que ela comprou no Woolworth's anos antes. A camisa grande de flanela que ele sempre usava para dormir, uma camisa de trabalho que um dia foi do avô dele, para mantê-lo aquecido e protegido dos sonhos. Ela respirou fundo e se inclinou, aproximando-se dele.

"Fantasma, escute o que eu vou dizer e preste atenção", disse ela, usando a voz sóbria de mulher mais velha que sempre reservava para as coisas que tinha de ter certeza de que ele entenderia, serpentes cabeça-de-cobre e armadilhas de aço, cogumelos venenosos e os fundos cobertos de folhas de poços abandonados.

"Estou escutando, Dee", disse ele baixinho.

"Às vezes, nós temos que ser corajosos, mesmo quando estamos com medo. Precisamos não deixar que o medo nos impeça de pensar direito. A coragem é isso, garoto, no fim das contas, não permitir que o medo o deixe tão abalado que você comece a fazer coisas idiotas em vez de fazer o que devia fazer."

"Eu não sabia sobre as pedras", sussurrou o menino e afastou o olhar dela, olhando para a chama do lampião.

"Num tem ninguém culpando você. Eu devia ter contado sobre aquela pilha velha de pedras muito tempo atrás. Mas às vezes um corpo se esquece de coisas, até de coisas importantes como aquelas pedras. A única coisa que importa *agora*, Fantasma, é que façamos as coisas que sabemos que temos que fazer e não fiquemos com tanto medo a ponto de esquecer qualquer outra coisa importante."

"Como o sal?", perguntou ele solenemente, e ela assentiu, apesar de saber que a tempestade tinha levado o anel duplo de sal que ela polvilhou cuidadosamente ao redor da casa naquela tarde. Ainda havia linhas brancas caprichadas nos peitoris e nas entradas.

"Sim. Como o sal", disse ela. "E a camomila e a erva-de-são-joão."

Nesse momento, Fantasma sentou e apontou para o *Ursinho Pooh*, onde Deliverance tinha colocado o livro, na mesa ao lado da cama.

"Que tal a gente ler 'A história em que Pooh vai fazer uma visita e acaba em um aperto'?", perguntou ele. "Não tem muita chuva nessa, né?"

"Talvez seja melhor você dormir. É quase meia-noite."

Ele balançou a cabeça em negativa. "Num tô com sono."

"Eu não perguntei se estava, perguntei? E não diga 'num'." Ela fez cara feia para ele, mas pegou o livro na mesa mesmo assim. "É errado. Num quero que as pessoas pensem que meu netinho tem a educação de um caipira ignorante."

"Mas *você* diz *num* o tempo todo, Dee. Acabou de falar."

"Quando eu falei?"

"*Agorinha*."

"Bom, eu sou velha", disse ela. "É tarde demais pra mim." E ela abriu o livro no capítulo dois e começou a ler, mas também prestou atenção ao vento soprando pelas árvores, à chuva no telhado, aos trovões ribombando como vozes de anjos pelo vale.

"Bom, Edward Urso, conhecido pelos amigos como Ursinho Pooh, ou só Pooh, um dia estava andando pela floresta", leu ela, e, bem longe, perto do riacho e do lugar onde os penhascos de arenito ficavam íngremes no caminho até o cume liso da montanha Lazarus, houve outro som. O que ela estivera esperando a noite toda, o motivo de ter desenhado símbolos mágicos em todas as portas com um pedaço de giz. Ela não precisou perguntar para saber que Fantasma também ouviu, o piscar cauteloso dos olhos claros bastando para comunicar que ele tinha ouvido, e ela continuou lendo sobre a visita de Pooh a Coelho, e tentou lembrar se a espingarda na mesa grande do outro lado do aposento estava carregada.

Sessenta anos desde a primeira vez que Deliverance viu a pilha de pedras perto do riacho Lame Rabbit; 1913, e ela mal tinha completado oito anos, o mesmo ano em que sua mãe se casou com o ferreiro alto de barba ruiva do Tennessee que fazia ferraduras, machados e para-raios. Deliverance ia até o riacho gorgolejante e sinuoso com a mãe, e juntas elas pegavam agrião e folhas de dente-de-leão e procuravam árvores de sassafrás que cresciam nas margens. Às vezes, elas ficavam bem paradas e em silêncio nos lugares onde o sol encontrava passagem pelos galhos de carvalho e figueira acima, botavam os pés descalços na água fria e esperavam que cervos e guaxinins fossem beber no riacho. Às vezes, viam lontras ou martas, e uma vez um lince que se sentou e olhou para elas com atenção do meio de um agrupamento denso de arbustos.

Sua mãe mostrava fósseis de conchas encravados nas laterais rochosas com musgo do riacho, prova do dilúvio de Noé; ensinou a diferença entre as inofensivas cobras-d'água e as venenosas mocassins-d'água. E "Esse riacho segue até o mar", ela dizia, como se talvez Deliverance tivesse esquecido desde a última vez. "Até o rio Pee Dee e os pântanos da Carolina do Sul, e finalmente chegando no amplo oceano Atlântico."

Mas, no fim do dia de setembro em que elas encontraram as pedras, não fazia sol, e a mãe não disse muita coisa, estava em um de seus humores silenciosos e melancólicos, e Deliverance ficava correndo na frente sozinha, abrindo caminho com familiaridade pelas samambaias e trepadeiras. As duas subiram mais longe pelo riacho do que em qualquer outra ocasião, passaram por uma piscina larga represada por toupeiras, e depois o riacho fazia uma curva fechada e desaparecia em um muro denso de árvores altas e mortas. Eram troncos retorcidos e podres, sem casca, galhos nus, exceto pelas infestações de visgo e musgo verde-amarronzados. As árvores pareciam ter crescido próximas demais e se inclinavam umas sobre as outras, entrelaçando-se e bloqueando o céu nublado.

"Livvy, pare!", gritou a mãe, mas ela já tinha passado pelas primeiras árvores mortas e parou entre elas olhando para trás, para a mãe. "Volte agora, filhinha", disse a mãe, sussurrando com urgência, e fez sinal para a garota. "Nós não devíamos estar aqui. Aqui é..." E ela hesitou, olhando para as árvores feias e antigas, para os cadáveres de bétula e cária montando guarda como uma coluna de soldados de madeira. "Aqui é um lugar ruim", disse ela, parecendo assustada, e Deliverance não conseguia se lembrar de ter visto a mãe com medo da floresta. Alerta, porque havia coisas que podiam lhes fazer mal se não tivessem cuidado ao pisar ou tocar, mas nunca com medo.

"Não, eu quero *ver*", disse ela e se virou, correndo mais para dentro do agrupamento de árvores.

Mais tarde, Deliverance se lembrou claramente do som da mãe chamando por ela, do barulho dos pés da mãe nas folhas caídas, mas nunca conseguiu lembrar direito por que desobedeceu, por que virou as costas e saiu correndo, rindo. Mesmo na época, uma pequena parte dela entendia o que a mãe estava dizendo, conseguia sentir a energia doente e ressentida das árvores como o calor emanando de uma fogueira crepitante. Às vezes, ela achava que havia uma voz, a voz doce e convidativa de outra criança, chamando-a para ir brincar. E, outras vezes, parecia que havia a mão invisível de alguém a empurrando ou puxando, guiando ou arrastando enquanto os troncos das árvores se fechavam ao redor dela.

"Deliverance!", gritou a mãe, parecendo estar a pelo menos cem quilômetros de distância.

Perto do final, quase não havia espaço para se espremer entre as árvores, e ela não conseguia não tocar nos ossos expostos, naquela gosma malevolente de madeira com as coisas que viviam da decomposição. Os braços, as mãos, o rosto, o vestido estavam manchados com os sumos degradantes e fedorentos que escorriam de tudo em que ela tocava. De repente acabou, e ela ficou sozinha em uma pequena clareira na margem do riacho Lame Rabbit, e a pilha de pedras a esperava ali. O agrupamento de árvores mortas cercava totalmente a clareira, envolvendo-a em uma mortalha protetora. O riacho serpenteava pelo meio, dividindo-a.

O moledro era quase da altura de Deliverance, e cada pedra cinza-carvão era tão lisa, simétrica, redonda e achatada como uma panqueca, escura como o céu nublado acima. Havia pontos cintilantes de mica e quartzo nelas, e nada de musgo e líquen crescendo nas pedras, como se alguém fosse lá todos os dias para limpá-las.

Ela esticou a mão alguns centímetros acima da pedra mais alta e viu que tinha alguma coisa entalhada, círculos dentro de círculos, aros dentro de aros, como o que o profeta Ezequiel viu descer para ele do céu. E uma voz que não era uma voz murmurou palavras que ela não ouviu, mas sentiu nas pontas dos dedos esticados; a voz mais gentil e bonita que ela já imaginou e que, de alguma forma, sabia seu nome.

"Não!", gritou a mãe. "Não toque nisso!"

Deliverance olhou para ela, mas só conseguiu ver um rosto pálido e apavorado, o rosto da mãe emoldurado por um vazio nas árvores, estreito demais para um adulto conseguir passar.

"Volte para mim, Livvy. Volte exatamente da forma como entrou e não toque em *nada*."

"Não vai me fazer mal, mamãe. Já prometeu que não vai me fazer mal. Só está solitário."

Mas a mãe estava balançando a cabeça, esforçando-se desesperadamente para alcançá-la pela abertura estreita entre as árvores mortas.

"Não tenha medo", disse Deliverance e se virou para o moledro de novo, a voz de mel e luz de verão emanando dele, e no último segundo antes de tocar na superfície intricadamente entalhada da pedra ela *talvez* tenha visto uma coisa subindo do riacho em movimento. Uma coisa ampla e cintilante com uma coroa de olhos que ardiam como os carvões na fornalha do padrasto, olhos como ferro vermelho e quente. E aí, a mão dela doeu, e só houve o som da mãe gritando antes de haver mais nada.

Em algum lugar no curto espaço entre Pooh ficar preso na porta de entrada da casa de Coelho e Christopher Robin ler para o urso um Livro de Sustentação, Fantasma adormeceu, o sono não tão distante quanto ele imaginava, o ritmo da chuva e a voz da avó dominando-o com relutância. Mas ele só lutou um pouco, piscou uma ou duas vezes acompanhando a subida e a descida de palavras de Deliverance, que o mandou de volta aos lugares suaves e indefinidos que separam o despertar dos sonhos. Não muito longe para cair como uma folha dourada no fundo arenoso e pedregoso de um riacho.

"Não, os índios", disse ela, oferecendo a resposta para uma pergunta que ele não se lembrou de perguntar, sendo que no sonho a avó não tinha cabelo grisalho e as manchas nas costas das mãos dela tinham sumido. A pele estava lisa como a da mãe era antes de ficar doente e morrer, a mãe de quem ele se lembra mais quando está dormindo e às vezes pensa que é só um sonho, do tipo que nunca foi verdade e nunca vai ser, pois sua mãe verdadeira é Deliverance, afinal.

"O povo cherokee que viveu aqui antes de nós", disse a avó. "Eles colocaram as pedras aqui."

Fantasma estava sentado em uma cadeira num quartinho que cheirava demais à morte, ao aroma acre e invernal de chá de menta e centopeias vermelhas que queimam, àquele cheiro, e a homens e mulheres sentados ou em pé ao redor de uma cama. Só havia luz de velas, e ele achou que a criança deitada na cama devia ser a origem do cheiro de morte, a garota de cabelo preto e flores do campo espalhadas no travesseiro. Uma das mulheres se inclinou e limpou o suor da testa dela com um pano úmido, e um dos homens começou a rezar baixinho. Paredes de chalé de madeira, uma janela pequena com vidro grosso embaçado, e lá fora a noite tão cheia de estrelas que Fantasma achou que o céu devia ter explodido.

"Ela está tão quente", disse uma das mulheres, a que limpou a testa da garota. "Eu juro que acho que ela vai queimar viva."

Outra mulher estava sentada na beirada da cama segurando um pequeno pote azul-cobalto, uma pomada ou um bálsamo que estava esfregando na pele da mão direita da garotinha. A mão estava inchada e roxa, e parecia picada de cobra. Ele já tinha visto um beagle que foi picado por uma cobra, e a pata dele tinha ficado assim.

"Mas havia outras coisas aqui antes dos índios", disse a avó, a jovem de pé ao lado dele. Ela apontou para a garota morrendo na cama. "Eu abri os olhos naquela noite, e havia um menino de cabelo branco me observando daquela cadeira onde você está sentado. Eu achei que fosse um anjo. Achei que era o Anjo da Morte que tinha vindo me buscar."

"Eu não sabia", sussurrou ele, com medo de a garota abrir os olhos, olhar para ele e ver um anjo em vez de um garoto chamado Fantasma. "Eu não sabia o que havia debaixo das pedras."

"Ninguém está culpando você", disse a avó. "Num é sua culpa. Num é culpa de ninguém."

E Fantasma olhou pela janela de novo e viu o que estava olhando para dentro, observando-os, e começou a gritar, abriu muito a boca para que o som saindo da barriga não o arrebentasse ao tentar encontrar a saída. Mas o quarto da doente já tinha se dissolvido como açúcar em café escaldante, derretendo de forma a restar apenas o gosto, e ele estava molhado e voando através da noite castigada pela tempestade nas costas de um pássaro preto enorme.

"Não caia", grasnou o pássaro, um corvo ou águia, ou talvez até coruja, todas essas coisas ou nada que ele já tivesse visto, e Fantasma enfiou os dedos fundo nos ombros com penas. As asas subiam e desciam, subiam e desciam, e Fantasma olhou para um mundo tão pequeno e molhado embaixo.

"Tome cuidado aí em cima", disse o pássaro. "Acho que o pobre riacho deve estar transbordando desta vez."

Relâmpago e trovão, e lá embaixo as montanhas Lazarus e Big Henry e todas as outras se encolheram e se protegeram da terrível comoção que vinha de cima. Fantasma sabia que elas se esconderiam do céu violento se tivessem para onde ir, algum abrigo para uma montanha, depois viu as coisas marchando em fila única pela estrada estreita de terra que levava à casa da avó. Coisas dançantes com tochas, e algumas tinham varas compridas e afiadas que apontavam para o céu e umas para as outras.

Deliverance passou os braços finos pela cintura dele, e ele queria perguntar como ela chegou lá em cima, no pássaro com ele, pois não estava ali um segundo antes, por que ela tinha de ficar velha de novo, queria fazer muitas perguntas, mas ela disse:

"Segure, criança Fantasma. Segure da melhor forma que puder."

E foi isso que ele fez. E o grande pássaro dobrou as asas e desceu mais, para que Fantasma pudesse ver os rostos das coisas saltitantes, os rosnados caninos e olhos maus e ardentes.

"As pedras não me machucaram", disse ele. "Não me queimaram quando toquei nelas."

"Há magia em você", disse ela. "Uma magia intensa que às vezes o protege."

Uma das coisas dançantes parou de dançar, ficou na lama com a água lamacenta correndo pelas patas traseiras afastadas e apontou um dedo torto para o pássaro, para Fantasma e a mulher idosa voando acima através da chuva.

"Você tem que voltar agora, Fantasma", disse a avó. "Tem que acordar."

Mas ele não queria. Achava que, se pôde sonhar tudo isso, talvez também pudesse sonhar uma volta à clareira, no dia antes de sair andando pelo bosque sozinho, de ter andado pelo riacho Lame Rabbit e de ter encontrado as árvores estranhas e mortas e a pilha de pedras na clareira. O momento antes de pegar a pedra de cima e ouvir o assobio bem abaixo dos pés, os sussurros, vozes ansiosas que queriam entrar na cabeça dele, mas não conseguiam encontrar o caminho. E aí ele não precisaria fazer e nem ver isso, e a tempestade não os procuraria, nem as coisas dançantes de pernas compridas, e ele nunca teria esse sonho.

"Me desculpe, mas não funciona assim", disse a avó, parecendo desejar que funcionasse, parecendo cansada, com medo e velha, e o vento a transformou em poeira e folhas, e ela saiu voando.

"Acorde, Fantasma", gritou o pássaro, abrindo as asas escuras quase tão amplas quanto a noite tempestuosa dos Apalaches. "Acorde neste minuto, senão você vai cair, e era isso que eles queriam o tempo todo." E então uma das coisas agachadas na estrada lamacenta abaixo jogou a vareta afiada, uma lança enfeitiçada e contaminada pronta para destruir o céu, e Fantasma caiu pela cacofonia louca de trovão e pólvora, tempo e vidro quebrado.

Deliverance estava sentada no escuro, na cadeira de balanço, a alguns metros da porta da frente da casinha. Era uma cadeira de carvalho que foi da mãe dela, e a espingarda grande que foi do marido estava no colo. A Winchester calibre .12 que ele usava para caçar esquilos e gambás, perus selvagens e guaxinins, mas ela achava que funcionaria direitinho na coisa que estava arranhando a porta havia uma hora, mais ou menos. Lá fora, o vento era um demônio ousado e sem corpo, maltratando o mundo com punhos frios e invisíveis. Perdição que saiu rastejando de debaixo de uma pedra, fugida da prisão que a segurava desde que o continente era ocupado por búfalos e os homens brancos eram apenas um pesadelo distante que os xamãs não revelavam a quem quer que fosse.

"Não pense que não conheço você", disse ela, falando com o outro lado da porta, falando para se manter alerta, só para se fazer companhia. Mas a tempestade tornava difícil ouvir a si mesma, então Deliverance aumentou a voz. "Eu conheço você! Eu sei o que você é!", gritou ela. "Sei quem você é e o que veio buscar!"

E ela não tinha certeza se o que ouviu em seguida foi uma gargalhada, uma gargalhada debochada para uma velha presunçosa que achava que podia matar dragões com uma arma de matar pássaros, ou se foi apenas um novo truque do vento. Um ou outro, e não importava qual; uma coisa com a intenção de fazer com que ela piscasse primeiro, para ser superior a ela, e aí tudo terminaria em um piscar de olhos. Ela se concentrou nas palavras e nos símbolos desenhados na porta, versos da Bíblia e outros mais sombrios, com giz e a pasta que fez de araruta, angélica e sangue de galinha.

"Ah, eu conheço você. Sim, senhor. Eu me *lembro* de você. Ganhei essa cicatriz aqui na minha mão e nunca vou esquecer."

Ela levantou a mão direita, esticou com a palma para cima, e não importava a porta grossa de pinho e nem os encantamentos desenhados nela, ela sabia que a coisa do outro lado não teria dificuldade alguma em ver a cicatriz rosada e torta que cortava sua linha da vida ao meio, dividindo a linha da alma e do coração. Ela carregou aquela cicatriz por sessenta longos anos, e ainda parecia tão nova, tão recente, que ela podia tê-la feito poucos meses antes. Podia ter acabado de segurar o cabo de uma frigideira quente ou de se queimar tentando acender o aquecedor.

O som provocador e debochado de novo nesse momento, mas bem mais alto do que antes. *Está rindo de mim*, pensou ela. *Você não está enganando ninguém além de si mesma, velha.* Deliverance baixou a mão e engoliu, de um jeito rouco e dolorido, porque a saliva na boca tinha secado; respirou fundo e enfiou o indicador no gatilho da espingarda.

Você não está enganando ninguém.

Houve um relâmpago, a noite tempestuosa e montanhosa transformada em dia, e pela parte mais quente de um segundo ela conseguiu vê-lo parado lá fora no vento, olhando para ela por uma das janelas. Um breve vislumbre de ombros peludos e murchos e de braços longos, um rosto comprido como o de um cavalo e lábios pretos de lobo repuxados em uma expressão de desprezo ou em um sorriso de ódio, dentes protuberantes, e Deliverance fechou os olhos. Apertou-os bem e contou, um, dois, três, quatro, esperando o trovão, e quando os abriu de novo, a noite tinha voltado misericordiosamente, e não havia nada lá além da chuva atacando com força as vidraças.

Você não viu nada lá fora além do que estava com medo de ver. Você não viu nada.

Mas logo veio o som imediato de patas arranhando a porta para contradizê-la, e a maçaneta começou a girar, provocando, um jogo lento de movimentos nos sentidos horário e anti-horário, e ela levantou a arma, apoiou a coronha de metal no ombro e mirou o cano para a porta.

"Pode vir, seu filho da mãe. Mas você não vai pegá-lo, não esta noite e nem na próxima", disse ela, esforçando-se para não parecer com medo, tentando parecer acreditar nas palavras que dizia. Só um pouco mais de pressão no gatilho, e a Winchester destruiria a noite em estilhaços fumacentos.

"Não, Dee", disse Fantasma. "Não é assim que termina." Falando baixo, com palavras calmas e aveludadas saindo dos lábios, perto da orelha esquerda dela. Uma área quente de luz do lampião que ele carregava, e ela nem o ouviu sair da cama, tão alta a tempestade estava, toda a atenção dela voltada para a porta.

"Eu o *vi* lá fora, sorrindo pra mim, me *desafiando*", disse ela. "Fique atrás de mim, garoto." Mas Fantasma deu um passo para mais perto da porta, colocou uma das mãos no cano da espingarda e a empurrou delicadamente para o lado e para baixo.

"Eu o chamei", disse Fantasma, virando-se para a avó, com os olhos pálidos cintilando como digitais de Deus, dois pontos reluzentes de certeza na noite instável e sem fé. "Eu não pretendia, mas foi o que fiz. E agora tenho que mandá-lo de volta."

E ela viu, impotente, exausta ou assustada demais para discutir, quando ele passou por ela e parou na frente da porta, seus feitiços simples visíveis na luz laranja pálida e tremeluzente. Fantasma tocou em um dos sinais de giz que ela fez e sussurrou alguma coisa, mas nada que ela pudesse ouvir, nada dito para ela, pelo menos. Depois se sentou no chão. Ele colocou o lampião a óleo ali perto e se inclinou para a frente, encostando-se na porta, e Fantasma começou a escrever palavras ou formas na madeira com o dedo.

"*Ainda* tem coisas piores no mundo do que você", disse ele. "Ainda tem coisas a observar os caminhos dentro e fora da escuridão." Falando mais alto do que antes, movendo o dedo mais e mais rápido, espalhando giz, ervas em pó e sangue seco, tatuando a porta com suas cifras secretas. Linhas de poder tecidas de inocência e mistério e do ar grudento da noite, e depois de um momento Deliverance reparou que a maçaneta parou de girar.

"Vá pra casa", disse Fantasma, e o relâmpago piscou de novo, o trovão logo em seguida desta vez. "Vá para casa antes que venham procurar você."

A mulher idosa ouviu o movimento repentino e áspero de cem asinhas, um grande bando de aves negras voando no mesmo instante, ou o som derrotado de pés correndo, ou nada além do vento, gritando traído pelas árvores. Fantasma olhou para ela, com gotas brilhantes de suor no rosto anguloso e cinzento. O dedo que ele vinha usando deslizou lentamente pela madeira até a mão ficar inerte no chão ao lado dele.

"Foi embora?", perguntou ele e fechou os olhos antes que ela pudesse responder.

Deliverance olhou para as janelas, para a noite que não era diferente de qualquer outra noite tempestuosa da Carolina do Norte, com uma tempestade que era só chuva e relâmpagos, vento e trovões.

"Foi", disse ela. "Acabou, Fantasma. Acho que acabou agora." Mas ela não levantou. Ficou na cadeira de balanço da avó, com o peso prático e tranquilizador da espingarda no colo, até a chuva finalmente parar e o céu ganhar os primeiros tons roxo-acinzentados do amanhecer.

CRK

INSECTUM.

ARMÁRIO 34, GAVETA 6

HIST.XVII

17.

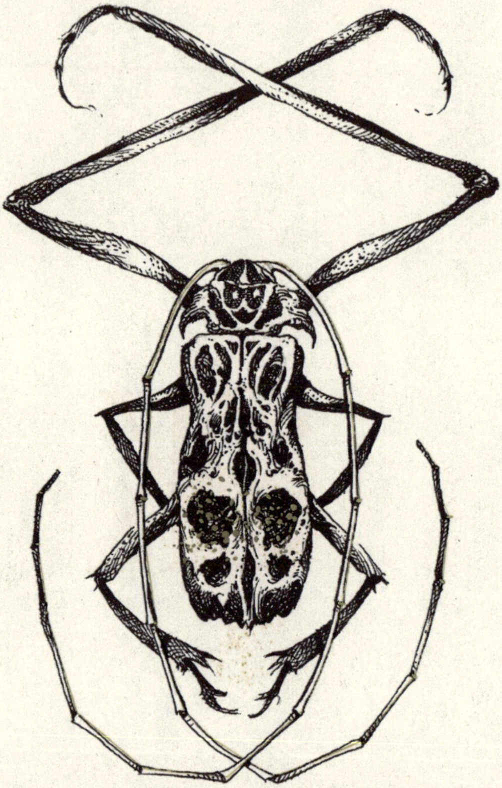

Antenalia Infestvm

MASCULUM —— *DUO CENTUM ET QUINQUAGINTA DUO*

P.252

Na maioria das vezes, as histórias surgem para mim como uma imagem, uma confusão de imagens, um personagem, um nome, fragmentos ou uma chuva de confete de palavras. Eu não penso em formas de enredo. Não tenho ideias inteligentes. Essa história é uma exceção à regra. Grendelonyx, se ao menos fosse a primeira metade de um binômio genuíno. Um ictiossauro inglês do jurássico superior foi batizado de Grendelius, mas o nome foi depois designado como um sinônimo júnior de Brachypterygius. Perdão. Eu começo a falar de paleontologia e não paro. Mas encontrei Innsmouth...

KIERNAN OFFICINARUM INVESTIGATIONIS

CAITLÍN R. KIERNAN

17h46

O velho cinema na Asylum Street tem cheiro de pipoca velha e dos refrigerantes derramados que azedaram no piso grudento. A mulher sentada na última fila, a mulher com a caixa de papelão aberta no colo, fecha os olhos. Há alguns preciosos segundos livres das coisas ridículas na tela, só o fedor do teatro e os sons do filme (um grito e um *splash*, um tiro), e o homem tosse de novo. É um homem magro com o chapéu fedora azul-marinho e a jaqueta de gabardine puída, o homem com o nome que parece um sabor de sorvete, e quando ela abre os olhos ele ainda está sentado ali, na fila à frente dela, olhando para ela com expectativa de seu assento. A tela virou uma auréola ampla e retangular acima da cabeça dele, de cem mil tons de cinza.

"Bem", diz ele, "aí está."

"Não sei mais o que estou vendo", diz ela. Ele assente lentamente, um movimento para cima e para baixo, para cima e para baixo, como uma coisa pequena e pálida no mar. Ela olha para a tela de novo, para o homem com roupa de monstro de borracha e para a luz tremeluzente, ouve o suave som de inseto do projetor na cabine acima da cabeça.

"É só um filme antigo", diz o dr. Solomon Monalisa, sem se dar ao trabalho de sussurrar porque não tem mais pessoas no teatro além dos dois, ele e ela, o homem magro e velho e a mulher erudita com a caixa de papelão. "Um filme bobo e velho pra dar medo nas crianças nas matinês de sábado à tarde, pra assustar adolescentes."

"É isso mesmo? É essa a verdade?"

"A verdade", diz ele, dando um sorriso cansado e tossindo de novo. Um lenço é tirado do bolso da camisa para limpar os lábios finos, e o homem com nome de sorvete olha por um momento para o próprio cuspe e catarro presos nas dobras do linho como se fossem folhas de chá e ele pudesse ler o futuro ali.

"É, acho que você chamaria assim", diz ele, enfiando o lenço sujo no bolso. "Você chamaria assim até outra coisa melhor aparecer."

Na tela, uma caverna embaixo do lago preto da Amazônia, uma névoa de glicerina e fumaça de espingarda, e as guelras da criatura sobem e descem, lutando para respirar; os olhos saltados tão vazios quanto os olhos de vidro de um peixe empalhado.

"Está quase acabando", diz o dr. Solomon Monalisa. "Você vai ficar até o final?"

"Eu talvez fale", sussurra a mulher, embora eles estivessem sozinhos, e a criatura ruge enquanto a pele metalizada e coberta de escamas é destruída por balas, facas e lanças. Filetes de sangue escuro escorrem da pele de látex enquanto o velho balança a cabeça de novo.

"Talvez. Você não seria a primeira."

"Alguém tentaria me impedir?"

"Já impediram, srta. Morrow."

E agora é a vez dela de assentir, e ela desvia o olhar da tela do cinema, a cena da grande morte do homem de roupa de látex passando lá, a criatura ficando inerte e sem vida no fundo da lagoa solitária e cheia de algas. Lacey Morrow olha para a caixa no colo.

Se ao menos eu não tivesse encontrado essa porcaria, ela pensa. *Se outra pessoa tivesse encontrado, e não eu.* Todas as coisas que ela daria para que isso fosse verdade, anos de lembranças, até a vida, se ela pudesse morrer sem saber as coisas que sabe agora.

"Bom, aí está", diz o dr. Solomon Monalisa quando as últimas cenas piscam antes de a tela ficar branca, a cortina de veludo vermelho ser fechada e a sala se iluminar. "Não tão bobo quanto eu lembrava. Não é uma forma ruim de passar a tarde."

"Vão se importar se eu ficar aqui mais um pouco?", pergunta ela, e ele move os ombros magros, levanta-se e ajeita as lapelas do paletó, mexe na gola da camisa.

"Não", diz ele. "Acho que não se importariam nem um pouco."

Ela não o vê indo embora, fica com o olhar grudado na caixa, e os sapatos dele fazem sons baixos e irregulares no chão grudento.

13h30

Ela acorda de um sonho inquieto da infância, beira-mar e as irmãs e alguma coisa pairando no céu, uma coisa terrível para a qual ela não quer olhar independentemente do que prometeram. Lacey pisca e aperta os olhos pela janela suja do trem, para a paisagem do interior de Connecticut que passa a toda velocidade, já deve ser Connecticut agora, provavelmente algum lugar depois de Springfield e a caminho de Hartford. É uma colcha de retalhos maluca de campos e pastos costurados por folhas de outono, os ramos chamejantes de bétula, faia e cária cobrindo o arenito vermelho jurássico. Ela tem uma visão do rio prateado e sinuoso a oeste, brilhando sob o sol da manhã. Esfrega os olhos, pisca para a luz do sol e deseja não ter cochilado. Mas trens quase sempre a fazem dormir, mais cedo ou mais tarde, o ritmo firme dos batimentos das rodas nos trilhos, uma cantiga de aço contra aço, e o estalar mais aleatório dos engates fazendo as vezes de pontuação.

Ela verifica se a caixa ainda está no assento vazio ao lado, se a bolsa ainda está guardada em segurança aos seus pés. Estão. Tranquilizada, Lacey olha rapidamente ao redor, um pouco constrangida por ter adormecido. De estranhos ficarem olhando seu sono, de ela poder ter roncado, babado ou murmurado coisas tolas enquanto dormia, mas o vagão está quase vazio mesmo – tem uma adolescente lendo um livro, um padre lendo um jornal –, e ela olha pela janela, o pesadelo já sumindo com o calor do dia. O trem está mais perto do rio agora, e ela consegue ver um barquinho, talvez de pesca, deixando uma marca em forma de V na água.

"Tirou um belo cochilo, hein?"

Lacey se vira, assustada, esbarrando no canto da caixa com o cotovelo, e a coisa quase cai no chão antes que ela consiga pegar. Tem uma mulher no assento logo atrás, uma pessoa em quem ela não reparou um momento antes, uma mulher dolorosamente magra com o cabelo sujo embaraçado e branco, nem muito velha e nem muito nova, e ela está olhando para Lacey com olhos azuis aquosos que parecem ser ligeiramente saltados de propósito das órbitas. A pele é seca e amarelada, e tem um tom doentio de icterícia nas bochechas. Ela está usando uma capa de chuva preta surrada e um suéter pesado por baixo, lã cor de mingau de aveia instantâneo, e as unhas curtas estão pintadas de um incongruente rosa-flamingo.

"Eu não queria assustar você", diz a mulher com a voz deliberada de cascalho, mas Lacey balança a cabeça.

"Não, tudo bem. Acho que não despertei completamente, só isso."

"Eu estava começando a pensar que eu mesma teria que acordar você", diz a mulher com impaciência, ainda olhando fixamente. "Eu vou só até Hartford. Não tenho tempo pra ir mais longe que isso."

Enquanto fala, Lacey começa a reparar em um odor leve de peixe, de peixe ou de areia molhada de maré baixa, maresia, lodo e criaturas do mar encalhadas e sufocadas. O odor parece estar vindo da mulher de cabelo branco, do hálito ou das roupas, e Lacey finge não reparar.

"Você está aí sentada pensando 'Quem é essa maluca?', não está? 'Quem é essa mulher perturbada, e como posso fazer ela calar a boca e me deixar em paz?'."

"Não, eu só não..."

"Ah, está, está, sim", diz a mulher e aponta o indicador para Lacey, com o esmalte rosa-chiclete e os nós dos dedos como raízes sujas de árvores velhas. "Mas tudo bem. Você nunca me viu mais gorda. Você não *deve* me reconhecer, srta. Morrow."

Lacey olha para os outros passageiros, a garota e o padre. Nenhum dos dois está olhando para ela, ainda ocupados com suas leituras, e se repararam na mulher de cabelo branco estão fingindo que não. Ela não é problema deles. Lacey faz uma oração silenciosa de agnóstica para que eles não estejam muito longe da estação de Hartford; ela sorri, e a mulher faz cara de quem foi insultada.

"Não é de *mim* que você tem que ter medo, moça. Entenda isso. Estou me arriscando só de falar com você."

"Sinto muito", diz Lacey, esforçando-se para soar como quem lamenta, e não nervosa ou irritada. "Mas não tenho ideia do que você está falando."

"Eu não passo de uma mensageira. Uma entregadora", responde a mulher, baixando a voz até quase um sussurro e olhando com desconfiança para os outros dois passageiros. "Claro que isso não faria muita diferença, se você entende o que quero dizer."

"Eu não tenho ideia do que você quer dizer."

"Bom, você está com o pacote aí", diz a mulher, que agora está apontando por cima do encosto do banco de Lacey, para a caixa de papelão com o fóssil de Innsmouth dentro. "Isso também torna você uma mensageira. Caramba, praticamente torna você uma profeta sagrada do Juízo Final. Mas você não deve ter pensado dessa forma ainda, não é?"

"Talvez fosse melhor a gente conversar mais tarde", sussurra Lacey, entrando na dança. A mulher devia ser inofensiva, mas ela coloca uma das mãos sobre a caixa mesmo assim.

"*Eles* podem estar ouvindo", diz a mulher e move a cabeça na direção da adolescente e do padre. "Podem ouvir alguma coisa que não queremos que ouçam."

Ela faz um som furioso e sibilado por entre os dentes amarelados e passa os dedos longos da mão esquerda pelo cabelo branco embaraçado, ajeitando na cabeça, soltando alguns fios que caem como linhas peroladas no ombro da capa preta.

"Você acha que já entendeu tudo, não é?", diz ela. "Se colocar umas letras chiques depois do nome, não vai precisar ouvir nada nem ninguém, certo? Ninguém pode dizer o contrário, porque você viu *tudo*, de alto a baixo, de um canto ao outro."

"Calma, *por favor*", diz Lacey, olhando na direção dos outros passageiros de novo, desejando que um deles olhasse para que ela chamasse sua atenção. "Se você não se acalmar, vou ter que chamar o condutor. Não me obrigue a fazer isso."

"Sapatão metida filha da puta", rosna a mulher e cospe no chão, vira a cabeça e olha furiosamente pela janela com os olhos azuis saltados. "Você me acha maluca. Jesus, espere só até sair do outro lado, e aí vamos ver como você acha que é ser sã."

"Eu não queria chatear você", diz Lacey, levantando-se e esticando a mão para pegar a bolsa com o laptop. "Talvez eu devesse sentar em outro lugar."

"*Faça* isso mesmo, srta. Morrow. O problema não é *meu*. Mas é melhor levar isso com você." E a mão esquerda da mulher desaparece dentro da capa, reaparece com um envelope pardo grande e um pouco amassado, e ela o entrega para Lacey. "Me disseram que você entenderia, então não me faça mais perguntas. Já falei demais."

Lacey coloca a bolsa ao lado da caixa e olha para o envelope por um momento, papel amarelo-amarronzado, e tem algo que parece uma mancha de gordura no canto.

"Vá em frente. Não tem dentes. Não vai morder", diz a mulher de cabelo branco com desprezo, sem tirar os olhos da janela, das fazendas e casas passando. "Talvez, se você pegar, a mulher assustadora deixe você em paz."

Lacey pega o envelope, reúne suas coisas com pressa, a bolsa e a caixa, e se move rapidamente pelo corredor na direção da frente do vagão. O padre e a garota nem olham quando ela passa. *Talvez não me vejam*, pensa ela. *Talvez não tenham ouvido nada.* A porta para o vagão seguinte está emperrada, ela está lutando com a maçaneta quando o trem sacode e oscila de repente para um lado, e ela quase deixa a caixa cair, imagina o fóssil dentro se estilhaçando em cem pedaços.

Garota burra. Garota burra e boba.

Ela se obriga a ficar parada, encosta a testa na porta fria de alumínio. Respira fundo para inalar um ar que não tenha cheiro de peixe morto, que só tem cheiro de vapores de diesel e de desinfetante, cheiros perfeitamente normais de trem, uma familiaridade reconfortante, e a cadência dos trilhos é o som mais tranquilizador do mundo.

Vá em frente. Não tem dentes. Não vai morder, disse a mulher de cabelo branco, nada além de uma mulher maluca de quem alguém devia estar cuidando, não deixando que ande de trem incomodando as pessoas. Lacey olha para o envelope manchado de gordura em sua mão, tenuamente segurado entre o polegar e o indicador direitos.

"Precisa de ajuda com isso?" É só o padre, levantando o olhar do jornal; ele dá um suspiro alto e irritado e aponta para a saída. "Quer que eu abra a *porta* pra você?"

"Quero", diz ela. "Obrigada, padre. Eu agradeceria. Estou com as mãos ocupadas."

Lacey olha com ansiedade para trás dele, na direção do fundo do vagão, mas não há sinal da mulher de cabelo branco agora, e a porta na outra ponta está escancarada.

"Pronto", diz o padre, e ela sorri e agradece de novo. "Não foi nada", diz ele, e quando ela entra no pequeno corredor de conexão ele continua falando em um tom baixo e conspiratório. "Mas não espere muito pra olhar o que tem nesse envelope que ela lhe deu. Pode não haver muito tempo." A porta se fecha de novo, e Lacey se vira e sai correndo para o refúgio lotado do vagão seguinte.

No seu vigésimo quinto aniversário, o dia tempestuoso no começo de julho em que Lacey Morrow encontrou o fóssil de Innsmouth, ela trabalhou até tarde, sozinha no porão do Pratt Museum. Quase todo mundo já tinha ido para casa, mas não havia nada de incomum nisso. Lacey examinava o conteúdo do armário 34: gavetas de peixes devonianos coletados em Blossburg, Pensilvânia, e Chaleur Bay, Quebec; pedaços de xisto e arenito da cor escura de carvão, da cor de canela; peixes dipnoicos antigos e os últimos ostracodermes sem maxilar, *Eusthenopteron* com nadadeiras lobadas e os corpos de armadura quadrada do placoderme *Bothriolepis*. Relíquias de uma era que aconteceu centenas de milhões de anos antes dos dinossauros, uma época em que as primeiras florestas surgiam nas beiradas de lagos e rios lotados de peixes estranhos e monstruosos, e os vertebrados tinham começado a dar os primeiros passos desajeitados na terra seca. Essa transição é sua única obsessão desde que era estudante, essa alquimia de pele e osso – de barbatanas para pés, de guelras para pulmões –, os quebra-cabeças que ocupavam seus dias e noites, que dominavam seus sonhos. Sua última namorada foi embora porque se cansou das dissecações de Lacey durante noites inteiras na cozinha, das meticulosamente mutiladas percas-do-mar e bacalhaus, enguias e pequenos tubarões cortados e deixados espalhados até que ela arrumasse tempo de terminar as anotações e os desenhos. Coisas mortas em sacos plásticos enfiadas no freezer, e os cubos de gelo começando a ficar com gosto de sushi estragado, o apartamento da Hitchcock Street com fedor de formol e mercado de peixe.

"Se crescerem escamas em mim, pode ser que eu ligue pra você qualquer hora dessas", disse Julie, pegando as caixas de roupas e CDs na varanda para levar até o carrinho maltratado. "Se eu me encontrar com uma porra de sereia, vou dar seu número pra ela."

Lacey a viu ir embora, sentindo menos do que sabia que *devia* sentir, desejando chorar, porque qualquer pessoa normal choraria, ficaria ao menos zangada com si mesma ou com Julie. Mas as lágrimas não vieram, nem a raiva, e depois disso ela achou que era melhor deixar os envolvimentos românticos para outro momento da vida, um dia distante em que ela pudesse oferecer uma fagulha de paixão por qualquer coisa que não fossem os estudos. Mas deixou uma foto de Julie em um porta-retrato de cobre ao lado da cama, para ainda poder fingir de tempos em tempos, quando se sentisse sozinha, quando acordasse no meio da noite e não houvesse nada além do som da chuva no telhado e do vento soprando pelas ruas de Amherst.

Mas, naquela tarde de agosto, ela não estava solitária, não com as fileiras altas de armários de aço e seus tesouros pedregosos empilhados cuidadosamente ao redor, toda a companhia da qual ela precisava e sem pensamentos além dos números precisos do paquímetro digital – as alturas e larguras de cinturas pélvicas e escápulo-coracoides, comprimentos relativos de nadadeiras peitorais e radiais. Ela estava terminando um porolepiforme perfeitamente preservado que desconfiava que podia ser uma nova espécie e reparou na caixa enfiada até o fundo da gaveta, meio escondida embaixo de uma bandeja de papelão com fragmentos de xisto e ossos. Uma coisa que passou despercebida, embora ela achasse que conhecia o conteúdo desses armários como a palma da mão e que qualquer surpresa viria dos detalhes.

"Ah, oi", disse ela para a caixa, tirando-a com cuidado do local escondido embaixo da bandeja. "Como deixei você passar?" Não era uma caixa pequena, só tinha alguns centímetros de profundidade, mas trinta de largura por quinze de altura, um pouco afundada no meio pelo peso da bandeja por quem sabe quantos anos. Havia alguma coisa escrita no canto da tampa, com tinta de caneta-tinteiro apagada em caligrafia rebuscada, da cor de folhas mortas: *de dragas navais, USS Cormorant (abril, 1928), Lat. 42° 40" N., Long. 70° 43" O, NE. Do velho Porto de Innsmouth, Condado de Essex, Mass. ?Devoniano.* Mas havia mais, nenhum número de catálogo e nem de campo, nenhuma identificação, e Lacey abriu a caixa e olhou impressionada para a coisa ali dentro.

"Jesus", sussurrou ela, engolindo um gosto metálico de alumínio ou de dente recém-obturado, um gosto de adrenalina e prata. A primeira impressão foi que a coisa era uma mão, o esqueleto articulado de uma mão humana com a palma voltada para cima na caixa, os dedos ligeiramente dobrados e tentando pegar o teto ou as luzes fluorescentes acima. Ela colocou a caixa em cima de uma das placas maiores da Chaleur Bay, olhou primeiro para as pontas dos próprios dedos trêmulos e depois para os ossos petrificados apoiados em uma cama de palha de madeira. O fóssil era escuro, tinha o tom preto encerado de chocolate culinário e brilhava com uma camada grossa de verniz ou esmalte.

Não, não era humana, mas sem dúvida um membro anterior de *alguma coisa*, uma coisa grande, pelo menos um terço maior do que a mão dela. "Jesus", sussurrou ela de novo. Lacey ergueu o fóssil da palha, delicadamente porque não dava para saber o quanto era estável, quantas décadas haviam se passado desde que alguém abriu a caixa. Ela contou quase todos os elementos de uma mão, carpos, metacarpos, falanges, e a parte de baixo de um antebraço, um rádio e uma ulna terminando abruptamente em um local quebrado e irregular, com o cintilar pálido de flocos de gipsita ou de quartzo aparecendo no interior exposto do fóssil. Havia uma teia ou espinhas preservadas entre os ossos, e os três que estavam inteiros terminavam em garras curtas, afiadas e ungueais. Havia um pedaço pequeno do que pareciam ser escamas ou ossículos dérmicos na palma, logo abaixo do quinto metacarpo, discos ovais com centros côncavos fundos diferentes de qualquer coisa que ela conseguia se lembrar de ter visto. Aqui e ali, pequenos pedaços de calcário verde-acinzentado ainda estavam agarrados aos ossos, mas boa parte da matriz da mão tinha sido raspada.

Lacey sentou em um banco de madeira perto do armário 34, a cabeça tonta cheia demais de perguntas e surpresa, o coração disparado, a empolgação vertiginosa e sem fôlego da descoberta, e se obrigou a fechar os olhos por um momento. Reunindo rastros de calma na escuridão atrás das pálpebras, contando regressivamente a partir do trinta até a pulsação começar a voltar ao normal. Ela abriu os olhos de novo e virou o fóssil para examinar o outro lado. A superfície de osso nas costas da mão não estava tão bem preservada, mas gasta como se aquele lado tivesse ficado exposto às forças da erosão por um tempo antes de ser coletado, a camada lisa cortical rachada e totalmente corroída em algumas partes. Havia também bem mais calcário esverdeado daquele lado, e uma pequena concha de caracol inserida na pedra perto da base do dedo médio.

"O que você *é*?", perguntou ela ao fóssil, como se ele pudesse dizer, como se fosse simples assim, e todo o resto estava esquecido agora, todos os belos celacantos e rhipidistias, por causa desse novo milagre. Lacey o virou novamente, examinou o lado da palma com mais atenção, a configuração granulada dos ossos do pulso, identificando rapidamente a ulna, o que ela achou que devia ser o intermediário, e quando finalmente olhou para o relógio eram quase seis e meia. Pelo menos uma hora tinha se passado desde que ela abriu a caixa, e ela teria de correr para chegar à aula das sete. Recolocou a mão sobre a palha, parou por um momento para olhar a coisa antes de fechar a tampa. No alto, bem acima dos salões de exposição e do telhado do Pratt Museum, um trovão soou e ecoou pelo vale, e Lacey tentou lembrar se tinha deixado o guarda-chuva em casa.

13h49

Ela está sentada ao lado de uma mulher com cheiro de bala de gualtéria e naftalina, ouvindo o *claqueclaqueclaque* regular de rodas de metal nos trilhos. Lacey está há quase cinco minutos olhando para a foto que estava no envelope pardo. Acha que é uma imagem de filme, a foto brilhante preta e branca amassada e com um canto dobrado, que mostra um velho de bigode branco em pé com dois índios ao lado de um afloramento rochoso. Em algum lugar quente, algum lugar tropical, porque tem palmeiras em um canto da foto. Não está quente no trem, mas Lacey transpira mesmo assim, as palmas grudentas e escorregadias, gotinhas de suor na testa e no lábio superior. O velho da foto está segurando uma coisa nas duas mãos, está segurando como uma relíquia sagrada, um Graal, o prêmio do fim de uma longa vida de busca.

... porque você viu tudo, de alto a baixo, de um canto ao outro...

O homem da foto está segurando o fóssil de Innsmouth. Ou está segurando uma réplica tão perfeita que deve ter sido feita a partir do original, e não faz muita diferença, de qualquer modo. Ela vira a imagem e tem uma etiqueta grudada atrás – Copyright © 1954 Universal-International –, datilografada com uma máquina de escrever com os Ns rebaixados.

Também havia uma carta no envelope. Uma fotocópia apagada de uma carta, com uma caligrafia descuidada e espalhada que ela mal consegue decifrar:

Sr. Zacharias R. Gilman, Adv.
High Street, 7
Ipswich, Mass.
15 de janeiro de 1952

Sr. William Alland
Universal Studios
Los Angeles, Cal.

Prezado sr. Alland,

Senhor, eu vi seu ótimo filme de terror, "A ameaça veio do espaço", seis vezes antes de escrever e devo dizer que estou muito impressionado com seu trabalho. Você tem um verdadeiro olhar de artista para o estranho e merece ter orgulho dos seus feitos. Estou anexando recortes de jornal que podem ser de algum interesse para uma mente como a sua, que tratam de certas coisas peculiares que acontecem por aqui há anos. As pessoas idosas daqui falam sobre as "pestes" de 1846, mas dirão que não foi exatamente uma peste que botou a velha Innsmouth no caminho da desgraça, se você quiser ouvir. Vão contar muitas coisas, sr. Alland, e eu fico acordado à noite pensando no que ainda pode estar acontecendo lá no recife. Mas leia os recortes de jornal, senhor, e tire as suas conclusões. Acredito que você possa elaborar um filme apavorante a partir desses incidentes. Estarei neste endereço até maio, caso queira responder.

Respeitosamente, seu admirador ávido,
Zacharias Gilman

"Você gosta de filmes velhos de monstros?", pergunta a mulher com cheiro de gualtéria e naftalina, e Lacey balança a cabeça em negativa. "Ah, essa foto, é uma cena de..."

"Eu não assisto televisão", diz ela.

"Ah, não, eu não estou falando de filmes feitos para a TV. Estou falando dos filmes de verdade, que a gente vê no cinema."

"Eu também não vou ao cinema."

"Ah", diz a mulher, parecendo decepcionada, e em um momento ela se vira e olha pela janela, para a manhã de outono passando lá fora.

10h40

"Bom, eu gostei", diz o dr. Morgan. "Fica bom no papel." Ele morde distraidamente o cabo do cachimbo barato e expira nuvens cinzentas de fumaça com cheiro de maçã assada. "E um binômio deve ser bom. Deve soar bem, rolar na língua."

Mais de três meses se passaram desde que ela encontrou o fóssil de Innsmouth guardado no armário 34, e Lacey está sentada com o dr. Jasper Morgan no escritório pequenininho no terceiro andar: o consolo familiar e bolorento daquela pequena sala com o teto alto e as paredes decoradas de gesso escondidas atrás de prateleiras sólidas de carvalho cheias de livros, fósseis poeirentos e todo o amontoado cuidadoso de uma vida acadêmica. Há um mapa geológico de Massachusetts emoldurado e meio torto na parede. O sibilar engasgado e um estalo do aquecedor embaixo da janela, e se o vidro não estivesse tão embaçado ela poderia ver os telhados de Amherst, ao sul das colinas baixas manchadas de outono depois da cidade, as encostas antigas da cadeia Holyoke subindo em azul-acinzentado ao longe.

Três meses que quase parecem três semanas, dias e noites, sonhar e acordar, tudo transformado em uma confusão de perguntas quase sem respostas, o fóssil virando seu segredo, compartilhado só com o dr. Morgan e a dra. Hanisak no departamento de zoologia. Dela e só dela, até que ela pelo menos começasse a entender a situação e que um relatório preliminar sobre o espécime pudesse ser escrito. Quando ela estivesse pronta e o trabalho tivesse sido revisado por pares e aceito pela *Nature*, o dr. Morgan marcaria a coletiva em Yale, onde ela se sentaria à sombra de *The Age of Reptiles*, de Rudolph Zallinger, e dos dinossauros de Othniel Marsh e revelaria o fóssil de Innsmouth para o mundo todo.

"Eu tinha que chamar de alguma coisa", responde ela. "Achei uma pena não me divertir. Tenho a sensação de que nunca mais vou encontrar nada assim."

"Exatamente", diz Jasper Morgan e se encosta na cadeira de madeira, tira o cachimbo da boca e olha com atenção para o fornilho quente. Parece uma cigana e sua bola de cristal reluzente, esse homem idoso e suas brasas vermelhas. "As palavras", diz ele com o tom de voz que reservava para citar qualquer um que considerasse melhor do que ele, "estão entre os objetos de estudo mais interessantes, e os nomes dos animais e plantas merecem mais consideração do que os biólogos estão inclinados a dar." Ele suspira e acrescenta: "Infelizmente, ninguém parece mais se importar muito com estética atualmente, ninguém além de velhos enferrujados como eu".

Ele empurra o manuscrito por cima da mesa para Lacey, dezessete páginas com espaçamento duplo presas por um clipe de papel verde de plástico. Ela faz que sim uma vez e silenciosamente passa os olhos pelo texto. Os olhos seguem pelas marcas finas de lápis vermelho: falta uma vírgula aqui, uma ortografia ou data que ela precisa verificar ali.

"Não é verdade", diz Lacey.

"O que não é verdade?"

"Que ninguém se importa além de você."

"Não? Bom, talvez não. Mas, por favor, me permita a presunção."

"A dra. Hanisak insiste que o nome está rebuscado demais. Disse que eu devia ter escolhido um nome mais descritivo. Ela sugeriu *Eocarpus*."

"Claro que sugeriu. Hanisak tem a imaginação de uma louca destituída." E o paleontólogo coloca o cachimbo entre os dentes amarelados.

"*Grendelonyx innsmouthensis*", sussurra Lacey, as sílabas rolando pela língua com a delicadeza de um conhaque de qualidade.

"Está vendo? Aí está. 'Garra de grendel de Innsmouth'", murmura Jasper Morgan com o cachimbo na boca. "O que poderia ser mais descritivo do que isso?"

Do outro lado do campus, sinos agudos começam a marcar a hora – nove, dez, dez e quarenta e cinco –, era mais tarde do que Lacey tinha imaginado, e ela franze a testa para o relógio, ainda não preparada para sair do santuário do escritório e da companhia dele.

"Merda. Vou perder o trem se não correr", diz ela.

"Eu queria ir com você. Queria estar lá pra ver a cara deles."

"Eu sei, mas vou ficar bem. Ligo assim que chegar em New Haven." Ela coloca o manuscrito dentro da pasta e a coloca na bolsa preta de couro surrada que também guarda o seu iBook com a apresentação em PowerPoint, as fotos e cladogramas, as matrizes de caracteres e desenhos complicados. O dr. Morgan sorri e aperta a mão dela como se eles tivessem se conhecido esta manhã, como se não fizesse anos, e a leva até a porta. Ela carrega a bolsa em uma das mãos e a caixa de papelão na outra. Na noite anterior, ela transferiu o fóssil da caixa original para aquela, substituiu a palha por algodão e espuma de poliuretano. O futuro dela está naquela caixa, sua caixa das maravilhas.

"Arrasa, garota", diz ele e a abraça, envolvendo-a com força nos aromas tranquilizadores do tabaco e da loção pós-barba dele, e Lacey o abraça com mais força ainda.

"Não perca essa coisa. É isso que vai fazer você ficar famosa", diz ele e aponta para a caixa de papelão.

"Não se preocupe. Não vou perder de vista nem por um minuto."

Mais algumas palavras, encorajamentos e pensamentos de última hora, e Lacey sai andando sozinha pelo longo corredor, passando por salas de aula e armários altos com portas de vidro, portas de outros escritórios, e não olha para trás.

"Não consegui achar no mapa", disse ela, vendo as mãos calejadas e manchadas de graxa do homem contando o troco, os cinco dólares e dez centavos que sobraram da nota de vinte depois que ela encheu o tanque do Jeep e trocou um limpador de para-brisa.

"Não está no mapa", disse o homem. "Não mais. Não está em mapa nenhum desde os anos trinta, mais ou menos. Não sobrou muito pra botar no mapa depois que os federais acabaram com o lugar."

"Os federais?", perguntou ela. "O que eles têm a ver com Innsmouth?" E o homem deu um passo para trás e olhou para ela com mais cautela do que antes. Era um homem alto com ombros caídos e olhos cinzentos, um nariz que parecia ter sido quebrado mais de uma vez. Ele deu de ombros e balançou a cabeça.

"Ah, não sei. A gente ouve coisas, só isso. Ouve todo tipo de coisas. A maioria delas não quer dizer nada."

Lacey olhou para o relógio digital no painel e para as nuvens baixas roxas e pretas passando, as ameaças de mais chuva e do anoitecer bem próximas. A maior parte do dia foi gasta no caminho de Amherst, uma saída tardia em um temporal, um pneu furado na Route 2, um pneu furado e um estepe furado. Quando ela chegou em Cape Ann, eram quase quatro da tarde.

"O que você tem pra fazer em Innsmouth, de qualquer modo?", perguntou o homem com desconfiança.

"Eu sou cientista", disse ela. "Estou procurando fósseis."

"É mesmo? Bom, moça, eu nunca soube de ninguém que encontrou nenhum tipo de fóssil por aqui."

"Isso porque as pedras são ruins para fósseis. Todas as pedras em Cape são ígneas, e..."

"O que quer dizer *ígneas*?", interrompe ele, pronunciando a última palavra como se fosse uma coisa capaz de morder se ele não tomasse cuidado.

"Quer dizer que se formaram quando pedra derretida, magma ou lava esfriaram e se solidificaram. Por aqui, a maior parte das rochas ígneas é plutônica, o que quer dizer que se solidificou no subterrâneo profundo."

"Eu nunca ouvi falar de vulcões por aqui."

"Não", diz Lacey. "Não tem vulcões por aqui, não agora. Mas houve muito tempo atrás."

O homem a observou em silêncio por um momento, massageou o queixo com a barba por fazer, como se tentando decidir se devia acreditar nela ou não.

"Todas essas rochas de granito por aqui são rochas ígneas. Para os fósseis, são necessárias rochas sedimentares, como arenito e calcário."

"Bom, se é assim, por que você vai procurar aqui?"

"É uma longa história", disse ela com impaciência, cansada desse homem desconfiado e do fedor acre de gasolina, só querendo voltar para a estrada se ele não puder ou não quiser dizer algo de útil. "Eu queria ver o porto de Innsmouth, só isso."

"Não sobrou muito pra ver", disse ele. "Quando eu era criança, nos anos 1950, ainda tinha uma parte da refinaria de pé, alguns prédios à beira-mar. Meu pai me contava histórias de fantasma pra eu não chegar perto de lá. Mas alguém derrubou tudo anos atrás. É só seguir a estrada até Ipswich e a ilha Plum, depois virar para o leste. Se você quiser mesmo ver, claro."

“Obrigada”, disse Lacey, virando a chave na ignição e engatando a marcha.

“Disponha”, respondeu o homem. “Se encontrar alguma coisa interessante, me avise.”

E quando ela se afastou do posto de gasolina, um relâmpago piscou forte no céu do norte, em algum lugar na direção da ilha Plum e do gelado oceano Atlântico.

15h15

O trem passa pelas sombras do viaduto da I-84, um breve filete de crepúsculo do eclipse de concreto e aço, seguido da luz do dia novamente, e em um momento o Vermonter para na estação de Hartford. Lacey olha por cima do ombro, tentando não *parecer* estar olhando para ver se ainda estão de pé no fim do vagão olhando para ela: o padre e a mulher maluca de cabelo branco que lhe deu o envelope com a fotografia e a carta. Eles estão, um de cada lado do corredor, como aparadores de livros em forma de gárgulas. Faz uns dez minutos que ela reparou neles ali: o padre com o jornal dobrado e enfiado debaixo do braço, e a mulher grisalha olhando para o chão e murmurando baixinho. O padre faz contato visual com Lacey, e ela se vira, olha rapidamente para a frente do trem mais uma vez. Alguns passageiros já estão de pé, já estão pegando bolsas e malas nos compartimentos superiores, ansiosos para irem para outro lugar, e a mulher sentada ao lado de Lacey pergunta se ela vai saltar ali.

“Não”, diz ela. “Não, eu vou para New Haven.”

“Ah, você tem familiares lá?”, pergunta a mulher. “É estudante? Meu pai estudou em Yale, mas foi...”

“Você pode cuidar do meu lugar, por favor?”, pergunta Lacey, e a mulher franze a testa por ter sido interrompida, mas assente. “Obrigada. Prometo que não vou demorar. Só preciso fazer uma ligação.”

Lacey se levanta, e a mulher de cabelo grisalho para de murmurar baixinho e dá um passo hesitante à frente. O padre coloca a mão no ombro dela, e ela para, mas olha com raiva para Lacey com os olhos saltados e levanta a palma da mão, como um guarda parando o trânsito.

“Vai ser rapidinho”, diz Lacey.

“Pode deixar isso também, se quiser”, diz a mulher com cheiro de gaultéria e naftalina, e Lacey percebe que ainda está segurando a caixa com o fóssil de Innsmouth.

“Não. Eu já volto”, diz Lacey, segurando a caixa com um pouco mais de força.

Antes que a mulher possa dizer outra coisa, antes que o padre tenha a chance de mudar de ideia e deixar a mulher de cabelo grisalho ir atrás dela, Lacey se vira e abre caminho pelo corredor na direção da placa de saída.

“Com licença”, diz ela, repetindo as palavras como uma oração, um mantra apressado enquanto se espreme por entre homens e mulheres impacientes e nada cooperativos. Ela pisa sem querer no pé de um homem, e ele diz para ela ir mais devagar, porra, para esperar sua vez, qual é a porra do *problema* dela, afinal. Mas ela passa pelo último deles e desce os degraus rapidamente, sai do trem e para em segurança na plataforma ampla e lotada. Ao olhar para as janelas escuras, ela não vê o padre nem a mulher maluca que lhe deu o envelope. Lacey pergunta a um carregador que está puxando um carrinho de malas vazio onde pode encontrar um telefone público, e ele aponta para o terminal.

"Por ali", diz ele, "à sua esquerda, ao lado dos banheiros." Ela agradece e anda rapidamente pela plataforma na direção das portas, portas eletrônicas largas que deslizam para abrir e fechar, cuspindo algumas pessoas para fora e engolindo outras inteiras.

"Srta. Morrow!", grita o padre, a voz baixa em meio à multidão barulhenta. "Espere, por favor! Você não entende!"

Mas Lacey não espera, faltam apenas alguns poucos metros até as portas do terminal, e os malditos telefones públicos não têm a menor importância. Ela pode ligar para Jasper Morgan *depois* que encontrar um segurança ou um policial.

"Por favor!", grita o padre, e as portas amplas deslizam novamente para se abrir.

Não é de mim que você tem que ter medo, moça. Entenda isso.

"Você vai ter que vir conosco agora", diz um homem alto e pálido de terno preto e óculos escuros enquanto passa pelas portas e vai até a plataforma. O sol brilha como diamantes partidos no cano da pistola na mão esquerda e no distintivo na direita. Lacey se vira para correr, mas já tem uma pessoa atrás para impedi-la: uma mulher negra quase tão alta quanto o homem pálido com a arma.

"Você só vai piorar as coisas pra si mesma", diz ela com um sotaque caribenho carregado, e Lacey olha na direção do trem, procurando desesperadamente o padre na multidão, porém não há mais sinal dele.

Depois do posto de gasolina, Lacey seguiu a Highway 1 na direção sul até Kent Corner e, de lá, pegou a Haverhill Street até a 1A, rumando gradualmente ao sul e ao leste, serpenteando na direção de Ipswich e do mar. O céu estava preto e azul por causa da tempestade e do dia que se dissolvia lentamente em uma noite prematura em North Shore enquanto os filetes de relâmpago se espalhavam com ganância pela terra. Em Ipswich, ela pediu instruções de novo, dessa vez para uma garota atrás do balcão de uma loja de conveniência. A garota já tinha ouvido falar de Innsmouth, mas nunca tinha visto o lugar, só ouviu histórias na escola e dos pais – a maioria lendas urbanas, histórias absurdas de bruxas, monstros marinhos e coisas estranhas pairando acima das dunas. Vendeu uma Coca Diet e um saco de Fritos para Lacey e disse para ela pegar a Argilla Road para sair da cidade, mantendo-se nessa estrada até o rio.

"Tome cuidado", disse a garota com preocupação, e Lacey sorriu e garantiu que faria isso.

"Não se preocupe comigo", disse ela. "Eu só quero dar uma olhada por aí."

Vinte minutos depois, ela chegou ao beco sem saída da Argilla Road, um portão trancado e um aramado com espiral de arame farpado em cima, que seguia rumo ao leste e para o oeste até onde ela conseguia ver. Uma placa enferrujada do Corpo de Engenheiros do Exército pendurada no portão dizia: PROPRIEDADE PARTICULAR. QUEM DESRESPEITAR SERÁ PRESO E ESTA ÁREA É PATRULHADA POR GUARDAS ARMADOS. NÃO ENTRE. Ela estacionou o Jeep em um local aberto perto da cerca e ficou sentada por alguns minutos olhando para a placa, imaginando quantos anos havia que estava lá, quantas décadas desde que foi pendurada na cerca. Em seguida, desligou o motor e saiu.

O vento tinha cheiro de chuva e de mar, de ozônio, e um leve fedor arenoso dos sapais, cheiros misturados de vida, sexo e morte. Ela se sentou no capô morno do carro com um mapa topográfico dobrado e terminou o saco de Fritos. Abaixo dela, a terra descia abruptamente até árvores raquíticas, elevações de solidago e milhete e alguns poucos afloramentos de granito aqui e ali na areia. O rio Manuxet seguia pelo pé do vale, entre trechos de bunho e potentilha, com algumas quedas-d'água no caminho até a baía de Ipswich.

Mas não havia indicação de já ter existido alguma cidade ali, nenhuma evidência de que esse trecho deserto de litoral já tenha sido o porto próspero de Innsmouth, com moinhos e fábricas, uma refinaria de ouro e uma praia movimentada, cujos históricos perduravam até meados do século xvii. Talvez ela estivesse mesmo no lugar errado. Talvez as ruínas de Innsmouth ficassem em algum lugar mais a leste, ou na direção da ilha Plum. Lacey viu duas gaivotas voando baixo no céu escuro. Olhou para o mapa topográfico e para noroeste, na direção de um ponto marcado como "Colina do Castelo", mas não havia castelo lá agora, se é que já tinha havido um, nenhum tipo de construção, só um lugar em que o terreno subia uma última vez antes de terminar em uma cadeia erodida de penhascos íngremes de granito.

Ela tinha desenhado um círculo vermelho pequeno no mapa perto do litoral para indicar as coordenadas escritas na tampa da velha caixa do armário 34 – latitude 42° 40" N, longitude 70° 43" O –, e Lacey observou o horizonte, desejando ter se lembrado de trazer o binóculo, pendurado e inútil no armário do quarto, em casa. Mas havia *alguma* coisa lá, uma linha fina e escura um quilômetro e meio depois do quebra-mar, quase imperceptível acima do mar tempestuoso. Talvez apenas a imaginação dela, uma coisa que ela *precisava* ver, ou um truque da luz morrente, ou os dois. Ela olhou novamente para o mapa. Não muito longe do círculo vermelho havia linhas de contorno indicando um banco de areia alto e estreito embaixo da água, e o local estava marcado simplesmente como "Recife de Allen". Na maré baixa e com o oceano calmo, talvez houvesse mais para ver, talvez um dique aplítico ou pegmatítico cortando a granita nativa, um rio antigo de magma congelado, cristalizado, alisado pelas ondas.

"O que você acha que vai encontrar lá?", perguntou Jasper Morgan no dia anterior. Ele foi até a sala dela com os resultados de uma análise microfóssil da amostra de sedimento que ela tinha raspado do fóssil de Innsmouth. "Não há rochas devonianas em Cape Ann", disse ele. "É tudo ordoviciano e ígneo, ainda por cima."

"Eu só quero ver", respondeu ela, passando os olhos pela carta datilografada no papel de carta de Harvard, que trazia os resultados da análise.

"O que diz aí?", perguntou o dr. Morgan, mas Lacey leu até o fim da página antes de responder.

"A pedra é siltito, mas nós já sabíamos disso. Os ostracodes indicam que é devoniano inferior, provavelmente lochkoviano. E a lesma é definitivamente *Loxonema*. Portanto, aí está. Tem rochas devonianas em algum lugar de Cape Ann."

"Caramba", sussurrou ele, sorrindo e coçando a cabeça, e eles passaram a meia hora seguinte conversando sobre a coisa do armário 34, mais de cem milhões de anos mais velha do que qualquer coisa com um antebraço daquele tipo teria o direito de ser. Não dava para contornar o fato de que parecia bem mais uma mão, algo feito para pegar, do que uma pata dianteira.

"Talvez a gente devesse botar *de volta* na gaveta", disse Jasper Morgan, balançando a cabeça. "Você tem alguma ideia da tempestade que isso vai provocar?"

"Acho que talvez esteja começando a ter."

"Seria o mesmo que encontrar um celular enterrado em uma pirâmide egípcia."

Um trovão soa em algum lugar próximo, na direção de Rowley, e caem algumas gotas frias de chuva. Lacey olha para o mapa e para a linha escura distante do Recife de Allen uma última vez. Um trajeto tão longo para descobrir tão pouco, o dia todo desperdiçado, a noite e o tempo que seria necessário em sua volta para Amherst. Dinheiro gasto com gasolina que poderia ter sido usado no aluguel e em comida. Ela desceu do capô do Jeep e já estava dobrando o mapa quando alguma coisa se moveu no recife. Ela teve um brevíssimo vislumbre com o canto do olho, a impressão de uma coisa grande e escura que passou correndo sobre pernas longas por cima das pedras antes de voltar para a água. Houve outro trovão nessa hora, e desta vez o relâmpago deu a impressão de que Deus estava tirando fotos, mas ela não se mexeu, ficou olhando para o recife e para o mar furioso acima.

"É só a minha imaginação", sussurrou. Ou talvez tenha sido um pássaro, ou uma onda particularmente alta batendo nas pedras, uma coisa perfeitamente familiar que ficou estranha com a distância e a sombra.

O trovão passou, e não sobrou qualquer som além do vento soprando pela grama alta e das quedas-d'água gorgolejando perto da boca do rio Manuxet. Em um instante, a chuva se tornou uma torrente, e suas roupas e o mapa ficaram encharcados antes que ela conseguisse entrar no Jeep.

15h25

Algemas e uma venda apertada demais sobre os olhos dela antes que o homem e a mulher que claramente não são agentes do fbi a empurrassem para dentro da traseira de uma van Ford verde enferrujada. Agora, ela está deitada tremendo no tapete molhado enquanto eles seguem por ruas que ela não consegue ver. O ar ao redor está frio como uma noite do fim de dezembro e carregado do fedor agridoce de gases de coisa morta, uma coisa que devia ter sido enterrada muito tempo atrás.

"Eu já *falei* por quê", rosna o homem de terno preto e óculos escuros com irritação, e Lacey pensa que também há medo na voz dele. "Ela não estava com ele, tá? E não poderíamos correr o risco de entrar no trem pra procurar. O pessoal do Monalisa chegou nela primeiro. Eu já *falei* isso, porra."

O que quer que esteja com ela na parte de trás da van responde com voz rouca e afogada, como a da avó morrendo de pneumonia quando Lacey tinha sete anos. Quase há palavras ali, pedaços e partes de palavras, destroços de vogais e estilhaços de consoante, e a mulher com o sotaque caribenho fala um palavrão e murmura alguma coisa baixinho em creole haitiano.

"Por favor", implora Lacey. "Não sei o que vocês querem. Me digam que porra vocês querem, e eu dou para vocês."

"Você acha?", pergunta a mulher. "Você acha que seria fácil assim agora? Depois de toda essa merda, você vai entregar e nós vamos embora e deixar você em paz? *Merde...*"

A van canta pneus em uma esquina, sem se dar ao trabalho de ir mais devagar, e Lacey é jogada para o lado, para cima de uma coisa que parece uma pilha de trapos molhados. Ela tenta rolar para longe, mas mãos fortes a seguram com firmeza e dedos gelados roçam o pescoço dela, o queixo, os lábios. A pele tem algo de lixa e gelatina, pontas de dedos que poderiam ser de gelo, e ela os morde, mas os dentes se fecham em nada, uma bocada de ar gelado com gosto de peixe cru e legumes estragados.

"Recebemos instruções claras de *evitar* confronto", diz o homem, e o carro faz outra curva, tirando Lacey da pilha de trapos.

"Cala a boca e dirige a porcaria do carro", diz a mulher. "Você vai matar todos nós. Vai fazer a polícia vir atrás da gente."

"Então é melhor você dizer praquele filho da puta esquisito e nojento calar a porra da boca e parar de me ameaçar", rosna o homem para a mulher. "Estou prestes a dizer *foda-se* pra você e pra ele. Botar uma porra de bala na cabeça dele e correr meus riscos com a Ordem."

A pilha de trapos gorgoleja e faz um barulho oco de engolir. Lacey acha que está rindo, ou o mais perto que consegue chegar de rir, e se pergunta quanto tempo vai demorar para que a coisa toque nela de novo, se pergunta se eles vão matá-la primeiro e qual das duas coisas seria pior. Encosta o rosto no tapete úmido, os olhos abertos e nada para ver com o tecido áspero nos globos oculares, e tenta limpar o toque da coisa da pele. Mas ela nunca vai se livrar desse toque, ela sabe disso, é uma coisa que a manchou até a alma.

"É o fóssil?", pergunta ela. "Isso é por causa do fóssil?"

"Agora você está começando a usar esse seu cérebro, moça", diz a mulher. "Conte onde está escondido, pra quem você deu, e talvez você possa viver um pouco mais."

"Ela não vai contar porra nenhuma", diz o homem com desdém.

A pilha de trapos faz um som trêmulo e ansioso, e Lacey tenta sentar, mas a van desvia e passa por cima de alguma coisa, uma tampa de bueiro ou um quebra-molas, até mesmo uma velha atravessando a rua, e ela cai de cara no chão de novo.

"Está na caixa", diz ela, rolando para ficar de costas, e dá um chute com o pé esquerdo, mas só acerta a parede lateral de metal. A pilha de trapos gorgoleja e cospe loucamente, então Lacey chuta a van de novo, com mais força agora. "Vocês ainda não abriram a *maldita* caixa?"

"Vaca, não tem *nada* que a gente queira naquela caixa", diz a mulher. "Você já entregou para Monalisa, não foi?"

"Claro que ela deu pra ele. Que porra você acha que ela fez?"

"Eu já *mandei* você calar a boca e dirigir."

"*Foda-se.*" Uma buzina de carro soa, e tudo se dissolve no lamento de banshee produzido pelos freios cantando, pneus queimando até os ossos nus, cinturões de aço, o impacto vindo meio batimento depois, e Lacey é jogada para cima da pilha de trapos gorgolejante. *Uma coisa macia para aliviar o golpe, pelo menos*, ela pensa, perguntando-se se já está morta e só não percebeu ainda, e o homem de óculos escuros grita como uma mulher.

Há luz, uma inundação de luz limpa e quente do sol no rosto dela antes dos disparos – três tiros – *blam, blam, blam*. A pilha de trapos para de gorgolejar de repente, e alguém a pega pelo braço, alguém a tira da van, para fora do inferno e de volta ao mundo.

"Não estou enxergando", diz ela, e a venda cai, deixando-a de olhos apertados e piscando para as paredes de tijolo de um beco, para uma escada de incêndio bamba. Há o fedor intenso de lixo, mas mesmo esse cheiro é bom depois da van.

"Uau", diz o homem idoso, um espantalho sorridente de chapéu fedora azul e terno de gabardine, gravata-borboleta azul combinando com o chapéu. "Eu vi uma pessoa fazer isso em um filme uma vez. Nunca imaginei que daria certo."

Há um revólver enorme em sua mão direita ossuda, a venda pendurada nos dedos da mão esquerda, e os olhos violeta-acinzentados brilham como ametistas e água potável.

"Professor Solomon Monalisa ao seu serviço", diz ele, deixando a venda cair no chão e esticando a mão magra como um graveto para Lacey. "Você nos deixou preocupados, srta. Morrow. Não devia ter fugido daquele jeito."

Lacey olha para a mão esticada. Sirenes soam agora.

"Ah, me desculpe. Eu me esqueci das algemas. Mas teremos que cuidar delas em outro lugar. Acho que não devíamos estar aqui quando a polícia chegar e começar a fazer perguntas, não é?"

"Não mesmo", diz ela, e o homem idoso pega o braço dela e começa a levá-la para longe da van batida. "Espere. A caixa", diz ela e tenta dar meia-volta, mas ele a impede e coloca a mão nos olhos dela.

"O que tem lá, srta. Morrow, você não vai querer ver."

"Eles estão com a caixa. O fóssil de Innsmouth..."

"Eu estou com o fóssil", diz ele. "E está em segurança, eu garanto. Venha comigo, srta. Morrow. Não temos muito tempo."

Ele a leva para longe da van, pelo beco comprido e estreito. Há uma porta lá no fim, uma porta alta de madeira com tinta vermelha descascada, e ele a abre com uma chave prateada.

Trecho de *Novos monstros americanos: mais do que mito?*, de Gerald Durrell (Nova York, Will & Hang, 1959):

[...] que certamente basta para nos fazer parar e questionar a possibilidade de ligação entre pelo menos algumas dessas aparições e as fantasias em celuloide sendo produzidas pelos diretores de Hollywood. Se insistirmos em objetividade e estivermos dispostos a aceitar a ideia de animais desconhecidos, parece que também temos de estar igualmente dispostos a aceitar a possibilidade de que alguns desses animais podem existir tanto no terreno de um psicólogo quanto no de um biólogo. Não consigo pensar em exemplo melhor daquilo que desejo dizer do que os relatos estranhos e assustadores de Massachusetts que antecederam o lançamento de *O monstro da Lagoa Negra* cinco anos atrás.

Como relatado pela primeira vez no *Ipswich Chronicle* em 20 de março de 1954, houve uma série de aparições, de Gloucester a Newburyport, de um ou mais anfíbios com escamas e forma humanoide, coisas monstruosas que ameaçaram barqueiros e foram culpadas pela morte de pelo menos um nadador. Na noite do dia 19 de março, a sra. Cordelia Eliot, de Rowley, estava caminhando pela costa perto do farol do porto de Annisquam quando viu o que mais tarde descreveu como um "homem-peixe horrível" nadando perto da margem. Ela alega ter observado por meia hora, até o sol se pôr e ela perder a visibilidade da criatura. Quatro dias depois, houve outra aparição para dois pescadores perto da foz do rio Annisquam, de um "homem-sapo com olhos vermelhos saltados e pele escamosa verde-empretecida" andando pela parte rasa. Quando um dos homens disparou uma arma contra a criatura (ainda não pude concluir se os homens carregavam sempre armas de fogo quando iam pescar), ela mergulhou silenciosamente na água mais profunda.

Mas a melhor das aparições naquela primavera pareceu acontecer nos arredores da "cidade fantasma" de Innsmouth, na foz do rio Castle Neck (previamente conhecido por seu nome índio agawam, *Manuxet*, um nome que ainda é usado pelos moradores mais antigos). Essas aparições, em sua maioria, são meros vislumbres de criaturas humanoides com escamas, normalmente vistas de uma distância considerável, nadando perto da foz do rio ou andando pelas margens lamacentas na maré baixa. Mas um relato impressionante e perturbador, divulgado por numerosos jornais locais, envolve a morte de um garoto de nove anos chamado Lester Sargent, que se afogou quando estava nadando com os amigos embaixo de uma pequena cachoeira na parte baixa do rio Castle Neck. Os amigos relataram que o garoto começou a gritar, e na mesma hora uma grande quantidade de sangue ficou visível na água. Houve tentativas de alcançar o nadador, mas os pretensos salvadores foram afastados por "um monstro com olhos vermelho-sangue e dentes afiados". O garoto finalmente desapareceu sob a superfície, e o corpo mutilado e em decomposição avançada apareceu uma semana depois na praia Crane, a uma distância considerável da cachoeira onde desapareceu. O legista do condado de Essex listou a causa da morte como ataque de tubarão.

"Já vi muitos tubarões", contou aos repórteres um dos nadadores, Harold Mowry. "Não era um tubarão, eu juro. Tinha mãos, com garras grandes e compridas, e puxou Lester para baixo e o afogou."

Outra aparição impressionante aconteceu na antiga Argilla Road, perto de Ipswich, no dia 2 de abril. O reverendo Henry Waite e sua esposa, Elizabeth, ambos ávidos observadores de pássaros, alegaram ter observado um "monstro" caminhando pela margem leste do rio Castle Neck por mais de uma hora, antes que a criatura mergulhasse no rio e sumisse em meio a bolhas. A sra. Waite descreveu-o como sendo "alto e escuro, e andava um pouco encurvado. Pelo binóculo, conseguimos ver bem o rosto. Tinha rosto, sabe, com olhos saltados como os de um peixe e guelras. Em determinado momento, a coisa virou e pareceu nos olhar. Admito que fiquei com medo e perguntei a Harry se não devíamos chamar a polícia. Você já viu aquele filme, *O monstro da Lagoa Negra?* Bom, ele era assim."

A última aparição aconteceu no início de maio, e não há qualquer outro registro de homens-monstros anfíbios perto de Cape Ann ou da baía de Ipswich. Um relato de 27 de abril alegava que um grupo de estudantes tinha encontrado o monstro morto, mas descobriram depois que não passava da carcaça decomposta de um tubarão-elefante. Acho impossível não fazer uma ligação com o lançamento do filme de terror da Universal-International no dia 5 de março. O velho bicho-papão da "histeria em massa" ergue a cabeça peluda mais uma vez.

10h23

Ela está atrasada para a reunião com Jasper antes da viagem de carro até a estação de trem, e Lacey sobe correndo a escada que dá para as coleções, está na metade da rotunda central do salão de exibições do Museu Pratt quando a dra. Mary Hanisak grita seu nome. Lacey para nas sombras do esqueleto do mamute e do mastodonte, do elefante empalhado, e a dra. Hanisak está andando rapidamente na direção dela, carregando a caixa de papelão com o fóssil de Innsmouth dentro.

"Você consegue acreditar que quase se esqueceu disso?", pergunta ela. "Teria sido bem constrangedor, não acha?"

Lacey ri um pouco alto demais, a voz ecoando no museu. "É", diz ela. "Teria." E pega a caixa com a mulher, a pequena e gorducha dra. Hanisak, um duende de livros infantis, a dra. Hanisak, cuja especialidade é a evolução dos dentes de roedores. A caixa está embrulhada com fita adesiva para não haver perigo de se abrir no trem.

"Então você está pronta agora?"

"Tanto quanto possível."

"E tem *certeza* de que quer fazer isso? É uma coisa que vai chamar atenção. Imagino que você apareça em jornais do mundo todo quando os repórteres derem uma olhada no que tem nessa caixa. Você pode até aparecer na cnn. Não está com medo?"

Lacey olha por um momento para os ossos empoeirados de um tigre-dentes-de-sabre montado perto dos pés do mamute. "Pode apostar", diz ela. "Estou apavorada. Mas talvez traga mais investimento para o museu, pelo menos. Seria bem útil."

"Talvez", responde a dra. Hanisak, sem muita convicção, fechando as mãos e olhando para a caixa. "Nunca dá pra saber como essas coisas vão terminar."

"Imagino que não", diz Lacey, olha para o relógio e agradece à dra. Hanisak outra vez. "Eu tenho mesmo que ir", diz ela, deixando a mulher sozinha com os esqueletos.

Trecho de *Filmes famosos de monstros e os homens que os fizeram*, de Ben Browning (Secaucus, NJ, The Citadel Publisher, 1972):

Há muitas histórias interessantes circulando em Hollywood sobre a inspiração do produtor William Alland para a narrativa. A mais repetida, ao que parece, conta que Alland ouviu uma história durante um jantar na casa de Orson Welles. Falava sobre uma raça antiga de "homens-peixe" chamados *dhaghon*, habitantes de regiões remotas do rio Amazonas. Os moradores locais acreditavam que essas criaturas subiam das profundezas uma vez por ano, depois de enchentes, e abduziam virgens. Naturalmente, dizem que a pessoa que contou a história jurou em nome de sua veracidade. Outra fonte menos plausível de inspiração pode ter sido uma tradição de algumas regiões de Massachusetts, em Gloucester e arredores, de monstros marinhos humanoides que diziam assombrar um trecho da costa particularmente traiçoeiro perto da baía de Ipswich, conhecida pelo nome apropriado de "Recife do Diabo". Os boatos diziam que Alland conhecia as lendas, mas decidiu mudar o ambiente da história da marítima Nova Inglaterra para o Amazonas porque preferia um local mais exótico e primitivo. De qualquer forma, uma ou outra dessas "histórias de peixes" pode ter ficado na cabeça dele, tornando-se a semente do projeto que ele acabou desenvolvendo e vendendo para a Universal.

15h47

Ela passa pela porta descascada e segue o homem pelos longos corredores mal iluminados por lâmpadas incandescentes, o papel de parede soltando. É levada por escadas acima e abaixo, e finalmente até uma porta que ele abre com outra chave prateada. Uma porta de incêndio de aço pintada de todos os incontáveis tons de sangue seco e carnificinas, que se abre lentamente em dobradiças barulhentas e liberta os aromas pesados de ar gelado e formaldeído aos pés deles. Há uma luz lá dentro, luz vermelha. Lacey olha para o dr. Solomon Monalisa, e ele está dando um sorriso duvidoso e furtivo.

"O que vou ver aí dentro?"

"É questão de opinião", diz ele e estica um braço magrelo como um recepcionista de teatro que a conduz para um assento vazio.

"Eu fiz uma pergunta simples. Só queria uma resposta *simples*."

"Sim, mas não existe resposta simples, não é?"

"O que está me esperando lá dentro?"

"Todas as coisas não passam de espelhos, srta. Morrow. Refletem nossas maiores preconcepções, nossos mais arraigados preconceitos."

"Deixa pra lá, porra", diz ela e passa rapidamente pela entrada de uma sala fria como a traseira da van Ford. A sala está quase vazia, com paredes altas de concreto e um teto de concreto elevado, séries de luzes vermelhas de câmara escura penduradas em correntes, e o tanque sozinho no meio de tudo.

"Você é uma mulher de muita sorte", diz o dr. Monalisa, e a porta de aço se fecha atrás dela. "Você tem alguma ideia, minha querida, de como foram poucos os cientistas que tiveram esse privilégio? Eu poderia contar todos nos dedos da minha mão esquerda."

O tanque tem pelo menos dois metros de altura, vidro firme de aquário preso por tiras de ferro enferrujado, cheio de um líquido conservante turvo que tem cor de sangue por causa das luzes, e Lacey olha para a coisa flutuando sem vida atrás do vidro.

"O que *você* vê, srta. Morrow?"

"Meu Deus", sussurra ela e dá outro passo na direção do tanque.

"Que resposta curiosa."

Nem homem nem peixe, nem peixe nem anfíbio, pernas longas e braços mais longos ainda, e o crânio careca e deformado está virado para cima, como se os olhos cegos e brancos estivessem observando o céu com desejo. Solomon Monalisa sacode a chave e tira as algemas dos pulsos doloridos.

"*Grendelonyx innsmouthensis*, era isso que eu achei que você veria, srta. Morrow. A garra de Grendel."

"Mas é impossível", sussurra ela.

"Totalmente", diz o dr. Solomon Monalisa. "É total e inquestionavelmente impossível."

"É real?"

"Sim, claro que é real. Por que eu mostraria pra você se não fosse?"

Lacey concorda com um aceno de cabeça, atravessa a sala e para ao lado do tanque, com uma das mãos no vidro. Fica surpresa de não estar frio ao toque. A criatura ali dentro parece pálida e macia, mas ela sabe que é só o trabalho do tempo e dos conservantes químicos cáusticos.

"Ficou preso em uma rede de pesca, foi arrastado se debatendo até a luz do dia", diz o homem. Os passos dele soam altos na sala de concreto. "Foi em novembro de 1929, não muito tempo depois que a Marinha acabou com Innsmouth. Desconfio que tenha sido ferido por torpedos." E ele aponta para um corte fundo perto da virilha da coisa. "Ficou guardado em um porão na Universidade de Arkham por um tempo, depois foi para Washington, para o Smithsonian. Trouxeram pra cá depois da guerra."

Ela quase pergunta qual guerra e quem trouxe, mas duvida que ele fosse contar, ao menos não a verdade. Ela não consegue tirar os olhos da criatura linda, terrível, impossível no tanque, com as mãos abertas, a membrana entre os dedos, as garras curvadas e perfurantes.

"Por que você está me mostrando isso?", ela acaba perguntando.

"Pareceu uma pena não mostrar", responde ele, o sorriso sumindo agora, e também toca no vidro. "Tão poucas pessoas conseguem compreender verdadeiramente a..." Ele faz uma pausa e franze a testa. "A *maravilha*, sim, é isso que quero dizer, a maravilha disso tudo."

"Você disse que está com o fóssil."

"Ah, sim. Estamos. Estou. A dra. Hanisak fez a gentileza de trocar as caixas para nós ontem à noite, enquanto você estava terminando as coisas no museu."

"A dra. Hanisak..."

"Shhhhh." Monalisa leva um dedo enrugado aos lábios. "Não vamos fazer perguntas *demais*, querida. Eu garanto, o fóssil está são e salvo. Vou devolver pra você em breve. Ah, e guardamos todas as suas coisas que estavam no trem. Você vai querer tudo de volta, imagino. Mas eu queria que você visse nosso amigo aqui primeiro, antes de ver o filme."

"Que filme?", pergunta ela, lembrando-se da fotografia no envelope pardo, da carta, da mulher xereta perguntando se ela gostava de filmes de monstros.

"Que tipo de infância você teve, srta. Morrow? Não tinha permissão de ver televisão? Nunca viu mesmo?"

"Minha mãe não gostava que assistíssemos televisão", diz Lacey. "Nós nem tínhamos o aparelho. Ela comprava livros. Eu nunca liguei muito pra filmes. Não sei do que você está falando."

"Então essa pode ser a parte mais incrível de todas. Você pode ser a única adulta nos Estados Unidos que nunca viu *O monstro da Lagoa Negra*." Ele ri baixinho.

"Já ouvi falar."

"Eu esperava que sim."

Ela finalmente se vira para longe da coisa morta flutuando no tanque e observa os olhos cintilantes do dr. Solomon Monalisa. "Você não vai me matar?", pergunta ela.

"Por que eu teria me dado ao trabalho de salvar você daqueles vilões se só quisesse você morta? Eles teriam cuidado disso pra mim quando se dessem conta de que você não estava mais com o fóssil."

"Não estou entendendo nada", diz Lacey e percebe que começou a chorar.

"Não", diz ele. "Mas não era pra você entender. Ninguém devia entender. É segredo."

"E meu trabalho?"

"Seu artigo foi retirado da *Nature*. E a dra. Hanisak fez a gentileza de cancelar a coletiva de imprensa no museu Peabody."

"E agora eu tenho que fingir que não vi nada disso?"

"Não, claro que não. Você só precisa guardar o segredo."

"Não faz sentido. Por que você não destrói o fóssil? Por que não destrói essa *coisa*?" Ela bate no vidro com força com a palma da mão. "Se é segredo, se ninguém pode saber, por que você não se livra de tudo?"

"*Você* conseguiria destruir essas coisas?", pergunta o homem. "Não, achei que não. Você não fez uma espécie de juramento de buscar respostas, mesmo quando as respostas são inquietantes, mesmo quando são *impossíveis*? Pois é, querida, eu também."

"Mas estava lá, no armário. Qualquer pessoa poderia ter encontrado. Qualquer uma."

"Realmente. O fóssil estava desaparecido havia décadas. Não temos ideia de como chegou em Amherst. Mas você vai cuidar dele agora, não vai?"

Ela não responde porque não quer dizer as palavras em voz alta, só olha em meio às lágrimas para a criatura no tanque.

"Sim, foi o que achei. Você tem uma força incomum. Venha, srta. Morrow. Temos que ir agora", diz ele e segura a mão dela. "O filme vai começar daqui a pouco."

Para David J. Schow, Guardião da Lagoa Negra

INSECTUM.

HIST.XVIII

ANDRÔMEDA ENTRE AS PEDRAS

18.

Grillia Fornicatvm

FEMINAM —— *DUO CENTUM SEPTUAGINTA OCTO*

P.278

Houve um ponto de virada, e é bem aqui, nessa história. Minha voz mudou, em parte, e de forma inconsciente, em parte. O estilo que me serviu desde 1995, mais ou menos, com sua gramática pouco convencional e suas combinações, começou a parecer uma autoparódia. Por outro lado, a mudança pode ter começado em 2001, antes *dessa história, mas, por volta de 2003 (*depois *que escrevi essa história), era coisa certa. Portanto, essa história está em um ponto de transição. Além disso, fecha meu Ciclo Dandridge de três histórias.*

KIERNAN OFFICINARUM INVESTIGATIONIS

CAITLÍN R. KIERNAN

"Não consigo pensar nas profundezas do mar sem tremer..."
H.P. Lovecraft

Outubro de 1914

"Ela está mesmo morta, pai?", perguntou a garota, e Machen Dandridge, já um homem velho aos cinquenta e um anos, olhou para o céu baixo e branco novamente e fechou o livro preto que tinha nas mãos.

Ele mesmo entalhou a lápide alta, o marcador do túmulo da esposa junto ao incansável Pacífico, um obelisco de xisto preto com o sinal da morte feito às pressas. A filha andou com cuidado pela terra exposta e encostou os dedos no monumento.

"Por que você não a deu para o mar?", perguntou ela. "Ela sempre quis ir para o mar no final. Sempre me dizia."

"Eu a devolvi pra terra", disse Machen esfregando os olhos. A luz do sol fria que atravessava as nuvens ralas era suficiente para fazer sua cabeça doer, a voz da filha como um trovão, e ele fechou os olhos doloridos por um momento. Só um pouco de consolo na escuridão quase total presa atrás das pálpebras, a pele fina insubstancial demais para oferecer o bálsamo da escuridão genuína, inútil, em sintonia com os tons de sua alma, e Machen sussurrou uma das orações do livro preto grosso e olhou novamente para o túmulo.

"Bom, foi o que ela sempre me falou", disse a garota de novo, passando as pontas dos dedos pela pedra entalhada.

"As coisas mudaram no final, criança. O mar não a teria aceitado. Eu tinha que devolvê-la pra terra."

"Ela dizia que era sacrilégio plantar gente na terra como se fazia com trigo, com grãos de milho."

"Dizia?" Ele olhou com ansiedade por cima do ombro, para as ondas que o vento estava fazendo na grama alta e amarelo-amarronzada, para a trilha estreita que levava de volta à casa alta e sóbria que ele construiu para a esposa vinte e quatro anos antes, na direção dos penhascos e do lugar onde o mar e o céu se encontravam e se misturavam.

"Dizia, sim. Ela dizia que só os bárbaros e os pagãos enfiavam os mortos no chão como nabos."

"Eu não tinha escolha", respondeu Machen, perguntando-se se era verdade ou só uma coisa em que ele gostaria de acreditar. "O mar não a aceitaria, e eu não pude cremar."

"Só os pagãos queimam os mortos", disse a filha, com reprovação, e se inclinou para perto do obelisco, encostando o ouvido no xisto cor de carvão.

"Está ouvindo alguma coisa?"

"Não, pai. Claro que não. Ela está morta. Você mesmo disse."

"Sim", sussurrou Machen. "Está." E o vento soprando na colina fez um som faminto e expectante que dizia que era hora de voltarem para casa.

Aqui estou eu, no pé do portão, e tenho a chave do abismo...

"Mas é melhor assim", disse a garota, ainda com o ouvido encostado na lápide. "Ela não conseguia mais suportar a dor. Estava cortando ela por dentro."

"Ela disse isso?"

"Não precisou dizer. Eu vi nos olhos dela."

A chave de ébano para o primeiro e para o último dia, a chave do momento em que as estrelas se apagam, uma a uma, e o mar vira a barriga podre para o céu vazio e frouxo.

"Você é só uma criança", disse ele. "Não devia ter que ver essas coisas. Ainda não."

"Não dá pra mudar agora", respondeu ela se afastando do túmulo da mãe, uma das mãos sobre a orelha como se tivesse começado a doer. "Você sabe disso, velho."

"Sei." E ele quase disse o nome dela nessa hora, Meredith, o mesmo nome que o da mãe dele, mas o vento estava próximo demais, o vento que ouvia acompanhado do fedor de sal e sêmen das ondas batendo nos penhascos. "Mas posso desejar que tivesse sido diferente."

"Se desejo fosse dinheiro, estaríamos todos ricos."

E Machen ficou olhando em silêncio Meredith Dandridge se ajoelhar na grama e colocar o punhado de flores silvestres na terra remexida. Se fosse primavera e não outono, pensou ele, haveria dentes-de-leão e papoulas. Se fosse primavera e não outono, a mulher envolta em uma colcha e presa em um caixão de pinho ainda estaria respirando. Se fosse primavera, eles não estariam sozinhos agora, ele e a filha na beirada do mundo. O vento provocava o cabelo louro comprido da garota, e o sol cintilava de leve em seus olhos verdes calorosos.

A chave que aceitei conhecendo perfeitamente seu peso.

"Lembre-se de mim", sussurrou Meredith para a mãe morta ou para outra coisa, e ele não perguntou qual delas.

"Devíamos voltar agora", disse ele e olhou por cima do ombro de novo.

"Tão rápido? Você vai ler só isso do livro? Só isso?"

"Sim, só isso por enquanto." Mas haveria mais depois, quando a lua cheia do equinócio de outono inchasse em um laranja-avermelhado e ocupasse o céu amplo da Califórnia. Quando as mulheres estranhas e mudas fossem dançar, haveria outras palavras a dizer, para manter a esposa no chão e o portão fechado por pelo menos mais um ano.

O peso que é o peso de toda salvação, o peso que se mantém firme contra a última e infinita noite.

"É melhor assim", disse a filha outra vez, levantando e limpando a sujeira da meia-calça, da barra do vestido preto. "Tinha tão pouco dela."

"Não fale sobre isso aqui", respondeu Machen, com mais severidade do que pretendia. Mas Meredith não pareceu ter reparado, ou, se reparou, não se importou com o tom de voz do pai.

"Eu vou me lembrar dela como ela era antes, quando ainda era bonita."

"Ela gostaria disso", disse ele e segurou a mão da filha. "É assim que vou me lembrar dela também." Mas ele sabia que era mentira, tão falsa quanto qualquer mentira dita por qualquer homem vivo. Ele sabia que sempre veria a esposa como a coisa contorcida que ela tinha virado no fim, como se encontrava quando os portões estavam quase abertos e ela se posicionou na entrada.

O peso congelado do mar, o peso ardente da luz das estrelas e do meu último suspiro. Eu me mantenho firme. Eu seguro a chave de ébano contra o último dia de todos.

E Machen Dandridge deu as costas para o túmulo da esposa e levou a filha pelo caminho de terra e cascalho até a casa que os esperava como uma maldição.

Novembro de 1914

Meredith Dandridge estava imóvel na cama grande, no quarto grande com o teto alto e sem quadros nas paredes, e ouvia o mar incansável batendo nas pedras. O mar pronto para tomar o mundo todo, um grãozinho de areia de cada vez, o mar que chegou primeiro e estaria aqui bem depois que os continentes tivessem sido erodidos até sobrar apenas lodo e areia. Ela sabia disso porque o pai leu para ela no livro preto grosso, o livro que não tinha nome, o livro que ela não poderia ler ela mesma, senão os demônios a procurariam à noite. E ela sabia também por causa dos livros que ele lhe deu, os livros dela: *Atlantis: The Antediluvian World, The World Before the Deluge* e *Atlantis and Lost Lemuria.* Tudo acima das ondas em tempo emprestado, o pai dizia sem parar, esperando o dia em que o mar subiria mais uma vez e afogaria a terra com o seio sufocante e salgado, e as montanhas mais altas e os vales mais profundos se tornarão parques para serpentes marinhas, polvos e cardumes de arenque. Florestas se tornariam pomares de Poseidon, dizia o pai, embora ela soubesse que Poseidon não era o verdadeiro nome da coisa-deus no fundo do mar, só um nome que um homem morto deu para ele milhares de anos atrás.

"Quer que eu leia uma história hoje, Merry?", perguntou a mãe morta, sentada na cadeira ao lado da cama. Ela tinha cheiro de peixe e lama, embora eles a tivessem enterrado em terra seca no alto da colina atrás da casa. Meredith não olhou para ela porque já tinha passado tempo demais tentando se lembrar do rosto da mãe como era *antes* e não queria ver o rosto destruído que o fantasma usava como uma máscara. Tão ruim quanto o rosto que o irmão agora usava, pior ainda, e Meredith deu de ombros e empurrou o cobertor um pouco para trás.

"Se você não estiver conseguindo dormir, pode ajudar", disse a mãe, com uma voz de caules de algas oscilando lentamente na água profunda.

"Talvez", respondeu Meredith, olhando para um ponto em que o papel tinha começado a se soltar em uma das paredes, desejando que tivesse uma vela ou um lampião a gás no quarto para que o fantasma a deixasse em paz. "Ou talvez não."

"Posso ler alguma coisa do livro de Hans Christian Andersen, ou um dos contos de Grimm", disse a mãe, suspirando. "'A pequena sereia' ou 'O pescador e sua esposa'?"

"Você pode me contar como é no inferno", respondeu a garota.

"Querida, eu não preciso contar sobre isso", sussurrou a mãe fantasma, a voz de repente lamentosa e triste. "Sei que não preciso contar sobre isso."

"Pode haver infernos diferentes", disse Meredith. "Esse, o inferno para onde papai mandou você, o inferno onde Avery está perdido. Ninguém disse que só podia existir um, disse? Talvez tenha muitas regiões. Um inferno para os soldados prussianos mortos e outro para os franceses, um inferno para os cristãos e outro para os judeus. E talvez outro para todos os pagãos."

"Seu pai não me mandou pra nenhum lugar, criança. Eu fiz a passagem por vontade própria."

"Para que eu ficasse sozinha *neste* inferno."

O fantasma bateu os dentes afiados, e Meredith conseguiu ouvir os filetes de anêmona entre os olhos iridescentes de peixe voltando rapidamente para as regiões ocas do crânio em decomposição da mãe.

"Eu posso ler um poema", disse a mãe com esperança. "Posso cantar uma música."

"Não é só fogo e enxofre, é? A região do inferno onde você está? É mais escuro do que a noite e frio como gelo, não é, mãe?"

"Ele achou que me salvaria se me colocasse na terra? O velho tolo acha que me trará de volta, como Perséfone?"

Perguntas demais, dela e da mãe, e por um momento Meredith Dandridge não respondeu ao fantasma, manteve o olhar nas tiras escuras do papel de parede, na parede listrada, desejando que o sol nascesse e entrasse quente e dourado como mel pelas cortinas.

"Eu atravessei a passagem por vontade *própria*", disse o fantasma de novo, e Meredith se perguntou se a mãe achava que ela não tinha ouvido na primeira vez. Ou talvez fosse alguma coisa em que a mãe precisava acreditar e na qual pudesse parar de acreditar se parasse de repetir. "Alguém tinha que ir."

"Não tinha que ser você."

O vento assobiou em um tom agudo e selvagem pelos beirais da casa, lábios invisíveis encostados em um instrumento enorme e invisível, e Meredith tremeu e puxou o cobertor até o queixo novamente.

"Não tinha outra pessoa. Não quiseram aceitar seu irmão. O portador da chave não pode ser homem. Você sabe disso, Merry. Avery também sabia."

"Tem outras mulheres", disse Meredith, falando entre os dentes trincados, sem querer começar a chorar, mas as lágrimas já quentes nos olhos. "Poderia ter sido outra pessoa. Não tinha que ser minha mãe."

"A mãe de alguma outra criança, então?", perguntou o fantasma. "A filha de alguma outra mãe?"

"Volte para o seu inferno", disse Meredith, ainda olhando para a parede, cuspindo as palavras como veneno. "Volte para o seu buraco no chão e leia seus contos de fadas para as minhocas. Leia para elas 'O pescador e sua esposa'."

"Você precisa ser forte agora, Merry. Precisa ouvir seu pai e precisa estar pronta. Eu não fui forte o bastante."

E ela finalmente se virou para olhar para a mãe, para o que sobrou do rosto da mãe, para as coisas ariscas aninhadas no cabelo embaraçado, com escamas prateadas e cracas, a coroa de anêmonas que queimam, e Meredith Dandridge não se encolheu nem virou a cara.

"Um dia", disse ela, "eu vou pegar aquele maldito livro preto dele e vou jogar no forno. Vou pegar, mãe, e jogar na lareira, e eles vão poder sair do mar e nos arrastar pra longe."

A mãe gritou e se desmanchou como uma onda quebrando na praia de cascalho, água derramada da bacia de metal que deu forma a ela, a pele sumindo de repente, tão transparente e cintilante como vidro, e escorreu pelas rachaduras nas tábuas do piso. A garota esticou a mão e enfiou os dedos na poça rasa deixada no assento de vime da cadeira. A água estava fria e tinha um cheiro sujo. Ela ficou acordada até o amanhecer, ouvindo o mar, todos os barulhos impensados que uma casa faz nas horas mais perdidas da noite.

Maio de 1914

Avery Dandridge tinha os olhos do pai, mas a alma de outra pessoa espiava por eles, e para a irmã ele era a esperança de que poderia haver vida em algum lugar além da casa barulhenta perto do mar. Cinco anos mais velho do que ela, ele tinha ido estudar em San Francisco por um tempo, quase um ano, porque a mãe queria que ele fosse. Mas houve um incidente, e ele foi enviado para casa, transgressões comentadas apenas em sussurros e nada que se dessem ao trabalho de explicar para Meredith, mas ela não se importava com isso. Só estava feliz por ele estar de volta e porque ela estava bem menos sozinha.

"Conte sobre o terremoto", disse ela para ele um dia, pouco tempo depois do retorno dele, os dois caminhando juntos pela praia estreita abaixo dos penhascos, a areia da cor de pó de carvão, gaivotas barulhentas e madeira flutuante como ossos de titãs trazidos pela maré. "Conte sobre o incêndio."

"O terremoto? Merry, foi oito anos atrás. Você ainda era bebê, tem muito tempo." Ele pegou uma concha e a virou na mão, tirando um pouco da areia escura grudada nela. "As pessoas não gostam mais de falar sobre o terremoto. Nunca ouvi ninguém falar muito sobre isso."

"Ah", disse ela, sem saber o que dizer, mas ainda cheia de perguntas. "Papai diz que houve um sinal, um sinal dos..."

"Talvez você não devesse acreditar em tudo o que ele diz, Merry. Foi um terremoto." E ela sentiu uma emoção nessa hora, uma pontada de eletricidade subindo pela coluna e se espalhando pelo couro cabeludo, por alguém, ainda mais Avery, poder questionar o pai e sugerir que ela fizesse o mesmo.

"Você parou de acreditar nos sinais?", perguntou ela, sem fôlego. "Foi isso que aprendeu na escola?"

"Eu não aprendi muitas coisas importantes na escola", respondeu ele e mostrou para ela a concha que tinha na mão. Não chegava ao tamanho de uma moeda de cinco centavos, mas tinha um pico no centro como um chapéu de chinês, com linhas radiais marrons. "É bonita", disse ela quando ele colocou em sua mão. "Como se chama?"

"É uma lapa", respondeu ele, porque Avery sabia tudo sobre conchas, peixes e os fósseis nos penhascos, coisas que aprendeu nos livros do pai, e não na escola. "É uma lesma aquática. Os chicharros as levam para a batalha quando enfrentam enguias."

Meredith riu alto dessa última parte, e ele riu também, depois sentou em uma pedra na beira de uma piscina larga formada pela maré. Ela parou ao lado dele, ainda observando a concha na mão, virando-a de um lado para o outro. A parte inferior côncava da lapa era mais lisa do que seda e seria branca, não fosse um toque leve e iridescente de azul.

"Não é verdade", disse ela. "Todo mundo sabe que os chicharros e as enguias são amigos."

"Claro que são", disse Avery. "Todo mundo sabe disso." Mas ele estava olhando para o mar agora e não se virou para olhá-la. Em um momento, ela colocou a concha no bolso do suéter e sentou na pedra ao lado dele.

"Está vendo alguma coisa lá?", perguntou ela, e ele assentiu, mas não falou nada. O vento soprou frio e úmido na praia e provocou ondulações no laguinho aos pés deles. O vento e as ondas pareciam estar fazendo mais barulho que o habitual, e Meredith se perguntou se isso queria dizer que havia uma tempestade a caminho.

"Não é uma tempestade", disse Avery, e isso não a surpreendeu, porque com frequência ele sabia o que ela estava pensando antes que ela dissesse. "Tem uma guerra chegando, Merry."

"Ah, sim, dos chicharros e das enguias." Merry riu e apertou os olhos para observar o horizonte, tentando ver o que tinha atraído a atenção do irmão. "Das lulas e dos mexilhões."

"Não seja boba. Todo mundo sabe que as lulas e os mexilhões são grandes amigos." E isso a fez rir de novo. Mas Avery não riu, tirou o olhar do mar e observou as pontas gastas das botas alguns centímetros acima da água.

"Nunca houve uma guerra como a que está por vir", disse ele depois de um tempo. "Todas as nações da terra nas gargantas umas das outras, Merry, e quando acabarmos toda a matança não vai sobrar ninguém pra lutar contra o mar."

Ela respirou fundo, com o ar limpo e salgado subindo à cabeça, e começou a mexer numa craca na pedra.

"Se fosse verdade", disse ela, "papai teria nos contado. Teria nos mostrado os sinais."

"Ele não os vê. Não sonha como eu sonho."

"Mas você contou pra ele?"

"Eu tentei. Mas ele acha que é uma coisa que botaram na minha cabeça na escola. Acha que é algum tipo de truque pra fazer ele afastar o olhar."

Merry parou de mexer na craca porque estava machucando os dedos, que começariam a sangrar se ela continuasse. Decidiu que era melhor ver as coisas presas no lago formado pela maré, o pequeno jardim preso ali até que o mar voltasse para recuperá-lo. Caramujos e caranguejos-eremitas usando conchas roubadas, estrelas-do-mar avermelhadas e estrelas-do-mar com o formato e a cor de girassóis.

"Ele acha que estão me usando pra fazer ele olhar para o outro lado, pra pegar o pai desprevenido", sussurrou Avery, a voz quase perdida no vento crescente. "Ele acha que estão me colocando contra ele."

"Avery, não acredito que papai fosse dizer isso sobre você."

"Ele não precisou dizer." E os olhos escuros e brilhantes do irmão observaram o mar e o céu de novo.

"Temos que voltar logo, não é? A maré vai voltar daqui a pouco", disse Meredith, reparando no quanto as ondas estavam chegando mais perto na praia do que na última vez que ela olhou. Em mais meia hora, o oceano insaciável estaria batendo nos penhascos de xisto nas costas deles.

"Onda após onda, cada uma mais grandiosa que a anterior", sussurrou Avery, fechando bem os olhos, e as palavras saindo dos seus lábios pálidos e finos pareciam de outra pessoa, alguém velho e cansado que Meredith nunca amou. "Até que a última, a nona, crescendo das profundezas e cheia de vozes, subiu lentamente e caiu rugindo, e toda a onda estava em chamas..."

"O que é isso?", perguntou ela, interrompendo porque não queria ouvir mais. "É do livro de papai?"

"Não, não é", respondeu ele, falando como ele mesmo novamente, como o irmão dela. Ele abriu os olhos, e uma lágrima escorreu lentamente pela bochecha ressecada pelo vento. "É só uma coisa que me ensinaram na escola."

"Como uma onda pode estar em chamas? É uma charada?", perguntou ela, e ele balançou a cabeça.

"Não", disse ele e limpou o rosto com as mãos. "Não é nada, só um trecho bobo de poesia que nos fizeram decorar. A escola é cheia de poesia boba."

"Foi por isso que você veio pra casa?"

"Nós devíamos começar a voltar", disse ele, olhando rapidamente por cima do ombro para os penhascos mais altos, para a trilha íngreme que levava de volta à casa deles. "A maré não pode nos pegar de calça arriada, não é?"

"Eu nem uso calça", disse Merry aborrecida, ainda ocupada pensando naquela nona onda, no fogo e na água. Avery passou o braço ao redor dela e a apertou por um momento enquanto o mar seguia com ansiedade para a frente e para trás pelas pedras cobertas de musgo.

Janeiro de 1915

Meredith estava sentada sozinha no chão no fim do corredor, o corredor estreito que ligava o saguão à cozinha e a um banheiro, e, mais à frente, levava até os fundos da casa e a uma porta alta que estava sempre trancada. A chave de metal sem brilho estava sempre pendurada em um aro no cinto do pai. Ela encostou o ouvido na madeira e tentou ouvir alguma coisa. A madeira estava úmida e muito fria, e o cheiro de maresia e mofo escapava livremente pelo espaço entre a parte de baixo da porta e o chão, entre a porta e o umbral. A madeira de sequoia, que já tinha sido sólida, tinha começado a apodrecer havia tempos por causa da umidade contínua, o bafo corrosivo do mar a enferrujar as dobradiças, de forma que a porta gritava como um gato que levou um pisão cada vez que era aberta ou fechada. Mesmo quando bem pequena, Meredith tinha medo dessa porta, mesmo antes de começar a entender o que havia no lugar profundo embaixo da casa do pai.

Lá fora, o vento gelado de inverno uivava, e ela tremeu e puxou o xale cinza de lã sobre os ombros; a última coisa que a mãe fez para ela, aquele xale. Havia quase o mesmo ódio em Merry pelo vento e pelo mar, mas pelo menos sufocava os baques e gemidos horríveis que vinham dia e noite do sótão onde o pai trancou Avery em junho.

"Há frestas entre os mundos, Merry", dissera Avery alguns dias antes de arrombar a fechadura da porta do corredor com a ponta afiada de uma abotoadeira e descer até o lugar profundo. "Gretas, fissuras, rupturas. Se não puderem ser fechadas, precisam ser protegidas contra as coisas do outro lado que não devem vir pra cá."

"Papai diz que é um portal", respondera ela, fechando o livro que estava lendo, um exemplar poeirento e amassado de *Primitive World*, de Franz Unger.

O irmão dera uma gargalhada seca e sem humor e balançara a cabeça com nervosismo, olhando para o dia em seu fim pelas janelas da sala. "Portais são construídos de propósito, pra serem usados. Essas coisas são acidentes, no máximo, casualidades do acaso, rasgos em um espaço onde um mundo passa perto demais do outro."

"Bem, não é isso o que papai diz."

"Leia seu livro, Merry. Um dia você vai entender. Um dia, em breve, quando você não for mais criança e ele perder o controle sobre você."

E ela franzira a testa, suspirara e abrira o livro de novo, em uma página aleatória com uma das litografias estranhamente melancólicas: *The Period of the Muschelkalk [Middle Trias]*. Uma paisagem marinha violenta, e na frente um recife se projetava acima das ondas, cheio de madeira flutuante coberta de algas e de conchas de moluscos e crinoides. Havia uma coisa parecida com um crocodilo, que o autor chamava de *Nothosaurus giganteus*, agarrada ao recife para não ser jogada nas profundezas agitadas pela tempestade. Acima, o céu noturno era uma massa turbulenta de nuvens com a lua pequena e branca, cheia ou quase cheia, espiando e iluminando a cena antiga.

"Você está falando de planetas?", perguntara ela a Avery. "Está falando de luas e estrelas?"

"Não, estou falando de *mundos*. Agora leia seu livro e não faça tantas perguntas."

Meredith pensou ter ouvido madeira estalando, os passos pesados do pai, o movimento seco de tecido contra tecido, e se levantou rapidamente, sem querer ser surpreendida ouvindo na porta de novo, e ainda estava ocupada ajeitando o vestido amassado quando se deu conta de que ele estava de pé no corredor atrás dela. Foi erro dela pensar que ele tinha ido para o lugar profundo quando estava em outro lugar o tempo todo, na biblioteca ou no sótão com Avery ou lá fora enfrentando o frio para visitar o túmulo de sua mãe na colina.

"O que você está fazendo, criança?", perguntou ele com mau humor, e puxou a barba. Havia fios brancos que não estavam ali dois meses antes, cicatrizes da noite em que eles perderam a mãe dela, a esposa dele, a noite em que demônios tentaram passar pelo rasgo, e Ellen Dandridge tentou bloquear a passagem deles. O rosto dele envelheceu no espaço de semanas, marcas escuras embaixo dos olhos como hematomas e rugas fundas na testa. Ele tirou o cabelo louro da filha dos olhos.

"Teria sido diferente se você tivesse acreditado em Avery desde o começo?"

Por um momento, ele não respondeu, e, no silêncio, o rosto tão duro e perfeitamente ilegível como pedra provocou nela uma vontade de bater nele, a fez desejar poder chutar a porta podre e úmida de maresia e jogá-lo gritando escada abaixo, para o que os esperava no lugar profundo.

"Não sei, Meredith. Mas eu tinha que confiar no livro e tinha que acreditar nos sinais nos céus."

"Você foi arrogante demais, velho. Quase entregou o mundo todo porque não foi capaz de admitir que podia estar errado."

"Você devia ficar agradecida por sua mãe não poder ouvir você, mocinha, usando esse tom de voz com o próprio pai."

Meredith se virou e olhou para a porta alta e podre de novo, os símbolos desenhados na madeira com cal e sangue.

"Ela consegue me ouvir", disse Meredith. "Ela fala comigo quase todas as noites. Não foi pra tão longe quanto você pensa."

"Eu ainda sou seu pai, e você ainda é uma criança que não consegue nem começar a entender o que está em jogo, o que está sempre forçando o outro lado do..."

"... portal?", perguntou ela, interrompendo e terminando por ele, e colocou uma mão aberta na porta, no mais alto dos dois grandes painéis, e apoiou todo o peso nele. "O que vai acontecer na próxima vez? Você sabe, pai? Quanto tempo temos, ou as constelações ainda não contaram isso pra você?"

"Não deboche de mim, Meredith."

"Por que não?" E ela olhou para ele por cima do ombro, sem tirar a mão da porta. "Vai me danar mais rápido? Vai fazer com que mais homens morram nas trincheiras? Vai fazer Avery sentir mais dor do que está sentindo agora?"

"*Eu* ganhei o livro", grunhiu ele para ela, o rosto pétreo se transformando em raiva amarga, e isso pelo menos deu a Meredith um fragmento de satisfação. "Eu recebi instruções do caminho para este lugar. Confiaram o portal a mim, criança. Os deuses..."

"... devem ser ainda mais tolos do que você, velho. Agora, cale a boca e me deixe em paz."

Machen Dandridge levantou a mão direita para bater nela, a mão com nós grossos nos dedos como martelos de carne e osso, um martelo de ferro-carne e uma bigorna para bater nela até ficar fina e frágil como o véu entre universos siameses.

"Você vai precisar de mim", disse ela, sem se afastar do fogo nos olhos escuros dele, mantendo-se firme. "Você não pode assumir meu lugar. Mesmo se não fosse covarde, não poderia assumir meu lugar."

"Você se tornou uma criança cruel", disse ele, baixando a mão devagar até pender inutilmente ao lado do corpo.

"Sim, pai, é verdade. Eu me tornei uma criança *muito* cruel. É melhor você rezar pra eu ter me tornado cruel o bastante."

E ele não respondeu, não havia mais palavras nele, mas andou rapidamente pelo corredor na direção do saguão e da biblioteca, os passos altos como tiros distantes, altos como os batimentos do coração dela, e Meredith tirou a mão da porta. Estava ardendo um pouco, a dor como a de uma ferroada de abelha se curando, e quando ela olhou para a palma havia uma coisa nova ali, um inchaço gordo e brilhante, tão negro, redondo e liso quanto o olho sem alma de um tubarão.

Fevereiro de 1915

Nos sonhos, Machen Dandridge fica de pé na beira do mar e vê a luz do fogo refletida nas nuvens cinzentas passando acima da Rússia, da Áustria e do leste da Prússia, sente o fedor acobreado de sangue turco e alemão, a vida escorrendo pelos buracos de bala deixados no arquiduque sérvio e em sua esposa. Machen afastaria o olhar se soubesse como fazer isso, não veria o que só pode ver tarde demais para fazer diferença. Um homem pequeno desnorteado que apareceu no telhado do cosmos, cheio a ponto de explodir de conhecimento, mas sabendo nada. Fogo de canhão e trovão, as ondas batendo no penhasco e o matraquear mortal de soldados além do que dava para contar.

Aqui estou, no pé do portão, e tenho a chave do abismo...

"Uma guerra *mundial*, pai", diz Avery. "Uma coisa sem precedentes. Não consigo nem encontrar palavras pra descrever as coisas que vi."

"Uma guerra mundial sem precedentes?", questiona Machen, ceticamente, e ergue uma sobrancelha, depois volta a ler os diagramas de estrelas. "Napoleão pode discordar de você aí, meu jovem, e Alexandre também."

"Não, você não entende o que estou dizendo..."

E o fogo no céu fica mais intenso e se dissolve em um chicote de escamas vermelho-douradas e espinhas de ébano, a cauda do dragão pronta para açoitar os condenados. Cada um de nós está condenado, pensa Machen. *Cada um de nós, desde o começo dos tempos.*

"Eu tenho os textos, Avery, a proteção dos sete, e todos os hábitos antigos. Não posso deixar isso de lado só porque você anda tendo pesadelos, posso?"

"Eu sei essas coisas, pai. Sei da mesma forma que conheço meu próprio coração, da mesma forma que sei o número de degraus até o lugar profundo."

"Tem problema surgindo na Cabeleira de Berenice", sussurra sua esposa, o olho grudado no visor do grande telescópio da biblioteca. "Uma coisa que parece uma sombra."

"Ela diz isso depois", diz Avery. "Isso ainda não aconteceu, mas vai acontecer. Mas você também não vai dar atenção a ela."

E Machen Dandridge dá as costas para o mar e para o dragão, para os campos de batalhas e para as cidades em chamas, olha na direção da casa que construiu vinte e cinco anos antes. O ar na biblioteca parece bem próximo agora, muito quente, muito denso. Ele puxa a gola de papel e olha para o filho, sentado do outro lado da ampla escrivaninha de mogno.

"Não sei se entendi o que você quer dizer, garoto", diz ele, e Avery suspira alto e passa os dedos pelo cabelo castanho.

"Mamãe não está nem na janela agora. Vai ser daqui a duas semanas." E é verdade que ninguém está no telescópio. Machen esfrega os olhos e pega os óculos. "Vai ser tarde demais. Já deve ser agora", diz Avery.

"Escute, pai", implora Meredith com a voz da mãe e coloca um buquê pequeno e murcho de flores de outono no túmulo de Ellen Dandridge. O cheiro de terra remexida no alto da colina não é muito diferente do cheiro das trincheiras francesas.

"Eu o ouvi, Merry."

"Você o deixou falar. Você sabe a diferença."

"Eu já contei sobre as luzes no céu na noite que você nasceu?"

"Contou, pai. Cem vezes."

"Não houve luzes no nascimento do seu irmão."

Atrás dele, o mar faz um som de gigante rolando enquanto dorme, e Machen afasta o olhar da casa de novo e olha para o Pacífico negro. Há carcaças de baleias e leões-marinhos e um bilhão de peixes, e carcaças inchadas de coisas que ele nem sabe o nome, flutuando nas ondas. Pássaros noturnos com olhos vermelhos descem para comer carniça. A água está tão carregada de coisas mortas, larvas e sangue que em pouco tempo não vai sobrar água alguma.

"O portão escolhe a chave", diz a esposa com severidade, com tristeza, de pé na porta aberta que leva ao lugar profundo embaixo da casa, para a poça fosforescente sem fundo no pé dos degraus sinuosos e bambos. O píer curto e as pedras sobem das profundezas, a pequena ilha com sua caverna e suas algemas. "Você não pode mudar essa parte, independente do que os sete tenham dado a você."

"Não fui eu que mandei Avery lá pra baixo, Ellen."

"Não foi nenhum de nós. Mas nenhum de nós deu atenção a ele, então talvez fosse a mesma coisa se tivéssemos mandado."

O mar está denso como creme de leite, creme de leite e sangue embaixo de uma lua podre, e a cauda do dragão balança nas estrelas.

"Escrevendo a história do fim do mundo", diz Meredith, de pé em frente ao telescópio, espiando pelo visor, girando primeiro um ajuste, depois outro, tentando focar alguma coisa do céu noturno. "Era o que ele ficava dizendo. 'Estou escrevendo a história do fim do mundo. Estou escrevendo a história do futuro.' Pai, você sabia que tem algum problema na Cabeleira de Berenice?"

"Foi você?", pergunta ele. "Foi você que disse isso ou foi sua mãe?"

"Tem diferença? E, se tiver, você sabe qual é a diferença?"

"São visões, Merry? São visões terríveis que ainda posso esperar abalar?"

"Você vai deixar ele trancado naquele quarto pra sempre?", pergunta ela, sem responder às perguntas dele, sem nem tirar o olho do telescópio.

Antes que a esposa saia do corredor, antes que entre no patamar bambo no alto da escada, ela beija Meredith no alto da cabeça e olha com irritação para o marido, os olhos como um julgamento no último dia de todos, olhos de um serafim e de espadas ardentes. O mar doente bate nos penhascos, desalojando pedaços de rocha, silte que virou pedra quando os grandes répteis vagavam pelo planeta e os deuses ainda tinham incontáveis revoluções e tormentas para cuidar antes do começo da tragédia da humanidade.

"Machen", diz a esposa. "Se você tivesse ouvido, se tivesse me permitido ouvir, tudo poderia ter sido diferente. A guerra, o que fizeram com Avery, tudo. Se você ao menos tivesse *ouvido*."

E o sonho continua por trás dos olhos dele, descendo a escada até a água cintilante, a esposa sozinha no barquinho, remando pelo lago até a ilha rochosa bem embaixo da casa. O mar hemorrágico da cor de pus jogando-se furiosamente nas paredes da caverna, querendo entrar, e é sempre só questão de tempo. Meredith de pé no píer atrás dele, cantarolando as orações que ele ensinou, as orações para impedir que os portões se abram antes de Ellen chegar na outra margem.

A luz amarelo-esverdeada no fundo do lago embaixo da casa oscila e vai ficando mais intensa aos poucos.

O rabo do dragão açoita o mundo suicida.

No sótão, Avery grita com a nova boca que o portal deu para ele antes de cuspir o garoto, retorcido e insano, de volta a este local, a este tempo.

Os remos estão mergulhando sem parar na água brilhante e cintilante, o gemido das cavilhas enferrujadas, pregos velhos que afrouxaram na madeira podre; raios de luz do lago brincando nas paredes irregulares da caverna.

O dragão abre um olho cheio de bolhas.

E Ellen Dandridge sai do barco e pisa na ilha. Não olha para trás, para o marido e a filha.

"Uma coisa como uma sombra", diz Meredith, tirando o olho direito do telescópio e olhando para o outro lado do aposento, para o irmão, que não está sentado na cadeira em frente a Machen.

"Não é uma sombra", Avery não diz a ela, e volta para as coisas que tem de escrever nos diários antes que não haja mais tempo.

Na ilha, o portal se abre, o olho do dragão, o olho do anjo e o rosto indescritível do adormecido gigantesco em uma cidade sem nome e afundada, abrindo-se bem para ver se ela é quem ele chamou ou se é outra. A chamada ou a invasora. A convidada ou a intrometida. E Machen sabe, pela forma como o ar começou a cintilar e cantar, que o adormecido não gosta do que vê.

"Eu estou no portão e trago a chave", diz ela. "Você sabe meu nome, e eu vim defender o caminho. Eu vim só pra você não poder passar."

"Não olhe, Merry. Feche os olhos." E Machen segura a filha bem perto do corpo enquanto o ar para de cantar, enquanto começa a crepitar, estalar e queimar.

As ondas batem na margem.

A cauda do dragão cruza o céu.

O barco vazio é puxado para a lagoa cintilante.

Uma coisa vislumbrada por um telescópio.

Os cães de guerra magros e onívoros.

E Machen acordou na própria cama, uma tempestade batendo furiosamente nas janelas, relâmpagos explodindo lá fora como morteiros, e o *tum tum tum* distante do filho perdido no sótão. Ele não fechou os olhos de novo, só ficou imóvel, suando e ouvindo a chuva e os baques, até o sol nascer em algum lugar atrás das nuvens para transformar o preto em cinza-chumbo sem alegria.

Agosto de 1889

Depois de suas viagens, depois de Bagdá, das ruínas de Nínive e da Babilônia, depois da mesquita escondida em Reza'lyah e dos artefatos peculiares que ele conseguiu na margem do extremo sul do lago Urmia, Machen Dandridge foi para o oeste, para a Califórnia. No verão de 1889, casou-se com Ellen

Douglas-Winslow, filha ovelha negra de uma família antiga e tradicional de Boston, e juntos eles viajaram de trem, os cavalos de ferro fumegantes e trilhos de aço com os quais o pai dele fez fortuna, indo até a pobreza agitada e os santuários de Nob Hill, em San Francisco. Por um tempo, moraram em uma casa modesta em Russian Hill, enquanto Machen ensinava à esposa as coisas que aprendeu no leste: arqueologia e astrologia, hebraico e misticismo islâmico, o Talmude e o Corão, os segredos do livro preto terrível que foram dados a ele por um mulá cego e leproso. Ellen desgraçou a família logo cedo ao alegar ter habilidades de médium e confirmar o que dizia com sessões espíritas extravagantes e demonstrações ectoplásmicas espetaculares. Machen encontrou nela uma pupila dedicada.

"Por que ele daria o livro pra você?", perguntou Ellen com ceticismo na primeira vez que Machen mostrou para ela, na primeira vez que o tirou da caixa de ferro e couro na presença dela. "Se é o que você diz que é, por que ele daria pra alguém?"

"Porque, minha querida, eu encostei uma arma na cabeça dele", respondeu Machen, desembrulhando o livro, puxando lentamente as camadas de couro de carneiro nas quais estava enrolado. "Isso e o conhecimento que ele vinha buscando a vida inteira. Acredite em mim. Foi uma troca justa."

E assim como o livro o levou de volta da Ásia para os Estados Unidos e daí para a Califórnia, a bússola áspera e fina das páginas mostrou o caminho para o norte pela costa até os penhascos altos ao norte de Anchor Bay. Na primeira viagem, ele não levou Ellen e viajou só na companhia de um guia índio miwok que alegava conhecer um "buraco no mundo". Mas quando eles saíram do abrigo da floresta de sequoias e pararam na beira do mar amplo e ondulante de grama de pampas que seguia na direção do Pacífico, o miwok se recusou a ir em frente. Nenhuma quantidade de dinheiro ou conversa conseguiram convencê-lo a se aproximar dos penhascos depois da grama, e Machen prosseguiu sozinho.

Sob o sol quente de verão, as colinas baixas e arredondadas pareciam se estender por uma eternidade. As gaivotas e um par de gaviões de cauda vermelha gritaram para ele como harpias, avisando-o para ir embora, ameaças agudas ou chamado às armas do céu infinito de centáurea. Mas ele encontrou, finalmente, o "buraco no mundo", bem onde o guia miwok disse que estaria, a uns cinquenta metros dos penhascos.

Pelo que ele aprendeu sozinho sobre geologia, Machen concluiu que devia ser o teto desabado de uma caverna, uma abertura de no máximo um metro e meio ou dois de largura, que dava acesso a uma chaminé quase vertical erodida pelas camadas inclinadas de calcário e xisto, e provavelmente chegando ao mar em algum ponto da escuridão abaixo. Ele largou uma pedra grande no buraco e ficou prestando atenção e contando enquanto caía, marcando os segundos até haver um ruído baixo de água que confirmou sua crença de que a caverna era ligada ao mar.

Um cheiro mofado e salgado subia do buraco, nada convidativo, doentio, e apesar de haver equipamento de escalada na mala, de ele ser competente com cordas e nós e de ter, mais de uma vez, descido por túneis verticais traiçoeiros, desmoronando, para chegar a tumbas e poços antigos, Machen Dandridge só ficou ali, na entrada, jogando pedras e prestando atenção aos ruídos da água. Ele ficou olhando para o buraco e, depois de um tempo, conseguiu discernir uma luz leve mas inconfundível, não o crepúsculo entrando por uma fresta na face do penhasco, mas luz como um copo de absinto, o tipo de luz que, ele imaginava, criaturas abissais que nunca viram o sol podiam emitir para poder seguir pelas trevas.

Não era o que ele esperava, pelo que estava escrito no livro preto, nada de portão enorme de chifres e marfim, nada de arco de ouro e prata protegido por anjos, demônios ou seres para os quais o homem nunca elaborou nomes, apenas esse buraco despretensioso no chão. Ele sentou na grama e olhou o pôr do sol queimando o dia até que virasse noite, perguntando-se se o miwok o abandonara. Pensando se a busca foi tarefa de tolo desde o comecinho e se ele tinha desperdiçado tantos anos da vida e tanto da herança buscando conexões e verdades que só existiam porque ele queria ver. À noite, a luz brilhou pelo buraco como o brilho de chartreuse pela grade de uma fornalha sobrenatural, provocante ou tranquilizadora, mas chamando-o para ir adiante. Prometendo que havia mais por vir.

"O que você acha que vai encontrar?", perguntara o velho padre depois de entregar o livro. "Para ser mais objetivo, o que você acha que vai encontrar *você*?"

Não era uma pergunta que ele pudesse responder na hora, e que continuava não podendo responder sentado com o barulho das ondas nos ouvidos e as estrelas pontilhando o céu acima. A pergunta que Ellen fez repetidas vezes, e ele sempre encontrava um jeito de desviar. Mas ele *sabia* a resposta, enfiada no fundo da alma dele, mesmo nunca tendo conseguido encontrar as palavras. Prova de que o mundo não terminava nas pontas dos dedos dele e nem com os dados não confiáveis dos olhos e ouvidos, nem com as mentiras e meias verdades que os homens escreveram nos livros de ciências e história, que tudo o que ele viu era só uma cortina maltrapilha esperando para ser puxada, para que mais luz incontestável pudesse finalmente brilhar.

"É isso que você está procurando, sr. Dandridge?" E Machen se virou rapidamente, o coração disparado enquanto ele levava a mão até a arma na cintura, mas encontrou o velho índio observando da grama alta e agitada a poucos metros. "É *esse* o fim da sua jornada?" E o guia apontou para o buraco.

"Eu achei que você estivesse com medo de vir até aqui, não estava?", perguntou Machen, irritado com a interrupção, sentando-se ao lado do buraco e olhando de novo para a luz amarelo-esverdeada irregular que saía da terra.

"Eu estava", respondeu o miwok. "Mas o fantasma do meu avô veio até mim e me disse que estava com vergonha de mim, que eu era um covarde por permitir que você viesse a este lugar mau sozinho. Ele prometeu me proteger dos demônios."

"O fantasma do seu avô?" Machen riu e balançou a cabeça, depois jogou outra pedra no buraco.

"Sim. Ele está nos olhando agora, mas também quer ir embora logo. Posso mostrar o caminho de volta até a trilha."

A chave, eu aceitei com conhecimento pleno do peso dela.

"Você é um homem corajoso", disse Machen. "Ou outro lunático."

"Todos os homens corajosos são lunáticos", disse o índio e olhou com nervosismo para o buraco, para o céu estrelado e azul, para o penhasco e para o oceano invisível, um de cada vez. "Homens sãos não vão procurar a própria morte."

"Foi isso que encontrei aqui? Minha morte?"

Houve um longo momento de silêncio ansioso do guia, quebrado apenas pelo rugido incessante e periódico das ondas e do vento, e ele deu um passo para longe do buraco, entrando mais fundo no abrigo da grama alta.

"Eu não posso dizer o que você encontrou neste lugar, sr. Dandridge. Meu avô diz que não devo dizer o nome."

"É mesmo? Tudo bem." E Machen se levantou, esfregou os olhos doloridos e limpou a sujeira da calça. "Me mostre o caminho de volta e esqueça que me trouxe aqui. Diga para o pobre fantasma do seu avô que não vou responsabilizar você pelo que devo encontrar no fundo daquele buraco."

"Meu avô ouve você", disse o miwok. "Ele diz que você é um homem corajoso e lunático, e que eu devia matar você agora, antes que você faça as coisas que vai fazer em dias futuros. Antes de colocar o mundo contra si mesmo."

Machen pegou a Colt, puxou o cão com o polegar e ficou olhando para a escuridão, para o índio.

"Mas eu não vou matar você", disse o miwok. "Essa escolha é *minha*, e eu escolhi não tirar sua vida. Mas vou rezar pra que não seja uma decisão da qual vou me arrepender depois. Temos que ir agora."

"Você na frente", disse Machen, sorrindo e com um tremor na voz que esperava que o guia não ouvisse, o coração disparado e suor frio começando a pingar do rosto apesar do ar noturno. E, sem mais uma palavra, o índio se virou e desapareceu nos braços da grama sussurrante e da noite de agosto.

Julho de 1914

Quando teve certeza absoluta de que o pai fechou a porta dupla que levava ao escritório e de que a mãe estava dormindo, quando os únicos sons eram o mar e o vento, os ruídos inconstantes e instáveis que todas as casas fazem depois que escurece, os ratos nas paredes, Meredith saiu da cama e vestiu o roupão de flanela. O piso estava frio nos pés descalços, frio, mas não gelado. Ela acendeu uma vela e fechou a porta pesada do quarto, depois seguiu o mais rápido e silenciosamente possível até a escada apertada que levava do segundo andar até a porta do sótão. No alto, sentou-se no patamar e prendeu a respiração, prestando atenção, rezando para que ninguém a tenha ouvido, nem o pai, nem a mãe, nem os dois juntos, para não estarem tentando encontrá-la.

Não havia som algum do outro lado da porta estreita do sótão. Ela colocou a vela no chão e se inclinou, encostando os lábios na madeira, sentindo a aspereza embaixo do verniz.

"Avery?", sussurrou ela. "Avery, está me ouvindo?"

Primeiro, não houve resposta do sótão, e ela respirou fundo e esperou um tempo, esperou os passos furiosos ou preocupados dos pais, que um deles começasse a gritar o nome dela na casa abaixo.

Mas não houve passos, e ninguém chamou o nome dela.

"*Avery*? Está me ouvindo? Sou *eu*, Merry."

Desta vez, houve um baque repentino e um som pesado de algo se arrastando do outro lado da porta. Um corpo se deslocando desajeitada e dolorosamente pelo piso de pinho na direção dela, e ela fechou os olhos e esperou. Finalmente, houve um baque alto na porta, e ela abriu os olhos de novo. Avery estava tentando falar, tentando responder, mas não havia nada de familiar ou de coerente na voz deteriorada.

"Espere", sussurrou ela. "Eu trouxe um bloco." Ela tirou do bolso do roupão um bloco e um lápis. "Não tente mais falar. Vou passar por baixo da porta, e você pode escrever o que quer dizer. Bata na porta uma vez se entendeu o que estou dizendo, Avery."

Nada houve por quase um minuto, depois uma única batida, tão violenta que a porta sacudiu nas dobradiças, tão alta que ela teve certeza de que faria os pais virem correndo investigar.

"Você precisa fazer menos barulho, Avery", sussurrou ela. "Eles vão ouvir."

Agora, Meredith começou a reparar no odor no patamar, o odor vindo do sótão. Ou ela estava nervosa demais para reparar de cara, ou o irmão levou com ele quando se arrastou até a porta. Peixes mortos e repolho cozido, leite estragado e geleia de morango, de quando ela encontrou a carcaça de um filhote de baleia-cinzenta meio enterrado na areia e se decompondo no sol. Ela engoliu em seco, respirou fundo de novo e tentou não pensar no cheiro horrível.

"Vou passar o lápis e uma folha do bloco para você agora. Vou deslizar por baixo da porta."

Avery fez um som úmido e estrangulado, e ela disse de novo para ele não tentar falar, só escrever se pudesse, escrever as respostas para as perguntas dela e qualquer outra coisa que precisasse dizer.

"Você sente dor? Posso ajudar de alguma forma?", perguntou ela, e em um momento a ponta do lápis começou a rabiscar alto na folha de papel. "Não com tanta força, Avery. Se a ponta quebrar, vou ter que procurar outro."

Ele empurrou a folha de papel para ela, e estava úmida, e tinha uma coisa escura e grudenta na parte de baixo. Ela segurou perto do rosto, sem se importar com o cheiro tão forte que a sufocava, provocando ânsia de vômito, para poder ler o que ele tinha escrito. Não era sequer parecido com a caligrafia cuidadosa de Avery, a cursiva caprichada e precisa que ela sempre admirou e tentou imitar, mas letras grandes e tortas, letras de forma, e ver isso deu uma vontade tão grande de chorar que ela quase esqueceu o cheiro de baleia morta e repolho.

DÓÓI MERY MAIS DO QUE PODE SABER

NÃO AJUDAR NÃO ME AJUDAAR

Ela colocou a folha de papel no chão e pegou outra no bloco, o que ela usava para as aulas da tarde, ortografia e aritmética, e passou por baixo da porta para Avery.

"Avery, você *sabia* que não podia portar a chave. Sabia que tinha que ser eu ou a mamãe, *não sabia*? Que tinha que ser uma mulher?"

Mais uma vez o barulho, e o papel voltou ainda mais grudento que o anterior.

TINHA QUE TENTAR MAE NÃO QUERIA OVIR

EU TINHA QUI TENTA

"Ah, Avery. Sinto muito", disse ela, falando tão baixo que rezou para ele não ouvir, e havia lágrimas nos olhos dela, quentes e amargas. Uma espécie de raiva e um tipo de dor no coração que ela nunca tinha sentido, raiva e dor florescendo nela e se fundindo por uma alquimia da alma, e por essa fusão transformadas em ódio puro e dourado.

Ela arrancou outra folha do bloco e passou pela abertura entre o chão e a porta do sótão.

"Preciso saber o que fazer, *Avery*. Estou lendo os jornais, mas não entendo tudo. Todo mundo parece achar que a guerra vai chegar em breve por causa do assassinato em Sarajevo, por causa do kaiser, mas não *entendo* tudo."

Demorou para o papel voltar, manchado de gosma e fedendo a podridão, talvez uns cinco minutos dos rabiscos de Avery e das pausas silenciosas entre rabiscos. Desta vez, o papel estava coberto de cima a baixo com a letra desajeitada.

TARDE DEMAIS ~~SE~~ PRA IMPEDIR GUERRA TARDE DEMAIS AGORA

GUERRA ESTÁ CHEGANDO AGORA NÃO DÁ PRA PARA ISSO MERRY

TUDO TEVE INÍCIO NONA ONDA LEMBRA?

MAS MERY VOCÊ PODE NAO OUVIR O PAI

VOCÊ PODE DEFENDER ~~NOVE~~ A PASSAGEM AINDA DÁ TENPO

VOCÊ OU MAMÃE PODE DEFENDER PASSAGE AINDA

NUM PRECISA CER A ÚLTIMAS GUERRA

Quando terminou de ler e reler duas vezes tudo o que Avery escreveu, Meredith colocou a folha de papel em cima das outras duas e limpou a mão no chão até não parecer mais tão grudenta. Com a luz amarelo-esbranquiçada da vela, a mão tremeluziu como se ela estivesse carregando uma das grandes lesmas amarelas que moravam na floresta. Ela arrancou rapidamente outra página do bloco e passou por baixo da porta. Desta vez, sentiu o papel ser arrancado dos dedos, e os rabiscos começaram imediatamente. Voltou para ela poucos segundos depois, e o lápis junto, a ponta gasta, sobrando nada.

NUM VOLTA AQI NUNCA MERRY

EU AMO VOCÊ PRA SEMPRI E NÃO VOU ESQECER VOCÊ

PROMETE QE NÃON VAI VOLTAR

DEFENDE A PASSAGEM DEFENDE A PASSAGEM

"Não posso prometer isso, Avery", respondeu ela, chorando e chegando mais perto da porta, apesar do cheiro tão forte que tinha começado a queimar o nariz e o fundo da garganta dela. "Você é meu irmão, e não posso prometer isso."

Houve outro baque violento na porta nessa hora, com tanta força que era certo que o pai tinha ouvido, tão repentino que a assustou, e Meredith deu um pulo para trás e esticou a mão para pegar a vela.

"Eu me lembro da nona onda, Avery. Eu me lembro do que você disse: a nona onda, maior que a anterior, toda de chamas. Eu me *lembro*."

E como achou que talvez tivesse ouvido passos em algum lugar abaixo, e como não conseguia suportar ouvir os sons estrangulados e frenéticos que Avery tinha começado a fazer outra vez, Meredith pegou rapidamente as páginas grudentas e rabiscadas do bloco e desceu a escada do sótão até o quarto. Adormeceu pouco antes do amanhecer e sonhou com chamas em meio às ondas, um inferno batendo nas pedras.

Março de 1915

"É aqui que termina, Merry", disse o fantasma da mãe. "Mas também é onde começa. Você precisa entender isso, mesmo que não entenda mais nada."

Meredith sabia que desta vez não estava sonhando, por mais que pudesse *parecer* um sonho. Esse pesadelo vertiginoso, descontrolado e desperto que começou quando ela chegou no pé da escada bamba em espiral que a levou ao lugar profundo embaixo da casa. Seguindo o fantasma da mãe, o brilho leve de um espectro que seria seu Virgílio, sua Beatriz, sua lanterna de guia até a luz do lago estar tão intensa que ofuscava a radiância tremeluzente de Ellen Dandridge. Meredith parou no píer, segurando a mão coberta de cracas e algas da mãe morta, e olhou com medo e assombro para a ilha.

"As linhas infinitas da razão", disse o fantasma. "O que trouxe você aqui. Isso também é importante."

"Estou aqui porque meu pai é um tolo", respondeu Meredith, incapaz de afastar o olhar da luz amarelo-esverdeada dançando na pedra, brilhando das profundezas abaixo de seus pés descalços.

"Não, querida. Ele é só um homem tentando fazer o trabalho dos deuses. Isso nunca termina bem."

O olho negro inserido fundo na pele da palma da mão de Meredith coçou dolorosamente e rolou para trás, mostrando a esclera branca. Ela sabia exatamente o que ele estava vendo porque sempre dizia para ela; ela sabia o quanto elas estavam próximas do véu, como havia pouco tempo antes que a brecha se abrisse de uma vez por todas.

"Tente esquecer seu pai, criança. Se concentre no tempo e no espaço, no éter, na história que trouxe você aqui. Todos os fios da teia."

Meredith apertou a mão macia do fantasma, e as datas, os nomes e os lugares se espalharam por ela como o mar se espalhando na areia, uma enchente de ligações óbvias e obscuras, e ela trincou os dentes e deixou que tudo viesse.

Em 2 de dezembro de 1870, Bismarck manda uma carta para Guilherme da Prússia pedindo que ele se tornasse o Kaiser. Em 1874, todos os jesuítas recebem a ordem de sair da Itália, e no dia 8 de janeiro de 1877 Cavalo Louco é derrotado pela cavalaria americana na montanha Wolf, em Montana. Em junho de 1881, a Áustria assina um tratado secreto com os sérvios, estabelecendo um protetorado econômico e político, e Milan é coroado rei da Sérvia...

"Dói", sussurrou ela; a mãe franziu a testa e assentiu enquanto a luz do lago começava a pulsar e girar, criando um brilho no sentido anti-horário e uma sombra nas paredes altas de pedra.

"Sempre vai doer, querida. Uma dor maior do que dá pra imaginar. Você não pode ouvir mentiras sobre isso. Não pode ser levada a suportar esse peso ignorando a dor que vem com a chave."

Meredith deu outro passo hesitante na direção da beirada do píer curto, depois outro, e a luz oscilou furiosamente e rodou como uma fúria de furacão abaixo e ao redor dela.

"Eles estão subindo, Merry. Eles têm dentes e garras afiadas como aço, e vão devorar você se não se apressar. Você tem que ir pra ilha agora. A fresta está se abrindo."

"Estou com medo, mãe. Peço desculpas, mas estou com medo."

"Então o medo vai levar você aonde eu não posso levar. Faça do medo seu escudo. Faça do medo sua lança."

De pé na beirada do píer, Meredith não ousou olhar para a lagoa brilhante, manteve o olhar na pequena ilha a apenas quatro ou cinco metros de distância.

"Tiraram o barco quando você atravessou", disse ela para o fantasma da mãe. "Como vou chegar no portal se tiraram o barco?"

"Você é uma boa nadadora, criança. Avery ensinou você a nadar."

Um som como o de um raio, e *Não*, pensou ela. *Não consigo fazer isso. Consigo fazer qualquer coisa, menos pular desse píer naquela água com eles. Consigo suportar a dor, mas...*

"Se você conhece outro caminho, Merry, siga por ele. Mas não há muito tempo. As linhas estão convergindo."

Merry respirou fundo, engolindo o ar úmido e fétido da caverna, hiperventilando, preparando-se para o frio sem fôlego que viria, todas as coisas que o irmão ensinou sobre nadar no mar. Juntos, eles nadaram para além do quebra-mar, até a floresta de algas na água funda longe da praia, até o matagal submarino ondulante onde arraias-morcego e focas nadavam entre os caules gigantes de algas, onde ela olhou e viu a barriga pálida de um tubarão-branco imenso passando silenciosamente acima.

"Chegou a hora, Merry. Está tudo nas suas mãos agora. Vê como você está sozinha no centro da teia e os fios se afastam de você? Está vendo as interseções e os entrelaçados?"

"Estou vendo", disse ela. "Estou vendo tudo." E ela pula na água gelada.

Em 30 de outubro de 1883, um tratado austro-germânico com a Romênia é assinado, dando à Romênia defesa contra os russos. Em 17 de novembro de 1885, os sérvios são derrotados na Batalha de Slivnitza, sendo salvos apenas por uma intervenção austríaca. Em 1887, a Guerra Mahdista com a Abissínia começa. Em 1889, um garoto chamado Silas Desvernine veleja pelo rio Hudson e vê pela primeira vez uma montanha onde um ser sem nome de luar e trovão está preso em uma pedra negra. Em agosto de 1889, o pai dela é levado até a beira do Pacífico por um guia miwok. Em 27 de agosto de 1891, a Aliança Franco-Russa...

Os fios da teia, o tiquetaquear de um relógio, a vida e a morte das estrelas, cada passo na direção do Armagedom marcado na cabeça dolorida, e a água é gelo líquido ameaçando congelá-la viva. De repente, a pequena ilha pareceu estar a quilômetros e quilômetros de distância.

Em agosto de 1895, o Kaiser Guilherme visita a Inglaterra no Jubileu de Ouro da rainha Vitória. Em 1896, Charles E. Callwell, do Exército britânico, publica Small Wars – Their Principles and Practice. Em 4 de fevereiro de 1899, o ano em que Aguinaldo lidera uma insurreição filipina contra as forças americanas...

Todos esses eventos, todos esses homens e suas ações. Mentiras, sangue e traições, elos na cadeia que levaram a esse momento, àquela nona onda, mais forte que a anterior, toda em chamas. Meredith engoliu água do mar e lutou para manter a cabeça acima da superfície.

"Ande, criança!", gritou o fantasma da mãe no píer. "Eles estão subindo." E Meredith Dandridge começou a rezar para que ela falhasse, para que se rendesse em um momento ou dois e deixasse que as profundezas a tomassem. Imaginou afundar por toda a eternidade, a pressão sufocando-a e deixando-a entorpecida, esmagando-a tanto que nada nem ninguém teria necessidade de machucá-la novamente.

Uma coisa afiada como aço passou pelo tornozelo dela, cortando a pele, e seu sangue se misturou com o mar.

A braçada seguinte enfiou os dedos dela na lama e nas pedrinhas da beirada da ilha. Ela se arrastou rapidamente para fora da lagoa, da água e do lamaçal, e olhou para trás, na direção do caminho de onde veio. Não havia demônios na água, e o fantasma da mãe não estava olhando do píer. Mas o pai estava, Machen Dandridge e seu livro preto terrível, os olhos virados para cima e os braços esticados para um céu indiferente. Ela o xingou pela última vez e ignorou o sangue escorrendo do corte feio no pé direito.

"Estou aqui", disse ela, levantando-se e se virando para a pequena caverna no centro da ilha, as pernas tão fracas e instáveis quanto as de um cervo recém-nascido. "No portal inferior, e estou com a chave do abismo."

A luz amarelo-esverdeada quase cegava, e logo a lagoa começaria a ferver.

"A chave de ébano para o primeiro dia e o último, a chave do momento em que as estrelas se apagam uma a uma e o mar vira a barriga podre para o céu vazio e murcho. A chave ardente que até os anjos têm medo de guardar."

Por um instante, não havia caverna, não havia lagoa, e não havia caverna embaixo de uma casa ressentida e má. Só o fogo saindo da caverna que não estava mais lá, engolindo-a inteira, só as vozes do vazio, e Meredith Dandridge fez de seu medo um escudo e uma lança e defendeu a passagem.

E nos dias e semanas que vieram em seguida, às vezes Machen Dandridge descia a escada, parava no píer e olhava para a lagoa, para o lugar em que a coisa que tinha sido sua filha se aninhava nas sombras, nos vãos entre as pedras. E todos os dias o mar dava a ela mais de sua armadura, cobrindo a pele humana frágil com conchas calcárias e tentáculos perfurantes que outras criaturas passaram incontáveis ciclos da Criação refinando a partir da matéria mais simples da vida, os dentes de agulha, as escamas e os ferrões venenosos. Onde a esposa e o filho falharam, a filha se agachava, tão triunfante quanto qualquer mártir. E às vezes, tarde da noite, sozinho com o som das ondas batendo na beirada do continente, ele às vezes pensava em botar fogo na casa e deixar que queimasse ao redor dele.

Ele lia os jornais.

Ele observava as estrelas em busca de sinais e presságios.

Quando a lua estava forte, as mulheres estranhas e mudas ainda iam dançar perto do mar, mas ele tinha começado a acreditar que elas eram apenas lembranças ruins de algum tempo anterior e raramente dava atenção a elas.

Quando o tempo estava bom, ele subia nas colinas atrás da casa e sentava junto ao túmulo da esposa morta e sussurrava para ela, dizendo o quanto sentia orgulho de Meredith recitando trechos de poesias lembradas parcialmente para Ellen, contando para ela que o mundo chegaria muito perto do limite por causa do que ele fez. Por causa do seu orgulho cego. Mas, no fim, sobreviveria por causa do que a filha fez e continuaria fazendo por muito tempo.

Em uma tarde longa e chuvosa de maio, ele abriu a porta do sótão e matou o que encontrou lá dentro com um machado e o revólver Colt. Enterrou ao lado da esposa, mas não deixou nada que marcasse o túmulo de Avery.

Ele escreveu longas cartas para homens que conheceu na Inglaterra, em Nova York e no Rio de Janeiro, mas nunca houve respostas.

E o tempo passou, nem maligno nem benigno, descendo sobre o universo como a camada cinza de poeira se acumulando sobre as relíquias que ele trouxe da Índia, do Irã e do Sudão um quarto de século antes. O nascimento e a morte das estrelas, luz alcançando seus olhos envelhecidos depois de um bilhão de anos correndo por um quase vácuo, e às vezes ele passava dias juntando fósseis dos penhascos e arrumando em padrões geométricos precisos na grama alta ao redor da casa. Ele deixava linhas de sal e desenhava runas elaboradas, cujos significados tinha esquecido havia tempos.

A filha falava com ele apenas em seus sonhos, ou dela, não tinha como ter certeza, e a voz foi ficando mais forte e mais terrível conforme os anos passaram. No fim, ela era um turbilhão prestes a engolir sua alma murcha, a embalá-lo até o sono uma última vez, a lhe mostrar o caminho.

E a casa perto do mar, maltratada pelo tempo, cansada e insana, guardou seus segredos.

INSECTUM.

LA PEAU VERTE

HIST.XIX

19.

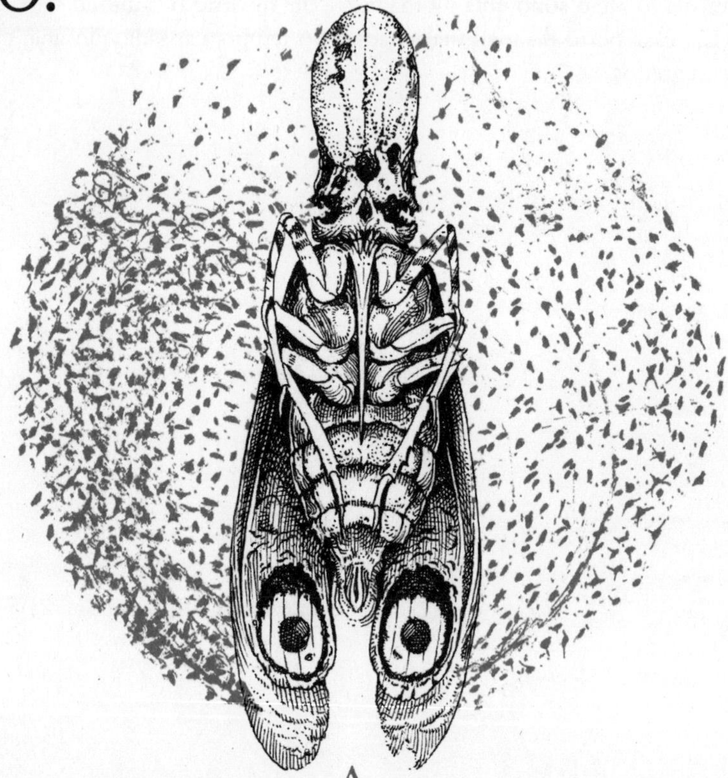

A.

Noctva Necrophila

MASCULUM —— *TRES CENTUM ET DUO*

P.302

Mais uma história que recebeu bem mais atenção do que eu esperava, embora eu nunca tenha recebido as duas garrafas de Mari Mayans que deviam ser parte do meu pagamento por tê-la escrito. Eu ainda bebo, mas não tanto quanto antes. Uma das muitas respostas a todos que viam os daoine sidhe *como luz branca, benevolência e "energia de cura positiva". Foda-se essa merda.*

CAITLÍN R. KIERNAN

1.

Em um quarto poeirento e cheio de antiguidades do loft na St. Mark's Place, um quarto com paredes da cor de toranjas maduras, Hannah para, nua, na frente do espelho enorme com moldura de mogno e olha para si mesma. Não – não mais *ela* mesma, mas a coisa nova que o homem e a mulher fizeram dela. Três longas horas trabalhando com aerógrafos e próteses de látex, maquiagem de teatro, pós e colas, as quatro mãos se movendo como se fossem uma, deslocando-se com empolgação e segurança pelo corpo dela, mãos seguras do seu propósito. Ela não se lembra do nome deles, nem se, de fato, eles disseram os nomes para ela. Talvez tenham dito, mas com os dois copos de conhaque ela teria guardado os nomes em algum lugar que não consegue encontrar. Ele, alto e magro, ela, magra, mas não tão alta, e agora os dois foram embora e deixaram Hannah sozinha. Talvez a parte deles tenha terminado; talvez o homem e a mulher estejam sendo pagos, e ela nunca mais volte a ver qualquer um dos dois, e sente uma pontada repentina e inesperada com o pensamento, por nunca ter sido de intimidades casuais, mas os dois foram casuais e íntimos com o corpo dela.

A porta se abre, e a música da festa fica mais alta de repente. Nada que ela reconheceria, provavelmente nada que tenha nome; um improviso louco de mãos batucando e flautas, violinos e violoncelos, uma música incongruente que é ao mesmo tempo primitiva e treinada em salões. A mulher idosa com a máscara de penas de pavão e vestido de cetim iridescente está à porta, olhando para Hannah. Depois de um momento, ela sorri e assente lentamente, com apreciação.

"Muito bonita", diz ela. "Como você está se sentindo?"

"Um pouco estranha", responde Hannah e olha para o espelho de novo. "Eu nunca fiz nada assim."

"Não?", pergunta a mulher, e Hannah se lembra do nome dela nessa hora: Jackie, Jackie alguma coisa que soa como Shady ou Sadie, mas nem um nem outro. É uma escultora da Inglaterra, alguém disse. Quando era jovem, conheceu Picasso, alguém também disse isso.

"Não", responde Hannah. "Não fiz. Estão prontos pra mim agora?"

"Mais quinze minutos, mais ou menos. Eu volto pra buscar você. Relaxe. Quer outro conhaque?"

Eu *quero*?, pensa Hannah e olha para a taça de cristal em cima da velha escrivaninha ao lado do espelho. Está quase vazia agora, talvez um último gole de calor âmbar separando-a do estado vazio. Ela quer mais, uma coisa que queime os restos finais de inibição e dúvida, mas: "Não", diz ela para a mulher. "Estou bem".

"Então relaxe, vejo você em quinze minutos", diz Jackie Fulana e sorri de novo, o sorriso convidativo que desarma, de dentes brancos perfeitos, e fecha a porta, deixando Hannah sozinha com a coisa verde que olha para ela do espelho.

Os velhos abajures Tiffany espalhados pela sala lançam poças de luz colorida e doce de vitral, luz quente como o conhaque, quente como os tons de chocolate amargo da moldura intrincadamente entalhada que sustenta o espelho alto. Ela dá um passo hesitante para perto do espelho, e a coisa verde dá um passo igualmente hesitante, aproximando-se dela. *Estou aí dentro em algum lugar*, pensa ela. *Não estou*?

A pele pintada em tons de verde concorrentes e complementares demais para contar, um tom se misturando ao seguinte, uma infinidade de verdes que parecem rolar e fluir ao redor das pernas nuas, da barriga reta e dura, dos seios. Não há pedaço de pele descoberta, a pele se tornou uma cobertura de floresta tropical, folhas de outono em bosques rústicos e rasos, carapaças de besouros e folhas de mil jardins, musgo e esmeraldas, estátuas de jade e escamas brilhantes de serpentes tropicais venenosas. As unhas pintadas de um verde tão escuro que era quase preto. As lentes de contato desconfortáveis que deixavam os olhos com um brilho de estrelas gêmeas em tom esverdeado, e Hannah se inclina um pouco mais perto do espelho, piscando para aqueles olhos, *com* aqueles olhos, as janelas para uma alma que ela não tem. Uma alma de tudo o que é vegetal e vivo, tudo o que cresce ou não, alma de sálvia e limo, malaquita e azinhavre. As asas frágeis e translúcidas que saem das omoplatas, pelo menos mais mil verdes a considerar só nas asas, e todos os muitos lugares onde foram dolorosamente presas à pele com tanta eficiência que ela não sabe mais direito onde as asas terminam e ela começa.

Um e o outro.

"Eu devia ter pedido outro conhaque", diz Hannah em voz alta, soltando as palavras com nervosismo pelos lábios ocre, oliva e turquesa.

O cabelo, não o seu cabelo, mas a peruca que *esconde* seu cabelo, é como uma coisa parasita, uma coisa que cresce no tronco de uma árvore, cachos epífitas caindo pelos ombros pintados, cascateando pelas costas entre e ao redor da base das asas. As pontas longas que o homem e a mulher acrescentaram às orelhas são tão escuras que quase combinam com as unhas; os mamilos pintados no mesmo verde sem luz e sem fundo. Ela sorri, e até os dentes foram tingidos de um verde-ervilha fosco.

Há uma única gota de vidro verde grudada com firmeza entre as sobrancelhas de líquen.

Eu poderia me perder aqui, ela pensa e logo deseja ter pensado outra coisa.

Talvez já esteja perdida.

E Hannah se obriga a desviar o olhar do espelho, estica a mão para a taça de conhaque e o último gole da bebida. Boa parte da noite ainda está pela frente para que ela surte por causa de uma fantasia, ainda falta muito a fazer e dinheiro demais para ela correr o risco de ficar com medo agora. Ela termina o conhaque, e o novo calor que se espalha pela barriga é tranquilizador.

Hannah coloca o copo vazio na mesa e olha para seu reflexo novamente. Desta vez, ela é ela mesma, afinal, as linhas familiares do rosto ainda visíveis embaixo da maquiagem. Mas é uma ilusão muito boa. *Quem está pagando por isso vai receber pelo que pagou*, ela pensa.

Além do quarto de fundos, a música parece aumentar, crescer rapidamente, as cordas competindo com as flautas, a bateria batucando junto. A mulher chamada Jackie vai voltar para buscá-la em breve. Hannah respira fundo, enche o pulmão de ar com cheiro e gosto de poeira e mobília velha, da tinta na pele dela, mais suavemente da chuva de verão que cai no telhado do prédio. Ela expira lentamente e olha com desejo para a taça vazia.

"É melhor ficar com a cabeça lúcida", ela lembra a si mesma.

É isso que eu tenho aqui? E ela ri, mas alguma coisa no quarto ou no reflexo no espelho alto transforma o som em pouco mais de uma tosse sem alegria.

E Hannah olha para a mulher verde linda e impossível, que olha para ela e espera.

2.

"Qualquer coisa proibida se torna misteriosa", diz Peter, pegando o bispo que restou e colocando de volta no tabuleiro sem fazer qualquer movimento. "E coisas misteriosas sempre se tornam atraentes para nós, mais cedo ou mais tarde. Normalmente, mais cedo."

"O que é isso? Algum tipo de lei social não escrita?", pergunta Hannah, distraída pelo Beethoven que ele sempre insiste em ouvir quando eles jogam xadrez. *Die Geschöpfe des Prometheus* no momento, e ela tem certeza de que ele só faz isso para atrapalhar a concentração dela.

"Não, querida. Só uma declaração do óbvio."

Peter pega o bispo preto de novo, e desta vez quase o usa para capturar uma das torres dela, mas pensa melhor. Mais de trinta anos mais velho do que ela e o primeiro amigo que ela fez depois que foi para Manhattan, a barba grisalha e o bigode que é mais branco que grisalho, os olhos cinzentos como um céu de inverno.

"Ah", diz ela, desejando que ele pegasse a maldita torre e acabasse logo com tudo. Dois movimentos para o xeque-mate se não houvesse um ato de intervenção divina. Mas é só mais um dos jogos dele. Adiar o Inevitável. Ela acha que ele deve ter alguns troféus ganhados com isso guardados em algum lugar do apartamento abarrotado, taças lindas de ouro *falso* e brilhante pela Habilidade e Excelência em Procrastinação.

"O tabu gera o desejo. A glutonia gera o desinteresse."

"Jesus, eu devia anotar essas coisas", diz ela, e ele dá um sorrisinho para ela, segurando o bispo com provocação a dois centímetros do tabuleiro.

"É, devia mesmo. Meu agente provavelmente conseguiria vender pra alguém. O grande livro de verdades cansativas de Peter Mulligan. Tenho certeza de que seria mais popular que meu último romance. Não poder ser menos..."

"Você pode parar e *jogar*? Pegue a porcaria da torre e acabe logo com isso."

"Mas *pode* ser um erro", diz ele e se encosta na cadeira, com desconfiança debochada no rosto, uma sobrancelha erguida, e aponta para a rainha dela. "Pode ser uma armadilha. Você pode ser um daqueles predadores que enganam o caçador se fingindo de mortos."

"Você não faz ideia do que está dizendo."

"Faço, sim. Você sabe o que quero dizer. Aqueles animais, os que só *fingem* estar mortos. Você pode ser um desses."

"Eu *posso* me cansar disso e ir pra casa", diz ela, suspirando, porque ele sabe que ela não vai fazer isso, e ela pode dizer o que quiser.

"De qualquer modo", diz ele, "é trabalho se você quiser. É só uma festa. Parece coisa fácil."

"Mas eu tenho aquela coisa na terça-feira de manhã, não quero passar a noite acordada."

"Outra sessão com Kellerman?", pergunta Peter e franze a testa para ela, tirando os olhos do tabuleiro e batendo no queixo com a mitra do bispo.

"Tem algum problema nisso?"

"A gente ouve coisas, só isso. Bom, *eu* ouço coisas. Acho que você nunca ouve nada."

"Eu preciso do trabalho, Pete. Na última vez que vendi uma peça, acho que Lincoln ainda era presidente. Eu nunca vou ganhar tanto dinheiro pintando como ganho posando pra arte de *outras* pessoas."

"Pobre Hannah", diz Peter. Ele coloca o bispo novamente ao lado do rei e acende um cigarro. Ela quase pede um, mas ele pensa que ela parou três meses antes, e é bom ter pelo menos isso em superioridade a ele; às vezes, é até útil. "Pelo menos você *tem* alternativa", murmura ele e expira; a fumaça paira acima do tabuleiro como névoa sobre um campo de batalha.

"Você ao menos sabe quem são essas pessoas?", pergunta ela, e olha com impaciência para o relógio acima da pia da cozinha.

"Pessoalmente, não. Mas não são bem meu tipo de amizade. Não são nem um pouco..." E Peter faz uma pausa, procurando uma palavra que não vem, e continua sem ela. "Mas o francês dono do lugar na St. Mark's, sr. Ordinaire, quer dizer, *Monsieur* Ordinaire, eu soube que ele era uma espécie de antropólogo. Acho que talvez tenha escrito um livro."

"Talvez Kellerman remarque pra tarde", diz Hannah, falando sozinha.

"Você nunca provou?", pergunta ele, pegando o bispo de novo e balançando-o de forma ameaçadora na direção do lado dela no tabuleiro.

"Não", responde ela, ocupada demais agora, perguntando-se se o fotógrafo remarcaria o horário de terça por causa dela, para se irritar com o jogo de gato e rato que Peter faz com a torre dela.

"É horrível", diz ele, fazendo cara de criança provando couve-de-bruxelas ou Pepto-Bismol. "Seria como comer um pote grande de balinhas de anis com vodca barata, se você quer saber. *La Fée Verte*, minha bunda gorda."

"Sua bunda não é gorda, sua rainha velha e magra." Hannah faz cara feia de brincadeira, esticando a mão rapidamente por cima da mesa e tirando o bispo da mão de Peter. Ele não resiste. Não é a primeira vez que ela se cansa de esperar que ele faça a jogada. Ela tira a torre branca do tabuleiro e coloca o bispo preto no lugar.

"Isso é suicídio, querida", diz Peter, balançando a cabeça e franzindo a testa. "Você está ciente disso, não está?"

"Sabe aqueles animais que *cansam* a presa até a submissão?"

"Não, acho que nunca ouvi falar disso."

"Então talvez você deva sair mais."

"Talvez", responde ele, colocando a torre capturada junto com todos os outros prisioneiros que fez. "E aí, você vai fazer a festa? São mil dólares fáceis, se você quer saber minha opinião."

"É fácil falar. Não é você que vai ficar nu pra um bando de estranhos bêbados."

"Um fato pelo qual *todos* devíamos ficar agradecidos por toda a eternidade."

"Você tem o número dele?", pergunta ela, cedendo, porque é quase o aluguel de um mês inteiro em uma noite e, depois da última exposição, ela não pode ser seletiva demais.

"Essa menina é inteligente", diz Peter e dá outra tragada no cigarro. "O número está na minha mesa, em algum lugar. Me lembre de novo antes de ir embora. Sua vez."

3.

"Quantos anos você tinha? Quando aconteceu, quando sua irmã morreu?", pergunta a psicóloga, a dra. Edith Valloton, o cabelo bem cortado tão preto que sempre faz Hannah pensar em piche fresco, ou piche velho que ficou macio sob um sol de verão, servindo de armadilha para coisas desatentas e rastejantes. Alguém que ela vê quando os pesadelos ficam ruins, que é sempre quando a pintura não está indo bem ou os trabalhos de modelo não estão acontecendo, ou as duas coisas. Alguém para quem ela pode contar os segredos e que tem de *guardá-los* em segredo, alguém que escuta enquanto ela pagar por hora, um lugar ao qual pode recorrer quando a fé se esgota e os padres não passam de mais uma lembrança ruim a ser confessada.

"Quase doze", diz Hannah e olha enquanto Edith Valloton faz uma anotação no bloco amarelo.

"Você lembra se já tinha começado a menstruar?"

"Sim. Minha menstruação começou logo depois do meu décimo primeiro aniversário."

"E esses sonhos, e as pedras. Você nunca contou pra ninguém?"

"Eu tentei contar pra minha mãe uma vez."

"Ela não acreditou em você?"

Hannah tosse na mão e tenta não sorrir, aquele sorriso amargo e irônico que entrega coisas que ela não foi ali para mostrar.

"Ela nem me *ouviu*", diz ela.

"Você tentou mais de uma vez contar sobre as fadas?"

"Acho que não. Mamãe sempre foi boa em deixar claro quando não queria ouvir o que estava sendo dito. A gente aprendeu a não desperdiçar fôlego."

"A morte da sua irmã, você já disse antes que é uma coisa que ela nunca conseguiu aceitar."

"Ela nem tentou. Sempre que meu pai tentava ou eu tentava, ela nos tratava como traidores. Como se nós tivéssemos colocado Judith no túmulo. Ou como se fôssemos quem a *mantinha* lá."

"Se ela não conseguia enfrentar, Hannah, então tenho certeza de que parecia assim pra ela."

"Então, não", diz Hannah, irritada por estar pagando alguém que se solidariza com a mãe. "Não. Eu nunca contei pra ninguém."

"Mas você acha que quer me contar agora?", pergunta a psicóloga enquanto toma um gole da garrafa de água mineral sem tirar os olhos de Hannah.

"Você disse pra eu falar sobre os pesadelos, todas as coisas que eu acho que são pesadelos. Essa é a única sobre a qual não tenho certeza."

"Não tem certeza se é pesadelo ou não tem certeza se é sonho?"

"Bom, eu sempre achei que estava acordada. Durante anos, nunca me ocorreu que eu podia estar só sonhando."

Edith Valloton a observa em silêncio por um momento, o rosto calmo de gato com sorrisinho de gato ilegível, bem treinado demais para deixar transparecer o que está por trás dos olhos escuros. Distante demais para ser arrogante, preocupada demais para ser indiferente. Às vezes, Hannah pensa que ela pode ser sapatão, mas talvez seja só porque a amiga que a recomendou é lésbica.

"Você ainda tem as pedras?", pergunta a psicóloga por fim, e Hannah dá de ombros por hábito.

"Em algum lugar, provavelmente. Eu nunca jogo nada fora. Podem estar na casa do meu pai, até onde eu sei. Um monte de coisas minhas ainda está lá, coisas de quando eu era criança."

"Mas você não tentou procurá-las?"

"Não sei se *quero*."

"Quando foi a última vez que você as viu, a última vez que consegue se lembrar de ter visto?"

E Hannah precisa parar e pensar, rói com concentração uma unha curta do polegar e olha o relógio na mesa da psicóloga, o ponteiro dos segundos girando e girando e girando. Segundos que custam centavos, cinco, dez.

Hannah, esse é o tipo de coisa que você devia tentar organizar antes da hora, ela pensa com uma voz que soa mais como a da dra. Valloton do que como a sua própria voz de pensamento. *É desperdício de dinheiro, desperdício de tempo...*

"Você não consegue lembrar?", pergunta a psicóloga e se inclina um pouco mais para perto de Hannah.

"Eu guardava todas em uma caixa velha de charutos. Acho que meu avô me deu a caixa. Não, espere. Ele não deu pra mim. Deu para Judith, e eu peguei depois do acidente. Achei que ela não se importaria."

"Eu gostaria de vê-las um dia, se você voltar a encontrá-las. Não ajudaria você a saber se foi sonho ou não se as pedras forem reais?"

"Talvez", Hannah murmura, o polegar na boca. "E talvez não."

"Por que você diz isso?"

"Uma coisa assim, palavras rabiscadas em um punhado de pedras, seria fácil para uma criança criar. Eu posso ter feito todas elas. Ou outra pessoa pode ter feito, alguém querendo pregar uma peça em mim. Qualquer um poderia ter deixado as pedras lá."

"As pessoas faziam isso com frequência? Pregavam peças em você?"

"Não que eu me lembre. Só o de sempre."

Edith Valloton escreve alguma outra coisa no bloco amarelo e verifica o relógio.

"Você disse que sempre havia pedras depois dos sonhos. Nunca antes?"

"Não, nunca antes. Sempre depois. Elas sempre estavam lá no dia seguinte, sempre no mesmo lugar."

"No velho poço", diz a psicóloga, como se Hannah pudesse ter esquecido e precisasse ser lembrada.

"É, no velho poço. Papai sempre falava sobre fazer alguma coisa com ele antes do acidente. Alguma coisa além de umas folhas de metal corrugado para esconder o buraco. Depois, claro, o condado ordenou que ele mandasse encher o maldito buraco."

"Sua mãe o culpava pelo acidente porque ele nunca fez nada em relação ao poço?"

"Minha mãe culpava *todo mundo*. Ela o culpava. Ela me culpava. Culpava a pessoa que fez aquele poço. Culpava Deus por ter criado água subterrânea, o que fez com que as pessoas cavassem poços pra chegar nela. Acredite em mim, mamãe transformava a culpa em uma forma de arte."

Mais uma vez, a longa pausa, a consideração medida da psicóloga, momentos de silêncio que ela planta como sementes para que cresçam feito revelações ainda mais profundas.

"Hannah, quero que tente se lembrar da palavra que estava na primeira pedra que você encontrou. Você consegue?"

"É fácil. Era *siga*."

"E você também sabe o que estava escrito na última, a última que você encontrou?"

Desta vez, ela precisa pensar, mas só por um momento.

"*Caia*", diz ela. "A última dizia *caia*."

4.

Meia garrafa de Mari Mayans emprestada de uma amiga improvável de Peter, uma garota gótica que é DJ numa boate à qual Hannah nunca foi porque não vai a boates. Não dança e sempre foi mais ou menos indiferente à música e à moda. A garota gótica trabalha de dia na Trash and Vaudeville, na St. Mark's, vendendo botas Doc Martens e tinta de cabelo azul a poucas quadras do endereço no cartão que Peter deu a ela. O lugar onde a festa vai acontecer. *La Fête de la Fée Verte*, de acordo com o cartãozinho branco, o cartão com o número de telefone. Ela já fez a ligação, já concordou em estar lá às sete em ponto, sete, nem um segundo a mais, e tudo o que é esperado dela foi explicado com detalhe duas vezes.

Hannah está sentada no chão ao lado da cama, duas velas com aroma de baunilha acesas porque ela se sente obrigada a fazer pelo menos um esforço leve para entrar no clima. É uma demonstração obrigatória de respeito por uma mística que não interessa a ela, mas ela se deu ao trabalho de pegar a garrafa de bebida emprestada; a garrafa passada para ela em um saco de papel-pardo na butique, tudo, menos discreta, e a garota a encarou, cautelosa por baixo de pálpebras tão pesadas em tons de preto e roxo que Hannah ficou impressionada por aquela garota conseguir abrir os olhos.

"Então você supostamente é amiga de Peter?", perguntou a garota com desconfiança.

"É, supostamente", respondeu Hannah, recebendo o pacote e se sentindo vagamente ilícita, de forma quase prazerosa. "Somos parceiros de xadrez."

"Pintora", disse a garota.

"Na maior parte do tempo."

"Peter é um cara legal. Pagou a fiança do meu namorado uma vez, uns dois anos atrás."

"É mesmo? Ele é maravilhoso, sim." E Hannah olhou com ansiedade para os clientes mexendo nas araras de bolsas e corpetes de couro, depois para a porta e para o dia luminoso lá fora.

"Não precisa ficar tão tensa. Não é ilegal ter absinto. Não é ilegal nem beber. Só é ilegal importar, coisa que você não fez. Então, não esquenta."

Hannah assentiu e se perguntou se a garota estava falando a verdade, se sabia o que estava dizendo. "Quanto eu devo a você?", perguntou ela.

"Ah, nada", respondeu a garota. "Você é amiga de Peter, e, além do mais, compro barato de uma pessoa em Jersey. É só trazer de volta o que você não beber."

E agora Hannah gira a tampa da garrafa, e o cheiro é tão forte, tão imediato, que ela consegue sentir antes mesmo de levar a garrafa ao nariz. *Jujubas*, ela pensa, como Peter disse, e essa é outra coisa da qual ela nunca gostou. Quando pequena, ela deixava as azuis de lado, e as rosa também, guardava-as para a irmã. A irmã sempre gostou das azuis.

Ela pegou uma taça de vinho, de um conjunto incompleto que comprou no Natal anterior, de segunda mão, e separou uma caixa de açúcar em cubos, um decantador cheio de água filtrada da pia, uma colher do faqueiro descombinado e antigo da mãe. Serve o absinto, deixando escorrer lentamente da garrafa até o líquido fluorescente amarelo-esverdeado ter enchido o fundo da taça. Em seguida, Hannah equilibra a colher acima da boca do cálice e coloca um dos cubos de açúcar na colher fosca. Ela se lembra de ter visto Gary Oldman e Winona Ryder fazendo isso em *Drácula*, se lembra de ter visto o filme com um namorado que a abandonou por outro homem, e a lembrança e todas as suas associações bastam para fazê-la parar e ficar olhando para a taça por um momento.

"Isso é idiota pra caralho", diz ela, mas apenas parte dela, a parte que sente culpa por aceitar trabalhos que pagam as contas mas que nada têm a ver com pintura; já a parte que está sempre ocupada racionalizando e justificando a forma como ela passa o tempo lhe garante que é uma espécie de pesquisa. Uma nova experiência, algo que amplia os horizontes, que vai expandir sua mente e, até onde ela sabe, pode levar a arte dela para um lugar aonde precisa ir.

"Baboseira", sussurra ela, franzindo a testa para o copo nada convidativo de absinto espanhol. Ela andou lendo *Absinthe: History in a Bottle* e *Artists and Absinthe*, relatos de Van Gogh e Rimbaud, Oscar Wilde e Paul Marie Verlaine e seus vários relacionamentos com essa bebida fedorenta. Ela nunca teve muito respeito por artistas que usam essa ou aquela droga como muleta para depois considerá-la sua musa; heroína, cocaína, maconha, álcool, o que for, sempre a mesma merda na opinião dela. Como desculpa, uma incapacidade do artista de ser responsável pela própria arte, uma evasiva preguiçosa, tão inútil quanto a ideia da *própria* musa. E *essa* droga, essa droga em particular, tão ligada à arte e inspiração que tem até um quadro de Renoir decorando o rótulo da garrafa de Mari Mayans, ou pelo menos uma coisa feita para *parecer* um Renoir.

Mas você teve todo esse trabalho. Caramba, é melhor provar, então, pelo menos. Só um golinho, para satisfazer a curiosidade, para ver por que falam tanto.

Hannah coloca a garrafa na mesa e pega o decantador, derrama água na colher, sobre o cubo de açúcar. O absinto muda rapidamente para um branco-esverdeado opalescente e leitoso. Ela coloca o decantador no chão e mexe o açúcar meio dissolvido no copo, depois coloca a colher de lado em um pires de porcelana.

"Aproveite a viagem", disse a garota gótica quando Hannah saiu da loja. "É demais."

Hannah leva o copo aos lábios, cheira, franze o nariz, e o primeiro gole hesitante é até mais doce e mais estimulante do que ela esperava, um fogo açucarado quando ela engole, uma flor de graduação alcóolica setenta se abrindo quente em sua barriga. Mas o sabor não é tão desagradável quanto ela achou que seria, o ardor repentino de alcaçuz e álcool, um amargor leve por baixo que ela acha que pode ser da losna. O segundo gole é menos chocante, principalmente porque parece que sua língua ficou ligeiramente dormente.

Ela abre *Absinthe: History in a Bottle* de novo, aleatoriamente, e há uma reprodução de página inteira de *La Muse verte*, de Albert Maignan. Uma mulher loura com pele de mármore, cabelo dourado, envolta em tecidos diáfanos verde-oliva, os pés pairando sem peso acima do piso, as mãos acariciando a testa de um poeta inebriado. O homem é magro e parece perdido em uma espécie de êxtase, devaneio ou simples delírio, a mão direita como uma garra no rosto, a outra aberta no que talvez fosse uma tentativa frágil de afastar as tentações dessa companhia sobrenatural. *Ou*, Hannah pensa, *talvez ele esteja querendo pegar alguma coisa.* Tem uma garrafa verde quebrada no chão aos pés dele, um copo cheio de absinto na escrivaninha.

Hannah toma outro gole e vira a página.

Uma fotografia, Verlaine bebendo absinto no Café Procope.

Um gole mais ousado, e o gosto está ficando familiar agora, quase, *quase* agradável.

Outra página. *Le Boulevard, la nuit*, de Jean Béraud.

Quando o copo fica vazio e o zumbido na cabeça, atrás dos olhos, se torna tão delicado, um zumbido como o de um inseto com ferrão preso em teia de aranha e mel, Hannah pega outro cubo de açúcar na caixa e serve outra taça.

5.

"Fadas.

'Cruzes de fadas.'

Harper's Weekly, 50-715:

Lá, perto do ponto onde Blue Ridge e as montanhas Allegheny se unem, ao norte do condado de Patrick, Virginia, muitas cruzes de pedrinhas foram encontradas.

Uma raça de seres pequenininhos.

Eles crucificavam baratas.

Seres exóticos – mas a crueldade do exótico. Do seu jeito diminuto, eles eram seres humanos. Eles crucificavam.

As 'cruzes de fadas', dizem na *Harper's Weekly*, variam em peso de sete a trinta gramas; mas está escrito na *Scientific American*, 79-395, que algumas não são maiores do que uma cabeça de alfinete.

Foram encontradas em mais dois estados, mas todas

na Virginia estão estritamente localizadas ao redor e na montanha Bull...

... acho que elas caíram lá."

Charles Fort, *O livro dos danados* (1919)

6.

No sonho, que nunca é a mesma coisa duas vezes, não precisamente, Hannah tem doze anos e está na janela do quarto olhando o quintal. Está quase escuro, com os últimos raios do crepúsculo, e há vaga-lumes esverdeados sarapintando a escuridão, algumas estrelas já cintilando no céu alto azul-marinho, o canto de um bacurau no bosque próximo.

Outro bacurau responde.

E a grama está se mexendo. A grama está alta porque o pai não corta mais. Pode ser o vento, mas não tem vento; as folhas nas árvores estão perfeitamente imóveis, silenciosas, nenhum galho balança, nenhum graveto, não tem folhas se agitando nem na mais leve brisa. Só a grama.

Deve ser só um gato, ela pensa. Um gato, um gambá ou um guaxinim.

O quarto está muito escuro, e ela quer acender uma luz, com medo da grama agitada, apesar de saber que é só um animal pequeno que acordou para caçar à noite, pegando um atalho no quintal deles. Olha por cima do ombro com a intenção de pedir a Judith para acender uma luz, mas só tem o quarto escuro, a beliche vazia de Judith, e ela se lembra de tudo de novo. É sempre como na primeira vez que disseram: a surpresa, a descrença e a dor sempre frescas, o entorpecimento que vem depois desse absoluto.

"Você viu sua irmã?", pergunta a mãe da porta aberta do quarto. Tem tanta noite reunida lá que ela não consegue identificar nada além dos olhos suaves e brilhantes da mãe, da cor de brasas, duas pupilas partidas como olho de gato, inchadas na escuridão.

"Não, mãe", diz Hannah, e há um odor no quarto como o cheiro de folhas queimadas.

"Ela não devia ficar fora até tão tarde quando tem aula de manhã cedo."

"Não, mãe, não devia." E a Hannah de onze anos está impressionada com a voz de trinta e cinco que sai de sua boca. A Hannah de trinta e cinco anos se lembra do quanto sua voz de Hannah de onze anos poderia ser clara, sem o peso do tempo e da dor.

"Você devia procurar sua irmã", diz a mãe.

"Eu sempre procuro. Isso vem depois."

"Hannah, você a viu?"

Lá fora, a grama começou a girar, rodopiando no lugar, e há um brilho verde leve dançando alguns centímetros acima do chão.

Os *vaga-lumes*, ela pensa, mas sabe que não são os vaga-lumes, assim como sabe que não é um gato, nem um gambá e nem um guaxinim fazendo a grama se mover.

"Seu pai devia ter cuidado daquele maldito poço", murmura a mãe, e o cheiro de folhas queimadas fica um pouco mais forte. "Devia ter feito alguma coisa anos atrás."

"Sim, mãe, devia. Você devia ter obrigado."

"Não", responde a mãe com irritação. "Não é culpa minha. Nada disso é culpa minha."

"Não, claro que não."

"Quando nós compramos esta casa, eu mandei que ele cuidasse do poço. Eu *falei* que era perigoso."

"Você estava certa", diz Hannah, vendo a grama, a nuvem suave e pulsante de luz verde pairando acima. A luz ainda tem o tamanho de uma bola de basquete. Mais tarde, vai ficar bem maior. Ela consegue ouvir a música agora – cornetas, tambores e rabecas, como uma música de um dos discos de música folk do pai.

"Hannah, você viu sua irmã?"

Hannah se vira e encara com desafio os olhos brilhantes e acusativos da mãe.

"Você já perguntou três vezes, mãe. Agora, tem que ir. Me desculpe, mas são as regras." E a mãe vai embora, aquele fantasma obediente desaparecendo lentamente com um suspiro, um tremor, meio segundo em que a escuridão parece se dobrar sobre si mesma, e leva o cheiro de folhas queimadas junto.

A luz flutuando no quintal fica mais forte, reflete na vidraça, na pele de Hannah e nas paredes brancas do quarto. A música aumenta para acompanhar a intensidade da luz.

Peter está de pé ao lado dela agora, e ela quer segurar sua mão, mas não segura porque nunca tem certeza se ele deveria estar no sonho.

"Eu sou a Fada Verde", diz ele, parecendo cansado e mais velho do que é, parecendo triste. "Minha veste é da cor do desespero."

"Não", diz ela. "Você é só Peter Mulligan. Escreve livros sobre lugares aonde nunca foi e sobre pessoas que nunca vão nascer."

"Você não devia ficar vindo aqui", sussurra ele, a luz do quintal brilhando nos olhos cinzentos, tingindo-os de musgo e hera.

"Mais ninguém vem. Mais ninguém conseguiria."

"Isso não quer dizer..."

Mas ele para e olha sem palavras para o quintal.

"Eu devia tentar encontrar Judith", diz Hannah. "Ela não devia estar na rua até tão tarde tendo aula amanhã."

"Aquele quadro que você pintou no inverno passado", murmura Peter, como se estivesse bêbado ou só parcialmente acordado. "Os pombos na sua janela, olhando pra dentro."

"Não fui eu. Você está pensando em outra pessoa."

"Eu odiei aquele maldito quadro. Fiquei feliz quando você vendeu."

"Eu também", diz Hannah. "Eu devia tentar encontrá-la agora, Peter. Minha irmã. Está quase na hora do jantar."

"Eu sou ruína e dor", sussurra ele.

E, agora, a luz verde está girando rapidamente, lançando pontos cintilantes que acompanham a dança, que giram ao redor da estrela-mãe, pequenos mundos recém-nascidos, universos inteiros, e ela poderia segurar todos na palma da mão direita.

"O que preciso", diz Peter, "é de sangue, vermelho e quente, da carne palpitante das minhas vítimas."

"Caramba, Peter, isso é chocante até pra você." E Hannah estica a mão e passa os dedos pelo vidro. Está quente como a noite de primavera, como os olhos ardentes da mãe.

"Eu não escrevi isso", diz ele.

"E eu nunca pintei pombos."

Ela pressiona os dedos no vidro e não fica surpresa quando ele se estilhaça, e a explosão cintilante de diamantes vai para dentro, partindo-a em pedaços, destruindo o sonho até virar apenas um sono inconsciente e agitado.

7.

"Eu não estava com humor pra isso", diz Hannah e coloca o pires de papel com três cubos oleosos de queijo laranja e dois crackers no canto de uma mesa conveniente. A mesa está coberta de folhetos sobre outros shows, outras inaugurações em outras galerias. Ela olha para Peter, para a sala branca e comprida e para as telas nas paredes.

"Eu achei que sair de casa faria bem. Você nunca mais vai a lugar nenhum."

"Eu venho ver você."

"Foi o que eu quis dizer, querida."

Hannah bebe um gole de merlot quente no copo de plástico, desejando estar tomando uma cerveja.

"E você disse que gostava do trabalho de Perrault."

"É", diz ela. "Só não sei se estou a fim hoje. Ando meio mórbida ultimamente, por minha conta."

"É isso que costuma acontecer às pessoas que renunciam ao sexo."

"Peter, eu não *renunciei* a nada."

E ela o segue em seu primeiro circuito lento pelo salão, conversando trivialidades com gente que mal conhece ou não quer conhecer, pessoas que conhecem Peter melhor do que a conhecem, pessoas cujas opiniões importam e pessoas que ela queria nunca ter conhecido. Ela sorri e assente, toma vinho e tenta não olhar por tempo demais para as telas enormes e escuras, dispostas espaçadamente como janelas de óleo e acrílico em um trem.

"Ele está tentando nos puxar pra baixo, para o centro dessas histórias antigas", diz uma mulher chamada Rose para Peter. Ela é dona de uma galeria na parte alta da cidade, o tipo de lugar onde os quadros de Hannah nunca vão ser expostos. "'Chapeuzinho Vermelho', 'Branca de Neve', 'João e Maria', todos esses contos de fadas antigos", diz Rose. "É uma abordagem muito pós-freudiana."

"Realmente", diz Peter. *Como se ele concordasse*, pensa Hannah, *como se tivesse alguma importância pra ele,* quando ela sabe muito bem que não.

"Como vai o novo livro?", pergunta Rose.

"Como um punhado de tachinhas salgadas na boca", responde ele, e ela ri.

Hannah se vira e olha para o quadro mais próximo, porque é mais fácil do que ouvir a mulher e Peter fingindo gostar da companhia um do outro. Uma tempestade sóbria de pretos, vermelhos e cinza, um caos manchado lutando para se definir em imagens, imagens confinadas ao extremo da percepção. Ela pensa que se lembra de ter visto uma foto dessa tela na *Artforum*.

Um cartão bege pequeno na parede à direita do quadro o identifica como Noite na floresta. Não tem preço porque nenhum dos quadros de Perrault estão à venda, nunca. Ela ouviu boatos de que ele recusou milhões, dezenas de milhões, mas desconfia que seja exagero e RP. Lendas urbanas de artistas modernos. Além disso, pelas outras coisas que ouviu, ele não precisa mesmo do dinheiro.

Rose diz alguma coisa sobre a exploração de possibilidade, contos de fadas e crianças que os usam para evitar qualquer perigo *real*, uma coisa que Hannah tem certeza de que ela tirou diretamente de Bruno Bettelheim.

"Eu sempre torci pelo lobo", diz Peter, "ou para a bruxa má ou para os três ursos, o que fosse. Nunca vi sentido em torcer por garotas tolas burras demais a ponto de irem andar sozinhas na floresta."

Hannah ri baixinho, para si mesma, e dá um passo para trás, se afastando do quadro, apertando os olhos. Um céu sem lua pressiona cruelmente uma floresta emaranhada e contorcida, um caminho e uma coisa esperando nas sombras, ombros caídos, costelas saltadas, uma mancha rubra calculada que poderia ser os olhos. Ninguém no caminho, mas a implicação é clara: vai haver alguém em pouco tempo, e a coisa escondida embaixo das árvores é paciente.

"Você já viu as pedras?", pergunta Rose, e, não, responde Peter, não vimos ainda.

"São uma nova direção pra ele", diz ela. "É só a segunda vez que são exibidas."

Se eu conseguisse pintar assim, pensa Hannah, *poderia mandar a dra. Valloton tomar no cu. Se eu conseguisse pintar assim, seria um exorcismo.*

E Rose leva os dois para um canto mal iluminado da galeria, para uma série de gaiolas enferrujadas, e dentro de cada uma delas há uma única pedra. Pedrinhas grandes ou rochas pequenas, ardósia e granito polidos pela água, e cada pedra tem uma palavra entalhada de forma rudimentar.

A primeira diz "siga".

"Peter, tenho que ir agora", diz Hannah, sem conseguir tirar o olhar da pedra amarelo-amarronzada com a palavra tatuada, e não ousa deixar os olhos seguirem para a pedra seguinte.

"Você está passando mal?"

"Eu tenho que ir, só isso. Tenho que ir *agora*."

"Se você não estiver se sentindo bem", diz a mulher chamada Rose, tentando fortemente ser útil, "tem um banheiro nos fundos."

"Não, eu estou bem. De verdade. Só preciso de um pouco de ar."

E Peter passa um braço protetor em torno dela e recita sua despedida apressada e educada para Rose. Mas Hannah ainda não consegue desviar os olhos da pedra atrás do arame como um animal pequeno e cruel no zoológico.

"Boa sorte com o livro", diz Rose e sorri, e Hannah está começando a achar que vai vomitar, que vai ter de correr para o banheiro, afinal. Há um gosto de alumínio em sua boca, e o coração parece um martelo em carne morta e congelada, adrenalina, uma leve pontada ansiosa de vertigem.

"Foi um prazer conhecer você, Hannah", diz a mulher. Hannah consegue sorrir, consegue assentir.

E Peter a leva rapidamente pela galeria lotada, até a calçada e pela noite quente que se estende na Mercer Street.

8.

"Quer falar sobre aquele dia no poço?", pergunta a dra. Valloton, e Hannah morde o lábio inferior rachado.

"Não. Agora, não", diz ela. "De novo, não."

"Tem certeza?"

"Eu já contei tudo o que consigo lembrar."

"Se tivessem encontrado o corpo", diz a psicóloga, "talvez você, sua mãe e seu pai tivessem conseguido seguir em frente. Poderia ao menos ter havido algum tipo de encerramento. Não haveria essa esperança prolongada de que talvez alguém a encontrasse, de que talvez ela estivesse viva."

Hannah suspira alto, olha para o relógio querendo se libertar, mas ainda falta quase meia hora.

"Judith caiu no poço e se afogou", diz ela.

"Mas não encontraram o corpo."

"Não, mas encontraram o suficiente, o suficiente pra ter certeza. Ela caiu no poço. Se afogou. Era bem fundo."

"Você disse que a ouviu chamando por você."

"Não tenho certeza", diz Hannah, interrompendo a psicóloga antes que ela possa dizer as coisas que diria em seguida, antes que possa usar as palavras de Hannah contra ela mesma. "Eu nunca tive certeza absoluta. Já falei isso."

"Me desculpe se parece que estou forçando", diz a dra. Valloton.

"Só não vejo motivo pra falar disso de novo."

"Então vamos falar dos sonhos, Hannah. Vamos falar do dia em que você viu as fadas."

9.

Os sonhos, ou o dia do qual os sonhos surgiriam e, meio esquecidos, sempre procuram voltar. Os sonhos ou o dia em si, um ou outro, faz bem pouca diferença. A mente existe apenas por um momento, sempre, um único momento tremulante, lembrado ou verdadeiro, sonhando ou acordada ou alguma coisa no limiar dos dois, a ilusão preciosa e traiçoeira do Presente penetrando na rachadura entre o Passado e o Futuro.

O sonho do dia – ou o dia em si –, e o sol está alto, pequeno e branco, um sol ofuscante de julho descendo em raios pelas árvores altas na floresta atrás da casa de Hannah. Ela está correndo para alcançar Judith, a irmã dois anos mais velha e com pernas mais compridas, sempre deixando Hannah para trás. *Você não consegue me pegar, lerdinha. Não consegue nem me acompanhar.* Hannah quase tropeça em um emaranhado de trepadeiras e tem de parar para soltar o pé esquerdo.

"Espere!", grita ela, e Judith não responde. "Eu quero ver. Espere!"

A trepadeira tenta arrancar um dos tênis de Hannah e deixa gotículas de sangue no tornozelo dela. Mas ela está solta de novo em um momento, correndo pelo caminho estreito para alcançá-la, correndo pelo sol de verão e pelas sombras de folha de carvalho.

"Encontrei uma coisa", Judith disse para ela naquela manhã, depois do café. As duas estavam sentadas nos degraus da varanda dos fundos. "Na clareira perto do poço velho", disse ela.

"O quê? O que você encontrou?"

"Ah, acho que não devo contar. Não, eu não devo *mesmo* contar. Você pode acabar indo falar pra mamãe e papai. Pode acabar estragando tudo."

"Não, eu não faria isso. Não contaria nada. Eu não contaria pra ninguém."

"Contaria, sim, bocuda."

Ela acabou dando metade da mesada para Judith contar, metade para mostrar o que havia para ver. A irmã enfiou a mão no fundo do bolso da calça jeans, e a mão voltou com uma pedra preta brilhante.

"Eu dei um dólar inteiro pra você me mostrar uma *pedra*?"

"Não, burra. Olhe pra ela." E Judith esticou a mão.

As letras rabiscadas fundo na pedra – JVDTH –, cinco letras tortas que quase formavam o nome da irmã, e Hannah nem precisou fingir não estar impressionada.

"Espere!", grita ela de novo, com raiva agora, a voz ecoando nos troncos das velhas árvores e nas folhas mortas estalando embaixo dos sapatos dela. Começando a achar que a coisa toda é um truque, só mais uma das pegadinhas de Judith, e que a irmã deve estar observando de um lugar escondido agora mesmo, rindo baixinho. Hannah para de correr e fica no centro do caminho, ouvindo os sons da floresta murmurante ao redor.

E uma coisa leve e ritmada que pode ser música.

"Isso não é tudo", disse Judith. "Mas você tem que jurar que não vai contar pra mamãe e papai."

"Eu juro."

"Se você contar, bom, eu *prometo* que vou fazer você desejar não ter contado."

"Eu não vou contar *nada* pra ninguém."

"Devolva", disse Judith, e Hannah lhe entregou na mesma hora a pedra preta. "Se você *contar*..."

"Eu já disse que não. Quantas vezes tenho que dizer que não vou contar?"

"Tudo bem", disse Judith e a levou para a parte de trás do pequeno barracão de ferramentas onde o pai guardava a tesoura de poda, sacos de fertilizante e os cortadores de grama velhos que ele gostava de desmontar e tentar montar outra vez.

"É melhor que isso *valha* um dólar", disse Hannah.

Ela fica totalmente imóvel e presta atenção na música, que fica mais alta. Ela acha que vem da clareira à frente.

"Eu vou voltar pra casa, Judith!", grita ela, e não é blefe porque ela de repente não liga se a coisa no pote era de verdade, e o sol não parece mais tão quente quanto um momento antes.

E a música vai ficando mais alta.

E mais alta.

E Judith pegou um pote vazio de maionese na gaiola dos coelhos vazia atrás do barracão de ferramentas. Levantou para o sol, sorrindo para o que havia dentro.

"Me deixe ver", disse Hannah.

"Acho que eu devia fazer você me dar outro dólar primeiro", respondeu a irmã com um sorrisinho, mas ainda olhando para o pote.

"De jeito nenhum", disse Hannah com indignação. "A chance é a mesma de nevar no inferno." E ela esticou a mão para pegar o pote, mas Judith foi mais rápida, e sua mão se fechou ao redor de nada.

Na floresta, Hannah se vira e olha para casa, depois volta a olhar para a clareira, esperando por ela depois das árvores.

"Judith! Não é engraçado! Vou voltar pra casa agora mesmo!"

O coração dela está quase tão alto quanto a música agora. Quase. Não tanto, mas bem perto. Flautas e rabecas, tambores e um som de pandeiro.

Hannah dá outro passo na direção da clareira porque é nada além da irmã tentando botar medo nela. O que é burrice, porque elas estão em plena luz do dia, e Hannah conhece essa floresta como a palma da mão.

Judith abriu a tampa do pote de maionese e esticou para que Hannah pudesse ver a coisa pequena e seca encolhida no fundo. Uma casquinha pequenina de múmia, cinza e se desfazendo na luz matinal.

"É só a porcaria de um rato morto", disse Hannah com nojo. "Eu dei um dólar pra ver uma pedra e um rato morto em um pote?"

"*Não* é um rato, burra. Olhe melhor."

E ela olhou, inclinando-se para conseguir ver as asas perfeitas de libélula nas costas, asas transparentes e iridescentes que cintilam levemente ao sol. Hannah apertou os olhos e percebeu que conseguia ver o rosto, percebeu que *tinha* rosto.

"Ah", disse ela, olhando rapidamente para a irmã, que estava sorrindo com triunfo. "Ah, Judith. Ah, meu deus. O que é?"

"Você não sabe?", perguntou Judith. "Eu tenho que dizer tudo?"

Hannah segue por cima de árvores caídas antes da clareira, o lugar onde o caminho que atravessa a floresta desaparece embaixo de um amontoado de troncos caídos e podres. Havia uma casa ali, o pai disse, muito tempo antes. Não tinha sobrado nada além de uma pilha grande de pedras onde antes ficava a chaminé, e também o poço, coberto por folhas de metal corrugado enferrujado. Houve um incêndio, disse seu pai, e todo mundo da casa morreu.

Do outro lado das árvores caídas, Hannah respira fundo e pisa na luz do dia, deixando as sombras das árvores para trás, abandonando sua última chance de não ver.

"Não é legal?", disse Judith. "Não é a coisa mais legal que você já viu?"

Alguém tirou as folhas de metal do lugar, e o poço é tão escuro que nem o sol entra lá. E Hannah vê o anel de cogumelos selvagens, o círculo perfeito de chapéus-de-cobra e agários-das-moscas e moráceas crescendo ao redor do poço. O calor emana do metal, um brilho de miragem dançante como se o ar lá estivesse virando água, e a música está bem alta agora.

"Eu encontrei", sussurrou Judith, fechando a tampa do pote com o máximo de força possível. "Eu encontrei e vou guardar. E você vai ficar calada, senão eu *nunca mais* vou mostrar nada pra você."

Hannah levanta o olhar dos cogumelos, do poço aberto, e tem mil olhos a observando das beiradas da clareira. Olhos como frutinhas azul-escuras, rubis e gotas de mel, como moedas de ouro e de prata, olhos como fogo e gelo, olhos como minúcias ardentes da meia-noite. Olhos cheios de fome além do imaginável, nem boa nem má, nem real nem impossível.

Alguma coisa do tamanho de um urso, agachada na sombra de um choupo, levanta a cabeça peluda cor de carvão e sorri.

"Chegou outra bonita", grunhe a coisa.

E Hannah se vira e corre.

10.

"Mas você *sabe*, em sua alma, o que deve ter visto de verdade naquele dia", diz a dra. Valloton batendo a ponta da borracha do lápis de leve nos dentes da frente. Tem algo de quase obscenamente sincero na expressão dela, Hannah pensa, no *tap, tap, tap* regular do lápis nos incisivos perfeitamente espaçados e perfeitamente brancos. "Você viu sua irmã cair no poço ou percebeu que ela tinha caído. Talvez a tenha ouvido gritando por ajuda."

"Talvez eu a tenha *empurrado*", sussurra Hannah.

"É isso que você *acha* que aconteceu?"

"Não", diz Hannah e massageia as têmporas, tentando afastar os primeiros latejamentos leves de uma dor de cabeça que se aproxima. "Mas, na maior parte do tempo, eu prefiro *acreditar* que foi o que aconteceu."

"Porque você *acha* que seria mais fácil do que o que você lembra."

"Não é? Não é mais fácil acreditar que ela me irritou naquele dia e eu a empurrei? Que inventei essas histórias malucas pra nunca me sentir culpada pelo que eu fiz? Talvez os pesadelos sejam isso, minha consciência tentando me forçar a assumir a culpa."

"E o que são as pedras, então?"

"Talvez eu as tenha colocado lá. Talvez eu tenha rabiscado aquelas palavras nelas e as tenha escondido pra que eu mesma encontrasse porque sabia que assim seria mais fácil acreditar. Se houvesse alguma coisa tão real, tão tangível, uma coisa sólida pra me lembrar da história, de que a história devia ser verdade."

Um longo momento que é quase silêncio, só o relógio na mesa tiquetaqueando e o lápis batendo nos dentes da psicóloga. Hannah massageia as têmporas com mais força, a dor verdadeira quase visível agora, esperando-a um pouco à frente, depois desse momento ou do seguinte, vasta e absoluta, roxa e entremeada de veias pretas e negras. Finalmente, a dra. Valloton coloca o lápis na mesa e respira fundo.

"Isso é uma confissão, Hannah?", pergunta ela, e a sinceridade obscena está se dissolvendo e virando uma coisa que pode ser expectativa ansiosa ou mera curiosidade clínica, ou talvez apenas medo. "Você matou sua irmã?"

E Hannah balança a cabeça e aperta bem os olhos.

"Judith caiu no poço", diz ela calmamente. "Moveu as folhas de metal e chegou perto demais da beirada. O xerife mostrou aos meus pais onde uma parte do chão desabou por causa do peso dela. Ela caiu no poço e se afogou."

"Quem você está tentando tanto convencer? Eu ou você?"

"Você acha mesmo que importa?", diz Hannah, respondendo uma pergunta com outra pergunta, olho por olho.

"Acho", diz a dra. Valloton. "Acho, sim. Você precisa saber a verdade."

"Qual?", pergunta Hannah, sorrindo mesmo com a dor que aumenta atrás dos olhos, e agora a psicóloga não se dá ao trabalho de responder, deixa que ela fique sentada em silêncio com os olhos bem fechados até o relógio decidir que a hora dela acabou.

11.

Peter Mulligan pega um peão preto e o move duas casas para a frente; Hannah o retira do tabuleiro com um cavalo branco. Ele nem está se esforçando hoje, e isso sempre a irrita. Peter finge ficar surpreso de ter perdido outra peça, depois finge franzir a testa e pensar na próxima jogada enquanto fala.

"Em russo", diz ele, "*chernobyl* é a palavra para losna. Kellerman criou caso?"

"Não", diz Hannah. "Não criou. Na verdade, ele disse que preferia mesmo fazer as fotos à tarde. Está tudo acertado, eu acho."

"Pequenos milagres." Peter suspira, pega uma torre e coloca de volta no tabuleiro. "Você vai fazer a festa do antropólogo?"

"Vou", responde ela. "Eu vou fazer a festa do antropólogo."

"*Monsieur* Ordinaire. Você acha que ele nasceu com esse nome?"

"Acho que não estou nem aí desde que o cheque dele tenha fundos. Mil dólares pra me fantasiar por algumas horas. Eu seria idiota se não fizesse a maldita festa."

Peter pega a torre de novo e segura no ar acima do tabuleiro, provocando-a.

"Ah, o livro dele", diz ele. "Eu me lembrei do título outro dia. Mas esqueci de novo. Era alguma coisa sobre xamanismo e metamorfos, lobisomens e máscaras, esse tipo de coisa. Vendeu muitos exemplares em 1968, depois sumiu da face da Terra. Talvez você consiga descobrir alguma coisa na internet." Peter coloca a torre no lugar e começa a mover a mão para o outro lado.

"Não", diz ela. "Vai ser xeque-mate."

"Você poderia pelo menos me deixar *perder* sozinho, querida", diz ele de cara feia, fingindo-se insultado.

"É, bom, eu ainda não estou pronta pra ir pra casa", responde Hannah, e Peter Mulligan volta a hesitar no tabuleiro e a falar sobre o livro esquecido de Monsieur Ordinaire. Em pouco tempo, ela se levanta e enche as xícaras de café dos dois, e tem um único pombo preto e cinza empoleirado no parapeito da cozinha, olhando para ela com os olhos brilhosos amarelo-xixi. Quase a faz lembrar de alguma coisa. Ela não quer lembrar, então bate com os nós dos dedos no vidro e afasta a ave.

12.

A mulher idosa chamada Jackie não vai buscá-la. Quem vai é um rapaz jovem, de catorze ou quinze anos, dezesseis no máximo, as unhas vermelhas combinando com os lábios pintados, e ele está usando penas de pavão e seda. Ele abre a porta e fica parado, imóvel, olhando para ela, esperando sem dizer uma palavra. Há algo de assombro no rosto liso, e pela primeira vez Hannah não se sente apenas exposta, ela se sente *nua*.

"Estão prontos pra mim agora?", pergunta ela, tentando não parecer tão nervosa quanto está, depois vira a cabeça para dar uma última olhada na fada verde no espelho. Mas o espelho está vazio. Não há ninguém lá, nem ela nem a mulher verde, nada além da sala poeirenta cheia de antiguidades, com abajures bonitos e papel de parede descascando.

"Milady", diz o garoto com uma voz de cristal quebrado e faz uma reverência. "A Corte espera para recebê-la quando estiver pronta." Ele chega para o lado para deixá-la passar, e a música da festa fica muito alta de repente, muda, adquire um ritmo de velocidade furiosa quando mil notas e batidas ecoam, soam e correm atrás umas das outras.

"O espelho", sussurra Hannah, apontando para lá, para o lugar onde seu reflexo deveria estar, e, quando se vira para o garoto, tem uma garota ali, usando suas penas e a maquiagem. Poderia ser irmã gêmea dele.

"É uma coisa pequena, milady", diz ela com a língua cintilante e estilhaçada do garoto.

"O que está acontecendo?"

"A Corte está reunida", diz a garota. "Eles estão esperando. Não tenha medo, milady. Eu mostro o caminho."

O caminho, o caminho pela floresta até o poço. O caminho para baixo, para o poço...

"Você tem nome?", pergunta Hannah, surpresa com a calma na própria voz; todo o constrangimento e o desconforto de ficar nua na frente dessa criança e da anterior, o garoto gêmeo, o medo do que não viu olhando para ela pelo espelho, tudo isso desaparecido agora.

"Meu nome? Não sou tola assim, milady."

"Não, claro que não", responde Hannah. "Me desculpe."

"Vou mostrar o caminho", diz a criança de novo. "Nunca machucar, nem enfeitiçar, nem encantar quando milady chega."

"É muita gentileza sua", responde Hannah. "Eu estava começando a achar que estava perdida. Mas não estou perdida, estou?"

"Não, milady. Você está aqui."

"Sim. Sim, eu *estou* aqui, não estou?" E a criança sorri para ela, mostrando os dentes afiados de cristal. Hannah sorri, depois sai da sala poeirenta e se afasta do espelho de mogno, seguindo a criança por um corredor curto; a música encheu todos os cantos vazios do crânio dela, a música e os cheiros pesados vivos-mortos de flores do campo e folhas caídas, tocos podres e terra revirada. Uma cacofonia de odores de estufa agitada, primavera a outono, verão a inverno, e ela nunca sentiu um ar tão violentamente doce.

... o caminho pelo poço e a água escura e imóvel no fundo.

Hannah, está me ouvindo? Hannah?

Está tão frio aqui embaixo. Não consigo ver...

No fim do corredor, depois da escada que levava de volta a St. Mark's, há uma porta verde, que a garota a abre. O verde leva para fora.

E todas as coisas na sala ampla, a sala improvável que se projeta para tão longe em todas as direções que nunca poderia ser contida em um prédio, nem em mil prédios, as coisas saltitantes, pululantes, dançantes, girantes, voadoras e espreitadoras, cada uma delas se detém e olha para ela. E Hannah sabe que devia ter medo delas, que devia se virar e sair correndo desse lugar. Mas não é algo que ela já não tenha visto, muito tempo atrás, e ela passa pela criança (que é menino de novo) enquanto as asas nas costas dela começam a latejar como as asas frenéticas e iridescentes de abelhas e beija-flores, vespas e libélulas famintas. Sua boca tem gosto de anis e losna, açúcar, hissopo e melissa. Uma luz grudenta e verdejante se espalha, saindo de sua pele e se acumulando na grama e no musgo aos pés descalços dela.

Afunde ou nade, e é tão fácil imaginar a água gelada e escura do poço se fechando densamente no rosto da irmã, enchendo sua boca, entrando pelas narinas, inundando a barriga, enquanto mãos em garras a puxam para baixo.

E para baixo.

E para baixo.

E às vezes, a dra. Valloton diz, às vezes nós passamos a vida toda só tentando responder uma pergunta simples.

A música é um furacão que a engole.

Milady. Dama da Garrafa. *Artemisia absinthium*, Chernobyl, *apsinthion*, Dama do Sonho Acordado, Dama Verde do Júbilo e da Melancolia.

Eu sou ruína e dor.

Minha veste é da cor do desespero.

Eles fazem reverência, todos eles, e Hannah finalmente vê a coisa que a espera no trono espinhoso de galhos entrelaçados e ninhos de pássaros, a coisa corpulenta com chifres e olhos ardentes, o veado-vermelho com maxilar de lobo, o homem e o cervo, e faz uma reverência em resposta.

INSECTUM. HIST.XX

MONTANDO NO TOURO BRANCO

20.

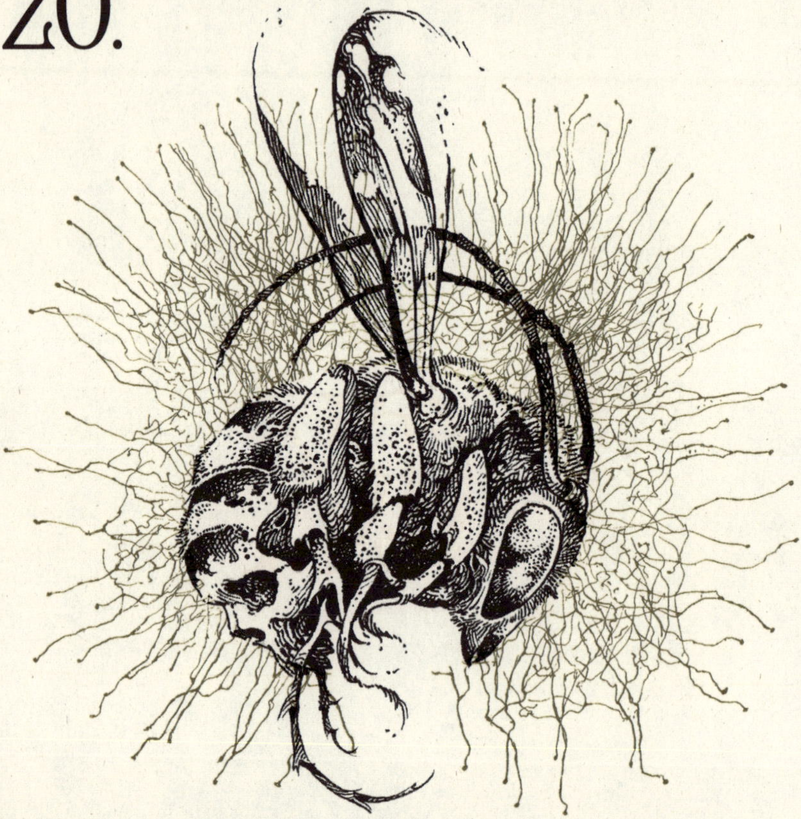

Mvscae Mandibvlaris

FEMINAM —— *TRECENTA VIGINTI QUINQUE*

P.326

Durante muitos anos, eu quis escrever ficção científica, e finalmente Bill Schafer meio que me empurrou por essa porta. Admito que sinto muito orgulho desse conto, desse cyber noir desordenado e claustrofóbico. Além disso, é um dos meus primeiros experimentos com narrativa em primeira pessoa, um formato ao qual resisti por muito tempo.

KIERNAN OFFICINARUM INVESTIGATIONIS

CAITLÍN R. KIERNAN

"Andou bebendo de novo, sr. Paine", disse Sarah, e acho que devo ter parado o que estava fazendo, provavelmente olhando para aquelas malditas fotos de novo, a da confusão que a polícia encontrou naquela manhã num buraco na Columbus, ou talvez roendo a unha, ou pensando em sexo. Sei lá. Uma coisa ou outra que de repente não importou mais porque ela não estava me fazendo uma pergunta. Sarah raramente tinha tempo para perguntas. Ela não era mais esse tipo de garota. Falava de forma tão direta e autoritária que jamais combinaria com o rosto bonito e artificial, e essa dissonância, essa traição absoluta da expectativa, sempre fazia as pessoas pararem e ouvirem. Se eu estava olhando para as fotos, sinceramente não consigo lembrar, mas, se estava, devo tê-las colocado na mesa e olhado para ela.

"Tem coisas piores", respondi, algo que pensei ser uma espécie de desculpa ou defesa, mas ela só fez cara feia e balançou a cabeça.

"Não, não para você", sussurrou ela, falando tão baixo que eu quase não consegui identificar as palavras acima do zumbido suave do servomecanismo metabólico dela e do barulho do trânsito na rua lá embaixo. Ela piscou e se virou, olhou pela janela do meu hotel para o céu cinza-escuro pairando baixo acima do Hudson. A neve tinha finalmente parado de cair, e as nuvens tinham uma intensidade furiosa e interrompida. Jesus. Consigo me lembrar das porras das nuvens, consigo até atribuir emoções humanas a elas, mas não consigo lembrar o que eu estava fazendo quando Sarah me disse que eu estava bebendo de novo. As partes que guardamos e as partes que descartamos. Como entender.

"A Agência não precisa de bêbados na folha de pagamento, sr. Paine. As ruas de Nova York estão cheias de bêbados e drogados. São mais comuns que cocô de rato. A Agência precisa de homens com a mente lúcida."

Sarah tinha um jeito de enunciar as palavras para que eu soubesse que levavam letra maiúscula. Ela sempre usava letra maiúscula para a Agência. Sempre. Talvez fosse falha em um dos programas de linguagem, ou, por outro lado, talvez ela só me deixasse paranoico. Sarah, a bebida e a porra da Agência, e, já que estou falando do assunto, fevereiro em Manhattan. Àquelas alturas, eu acho que daria uns dois dedos da mão e um do pé para estar no voo seguinte de volta a LA.

"Nós contratamos você porque Fennimore disse que você estava sóbrio. Verificamos seus registros com o Departamento de..."

"Por que você está *aqui*, Sarah? O que quer? Eu tenho trabalho a fazer." E bati com o polegar na mesa lotada do outro lado da cama desfeita. "Trabalho pra você e pra Agência."

"Trabalho que você não pode fazer bêbado."

"É, então por que você não despede meu cu inútil e embriagado e me coloca no próximo avião pra Los Angeles? Depois desta manhã, eu estou cagando."

"Você entendeu quando pegou esse trabalho, sr. Paine, que talvez houvesse circunstâncias especiais."

Ela ainda estava olhando pela janela na direção do rio lamacento e cheio de gelo e para Jersey com uma expressão quase de expectativa no rosto, a luz sombria de inverno se refletindo embotada e iridescente na pele sintética que não envelhecia.

"Fomos bem explícitos nesse sentido."

"Claro que foram", eu murmurei, um tanto para mim mesmo, não tanto para a ciborgue que ainda se dava ao trabalho de dizer que se chamava Sarah, depois contornei o pé da cama e me sentei em um banco de alumínio com assento giratório na frente da mesa. Mexi com exagero em papéis, torcendo para ela se tocar e ir embora. Eu precisava de uma bebida e de um tempo sozinho, tempo para pensar no que ia fazer agora. Depois das coisas que vi e ouvi, das coisas nas fotos que tirei, das coisas que não me *deixavam* fotografar, eu estava começando a entender por que a Agência decidiu não soltar um alerta em relação a isso, por que estavam deixando o Centro de Controle de Doenças e o BioCon e os representantes da Casa Branca no escuro. Por que chamaram um faxineiro.

"Vai nevar de novo antes do amanhecer", disse Sarah, sem desviar o olhar da janela.

"Se é que dá pra chamar essa merda aí fora de neve", revidei com impaciência. "Não é nem branca. Tem cheiro de... porra, nem sei que cheiro tem, mas não tem cheiro de neve."

"Você tem que aprender a deixar o passado para trás, sr. Paine. Não adianta aqui. Não adianta nada."

"Isso é a política da Agência?", perguntei, e Sarah franziu a testa.

"Não, não foi isso que eu quis dizer. Não foi mesmo isso que eu quis dizer."

Ela suspirou, e eu me perguntei se era hábito ou se ela ainda precisava respirar, ainda precisava de oxigênio para mover a alquimia remendada da biomecânica. Também me perguntei se ela ainda fazia sexo e, se fizesse, com o quê. Sarah e eu tivemos nossa história no passado, quando ela ainda era cem por cento carne e sangue, água, osso e cartilagem. Quando ainda era uma freelancer novata, antes de a Agência lhe dar um contato e enviá-la para a grande montanha de merda congelada de Manhattan. Naquela época, se alguém perguntasse, eu diria que a vida era dela, que as decisões eram dela, e uma garota como Sarah não precisava de alguém como eu atrapalhando.

"Eu estava tentando dizer, aqui, agora, que temos que viver no presente. É tudo o que temos."

"Esqueça", eu disse para ela, desviando o olhar muito rapidamente das imagens sangrentas e horríveis que passavam pela tela do meu velho tablet Sony-Akamatsu. "Mas obrigado pela carona."

"De nada", sussurrou Sarah. "É o que eu faço." E ela finalmente tirou os olhos da janela, do gelo no vidro, do céu amplo e interrompido.

"Se eu precisar de alguma coisa, ligo pra você ou pro Templeton", eu disse, e Sarah fingiu sorrir, assentiu e andou pelo quartinho até a porta. Ela a abriu, mas parou ali, um pé na passagem, nem dentro nem fora, o ar pesado e frio e a luz fluorescente do corredor entrando ao redor dela, envolvendo-a como uma auréola de segunda categoria.

"Tente ficar sóbrio", disse ela. "Por favor. Sr. Paine. Isso é... vai ser complicado."

E seus olhos verde-acastanhados tremeluziram de leve, as esferas de oito-milhões-o-par feitas de filamentos de fibra ótica e acrílico resistente a arranhões, lentes de suspensão de platina cor de mercúrio e o melhor circuito que a optometria alemã conseguiu espremer em uma órbita de seis centímetros cúbicos e meio. Eu imaginei, naquela hora ou só mais tarde (outra coisa que não consigo lembrar), que o brilho representava alguma coisa que Sarah tinha medo de dizer em voz alta, ou alguma coisa que os inibidores comportamentais da Agência não a permitiam dizer, uma coisa na mente dela que foi carimbada como Código Preto, Acesso Restrito.

"Por favor", disse ela de novo.

"Claro. Pelos velhos tempos", respondi.

"O que for necessário, sr. Paine." E ela saiu, puxando a porta delicadamente, abandonando-me no quarto escuro e na luz ainda mais escura da tarde entrando pela única janela suja de fuligem. Eu ouvi os passos dela no piso, que ficaram mais baixos conforme ela foi se aproximando do elevador do outro lado do corredor, e, quando tive certeza de que não ia voltar, peguei a garrafa de uísque pela metade escondida nas sombras embaixo da beirada da cama.

Naquela época, eu ainda sonhava com Europa todas as noites. Anos depois, quando finalmente fui aposentado pela Agência e voltei a ser apenas Dietrich Paine, um civil pensionista apodrecendo dia a dia em East LA, NOHO ou San Diego (eu me mudava muito para um bêbado), o médico do amigo de um amigo arrumou uma consulta para mim com um modificador de cabeça do mercado negro. E colocou um chip prateado pequenininho na base do meu crânio, ao lado do meu metencéfalo, e os sonhos ruins sumiram de repente. Nada de voos noturnos, nada de suores frios, nada de gritos até os vizinhos chamarem a polícia.

Mas, naquele inverno em Manhattan, eu ainda estava a uma década do modificador e do chip prateado mágico, e sempre que a insônia falhava e eu cochilava por dez, quinze ou vinte minutos eu caía de novo, rolava silenciosamente pela escuridão além de Ganimedes, caía na direção daquela Grande

Mancha Vermelha, aquele furacão rubro eterno, meu Inferno perfeito e rodopiante de nuvens manchadas de fósforo. Sempre rezando para os deuses sombrios jupterianos que poderiam estar vendo minha queda, para que *desta* vez eu passasse longe das luas, e o olho do anticiclone fosse finalmente me engolir, me arrastar para baixo, me queimar, me esmagar naquele abismo enorme de gás, relâmpagos e prazer infinito. Mas eu nunca consegui. Nem uma única vez.

"Você acredita em pecado?", Sarah me perguntava quando ainda era apenas Sarah, antes dos implantes e dos acréscimos, e eu mentia em seus braços, pensando que estava satisfeito, e olhava para o teto do nosso apartamento e ria dela.

"Estou falando sério, Deet."

"Você é sempre tão séria. Transformou a seriedade em ciência exata."

"Acho que você está tentando evitar a pergunta."

"É, bom, é uma pergunta bem imbecil."

"Responda mesmo assim. Você acredita em pecado?"

Impossível medir a rapidez com que estou me deslocando enquanto despenco na direção da tempestade faminta e receptiva, mas Europa me segura. *Talvez da próxima vez*, eu penso. *Talvez da próxima vez.*

"É só uma pergunta", Sarah diria. "Pare de tentar fazer com que seja mais do que isso."

"A maioria de nós passa pelo que tem que passar, mais cedo ou mais tarde."

"Não é a mesma coisa. Não foi o que perguntei."

E o telefone tocaria, ou eu colocaria a mão entre as pernas não depiladas dela, ou um de nossos bipes tocaria, e o momento se desfaria, libertando-me do escrutínio dela.

Nunca aconteceu exatamente assim, claro, mas quem vai conferir? Nos meus sonhos, Europa vai ficando cada vez maior, vai surgindo da escuridão exatamente como nas porras de vídeos de orientação a que todo faxineiro tinha de assistir naqueles dias se quisesse uma licença. Trechos de vídeo dessa ou daquela sonda, emprestados das minhas lembranças. Folhas de gelo infinitas e fraturadas cor de ferrugem e arenito, subindo tão rápido, tão rápido, e sou apenas um pontinho pequenino de carne com o traje espacial branco rumo ao norte e ao leste pelo céu de ébano acima de Mael Dúin, da linha Echion, Cilix, a extremidade sudeste da linha Rhadamanthys. Sou apenas uma estrela cadente voando sobre aquela paisagem terrível cheia de varizes e não consigo lembrar como fechar os olhos.

"Cara, eu estava lá quando quebraram a coisa", diz Ronnie de novo e dá outra tragada no cigarro. A mão dela treme, e caem cinzas no tampo de fórmica da mesa. "Eu tinha pedido pra ir pra Turquia, certo, pra cobrir a porcaria da guerra, mas acabei ficando com o trabalho do IcePic. Estava esperando na sala de imprensa com todo mundo, vendo as filmagens ao vivo da unidade de quarentena quando as sirenes começaram."

"A Agência nega que você estava presente", retruco tão calmamente quanto consigo, e ela dá aquele sorriso nervoso e tenso que sempre teve, dá uma de suas risadas secas e sem humor, e fumaça cinza sai das narinas.

"Porra, eu sei disso, Deet. Os merdas ficam reescrevendo a história pra que sempre fique do jeito que eles querem, mas eu estava lá, cara. Eu *vi*, antes que eles desligassem as câmeras. Eu vi toda aquela merda que 'nunca aconteceu'." Ela faz aspas no ar com os indicadores.

Foi a última vez que falei com Ronnie, a última vez que a visitei em La Casa Psychiatric, duas ou três semanas antes que ela se enforcasse com um fio elétrico. Eu fui ao enterro, claro. A Agência mandou dois sujeitos de ternos pretos com condolências cuidadosamente elaboradas para a família, e eu caí fora antes do fim da cerimônia.

E aqui, alguns quilômetros depois da interseção da linha Tectamus e da linha Harmonia, vejo o amontoado familiar de pontos pretos desordenados nas planícies entrecortadas.

"Vulcanismo gelado", sussurra Sarah dentro do meu capacete; eu sei perfeitamente bem que ela não está lá, não chega perto de mim há anos e anos, e estou sozinho e só sonhando com a voz dela para quebrar o peso ensurdecedor do silêncio. Eu conto as células de convecção como as contas de um terço, como se eu já tivesse sido católico, como alguém que talvez já tivesse acreditado em pecado. Ainda estou longe demais para ver qualquer evidência da sonda, então não sei que buraco é O Buraco, o Ponto de Inserção 2071A, a ferida aberta a que Emmanuel Weatherby-Jones se referia alternadamente como "portão da peste" e "boca de Sakpata" no livro sobre o incidente de Houston e suas implicações na astrobiologia teórica e aplicada. Eu tive de pesquisar isso porque ele nunca explicou quem ou o que era Sakpata. Encontrei em um livro antigo sobre vodu e religiões afrocaribenhas. Sakpata é um deus das doenças.

Estou alto demais para descobrir que buraco é a boca de Sakpata, eu nem tento.

Eu não quero saber.

Um tipo diferente de deus me espera pacientemente no horizonte.

"Eles começaram a gritar", diz Ronnie. "Cara, eu nunca vou esquecer aquele som, não importa quantos comprimidos os filhos da mãe me deem. Ficamos sentados ali, perplexos demais pra nos mexermos, e um carinha magrelo da CNN..."

"Na última vez ele era da *Newsweek*", digo, interrompendo-a, e ela balança a cabeça e dá outra tragada, tosse e massageia os olhos vermelhos.

"Você acha que faz alguma diferença?"

"Não", respondo sem sinceridade, e ela olha para mim por um tempo sem dizer mais nada.

"Quando foi a última vez que você teve uma noite decente de sono?", pergunta ela por fim, e eu talvez dê risada, talvez dê de ombros. "É", diz ela. "Foi o que pensei."

Ela começa a falar sobre o hidrobô, sobre as fissuras, as fontes termais, a quimiossíntese, aqueles primeiros trechos granulados de vídeo, mas não estou prestando atenção. Estou ocupado demais voando indefeso acima das planícies estufadas de Europa e dos trechos amplos de material do caos pesado e quebrado; um mundo congelado preso na sombra do Grande Pai Júpiter, congelado há tantos anos que não dá para contar, mas longe de morto, e eu acordaria gritando, chorando ou, se tivesse sorte, com medo demais para emitir qualquer som.

"Estão prontos para recebê-lo agora, sr. Paine", disse o policial, um dos comuns de uniforme azul da polícia de Nova York, e eu me perguntei que porra ele estava fazendo aqui, por que a Agência estava correndo riscos assim. Provavelmente foi o mesmo pobre infeliz que encontrou o spooch, eu concluí. Templeton me disse que alguém no prédio reclamou do cheiro, por isso os policiais, e esse devia ser o cara que atendeu ao chamado. Ele devia ter um parceiro em algum lugar ali.

Eu assenti para ele, e ele olhou com nervosismo para trás, para a porta aberta do apartamento, para a cortina isolante de poliuretano transparente com o zíper preto vertical bem no meio, para todos os canos de ar entrando e saindo do local, mantendo a pressão lá dentro mais baixa que do lado de fora. Eu duvidava de que ele continuaria respirando quando as equipes de limpeza terminassem com a cena. A Agência tem baixa tolerância com pontas soltas.

"Você vê esse tipo de merda com frequência?", perguntou ele, e não era necessário ser um filho da puta particularmente sensível para ouvir o medo na voz, o medo, a confusão e o que vem depois do pânico. Eu não respondi. Estava ocupado verificando a bateria de uma das minhas câmeras e, além do mais, havia as costumeiras ordens de Templeton para ficar de boca fechada perto de civis. E saber que o cara já devia estar praticamente morto, que assinou a sentença de morte só por ter aparecido no trabalho naquela manhã, não me deixou particularmente ansioso para conversar.

"Bom, eu não me importo de dizer, nunca vi merda nenhuma como aquela coisa lá dentro", disse ele e tossiu. "Quer dizer, a gente vê umas coisas fodidas nesta cidade, e eu até passei meus quatro anos no Exército... porra, eu estive em Damasco depois da bomba, mas, Jesus Cristo Todo-Poderoso."

"Você esteve em Damasco?", perguntei, mas não levantei o olhar do meu equipamento, ocupado demais verificando as configurações no genetígrafo portátil preso ao cinto para fazer contato visual.

"Ah, sim, eu estive lá. Ajudei a limpar a sujeira quando as chamas apagaram."

"Então é uma coisa que temos em comum", eu disse. Liguei a câmera e a tela cinza de OLED me mostrou cinco zeros. Eu estava ligado no laboratório portátil no fim da rua, uma van Chevy preta com placa de Maryland e uma bola de pingue-pongue enfiada na antena. Eu sabia que Sarah estaria na van, esperando minha filmagem, conectada, cuidando dos amplificadores, ouvindo tudo o que eu ouvia, vendo tudo o que eu via pelos olhos perfeitamente calibrados.

"Você esteve na Síria?", perguntou o policial, feliz de ter algo para falar além do que viu no apartamento.

"Não, eu limpo a sujeira dos outros."

"Ah", disse ele, parecendo decepcionado. "Entendi."

"Mas um bom amigo meu esteve na guerra. A base dele foi em Chipre, depois nas montanhas Taurus."

"Você costuma falar com ele? Sobre a guerra?"

"Não. Ele não voltou", respondi, finalmente levantando o rosto, e pisquei para o policial, passei rapidamente por ele e fui até o técnico que me esperava na porta. Consegui ver que ele estava suando dentro do capacete de proteção, apesar de estar gelado no corredor. Os faxineiros não recebem roupas de proteção. Interfere no contato, então optamos por algumas horas na descontaminação depois – antibióticos, antitóxicos, purgativos – e torcemos para não aparecer um sinal vermelho em momento algum.

"Isso é ruim, não é?", perguntou o policial. "Acho que é uma coisa *muito* ruim." Eu não me virei, só dei de ombros enquanto o técnico abria o zíper da cortina de plástico para mim.

"Foi essa a impressão que você teve?", eu respondi. Consegui sentir o movimento leve de ar entrando no apartamento quando a fresta se abriu na minha frente.

"Jesus, cara, só quero uma porra de resposta direta", disse ele. "Acho que mereço isso, pelo menos. Você não acha?" E como eu não podia responder com sinceridade, como não me importava, eu o ignorei e passei pela cortina para entrar naquele inferno lamentável.

Ainda tem uma exposição no Museu Americano de História Natural, no quarto andar, com o velho Salão de Origens dos Vertebrados e todos os ossos de dinossauro. A Agência não a fechou depois dos primeiros surtos, dos gloriosos spooches que destruíram um quarteirão inteiro na Filadélfia e um campo de trailers em algum lugar em West Virginia, mas a exposição não é tão popular quanto se pode pensar. Uma alcova escura e poeirenta cheia de modelos e dioramas em escala, monitores passando clipes do hidrobô da IcePIC, imagens infinitas em preto e branco do fundo do mar cinzento mais de um bilhão e meio de quilômetros da Terra. Quando a exposição foi aberta, a Nasa emprestou alguns espécimes, mas foram todos removidos muito tempo atrás. Eu mesmo nunca os vi, mas um conhecido meu da equipe do museu, um geólogo, garante que estavam lá. Um pedaço azul-enegrecido de pedra vulcânica cuidadosamente isolado em uma pirâmide de acrílico e dois recipientes cheios de formol com espécimes, um contendo um organismo rosa como uma minhoca com poucos centímetros de comprimento, o outro conservando uma das lesmas pequenas e feias que os cientistas da missão chamavam de "peixinhos das estrelas".

"Sanguessugas das estrelas" teria sido mais preciso.

Na tarde de terça-feira, o dia seguinte ao que trabalhei na cena na Columbus, de ressaca e torcendo para evitar outra visita de Sarah, peguei a linha B do hotel até o museu e passei duas horas sentado em um banco naquela alcova esquecida, vendo os videoclipes se repetirem para ninguém além de mim. Três monitores funcionando simultaneamente: um documentário da Nasa sobre a exploração de Europa, começando com o Pioneer 10 em 1973, depois um voo sobre o hemisfério norte da lua gravado pouco depois que o orbitador da IcePIC soltou as sondas e, finalmente, um trecho de filme embaixo do gelo. Foi esse que fui ver. Eu mastiguei aspirinas e vi os olhos que não piscam do hidrobô espiarem as camadas de sedimento e megaplâncton, a escuridão interminável de um oceano alienígena, o brilho determinado das luzes do robô nunca parecendo alcançar mais que um ou dois metros de escuridão. Perto do fim do filme, dá para ver uma das fontes hidrotermais contornadas por chaminés enormes de sulfeto que cuspiam água superaquecida cheia de metano e hidrogênio no mar gelado de Europa. Em alguns lugares, as laterais das chaminés foram totalmente obscurecidas por um tapete oscilante de criaturas. Uma coisa como uma enguia passou inesperadamente pela lente da câmera. Alguns segundos depois, o fundo do mar foi substituído por um fluxo breve de créditos e o logo da Nasa antes de o clipe recomeçar.

Eu me esforcei para imaginar como esses seis minutos de vídeo devem ter parecido incríveis um dia, como as pessoas devem ter feito filas só para ver, isso antes de a merda bater no ventilador e todo mundo em toda parte parar de querer falar sobre a IcePIC e a porra dos peixinhos das estrelas. Antes de o governo reduzir a maior parte do programa de exobiologia da Nasa, cancelar todas as futuras missões à Europa e cancelar os planos de explorar mais Titã. Antes de ET se tornar uma palavra profana. Mas, por mais que tentasse, eu só conseguia pensar naquela coisa na cama, naquela porra crescendo nas paredes do apartamento e pingando da bosta do teto.

No museu, acima do monitor, havia uma longa citação de H. G. Wells, impressa em tinta vermelho-amarronzada em uma placa clara, e eu a li várias vezes, desejando ter um cigarro: "Nós olhamos para trás, por incontáveis milhões de anos, e vemos a grande vontade de viver lutando para sair da gosma entre marés, lutando de forma a forma e de poder a poder, rastejando e depois andando com confiança na terra, lutando geração após geração para dominar o ar, penetrando na escuridão das profundezas; vemos virar-se contra si mesma em fúria e fome e assumir nova forma, vemos chegar mais perto e ficar mais parecida conosco, expandindo-se, elaborando-se, seguindo o propósito incansável e inconcebível, até finalmente chegar a nós e seu ser penetrar em nossos cérebros e artérias".

Eu nunca dei muita bola para ironia. Costuma deixar um sentimento doentio e vazio nas minhas entranhas. Eu me perguntei por que ninguém tirou a placa dali.

Quando voltei para o quarto, estava quase escuro, embora eu tivesse esbanjado e tomado um táxi. Depois da exposição, a ideia de ficar preso no metrô lotado e fedorento, percorrendo as entranhas da cidade por aqueles túneis onde o sol nunca chega, me provocou arrepios, e, caramba, a Agência iria pagar a conta. Tanta aspirina deixou meu estômago doído e azedo, e não ajudou muito a ressaca, mas havia uma garrafa fechada me esperando embaixo da cama.

Eu estava quase dormindo quando Sarah ligou.

Eis uma citação melhor. Eu a carrego comigo nos últimos anos, na cabeça e em um pedaço de papel. Apareceu no meu e-mail um dia, enviada por um anônimo qualquer com uma conta que acabou se provando falsa. Faxineiros recebem muitos e-mails anônimos. Dicas, boatos, besteiras, rumores, armadilhas cruéis elaboradas pela Agência, confissões, pesadelos, maldições, o que você imaginar sempre aparece no nosso caminho, e depois de um tempo você nem se dá ao trabalho de se perguntar quem mandou aquela porra. Mas essa, essa me manteve desperto por algumas noites.

Mas o que um peixe abissal aprenderia mesmo se a placa de aço de uma embarcação naufragada acima dele caísse e batesse no seu nariz?

Nossa submersão em um mar de convencionalidade de densidade quase impenetrável.

Às vezes, sou um selvagem que encontrou alguma coisa na praia da ilha onde mora. Às vezes, sou um peixe abissal com o nariz machucado.

O maior dos mistérios:

Por que eles não vêm aqui nem mandam algo para cá, abertamente?

Claro, nada há nesse mistério se não levarmos tão a sério a noção – de que devemos ser interessantes. Provavelmente eles ficam longe por questões morais – mas, mesmo assim, deve haver alguns corrompidos entre eles.

É essa última parte que sempre enfia os dentes (ou garras, ou seja lá o que vocês queiram) em mim, me prendendo. Charles Hoyt Fort. *O livro dos danados*. Publicado pela primeira vez em 1919, um século e meio antes da IcePIC, e me ocorre agora que eu não devia me sentir menos perturbado por um pressentimento do que fico com a ironia. Mas aí está. Às vezes, sou um selvagem. Às vezes, sou um peixe abissal. E minha vida se tornou a soma de incontáveis degradações.

"Você não vai lá embaixo sozinho", disse Sarah, afirmando, não perguntando, porque, como já notei, Sarah parou de ser o tipo de garota que faz perguntas quando foi contratada pela Agência por toda a vida, junto com qualquer coisa que tenham conseguido arrancar do corpo biomecanizado dela. Não respondi imediatamente, fiquei deitado um minuto ou três, esfregando os olhos, esperando que a dor de cabeça começasse de novo, ouvindo os estalos leves e insistentes do telefone. As linhas fixas de Manhattan estavam uma merda naquele fevereiro, estavam assim havia anos, desde que uns porto-riquenhos no Brooklyn explodiram um equipamento de microgerador de pulsos eletromagnéticos para comemorar o Quatro de Julho. Eu me perguntei por que Sarah não me ligou na minha linha pessoal enquanto eu procurava o uísque. No fim das contas, eu estava deitado em cima da garrafa vazia, e rolei para o lado, desejando não ter nascido. Segurei o telefone entre o ombro esquerdo e a bochecha e olhei para a escuridão fora da janela do quarto de hotel.

"Você tem ideia de que horas são?", perguntei.

"Templeton disse que você estava falando sobre ir até Roosevelt. Disse que já podia até ter ido."

"Eu não falei porra nenhuma para Templeton sobre Roosevelt", eu disse, o que era verdade, não falei mesmo, mas também não vinha ao caso. Era prerrogativa de John Templeton ficar alguns passos à frente dos subordinados, principalmente quando esses subordinados eram faxineiros, principalmente faxineiros freelancers que sabiam de tudo. Joguei a garrafa vazia em uma barata na parede do outro lado do quarto. A garrafa não quebrou, mas esmagou a barata e deixou um amassado satisfatório na parede de drywall.

"Você sabe qual é o protocolo da Agência para lidar com terroristas."

Eu esfreguei o rosto.

"Enfiaram uma coisa na sua cabeça para você não *precisar* mais dormir, é isso?"

"Você não pode ir para a ilha sozinho", disse ela. "Vou mandar dois homens à paisana até aí. Eles chegarão no hotel às seis da manhã, no máximo."

"É, e eu vou estar dormindo às seis", murmurei, mais interessado em ver as baratas que tinham surgido para comer os restos da que esmaguei do que em discutir com ela.

"Não podemos correr o risco de perdê-lo, sr. Paine. Está tarde demais para chamar outra pessoa se alguma coisa acontecer. Você sabe disso tão bem quanto eu."

"Sei?"

"Você é um bêbado, não um idiota."

"Olha, Sarah, se eu começar a andar por aí com dois capangas do Temp do meu lado, vou ter sorte se *achar* uma porra de stitch e mais ainda se conseguir fazer com que fale comigo."

"São todos animais", disse Sarah, falando dos stitches, dos bonecos de carne e dos mutantes genéticos que tomaram a ilha Roosevelt mais ou menos uma década antes. Havia mais do que uma sugestão de desprezo na voz dela. "Fico enojada só de pensar neles."

"Você já parou pra pensar que eles devem achar a mesma coisa de você?"

"Não", disse Sarah com frieza, firme, cem por cento segura de si. "Nunca."

"Se aqueles merdas baterem na minha porta às seis da manhã, juro por Deus, Sarah, vou atirar neles."

"Eles vão esperar no saguão."

"Quanta consideração da sua parte."

Houve outro momento carregado de estática e silêncio, e eu fechei bem os olhos. A dor de cabeça tinha voltado e trouxe alguns amigos para a festa. Meus pensamentos estavam começando a se misturar, e eu me perguntei se vomitaria antes ou depois de Sarah finalmente me deixar desligar o telefone. Eu me perguntei se ciborgues vomitavam. Eu me perguntei exatamente o que todos aqueles agentes na van Chevy preta viram nos consoles e visores faciais quando andei até lá e toquei em um canto da cama do apartamento da Columbus Avenue.

"Vou desligar agora, Sarah. E voltar a dormir."

"Você está sóbrio."

"Como um padre", sussurrei e olhei para a janela, tentando pensar em qualquer outra coisa que não fosse vomitar. Havia luzes intensas se movendo no céu acima do rio, vermelhas, verdes e brancas, girando no sentido horário; um dos grandes helicópteros militares, um velho Phoenix 6-98 ou um dos novos japoneses, fazendo o circuito ao redor da Maçã Podre.

"Você é um péssimo mentiroso", disse ela.

"Vou ter que me esforçar mais."

"Não faça nenhum besteira, sr. Paine. Você é um ativo valioso. A Agência gostaria de vê-lo continuar assim."

"Vou voltar a dormir", eu disse de novo, ignorando a ameaça não muito sutil oculta nas palavras dela; não era algo que eu já não soubesse. "E eu falei sério sobre atirar nos babacas. Não pense que não foi sério. Qualquer um que bata nessa porta antes das oito já era."

"Vão estar esperando no saguão quando você estiver pronto."

"Boa noite, Sarah."

"Boa noite, sr. Paine", respondeu ela, e depois de um ou dois segundos só havia o barulho da linha vazia no meu ouvido. As luzes lá fora sumiram, o helicóptero devia estar a caminho do Harlem agora. Eu quase cheguei na privada antes de vomitar.

Se eu não ficasse tendo a sensação de que tem alguém atrás de mim, alguém olhando por cima do meu ombro enquanto escrevo isto, eu diria mais sobre os sonhos. Os sonhos estão sempre presentes, cutucando, insistentes, egoístas, querendo ser espalhados pelo mundo amplo, onde todo mundo pode dar uma boa olhada neles. Não estão mais satisfeitos com o espaço *dentro* da minha cabeça. Minha cabeça é uma prisão para sonhos, um espaço fechado e infinito onde as setas na reta numérica apontam umas na direção das outras, convergindo infinitamente, mas nunca se encontrando, portanto, infinitas mesmo assim. Mas eu *fico* tendo essa sensação, e ainda tem a questão da coisa no apartamento.

A coisa na cama.

A coisa pela qual o policial que foi a Damasco depois dos fogos de artifício de quarenta megatons dos israelitas morreu.

Meu décimo terceiro e último contato. O treze da sorte.

Depois que terminei com a câmara de compressão improvisada na porta, um dos médicos de campo de Templeton, seguro e protegido dentro de um traje de segurança azul, me conduziu pelo apartamento iluminado. Fiquei com uma das mãos sobre o nariz e a boca, mas as nuvens densas de desinfetante amarelo-neon penetravam facilmente por entre os dedos, sufocando-me. Meus olhos ardiam e lacrimejavam, tornando ainda mais difícil enxergar. Eu sempre pensei que aquela merda tinha cheiro de alcaçuz, erva-doce, anis – anis-estrelado –, mas parece ter cheiro de coisas diferentes para pessoas diferentes. Sarah dizia que o gás lembrava pneus queimados. Eu conhecia um cara que dizia que tinha cheiro de cravo.

"Está no quarto", disse o médico, a voz baixa e metálica saindo pelo transmissor da roupa. "Não parece ter se espalhado pelos outros aposentos. Como foi o salto de Los Angeles pra cá, senhor?"

Eu não respondi, tomado demais pela adrenalina para conversinhas e amenidades, e ele não pareceu se importar, meu silêncio era apenas mais uma parte da rotina. Respirei de leve e segui o médico pela névoa amarela, que estava ficando mais densa conforme nos aproximávamos do ponto zero. O desinfetante era originalmente manufaturado pela Dow para limpeza de bioterrorismo doméstico, mas os rapazes e as moças inteligentes da Agência acrescentaram uma pitada disso, um toque daquilo, e sempre parecia funcionar. Passamos por uma pequena cozinha – latas de cerveja, pratos sujos e uma caixa aberta de flocos de milho na bancada –, depois viramos à esquerda em um corredor curto que passava por um banheiro pequeno demais até para um rato mijar, por uma fotografia emoldurada de um farol em uma margem rochosa (as partes que lembramos, as partes que esquecemos) até o quarto. Templeton estava lá, claro, coberto pela proteção laranja do traje, uma das mãos apoiada com confiança na grande Beretta Pulse 38A no quadril, e ele apontou para mim e depois apontou para a cama.

Às vezes, sou um peixe abissal.

Às vezes, sou um selvagem.

"Ainda estamos fazendo a espectroscopia por RNM e o rastreamento desses dois", disse Templeton, apontando para a cama novamente, "mas tenho quase certeza de que a criatura é local."

Os olhos cinzentos me observaram com cautela, as luzes dentro do capacete brilhando tanto que eu não tinha dificuldade de ver o rosto dele no meio da névoa.

"Acho que um pegou de um hospedeiro não catalogado, provavelmente a mulher ali, e passou as últimas semanas adormecido. Estamos achando que o gatilho foi viral. Ela pode ter pegado um resfriado. Os coronavírus são sempre bons catalisadores."

Eu respirei fundo e tossi. Em seguida, tive ânsia de vômito e olhei para o teto por um momento.

"Vamos lá, Deet. Preciso de você concentrado aqui. Você não está bêbado, está? Fennimore disse..."

"Eu não estou bêbado", respondi, e não estava, ainda não. Eu não bebia havia quase seis meses, mas, ei, a *boa* notícia era que a seca estava quase no fim.

"Que ótimo", disse Templeton. "Ótimo mesmo. É exatamente o que eu queria ouvir."

Olhei novamente para a cama.

"E quando você vai me contar o que tem de tão especial nesse aqui?", eu perguntei. "Pelo jeito como Sarah falou, achei que você já tinha perdido um prédio inteiro."

"O que tem de tão especial neles, Deet, é que eles ainda estão conscientes, os dois. Os EEGS iniciais estão saindo bem sólidos. Alfa, beta e delta. Os teta estão enfraquecendo, mas os caras do cérebro dizem que as ondas ainda estão sincronizadas o bastante pra considerarmos coerentes."

Temp continuou falando, mas eu me desliguei dele e me obriguei a dar uma longa olhada rigorosa na cama.

Às vezes, sou um peixe abissal.

O olho esquerdo da mulher ainda estava intacto, bem aberto e úmido de lágrimas, a íris azul intensa como um dia de Natal, e percebi que ela estava me olhando.

"Está puro", disse Templeton, inclinando-se para mais perto da cama. "Mais de noventa por cento aproximado da classe de Lælaps. Não consigo entender por que o cérebro deles ainda não virou mingau."

"Vou precisar de uma agulha", eu murmurei, falando automaticamente, uma parte de mim ainda presente para fazer o que tinha de ser feito e falar o que tinha de ser falado, uma parte de mim se preparando para mergulhar de cabeça, porque o único jeito de sair desse buraco era indo em frente. Uma parte muito pequena e insensata de mim não perdida naquele olho azul suplicante. "Doze e meio no máximo, certo, e não aquela merda australiana que mais parecia uma flauta que você me deu em Boston. Não quero *sentir* nada lá dentro além da criatura, entendeu?"

"Claro", disse Templeton, sorrindo como um furão.

"Estou falando sério. O que quer que esteja acontecendo na cabeça deles agora eu não quero ouvir, Temp. Nem um pio. Nem uma porra de sussurro."

"Ei, você que manda, Deet."

"Até parece", eu disse. "Não puxa meu saco, só me arruma a agulha."

Ele fez sinal para um médico, e em poucos minutos as drogas estavam me jogando na direção daquela tubulação espiralada de ébano, a Estrada do Faxineiro, a Escadaria de Perséfone, a Grande Queda, o Touro Branco, como você quiser chamar, para mim não faz diferença. Eu estava começando a suar e tentando repassar a lista de verificações do procedimento uma última vez. Templeton me deu um tapinha nas costas, como sempre fazia quando eu estava lá, no limite. Fiz uma oração silenciosa para qualquer coisa que pudesse estar ouvindo, pedindo que um dia fosse a carcaça dele apodrecendo no centro do circo mecânico invisível da Agência. Em seguida, ajoelhei-me na beirada da cama e comecei a trabalhar.

Sarah mandou os homens, como disse que faria, mas saí escondido pelos fundos, e, por sorte, ela não achou necessário colocar o pessoal de Temp vigiando as saídas do hotel. Talvez ela não tivesse conseguido tirar tanta gente do evento principal na Columbus. Talvez Temp tivesse coisas maiores em mente. Peguei um táxi, que me levou até as ruínas na York Avenue. O motorista vietnamita não queria chegar perto da ponte Queensboro depois da Third Avenue, mas ofereci quinhentos, e ele arrumou coragem em algum lugar. Deixou-me na esquina da Second Avenue com a East Sixty-First Street, fez o sinal da cruz duas vezes e foi embora, sacudindo indiferentemente sobre o lixo e o asfalto destruído. Eu o vi se afastar e me senti mais sozinho do que esperava. No alto, o céu de Manhattan tinha cor de creme e lama, e desejei brevemente, absurdamente, ter levado uma arma. A Samson-L4 Enforcer de 9 mm que comprei em uma casa de penhores em Hollywood quase quatro anos antes estava no hotel, escondida em um compartimento trancado da minha mala. Mas eu sabia que seria bem pior ser pego atravessando as barricadas sem autorização se eu também estivesse carregando uma arma não registrada, mais uma desculpa gigantesca para os policiais militares brincarem de saco de pancada com a minha cara enquanto esperavam a verificação dos meus documentos e da minha história sobre a Agência.

Comecei a andar para o norte, a neve cinza-azulada fazendo um barulho alto embaixo das minhas botas, a gola do meu casaco virada para cima contra o vento que assobiava entre os prédios vazios e queimados. Eu tinha ouvido que a segurança andava fraca perto da entrada da Sixty-Third Street. Eu talvez tivesse sorte. Já tinha acontecido antes.

“Sim, mas o que exatamente você achou que encontraria na ilha?”, perguntou Buddhadev Krishnamurthy quando me entrevistou para seu segundo livro sobre tecnoxamanismo e os para-humanistas de Roosevelt, o que lhe rendeu um Pulitzer.

“Peças que faltavam, talvez”, respondi. “Eu só estava seguindo meu faro. A garota Miyake apareceu durante o contato.”

“Mas ir à ilha sozinho não foi demais? Se você odiava tanto Templeton e a Agência, por que se colocar em risco assim?”

“Velhos hábitos”, eu disse, bebendo um gole de tequila e me esforçando para lembrar quanto tempo demorei para encontrar o caminho pelos guardas até a ponte. “Velhos hábitos e sonhos ruins”, acrescentei, e também: “Mas eu nunca disse que fiz pela Agência”. Eu sabia que estava contando mais do que pretendia. Não que importasse. Nenhuma das minhas entrevistas passou pelos censores e chegou a ser impressa.

Fiquei nas pistas do meio, exceto por dois momentos em que emaranhados de carros destruídos enferrujados e escurecidos pelo fogo e rolos compressores controladores de rebeliões me forçaram a ir para as beiradas da ponte. O West Channel brilhava escuro e iridescente embaixo das nuvens do fim de fevereiro, um milhão de cores variadas dançando preguiçosamente na superfície oleosa do rio. O vento gritava pelos vãos do cantiléver, como sirenes furiosas anunciando minha invasão para quem quisesse ouvir. Eu ficava esperando o som de hélices de helicóptero ou de uma patrulha a pé voltando do Queens, uma bala de atirador de elite que me matasse no caminho. Talvez fosse o que eu queria que acontecesse.

Na metade da ponte encontrei a escada que levava até a ilha, bem onde meu contato do departamento de ruas e sanitarismo me disse que estaria. Verifiquei o relógio. Faltavam cinco minutos para o meio-dia.

"Você pode me contar sobre os sonhos, sr. Paine?", perguntou Krishnamurthy depois que pediu outra cerveja e outra dose de tequila para mim. A voz parecia seda, o tipo de voz que seduzia, que fazia você baixar a guarda por tempo suficiente para ele dar uma boa olhada nos cantinhos desagradáveis. "Eu ouço que muitos faxineiros tiveram problemas com pesadelos na época, antes que os novos controladores neurais estivessem disponíveis. A taxa de suicídio caiu em quase cinquenta por cento desde que se tornaram um padrão. Você sabia disso, sr. Paine?"

"Não", eu disse. "Acho que não vi o comunicado. Estou meio fora do fluxo atualmente."

"Você é um homem de sorte", disse ele. "Devia levar em conta suas bênçãos. Pelo menos, conseguiu se salvar inteiro. Pelo menos, conseguiu ficar são."

Acho que o mandei se foder nessa hora. E não contei sobre os sonhos.

"O que você vê lá embaixo, Deet? Os sensores estão ficando esquisitos", disse Sarah, e nos sonhos, antigamente, no passado, antes do chip prateado do modificador, eu dei outro passo desajeitado na direção da beirada do abismo criado pela água quente que se acumulava, vinda das fontes hidrotermais do fundo do mar pela Grande Crista de Caronte. Uma pluma branca de vapor salgado subiu pela atmosfera fina de Europa, bloqueando o horizonte ocidental, fervendo na escuridão indiferente do espaço. Eu sabia que não queria olhar pela beirada de novo. Já tinha ido lá vezes suficientes, e era sempre a mesma coisa. Eu lembrei a mim mesmo de que ninguém tinha andado em Europa, nenhum humano, e era só um sonho. Merda. Ouça só o que eu digo. *Só* um sonho.

"O sinal está chegando aí?", perguntou Sarah. "Você está me ouvindo?"

Eu não respondi. Minha boca estava seca demais para falar, seca de medo, dúvida e ar ressecado circulando pelo capacete do meu traje emu.

"Preciso que você me responda, Deet. Você está me ouvindo?"

A boca de Sakpata, o portão da peste, bocejando desdentado e insaciável à minha frente, quase nove quilômetros de um lado ao outro, mais de oito quilômetros da beirada do buraco até a água. Eu estava perto do centro do enorme campo de lentículas criovulcânicas fotografadas pela primeira vez pela sonda Galileo em 1998, na décima quinta viagem ao redor de Júpiter. Correntes de convecção empurraram a superfície e formaram domos pressurizados gigantescos que finalmente racharam e desabaram com o próprio peso, expondo o oceano abaixo. Dei outro passo, quase escorreguei no gelo e me perguntei o quanto faltava para o ponto em que a IcePic pousou.

"Deet, está ouvindo?"

"Você acredita em pecado, Deet?"

Formas nem de homem nem de animais nós conhecemos...

O gelo era tudo o que havia.

Sarah coloca o copo de café na mesa e me observa do outro lado do nosso apartamento em Cahuenga. Os olhos ainda são olhos, cheios de impaciência e segredos. Ela pega um cigarro, e eu desejo que essa parte não fosse sonho, desejo poder voltar para cá e começar de novo. Para essa manhã ensolarada em LA, Sarah usando apenas sutiã e calcinha, e eu ainda encolhido no lugar quente que ela deixou nos lençóis. Voltar e mudar as palavras. Mudar todos os dias que aconteceram entre aquele momento e agora.

"Eles querem minha decisão até amanhã de manhã", diz ela e acende o cigarro. A fumaça paira como uma rede ao redor da cabeça dela.

"Diga que precisa de mais tempo", respondo. "Diga que precisa pensar."

"É a porra da Agência", diz ela e balança a cabeça. "Não se pede mais nada. Não se pede porra nenhuma."

"Não sei o que você quer que eu diga, Sarah."

"É tudo o que eu sempre quis", diz ela ao bater as cinzas em uma lata vazia de refrigerante.

São dela as costelas pelas quais o Sol

Espiou, como se fosse uma grade?

Dei outro passo na direção do abismo e desejei que isso terminasse e eu acordasse. Se eu pudesse acordar, não teria de ver. Se pudesse acordar, haveria uma garrafa de uísque, bourbon ou tequila me esperando, um gole de alguma coisa que tiraria a secura da minha boca. O sol estava nascendo atrás de mim, uma coisa distante e pálida perdida entre as estrelas, e o comunicador zumbiu e estalou nos meus ouvidos.

"Se é o que você quer, aceite", digo, a mesma coisa que sempre digo, as mesmas palavras que nunca consigo retirar. "Não vou ficar no seu caminho." Deu para perceber que era a última coisa que Sarah queria ouvir. O Fim. A cortina cai e todo mundo faz uma reverência. No dia seguinte, quarta-feira, vou levá-la para LAX-1, e ela vai pegar o voo das 16h15 para Washington.

Estamos mais sozinhos do que nunca.

Ronnie usou o próprio sangue para escrever essas seis palavras na parede do quarto dela em La Casa na noite em que se matou.

Minhas botas não deixaram marca alguma no gelo azul esbranquiçado e escorregadio. Mais alguns passos e eu estava finalmente na beirada, andando cautelosamente na proeminência ampla formada por um caos angular que se projeta alguns metros acima do poço. O vapor constante deixou as beiradas do bloco lisas. Esse bloco acabaria derretendo até se soltar, desgastado por séculos de calor e vapor de água, e cairia no abismo turbulento bem abaixo. Eu respirei o ar seco e parado dentro do capacete e espiei na garganta de Sakpata.

"Me diga, que diabos esperávamos encontrar aí, Deet?", perguntou Ronnie. "O que achamos que seria? Homenzinhos cinza com respostas para todos os mistérios do universo, disponíveis para quem quisesse? Alguns extremófilos benignos agarrados teimosamente ao fundo de um mar sem vida? Não consigo *lembrar* mais. Eu tento, mas não consigo. Fico acordada à noite tentando lembrar."

"Acho que não importa muito", eu disse, e ela começou a chorar de novo.

"Estava nos esperando, Deet", disse ela aos soluços. "Estava nos esperando o tempo todo, cem milhões de anos sozinho na escuridão. Sabia que viríamos, mais cedo ou mais tarde."

Sarah estava de pé no gelo atrás de mim, nua, o vento maltratando sua pele de plástico.

"Por que você fica vindo para cá?", perguntou ela. "O que acha que vai encontrar?"

"Por que você fica me seguindo?"

"Você desligou seu comunicador. Eu não estava captando o sinal. Você não me deu muita escolha."

Eu me virei para olhar para ela, dando as costas para o buraco, mas o vento já a tinha dissolvido, espalhando as partes na planície.

Estamos mais sozinhos do que nunca.

E então estou na tubulação, deslizando pela Estrada dos Faxineiros, sem fricção, sem resistência, disparando bem alto acima da lua congelada, esperando aquele momento ofuscante e cintilante de perfeita agonia em que minha mente roça na outra mente. Aquele instante em que tenta se esconder, tenta se encolher, e eu sigo em frente e me agarro e a arrasto gritando até a luz. Eu ouço o zumbido de máquinas que não vejo enquanto os técnicos lá fora tentam me acompanhar, acompanhar a coisa.

Fico sozinho nos lábios da boca de Sakpata, onde nenhum homem foi, no pé da cama na Columbus, no saguão do aeroporto me despedindo de Sarah. Estou com todas as minhas câmeras, com meus instrumentos, porque vou precisar de tudo isso depois, quando a desorientação passar e eu estiver bêbado e não tiver sobrado nada de trabalho tático.

Quando eu não tiver mais o que fazer exceto rastrear o portador e colocar uma bala ou duas na cabeça dele ou dela.

Cortar a corda. Amarrar as pontas soltas.

"Você acredita em pecado, Deet?"

Em vez da cruz, o Albatroz...

"É só uma pergunta. Pare de fazer com que seja mais do que isso."

"Está ouvindo?", pergunta Sarah de novo. "A Global não consegue alcançar você." Dou outro passo para mais perto do buraco, e ele se afasta alguns metros de mim. O céu é vapor, estrelas e noite infinita.

Segui a East Road até a Main Street, andando tão rapidamente quanto a neve, o gelo escuro e os destroços no caminho permitiam. Passei por cânions podres de tijolo e aço, janelas quebradas e concreto cinza, as ruínas da destruição deixada depois que os Federais desistiram da ilha Roosevelt e a consideraram perdida, construíram barricadas altas e lavaram as mãos cheias de moralidade. Mantive os olhos na rua aos meus pés, mas conseguia sentir que *eles* estavam me olhando, que estavam me seguindo, perguntando uns aos outros se esse aí era sinônimo de problema ou só um maluco procurando o próprio enterro. Eu podia ser qualquer uma das duas coisas. Ainda nem tinha certeza. Havia marcas na neve e lama congelada, aqui e ali, algumas mais humanas do que outras.

Perto do lugar selvagem que já tinha sido o Blackwell Park, eu ouvi alguma coisa chamando do outro lado da ilha. Era um som solitário e assustado, e comecei a andar um pouco mais rápido.

Eu me perguntei se Sarah tentaria mandar uma equipe de resgate para me buscar, se estava encrencada com Templeton e os garotos por me deixar escapar. Eu me perguntei se Temp já não estava me contando entre os mortos e se repreendendo por não ter me colocado sob vigilância, tentando entender como diabos se explicaria para os filhos da mãe em Washington. Demorei quase uma hora para alcançar o lado norte da ilha e o cadáver queimado e desmoronado do hospital Coler-Goldwater. A milícia formada pelo povão dos anarquistas genéticos que convergiu para Manhattan no outono de 69, recebendo ordens de uma antiga estrela de cinema esquizofrênica que se intitulava Circe Dezenove, tomou o antigo hospital como quartel-general. Quando o Exército decidiu começar a bombardear, Coler levou o pior dos morteiros. Circe Dezenove foi morta por um atirador de elite, mas havia muitos malucos dispostos a ocupar o lugar dela, por assim dizer.

Sob o céu geado de fevereiro, o hospital parecia tão morto quanto no dia seguinte ao Armagedom. Eu tentei não pensar no spooch, em todas as coisas que vi e ouvi no dia anterior, nas coisas que senti, no fluxo desesperado de ameaças, promessas e orações que a criatura cuspiu em mim quando finalmente cheguei ao fim da tubulação cintilante de éter e começamos a dança.

Lá dentro, o hospital fedia como um zoológico, um zoológico moribundo e esquecido, mas pelo menos eu estava protegido do vento. Meu rosto e minhas mãos estavam entorpecidos. O que a Agência acharia de um faxineiro sem os dedos? Eles me jogariam na pilha de lixo ou me dariam um conjunto novo, feito em Osaka, melhor do que o original? Talvez fizessem um pouco da magia biomédica que fizeram em Sarah? Eu segui um corredor comprido no térreo por portas e passagens sem portas, quartos escuros e quartos na penumbra tomados pela combinação desorientadora de sombra e luz, até chegar a um conjunto de elevadores. Todas as portas ficaram presas mais ou menos abertas em um determinado ponto, expondo poços cheios de poeira, engrenagens e cabos enferrujados. Fiquei parado ali por um tempo, enquanto meus dedos e lábios começavam a formigar, aquela sensação de descongelamento que espeta, e ouvi o prédio sussurrando ao meu redor.

"São todos animais", desdenhara Sarah no dia anterior. Mas não eram, claro, tanto quanto ela não era uma máquina de verdade. Eu sabia que Sarah era inteligente o bastante para ver a verdade, mesmo antes de terem espremido todo aquele hardware dentro do crânio dela. Ainda que não conseguisse admitir para si mesma e nem para quem quer que fosse. Os ciborgues e a brigada H+ eram apenas polos opostos na mesma rebelião contra a carne, peão preto, peão branco, norte e sul na mesma estrada contrarrevolucionária distorcida. Não que fizesse muita diferença para mim. Ainda não faz. Mas ali, de pé, minha respiração formando uma névoa e o tato voltando lentamente às mãos, a arrogância dela me irritava mais que o normal. Até onde eu conseguia perceber, a diferença entre Sarah e o que estava me esperando no hospital bombardeado naquela tarde, talvez a única diferença que realmente importava, era que os homens e as mulheres no poder encontraram um uso para a espécie dela, enquanto os stitches e mutantes nunca foram para eles nada além de incômodo. Talvez pudesse ter sido diferente. Ainda poderia vir a ser.

Havia uma escadaria perto dos elevadores, e eu subi por ela até o terceiro andar. Não me lembrei de levar uma lanterna, então fiquei perto da parede, tateando pelo caminho na escuridão, tropeçando mais de uma vez quando meus pés encontraram pedaços de detritos que caíram de algum lugar acima.

No terceiro andar, a criança estava me esperando.

"O que você quer aqui?", gritou ele e piscou para mim com os olhos dourados de uma ave predatória. Estava nu, a pele escondida embaixo de uma camada de pelo amarelo-amarronzado fino.

"Quem é você?", perguntei.

"A manticora disse que você estava vindo. Ela viu você na ponte. O que você quer?"

"Estou procurando uma garota chamada Jet."

A criança riu, uma gargalhada estranha e engasgada, e revirou os olhos. Ele se inclinou para a frente, olhou-me com atenção, com expectativa, e as pupilas verticais daqueles grandes olhos dourados se dilataram levemente.

"Não tem *garotas* aqui, moço", riu ele. "Não mais. Você está doidão ou o quê?"

"Tem alguém aqui chamado Jet? Eu vim de longe pra falar com ela."

"Você está armado, por acaso?", perguntou ele. "Tem faca?"

"Não", assegurei. "Não tenho. Só quero conversar."

"Você vem para Stitchtown sem uma arma *ou* uma faca? Você deve ter coragem, moço. Suas bolas devem ser do tamanho do meu punho." E ele levantou um punho fechado, para eu poder ver exatamente o que ele queria dizer. "Ou talvez não queira viver muito mais."

"Talvez", respondi.

"Tem pouca carne essa época do ano." O garoto riu e lambeu os lábios finos de ébano.

Do outro lado do corredor, alguma coisa rosnou baixo, e o garoto olhou para trás e depois para mim. Ele estava sorrindo, um sorriso seco que não era cruel nem gentil e revelava as pontas finas dos caninos e incisivos compridos. Parecia decepcionado.

"Tudo na sua hora", disse ele e segurou minha mão. "Tudo na sua hora." E deixei que ele me guiasse na direção das sombras ansiosas encolhidas na outra extremidade do corredor.

Perto do fim do livro, Emmanuel Weatherby-Jones escreve: "As calamidades que vêm em seguida e que derivam do retorno da sonda IcePic podem representar a maior derrota da humanidade. Por longos milênios, perguntamo-nos se estávamos sozinhos no cosmos. Realmente, essa pergunta formou boa parte da questão fundamental das religiões pelo mundo. Mas, quando finalmente respondida de uma vez por todas, fomos obrigados a aceitar que havia maior conforto em nossa prévia e acabada ignorância".

Estamos mais sozinhos do que nunca. Ronnie acertou nessa parte.

Quando me afastei do contato e os técnicos tinham uma definição sólida do sinal da criatura, quando as ondas de contenção estavam silvando como cristal nas paredes putrescentes do quarto na Columbus e um dos médicos tinha administrado um estimulante para limpar minha cabeça e me trazer de volta para casa, eu sentei no chão e chorei.

Nada havia de incomum nisso. Eu chorei quase todas as vezes. Pelo menos, não vomitei.

"Bom trabalho", disse Templeton e apoiou a mão pesada e enluvada no meu ombro.

"Vai se fuder. Eu consegui ouvir. Consegui ouvir os dois, seu filho da puta."

"Fizemos o possível, Deet. Não dava para entupir você de morfina, senão você acabaria morrendo."

"Ah, meu Deus. Ah, menino Jesus." Eu chorei como uma velha, ofegando, o coração disparado em círculos cada vez menores, frito e seco por causa da seringa enorme cheia de sintetadrina que o médico injetou no meu braço esquerdo. "Mate a coisa, Temp. Mate agora mesmo."

"Nós temos que seguir o protocolo", disse ele calmamente, olhando para a massa de osso, carne e protoplasma que se debatia na cama. Uma gavinha vermelho-sangue deslizou do lugar onde antes ficava a boca do homem e começou a afundar com urgência no colchão mole. "Assim que você for questionado e tivermos certeza de que a estase se mantém, vamos exterminar os sinais vitais."

"Que se foda", eu disse e estiquei a mão para a Beretta dele, arrancando a pistola das tiras de velcro do coldre com força suficiente para Temp quase cair em cima de mim. Eu o empurrei e mirei na coisa deitada na cama.

"Deet, nem *pense* em puxar esse gatilho!"

"Pode ir direto para o inferno", sussurrei para Templeton, para a Agência toda, para o spooch e para aquele único olho azul sofrido ainda me olhando. Eu apertei o gatilho, esvaziei o pente no que havia sobrado dos crânios inchados do homem e da mulher, torcendo para ser suficiente.

Alguém tentou pegar a arma, e eu permiti.

"Seu filho da puta burro", rosnou Temp. "Seu filho da mãe idiota. Assim que esse trabalho terminar, você está *fora*. Entendeu, Deet? *Você já era, porra!*"

"Entendi", respondi e sentei novamente no chão. No silêncio que ficou depois do estrondo da arma, as ondas de contenção soaram, e meus ouvidos ecoaram, e a névoa amarela caiu sobre mim como uma mortalha.

Pelo menos, é assim que eu gosto de fingir que as coisas aconteceram. Tarde da noite, quando não consigo dormir, quando os comprimidos e a bebida não bastam, eu gosto de imaginar que houve um momento na minha desperdiçada vida de merda em que fiz o que devia ter feito.

Seja lá o que tenha realmente acontecido, tenho certeza de que alguém já escreveu sobre isso em algum lugar. Não preciso fazer isso de novo.

No quartinho abarrotado no fim do corredor do terceiro andar, a mulher com cara de gato e nervosas orelhas tremulentas estava sentada perto de um buraco que era uma janela antes dos morteiros. Não havia luz além do sol leve de inverno. O garoto sentou aos pés dela e não tirou os olhos de mim. A mulher – se ela tinha nome, eu nunca soube – só olhou para mim uma vez, quando entrei no quarto. O fogo nos olhos dela destruiu a pouca determinação que eu ainda tinha, e eu fiquei feliz quando ela se virou para o buraco na parede e olhou para o norte, pelo rio, na direção das refinarias Astoria.

Ela me disse que a garota foi embora uma semana antes. Não tinha ideia de onde Jet Miyake podia ter ido.

"Ela traz comida e remédio às vezes", disse a mulher, confirmando o que eu já desconfiava. Naquela época, tinha muita gente disposta a correr o risco de prisão ou morte para buscar suprimentos para a ilha Roosevelt. Talvez ainda tenha. Eu não saberia dizer.

"Lamento saber sobre os pais dela", disse ela.

"Foi rápido", menti. "Eles não sofreram."

"Você está com cheiro de morte, sr. Paine", disse a mulher, dilatando as narinas de leve. O garoto aos pés dela riu e abraçou a si mesmo, balançando-se de um lado para o outro. "Acho que segue você. Acredito que você seja um arauto da morte."

"É, eu acho a mesma coisa às vezes", respondi.

"Você caça os alienígenas?", ronronou ela.

"É um jeito de ver a coisa."

"Tem uma certa ironia, você não acha? Nosso mundo estava morrendo. Nós envenenamos o *nosso* mundo, depois fomos procurar vida em outro lugar. Você acha que encontramos o que estávamos procurando, sr. Paine?"

"Não", eu disse para ela. "Acho que nunca vamos encontrar."

"Volte para a cidade, sr. Paine. Vá agora. Você só vai estar em segurança depois do pôr do sol. Alguns de nós estão morrendo de fome. Algumas das nossas crianças estão morrendo de fome."

Eu agradeci e saí. O garoto foi atrás de mim até a escada, parou e ficou rindo sozinho, a gargalhada ecoando pela escadaria enquanto eu me deslocava devagar, de passo cego em passo cego, pela escuridão insegura. Refiz o caminho pelas ruas, seguindo a Main até a East, pelos lugares selvagens, cânions, e só olhei para trás quando estava na ponte de novo.

Encontrei Jet Miyake em Chinatown dois dias depois, escondida no porão da Sociedade Budista de Iluminação Maravilhosa da Madison Street. A Agência tinha arquivos sobre um padre de lá que tinha histórico de sentimentos pró-stitch. Jet Miyake fugiu, porque eles sempre fogem se podem, e eu fui atrás dela, pela Mechanics, pela Henry, e finalmente a alcancei em um mercado de peixe na East Broadway, embaixo da velha ponte Manhattan. Ela tentou me despistar no labirinto de quiosques, nos montes brilhantes de tanques de polvos e lulas, enguias, atuns e bacalhaus empilhados em montanhas de gelo moído. Seguiu para uma porta de fundos e quase conseguiu, mas escorregou no piso de concreto molhado e caiu de cara em um display enorme de sobá seco e caldo de galinha enlatado. Não me lembro de todos esses detalhes, só da garota e do fedor de peixe, do estalo das latas no cimento, dos gritos furiosos e assustados dos mercadores e clientes. Mas os detalhes, os polvos e o sobá, não sei. Acho que estou tentando me esquecer de que isto não é ficção, acreditar que aconteceu, que não estou inventando conforme falo.

Às vezes.

Às vezes, sou um selvagem.

Levei o cano da pistola até a têmpora direita dela enquanto fazia a varredura. Ela trincou os dentes e olhou silenciosamente para mim. A máquina a considerou suja como a neve cinza de Nova York, embora eu não precisasse da luz vermelha piscante do genetígrafo para me dizer isso. Ela estava com dor, de um jeito que só portadores de longa data podem sentir. Dava para ver nos olhos dela, no suor que escorria pelo rosto, no tom azulado dos lábios. Ela devia estar contaminada havia meses. Eu sabia que seria um milagre se só tivesse infectado os pais. Mostrei a tela do genetígrafo, dizendo o que significava, e contei para ela o que tinha de fazer em seguida.

"Não dá pra impedir, sabe", disse ela, dando um sorriso amargo e doentio. "Por mais pessoas que você mate, é tarde demais. É tarde demais desde o começo."

"Sinto muito", eu disse, sentindo de verdade ou não, e apertei o gatilho. A 9 mm explodiu como um trovão dentro de uma garrafa, e de repente ela não era mais problema meu. De repente, era só mais uma carcaça para os coletores.

Eu me tornei um narrador não confiável. Talvez tenha sido assim o tempo todo. Assim como fui covarde e hipócrita o tempo todo. As coisas que preferimos lembrar, as coisas que escolhemos esquecer. Como diz o velho ditado, é só um filme.

Eu não matei Jet Miyake.

"Não dá pra impedir, sabe", disse ela. Essa parte é verdade. "Por mais pessoas que você mate, é tarde demais. É tarde demais desde o começo."

"Sinto muito", eu disse.

"Nós o trouxemos pra cá. Nós o convidamos, e ele gosta do que vê. Pretende ficar." Ela sorriu mesmo, mas foi um sorriso satisfeito e secreto. Dei um passo para trás e baixei o cano da arma. O toque deixou uma marca circular leve na pele dela.

"Por favor, chegue para o lado, sr. Paine", disse Sarah, e quando me virei ela estava bem perto de mim, apontando uma Glock preto-carbono ridiculamente pequena para a garota. Sarah disparou duas vezes e esperou o corpo parar de convulsionar, depois colocou uma terceira bala na cabeça de Jet Miyake, só para garantir. Sarah sempre foi detalhista.

"Templeton achou que você podia perder a coragem", disse ela, passando por mim e se ajoelhando para inspecionar o corpo. "Você sabe que isso quer dizer que você provavelmente vai ser suspenso."

"Ela estava certa, não estava?", murmurei. "Mais cedo ou mais tarde, nós todos vamos perder essa coisa." E, por um momento, considerei dar alguns tiros no crânio de Sarah, puxar o gatilho e espalhar massa cinzenta, sangue e silício pelo piso do mercado de peixes. Poderia ser um assassinato de misericórdia. Mas acho que eu não a amava tanto quanto sempre pensei. Além do mais, a Agência provavelmente pegaria os pedaços e juntaria tudo de novo.

"Um dia de cada vez, sr. Paine", disse ela. "É o único jeito de manter a sanidade. Um dia de cada vez."

"Sem passado, sem futuro", respondi.

"Se é assim que você quer encarar."

Ela se levantou e esticou a mão. Tirei o pente da pistola, entregando a arma e a munição para ela. Tirei o genetígrafo do cinto, e ela também o pegou.

"Vamos mandar alguém até o hotel para buscar o resto do equipamento. Deixe tudo organizado, por favor. Você tem sua passagem de volta para Los Angeles."

"Sim", eu disse. "Eu tenho minha passagem de volta para Los Angeles."

"Você durou bem mais do que achei que duraria", disse ela.

E eu a deixei lá, de pé junto ao corpo da garota, comunicando a morte, pedindo uma equipe de limpeza. No dia seguinte, voltei para LA e encontrei um bar onde tinha uma certeza razoável de que ninguém me reconheceria. Comecei com tequila, passei para o uísque e acordei dois dias depois, de cara na areia de Malibu, passando mal como um cachorro. O sol estava se pondo, preparando uma tempestade de fogo no horizonte, e eu vi as estrelas surgirem acima do mar. Um meteoro atravessou o céu e sumiu. Só demorei um momento para encontrar Júpiter, Senhor dos Céus, Coletor de Nuvens, pouco mais que um ponto brilhante perto da lua.

INSECTUM. WAYCROSS HIST.XXI

21.

Lepdoptera Mortificata

FEMINAM —— *TRES CENTUM ET QUINQUAGINTA DUO*

P.352

Ah, Dancy, minha vingadora la pucelle de Dieu, donzela tocada por anjos. Minha paladina iludida e pálida. Você é aquela lasca furiosa do meu coração que só quer se afastar, mas, inevitavelmente, acaba cortando minhas próprias mãos. Minha monstruosa assassina de monstros. Eu também ouço aquelas vozes. Mesmo assim, sinto-me meio mal por causa do Gynander e de Sinethella.

KIERNAN OFFICINARUM INVESTIGATIONIS

CAITLÍN R. KIERNAN

... envergonhado, Satã permaneceu,
E sentiu o quanto a bondade é terrível...
John Milton, *Paraíso Perdido*

"Bom dia, Branca de Neve", resmunga Gynander, e a garota albina abre lentamente os olhos cor-de-rosa, o sonho da mãe morta, da luz do sol e do céu despedaçado se dissolvendo na terra exposta e no fedor de carne podre do porão.

Se voltar a dormir, estarei em casa de novo, ela pensa. *É só fechar os olhos e nada disso aconteceu.* Não era a verdade, nem chegava perto da verdade, mas era um consolo frio melhor do que não ter consolo algum nesse buraco atrás do lugar onde o monstro dorme durante o dia. Dancy pisca na escuridão, lambe os lábios secos e rachados e se esforça para se lembrar da história que a mãe estava contando no sonho. A cova do leão, a barriga da baleia, a fornalha ardente da Bíblia, mas todas as palavras e os nomes se misturam na cabeça, a dor e o formigamento dos pulsos e tornozelos estão mais reais, e o sonho fica menor e mais distante a cada batimento do coração.

A coisa vermelha e bruta encolhida em algum lugar do outro lado do porão faz um som suave e molhado, e risca um fósforo para acender o lampião de querosene preso nos dedos longos da mão esquerda. Dancy fecha os olhos porque o anjo alertou que nunca olhasse o rosto da coisa até que ela vestisse uma das peles penduradas nos ganchos enferrujados presos no teto do porão. Todas aquelas peles cegas e murchas como pessoas desinfladas, animais desinflados, e prometeu a Dancy que um dia ela também ficaria pendurada ali, mais um rosto vazio, mais uma máscara para a coisa usar.

"Que dia... que dia é hoje?", sussurra Dancy, com dificuldade de falar porque a garganta está tão seca, seca demais até para engolir, e a língua parece inchada. "Há quanto tempo estou aqui?"

"Por quê?", pergunta o Gynander. "Que diferença faz?"

"Nenhuma", grunhe Dancy. "Eu só queria saber."

"Tem algum lugar aonde você precisa ir? Tem outra pessoa pra matar?"

"Eu só queria saber que dia da semana é."

"Não é dia nenhum. É *noite*."

A luz amarelo-alaranjada do lampião está passando pelas pálpebras de Dancy, luz quente e sombras frias, e ela aperta ainda mais os olhos, vira a cabeça de forma que um lado do rosto fique encostado no chão de terra batida. Ela não quer arriscar porque prometeu que não olharia, e, se começar a mentir para o anjo, ele pode parar de vir.

"Mais cedo ou mais tarde, você vai *ter* que olhar pra mim, Dancy Flammarion", diz o Gynander, e dá sua gargalhada de fragmento de ossos e espinho. "Você vai ter que abrir os olhinhos de coelho e dar uma boa olhada antes de terminarmos."

"Eu estava sonhando. Você me acordou. Vá embora pra eu poder voltar a dormir. Me mate ou vá embora."

"Você já está morta, criança. Ainda não percebeu isso? Está morta desde o dia que veio me procurar."

Passos, então, os sons pesados e cambaleantes dos pés espalhados no chão de terra batida, e o estalo e o ruído metálico dos ganchos enquanto a coisa mexe nas peles, decidindo qual usar.

"Me mate ou vá embora", diz Dancy de novo, fica com terra na boca e cospe.

"Morta como uma porta", ronrona a coisa. "Morta como um dodô. Morta como eu quero que você esteja."

Dancy tenta não ouvir o que vem depois, os ruídos secos de alargamento que a coisa faz ao entrar na roupa de pele que escolheu de um dos ganchos. Se as mãos estivessem livres, ela poderia cobrir os ouvidos; se não estivessem amarradas nas costas com corda de náilon, ela enfiaria os dedos no fundo das orelhas e talvez conseguisse bloquear os barulhos.

"Pode abrir os olhos agora", diz o Gynander. "Estou decente."

"Me mate", diz Dancy sem abrir os olhos.

"Por que você fica dizendo isso? Você não quer morrer. Quando as pessoas querem morrer, quando querem morrer *de verdade*, elas ficam com um certo cheiro, um certo *aroma* instável. Você tem cheiro de quem quer viver."

"Eu fracassei e agora quero que isso tudo acabe."

"Está vendo, *essa* é a verdade", diz o Gynander, e tem um tipo de som irregular de zíper quando ele sela a pele ao redor de si. "Você decepcionou aquele seu anjo e está com vergonha e com medo. E sem dúvida não deseja o que vai acontecer com você. Mas, *mesmo assim*, não quer morrer."

Dancy vira a cabeça e abre os olhos, e agora a coisa está agachada ali na frente dela, segurando o lampião de querosene perto do rosto. A pele emprestada costurada de homens e cachorros mortos, tiras de pele de cascavel com padrão de diamantes, e cutuca o ombro direito dela com uma garra preta e comprida.

"Esse anjo, ele tem nome?"

"Não sei", diz Dancy, apesar de saber muito bem que todos os anjos têm nome. "Ele nunca me disse o nome dele."

"Deve ser um filho da puta muito mau se manda vacas albinas pra fazer seu trabalho sujo. Deve ser um filho da mãe muito malvado."

Quando fala, os lábios do Gynander não se mexem, mas o queixo balança frouxo, e as bochechas azul-acinzentadas se inflam um pouco. Onde deviam estar os olhos não há nada além de uma escuridão que faz vergonha às trevas do fundo do mar. E Dancy conhece olhos, as janelas da alma, então olha para o lampião.

"Talvez ele não seja anjo. Já parou pra pensar nisso, Dancy? Talvez ele também seja monstro."

Como ela não responde, ele a cutuca de novo, com mais força do que antes, arrancando sangue com a garra de ébano; um gotejar rubro e quente escorre pelo ombro branco dela, gotas preciosas da vida desperdiçadas no chão do porão, e ela olha fundo na chama presa dentro da cúpula de vidro. O rosto de sua mãe está escondido lá em algum lugar, e mil dias de verão, e a espada de fogo que seu anjo carrega para separar verdades de mentiras.

"Talvez você tenha entendido errado", diz o Gynander e coloca o lampião no chão. "Talvez o que você *acha* que sabe, você não sabe de verdade."

"Eu sabia onde encontrar você, não sabia?", pergunta Dancy, falando baixo e sem tirar os olhos do lampião.

"Bom, é, isso é verdade. Mas uma pessoa como eu, você sabe como é. Uma pessoa como eu sempre tem inimigos. Além dos anjos, claro. E os boatos se espalham, por mais cuidadoso..."

"Você tem *medo* de me matar?", interrompe ela. "É isso?"

E há uma agitação alta e repentina no peito do Gynander, como uma dezena de tordos costurados lá dentro querendo sair, asas frenéticas batendo no envoltório encouraçado. Inclina-se mais para perto, bafo escaldante de carniça e um leve aroma de álcool, o *snik, snik, snik* ansioso dos dentes brancos afiados, mas Dancy fica olhando para o coração tremeluzente do lampião.

"Uma pessoa como você", diz ela, "precisa saber quem são seus inimigos. Além dos anjos, claro."

O Gynander sibila por entre os dentes e coloca a mão na garganta dela, a palma áspera como lixa, as garras de agulha fazendo derramar mais sangue.

"Paciência, Branca de Neve", diz ele com desprezo. "Você vai estar morta por muito, muito tempo. Vou usar sua linda pele de alabastro para mil matanças, e sua alma vai olhar do inferno."

"Vai", diz Dancy. "Estou começando a achar que você vai me matar de tanto falar." E ela sorri para a besta, fecha os olhos, e a imagem da chama do lampião oscila e rodopia em laranja na escuridão atrás das pálpebras.

"Você ainda está viva porque eu ainda tenho coisas pra *mostrar* pra você, garota", rosna o Gynander. "Coisas com que aqueles merdas, aqueles *anjos*, nunca se incomodaram, porque eles não querem que você saiba como é. Mas, se você vai lutar com monstros, se vai bancar a santa e a mártir pra covardes que mandam crianças matar por eles, vai ter que ver *tudo*."

O aperto na garganta dela aumenta, só falta um pouco de pressão para esmagar a traqueia, um movimento descuidado daquelas garras para cortar a garganta, e por um momento Dancy pensa que talvez tenha vencido, afinal.

"Este mundo maldito inteiro é *meu* inimigo", diz a coisa. "Meu e seu, Dancy Flammarion."

E a coisa a solta, pega o lampião e a deixa viva, sozinha, incapaz até de provocar um rei dos açougueiros para que tire sua vida. Dancy fica de olhos fechados até ouvir o alçapão se fechar e ser trancado, até ter certeza de que está sozinha de novo. Então rola até ficar de costas e olha para a escuridão, que pode muito bem continuar para sempre.

Depois das coisas que aconteceram em Bainbridge, Dancy pegou carona pelo longo caminho de asfalto da U.S. 84 até Thomasville e Valdosta, seguindo a estrada até Waycross. Pelas noites pantanosas e assombradas por ciprestes do sul da Georgia, protegendo a pele e os olhos cor-de-rosa do sol quente de junho sempre que podia, protegendo-se de queimaduras, de melanoma e de cegueira. Pegando carona com caminhoneiros e universitários, fazendeiros e vendedores, caronas sempre que tinha sorte e encontrava um motorista que não a achava estranha demais para entrar no carro, talvez até estranha o bastante para ser perigosa ou contagiosa. E, quando não tinha sorte, Dancy andava.

Os últimos quilômetros, estradas menores de cascalho e de terra vermelha seca entre Waycross e a natureza ampla de Okefenokee, *todos* esses quilômetros sem sorte, todos a pé. Ela deixou a sombra de concreto e aço do viaduto quase duas horas antes do pôr do sol porque o anjo disse que ela devia. Desta vez, não seria como Bainbridge ou o posto Texaco. Desta vez, haveria sentinelas, e desta vez ela era esperada. Andando pelo meio da estrada porque as valas cheias de ervas daninhas nos dois lados a deixavam nervosa; qualquer coisa podia estar escondida naqueles emaranhados de madressilva e amora-preta, qualquer coisa faminta, qualquer coisa terrível, qualquer coisa. Esperando pacientemente por ela embaixo das sombras cada vez mais longas de pinheiro e magnólia, e Dancy carregando a faca velha que costumava guardar no fundo da bolsa, segurando-a com força na mão direita, observando a floresta fechada e escura.

Quando o melro de asas vermelhas apareceu barulhento no céu crepuscular e pousou na estrada de terra à frente dela, Dancy parou e olhou com apreensão. Manchas escarlates nas asas como sangue fresco ou frutinhas venenosas, e o pássaro olhou com cautela para ela.

"Ah, Jesus, você só pode estar de brincadeira", disse o melro e franziu a testa para ela.

"Qual é seu problema, pássaro?", perguntou Dancy, segurando a faca com mais força do que antes.

"A gente não estava esperando nenhum São Jorge num cavalo branco nem nada, mas pelo amor de Deus."

"Você sabia que eu estava vindo pra cá hoje?", perguntou ela ao pássaro e olhou com ansiedade para as árvores, para o céu, perguntando-se quem mais poderia saber.

"Olha, garota, você tem alguma ideia do que a está esperando no fim desta estrada aqui? Tem alguma noção?"

"Foi pra cá que ele me mandou. Eu vou aonde meu anjo me manda ir."

O melro virou a cabeça para um lado e piscou para ela.

"Ah, Deus do céu", disse o pássaro.

"Eu vou aonde meu anjo me manda ir. Ele me mostra o que eu preciso saber."

O melro olhou por cima da mancha vermelha no ombro, para o lugar onde a estrada de terra fazia uma curva fechada e desaparecia em uma catedral enorme de trepadeiras kudzu. Inflou as penas e balançou a cabeça.

"Bom, desta vez acho que alguém lá em cima deve ter feito besteira. Então é melhor você dar meia-volta e cair fora antes que alguém repare."

"Você está me testando? Isso é uma provação? Os monstros mandaram você?"

"*O quê?*", piou o pássaro com indignação e pulou alguns centímetros mais para perto de Dancy. Ela levantou a faca e deu um passo para trás.

"Você está tentando me impedir de seguir, pássaro? É isso que está fazendo?"

"Não. Estou tentando *salvar* você, sua burra."

"Ninguém pode me salvar", disse Dancy e olhou para a faca. Na meia-luz, a ferrugem na faca parecia sangue velho seco. "Talvez um dia tenha sido possível, mas ninguém pode me salvar agora. Não é assim que esta história termina."

"Vá pra *casa*, garotinha", disse o pássaro e pulou para mais perto. "Corra pra casa antes que a coisa sinta seu cheiro e venha procurar você para o jantar."

"Eu não tenho casa. Vou aonde o anjo me manda ir, e ele me mandou vir aqui. Disse que tinha uma coisa terrível escondida aqui, uma coisa que até os pássaros do ar e os animais do campo temem, uma coisa que tenho que impedir."

"Com o *quê*? Com essa faca velha aí?"

"Você me chamou aqui, melro?"

"Claro que não", piou o pássaro para ela, furioso, e olhou por cima do ombro de novo. "Claro que andamos rezando por alguém, mas não uma garota albina esquisita com uma faca de açougueiro."

"Eu tenho que ir logo", disse Dancy. "Não tenho tempo pra conversar mais. Está escurecendo."

O pássaro olhou para ela por um momento, e Dancy olhou para ele, esperando o que viria em seguida, o que ela tinha de fazer ou dizer, o que o pássaro foi fazer lá.

"Meu Jeosafá peludo, você vai mesmo em frente com isso", disse ele por fim, e ela assentiu. O melro deu um suspiro pequeno e exasperado e bicou a terra grossa entre os pés. "Siga a estrada, passe pelo trecho de kudzu ali, pelo velho poço, e siga até..."

"Eu sei aonde estou indo, pássaro", disse Dancy e mudou a bolsa de posição no ombro.

"Claro que sabe. Seu *anjo* disse."

"O trailer azul velho no fim da estrada", sussurrou Dancy. "O trailer azul com três geladeiras velhas no pátio da frente." Nas árvores, vaga-lumes começaram a piscar e piscar, mil faróis amarelos e verdes na noite crescente. "Três geladeiras e uma picape quebrada."

"Então é melhor pisar fundo, garota. E não pense nem por um minuto que não sabem que você está chegando. Eles sabem tudo. Sabem o número de estrelas no céu e quantos dias faltam para o fim dos tempos."

"É isso que eu faço", ela disse para o pássaro e passou por ele, seguindo pela estrada que levava à escuridão encolhida como uma serpente invejosa e antiga embaixo do céu de verão.

Um tempo depois, quando o Gynander finalmente volta, ele está carregando uma caixinha de madeira e a estende para que Dancy veja. Madeira como chocolate doce e lustroso e um desenho intrincado na tampa: um círculo perfeito cheio de uma confusão de linhas que se cruzam e formam doze ou mais triângulos, e dos dois lados do círculo havia uma foice de lua crescente ou minguante. Ela pisca para olhar a caixa na luz irregular do lampião, se perguntando se o desenho devia significar alguma coisa para ela, se o monstro acha que significa.

"Bonito", diz Dancy sem entusiasmo. "Essa caixa que você trouxe é bem bonita."

O Gynander faz um som cavernoso e irritado no fundo da garganta, e a pele morta que esconde o verdadeiro rosto treme de leve.

"Você nunca viu isso?", pergunta ele e bate no centro do desenho circular com a ponta da unha. "Nunca viu em nenhum lugar?"

"Não. Posso tomar um pouco de água?"

"Seu *anjo* nunca mostrou pra você?"

"Não", diz Dancy de novo, desistindo da água, e volta a olhar o teto irregular do porão. "Eu nunca vi nada assim. É algum tipo de símbolo encantado? Minha avó sabia alguns. Ela está morta."

"Mas você nunca viu?"

"Foi o que eu falei."

O Gynander senta na terra ao lado dela, puxa o lampião para perto, e Dancy consegue sentir os buracos negros onde os olhos deviam estar olhando pra ela, um nada cauteloso espiando com desconfiança pelas aberturas na máscara.

"Essa caixa pertencia a Sinethella."

"Quem?"

"A mulher que você *matou* ontem à noite", rosna o Gynander, começando a parecer irritado de novo.

"Eu não matei nenhuma mulher", diz Dancy com confiança. "Eu não mato pessoas."

"É feita de um tipo de cedro africano que está extinto há dois mil anos", diz o Gynander, ignorando Dancy, e a voz rachada a faz pensar em folhas secas de outono e fogo. "E ela carregou essa caixa por onze milênios. Você tem alguma ideia do que isso quer dizer, criança?"

"Que ela era bem mais velha do que parecia", responde Dancy, e o Gynander grunhe e coloca a caixa com força sobre o peito dela. É pesada para o tamanho, e fria, como um pequeno bloco de gelo, e de repente o cheiro úmido do porão fica com aroma de especiarias: canela, manjericão, sálvia, algumas outras que Dancy não reconhece imediatamente ou talvez nunca tenha sentido o cheiro.

"Tire essa coisa de mim", diz ela para o monstro. "Seja o que for, não quero que toque em mim. Não é limpa."

"Perto de Sinethella", diz o Gynander, "eu não sou nada, nadinha. Perto dela, sou só uma aberração de parque de diversão. Então, por que você veio atrás de mim, e não dela?"

"Eu vou aonde meu anjo me leva. Ele me mostra..."

"Em um momento, Dancy Flammarion, eu vou abrir essa caixa aqui e deixar você ver o que tem dentro."

"Tire de cima de mim. Fede."

O Gynander grunhe, inclina-se até bem perto de Dancy e a fareja; uma coisa quase como uma língua, da cor escura e nada saudável de jabuticabas, sai por entre os lábios murchos e sente o gosto do ar do porão.

"Isso é o sujo falando do mal lavado, você não acha? Quando foi a última vez que você tomou banho, Branca de Neve?"

Dancy fecha os olhos, rezando para seu anjo vir, afinal, para aparecer em uma tempestade branca rodopiante, asas brancas e vento de furacão, para levá-la para longe desse lugar horrível. Ela se imagina nos braços dele, voando alto acima dos pântanos e dos pinheirais, segura nos espaços aveludados e estrelados entre a Lua e a Terra.

Eu fiz o meu melhor, ela pensa, tentando não imaginar o que a espera dentro da caixa de madeira gelada que aperta dolorosamente seu peito. *Eu fiz o meu melhor, e nenhuma dessas coisas pode tocar na minha alma imortal.*

"Quando os homens ainda se reuniam no meio da própria sujeira", diz o Gynander, "e adoravam o sol porque tinham medo demais de encarar a noite, ela andou pelo mundo, e nada nem ninguém se opunha a ela. Ela era quase uma deusa."

"Eu a vi com meus próprios olhos", sussurra Dancy. "Vi exatamente o que ela era."

"Você viu o que mandaram que visse."

Voando com seu anjo acima das águas sinuosas e escuras do Okefenokee, acima das vozes estrondosas dos jacarés e das orelhas nervosas dos coelhos do brejo, segura nos braços dele porque ela fez o melhor que pôde fazer. E ele diria isso para ela, e que ela não precisa mais ser forte. Está na hora de deitar e morrer, finalmente, hora de estar com a avó e com a mãe no paraíso, sem estradas solitárias, sem provocações para os olhos rosados e a pele de alabastro. Sem monstros. As asas do anjo teriam um som de redenção, e ela talvez olhasse para baixo, entre os pés, e visse o trailer azul do Gynander queimando na noite.

"Não vai sobrar nada além de cinzas de manhã", diria ela, e o anjo sorriria e concordaria.

"Na primeira vez que Sinethella trouxe essa caixa pra mim, na primeira vez que ela a abriu e me deixou espiar dentro, achei que morreria, com certeza. Achei que meu coração explodiria."

Não tem mais monstros no mundo, o anjo diria para ela enquanto eles voavam pela terra, rumo ao leste, na direção do mar. *Não precisa mais ter medo. Pode* descansar *agora, Dancy.*

"Ela leu um poema pra mim antes de me deixar olhar dentro", diz o Gynander. "Eu nunca gostei muito de poesia, mas ainda me lembro dessa. Vou me lembrar dela até o dia em que eu morrer."

Ela perguntaria ao anjo sobre a caixa, e ele diria para ela não se preocupar. A caixa estava destruída. Ou perdida no pântano, em um lago tão fundo que só os peixes-gato veriam. Ou trancada para sempre nos cofres invioláveis do Céu.

"*Mas do meu túmulo pela minha fronte*", sussurra o Gynander, "*nenhum vento de cura brinca agora, e fogo e gelo comigo lutam embaixo da noite sufocante.*"

Abra os olhos, Dancy, diz o anjo, e ela abre, sem medo de cair agora, e o Gynander abre a caixa no peito dela. Bem, bem longe, há um som como o de mulheres chorando, e a luz de ébano e escarlate que sai da caixa de cedro envolve Dancy em seus tentáculos ardentes e contorcidos, e lentamente, pouco a pouco, a arrasta para longe.

Dancy andou pelo túnel comprido e escuro formado pelas trepadeiras sufocantes de kudzu, as folhas verdes grandes abafando seus passos, as flores pesadas de alfazema transformando o ar em açúcar. Ela se moveu o mais rápido que ousou, desejando agora que o melro tivesse ido com ela, desejando que tivesse começado mais cedo. Ainda teria havido alguns raios iluminados do fim da tarde, sol perfurando o túnel de trepadeiras. Cercada pelo grito cantado das cigarras, pela música dos grilos e sapos escondidos entre os galhos podres e troncos dos carvalhos que o kudzu havia tempos tomou como esqueleto, ela contou os passos como as contas de um rosário, algo que marcava a distância e ocupava sua mente, algo que a mantinha concentrada e em movimento. Não havia mais de trinta metros de uma ponta a outra, trinta no máximo, mas daria no mesmo se fosse um quilômetro. Na metade do caminho, ela chegou em um ponto em que o ar estava frio como uma manhã de janeiro, tão frio que o hálito saiu em vapor, e Dancy pulou para trás, abraçando-se e tremendo.

Tarde demais, pensou ela. *Já sabe que estou chegando,* percebendo que a floresta ao seu redor tinha ficado totalmente silenciosa, sem uma voz de inseto ou de anfíbio sequer, sem cantos de aves do crepúsculo para quebrar o silêncio repentino.

Com relutância, ela esticou a mão, penetrando novamente na cortina gelada de ar, um frio capaz de queimar, capaz de congelar carne viva até que se transforme em pedra. Ela respirou fundo e passou rapidamente.

Depois das trepadeiras, o trailer azul estava sozinho em uma clareira pequena e cheia de mato, como ela tinha visto nos sonhos, exatamente do jeito que o anjo mostrou para ela. Luz saía pelas janelas, e a porta estava escancarada como um sinal de boas-vindas: *Entre, eu estava esperando você, Dancy Flammarion.*

Ela colocou a bolsa no chão e olhou primeiro para a faca e depois para o trailer azul. Até as coisas bruxuleantes e lamuriosas que ela enfrentou em Bainbridge, até elas tinham medo *desse* lugar assombrado, uma coisa tão terrível dentro daquelas paredes de alumínio que mesmo bichos-papões e duendes tinham medo de sussurrar seu nome. Dancy olhou para o céu de verão, torcendo para o anjo estar lá, cuidando dela, mas só havia algumas estrelas fracas e desinteressadas.

Bom, o que você está esperando?, o trailer pareceu perguntar.

"Nada", disse ela. "Não estou esperando nada."

Ela passou pelas três geladeiras, pela carcaça queimada da velha picape Ford, por um tanque de propano e subiu os degraus de concreto até parar na porta aberta. Por um momento, houve uma luz tão forte que ela achou que a cegaria, que fosse penetrar na cabeça dela e queimar o cérebro, e Dancy entrecerrou os olhos, obrigando as lágrimas a escorrerem pelos cantos. Mas a luz pareceu diminuir o bastante a ponto de ela conseguir identificar a confusão dos móveis amontoados no trailer: um sofá sem as almofadas, um divã cor de barba-de-velho e uma mesa de centro enterrada embaixo de pratos sujos, revistas, ossos de galinha, latas de cerveja e cinzeiros abarrotados. Uma mulher de capa de chuva amarela estava sentada no divã, olhando para Dancy e sorrindo. Os olhos eram muito verdes e sem pupilas, os olhos de jade entalhados em uma estátua, e o cabelo preto desgrenhado caía ao redor do rosto redondo em cachos embaraçados.

"Oi, Dancy", disse ela. "Estávamos começando a pensar que você não chegaria."

"Quem é você?", perguntou Dancy, confusa, e levantou a faca para ter certeza de que a mulher veria. "Você não devia estar aqui. Ninguém devia estar aqui além de..."

"Não devia estar aqui? Bom, alguém devia ter me contado."

A mulher levantou, deslizando graciosa e lentamente do divã cinza, os pés descalços no piso de linóleo, e Dancy conseguiu ver que ela não estava usando nada embaixo do casaco.

"Não sou exatamente o que você estava esperando, sou?", disse ela, parecendo satisfeita consigo mesma, e deu um único passo na direção de Dancy. Sob as luzes fortes do trailer, a pele morena exposta tinha um brilho molhado, pele tão lisa e perfeita quanto óleo em água profunda e parada.

"Pare", avisou Dancy e balançou a faca no ar entre ela e a mulher.

"Ninguém aqui quer machucar você", disse ela e deu um sorriso ainda maior para que Dancy pudesse ver os dentes compridos e afiados.

"Eu não vim por sua causa", disse Dancy, esforçando-se para esconder o tremor na voz, porque sabia que a mulher queria que ela sentisse medo. "Eu nem sei quem você é."

"Mas eu sei quem *você* é, Dancy. As notícias viajam rápido atualmente. Eu sei tudo o que você fez em Bainbridge e sei o que veio fazer aqui hoje."

"Não me faça machucar você também."

"Ninguém precisa se machucar. Abaixe a faca pra podermos conversar."

"Você só está aqui pra me distrair, pra que *ele* possa fugir, pra que possa escapar, e aí vou ter que procurar de novo."

A mulher assentiu e olhou para o teto baixo do trailer, os olhos verdes encarando diretamente aquela inundação de luz branca que enchia o aposento pequeno.

"Você tem um buraco dentro de você", disse ela, o sorriso começando a sumir. "Onde seu coração deveria estar, há um buraco tão terrivelmente profundo e largo, um abismo na sua alma."

"Não é verdade", sussurrou Dancy.

"É, sim. Você perdeu tudo, não perdeu? Não sobrou nada no mundo que você ame, e nada que ame você."

E Dancy quase se virou e saiu correndo nessa hora, pelos degraus de concreto para os braços da noite, nada preparada para essa mulher estranha e sua voz estranha e triste, para as coisas secretas que ela não tinha o direito de saber nem de falar em voz alta. Não era justo o anjo deixar essa parte de fora, não era justo quando ela sempre fizera tudo o que ele pediu.

"Você acha que *ele* ama você?", perguntou a mulher. "Ele não ama. Anjos não amam ninguém além de si mesmos. São coisas amargas e egoístas, todos eles. Ressentem-se de todos os homens e mulheres."

"Cale a boca."

"Mas é a verdade, querida. Juro por Deus. Os anjos não passam de ressentidos..."

"Eu mandei *calar a boca*."

A mulher apertou os olhos, ainda olhando para o teto, espiando a luz que refletia na pele brilhante.

"Você se tornou, por vontade própria, a marionete dele, a boneca." Ela suspirou. "E, como o homem disse, fizeram da sua vida nada mais do que uma história contada por um idiota, cheia de som e fúria, que não significa nada. Nada mesmo."

Dancy apertou a faca e deu um passo hesitante na direção da mulher.

"Você é mentirosa", disse ela. "Não tem ideia do que está dizendo."

"Ah, mas eu *tenho*", respondeu a mulher, baixando a cabeça e se virando para olhar para Dancy com aqueles olhos surpreendentes e irreais. "Eu sei tantas coisas. Posso mostrar se você quiser ver. Posso mostrar as faces de Deus, o momento que você vai morrer, os lugares escuros atrás das estrelas." E ela tirou a capa amarela, que escorregou até o piso de linóleo.

Onde deviam estar os seios havia massas tentaculares que se agitavam, como cabeças ardentes de anêmonas-do-mar, cercando bocas famintas e desdentadas.

"Quase não há fim para as coisas que posso mostrar pra você", disse a mulher. "A não ser que você tenha medo demais pra ver."

Dancy gritou e pulou na direção da mulher nua, toda sua confusão, raiva e nojo, todo seu medo brilhando como vapor em um movimento cego para a frente, e brandiu a faca enferrujada e abriu a garganta da mulher alguns centímetros acima das clavículas. O jorro repentino e intenso de sangue que se espalhou pelo rosto de Dancy foi frio como água tirada de um poço fundo, e ela ofegou e recuou para a porta do trailer. A faca escorregou da mão dela e bateu na moldura de alumínio.

"Você me *cortou*", balbuciou a mulher, consternada, e agora havia sangue escorrendo dos lábios também, sangue manchando de rosa e vermelho os dentes afiados. Os olhos verdes estavam loucos, inchados de surpresa e dor, e ela colocou uma das mãos sobre o corte na garganta, como se para tentar esconder o ferimento sangrando em sincronia com o coração.

"Você fez isso", disse ela. "Você fez, porra." E os tentáculos no peito pararam de balançar, e ela caiu no chão ao lado do divã.

"Por que você não me contou?", perguntou Dancy ao anjo, apesar de saber que ele não devia estar ouvindo. "Por que não me disse que ela também estaria aqui?"

O corpo da mulher tremeu violentamente e ficou imóvel, deitado em cima da capa de chuva, o sangue se espalhando pelo chão como uma mancha viva. A luz branca do teto começou a ficar mais fraca e, um momento depois, se apagou completamente, e Dancy ficou parada no escuro, sozinha na porta do trailer.

"O que você fez com ela?", rosnou o Gynander de algum lugar próximo, de algum lugar no pátio atrás de Dancy, os passos pesados e vagarosos se aproximando, e ela fez uma oração silenciosa e hesitante e se virou para encará-lo.

Sem medo de cair, mas caindo mesmo assim, enquanto a luz viva da caixa de madeira diminui e flui embaixo da pele dela, entre os emaranhados do cérebro. Desabando sobre si mesma, aquele buraco onde seu coração deveria estar, aquele abismo na alma, e todas as coisas às quais ela se agarrou por tanto tempo, as alças presas nas paredes da mente, derretem sob as vozes corrosivas e acalentadoras da luz.

Pra onde estou indo?, pergunta ela, e os tentáculos vermelhos e pretos que a espremem para que fique cada vez menor, que a esmagam, respondem com cem vozes brilhantes: *Para dentro*, elas dizem, *e Para baixo e De volta* e, finalmente, *Para o lugar de onde os monstros vêm.*

Não estou com a minha faca, diz ela.

Você não vai precisar dela, garante a luz.

E Dancy se vê, uma mancha branca em um céu estrelado, vê sua longa queda do convés de um veleiro que pegou fogo, afundou e apodreceu quinhentos anos atrás. Um marinheiro de pé ao lado dela fala um palavrão, faz o sinal da cruz e aponta para o céu.

"Você viu?", pergunta ele num sussurro apavorado, e Dancy não pode dizer para ele que viu e que foi só a casca do corpo dela queimando, porque agora ela está em outro lugar, bem acima dos mastros e vigas, e o barco é só um ponto na escuridão abaixo, preso para sempre em um lugar onde não sopra vento e o mar é parado e liso como vidro. *Tão imóvel quanto um barco pintado em um oceano pintado.*

Caindo, não para cima nem para baixo, porém mais para dentro, e *Tem parte de baixo e parte de cima? Tem fim?*, ela se pergunta.

Sim, a voz responde. *Sim e não, talvez e depende.*

Depende de quê?

De você, minha querida. Depende de você.

E agora ela está em uma beirada rochosa e com vento, pedras cinzentas esmagadas por eras de gelo e chuva, e as montanhas sobem ao redor dela até os picos irregulares rasgarem a barriga baixa das nuvens. Abaixo dela há um lago longo e estreito, preto como piche, e, no centro do lago, as ruínas de um templo enorme e destruído sobem das profundezas. Há coisas presas lá nas ruínas, olhos alaranjados e nervosos observando as águas dos pináculos quebrados e da segurança de arcos desmoronados. Dancy consegue ouvir os pensamentos pequenos e acanhados, sem qualquer outro desejo além de chegar à margem, de fugir desse lugar frio e esquecido; e eles *nadariam*, a margem próxima o bastante para ser alcançada a nado até pelos mais fracos. Mas, de tempos em tempos, as águas negras do lago ondulam, ou uma série de bolhas sobe de repente até a superfície, e não dá para saber o que pode estar esperando lá embaixo. O que pode estar com fome. O que pode ter ficado com fome desde o começo dos tempos.

"Quero voltar agora", diz Dancy, gritando para ser ouvida acima do vento uivante.

Só tem um caminho de volta, geme o vento, falando agora pela luz da caixa do Gynander. *E é direto para o centro.*

"Centro de quê?", grita Dancy, e em um momento sua voz atravessou o lago e ecoou de volta até ela, transformada, debochada. *O centro de quando? O centro de onde? De quem?*

Na ilha de ruínas, as coisas de olhos alaranjados murmuram súplicas antigas e meio esquecidas e saem correndo para as sombras mais profundas, a voz de Dancy se tornando a confirmação de todos os seus pesadelos despertos, a voz reverberada de Deus chovendo o peso incalculável da verdade e da sentença. E o vento a carrega como cinzas.

"E os pentelhos dela?", pergunta o auxiliar para a enfermeira na hora que a agulha entra no braço de Dancy. Depois ri.

"Você é um escroto doente, Parker, sabia disso?", diz a enfermeira, tirando a agulha do braço de Dancy e cobrindo rapidamente com uma bola de algodão o buraquinho que fez. "Ela é só uma criança, pelo amor de Deus."

"Ei, me parece uma pergunta perfeitamente natural. Não se vê uma coisa como ela todos os dias. Os homens têm curiosidade com coisas assim."

"É mesmo?", pergunta a enfermeira ao auxiliar, e tira a bola de algodão do braço de Dancy, olhando por um momento para a única gota vermelha que ficou ali.

"É. Mais ou menos isso."

"Tudo bem, mas se você contar pra alguém, eu juro que..."

"Gata, fica só entre mim e você. Não vou dar um pio, eu juro."

"Jesus, eu devia mandar examinarem a minha cabeça", sussurra a enfermeira e joga a bola de algodão e a seringa em um recipiente vermelho de plástico com o rótulo RESÍDUO INFECCIOSO, depois verifica as amarras de Dancy uma a uma até ter certeza de que estão todas bem presas.

"Sou eu?", Dancy pergunta às luzes, mas elas parecem tê-la abandonado, deixando-a sozinha com a enfermeira e o auxiliar nesse labirinto de fedor antisséptico e clorpromazina.

"Sou eu?"

A enfermeira levanta a barra da camisola de hospital.

"Pronto", diz ela e lambe os lábios. "Está satisfeito? Isso responde a sua pergunta?" Ela parece nervosa e empolgada ao mesmo tempo, e Dancy consegue ver que está sorrindo.

"Caramba", murmura o auxiliar, massageia o queixo e balança a cabeça. "Caramba, que visão."

"Pobre garota", diz a enfermeira e baixa a camisola de Dancy novamente.

"Ei, espere um minuto. Eu ia tirar umas fotos", protesta o auxiliar e ri de novo.

"Foda-se, Parker", diz a enfermeira.

"Quando você estiver pronta, gata."

"Vai pro inferno."

E Dancy fecha os olhos, isola as paredes brancas de azulejo e o brilho fluorescente, finge que não consegue sentir o cheiro do perfume floral da enfermeira e o suor do auxiliar, que o braço não está doendo da agulha e que a cabeça não está girando por causa das drogas.

Fechando os olhos. Fechando uma porta e abrindo outra.

O ar da noite está muito frio e tem cheiro de seiva de pinheiro e terra, noite na floresta, e Dancy corre sem fôlego e descalça por galhos, pedras e palha de pinheiro, está correndo há tanto tempo agora que os pés estão machucados e sangrando. Mas consegue ouvir os homens a cavalo se aproximando, gritando uns com os outros, os homens e seus cães de caça, e se ela ousar parar de correr eles vão cair em cima dela em um piscar de olhos.

Ela tropeça e quase cai, bate o ombro esquerdo com força no tronco de uma árvore. A força da batida a faz girar completamente e ficar de frente para os perseguidores, com uns poucos troncos escuros entre eles e ela. Um dos cachorros uiva, o som ansioso de uma coisa que sabe que quase venceu, que consegue sentir o gosto antes mesmo de seus maxilares se fecharem em sua garganta.

A luz da caixa gira ao redor dela como um enxame irritante de insetos noturnos, asas pretas agitadas e corpos rubros brilhantes que a fazem se mover novamente. Cada passo é uma nova dor agora, mas as dores nos pés, nas pernas e no peito não são nada perto do terror que ela sente, o martelar de cascos e os cachorros ladrando, os homens com armas e facas. Dancy não consegue lembrar por que a querem morta, o que pode ter feito, se isso é apenas um jogo ou se é justiça. Não consegue lembrar quando essa noite começou e nem há quanto tempo está correndo. Mas sabe que nada disso vai importar no fim, quando a pegarem, e a terra despenca de repente debaixo dela, e ela está caindo, caindo de verdade, a queda simples e vulnerável da gravidade. Ela cai de cabeça, atravessando os galhos de um emaranhado de árvores despencadas, e para em um riacho raso e gelado.

O choque elétrico da água fria abre o mundo ao redor dela outra vez, a queimadura lenta antes de entorpecer seus sentidos, o fogo antes do sono e da morte abrindo as costuras. Ela olha para trás e vê a confusão indistinta e frenética de corpos de cachorros já descendo o barranco íngreme atrás dela. Acima deles, os pinheiros traidores parecem se abrir para o belo homem no cavalo alto e negro, as roupas antigas, a tocha na mão tão forte quanto o sol nascendo à meia-noite. O rosto pálido está marcado pela raiva e pelo horror por tudo o que ele viu e fez, e tudo o que vai ver e fazer antes do amanhecer.

"*Je l'ai trouvée!*", grita ele para os outros. "*Dépêchez-vous!*"

Palavras que Dancy não conhece, mas que *entende* perfeitamente bem mesmo assim.

"*La bête! Je l'ai trouvée!*"

Ela olha para baixo, para o reflexo da tocha dançando na água gelada e gorgolejante, e para o reflexo dela lá também, seu rosto albino se derretendo no espelho em movimento, tornando-se o focinho longo e os olhos assustados e iridescentes de um lobo, derretendo de novo, e agora a mulher morta no trailer do Gynander olha para ela. Dancy tenta se levantar, mas não consegue mais sentir as pernas, e os cachorros já estão quase em cima dela.

"Essa sou eu?", pergunta ela aos rostos rodopiando no riacho. "É meu rosto também?" Mas esse *quando* e *onde* deslizam suavemente debaixo dela antes que a luz possa responder, antes que os dentes de cachorro a destrocem. Ela está na implosão novamente, engolida inteira por sua própria desintegração.

"Estão todos mortos", diz a enfermeira, e seus sapatos brancos fazem um ruído alto no chão branco. "Os policiais de Milligan acham que talvez ela tenha tido alguma coisa a ver."

"Sério?", pergunta o auxiliar. Ele está de pé junto à janela, olhando para a chuva, fazendo círculos na condensação com o dedo indicador. Círculos e círculos dentro de círculos. "Onde é que fica Milligan?"

"Se você já não sabe, acredite, não vai querer saber."

Ao longe, o homem bonito no cavalo preto dispara um rifle na noite.

"Quantos anos você tinha na época?", o psiquiatra pergunta a Dancy. Ela não responde imediatamente, fica olhando para o relógio na parede, desejando poder esperar até ele ir embora. Desejando que houvesse tanto tempo assim no universo, mas ele tem mais tempo do que ela. Ele o deixa pregado à parede da sala como Jesus e o distribui em copinhos de papel, um gole de cada vez.

"Dancy, quantos anos você tinha naquela noite em que a sua mãe levou você para o parque de diversões?"

"Importa?", pergunta ela, e o psiquiatra levanta as sobrancelhas e encolhe os ombros ossudos de velho.

"Talvez", diz ele.

E o parque de diversões se desenrola ao redor dela, violência tonta de luzes coloridas e lamentos de órgão, ar de algodão-doce, ar de serragem, anunciantes latindo como lobos bêbados, e o estalo, o chiado e o apito dos brinquedos. A mãe está com um braço ao redor dela, segurando-a tão perto do corpo enquanto o mar de corpos humanos flui e se agita ao redor. Dancy acha que ali deve ser o inferno. Ou o paraíso. Um exagero de tudo de bom e tudo de ruim, tudo espremido nesse campo pequeno, uma tempestade ensurdecedora e rodopiante de gargalhadas e gritos. Ela quer ir para casa, mas o passeio foi um presente de aniversário, então ela sorri e finge não estar com medo.

"Você não queria ferir os sentimentos da sua mãe", diz o psiquiatra e morde a ponta de um lápis amarelo. "Não queria que ela pensasse que você não estava se divertindo."

"Olha, Dancy", diz a mãe. "Você já viu alguma coisa assim na vida?"

Um palhaço com pernas de pau, alto como uma árvore, passa por elas, seguindo com passos rígidos pela multidão. Ele olha para baixo na hora que Dancy olha para cima, e o palhaço sorri para ela, revelando o sorriso real por trás do sorriso pintado, mas ela não sorri para ele. Ela consegue ver a sombra dele, a coisa escondida na sombra, com pernas longas de aranha e um sorriso de meia-lua, os olhos como pontos de lava derretida queimando no crânio.

Dancy olha para o chão rapidamente, serragem e lama pisoteadas, com guimbas de cigarro e uma maçã do amor parcialmente comida.

"Dá uma olhada nela!", diz um homem e ri.

"Ei, garotinha. Você faz parte do show de aberrações, por acaso?"

"Claro que faz. Ela é uma das albinas. Eu vi o pôster. Tem uma família albina inteira. Tem um garoto que é metade jacaré e uma vaca empalhada com duas cabeças. Tem um hermafrodita chinês."

"Não tem vaca com duas cabeças. É falsa."

"Bom, *ela* não é falsa, é?"

E a mãe sai abrindo caminho no meio das pessoas, puxando Dancy logo atrás, tentando se afastar dos dois homens, mas eles as seguem de perto.

"Vá devagar, moça", grita um deles. "Nós só queremos dar uma boa olhada nela. Vamos até pagar."

"É, isso aí", diz o outro, e agora todos estão olhando e apontando. "Nós vamos pagar. Quanto custa pra olhar? Não vamos tocar nela."

O psiquiatra bate com o lápis no queixo e ajuda Dancy a prestar atenção no relógio. "Você ficou com raiva dela depois, por ter levado você ao parque?", pergunta ele.

"Isso foi muito tempo atrás", responde Dancy. "Foi meu presente de aniversário."

O psiquiatra respira fundo e expira devagar, solta um assobio por entre os dentes da frente.

"Nós nunca íamos a lugar nenhum, então ela me levou ao parque como presente de aniversário."

"Você sabia sobre os shows de aberrações, Dancy? Sua mãe te avisou sobre eles antes de vocês irem ao parque?"

"Qual é a diferença entre aberrações e monstros?", pergunta ela ao psiquiatra.

"Monstros não são reais", diz ele. "Essa é a diferença. Por quê? Você acha que é um monstro? Alguém já disse que você é um monstro?"

Ela não responde. Em apenas cinco minutos, vai poder voltar para o quarto e pensar no que quiser, em qualquer coisa que não seja parques de diversão, não palhaços sorridentes em pernas de pau e na forma como os dois homens as perseguiram no meio da multidão, em qualquer coisa, menos em aberrações e monstros. Na floresta, o homem dispara o rifle de novo, e dessa vez o tiro abre um buraco na cara do psiquiatra, e Dancy consegue ver ossos estraçalhados e músculos arrebentados, os dentes prateados cintilantes e as pequenas engrenagens e molas de metal que movimentam a língua para cima e para baixo. Ele larga o lápis, que rola para baixo da mesa. Ela quer perguntar se dói levar um tiro, ficar com a cara explodida assim, mas ele não parou de falar, aparentemente ocupado demais fazendo perguntas para se importar se está machucado.

"Você já receou que ela a tivesse levado até lá pra se livrar de você, pra deixar você com as outras aberrações?"

E o mundo todo fica branco, um branco sufocante em que não há céu nem terra, nada que separe um do outro, e o vento ártico grita nos ouvidos dela, e a neve queima a pele nua. Não o topo do mundo, mas algum lugar bem próximo, um trecho rochoso de terra se espalhando em um mar gelado, ligando continentes em uma época distante de geleiras. Dancy quer fechar os olhos. Assim, só haveria preto, não esse branco apavorante e infinito, e ela pensa em ir dormir, em resvalar para algum lugar fundo dentro dela, o ponto final dessa implosão, além do frio. Mas ela sabe que isso significaria a morte, nesse lugar, nesse *quando*, um instinto mudo que a mantém em movimento, que responde à barriga vazia quando ela só quer ficar imóvel.

"*Ce n'est pas un loup!*", grita o homem no cavalo para os outros do grupo, e Dancy espia por cima do ombro, mas não consegue vê-lo em lugar algum. Lá atrás não há nada além da neve soprada pelo vento, e ela se pergunta como ele poderia tê-la seguido para aquele tempo e lugar se só nasceria treze mil anos depois. A tempestade carrega a voz dele e espalha pela planície.

Com o vento impaciente nas costas, apressando-a, Dancy sai cambaleando adiante sem conseguir fazer outra coisa.

Ela encontra o acampamento depois de uma fileira de rochas de granito, homens e mulheres encolhidos na proteção das pedras, um grupo maltrapilho e faminto envolto em peles de urso. Ela sente o cheiro deles antes de vê-los: a fuligem das fogueiras pequenas e fumacentas, o fedor oleoso dos corpos, o cheiro leve de morte das peles que eles usam. Ela entra pelo meio das pedras com passos firmes, movendo-se tão silenciosamente quanto possível, embora eles jamais a pudessem ouvir chegando com o barulho do vento. O vento que sopra o cheiro dela para longe, e ela se agacha acima deles e escuta. Os homens seguram as lanças longas, as mulheres seguram as crianças, e todos os olhos observam com nervosismo a mancha branca além da segurança das fogueiras.

Dancy não precisa entender a língua para ler as mentes deles, a luz vermelha e ébano bem comprimida dentro da cabeça dela está lá para traduzir as palavras sussurradas, os pensamentos temerosos, para lhe mostrar os pesadelos enevoados que eles elaboraram a partir das sombras e da nevasca barulhenta. Eles sussurram sobre a criatura estranha que os segue há dias, rastreando-os pelo gelo, o demônio de olhos vermelhos como uma jovem entalhada na própria neve. O xamã murmura avisos de que eles devem ter invadido um lugar profano protegido por esse espírito das tempestades, mas a maioria dos homens o ignora. Eles nunca encontraram uma besta tão perigosa que não sangre.

Encolhida entre as rochas, os dentes batendo, Dancy olha para a neve rodopiante. A luz escorre das narinas e se entremeia no ar acima da cabeça como doze serpentes brilhando suavemente.

Eles virão atrás de você em breve, diz. Se ficar aqui, vão encontrar e matar você.

"Vão?", pergunta Dancy com frio, fome e cansaço demais para se importar, e, Sim, responde a luz.

"Por quê? Não posso machucá-los. Não poderia nem se quisesse."

A luz se parte em uma chuva repentina de fagulhas, gotas brilhantes que batem umas nas outras e quicam nas rochas. Em um momento, juntam-se novamente, e a mulher no trailer do Gynander, a mulher de capa amarela que ela sabe que não é mulher, sai da escuridão e para ali perto, observando Dancy com os olhos verdes.

"Só importa o fato de eles terem *medo* de você", diz ela. "Talvez você possa machucá-los, e talvez não possa, mas o que importa é que eles têm medo."

"Eu matei você", diz Dancy. "Você está morta. Vá embora."

"Eu só queria que você visse", diz a mulher e olha para o acampamento abaixo das pedras. "Às vezes, nós esquecemos o que somos e por que fazemos as coisas que fazemos. Pior, às vezes nunca aprendemos."

"Não vai fazer nenhuma diferença", grunhe Dancy para ela, e a mulher sorri e assente. A capa voa e faz um ruído alto no vento, e Dancy se esforça para não olhar para as coisas se contorcendo no peito dela.

"Talvez faça", diz a mulher. "Um dia, quando você não puder matar a coisa que assusta você. Quando não tiver pra onde correr. Pense nisso como um presente."

"Por que você *me* daria um presente?"

"Porque você me deu um, Dancy Flammarion." Então a mulher se desfaz no vento, e Dancy treme e vê as partes cintilantes dela voarem para o céu de inverno e sumirem.

"Acabou agora?", pergunta Dancy à luz, e em um momento a luz responde. *Depende*, diz ela. *Alguma hora acaba?*, a luz pergunta, mas Dancy já está despencando pelo caminho por onde veio. De cabeça para baixo, aos trancos e barrancos, e quando abre os olhos, um instante depois, ela está olhando pela escuridão para o teto do porão do Gynander.

Dancy tosse e rola para o lado esquerdo, respirando com dificuldade e uma dor perfurante e aguda no peito, e a caixa está sozinha na terra, com a tampa fechada agora. A madeira escura polida brilha na luz laranja do lampião pendurado ali perto, e o que quer que tenha saído da caixa está trancado de novo. Ela levanta o olhar do chão, para além das peles penduradas e vazias nos ganchos e das bancadas de trabalho do Gynander. A criatura a está olhando do outro lado do porão.

"O que você viu?", ele pergunta, e ela percebe um toque de apreensão na voz rouca.

"O que era pra eu ver?", pergunta Dancy e tosse de novo. "O que você achou que eu veria?"

"Não é assim que funciona. É diferente pra cada pessoa."

"Você queria que eu visse coisas que me fizessem duvidar do que os anjos me dizem."

"É diferente pra cada pessoa", diz o Gynander de novo e passa lentamente a lâmina de uma navalha por uma tira comprida de couro.

"Mas era isso que você queria, não era? Era isso que esperava que eu visse, porque foi o que você viu quando ela mostrou a caixa pra você."

"Eu nunca falei com nenhum anjo. Sempre deixei isso bem claro."

E Dancy percebe que as cordas de náilon ao redor dos seus tornozelos e pulsos sumiram, que sua faca está caída no chão ao lado da caixa. Ela estica a mão para pegar, e o Gynander para de afiar a lâmina e olha para ela.

"Sinethella queria morrer, sabe", diz ele. "Estava querendo morrer havia séculos. Ela ouviu o que você fez com o pessoal de Bainbridge, e também na Flórida. Eu juro, criança, você é como uma coisa que saiu de um filme do velho oeste, como uma porra de Clint Eastwood."

Dancy senta, meio tonta por ter ficado deitada tanto tempo, e limpa a lâmina enferrujada da faca na calça jeans.

"Como naquele filme *O estranho sem nome*, em que aquele sujeito aparece agindo como se estivesse acima de tudo e de todos. A cidade toda pensa que o está usando, mas no fim das contas é o contrário. Acontece que talvez ele seja a pior coisa que existe, e talvez seja *muito* pior ter o bem atrás de você em vez do mal. Mas é claro que *você* tem nome."

"Eu não vi muitos filmes", diz Dancy, mas, na verdade, ela nunca viu um filme sequer. Ela olha do Gynander para a caixa de madeira, daí para o lampião e novamente para o Gynander.

"Eu só quero que você entenda que ela não era um fantasma vagabundo de fundo de quintal", diz ele e volta a afiar a lâmina. "Não como eu. Eu só quero que você saiba que não aconteceu nada aqui que ela não *quisesse* que acontecesse."

"Por que você me desamarrou?"

"Por que você não tenta perguntar ao seu anjo? Achei que ele tinha todas as respostas. Inferno, eu achava que aquele seu anjo dominava toda a verdade como moscas em cima de merda de cachorro."

"Ela mandou você me soltar?"

O Gynander faz um som parecido com um suspiro e coloca a tira de couro de lado, depois levanta a navalha de forma a capturar a luz do lampião. O rosto roubado sacode e treme de leve.

"Não exatamente", diz ele. "Não foi nada fácil assim, Branca de Neve."

Dancy se levanta, as pernas rígidas e doloridas, e tira o lampião do prego onde está pendurado.

"Então você também quer morrer", diz ela.

"De jeito nenhum, garotinha. Mas eu gosto de um pouco de aventura de tempos em tempos. E Sinethella disse que você devia ser uma força da natureza e tanto, uma destruidora de mundos, pra fazer as coisas que anda fazendo."

"O que eu vi lá dentro", diz Dancy e cutuca com cuidado a caixa com a ponta do sapato. "Não faz diferença nenhuma. Sei que foi só um truque."

"Bom, então o que você está esperando?", sussurra a coisa pelos lábios da pele remendada vagabunda. "Me mostre do que é capaz."

O fogo estala e ruge no céu noturno clareando lentamente na direção da manhã. Dancy está sentada em um tronco caído na lateral da estrada de terra vermelha que leva a Waycross e vê as chamas que se espalham começarem a devorar as paredes folhosas do túnel de kudzu.

"Bom, acho que você me deu uma lição", diz o melro. Ele está empoleirado no tronco ao lado dela, o fogo refletido nos olhos brilhantes. "Talvez da próxima vez eu fique de bico calado."

"Você acha que vai haver uma próxima vez?", pergunta Dancy sem afastar o olhar do fogo.

"Deus, eu espero que não", grasna o pássaro. "Foi só, sabe como é, um jeito de falar."

"Ah. Entendi."

"Pra onde você vai agora?", pergunta o pássaro.

"Não sei."

"Achei que talvez os anjos..."

"Eles vão me mostrar", diz Dancy e coloca a faca de volta na bolsa, amarrando os cordões para fechá-la. "Quando chegar a hora, eles vão me mostrar."

E então nenhum deles diz mais nada por um tempo, só ficam ali sentados juntos no tronco de pinheiro caído, enquanto o fogo que ela acendeu no porão atrás do trailer arde e sangra fumaça preta no céu de jacintos.

INSECTUM.

HIST.XXII

22. OS MORTOS E OS LUNÁTICOS

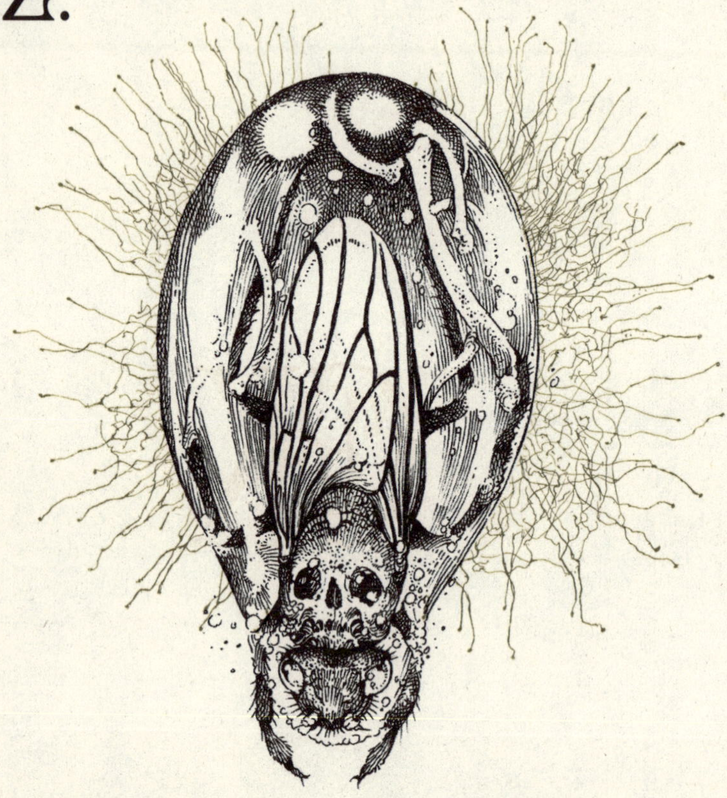

Daemonia Polparis

FEMINAM —— *TRES CENTUM ET SEPTUAGINTA QUATTUOR*

P.374

Já falei muitas vezes que todos os começos e todos os fins são invenções arbitrárias. A primeira aparição de um personagem nunca é o começo dele ou dela. Eles precisam ter tido vidas antes. Depois do meu livro Low Red Moon, eu tive de procurar uma Starling Jane anterior. Encontrei bem mais do que achei que encontraria. Mas ainda não comi um dos meus amigos.

KIERNAN OFFICINARUM INVESTIGATIONIS

CAITLÍN R. KIERNAN

Embaixo de Providence, abaixo da casa amarela antiga na Benefit Street, onde vampiros de olhos prateados dormem durante o dia e passam as noites poeirentas de cera com absinto espanhol e lembranças rançosas; nessa casa que já pertenceu a bruxas muito tempo atrás, nessa casa com tantos fantasmas, segredos e maldições quanto aranhas e traças, embaixo dessa casa amarela, à meia-noite e meia em uma noite fria de fevereiro, Mesdames Terpsichore e Mnemosyne estão terminando uma aula com demonstrações corpóreas. São aulas para filhotes ghouls e para os filhos do Cuco, os pestinhas roubados quando bebês e criados nas colônias, e por uma hora as duas fanáticas falaram sem parar sobre os métodos mais eficazes de livrar um cadáver de fluido embalsamante e outros conservantes funerários antes de prepará-lo de forma segura na cozinha. A garota magrela de cabelo castanho-escuro chamada Starling Jane cochilou duas vezes durante a aula, ganhando um rosnado de Madame Mnemosyne e um olhar irritado dos olhos amarelos ardentes de Madame Terpsichore.

"É tudo por hoje", diz Madame Terpsichore, fechando a bolsa de couro que guarda os bisturis e as seringas, agulhas e facas. "Mas cada um de vocês precisa saber *todos* os purgativos e desintoxicantes até amanhã. E você, mocinha" – e agora a ghoul aponta um dedo comprido e retorcido para Starling Jane, uma garra de ébano mirada diretamente no coração – "*você* precisa aprender que o dia, e não a sala de aula, é o lugar certo para dormir."

"Sim, senhora", sussurra Starling Jane e mantém o olhar grudado no chão de terra do porão, nos pés descalços e no pedaço de osso cor de marfim que sai da terra. "Não vai voltar a acontecer."

Há gargalhadas sussurradas e gritinhos guturais do resto da turma, e Jane finge que é só um besouro ou uma minhoquinha vermelha, uma coisa insignificante que pode sair correndo ou deslizar para longe, uma coisa que pode se esconder em um canto ou vão despercebido, e que nunca mais vai ter de ficar em outra aula de dissecação nem ser repreendida por cochilar. Madame Mnemosyne silencia a turma com um olhar, mas Jane ainda consegue sentir o olhar de todo mundo, e "Me desculpe", diz ela.

"Você tem mesmo que pedir desculpas", grita Madame Terpsichore. "Já tem idade suficiente para saber o que deve fazer, criança." E, para os outros alunos sentados de pernas cruzadas no chão do porão: "A Terceira Confirmação da srta. Jane está marcada para a lua cheia, daqui a quatro noites. Mas talvez ela não esteja pronta, hmmmm? Talvez acabe tendo que esperar, e os maxilares afiados se fechem nas mãos dela. E aí talvez nós tenhamos a carne *dela* na bancada".

"E sem ter que tirar nenhum fluido embalsamante desagradável", acrescenta Madame Mnemosyne.

"Ah, ela seria doce", concorda Madame Terpsichore.

"Me desculpe", diz Jane de novo. "Mas estarei pronta na lua."

Madame Terpsichore dilata as narinas escuras e largas, fareja o ar úmido do porão, e seus olhos cintilam à luz das velas. "Cuide para que esteja, criança", diz ela. "Seria uma pena perder outro broto tão cedo depois da rejeição infeliz do jovem mestre Lockheart." Então ela dispensa a turma, e Jane segue os outros que saem do porão e seguem pelos velhos túneis sinuosos como veias vazias embaixo da cidade.

Mais tarde, depois de Taumaturgia Elementar e Necromancia Intermediária e de um discurso desconexo e improvisado sobre a história das terras noturnas superiores por Mestre Tantalus, que estava visitando Providence vindo da colônia de Boston; depois do jantar e da hora livre pré-amanhecer; depois de todo o tempo deitada acordada na cama estreita desejando estar dormindo, mas com medo de fechar os olhos, Starling Jane finalmente cede, ignorando os aromas familiares do alojamento de concreto úmido, mofo e milípedes, os roncos, grunhidos e ruídos suaves de respiração dos que não têm medo dos próprios sonhos. Trinta metros abaixo do asfalto da Angell Street, ela resvala facilmente pelas dobras aveludadas entre consciência e inconsciência. Pedaços incontáveis de lembranças inconsequentes e sem sentido e sonhos simples e fantasiosos guiando-a e enganando-a passo a passo, momento a momento, até o lugar de pesadelo que ela visita quase todas as manhãs ou tardes há dois meses.

Aquele lugar com céu azul e amplo, o sol pairando inconcebivelmente logo acima da cabeça, brilhando. Onde tem grama e aroma de flores, e ela fica em cima de uma colina olhando para o mar cintilante.

"Você devia ter ficado comigo", diz a mãe, em algum lugar atrás dela, perto, e Jane não se vira porque não quer ver. "Se tivesse ficado comigo, eu teria amado você, e você teria crescido e se tornado uma mulher linda."

O vento quente carregado de sal vindo do mar faz ondas na grama alta e passa assoviando pelos ouvidos de Starling Jane.

"Eu teria ficado", diz ela, como sempre diz. "Se tivessem me deixado. Eu teria ficado, se tivesse tido escolha."

"Eu sabia que perderia você", responde a mãe. "Antes mesmo de você nascer, eu sabia que os monstros viriam e roubariam você de mim. Sabia que esconderiam você de mim e fariam você esquecer meu rosto."

"Como você podia saber disso tudo?", pergunta Jane. Na praia, crianças brincam com um cachorro amarelo-amarronzado e grande. Elas jogam pedaços de madeira, e o cachorro corre até eles, e às vezes os traz de volta.

"Ah, eu sabia, sim", diz a mãe. "Acredite, eu *sabia* o que ia acontecer. Eu os ouvi na noite, fora da janela do meu quarto, arranhando o vidro, querendo entrar."

"Eu tenho que passar em mais um teste, mãe. Só tenho que passar em mais um teste e me deixarão viver."

"Você teria sido uma garota tão bonita. Olhe só o que fizeram com você."

Na praia, as crianças correm atrás do cachorro amarelo-amarronzado pela beira da água, rindo e fazendo tanta bagunça na água que Starling Jane consegue ouvi-los do alto da colina.

"Vão transformar você em monstro também", diz a mãe.

"Eu queria que pudessem", murmura Jane porque sabe que não importa se a mãe ouve ou não as coisas que ela está dizendo. "Peço a todos os deuses sombrios que pudessem me tornar como eles. Mas não é isso que acontece. Não é isso que acontece mesmo."

"Você poderia vir pra casa. Todas as noites, eu fico acordada esperando que você volte, que eles tragam você de volta pra mim."

"Você não devia fazer isso", sussurra Jane, e a colina ribomba suavemente abaixo dela. Na praia, as crianças param de brincar e se viram na direção dela. Ela acena, mas elas parecem não a ver.

Ou estão com medo de mim, pensa ela.

"Se você não passar no teste, pode ser que a tragam de volta pra mim", diz a mãe com esperanças.

"Se eu não passar, vão me matar", responde Jane. "Vão me matar e me comer. Ninguém nunca volta depois que é escolhido pelo Cuco. Ninguém."

"Mas você teria sido uma garota tão bonita", diz a mãe novamente. "Eu teria dado tudo a você."

"É o último teste", sussurra Jane.

Embaixo dela, a colina ribomba de novo, e o mar virou sangue, e há coisas brancas que se contorcem caindo do céu. Na praia, as crianças e o cachorro sumiram.

"Eu vou estar esperando", diz a mãe.

Então Jane abre os olhos, caindo sem fôlego novamente em carne e osso, e fica acordada até o pôr do sol, ouvindo o coração, os sons daqueles que dormem e o ruído distante de tráfego na Angell Street.

"Você está com medo", o filhote de ghoul chamado Sorrow diz, não perguntando, mas afirmando, e coça com determinação a orelha esquerda.

"Eu não estou com medo", diz Starling Jane e balança a cabeça, mas sabe que é mentira e, pior ainda, sabe que *ele* sabe que é mentira.

"Claro, e Lockheart também não estava."

"Lockheart não estava pronto. Todo mundo sabia que ele não estava pronto."

Eles estão sentados em bancos perto de uma das lareiras altas da cozinha, esfregando pratos de metal com escovas de palha de aço, com água cheia de espuma até os cotovelos e empoçada nas pedras embaixo dos pés. A bacia entre os dois tem cheiro de sabão e gordura.

"*Você* me comeria?", ela pergunta a Sorrow. E ele grunhe e larga o prato que estava esfregando na bacia, puxando pensativamente o tufo de pelo crespo cor de palha que se projeta da parte de baixo do focinho.

"Não é uma pergunta justa. Você sabe que subordinados nunca recebem essas iguarias. Nem um pedacinho. Você seria servida ao Mestre Danaüs e..."

"Eu estava falando hipoteticamente", diz Jane e acrescenta outro prato à pilha secando na frente do fogo. "Se abrissem uma exceção e você tivesse a oportunidade, você me comeria?"

Sorrow olha para ela por um longo momento, franze a testa com incerteza e pisca os olhos amarelos.

"Você não ia *querer* que eu comesse?", pergunta ele por fim.

"Não te incomodaria comer sua melhor amiga?"

Sorrow pega outro prato na bacia e franze a testa, olhando para a água suja agora, e não para Starling Jane. Esfrega sem ânimo os pedaços de carne, molho e batata agarrados no metal amassado e larga o prato na bacia.

"Não estava limpo, e você sabe."

"Não é uma pergunta justa, Jane. É *claro* que eu comeria você. Falando hipoteticamente e tudo. Não estou dizendo que não *sentiria sua falta*, mas..."

"Você me comeria mesmo assim."

"Seria horrível. Eu provavelmente choraria o tempo todo."

"Tenho certeza que sim", diz Starling Jane com um suspiro, pegando o prato que Sorrow não lavou dentro da bacia. Há um pedaço de casca de batata queimada do tamanho do polegar dela grudado ali. "Eu gostaria de causar uma indigestão em você. Você mereceria."

"Você está mesmo com medo." Sorrow faz cara feia e cospe na bacia.

"Você é um porco nojento, sabia?"

"Óinc", faz Sorrow e franze o nariz.

"Eu não estou com medo", diz Jane novamente porque precisa ouvir essas palavras. "Não tenho motivo pra estar com medo. Eu passei pela lua cheia da colheita, em outubro, e pela lua cheia gelada, em novembro. Sei a matéria..."

"Matérias de livros não fazem você passar pelas luas. Você sabe disso, Jane. Ninguém nunca foi confirmado por ter tirado boas notas."

"Não atrapalha."

"Mas também não ajuda."

"Mas não *atrapalha*", rosna Jane e joga a escova de palha de aço na cabeça dele. Sorrow se abaixa, e a escova bate na parede atrás dele e cai no chão.

"Você é maluca", diz Sorrow e pula do banco, derrubando-o no processo. "Eu posso ser um porco, mas você é maluca."

"Você *quer* que eu não passe. Quer que eu não passe pra poder mexer nas minhas coisas e pegar o que quiser."

"Você não *tem* nada que eu queira", grita Sorrow na defensiva e dá um passo rápido para trás, abrindo mais distância entre ele e Starling Jane.

"Tenho, sim. Aquele crânio de coruja que o Beleguim trouxe pra mim de Salem. Você quer aquilo. Você me *disse* mais de uma vez que queria que ele tivesse dado pra você, e não pra mim."

"Eu só falei que gostei, mais nada."

"E aquela ponta de flecha indígena narragansett que encontrei nos túneis no verão, você também quer, não quer?"

"Jane, pare e preste atenção no que está dizendo", pede Sorrow e dá outro passo ou dois para longe da lareira. "Eu não quero que você fracasse na Confirmação e morra só pra eu poder ficar com as suas coisas. Isso é maluquice. Você é minha *amiga.* E eu não tenho muitos amigos."

"Amigos não comem uns aos outros!"

"Alguém vai *ouvir* você", sibila Sorrow e leva um dedo comprido até os lábios pretos e finos. "Se a velha Melpomene descobrir que você está provocando tanta confusão, nós dois vamos ficar esfregando panelas até o dia do Juízo Final." Ele olha com nervosismo para trás, na direção das sombras à espreita além do alcance da luz da lareira.

"Então talvez eu não me importe mais!", grita Jane para ele e estica a mão para dentro da bacia, pegando um prato particularmente imundo. "Eu prefiro passar o resto da vida lavando pratos pr'aquela bruxa velha do que acabar na panela de ensopado dela ou assando no espeto dela com um nabo enfiado na boca!"

"Você *não* vai fracassar", diz Sorrow, olhando por cima do ombro esquerdo de novo. "Não vai fracassar e ninguém vai comer você."

"Você não sabe."

"Claro que sei."

"Vá embora. Me deixe em paz", diz Jane, deixando o prato imundo escorregar dos dedos. Água morna cheia de espuma é borrifada no avental de retalhos. "É só isso que eu quero, Sorrow. Eu quero ficar sozinha. Acho que vou chorar, e não quero que ninguém veja. Principalmente, não quero que você veja."

"Tem certeza?", pergunta Sorrow. "Talvez eu devesse ficar." Ele senta no chão, como se ela tivesse concordado com ele. "Não me importo de você chorar."

"Lockheart não estava pronto", sussurra ela. "Essa é a diferença. Ele não estava pronto, eu estou."

"Pode apostar. Nunca vi ninguém tão pronto pra uma coisa na minha vida."

"Mentiroso", diz Jane e olha de cara feia para ele. Na lareira, um dos pedaços de lenha estala e se move, e, por um momento, o fogo brilha com tanta intensidade que Sorrow precisa apertar os olhos até acostumá-los.

"Eu não comeria você", diz ele. "Nem mesmo se cozinhassem seus dois rins com maçã, cenoura e pastinaca e servissem com geleia de hortelã, eu não comeria você. Eu juro."

"Obrigada", responde Jane e tenta sorrir, mas faz mais uma careta que um sorriso. "Eu também não comeria você."

"Você vai jogar mais alguma coisa em mim?"

"Não", diz ela. "Eu não vou jogar mais nada em você. Nunca mais." E ela se levanta e pega a escova no chão atrás do banco de Sorrow.

Em uma vida mais do que cheia de mistérios, uma vida em que o misterioso e o enigmático, o críptico e o mágico são a regra, não a exceção, se qualquer pessoa fosse perguntar a Starling Jane que coisa ela achava *mais* misteriosa, ela provavelmente diria que era o Beleguim. Se ele tem nome, ela nunca ouviu, esse homem enorme e amável com a cabeça careca e brilhante e barba grisalha densa, os dedos gorduchos como linguiças e o molho enferrujado de chaves sempre pendurado no cinto grosso. Nem vampiro e nem ghoul, e nenhuma das outras raças noturnas, só um homem, e Jane ouviu boatos de que ele também é filho do Cuco, uma criança roubada, mas também algo mais que uma criança roubada. E tem outros boatos, de que ele é um demônio exilado, um feiticeiro que esqueceu boa parte de sua magia ou uma coisa antiga e imortal para a qual ninguém inventou um nome, mas para Starling Jane ele é apenas o Beleguim. Uma ligação entre a casa amarela na Benefit Street e as outras casas escuras de outras cidades, mensageiro dos pacotes mais preciosos e das mensagens mais urgentes que não podem ser confiadas a qualquer outra pessoa.

Na noite anterior ao rito final de Confirmação, a cerimônia na noite da lua cheia, o Beleguim volta de uma viagem a New Orleans e, depois de resolver as coisas com as pessoas mortas do andar de cima e com os cachorros do andar de baixo, ele janta na sala de jantar comprida à luz de velas, onde as crianças roubadas e os filhotes de ghoul são alimentados.

"Você vai se sair bem", garante ele a Starling Jane, mordiscando o último pedacinho de carne do osso de um dedo. "Todo mundo fica nervoso antes da terceira lua. É tão natural quanto trocar a dentição, não deixe ninguém dizer o contrário."

Sorrow para de cutucar os dentes com uma unha de polegar.

"Você soube de Lockheart?", pergunta ele ao Beleguim.

"Todo mundo soube de Lockheart", uma filhote chamada Melancholy diz e revira os olhos amarelos. "Claro que ele ouviu sobre Lockheart, seu miolo mole."

Sorrow bufa e mostra os caninos para Melancholy. "Que negócio é esse de miolo mole?", pergunta ele.

"Se você não fosse, saberia", responde ela bruscamente, e Sorrow rosna e a derruba. Um momento depois, eles estão rolando pelo chão entre as mesas de jantar. Uma mancha de pelos, insultos e poeira, então alguém começa a gritar "Briga! Briga!", e todo mundo corre para ver.

Jane fica sentada e mexe com indiferença no montinho verde-esbranquiçado de repolho cozido no prato.

"Você soube de Lockheart, afinal?", pergunta ela ao Beleguim.

"Na verdade, e com todo o respeito à srta. Melancholy miolo mole ali", e ele olha para a confusão no chão da sala de jantar, "não, minha querida, não soube."

"Ah", diz Starling e empurra o repolho com os dentes tortos do garfo. "Ele não passou na segunda."

"Ah, entendi. Bom, eu teria que dizer que é uma pena, no fim das contas."

"Ele estava com medo. Ficou paralisado desde o começo, não chegou nem na ponte de espadas. Tiveram que trazê-lo em um saco de aniagem."

O Beleguim arrota e pede desculpas.

"Ele era amigo seu?", pergunta ele.

"Não", diz Jane. "Eu sempre o achei um sapo nojento."

"Mas agora você está pensando que o fato de ele ter fracassado tem alguma coisa a ver com você, é isso?"

"Talvez", responde Jane. "Ou talvez eu estivesse com medo desde o começo, e isso só tenha tornado o medo pior."

No chão, Melancholy enfia o dedo no olho esquerdo de Sorrow, e ele grita e dá um soco na barriga dela.

"Não parece justo às vezes, não é?", pergunta o Beleguim e come uma garfada do repolho dela.

"O que não parece justo?"

"Todos esses testes pra quem nunca pediu pra ser tirado da mamãe e ser trazido aqui pra essa escuridão. Todas essas atribulações, enquanto *outros*, e não quero citar nomes, veja bem...", mas Starling Jane sabe, pela forma como ele levantou a voz quando disse "outros", que está falando de Sorrow, Melancholy e todos os filhotes de ghouls em geral. "Eles só precisam nascer, aprender o básico, manter os focinhos limpos, sem nenhum feito mortal à vista."

"Madame Terpsichore diz que nada é justo, e que esperar que as coisas sejam assim é pedir por infelicidade."

"É mesmo?"

"O tempo todo."

"Bom, escute seus professores, criança, mas, por outro lado, Madame Terpsichore nunca teve que enfrentar o que espera naquele poço durante a lua cheia, não é?"

"Não", diz Jane, empurrando o prato para o lado da mesa em que está o Beleguim. "Claro que não."

"Está vendo, é isso que determina a diferença entre você e ela, srta. Starling Jane. Não um monte de palavras escritas num livro velho por deuses de quem ninguém lembra além dos cães, não a cor dos seus olhos e nem o quanto os seus dentes podem ser afiados. O que importa..."

E ele faz uma pausa para terminar o repolho dela e começar a comer a torta de fígado e ruibarbo. Jane também empurra o prato de Sorrow pela mesa até o Beleguim.

"Obrigado", diz ele com a boca cheia. "Eu odeio ver boa comida sendo desperdiçada. Como eu estava dizendo, o que importa, srta. Jane, o que você precisa entender quando a noite de amanhã chegar..." E ele para de novo para engolir.

"Você não devia falar de boca cheia", diz Jane. "Vai engasgar."

O Beleguim toma um gole da bebida no copo e assente com a cabeça careca. Agora, tem umas gotas de vinho tinto presas no bigode.

"Meus modos não são como antigamente", diz ele.

"Você estava dizendo que o que preciso entender..."

O Beleguim para de comer, coloca o garfo na mesa e olha para ela, os olhos verde-musgo como pedras polidas do fundo de um riacho profundo.

"Você é uma garota corajosa", diz ele e sorri, "e um dia, em breve, vai ser uma boa e corajosa mulher. *Essa* é a diferença, e é o que você precisa entender. Madame Terpsichore nunca vai ter que se provar da forma como você já se provou. O que nos torna corajosos não é a falta de bom senso de sentir medo, é olhar para trás, pra tudo a que já sobrevivemos, e ver se enfrentamos bem. Os ghouls são seus mestres, e nunca se esqueça disso, mas eles nunca vão ter sua coragem, porque ninguém nunca vai fazê-los andar pela prancha, por assim dizer."

E ele enfia a mão em um bolso do casaco largo e tira uma pequena moeda de ouro com um buraco quadrado no meio. O metal brilha suavemente à luz das velas quando ele levanta para Jane ver.

"Quero que você fique com isto", diz ele. "Mas não é pra guardar, preste atenção. Quando você oferecer suas mãos para a boca do velho Nidhogg amanhã à noite, quero que deixe isto na língua dele. Não posso dizer por que, mas é importante. Você acha que consegue fazer isso por mim?"

Starling faz que sim e pega a moeda da mão dele.

"É muito bonita", diz ela.

"Mas tente não ficar com medo e esquecer. Quero que coloque isto bem na língua daquela serpente velha."

"Eu não vou esquecer. Prometo. É pra colocar na língua dele."

O Beleguim sorri de novo e volta a comer, e Jane segura a moeda com a mão bem fechada e vê Sorrow e Melancholy rolando no chão, mordendo a orelha um do outro, até Madame Melpomene aparecer para separar a briga.

No sonho, ela vê as crianças na praia com o cachorro, e as nuvens escarlate se amontoando alto acima do mar escuro. A mãe parou de falar, e, como isso nunca foi parte do sonho antes, Starling Jane se vira para ver por quê. Mas não tem ninguém atrás dela agora, só a grama alta e o vento sussurrando furtivamente por ela e o mundo seguindo assim para sempre.

E então não há mais noites entre Starling Jane e a lua cheia, não há mais dias, nem horas, nem minutos de ansiedade, porque todas as luas são inevitáveis e nenhuma quantidade de medo ou desejo pode adiar a chegada delas. Este é o ano da Terceira Confirmação, a hora do Teste da Serpente, porque ela sobreviveu aos dois primeiros ritos, o Teste do Fogo e o Teste das Lâminas. Não há lições nem tarefas no dia de um teste, para Jane ou para qualquer outra criança, e na hora marcada todo mundo foi para o anfiteatro entalhado em pedra sólida quarenta e cinco metros abaixo de Federal Hill.

Jane está usando a veste prateada comprida da passagem e aguarda sozinha com o cego e decrépito Mestre Solace em uma pequena alcova cercada de cortinas no lado norte da arena. O ar fede a pedra molhada, podridão e mirra, que arde em um pequeno caldeirão de estanho no chão. O rosto dela é uma máscara de fuligem e sangue seco, as runas vermelhas e pretas desenhadas na pele por Madame Hippodamia, para que ela possa fazer a descida com todas as bênçãos mais generosas dos deuses sombrios. Da alcova, ela consegue ouvir a multidão murmurante e sabe que Sorrow está lá, em algum lugar, encolhido nervosamente em um dos bancos de pedra, e deseja que estivesse sentada ao lado dele e que fosse a vez de outra pessoa de estar na frente do dragão.

"Está quase na hora, criança", diz Mestre Solace e pisca para ela, os olhos pálidos e cobertos de catarata da cor de manteiga. "Se você estiver pronta, não há o que temer."

Se eu estiver pronta, ela pensa e fecha bem os olhos.

Nessa hora, toca a corneta, o sino do navio, e o firme *tum-tum-tum* dos tambores começa.

"Caminhe com verdade", diz o Mestre Solace e pisca para ela de novo.

Jane abre os olhos, e a cortina puída é puxada. Ela consegue ver as luzes de tochas e sombras que enchem o anfiteatro e a arena.

"Siga esse caminho sem dúvida no coração", diz Mestre Solace e leva Starling Jane para fora da alcova, até estar de pé em uma plataforma estreita de madeira que se projeta acima do abismo. Acima e ao redor dela, os murmúrios sobem a um crescendo empolgado e cheio de expectativas, e espectros ghouls batucam nos tambores tão alto que ela se pergunta como a caverna não desaba com o barulho, enterrando todos vivos. *Seria preferível*, pensa ela. *Seria mais fácil do que morrer sozinha.*

O batuque para tão abruptamente quanto começou, e gradualmente o murmúrio acompanha. Por um momento ou dois não há qualquer som vindo da grande câmara além dos batimentos de Jane e de Mestre Solace sugando os cotocos de dentes. E então uma nota soa no sino do navio, e "Todos de pé", diz Madame Terpsichore, gritando pelo megafone para todos os reunidos.

"Esta noite, viemos para este lugar sagrado da verdade e da escolha para testemunhar a confirmação merecida ou a rejeição justa da srta. Starling Jane, da colônia de Providence. Faz oito anos que ela foi entregue a nós pela graça de Cuco, e nesta noite de lua cheia vamos todos saber, de uma vez por todas, se ela vai nos servir até o fim dos dias."

"Cuidado onde pisa, garota", sussurra o Mestre Solace. "O caminho até lá embaixo é longo." Então Jane ouve a cortina sendo fechada de novo e sabe que ele a deixou sozinha na plataforma de madeira.

"Desça, Starling Jane", rosna Madame Terpsichore. "Desça até a escuridão e encontre os maxilares famintos de Nidhogg, o dragão que come as próprias raízes da árvore do mundo, trazendo para mais perto os dias finais. Encontre-o, criança, e pergunte se é merecedora."

A ghoul faz uma reverência antes de puxar a alavanca de mogno à direita, e, acima, máquinas secretas começam a se mover, o som hesitante de rodas de ferro girando, os dentes encaixados de engrenagens antigas e enferrujadas, e em algum lugar na superfície um alçapão se abre e o luar entra naquele lugar oco embaixo da terra.

"Caminhe com verdade, Starling Jane", diz Madame Terpsichore e passa o megafone para um subordinado antes de voltar a se sentar.

O luar forma um único raio brilhante que desce do teto abobadado do anfiteatro até o fundo da arena escura, raios prateados lunares unidos por um truque inteligente de fotomancia que Jane sabe que provavelmente nunca vai aprender, mesmo que o dragão não pegue suas mãos. A plateia não emite som algum quando ela vira à direita e começa a descer pela passarela íngreme e bamba presa às paredes do buraco. Os ghouls nos tambores começam a tocar de novo, acompanhando cada passo com os martelos de osso e marfim.

Starling Jane fica do lado direito da passarela, porque tem medo de cair, porque tem medo de olhar pela beirada e perder o equilíbrio. Coloca um pé na frente do outro, e do outro, e do outro logo depois, andando tão lentamente quanto ousa, espiralando em volta do poço, e cada circuito é menor do que o anterior, de forma que a distância até o raio de luar diminui até que, esticando o braço, ela conseguia roçar nele com as pontas dos dedos. As tábuas velhas gemem e estalam embaixo dos pés descalços, e ela tenta não imaginar quantas décadas, quantos séculos faz que foram presas à pedra.

Finalmente ela está no fundo, apenas um último momento para ela ser conduzida da escuridão até o raio branco ardente; Jane hesita um segundo, meio segundo, respira fundo, solta o ar novamente e pisa na luz da lua cheia.

Roubou meus olhos, ela pensa. *Roubou meus olhos e me deixou tão cega quanto o Mestre Solace.* Essa luz pura e perfeita, destilada e concentrada, direcionada ao espelho sujo da alma dela. Derrama-se sobre ela, pingando da veste prateada, queimando tudo o que for menos imaculado do que ela mesma. Jane percebe que está chorando, chorando pela pura beleza da luz. Quando seca as bochechas, a luz dança em grãos furiosos nas costas da mão dela, e ela percebe que não ficou cega, afinal. Assim, ela se ajoelha na pedra, e o dragão retumba embaixo dela como uma barriga vazia esperando ser preenchida.

Acima dela, os tambores ficam em silêncio.

"Está tudo bem", sussurra ela. "Está tudo bem." E a morte não é uma coisa tão terrível agora que ela viu a luz, sentiu-a abrindo caminho nela, lavando-a até ficar limpa. No chão à sua frente há dois buracos, cada um com poucos centímetros de largura e envolto de ouro e platina batidos.

Ela se lembra da moeda do Beleguim, ouro por ouro, e enfia a mão no bolso fundo da veste, onde a guardou em segurança antes de Madame Hippodamia conduzi-la à espera na pequena alcova com cheiro de mirra, na companhia de Mestre Solace. Ouro por ouro, e o buraco no centro da moeda não é muito diferente das bocas gêmeas do dragão.

"Acabe logo com isso", diz ela e se inclina para a frente e enfia os dois braços nos buracos, a moeda do Beleguim apertada na mão direita.

Lá dentro, os buracos são quentes, e a pedra virou carne, carne e gosma e dentes afiados que acariciam com ansiedade os dedos dela e pinicam os pulsos. O bafo venenoso de Nidhogg sobe dos buracos, enxofre e vapor, cinzas e fumaça ácida, e Jane abre a mão e coloca a moeda na língua espinhosa do dragão. A terra ribomba violentamente de novo, e Starling Jane espera a boca se fechar.

Mas o poço suspira, faz um barulho como se o mundo estivesse se remexendo em seu sono, e há apenas frio, pedra dura ao redor dos braços dela. Ela ofega, puxa as mãos rapidamente dos buracos e olha sem acreditar, todos os dez dedos bem ali na cara dela, e só alguns arranhões, algumas gotas de sangue escuro para provar que houve algum perigo.

Bem acima, o anfiteatro explode em um clamor trovejante, um pandemônio alegre e aliviado de gritos, berros e palmas, uivos, gargalhadas e alguém tocando o sino de navio de novo e de novo.

Jane se senta nos calcanhares e olha para o luar, deixando que caia nela, bebendo a radiância impossível pelas pupilas cada vez menores e por cada poro do corpo, deixando que a encha e a prepare para as infinitas noites futuras, toda a escuridão incontrolável que há pela frente. Quando não consegue mais absorver uma gota sequer, Starling Jane se levanta de novo, faz uma reverência, só uma, para Nidhogg Rootnibbler, exatamente da forma como Madame Terpsichore disse que ela devia fazer, e a garota começa a longa caminhada pela passarela até a alcova. Com aplausos chovendo ao redor dela e o luar nos olhos, parece não demorar nada.

INSECTUM.

HIST.XXIII

23. A FILHA DO QUATRO DE OUROS

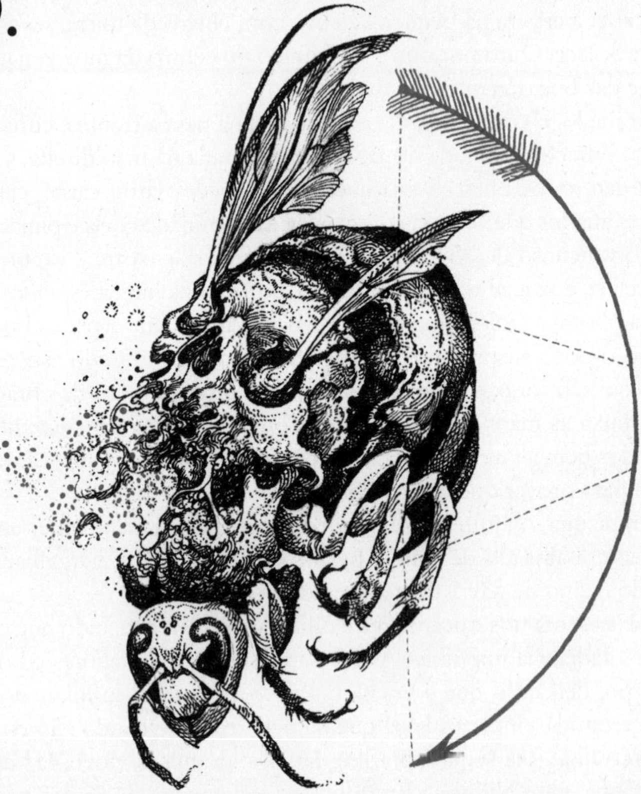

Vesperum Putrefatus

FEMINAM —— *TRES CENTUM ET OCTOGINTA SEX*

P.386

Ela me levou até o meu romance Daughter of Hounds, a garota morena no sótão, Pearl e todos os dias de aprisionamento do pai desaparecido. Escrito em uma antiga escola de Atlanta, enquanto minha mente andava pelas ruas de Providence. O inferno cabe na palma da mão.

KIERNAN OFFICINARUM INVESTIGATIONIS

CAITLÍN R. KIERNAN

A garota morena que passou os últimos setenta e cinco anos trancada no sótão da grande casa amarela da Benefit Street respira fundo o ar parado e mofado e o prende por vários batimentos. Depois, suspira, expirando estagnação e torpor, e verifica o relógio de bolso do pai novamente. Mas os ponteiros ainda estão parados, marcando precisamente sete e trinta e três e quinze segundos. Ela sabe que vão começar a se mover de novo assim que houver uma batida na parte de baixo do alçapão do sótão e se remexe com impaciência no banquinho baixo de madeira. Ela se pergunta quem vai bater desta vez, se vai ser homem ou mulher, menino ou menina, vampiro ou só um dos pequenos roubados. Talvez seja alguém que se lembre do nome dela, alguém que já foi antes, talvez até a mesma pessoa da última vez. Isso acontece de vez em quando, ela receber a mesma pessoa duas ou até três vezes seguidas. Se ela tiver muita sorte, vai ser alguém que se lembra do nome da garota morena e por que ela está aqui, alguém que queira conversar, que vai ouvir, antes de o alçapão ser fechado novamente e de os ponteiros do relógio de bolso do pai pararem de se mexer.

"Estou pronta agora", diz ela baixinho, fingindo ter alguém lá embaixo que se importa, fingindo que talvez tenha alguma magia secreta que possa apressá-los.

Ao redor, o sótão está tão imóvel quanto um quadro pintado a óleo. Aranhas estão paradas em teias parcialmente tecidas. Um bilhão de grãos de poeira pairam no ar como globos fixos de um modelo celeste de um astrônomo, movendo-se apenas quando a passagem dela os faz rodopiar brevemente e bater uns nos outros. Se há tempo aqui, é uma coisa covarde e desdentada.

"Estou *pronta* agora", diz ela novamente, com mais vigor do que antes, e tem uma batida repentina no alçapão. Ela pula ao ouvir o som, quase perde o equilíbrio e cai do banco, o coração disparado na caixa torácica de carne e osso. A garota morena prende a respiração e segura as beiradas do assento, as pontas dos dedos afundando na madeira, então escuta com ansiedade as chaves de ferro girando em cadeados e aros enferrujados sendo movidos. Ela olha para o relógio do pai e vê que os ponteiros das horas, dos minutos e dos segundos começaram a se mexer, que quarenta e três segundos já passaram despercebidos.

As dobradiças do alçapão gemem alto, como uma fronha cheia de ratos furiosos, e um momento depois tem um garoto pálido cheio de sardas com um lampião tremeluzente olhando para ela, apertando os olhos na escuridão, assim como ela aperta por causa de tanta luz. Ela está decepcionada porque esse menino não é alguém que ela já tenha visto, mas é uma decepção bem pequena, facilmente descartada e esquecida.

"Oi", diz o garoto, e ela acha que ele deve ter a idade dela, doze, talvez treze anos, no máximo.

"Oi", responde ela. "Tome cuidado com a escada. Acho que o penúltimo degrau pode estar solto."

O garoto pisca e assente. O cabelo dele tem cor de canela, e os olhos são verdes, não prateados, então ela sabe que ele deve ser um dos meninos roubados, porque todos os vampiros têm olhos como mercúrio derramado. Ele está de macacão e camiseta branca.

"Acho que não vou subir completamente", diz ele, "então não deve importar."

O coração da garota morena despenca, e ela se levanta tão rapidamente que derruba o banquinho. O som do banco batendo no chão é bem alto, e o garoto faz cara feia para ela e desce um degrau ou dois na escada.

"Não, não, não vá ainda", suplica ela, colocando imediatamente o banco no lugar e se virando para olhar para ele de novo. "Nós podemos conversar. Podemos contar histórias um para o outro. Você ainda nem me disse seu nome."

O garoto olha para ela e depois para a escada, para além dos pés, para o patamar perdido em algum lugar nas sombras abaixo.

"Meu nome é Airdrie", diz ele.

"Eu nunca ouvi esse nome", diz ela e dá um passo cauteloso para perto do alçapão.

"Bom, agora ouviu. Não é nada de especial."

"Meu nome é...", a garota começa a dizer, mas ele a interrompe.

"Eu sei o seu nome. Você acha que me mandariam aqui sem me dizer seu nome?"

"Poderiam. Já fizeram isso antes. A última não sabia meu nome. Eu tive que dizer pra ela."

O garoto olha para os pés de novo e sobe a escada até estar de pé quase no alto.

"A última", diz ele. "Há quanto tempo foi isso?"

A garota morena olha para o relógio do pai.

"Dois minutos e cinquenta e três segundos atrás", responde ela. O garoto parece confuso com a resposta, então ela acrescenta: "Não sei quanto tempo faz *lá* fora. Aqui, faz dois minutos e cinquenta e três segundos".

"Ah", diz ele e coloca o lampião no chão do sótão, perto do alçapão. "Mas deve parecer bem mais do que isso pra você, certo?"

Ela decide ignorar a pergunta porque não é o tipo de coisa em que possa se dar ao luxo de pensar. Todos os dias, meses e anos que passaram, a discrepância entre o sótão e o mundo acontecendo fora do sótão, o que o pai certa vez chamou de "contrariedade temporal".

"Seu nome é Hester", diz o garoto, então talvez ele não esperasse mesmo que ela respondesse à pergunta. "Você é a filha do alquimista. Está no sótão desde o dia 12 de agosto de 1929, o dia depois que..."

"Meu nome é *Pearl*", responde ela, corrigindo o garoto antes que ele pudesse terminar.

Ele balança a cabeça e arqueia as sobrancelhas com ceticismo. "Seu nome não é Pearl", diz ele. "É Hester. Por que você me disse que seu nome é Pearl?"

"O que me mandaram desta vez?", pergunta ela, mudando de assunto. "Espero que tenha uma maçã. Ou uma ameixa."

"Por que você disse que seu nome é Pearl?", persiste o menino, e a garota morena dá de ombros e senta no chão, entre o banco e o lampião. A verdade é que o pai a chamava de Pearl às vezes, mas ela não quer contar a verdade para esse garoto de cara feia.

"É só uma brincadeira", mente ela. "Eu sei muitas brincadeiras."

"É", diz o garoto, evitando cuidadosamente o penúltimo degrau do alto da escada quando sobe o resto do caminho até o sótão. Ele senta do outro lado do alçapão, em frente à garota morena, e limpa a poeira das mãos na parte de cima do macacão. "Acho que ajuda a passar o tempo."

"Não tem tempo pra passar", diz ela, "mas ajuda sempre que fico entediada."

O garoto assente, como se entendesse o que ela quer dizer, embora ela tenha quase certeza de que ele não entende nada, e ele olha para um lugar atrás dela, para a meia-luz e a escuridão às suas costas.

"É bem maior aqui em cima do que achei que seria", diz ele, inclinando o pescoço para olhar para as vigas baixas. O brilho do lampião a óleo é refletido na parte de baixo das vigas largas, os cadáveres de pinheiros brancos antigos caídos, cortados e arrastados até Providence desde as florestas do oeste de Massachusetts. O pai dela contava histórias de como e por que a casa foi construída, como aquelas vigas foram colocadas ali em 1764, a geometria complexa das vigas, da estrutura, hastes e pendurais, triângulos posicionados dentro e apoiados em triângulos, energia etérica canalizada e refinada para criar uma espécie de guarda-chuva protetor acima da casa amarela e das catacumbas entrecruzadas embaixo do piso.

"Mandaram frutas?", pergunta ela sem querer parecer impaciente, mas cansada de esperar. "Mandaram doces?"

O garoto enfia a mão em um bolso do macacão e tira um lenço estampado grande amarrado com um pedaço curto de fita. Ele passa para a garota, os dedos roçando acima do alçapão, e o garoto logo puxa a mão de volta, assim que ela pega o pacote. Ela não pergunta o que ele sentiu porque não quer saber. Normalmente, eles tomam cuidado para não tocar nela.

O lenço estampado é quase todo roxo, o mesmo roxo da parte inferior das nuvens de tempestade, e o pedaço de fita é branco, envelhecido e amarelado. Ela desamarra rapidamente a fita, e o lenço se abre e revela uma maçã, dois doces em forma de bengala, um pacote de chiclete Black Jack, uma lata de sardinhas e uma bola de borracha azul. Ela pega a maçã e a esfrega na frente do vestido, depois coloca junto do resto.

"Não é muito, né?", pergunta o garoto e, quando a garota morena olha para ele, ele está sentado, olhando com atenção para os dedos da mão direita, os dedos que roçaram os dela.

"Ah, é o bastante", responde ela. "Não preciso de muito. Consigo fazer isso durar até a próxima vez. Essa é outra brincadeira legal, fazer as coisas durarem."

O garoto chamado Airdrie parece em dúvida, franze a testa e sopra as pontas dos dedos. "Por que sua mão é tão fria?", pergunta ele. "Eu juro, acho que tive uma geladura."

"Não, não teve", diz ela. "Não seja infantil." A garota morena examina a bola de borracha, satisfeita porque a srta. Josephine lembrou que ela perdeu a laranja que deram para ela na penúltima vez. Agora, ela pode jogar cinco marias novamente, e promete a si mesma que vai ser mais cuidadosa com a bola do que foi com a laranja. Ela a quica no chão e pega, depois coloca no lenço aberto.

O garoto para de soprar os dedos e olha para ela.

"Você nem parece se importar", diz ele.

"Me importar com o quê?", pergunta ela, cheirando as bengalas para ter certeza de que são de cravo, e não de menta. "Não me importo com o quê?"

"De ficar presa aqui o tempo todo. De ser como uma prisioneira."

"Eu não sou prisioneira", responde ela, colocando os doces no lenço. "Sou só uma garantia."

"Você não pode sair", diz o garoto. "Não pode nunca sair do sótão. Parece, sim, que você é prisioneira."

"Você não conhece os detalhes. Só isso."

"Eu sei que seu pai deixou você aqui com a srta. Josephine pra que os ghouls não o matassem pelo que ele fez. Todo mundo na casa sabe disso. Caramba, sabem disso até em Boston."

A garota morena enrola tudo no lenço estampado cor de tempestade e amarra a fita com força, para que não caia nada quando ela não estiver olhando. Ela observa o garoto por um momento, sem falar.

"Você está aqui em cima há mais de setenta e cinco anos e está me dizendo que isso não a incomoda?", pergunta o garoto. "Você devia ser uma velha, mas ainda é só uma criança."

"Meu papai vem me buscar", responde a garota morena, tentando muito falar com segurança. Ela está começando a desejar que o garoto desça a escada, feche o alçapão, tranque os cadeados e a deixe em paz. "Ele vai voltar qualquer dia desses."

"Você ainda acredita nisso?"

"Tem algum motivo pra não acreditar?"

O garoto olha para as vigas de novo. "Você já subiu lá?", pergunta ele.

"Algumas vezes", diz ela, mas não explica mais do que isso. Ela tem muitos lugares secretos embaixo do telhado da casa amarela. Lugares onde esconde coisas que não significam nada para ninguém além dela. Buracos, esconderijos e cantinhos, fissuras na madeira velha das vigas. Pedaços de doces e enigmas não respondidos escritos em pedaços de papel rasgados dos livros do pai. Um pedaço de pedra-sabão verde-sálvia entalhado com os nomes de quatro dos Nefilins. Um espelho rachado de um sextante, as pétalas secas de uma rosa do jardim da srta. Josephine.

"É mesmo bem maior do que achei que seria", diz o garoto de novo.

A garota morena olha para o relógio de bolso do pai e vê que quase quinze minutos se passaram desde que o garoto bateu no alçapão. Consegue sentir o tempo passando denso por ela agora, grudento como melado, e tenta imaginar como as coisas eram antes de o pai ir embora e de eles a prenderem no labirinto inteligente e inviolável da "contrariedade temporal". Como as coisas eram quando ela era como todo mundo, seguindo impotente no tempo, afogando-se nele como todas as outras crianças, correndo para a idade adulta e para o túmulo. Como aguentou o *peso* do tempo a empurrando.

"Quero ver os globos de neve", diz o garoto, levantando-se e tirando poeira do traseiro do macacão.

"*Não* são globos de neve", responde a garota morena, certa agora de que gostaria que ele fosse embora, que prefere ficar sozinha novamente, sem o relógio tiquetaqueando e sem a passagem sufocante dos momentos. "Não é esse o nome deles."

"É assim que a srta. Josephine chama."

"A srta. Josephine não sabe de tudo."

"Bom, não ligo pra que nome é ou não, *Hester*. Eu quero ver."

Isso é novidade. Nunca alguém pediu para ver o trabalho do pai dela, as centenas de esferas de cristal que são o motivo de ela ter sido trancada ali. Ela sempre supôs que devia haver alguma regra contra isso, e talvez haja, mas esse garoto de cabelo cor de canela não se importa com as regras.

"Não sei se devo. Se devo mostrar a você", diz ela, embora, na verdade, a ideia de levar o garoto até as prateleiras altas e os armários onde as esferas foram cuidadosamente arrumadas e catalogadas pelo pai provoque uma espécie de emoção lá no fundo. "Pode não ser uma boa ideia."

"Então acho que vou dar uma olhada sozinho", diz ele, mas quando estica a mão para o lampião ela o pega primeiro. Ela sabe que ele não vai tentar tirar o lampião dela, ainda mais depois do frio que sentiu quando seus dedos se roçaram acima do alçapão. Também sabe que ele não vai até as profundezas do sótão sozinho, sem o conforto frágil do lampião. Ela olha para o relógio de bolso novamente. Dezenove minutos e catorze segundos desde que ele bateu.

"Eu mostro", diz ela, "mas você não pode tocar em nada, entendeu? E não saia andando sozinho. Tem outras coisas aqui além das esferas, e você não ia querer ver. Não ia querer que elas vissem você."

O garoto olha para o alçapão, como se talvez fosse amarelar e descer a escada. Mas se vira, olha para a ampla escuridão novamente e assente devagar.

"Tudo bem", diz ele. "Mas eu carrego o lampião."

"Não, não carrega", diz ela. E, antes que o garoto de cabelo cor de canela chamado Airdrie possa dizer qualquer outra coisa, a garota morena pega o lenço roxo e, segurando o lampião como uma espada flamejante de arcanjo, o conduz pelas estantes bambas e pelo pedestal de mármore que sustenta o busto de Poseidon. O sótão da casa amarela na Benefit Street se fecha com avidez ao redor deles.

I

Maryse abre os olhos e pisca para a névoa em movimento e para a mancha leve e avermelhada tentando se passar pelo sol. Por um momento, não consegue lembrar onde está, e nada daquilo, nem a névoa nem a vela pendurada no mastro da mezena ou o fedor salgado de peixe do mar, nada tem significado para ela. Naquele momento, que pode ser só o fim de um sonho, nada é mais concreto do que a dor aninhada com firmeza entre os olhos, a dor que leva à náusea e à tontura assim que ela senta. De repente, ela se lembra de tudo e quase daria a alma para esquecer de novo.

Tiros, o cheiro de sangue, fumaça e pólvora usada; o medo e a raiva brilhando nos olhos do capitão antes de os amotinados darem um tiro na cabeça dele e jogarem o cadáver pela amurada do barco; o pastor passando piche na roupa, botando fogo em si mesmo depois de renunciar a Cristo e gritar aos céus para arrastar o barco até o inferno; todas as coisas indescritíveis que foram feitas por e com os outros passageiros; a sede, o calor, a fome e o golpe repentino na parte de trás da cabeça de Maryse, que devia tê-la matado.

O Atlântico bate com impotência no casco grosso do *Cumbria*, água em madeira produzindo um som fraco e faminto como o de um velho sem dentes; lábios, gengivas e saliva batendo incansavelmente, sem resultado algum. Maryse tenta lembrar como entrou no bote salva-vidas, mas é uma coisa que a dor parece ficar escondendo, uma coisa que não quer que ela saiba, ao menos ainda não. Há um buraco aberto no fundo do barco e um pequeno machado caído ali perto.

"Eu fiz isso?", pergunta ela e estica a mão para o machado, mas puxa de volta quando vê a casca de sangue seco no cabo. Pensa em tentar sair do bote e voltar para o convés, em revistar o navio para ver se tem mais alguém vivo, mas talvez seja melhor não ver o que encontraria, ou o que a encontraria, então olha para o mar.

Poderia muito bem ser um espelho prateado, um espelho suavemente ondulante que se estendia em todas as direções até se perder na névoa. Não tem como ter certeza de quanto tempo ela ficou inconsciente no bote, mas ela sabe que o *Cumbria* foi abonançado quinze dias antes de a tripulação se virar contra o capitão Malmstrom. Aquele podia ser o décimo sexto dia desde que o navio entrou na névoa em algum lugar ao sul e ao oeste de São Filipe e do arquipélago de Cabo Verde. Ou podia ser o décimo sétimo. Não parece ter importância agora. Eles não iriam mais longe, Maryse e o Cumbria. A família dela está morta, as duas irmãs, o pai e a mãe, todos indo para a Cidade do Cabo, rumo a uma nova vida em uma fazenda de tabaco sul-africana. Ela é a última. Vai estar morta em pouco tempo, sem dúvida, se houver misericórdia.

Mas não há misericórdia, pensa ela. *Nenhuma. Deus me esqueceu, e não tem misericórdia nenhuma agora. Seguimos para fora do mundo, para alguma região condenada e infernal.* Ela se deita no bote e olha para a névoa. A cabeça dói um pouco menos quando ela está deitada, e, além do mais, ela não quer mais ver o mar.

Ela imagina um corvo preto enorme empoleirado no turco acima da cabeça, observando-a com olhos da cor de ouro derretido, e Maryse lembra a si mesma de que é só a febre, só a sede, só sua mente se afastando da sanidade enquanto o corpo desiste do fantasma. Um tempo depois, quando a mancha de sol se arrasta na direção do meio-dia, o corvo grasna uma vez e se dissolve em um cintilar de pétalas de rosa cor de ébano. Maryse fecha os olhos e se esforça para imaginar-se em casa de novo, na mansão do pai em Kent, no bosque onde a mãe lhe mostrou um anel de fadas, onde ela e as irmãs brincavam de rei Arthur e os cavaleiros da Távola Redonda e ela sempre era Guinevere. As pétalas de corvo, que têm cheiro de alcaçuz e pó de carvão, pousam levemente no rosto dela, e Maryse percebe pela primeira vez que alguém tirou seu vestido. Tem manchas marrons duras na frente da anágua de musselina, mas é melhor não pensar nisso também.

O fantasma do pastor está sentado aos pés dela, e tem outro corvo de olhos dourados empoleirado no ombro dele. O rosto do homem foi queimado quase além do reconhecimento possível, mas sobrou o suficiente para que pudesse sorrir para ela. Os dentes quebrados têm tons de amarelo, marrom e marfim.

"Por que você ainda está aí, moça?", pergunta ele, mas ela não responde. "Acha que tem um anjo que vem levar você para o paraíso? Acha que sua força será recompensada?"

Maryse fechou os olhos para não ter de vê-lo. "Aqui não é o inferno?", pergunta ela ao fantasma. "Você não mandou todos nós para o inferno?"

"Não, eu não sei onde estamos", responde ele, e o corvo ri do homem. Tem um estalo como de papel queimando, mas Maryse fica com os olhos bem fechados. "Não posso dizer com certeza", murmura o pastor, "mas não acredito que aqui seja o inferno. Acho que estamos perdidos, só isso. Acho que nem estamos mais no mar."

"Estão todos mortos", diz Maryse, tentando não pensar no que ele quis dizer com *nem estamos mais no mar*, e o som de estalo para.

"Ah, não preocupe sua cabecinha bonita, garota. Você não está muito atrás deles."

O corvo bate as asas, e Maryse quase se lembra de como era o som das velas, agitadas e inchadas com o vento, levando-os rapidamente pelo mar cintilante.

Se eu tivesse asas pretas, pensa ela, *poderia sair voando daqui. Se tivesse asas, poderia voar para casa.*

"Tudo em um céu ardente de cobre", grasna o corvo. "O sol sangrento ao meio-dia flutua, bem acima do mastro, não muito maior do que a lua."

"Mande ele calar a boca", diz ela, mas o pastor não responde.

"Dia após dia, dia após dia", continua o pássaro, alheio, "parados, ficamos sem sopro nem movimento; tão imóveis quanto um navio pintado em um oceano pintado sem vento."

"Mas não tinha albatroz nenhum", sussurra Maryse, a boca tão seca que está ficando difícil falar, os lábios rachados a ponto de ela sentir gosto de sangue.

"Então era algum outro pecado", diz o pastor. "Não vamos começar a nos achar inocentes, criança. Sempre tem pecado suficiente pra todo mundo, haja ou não um albatroz."

Maryse engole em seco, a garganta em carne viva como o piso de um abatedouro, e ela fica deitada bem, bem parada, ouvindo o pássaro recitar Coleridge. Ela se pergunta quanto tempo vai demorar para todos os outros encontrarem o caminho até o *Cumbria* e quanto tempo desta vez até que a tripulação se amotine, quanto tempo até o suicídio do pastor e se ela vai chegar ao bote salva-vidas novamente.

II

O velho senta em uma cadeira bamba perto da única janela do pequeno apartamento. Na mesa dobrável de alumínio à frente dele há um revólver, uma caixa de balas calibre .45, a navalha de cabo perolado que ele tem desde seus dias na Coreia, uma Bíblia que roubou de um quarto de hotel em Toledo anos antes e fotografias empilhadas como um baralho. Algumas das fotografias são em preto e branco, estão amassadas e ficando amareladas nas pontas, algumas polaroides apagadas, outras coloridas. O apartamento tem com cheiro de comida frita, inseticida Raid e cigarros velhos. Está muito, muito silencioso no aposento com a cadeira bamba e a mesa dobrável de alumínio, e não há qualquer som vindo do mundo lá fora, porque, como o velho consegue perceber, não tem mais mundo lá fora.

Ele não consegue se lembrar da última vez que comeu, que mijou ou que ouviu outra voz humana. Ele às vezes dorme na cama estreita com um vão no meio encostada em um canto do quarto, mas não sonha. Troca de roupa, muda de uma camiseta branca para outra, de uma cueca boxer para outra.

O velho pega a fotografia do alto da pilha e olha pela janela. Há uma cortina, um pedaço de tecido sujo com girassóis de mentira impressos. Quando reza, o que acontece com menos frequência do que a troca de cuecas, ele agradece a Deus por aquele pedaço de pano, sente-se grato por haver alguma coisa entre ele e a vista, para que ele só tenha de olhar quando precisa ser lembrado.

A fotografia colorida na mão dele foi tirada no dia 4 de julho de 1973. Ele sabe disso porque a data está escrita atrás com a caligrafia curva e inclinada para a esquerda da esposa morta. Há três crianças na fotografia, e uma piscina de plástico. Ele coloca a fotografia na parte de baixo da pilha e pega a seguinte do alto. Essa é em preto e branco, ele com dezesseis anos, sorrindo com orgulho e segurando o rifle que o pai lhe deu de aniversário, a primeira arma que usou para matar alguma coisa. Ele olha para a cortina de novo, depois coloca a foto no fundo da pilha.

A terceira fotografia o mostra aos quarenta e cinco anos, o filho com vinte e um, em um píer em Destin, Flórida. O filho está sorrindo e segurando o xaréu de três quilos que pegou naquele dia. Não tem data na parte de trás dessa foto. O velho a coloca ao lado da navalha de cabo perolado e fecha os olhos por um momento. Quando abre novamente, há uma barata em cima da foto, e ele dá um peteleco e a joga longe com o indicador direito. Está tão silencioso no apartamento que ele consegue ouvir o inseto bater no chão do outro lado da sala e sair andando.

O velho tenta lembrar quanto tempo faz que ele botou iscas nas ratoeiras embaixo da pia. Acha que foi no mesmo dia em que olhou pela janela da última vez. As ratoeiras nunca pegam nada, mas os pedaços de pão velho e de cereal sempre sumiram quando ele olhava.

Ele empurra a cadeira bamba para longe da mesa, as pernas gemendo alto ao deslizarem pelo piso de linóleo, depois se levanta e olha novamente para a cortina de girassóis que esconde a janela. Às vezes, imagina que a cortina se move levemente em uma brisa que não existe; às vezes, pensa que ouve pássaros, tráfego e vozes humanas. Então, ele sempre leva a Bíblia junto quando vai até a janela, quando não aguenta não olhar, a Bíblia e o revólver, porque os sons que imagina podem ser os demônios esperando além dos limites do purgatório. Ele sabe que nem a Bíblia nem a Colt os impediriam se eles encontrassem um caminho, mas a primeira o faz se sentir melhor e ele poderia usar a segunda para botar uma bala na cabeça antes que os demônios o alcançassem. Ele pega a arma primeiro, abre o tambor para ter certeza de que não tem nenhuma câmara vazia, fecha-o novamente e pega a Bíblia King James roubada. Ele a leu seiscentas e quarenta vezes, de cabo a rabo, desde que o mundo foi embora e o deixou ali.

A janela nunca está a mais de cinco passos da mesa. O velho usa o cano da pistola para empurrar a cortina para o lado.

Desta vez, ele pensa, *a cidade vai estar lá fora. Desta vez, a cidade vai estar lá fora e eu vou poder ver até o lago Michigan.*

E ele também pensa: *Ou os demônios vão ter passado, e não vai ter sobrado nada além de fogo chovendo do céu e rios de sangue.*

A cortina de girassóis desliza com facilidade pelo trilho de metal, da esquerda para a direita, e em um momento o velho consegue ver que nada lá fora mudou: não tem cidade, nem vista do lago Michigan, nem demônios, nem rios de sangue coagulando. Só o espaço curto entre a janela do quarto andar e o lugar onde o mundo acaba. Está tão próximo que daria para tocar se ele se inclinasse para fora da janela e usasse o cabo da vassoura. Mas ele nunca fez isso, e acha que nunca vai fazer porque não quer saber o que aconteceria.

Ele consegue se ver refletido suavemente na superfície lisa e meio brilhante, o rosto que ele não barbeia há dias, as manchas escuras embaixo dos olhos, o cabelo sujo, a arma preta na mão direita. Ele olha para baixo, mas a parede de tijolos do prédio e a superfície brilhosa somem em uma névoa densa, uns três metros abaixo do parapeito. O terceiro andar está perdido na névoa. Ele olha para cima e tudo está igual, uma névoa cinza em movimento e uma coisa branca que pode ser o sol ou só um buraco no céu que não está mais lá. Nunca fica escuro, mas ele tem quase certeza de que não chamaria isso de luz do dia.

Ele pulou uma vez, pouco depois que começou, mas acordou outra vez na cama com uma dor de cabeça lancinante e uma coisa grudenta que parecia piche, mas tinha cheiro de vômito, manchando as roupas. Por isso, ele nunca mais pulou.

Ali, de pé, olhando a si mesmo olhando para si mesmo, ele fala um palavrão e faz promessas loucas e sem esperanças envolvendo a arma e a navalha, promessas que sabe que é covarde demais para cumprir. Se não fosse, ele desconfia que não faria diferença. Ele poderia enfiar o revólver na boca e explodir a cabeça, ou cortar a garganta de orelha a orelha, mas só acordaria na cama de novo, fedendo a vômito. Porque velhos que foram condenados não saem do purgatório com balas e lâminas de aço afiadas.

Ele fica na janela até não conseguir suportar a visão do próprio reflexo, depois puxa a cortina de girassóis e volta para a mesa e para a pilha de fotos.

"Puta merda", sussurra o garoto chamado Airdrie. A garota morena está logo atrás, mas ele quase se esqueceu dela. Eles estão perto do que pode ser o centro do sótão da casa amarela, mas ele não tem como ter certeza disso. Ele a seguiu pela escuridão e pelo amontoado de coisas por dez ou quinze minutos para chegar lá, tempo suficiente para ter andado da Benefit Street até o velho observatório na Hope se quisesse fazer uma caminhada. Airdrie tinha acabado de decidir que o sótão continuava para sempre, ou que eles deviam estar andando em círculos, quando finalmente pararam em uma área de luar prateado brilhando por uma vidraça estreita no teto da casa. Fileiras de cristaleiras altas estão organizadas embaixo da claraboia, e as esferas de vidro que guardam cintilam como pedras preciosas iridescentes. *Parecem pérolas*, pensa ele, lembrando quando Hester mentiu para ele sobre seu nome.

"Deve haver umas *mil*", diz ele.

"Ah, consideravelmente mais do que isso", responde a garota morena com orgulho.

"Eu ouvi algumas histórias, mas nunca achei que havia tantas." E ele tem certeza de que nenhum dos outros – dos outros Filhos do Cuco e dos filhotes de ghouls – vai acreditar nele.

"Eu não devia ter trazido você aqui", diz a garota morena com ansiedade. "Devíamos voltar agora."

"Quantas *mais* do que mil?", pergunta ele.

"Eu não me lembro exatamente, mas nós devíamos..."

"Como você sabe? Já contou todas?"

Airdrie dá um passo na direção da estante mais próxima, tão alta que chega quase até o teto inclinado do sótão. É feita de tábuas grossas de uma madeira escura, madeira envernizada cor de chocolate, e as prateleiras estão cheias de poeira, teias e esferas de vidro, centenas delas. A maioria não é maior do que um ovo de galinha, mas algumas são do tamanho de nabos, e pelo menos duas têm o dobro desse tamanho. Ele pega uma das menores e a segura sob o luar. A esfera é bem fria ao toque, assim como a mão da garota morena, e a superfície gira com cores, como um arco-íris oscilante de óleo em água.

"*Não!*", grita a garota morena e tira a esfera dos dedos dele. "Você não pode *tocar*. Nem eu devo tocar nelas. *Nunca*."

"Eu não ia deixar cair", diz ele com timidez e se afasta da cristaleira.

"Isso não importa, Airdrie", repreende ela, devolvendo com cuidado a esfera ao seu lugar na prateleira, o círculo perfeito de madeira limpa onde deve ter ficado por três quartos de século. "Ninguém toca nelas. Foi o que meu pai disse, e por isso é a regra."

Airdrie dá de ombros e olha para os dedos da mão que seguraram a esfera. Estão formigando de leve, quase dolorosamente, e ele pensa que o frio poderia tê-lo queimado se ela não a tivesse tirado da mão dele.

"Foi por isso que o mandaram embora?", pergunta ele e sopra as pontas dos dedos para aquecê-las.

"Ele disse que eles não entendiam", responde a garota morena, virando-se para olhar para ele, dando as costas para o armário alto.

"Não foi isso que eu perguntei", diz Airdrie. "Eu perguntei se foi por isso que o mandaram embora."

"Eu sei o que você perguntou. Eu tenho ouvidos."

"Então por que você não simplesmente responde minha pergunta?"

"Você nunca teve pai, teve?", pergunta ela. "Não que consiga lembrar. Os ghouls roubaram você da sua mãe e do seu pai quando você era pequeninho, então você não entende."

"Não entendo o quê? Eu entendo que é grosseria não responder uma pergunta."

"Mas não que tem certas perguntas que são grosseria. Você é igual aos cachorros que criaram você."

"O que *isso* quer dizer?"

"Não importa. Mas eu não devia ter trazido você aqui, e agora você tem que ir."

Airdrie ouviu histórias de que a garota morena é maluca, que viver sozinha no sótão e nunca envelhecer a deixou maluca, e está começando a acreditar nelas, mesmo que a srta. Josephine e a Madame Terpsichore tenham dito o contrário. Ali, de pé, olhando nos olhos castanhos de veludo penetrantes, ele pensa que talvez ela tenha ficado completamente louca e que isso talvez tenha de ser mantido em segredo.

"Sua mãe era mesmo índia?", pergunta ele. "Foi o que eu sempre ouvi."

"Eu não me lembro dela", responde a garota morena, balançando a cabeça.

"Está vendo? Você está fazendo de novo. Isso não é resposta. Eu não perguntei se você se lembrava dela ou não."

"Sim", diz a garota morena com rispidez e se vira de costas para ele novamente. "Minha mãe era índia. Era uma montauk que meu pai trouxe para Providence, de Long Island. Eu quero que você vá embora."

Airdrie percebe que os dedos pararam de formigar e contorna Hester para olhar novamente as esferas.

"Não se preocupe", diz ele. "Não vou tocar em nenhuma. Só quero ver, mais nada. Seu pai disse alguma vez que ver era contra as regras?"

"Não. Ele nunca disse isso. Mas sei que não devia ter trazido você aqui."

"Mas já trouxe, então pode muito bem me deixar ver por que falam tanto." E Airdrie se inclina para perto de uma das esferas maiores; o vidro está muito poeirento, mas ele ainda consegue identificar as cores oleosas rodopiando na superfície. Há dois símbolos que parecem ter sido entalhados na esfera com alguma coisa afiada, um Ω, do qual ele se lembra das aulas, e uma coisa que parece um olho aberto no centro de dois triângulos entrelaçados.

"O que isso significa?", pergunta ele, apontando para os símbolos, mas a garota morena não responde. "É magia?"

"É *tudo* magia", suspira ela com impaciência. "Você já viu o suficiente, não viu? Não vão começar a querer saber aonde você foi?"

"Pode ser", diz ele, "mas a srta. Josephine disse que eu podia conversar um pouco com você se quisesse."

"Mas aposto que não disse que você podia sair perambulando pelo sótão."

Airdrie sopra a poeira de cima da esfera e incomoda uma aranha avermelhada e gorda na qual ele não tinha reparado, e ela sai correndo para as sombras.

"Não *faça* isso", diz a garota morena e coloca uma mão forte no ombro dele. "Eu falei..."

"Eu não toquei. Só soprei, só isso."

"Não toque *nem* sopre."

Airdrie a ignora e mantém o olhar na esfera. Ele acha que talvez a iridescência esteja um pouco mais fraca do que antes de ele soprar a poeira, e agora parece ter alguma coisa dentro.

"Eu fiz isso?", pergunta ele, e a garota morena resmunga baixinho, com raiva. Airdrie percebe que a coisa dentro da esfera é água, a superfície lisa e calma de um mar, e que há um navio pequenininho flutuando nele. Ele conta os mastros, quatro da proa à popa, e a superfície da esfera fica leitosa, esconde o navio de vista. De repente a mistura iridescente de cores volta, mais intensa do que antes.

"*Só* isso?", diz ele, rindo e olhando para a garota morena. "Um navio em uma garrafa? Seu pai construía navios..."

"Não é uma garrafa", diz ela, olhando para a esfera, e não para ele.

"Bom, é quase a mesma porcaria, não é? Não consigo acreditar que mandaram seu pai pra Weir e trancaram você aqui porque ele construía uns naviozinhos dentro de bolas de vidro."

"Ele não construía nada", diz a garota morena bem baixinho. "Ele só encontrava coisas."

III

Asrith Wagoti verifica a configuração da luva, vê que ainda tem pressão suficiente na bolsa de punho para dar seis ou sete disparos, e então desvia o olhar da fenda profunda e observa o céu sem cor. A névoa pesada paira acima da geleira, mas pelo menos ainda não entrou nas fissuras. Ela dilata as narinas e fareja o ar gelado, apura os ouvidos sensíveis, procurando o mais leve rastro dos perseguidores olgálnicos ou de seus drones mecânicos. Eles estavam tão próximos, quase em cima dela quando ela finalmente deu o último disparo e despistou eles nos túneis, nas cavernas sinuosas de gelo azul que se abriram naquela fenda. Quando tem certeza de que está sozinha, Asrith se agacha na neve, envolve-se nas dobras barulhentas da capa e torce para haver tempo de recuperar o fôlego antes de eles descobrirem para que lado ela foi.

Alguns flocos de neve espiralam lá em cima, caindo nos ombros largos e nos antebraços expostos, os pontinhos brancos brilhando na pele anil sem pelos.

Ela perdeu a conta de quantas vezes se viu escondida na mesma fenda, ou há quanto tempo os perseguidores estão atrás dela nas entranhas da geleira que desce dos flancos estéreis de obsidiana das montanhas Szurshee. Mas nunca há provas de que ela já seguiu aquele caminho. Às vezes, Asrith tenta lembrar como deve ter começado, os soldados de Olgaln alcançando-a na nevasca, pegando-a desprevenida, e ela nunca teria conseguido atravessar o vale amplo até o pequeno lago do outro lado, o lugar onde devia encontrar o piloto que foi pago para tirá-la do mundo.

Eles estão vindo, diz o dormente implantado na base da parte posterior do cérebro. *Você não pode parar aqui. Eles estão vindo. Vão me encontrar.*

"Cala a porra da boca e me deixa fazer isso", resmunga ela e massageia o cotoco áspero de chifre entre as sobrancelhas. A cabeça toda lateja quando ele começa a falar, e Asrith xinga a si mesma por ter aceitado um fardo tão grande. Ela sempre teve a política de escolher estritamente os pesos-pena criminosos (ladrõezinhos, dissidentes políticos, traidores de memória, clones desertores), certamente ninguém que os Olgaln quisessem tanto a ponto de gastar tempo caçando-a até o inferno.

"Escute, Wagoti, esse vale uma fortuna", disse Skeller depois que ela disse não três vezes e ameaçou trocar de agente se ele pedisse de novo. "É arriscado, pode apostar, mas você é uma das melhores e, se transportar essa carga, nunca mais vai ter que transportar pra ninguém."

Ela riu e mandou que ele fosse se foder com a ponta quente da lança dele, depois terminou a bebida e saiu do bar *sha'lír.* Mas, dois dias depois, quando estava sóbria e só havia a ressaca e a perspectiva de ficar velha com a cabeça cheia de ecos para deixá-la louca, ela fez contato com ele e aceitou o pacote.

Você não consegue sentir o cheiro deles?, resmunga o dormente no fundo da mente dela. *Não consegue ouvir?*

"Não consigo ouvir nada além de *você*", sussurra ela e flexiona o braço esquerdo, armando a luva. O pânico do dormente está começando a penetrar na consciência dela, e se ela precisar usar um dos plugues de barreira para manter a integridade do implante vai ficar mal demais para andar, e mais ainda para escapar de um resgate dos perseguidores.

Acima, a névoa segue sem parar, rolando, encolhendo-se e se rearrumando nos fantasmas prateados de seus piores pesadelos.

Me disseram que você era capaz disso. Eu confiei em você com a minha alma.

Asrith respira fundo, tosse vapor e levanta lentamente de novo. Olha para o local onde o túnel alcança a fenda, uma abertura vertical irregular no gelo, uma cavidade negra como a noite sem estrelas ou luas, e reza para todos os deuses de sua mãe para que tenham perdido o rastro dela.

Há quanto tempo estamos correndo?, pergunta ele. *Estamos correndo há uma eternidade, não é?*

"*Eu* estou correndo, *nas'meer.* Você só vai de carona."

Nós estamos correndo há uma eternidade, responde o dormente sem esperanças. *Por uma eternidade eterna. Nunca houve um antes, nada além dos Olgaln nos caçando e de nós correndo.*

"Você é o maior idiota que já enfiaram na minha cabeça, sabia?"

Você sabe que é verdade, Asrith. Só não quer acreditar.

O primeiro perseguidor sai do túnel e entra na fenda, todo penas, tendões e enxertos, e a vê só alguns segundos antes de ela reparar nele. Ela dispara primeiro, uma explosão ardente de luz tão azul quanto o coração da geleira, mas quente como o sol, e acerta o perseguidor na depressão macia abaixo do esterno. Ele grita de dor, raiva e surpresa, e cai sem vida no chão. Mas os outros estão vindo logo atrás, e Asrith sabe que é impossível ter a mesma sorte duas vezes seguidas.

Você se lembraria disso, murmura o dormente atrás dos olhos dela, s*e não fosse tão covarde. Saberia quantas vezes nós morremos.*

Asrith fecha a mão em punho, e a bolsa implantada no pulso bombeia mais munição para a luva. "É melhor você torcer para eu não sobreviver à sua extração", rosna ela para o dormente e começa a recuar pela fenda quando o segundo e o terceiro perseguidores saem do túnel. Eles são bem maiores que o primeiro, dois cabos vermelhos cheios de bancos óticos espelhados e relés sensoriais giratórios, e se arrepiam, uivam e levantam as armas.

É um beco sem saída, Asrith Wagoti. Não temos para onde correr. Temos que morrer de novo para podermos correr para mais longe.

"Você não sabe. Pode ter outro túnel..."

Os perseguidores começam a disparar, ondas de fogo e trovão presas entre as paredes altas da fenda, concussões que fazem cair filetes de gelo, e Asrith esquece a ideia de se defender e corre para salvar o que sobrou da vida. Ela aperta o polegar esquerdo até a cápsula de plástico embaixo da pele se abrir, ativando a grade de células-escudo alojadas entre a terceira e a quarta vértebra cervical. Mas o escudo foi feito apenas para receber fogo de armas pequenas e entorta e quebra depois do primeiro impacto.

Skeller disse que você era a melhor, sussurra o dormente no ninho eletrostático estalante. *Eu confiei em você com a minha alma.*

Asrith sente o escudo desmoronar, a dor repentina e vertiginosa que quer dizer que não há nada entre ela e as lanças dos perseguidores, e mergulha para se esconder atrás de um pedaço cintilante de gelo e neve que caiu de algum lugar lá em cima.

Ela quase consegue.

De novo e de novo e de novo...

IV

O confederado ferido, o soldado John Bailey, nascido em Albany, Georgia, agora na Segunda Cavalaria da Georgia, se agacha em um emaranhado denso de arbustos de amora e madressilva. Ele treme e segura o cabo da Springfield, a cabeça quase explodindo com o silêncio sufocante da noite fria de novembro. Às vezes, reza por perdão e por um fim à sua dor, mas acha que o Senhor não escuta desertores e covardes, então não espera que suas orações sejam concedidas. Às vezes, chora como uma criança perdida, sozinho na noite do Tennessee, selvagem e devastada pela guerra. Às vezes, tenta lembrar os nomes de todos os oficiais confederados e ianques que já ouviu, depois os condena ao poço mais quente do inferno, um a um. Tem uma bala de mosquete alojada em sua perna esquerda, em algum ponto acima do joelho, e o chão ao redor dele está grudento de sangue. Ele imagina o sol subindo no frio, da cor das rosas vermelhas do jardim de sua avó.

Além da vegetação, há a névoa mais densa que John Bailey já viu, espalhando-se pela floresta do condado de Knox como um batalhão de fantasmas famintos. O mundo todo tomado de fantasmas, o mundo morto, deixado vagando sem propósito nem esperança, só com lembranças inúteis e fracas do que foi perdido.

Esse é o conto de fadas que ele fica repetindo para si mesmo, porque sem dúvida é menos terrível do que a verdade. John Bailey esfrega os olhos e observa o emaranhado escuro de galhos e trepadeiras, desejando poder pelo menos ver a lua, o mesmo crescente prateado que outros homens, homens que de algum modo não caíram fora da face da Terra, olhando para o alto esta noite, também pudessem ver. Mas a névoa esconde a lua e as estrelas, e tudo o que os olhos dos homens vivos poderiam ver está escondido dele.

"Eu não sou um homem morto", sussurra ele. A névoa não lhe responde, de qualquer modo; é um exército de fantasmas sem língua. "Isso é um sonho ou uma febre. Se eu sobreviver até de manhã, alguém vai me encontrar, *alguém*..."

Mas ele para de falar e logo cobre a boca com a mão direita. A voz está alta demais, e a névoa parece fazer truques com ela, colocá-la contra ele.

Nunca vai haver outra manhã, ele pensa, *não neste lugar maldito*, e seus pensamentos parecem quase tão altos quanto a voz.

Na escuridão atrás dele há um tipo de som bem baixo de movimento, e John Bailey rola e olha para a noite e para a névoa, forçando os olhos, o coração disparado em sincronia com a dor na perna esquerda.

Todas as noites têm manhãs no fim.

"Quem está aí?", grita ele. "Apareça!"

Todas as noites têm manhãs.

Não tem mais pólvora e nem balas para a Springfield, e ele perdeu a vareta quando correu para a floresta, onde abandonou o regimento ao seu destino na Concord Road, mas o rifle parece seguro e sólido em suas mãos. Madeira e aço contra todos os medos insubstanciais, e ele encosta a coronha na bochecha e olha o cano comprido, engatilha a arma vazia e espera aparecer seja lá o que estivesse fazendo o som.

Depois de um momento ou dois, o barulho para, e ele fica ali deitado, com o rosto nas folhas molhadas, fraco demais para rolar de novo.

"Ah, Deus", choraminga ele no odor de terra, decomposição e minhocas, no cheiro doce e fermentado do chão da floresta, um fedor que é ao mesmo tempo vida e morte, entrando pelas narinas sem qualquer esforço, da mesma forma como a névoa se move por entre as árvores. "Eu não vou morrer assim. Não vou morrer na terra com minha própria bala na perna."

O som vem outra vez, mais perto do que antes, mas desta vez ele ignora. Desta vez, mantém a cabeça abaixada, tentando lembrar quanto tempo a noite durou, se cochilou em algum momento, se cochilou mais de uma vez e se é por isso que se sente totalmente desorientado. Ele se lembra claramente do crepúsculo, de descer uma ravina íngreme e quase cair no leito estreito do rio abaixo. Mais tarde, depois de atravessar o riacho e penetrar mais fundo na floresta ao sul da estação de Campbell, tudo começa a se misturar, e ele não consegue ter certeza da ordem das coisas.

"A parede", diz John Bailey, "foi isso que veio primeiro." Mas ele sabe que não está totalmente seguro disso. Talvez tenha se escondido na vegetação primeiro, depois saiu andando e encontrou a parede de vidro, depois voltou para onde está. Talvez tenha acontecido na ordem inversa. Ele fecha bem os olhos e escuta o barulho das folhas.

O que tem ali é só um gambá, ele pensa, *um gambá, um guaxinim ou um furão*, mas ele também não sabe disso. Ele disparou duas vezes na parede; os dois tiros ricochetearam, e o segundo o acertou na perna. Mas a Springfield não provocou um arranhão sequer no vidro leitoso, isso se era mesmo vidro aquela barreira lisa e sem remendos subindo do chão e se projetando para o alto até se perder na névoa. Ele tentou encontrar uma forma de contorná-la primeiro, antes de começar a atirar na coisa, e andou pelo menos um quilômetro e meio nas duas direções, leste e oeste, mas a parede continuava para sempre, até onde ele conseguia perceber.

O barulho finalmente para, e John Bailey abre os olhos. Tem um coelho olhando para ele a menos de dois metros de distância. Seu estômago ronca, e ele o imagina morto, temperado e assando em uma fogueira.

"Não se preocupe, coelho", sussurra ele. "Eu não tenho mais muita coisa com que matar você." Ele ri, e o coelho pisca uma vez e sai correndo para se esconder, e ele fica sozinho outra vez. A névoa, como as almas maltrapilhas de todos os homens que ele viu morrer em batalha, de Perryville a Murfreesboro e a Chickamauga, passa pelos olhos dele, e logo ele está dormindo.

No sótão da casa amarela na Benefit Street, a garota morena está perto do centro do círculo de estantes altas, olhando com nervosismo o garoto chamado Airdrie examinar o conteúdo. Ela olha para o relógio de bolso do pai e vê que passa das nove, mais de uma hora e meia transcorreu desde que ele bateu no alçapão. Ninguém nunca ficou tanto tempo, e ela não entende por que alguém ainda não foi chamar Airdrie. Talvez tenham ido, ela pensa, mas tenham se perdido no sótão. É uma coisa bem fácil de acontecer.

O garoto se inclina para perto de uma das esferas e sopra a poeira, apesar de ela já ter pedido várias vezes que ele não faça isso.

"Tem uma floresta nesta também", diz ele. "E um homenzinho com um rifle."

"Você sabe que horas são?", pergunta a garota morena.

"Não", responde ele, "mas eu achava que você ficaria feliz de ter alguém com quem conversar. Não era isso que você queria? Você disse que a gente podia conversar e contar histórias..."

"Você não quer conversar comigo. Só quer olhar o trabalho do meu pai pra poder contar pras pessoas o que viu aqui, pra poder impressioná-las."

"O que faz você achar que alguém se importa?"

"Eu ainda estou aqui em cima, não estou?"

O garoto vai até o armário seguinte, até uma esfera diferente, e não se dá ao trabalho de responder.

"Eu juro, se você soprar mais uma, vou dar um chute em você", diz ela, e ele para e olha por cima do ombro para ela.

"Não vai, não."

"Então sopre e vai ver só."

Airdrie sopra uma das esferas maiores, levantando uma tempestade de poeira pequenininha, e a garota morena suspira e olha para o chão, entre as pontas gastas dos sapatos. "Estou começando a achar que os ghouls fizeram um favor à sua mãe e ao seu pai quando roubaram você", diz ela.

"Eu sabia que você não ia me chutar", diz ele e tosse por causa da poeira que entra no nariz e na garganta.

A garota morena anda até onde ele está, perto do armário, e dá um chute no tornozelo esquerdo de Airdrie, com o máximo de força que consegue. Ele grita, chama-a de uma coisa grosseira na língua rouca e latida dos ghouls, senta e massageia o tornozelo.

"Me desculpe. Eu não falo carniçal", diz ela. "Então, se você quiser me insultar, vai ter que fazer em inglês, francês ou..."

"Você quebrou meu tornozelo!"

"As esferas não são brinquedo, Airdrie. Não estão aqui pra você brincar só porque você nunca viu nada igual. São muito, muito frágeis."

"Você não ouviu o que eu disse? *Você quebrou meu tornozelo.*" E a garota morena pensa que o garoto está começando a falar como alguém que vai chorar.

"Impossível", responde ela, mas se ajoelha ao lado dele e sobe a perna da calça para dar uma olhada no tornozelo de Airdrie. Ele não tenta impedi-la.

"Não é surpresa nenhuma terem deixado você trancada aqui", diz ele. "É o que você merece."

"Não está quebrado", diz a garota morena e desce a perna da calça de novo. "Só está machucado."

"Como *você* sabe? Você *não* sabe, não é? Está quebrado, e agora devo ter que sair rastejando deste lugar."

A garota morena franze a testa e olha nos olhos dele. "Bom, é um caminho *terrivelmente* longo pra ter que rastejar, mas, se você quiser, eu carrego o lampião pra você. E se algum dos ratos aparecer..."

"Eu estava errado", rosna Airdrie, mas desvia o olhar, faz cara feia para o tornozelo machucado, e não para ela. "Estar trancada aqui é bom demais pra uma pessoa má como você. Uma pessoa má como *você* devia ser enfiada dentro de uma dessas bolas."

"Talvez tenha sido exatamente isso que fizeram", diz ela e se levanta de novo. "Agora me dê a sua mão e ajudo você a voltar para o alçapão. Acredite, você não vai querer rastejar pelo chão daqui."

O garoto funga e limpa o nariz.

"Não é verdade", diz ele. "Não foi isso que fizeram com você. Trancaram você no sótão, só isso."

"Me dê sua mão, Airdrie", diz a garota morena, e ele olha para ela. Tem medo nos olhos verdes agora, como pontinhos de mica e ouro, e um leve sinal de uma coisa que ela acha que pode ser remorso. "Você está aqui em cima há muito tempo. Não é bom pra você."

"Eu não pretendia fazer mal", diz ele e funga de novo.

"Eu sei disso. Você só não sabia que não devia. Agora, me dê sua mão."

Desta vez, o garoto com cabelo cor de canela faz o que ela diz, e ela o puxa para ficar de pé.

"Você consegue ficar de pé?", pergunta ela. "Consegue andar?"

"Acho que consigo", diz ele, mas faz uma careta quando apoia o peso no pé.

"Eu vou bem devagar", diz a garota morena e o leva para longe da claraboia, das esferas e do círculo de cristaleiras altas. Carrega o lampião para ele, vai iluminando o caminho pela escuridão e pelo amontoado de coisas, e ele vai atrás alguns passos, mancando e resmungando coisas para si mesmo que ela não tenta entender. Quando eles finalmente chegam ao alçapão, ele não tem tanta dificuldade com a escada quanto ela pensava que teria.

"Se me pedirem pra fazer isso de novo", diz ele depois que passa pelo degrau solto e já está na metade do caminho até o patamar, "vou dizer que não, de jeito nenhum. Vou dizer pra procurarem outra pessoa."

"Acho melhor assim", diz ela acima dele, e, em poucos momentos, Airdrie fecha o alçapão do sótão. "Quando decidirem mandar outra pessoa", diz ela, falando baixo porque sabe que ele não vai ouvir, "você já vai ser um homem adulto, com coisas melhores a fazer do que levar doces e brinquedos pra garotinhas trancadas em sótãos. Provavelmente nem vai mais se lembrar de mim."

A garota morena senta ao lado do banquinho e do lenço estampado quase todo roxo e pega o relógio do pai no bolso do vestido. Os três ponteiros pararam de se mover, estão paralisados em nove e vinte e um e sete segundos. O momento em que Airdrie fechou o alçapão. *Estou exatamente essa quantidade de tempo mais velha*, pensa ela, mas não se *sente* mais velha. A garota morena, cujo nome é Hester, mas que sempre se viu como Pearl, coloca o relógio no chão, abre o lenço de novo e quebra um pedacinho de uma das bengalinhas vermelhas e brancas. É ardida e deixa sua língua meio dormente, e ela fica sentada esperando e elabora uma nova brincadeira com todos os barulhos que a casa amarela antiga faz em seu sono longo e agitado.

INSECTUM. HIST.XXIV

24. THE DRY SALVAGES

(New Orleans, 1956)

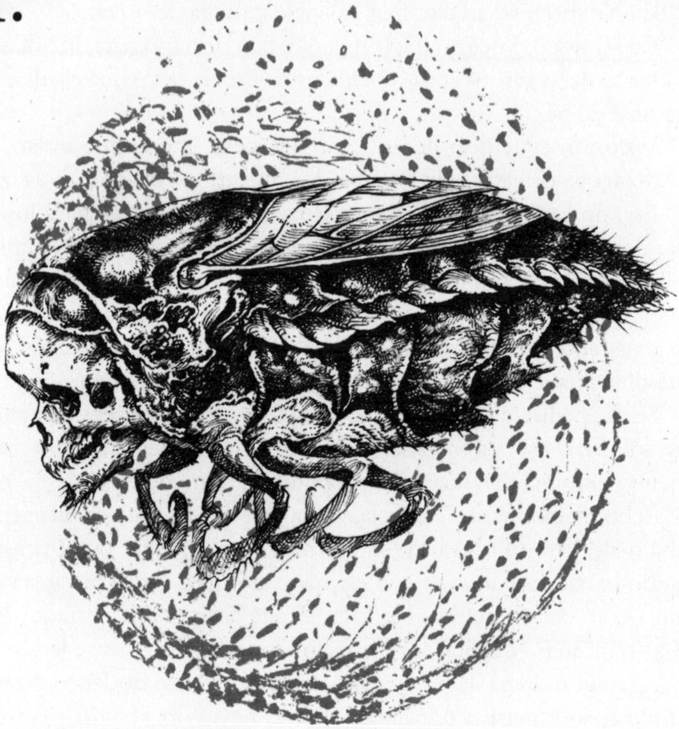

Sitara Craniallis

MASCULUM —— *QUATUOR CENTUM ET SEX*

P.406

Com bastante frequência, eu me afasto de uma história por muitos anos. Eu a escrevo e a deixo de lado e nunca volto a ler depois da publicação. Às vezes, volto e descubro que não amo mais a história, que mal consigo suportá-la. Costuma ser assim que as coisas se desenrolam. Mas, em raras e maravilhosas ocasiões, eu volto para uma história depois de anos de afastamento e descubro que ainda estou satisfeita com o que fiz. Foi exatamente o que aconteceu com The Dry Salvages. E, como acontece com ficção científica, sabemos muito mais agora do que eu poderia saber na época sobre Gliese 876 e os corpos que giram ao redor. Mesmo assim, resisti à vontade de atualizar a história para incluir as descobertas mais recentes. Incluí o apêndice "O Bicho na Minha Imaginação", também publicado com a Subterranean Press.

KIERNAN OFFICINARUM INVESTIGATIONIS

CAITLÍN R. KIERNAN

Desperto, calculando o futuro,
Tentando destrançar, desmanchar, desembaraçar
E cerzir o passado, unindo-o ao futuro,
Entre a meia-noite e a aurora, quando o passado é uma farsa,
O futuro não tem futuro, antes que a manhã desperte,
Quando o tempo para e o tempo jamais termina...

T. S. Eliot, "The Dry Salvages" (1941)

I.
A primeira caneta

A *Montelius* ainda estava a mais de uma semana distante do porto, os aerofólios dourados roçando a escuridão na beirada do sistema Gliese, quando os androides médicos decidiram que era hora de começar a nos acordar. Esse tipo de coisa irritava tanto Joakim que ele parava de falar comigo durante horas porque eu me referia aos androides da agência como criaturas racionais, e não como máquinas programadas, porque eu dizia coisas como "Os androides médicos *decidiram*" isso ou aquilo, como se de alguma forma eu soubesse mais do que os agentes de IA da AENA, escondidos nos claustros estéreis de New Kobe, Atlanta e Joanesburgo. Os androides designados para a *Montelius* eram um grupo excêntrico e heterogêneo: alguns 712 e SJ4 velhos e desajeitados trabalhando junto com um grupo dos novos seres sintéticos coreanos. Eles sempre incomodavam Joakim, os sintéticos, com seus rostos mais humanos do que os dos humanos, as vozes musicais e suaves e o jeito como se moviam, fluidos como água deslizando pelo vidro. Um poeta, não consigo lembrar qual, os chamava de "anjos de plástico e luz". De qualquer modo, eles não passavam de robôs, e eu, pelo menos, estava feliz de ter a companhia deles.

Abri os olhos secos e grudentos, mais de dezessete anos terrestres depois que os fechei (apesar de não terem se passado nem sete anos e meio na Montelius), e olhei para cima, pelo domo antirreflexo da minha câmara de estase. A agência passou anos aperfeiçoando um polímero transparente que eliminaria o máximo de reflexo possível, para ajudar a compensar a dissonância cognitiva que costumava acompanhar a noção de que tanto tempo se passou *lá fora* enquanto, aconchegado dentro do seu casulo, você quase não envelheceu. E, claro, ninguém mantém sua melhor aparência depois de anos de estase. Os sistemas de sustentação de vida e os medbôs estão lá para manter você vivo e saudável, não bonito. Assim, eles deixam os espelhos para depois, porque, quando estamos seguindo nossa rota, é tudo questão de moral. Havia placas em todos os corredores da *Montelius*: "Segurança em primeiro lugar", declaravam de forma solene e alegre sempre que você se aproximava, "e não esqueça: um viajante *feliz* é um viajante *seguro*". Depois do incidente com a *Aegis* em 2123, a AENA finalmente começou a levar a psicometria mais a sério. Dez mortos, metade dos androides destruídos e um foguete da classe Explorer desaparecido em missão por meia década. Pode acreditar que eles receberam a atenção dos ekzec e dos atiradores de elite. A *Aegis* foi a última tripulação humana a fazer uma viagem desperta de uma estrela até outra.

"Histórias de terror pra viajantes", disse Joakim, com desdém, uma vez quando o assunto da *Aegis* surgiu durante um jantar ou café da manhã antes de Piros, quando ainda estávamos baseados em Europa. "O bicho-papão para o século sem bicho-papão. Não acredite em metade do que ouve sobre aquela nave. Em missão, não se comete erros, e, se *cometer*, pode se despedir. Não há necessidade de espalhar histórias de fantasmas."

Mas eu já tinha lido o relatório da AENA sobre a *Aegis*, tanto o texto oficial quanto um documento não censurado que encontrei em um cantinho criptografado da hipernet. Tinha uma tragédia feia descrita naquele documento, quisesse Joakim reconhecer ou não. Por exemplo, a imediata, a dra. Jaeng Li Chieu, cidadã chinesa e física duas vezes vencedora do prêmio Nobel. Eles a encontraram na enfermaria, totalmente consciente, o corpo conservado em estase parcial por dois anos, vivisseccionada com primor por três dos 712. Ela deu todas as ordens aos androides. Até fez anotações, enquanto ainda tinha dedos para operar o teclado.

Acho que faz algum sentido eu não conseguir evitar esses pensamentos mórbidos sobre a *Aegis*, aqui, agora, quando finalmente começo a registrar os eventos daquele dezembro tão distante, meu tempo breve e terrível na luz vermelha e fraca de uma estrela alienígena, presa na pior parte do meu coma, a quase cinco parsecs do olho branco e familiar de Sol. E mulheres velhas podem deixar o pensamento vagar por onde quiserem, podem dizer o que pensam, da forma que quiserem dizer, principalmente quando sabem que é improvável que alguém acredite em qualquer palavra dita.

Eu abri os olhos, e a androide médica designada para a minha câmara sorriu para mim quando viu que eu estava acordada. Os olhos violeta brilharam artificialmente na luz intensa demais da câmara de estase. Naquela época, com a histeria de IA como a forma de racismo mais alardeada e aceita, os sintéticos eram feitos com olhos vívidos e nada naturais, em violeta para as "fêmeas" e em escarlate para os "machos". Às vezes, sinto falta dos lindos olhos que pareciam balas. Por alguns anos, os adolescentes nos Estados Unidos e no Japão (e em outros lugares, tenho certeza, mas é desses que me lembro) usavam lentes de contato violeta e escarlate, até encontrarem outra forma de incomodar a polícia, os pais e os engenheiros sociais.

Pisquei contra o brilho das longas fileiras de lâmpadas embutidas no teto, esforçando-me para botar a androide e as íris violeta em foco, tentando entender a tela interna da câmara acoplada ao domo de plástico ultratransparente. Nanitos inseridos nos meus dutos lacrimais começaram a secretar solução salina assim que acordei, mas meus olhos coçavam e ardiam, e a tela se recusava a se definir em qualquer coisa além de uma mancha verde, vermelha e branca, como um espectro de Natal pairando a alguns centímetros do meu rosto. Lágrimas artificiais escorriam pelas minhas bochechas, e a androide borrada sorriu e assentiu para mim.

Embaixo do meu corpo e das camadas do colchão de somespuma, máquinas escondidas zumbiam e estalavam, com sistemas hidráulicos se agitando de repente, voltando relutantemente à vida quando os reguladores atmosféricos e barométricos iniciam os protocolos de liberação. Eu fechei os olhos de novo, abrindo mão da claridade, abrindo mão por enquanto, e ouvi o sibilar arrastado de setenta e quatro parafusos de resina de titânio e aço antiquados sendo retirados simultaneamente dos batentes. O selo de pressão abriu o tampo da câmara, e o calor de placenta foi levado pelo frio da câmara de estase.

"Bom dia, dra. Cather", disse a androide e prendeu com firmeza uma pulseira úmida de bioalimentação no meu pulso esquerdo.

"É mesmo?", grunhi, a boca tão seca que eu estava começando a me perguntar se por acaso tinha recebido um conjunto ruim de nanitos.

"É mesmo *o quê*, dra. Cather?", perguntou ela com paciência, ocupando-se em conectar filamentos da pulseira a um console oval no peito nu.

"É mesmo dia?"

"São 6h03 da manhã na costa leste", respondeu ela. "Em Miami, o sol vai estar nascendo em breve."

"Você já foi a Miami?", perguntei, tentando reunir saliva suficiente para engolir.

"Não. Eu nunca fui à Terra, doutora. Preciso que você fique parada e não fale enquanto verifico seus status metabólico e neurológico."

"Os outros estão bem?"

"Silêncio, por favor, dra. Cather." E a androide de olhos violeta contou alto até cinquenta; a pulseira, uma daquelas abominações macias e pulsantes feita pela combinação de pepinos-do-mar e várias espécies de algas marinhas, enfiou filetes de fibra ótica alguns milímetros sob a minha pele e começou a repassar na mesma hora meus sinais vitais para o computador enterrado no peito nu da androide. Eu sabia que ela também estava administrando um tranquilizante leve produzido nas paredes de sua cloaca.

"Eu odeio essa coisa", eu disse e indiquei a pulseira, começando a relaxar quando o choque inicial de acordar se dissolveu sob a influência da droga. "É nojenta pra caralho."

"É, sim", disse ela e apontou uma lanterna para os meus olhos, primeiro o esquerdo, depois o direito, e o esquerdo novamente. "Pode falar agora, dra. Cather."

Eu assenti e respirei fundo, enchendo os pulmões com o ar estéril da enfermaria. Não havia aroma nem sabor naquele ar asséptico, pelo menos nada que eu quisesse saborear ou cheirar depois de um sono de noventa meses. Lambi os lábios e me perguntei quanto tempo demoraria para eu poder tomar uma xícara de café e fumar um cigarro.

"Os outros estão bem", respondeu a androide e retirou a pulseira de bioalimentação. As espinhas ventrais eriçadas deixaram umas duas dezenas de gotículas de sangue na minha pele pálida, que ela limpou rapidamente. "As leituras deles estão todas boas, mas você foi a primeira a acordar."

"Deus ajuda quem cedo madruga."

"O quê?", perguntou ela e fez aquela cara que os sintéticos fazem quando sabem que deviam entender uma coisa, mas não entendem.

"Obrigada", eu disse. "É bom ouvir isso." E tentei apreciar os efeitos do sedativo da coisa meio pepino-do-mar meio alga enquanto esperava o fim do exame.

Duas horas depois, quando os androides médicos terminaram comigo e eu cambaleei, grogue e fraca, até meus aposentos e vesti as coisas mais simples que consegui encontrar (um roupão branco e uma boxer, pantufas de lã cem por cento natural e o gorro que meu irmão me deu quando o departamento de ciências naturais da AENA finalmente me liberou para o corpo exobiológico), eu peguei um dos minielevadores para cima, até o salão de bombordo da tripulação. Eu sabia que seria a primeira, que teria o pequeno compartimento só para mim por pelo menos alguns minutos até os outros começarem a chegar. Um 712 vermelho e cinza me serviu uma xícara fumegante de café extremamente fraco (uma parte de café com três partes de água destilada) e dois biscoitos pró-carboidrato. Eu agradeci, e o velho robô soltou um apito educado. Minha garganta estava doendo por causa dos tubos de alimentação, mas o café provocou uma sensação boa ao descer, e até consegui mordiscar um dos biscoitos com um leve sabor cítrico. Eu sabia que meu corpo demoraria dias até estar pronto novamente para comida decente, e tentei não pensar na procissão de comprimidos de nutrição, suplementos em pó e fluidos intravenosos que estavam entre mim e um tubo quente de pasta proteica de soja.

"Você está aqui porque era isso que queria", eu disse para mim mesma, tremendo e apertando o roupão ao redor do corpo. "Era o que queria mais do que qualquer outra coisa no mundo, lembra?"

Lembro, pensei. *Continue dizendo isso pra si mesma*, relembrando meu rosto no espelhinho acima da pia seca nos meus aposentos. Meu rosto, que parecia o de uma vítima da peste ou de alguém que recebeu uma dose letal de radiação, a pele sem vida, cinzenta e flácida. Talvez eu tenha envelhecido menos do que oito anos desde que partimos, e aqui eu tivesse só trinta anos, mas poderia passar por uma pessoa de quarenta e cinco bem doente, *daijoubu desu*.

Coloquei a caneca vazia e os biscoitos não comidos na mesa baixa à frente e estiquei a mão para o teclado embutido no braço da minha poltrona. Em um momento, a parede da *Montelius* tremeluziu e pareceu derreter, e eu estava olhando para uma escuridão pontilhada de constelações desconhecidas e desorientadoras. E ali estava Gliese 876, ainda tão distante, mas perto o bastante para dominar a tela, um farol anão, vermelho e suave, chamando através do tempo e da noite infinita. Nós respondemos a outro tipo de farol, bem diferente, mas, naquele momento, pareceu que essa estrela era a única voz nos céus.

Daí, veio com tudo: a saudade de casa, sobre a qual os psicólogos passaram tanto tempo nos avisando na preparação psicológica. Veio como uma onda de náusea e enxaqueca e um monte de pedras caindo e me enterrando para sempre, e achei que era a sensação mais perdida e mais solitária que alguém poderia sentir. As lágrimas vieram em um instante, mas pelo menos eram as minhas lágrimas, não as secreções traiçoeiras dos nanitos lacrimais. Eu desliguei a tela, e a parede voltou a ser só uma parede, depois fiquei com o rosto aninhado nas mãos, chorando e me odiando por ser fraca.

Não é nada que você não soubesse que ia acontecer.

Não é nada. Nada além de tempo e distância.

Nesse momento, ouvi passos no corredor, e a porta do salão deslizou não muito silenciosamente atrás de mim.

"Dizem que é saudável", disse Joakim, e eu limpei rapidamente os olhos e o nariz, como se ele já não tivesse visto, como se pudesse esconder alguma coisa dele. "Não é nada de que precise ter vergonha, Audrey. Droga, eu chorei o tempo todo enquanto os mecânicos estavam me espetando e me cutucando, e isso sem o benefício do visual."

Olhei para ele por cima do ombro. Joakim não estava usando qualquer coisa que fosse pessoal, só um macacão azul-claro da AENA. E não importava o que eu devia ter esperado, o que sabia que veria. Eu não estava pronta para ver algo além do rosto saudável e moreno do homem que foi dormir na câmara de estase ao lado da minha. No coma, Joakim perdeu uns quinze quilos, e eu nunca o tinha visto de barba. Ele parecia um velho.

"Murdin está subindo pra cá", disse ele e me deu um beijo leve no alto da cabeça antes de sentar ao meu lado. "Acordou antes de mim, mas queria se conectar à navegação."

"Estamos exatamente no centro de onde deveríamos estar", eu disse e limpei o nariz escorrendo nas costas da mão esquerda de novo. "Você só precisa puxar a tela pra ver."

"É, eu sei disso, e você sabe disso, e todos os androides da *Monty* sabem disso, mas Murdin..."

"... sempre tem que ver com os próprios olhos."

Joakim assentiu e passou os dedos pelo cabelo fino, só alguns toques de castanho entre fios cinzentos e brancos. O 712 voltou do cubículo e deu para ele uma xícara de café com biscoitos. Ele não agradeceu, mas o robô apitou educadamente mesmo assim.

"O androide que verificou meus sinais alega que estamos a nove dias do porto", disse ele e comeu um dos biscoitos de uma vez, depois bebericou o café.

"Cuidado", eu disse, "senão você vai botar isso tudo pra fora."

"Talvez o gosto ficasse melhor da segunda vez."

"Talvez", murmurei distraída e balancei a cabeça, olhando para a parede vazia onde a tela estava antes, para o casco sólido e protetor da nave escondendo o vazio depois, escondendo a sirene vermelha no coração desse sistema. "Já estamos desacelerando?", perguntei.

"Estamos. Acho que devemos estar desacelerando há umas duas semanas", respondeu ele e comeu o outro biscoito. "Murdin vai saber mais depois de conversar com Magellan."

"Eles deviam ter esperado mais alguns dias."

"Tem muito trabalho a ser feito", disse Joakim, terminando o café. "Temos que devolver esses sacos de carne às especificações normais." E ele cutucou a si mesmo na barriga.

"Preciso de um cigarro", eu disse.

"Não precisa, não. Você quer um cigarro."

"Eu quero ir pra casa."

"Não, você também não quer isso. Você quer ver o que nos arrastaram até aqui pra ver, assim como eu. Só está demorando um pouco mais pra se situar, só isso."

"Eu estou situada pra caralho", respondi, falando com mais amargura do que pretendia, mas começando a desejar que Joakim tivesse ido para a cabine junto com Murdin.

Ele colocou a xícara na mesa ao lado da minha e passou os dedos pelo teclado da cadeira dele, mas a parede da nave permaneceu parede. Ele falou um palavrão e tentou de novo, e mais uma vez os controles não responderam.

"Acho que essa cadeira está quebrada", disse ele e esfregou a barba.

"Não tem nada lá fora que você queira ver", eu disse para ele, agradecida por ser poupada da visão do anão vermelho de novo. Pensei em voltar para os meus aposentos e esperar meu próximo turno na enfermaria, mas não consegui pensar no que fazer quando chegasse lá.

"Você vai se sentir melhor em algumas horas", disse ele. "É só defasagem. Você sabe. Amanhã, a essa hora..."

"... só vão faltar oito dias pra atracarmos."

"Jesus, Audrey." E ele se encolheu na cadeira, franziu a testa e me olhou com aqueles olhos azuis intensos, lazulita e céu de inverno, olhos que não pareciam um dia sequer mais velhos do que na noite em que saímos da estação de

Ganimedes-Kobayashi. "Você é uma das primeiras exopaleontólogas extrassolares. Em poucos dias, vai ver fósseis de animais que evoluíram e se tornaram extintos na lua de um planeta que gira em torno de um sol alienígena. Não vai apenas vê-los, vai *segurá-los* nas mãos."

"Ainda havia tanto trabalho a fazer em Europa", eu disse.

"E há gente competente suficiente lá pra fazer. Você *conquistou* isso."

"Conquistei?", perguntei a ele. "Eu conquistei isso?" Mas a porta do salão se abriu de novo nessa hora, Murdin entrou e eu voltei a bebericar o café.

Eu devia parar e pensar no quanto o que estou escrevendo aqui é pura ficção. Afinal, só tenho minhas lembranças fracas, com mais de cinquenta anos a essas alturas, para recordar. Meu registro de trabalho e meu diário pessoal, junto com todos os meus arquivos, anotações de campo e de laboratório, foram confiscados pela agência imediatamente após Piros, antes de nosso longo sono de volta a Júpiter. O mesmo com Joakim, Umachandra Murdin e Peter Connor, tudo o que nós quatro registramos durante aqueles oito meses. Os implantes neurais de Connor foram esvaziados de tudo relacionado de alguma forma à expedição. Joakim sempre disse que a amnésia pós-limpeza era tão culpada do suicídio de Connor quanto os eventos em si. Ele me mostrou estudos de trauma de memória e degradação cerebral, e eu sempre ouvia, porque tinha medo e raiva, e não sabia o que fazer. Não faço ideia se ele estava certo ou não sobre o papel da AENA na morte de Connor, mas fiquei agradecida por nunca ter sido um dos aprimoramentos e acréscimos cibernéticos.

No meu quarto em Paris, num apartamento de terceiro andar em um prédio do século XIX localizado na ponta norte do que sobrou da Rue Linné, eu me sento à escrivaninha e escrevo essas coisas num papel amarelado e antigo com uma caneta esferográfica temperamental. Demorei um mês para encontrar três canetas esferográficas recondicionadas, e o papel me custou o pagamento de uma semana. As palestras públicas que dou três vezes por mês no Jardin des Plantes nunca mencionam o que nós vimos (ou não vimos) em Piros. Eu falo sobre a paleontologia de Europa e diversidade marinha, fontes hidrotermais ou extinção de dinossauros, ou sobre o mês que passei em Titã. Sigo as minhas anotações, que foram todas aprovadas pelo departamento de ciências naturais dos mandachuvas. Sigo as minhas anotações e me pergunto o que aconteceria se eu não fizesse isso.

A tinta desta caneta tem quase o mesmo tom de azul do sangue sob a pele fina dos meus pulsos. O papel é da cor dos meus dentes.

Como eu estava dizendo, isso é só o que consigo lembrar, contando com as memórias maltratadas de uma velha. Sei que estou inventando um monte de coisas para preencher os espaços vazios. Não lembro o que a androide de olhos violeta me disse naquela manhã na enfermaria, por exemplo, nem boa parte do que Joakim disse mais tarde, quando estávamos sentados juntos no salão. Então, sim, é ficção, mas sei que há verdades aqui.

Ou eu sou apenas uma louca delirando sozinha, e nenhum mal está feito.

Não sei se ainda importa, de qualquer modo. O sol se põe, e está na hora de alimentar os gatos. Eu mesma faço isso porque os gatos odeiam os robôs.

Os pais de Umachandra Murdin estavam envolvidos na secessão pós-humanista no fim da década de vinte e passaram anos reunindo doses genéticas retrovirais para diluir seus cromossomos com quaisquer exotismos que conseguissem arranjar no mercado negro ph. E quando, inevitavelmente, eles começaram a ficar doentes, quando os corpos começaram a manifestar os tumores, as lesões, as doenças raras do sangue e enfermidades autoimunes que tornaram a secessão tão extremamente curta, a mãe de Umachandra ficou grávida, obedientemente, conforme aconselhado pelos escritos do bioengenheiro zoófilo de Berkeley que começou essa confusão toda. O marido morreu antes de nascer o bebê – o bebê que se veria entre os "sortudos" vinte ou trinta por cento dos bebês ph que sobreviveram à idade adulta. Devakali Murdin morreu de pneumonia e falência dos rins poucos dias depois de dar à luz.

Quando conheci Umachandra, éramos ambas recrutas do departamento de ciências naturais na unidade de treinamento norte-americana da agência, nos arredores de Houston. Quase vinte anos tinham se passado desde que a primeira nave chegou ao sistema Gliese, e os poucos superiores que conheciam o conteúdo da comunicação transmitida para a Terra a partir da *Gilgamesh* estavam enrolados organizando a próxima equipe de viagem, e a que viria depois, e assim por diante.

Eu estava em uma daquelas reuniões infinitas de reorientação que todos tínhamos de aguentar antes que os mandachuvas finalmente começassem a racionar os detalhes sobre a lua grande e vermelha que a tripulação da *Gilgamesh* batizou de Piros. Era meados de julho no condado de Wharton, Texas, e o aposento apertado de drywall e linóleo para onde fomos levados naquela tarde não tinha sequer ar-condicionado. Eu estava tendo muita dificuldade para acompanhar o que o palestrante dizia. Chegou a hora das perguntas, e Umachandra levantou. Não faço ideia do que ela perguntou ao cientista, político ou palhaço da agência que mandaram para nos entreter naquele dia.

Mas eu nunca esqueci aquela primeira imagem dela. Ninguém vê Umachandra Murdin e a esquece. De onde eu estava, perto do fundo da sala, conseguia ver que ela era uma mulher extraordinariamente alta, com mais de dois metros, cabelo comprido preto como piche e pele que piscava em tiras suaves de um azul-esverdeado iridescente na luz do sol que entrava pelas janelas estreitas da sala de reunião. Mais tarde, eu soube que eram os cromatóforos e fotóforos na pele, herdados do dna de lula que os pais coletaram. As pessoas não demoraram para entender como interpretar os humores de Umachandra, apenas reparando nas cores mutantes e nos padrões da pele. Naquele dia, suas mãos pareciam extremamente longas e finas, mas de onde eu estava eu não conseguia ver se ela tinha unhas. Ela tinha um sotaque pronunciado do meio-Atlântico e puxava um pouco o S, como se a língua não coubesse direito dentro dos maxilares estreitos.

A história era que ela tinha sido recrutada como bioestratígrafa e técnica de voo, mas todos descobriríamos depois que a agência estava louca para saber como os mutantes ph reagiriam sob o estresse de viagens interestelares. Eles tinham seus próprios programas de eugenia, claro, mesmo com o mundo se ocupando em fingir que não, e os filhos dos secessionistas eram uma sorte inesperada, ratos brancos à disposição. Acrescente à fisiologia única de Umachandra um QI que faria Einstein, Hawking e Wilcox corarem, e ela era mesmo um prêmio. A maioria das crianças ph sofria retardo mental severo e psicoses, mas Umachandra era uma exceção brilhante como uma supernova. E desconfio que essa tenha sido uma das pérolas na longa sequência que levou à danação dela.

Depois da reunião, tentei dar uma olhada melhor nela, empurrando e abrindo caminho pelas pessoas na direção da frente da sala, mas ela estava cercada de instrutores e outros recrutas. Porém, tive um vislumbre dos olhos dela. Pítons têm olhos quase idênticos.

Quando a tripulação da *Montelius* estava finalizada, em agosto de 2234, quase treze meses depois, fiquei muito surpresa de ter conseguido. Mas o fato de que Umachandra também iria foi, eu achei na época e ainda acho agora, uma conclusão inevitável. Nós quatro – Umachandra, Peter Connor, Joakim e eu – fomos imediatamente enviados para o antigo complexo Sagan-Mars II, na Flórida, para terminar nosso treinamento e aguentar com impaciência o longo ano até a nave estar pronta. Daí, seríamos todos transportados para a estação orbital, onde os foguetes estavam sendo montados por um grupo de megacorporações multinacionais atualmente quase todas extintas que tinham ganhado contratos da AENA para cuidar do programa Gliese.

Uma noite de maio, eu estava sozinha no quarto, as luzes apagadas, suando e fumando em uma casa velha na qual tinham nos enfiado em Cabo Canaveral. Eu estava tomando Coca e olhando o rio Banana da janela do quarto, as luzes seguindo pela ilha Merritt ao oeste, além da água negra parada. Eu me lembro disso *tudo*. De verdade. Eu tinha de estar lendo um dos muitos relatórios geológicos avançados da tripulação da *Gilgamesh*. Imagino que estivesse bem ali, na lente esquerda da minha unidade visual I-see, despercebido, esquecido enquanto eu olhava através do fluxo de dados para o mundo fora da minha janela.

Houve um barulho baixo atrás de mim. Eu pisquei para desligar o computador quando me virei e vi Umachandra Murdin na minha porta aberta (nós não tínhamos permissão para ter fechaduras), delineada pelas luzes fluorescentes fortes vindas do corredor. Nos meses que passamos juntas na casa, ela quase não falou comigo, nem com Joakim ou Peter, na verdade, e todos passamos a aceitar seus hábitos taciturnos. Eu apertei os olhos na luz e fiz sinal para ela entrar.

Ela hesitou por um momento ou dois, olhando por cima do ombro, como se tivesse medo de ter sido seguida, depois entrou rapidamente e fechou a porta.

"Pode acender a luz", eu disse.

"Não, eu consigo enxergar", respondeu ela com aquele sotaque que poderia ser de Baltimore ou da Filadélfia, e com o mesmo cecear leve que ouvi no dia que a vi pela primeira vez. "Consigo enxergar você direitinho."

"O que foi?", perguntei, tentando diligentemente não parecer surpresa por ela estar no meu quarto, tentando ainda mais não demonstrar meu desconforto de estar sozinha com ela pela primeira vez.

"Está ocupada?", perguntou ela em resposta, ainda de pé com a porta fechada nas costas.

"Não, eu só estava lendo", menti, apagando o cigarro em um cinzeiro na minha mesa lotada. "O terceiro relatório sedimentológico de Baird sobre Quarry 9."

"Você tem medo, Audrey?", interrompeu ela e deu um passo cauteloso para longe da porta.

"Medo de quê?"

Umachandra ficou em silêncio por um momento, e eu tive a impressão de que estava tentando decidir se tinha cometido um erro ao vir falar comigo. Além dos cheiros do meu quarto desarrumado e da minha fumaça de cigarro, eu senti o cheiro do óleo de rosas que ela usava em uma tentativa vã de mascarar o odor suave de peixe e de almíscar do corpo. Era sempre pior quando ela estava entusiasmada ou nervosa.

"É besteira", sussurrou ela. "Eu não devia ter vindo incomodar você."

"Não, tudo bem. Nós nunca conversamos de verdade. E estou cansada desses malditos relatórios."

"São importantes", disse ela. "Principalmente sobre Quarry 9, se Baird e Welles estiverem certos, se estiverem interpretando..."

"Medo de *que*, Umachandra?", perguntei novamente, e ela ficou ali, na escuridão, olhando para mim com os olhos ilegíveis de píton refletindo a luz da ilha Merritt. A pele nua dos braços, dos ombros e do pescoço ganhou vida de repente, com luz própria, tons incertos de carmim, rosa e violeta.

"Da *missão*", disse ela. "Não, não, não da missão. Não é bem isso que eu quero dizer. Eu quero dizer da *distância*."

"Eu tenho medo", admiti, pegando outro cigarro e meu isqueiro, desejando que Joakim estivesse comigo. "Acho que teríamos que ser idiotas pra não ter medo."

"Eu sei que sou quem tem menos a perder. Eu não tenho família. Não tenho amigos. Só meu trabalho. Só a agência."

"Acho que não importa o que temos ou não a perder. Acho que isso não tem nada a ver com sentir medo."

"Eu ando tendo pesadelos", disse ela, e uma cascata vívida de vermelhos surgiu em sua pele.

"Temos nossas avaliações psicológicas semana que vem. Você devia mencionar isso se estiver mesmo incomodando."

"Eles não estão nos contando alguma coisa."

Eu ri, mas soube na hora que não devia, que ela pensaria que eu estava rindo dela, apesar de não estar. "Não estão nos contando um *monte* de coisas", eu disse e acendi o cigarro.

"Audrey, acho que nem nos contaram por que vamos para Piros. Acho que não temos ideia nenhuma do objetivo de tudo isso."

"Então vamos descobrir quando chegarmos lá", eu disse. "Se você estiver certa, não podemos fazer nada. Só podemos fazer nosso trabalho."

"Eu sei que sou quem tem menos a perder", disse ela de novo, e sua pele clareou para um tom pálido e firme de laranja.

"Bom, então talvez você também seja quem tem mais a ganhar", sugeri. Ela não estava dizendo algo em que eu já não tivesse pensado, nada que Joakim e eu não tivéssemos discutido, e, naquela noite, com o vento do Atlântico soprando nas paredes e janelas da casinha perto do mar, eu não queria a paranoia de outra pessoa.

"Me desculpe por ter incomodado você", disse ela, virando-se para sair, e talvez eu devesse tê-la impedido. Talvez devesse tê-la chamado de volta e sido paciente e compreensiva, solidária, todos esses atributos simplesmente humanos nos quais nunca fui boa. Ela teria dito mais, eu acho. Talvez tivesse me contado os pesadelos, o que a assustava tanto a ponto de ela ir até o meu quarto para tentar conversar, e então, dezessete anos depois, talvez as coisas tivessem sido diferentes. Peter e Umachandra talvez tivessem conseguido voltar para a Terra, e Joakim talvez tivesse conseguido voltar com a mente intacta. Eu talvez tivesse tido uma vida diferente.

"Disponha", eu disse. "Durma um pouco. Aposto que você vai estar se sentindo melhor de manhã."

Umachandra Murdin saiu do meu quarto sem dizer mais uma palavra sequer. Depois que fechou a porta e fiquei sozinha de novo, eu tirei a unidade visual I-see e fiquei fumando, olhando para o luar refletido nas águas cintilantes e poluídas do rio Banana, tentando não pensar em Piros e sem conseguir pensar em outra coisa.

A porta do salão se fechou atrás de Umachandra no mesmo momento em que os controles no braço da poltrona de Joakim decidiram funcionar. A parede cinza da *Montelius* se dissolveu uma segunda vez; eu olhei rapidamente para os pés, para aquelas pantufas ridiculamente felpudas e brancas, mas não sem antes ter outro vislumbre daquela escuridão espalhada à frente, atrás e ao nosso redor.

"Magellan fez contato com Piros", disse Umachandra, parecendo empolgada e nem um pouco de ressaca por tantos anos de estase. "Estão se falando há três dias."

"Peter acordou?", perguntei.

Joakim riu com deboche. "É melhor que aqueles filhos da mãe malucos estejam preparando umas belas festas de boas-vindas, é só o que tenho a dizer. E espero que tenha cerveja. Cerveja *de verdade*."

"Peter acordou, Umachandra?", perguntei de novo.

"Houve um incidente", disse ela.

Eu ergui o rosto e olhei para ela, tentando não ver o campo de estrelas atrás, que envolvia os ombros largos e os quadris estreitos de garoto. Umachandra estava de costas para nós, olhando para a tela. Estava nua, e eu quase me virei novamente. A pele brilhava suavemente sob as luzes do salão, como plástico ou algo invertebrado tirado do fundo do mar.

"O que você quer dizer?", perguntei. "Ele está vivo?"

"Connor está bem", respondeu ela sem se virar da tela. "Vai estar de pé em breve. Houve um incidente em Piros." Ela tocou na parede, tocou no olho vermelho de Gliese 876, e o campo de plasma ondulou levemente debaixo dos dedos dela.

"Que tipo de incidente?", perguntou Joakim, levantando-se, e o tecido do macacão fez um barulho de folhas secas.

"A tripulação de Welles", sussurrou ela e afastou a mão da tela. "Estavam mapeando uma pedreira nova em algum lugar depois de Tyndareus Ridge."

"Jesus", eu disse, ou alguma coisa parecida, e olhei novamente para os pés. Estavam congelando apesar das pantufas grossas de lã.

"O que foi que aconteceu?", perguntou Joakim.

"Não estão dizendo muito. Talvez não haja muito a dizer", disse Umachandra e se virou para nos olhar. Ela parecia mais calma agora do que quando entrou no salão, como se o contato físico com a tela tivesse acalmado seus nervos. "A notícia já foi enviada pra Terra."

"Bom, isso não adianta de nada", eu resmunguei, querendo tanto um cigarro que estava quase sentindo dor.

"Já estamos no sistema de recepção de longa distância", disse Umachandra. "Estamos sendo rastreados. Nossas instruções são de prosseguir conforme o plano de voo. Magellan diz que não vai haver desvio do procedimento, independente do que aconteceu em Piros."

"Foda-se Magellan", eu disse e roí a unha do polegar.

"Sam Welles", sussurrou Joakim, encostando-se na cadeira. "Cristo, nem eu acredito."

"Não sabemos se estão mortos", disse Umachandra. "Só sabemos que estão desaparecidos há seis dias. É tudo o que estão dizendo."

"Ninguém desaparece em Piros por seis dias e sobrevive pra escrever pra casa contando", respondeu Joakim.

"Ele era seu professor, o dr. Welles?", perguntou Umachandra, e Joakim grunhiu uma espécie de confirmação.

Eu olhei para ele, e ele estava encolhido na cadeira, esfregando os olhos.

"O que eles estavam fazendo tão longe?", perguntou ele. "São quase cem quilômetros fora do perímetro."

"Magellan diz que o perímetro foi expandido quatro anos e meio atrás", disse Umachandra e se virou para a tela.

"Por quê?"

"Ela não disse. Eu não pensei em perguntar. Posso pedir um relatório mais extenso."

"Que porra de diferença vai fazer?", perguntei. "Eles estão mortos. Não importa o quanto sabemos ou não. Eles continuam mortos."

"Provavelmente", concordou ela, e Joakim deu uma gargalhada doentia.

"Tem mais", continuou Umachandra. "Vocês querem ouvir?"

"Claro", respondeu Joakim. "Por que não?"

"Baird e Osmolska tentaram suicídio nos últimos seis meses. Baird quase conseguiu. Tenho a sensação de que são só os androides que seguram a *Gilgamesh* no céu."

"Que sensacional", resmungou Joakim e olhou para o teto baixo e iluminado do compartimento. "Eu nem consigo acreditar nessa merda."

"A única coisa que podemos fazer é seguir os procedimentos", disse Umachandra, olhando para o farol anão vermelho, impossivelmente distante, mas só uma pequenina fração da distância que viajamos. "É só o que *podemos* fazer, não é? Nosso trabalho."

Eu queria mandá-la calar a boca, e queria mandar Joakim mudar a porra da tela, mas não fiz nenhuma das duas coisas. Fiquei sentada na cadeira, ouvindo os barulhos baixos e mecânicos da aeronave, querendo que meu coração parasse de bater rapidamente e esperando que Peter Connor chegasse da enfermaria.

Piros não é segredo. Depois de séculos de vários departamentos do governo, militares e civis americanos perdendo o controle desse ou daquele pequeno complô sujo, a agência sabia que jamais conseguiria isso, não indefinidamente, por mais que gostasse de tentar. Com o escrutínio constante da AllPress, TruLize e quinze bilhões de almas xeretas conectadas diretamente na hipernet e na subcast, com incontáveis programas invisíveis revirando os fluxos de dados do mundo um trilhão de vezes por segundo, eles fizeram o melhor que podiam. Como não podiam simplesmente contar a verdade, eles elaboraram uma verdade *melhor*, uma verdade que as pessoas iam querer ouvir, tanto quanto podiam querer ouvir alguma coisa, e logo começaram a trabalhar para vendê-la. Centenas de bilhões foram gastos com desvio de informações, desinformação e *pseudo*informação e o que os operadores da subcast, ao menos os poucos que ainda se davam ao trabalho de usar palavras, chamavam de "conversa paralela" e "lubrificação". Na maior parte, a coisa desceu como gelatina e açúcar.

Lembre-se, isso foi só duas décadas depois das grandes guerras no Brasil e na Turquia, depois que a circulação de termohalina do Atlântico Norte finalmente se reduziu de forma radical, depois que a fome, o congelamento e as mortes começaram de verdade, e todo mundo procurava Jesus, Alá ou Buda onde conseguisse encontrar. E olhe aqui, diz a agência, nós *não* estamos mesmo sozinhos, afinal. Talvez não seja uma intervenção de Deus ou divina, não exatamente, mas estamos recebendo sinais de um planeta a apenas *quinze* anos-luz de distância, evidência clara de vida extraterrestre, e desta vez não vai ser como em Marte, Europa e Titã. Desta vez, tem mais do que micróbios e insetos marinhos. Desta vez, há uma tecnologia tão avançada que pode deixar tudo bem de novo, e os alienígenas são tão simpáticos que só precisamos nos aproximar e *aproveitar*.

Eu estive na estação Europa-Herschel estudando fósseis dragados perto da Linha Tectamus. No dia em que os anúncios da agência foram feitos em Washington e Pequim, Joakim e eu estávamos ocupados com uma coisa nova de uma barreira de siltito perto de um dos grandes sistemas de fonte hidrotermal, centenas de conchas em espirais apertadas do tamanho da minha unha. Na Terra, eu acharia que eram gastrópodes. Em Europa, podiam ser qualquer coisa. Uma das chaves para a boa exopaleontologia, eu aprendi, é evitar contar com analogias terráqueas.

Joakim veio correndo da área de depósito com o vidstick, e nós o conectamos e nos sentamos juntos no meu laboratório por duas horas, esquecendo nossas não lesmas silicificadas, ouvindo os agentes e os burotécnicos descrevendo uma extensiva operação de mineração alienígena descoberta na maior lua de um gigante gasoso que circulava em torno de uma estrela de pouca massa em algum lugar de Aquarius. Uma nave pan-americana-sino-britânica chamada *Gilgamesh* já estava em órbita ao redor da lua, que eles batizaram de Piros. Se os alienígenas a chamavam de outra coisa, a agência não estava dizendo. Quando a transmissão "ao vivo" da coletiva de imprensa terminou, vinte minutos depois de ter sido finalizada na Terra, e a AllPress Offworld trocou para uma equipe de analistas celebridades discutindo agitadamente sobre as ramificações econômicas, políticas e culturais da descoberta, Joakim desligou o transmissor e o guardou em um bolso do macacão.

Não sei o que falei em seguida. Eu estava chorando. Eu me lembro disso, e também me lembro que, de repente, todos os milhares de fósseis que cataloguei dos sedimentos de Europa e os espécimes vivos coletados por neobiólogos no gelo e no mar abaixo do gelo pareceram pouco importantes.

Mas eu me lembro exatamente do que Joakim disse.

"Há quanto tempo estão escondendo essa merda de nós?"

Boa pergunta, eu acho, porém não foi a primeira coisa que surgiu na *minha* mente. Mas Joakim tinha crescido em um buraco no West End London que se mostrou tão vermelho quanto uma cereja quando as rebeliões na ONU e na OMS finalmente forçaram inspeções em todas as estações antigas de metrô. Descobrir que você passou a infância morando diretamente acima de alguns milhões de toneladas métricas de vazamento de lixo nuclear e tóxico e depois ver os pais morrerem de câncer pode transformar qualquer um num cínico.

"Bom, comece contando os dezessete anos e meio que demoraram para aquela nave chegar no sistema Gliese", eu disse, fazendo o que achei serem suposições lógicas sobre a velocidade da *Gilgamesh*, sabendo que a AENA ainda não tinha conseguido deslocar algo acima de noventa por cento da velocidade da luz. Joakim assentiu, pensativo, como sempre fazia quando eu conseguia perceber que ele só estava me ouvindo parcialmente. Mas prossegui porque eu estava falando comigo mesma, na verdade. "E está lá há pouco mais de quinze anos, então são quase trinta e três no total. Mas montar um programa pra uma missão tão extensa, porra, deve ter levado décadas, certo?"

Naquela época, só tinha havido umas poucas expedições ao espaço profundo comandadas por homens: a *Aegis*, que viajou até quase a metade do caminho de Proxima Centauri, até as coisas começarem a dar errado; e a *Endurance*, a primeira nave com sistema de coma, que foi até o destino, mas não voltou. A tripulação da *Prometheus* foi até a estrela de Barnard e ganhou o título de única tripulação bem-sucedida no espaço profundo. E agora, aqui estava a aena, gabando-se da *Gilgamesh*, fazendo parecer um passeio no parque, esses viajantes que saíram da órbita terrestre bem antes de eu ter nascido.

"E não só isso", disse Joakim, e, por apenas um segundo, eu achei que ele tinha prestado atenção. "Não só isso, Audrey, mas você tem que se perguntar o que eles estão escondendo. Talvez essa história toda seja uma fraude, sabe, um jeito de afastar a mente das pessoas da merda que fizemos da vida. Pra fazer todo mundo pensar em salvação vinda das estrelas e..."

"Mas *pode* ser verdade", interrompi, ainda eufórica e nem um pouco pronta para ser puxada para baixo pela paranoia sábia de Joakim, pelas negações dele, e ele olhou para mim e franziu a testa, depois assentiu bem, bem devagar.

"Talvez", disse ele.

"Talvez", concordei, precisando acreditar na notícia tanto ou mais do que já precisei acreditar em qualquer coisa na vida. Claro que era exatamente com isso que a AENA estava contando, com o desespero de um planeta inteiro, e não importava quantas mentiras tinham sido contadas no passado, quantas enganações e erros encobertos, porque podia ser verdade. *Podia.*

Joakim suspirou e esfregou as mãos. "Eu ainda tenho que registrar aquela merda que saiu do perfurador ontem à noite. Volto depois, e vamos poder encher a cara, comemorar e contar não lesmas até vomitar."

"Você ainda tem álcool?", perguntei, depois de ter terminado meu último contrabando meses antes.

"Só uma coisinha que estava guardando", disse ele, "só para o caso de necessidade." Ele sorriu e desapareceu pela escotilha do laboratório, deixando-me sozinha com minhas bandejas de plástico, meus microscópios e dois androides que foram designados para me ajudar. Eu os deixava desligados na maior parte do tempo, porque os 712 sempre tiveram a tendência de conversar demais, e eu gostava de silêncio enquanto trabalhava. Pior ainda, um dos dois tinha uma falha na interface de repetição algorítmica que deu a ele o hábito de arrumar briga com o outro. Eu batizei o androide com falha de Othniel e o outro eu chamava de Edward Drinker, em homenagem a dois caçadores de dinossauros rivais da época vitoriana. Quando Joakim saiu, eu pensei brevemente em ligá-los. Não havia nada para eles fazerem, mas a companhia não seria ruim. Porém, decidi só pedir ao computador para tocar alguma coisa de Chopin, Liszt ou Czartoryska (meus vinte e poucos anos foram marcados por uma obsessão pelos pianistas do século xvii) e voltei para os meus fósseis, medindo altura, largura e comprimento, orifício e espiral. Mas minha mente estava em outros lugares, e eu ficava cometendo erros aritméticos bobos.

Alguns meses depois, eu transmiti um relatório curto de biorregistro para a Terra, o último que mandaria da órbita de Europa, nomeando as não lesmas como um novo gênero e uma nova espécie de europmoluscos bentônicos, *Piros piros*. Foi meu reconhecimento oficial (e, ao pensar nisso agora, infantilmente sentimental) do otimismo que senti depois de saber da *Gilgamesh*. Àquelas alturas, eu já tinha recebido ordens de voltar a Marte e depois para a Terra, para começar um programa de treinamento que selecionaria o próximo grupo de astronautas a ir para Gliese. Joakim recebeu a mesma ordem, nós dois e algumas centenas de outros exos. Ele quase pediu dispensa, mas eu o convenci a ir comigo. Argumentei que não entraríamos no programa, que não tínhamos chance de passar, mas, porra, completar o programa não cairia bem nos nossos currículos? Aí, poderíamos ser enviados para Júpiter, retomaríamos nosso trabalho mais ou menos de onde paramos e, na nossa velhice, poderíamos nos consolar sabendo que pelo menos nós *tentamos*.

E agora eu *sou* uma mulher velha, que já foi uma jovem que foi mais longe do que tinha sonhado, e não encontro consolo algum.

Eu trocaria essas lembranças por uma cabeça cheia de arrependimentos num piscar de olhos.

Em um relatório público sobre a descoberta de Piros, divulgado dois meses depois da minha partida de Europa para o complexo de ciências naturais da agência perto de Tharsis, o neofuturista Clarke Haley Hernandez escreveu: "Finalmente, a humanidade está se afastando dos fracassos e equívocos da nossa infância uma eternidade atrás, e todo o Céu aguarda à nossa frente, com suas promessas finalmente claras. Finalmente nos livraremos do berçário-prisão em decadência do planeta que nos deu à luz e, em mais um momento, vamos partir".

Ao ler novamente uma porcaria arrogante como essa, eu quase me sinto melhor em relação a *Piros piros*.

Claro que a humanidade que Hernandez convidou a fugir do berço em chamas não deixava de ter seus dissidentes. Em um discurso no Vaticano, o papa Pio XIV citou Anaxímenes, que é famoso por ter perguntado a Pitágoras: "Por que motivo eu devia me dar ao trabalho de procurar os segredos das estrelas se tenho a morte e a escravidão continuamente à minha frente?".

Está na hora de alimentar os gatos de novo.

"Por que ela está nua?", perguntou Peter Connor, apontando para Umachandra, e Joakim só deu de ombros e coçou a barba. Peter também estava de barba, mas sempre tinha tido, desde que o conheci. Ele era o único de nós que tinha feito a maior parte do trabalho na Terra. Depois de um pós-doutorado em Johns Hopkins, ele aceitou um emprego em Carnegie e trabalhou muito com mamíferos terciários em locais como Utah, Wyoming e México, coletando amostras de estudos biomoleculares e extração de DNA. Carnegie o mandou para Marte, e Peter fez nome trabalhando na Bacia de Isidis. Todos aqueles anos em campo deixaram marcas no rosto e nas mãos dele, e ele podia facilmente ter sido confundido com um homem dez ou quinze anos mais velho. Às vezes, eu imaginava que Peter Connor tinha a aparência que os paleontólogos tiveram no passado.

Ele estava vestido quase da mesma forma que Joakim, com o mesmo macacão azul da AENA, mas também vestia luvas e um gorro de lã sintética puxado sobre o cabelo louro encaracolado.

"Você *reparou* que ela está nua?"

"Por que você não pergunta pra *ela*?", murmurei, percebendo que estava ficando com dor de cabeça e me perguntando se tinha energia para andar até a enfermaria. Decidi deixar doendo um pouco. Eu podia ter sorte e encontrar a lucidez enterrada no meio da dor.

"Eu estava preocupada", disse Umachandra com irritação, ainda olhando para a tela na parede. "Precisava falar com Magellan assim que os androides terminaram e não lembrei de me vestir primeiro. Importa?"

"Ei, foi só uma pergunta. Achei que talvez tivesse perdido alguma coisa."

"Eu estava preocupada", disse ela de novo, sem tirar os olhos de Gliese 876. "Se incomoda você..."

"Nem um pouco", respondeu Peter e sentou do outro lado da mesa, de frente pra mim e Joakim. Ele sorriu e piscou para Joakim. O 712 vermelho e cinza veio zumbindo e serviu café e biscoitos, que ele ignorou. "Mas você deve estar congelando, moça. Aqui parece uma geladeira."

"Estou quente o bastante", disse ela, a pele ondulando com uma luz vinho traindo a irritação, e de repente senti vontade de dar um tapa nela. Talvez tenha sido a dor de cabeça, o latejar atrás dos meus olhos me deixando ansiosa, fazendo-me ter medo de que os androides tivessem deixado passar alguma coisa. Mas eu queria dar um tapa nela e dizer para ela ir vestir uma porcaria de roupa, que talvez o resto de nós não quisesse vê-la nua. Mesmo depois da estase,

Umachandra Murdin parecia forte e saudável, mas o abuso genético dos pais deixou marcas reveladoras no corpo dela, deformidades que seriam difíceis de encarar sem a dor de cabeça e a ressaca do coma. A massa de carne retorcida e irregular logo acima da base da coluna, do tamanho do meu pulso e se projetando da fáscia tóraco-lombar como um emaranhado de tentáculos incompletos. Ou as manchas feias de escamas ganoides pretas marcando os ombros. Ou as dezenas de ventosas perfeitamente formadas nas partes de trás das pernas, como uma irritação ou malignidade estranha. Joakim disse uma vez para mim, pouco depois de sermos transferidos do Texas para o complexo de Cabo Canaveral, que não via sentido em viajar mais de cento e quarenta trilhões de quilômetros só para encontrar alienígenas se tínhamos Umachandra bem ali, na Terra.

"Todo mundo em boas condições de saúde?", perguntou Peter, e eu assenti, e Joakim também assentiu. Umachandra não disse nada. "Então, proponho um brinde." E Peter levantou a xícara. "A nós, porque não estamos mortos."

"Ainda não", acrescentou Joakim e bateu a xícara na de Peter sem entusiasmo. "Magellan diz que as coisas não estão tão bem na *Gilgamesh*. Em poucos dias, pode ser que a gente atraque em uma nave fantasma."

"Ele está exagerando", eu disse.

Joakim me olhou de cara feia por um momento e contou para Peter tudo o que sabíamos, ou que achava que sabíamos, o que não era muita coisa: a tripulação desaparecida de Welles, o perímetro expandido, as tentativas malsucedidas de suicídio de Jack Baird e Anastazja Osmolska, a possibilidade de que os androides estivessem mantendo a nave em funcionamento.

"Bom, então, aí está", disse Peter quando Joakim acabou. Ele deu uma risada sombria e colocou os pés na mesa. "E o que Magellan tinha a dizer sobre isso?"

"Estamos em modo de aproximação", disse Umachandra. "Estão nos rastreando."

"Acho que quero voltar a dormir agora, por favor", murmurou Peter e tomou um gole de café.

"Olha, cara. Nós todos sabíamos desde o começo como essa missão seria arriscada", disse Joakim, tentando parecer controlado, tentando parecer estoico. "O que quer que esteja acontecendo na *Gilgamesh*, a única coisa que podemos fazer agora é esperar e ver. Talvez não seja tão ruim quanto Magellan está pintando. De qualquer modo, não faz sentido entrar em pânico."

"Magellan disse que a situação está sob controle", disse Umachandra, olhando para nós por cima do ombro esquerdo. Consegui ver pela pele tremeluzente que ela estava bem mais preocupada do que estava disposta a admitir. "Temos que confiar nela. Ela nos trouxe até aqui."

"Umachandra, acho que ninguém está dizendo que o problema é com Magellan", disse Peter e colocou a xícara de café na mesa. "Acho que é com o encontro que temos de nos preocupar. Quem sabe em que tipo de condição o mainframe da *Gilgamesh* está agora? Osmolska era a principal técnica de IA."

"Magellan diz que está funcionando direitinho."

"Ela fez a verificação de reiniciação? Tem alguma chance de Osmolska ter montado um simulacro? Magellan tem acesso ao shell?"

"Ela está trabalhando nisso", respondeu Umachandra e se virou para a tela.

"É bom que trabalhe rápido. Só temos dez dias..."

"Nove", corrigiu Joakim. "Só temos nove dias, Peter."

"Duzentas e oito horas", disse Umachandra e tocou na tela de novo. O som das pontas dos dedos dela tocando no plasma me fez pensar em carne fritando.

Peter Connor lançou um olhar exasperado para ela, depois se inclinou para a frente e pegou um dos biscoitos, mas o colocou de volta no lugar.

"Osmolska pode ter provocado muitos danos, Joakim. Você sabe disso."

"Claro que sei, Peter. Mas não tem nada que a gente possa fazer, tem? Nós ouvimos Magellan. Nós esperamos, vemos e torcemos pra..."

"Estou ficando com dor de cabeça", interrompo. "Acho que vou voltar pra enfermaria e tomar alguma coisa." E me levantei rápido demais, bati o joelho com força na mesa. Café das xícaras foi derramado, e o tampo da mesa absorveu imediatamente. Joakim perguntou se eu queria que ele me acompanhasse até o elevador, e eu disse que não. Peter disse que tinha certeza de que não era algo sério. E Umachandra ficou olhando o anão vermelho, como uma cobra observando seu faquir, e não disse absolutamente nada.

Acho que vou pular algumas coisas aqui. O que Joakim disse para mim e o que eu disse para ele depois que ele me seguiu até o corredor, quando eu estava indo para a enfermaria. Os oito dias de terapia física e mental que nos preparava para os rigores de Piros. A discussão violenta que Peter e Umachandra tiveram por nada no dia antes de atracarmos. Minha dor de cabeça, que se recusava a melhorar e para a qual os androides médicos não conseguiam encontrar explicação. Tenho certeza de que todas essas coisas são importantes, do jeito delas, talvez mais importantes do que as coisas que já escrevi. São todas peças do quebra-cabeça, mas a primeira das minhas três canetas está começando a secar, e estou determinada a terminar de contar esta história da forma que comecei.

O que vou dizer é que eu não estava acostumada com o medo, principalmente o medo do desconhecido. Quando criança, eu era uma exploradora ansiosa, sempre indo tão longe, ou consideravelmente mais longe do que meus pais permitiam, e pensamentos sobre a minha segurança física raramente vinham à cabeça. Na faculdade, fiz trabalho de campo no Saara, na Antártida e no interior da Austrália. Passei duas semanas como "convidada" contra a vontade de um grupo de rebeldes sudaneses, mas voltei na mesma hora ao trabalho em Bahr El Ghazal quando o governo arrumou o dinheiro que pediram de resgate pelo meu retorno seguro. Fiz treinamento em Marte e passei mais de um ano trabalhando em Europa-Herschel. Fui parte de uma das primeiras equipes a colocar o pé em Titã. Antes de a *Montelius* partir para Piros, eu realmente acreditava que estava acostumada ao isolamento, em terra ou no espaço, à vida em lugares remotos e desabitados, às exigências e ao estresse de viver em ambientes extremamente hostis, e a me relacionar com meus colegas. Na luz vermelha e fria de Gliese 876, percebi que toda a minha estimada confiança era apenas arrogância e ignorância. Nada poderia ter me preparado, e nem aos outros, para aquela missão. Nada poderia ter me feito, e nem a quem quer que fosse, forte o suficiente.

Vamos logo com isso.

No dia 17 de dezembro de 2252, seis dias depois de termos sido acordados, exatamente às 1800 TMG, fomos recebidos por uma sonda de escolta automatizada da *Gilgamesh*. Já tínhamos passado pelos planetas mais externos do sistema (o pedregoso e estéril Cronos, envolto em uma camada de metano, etano e gelo de monóxido de carbono, só um pouco maior do que Plutão; um cinturão de asteroides largo que foi tudo o que sobrou de um planeta do tamanho da Terra havia muito desaparecido, destruído em algum cataclismo antigo; e o gigante gasoso Procris) e ainda estávamos a mais de vinte e cinco milhões de quilômetros de Piros.

Fiquei sentada com Joakim no convés de observação e vi os dois incansáveis androides que pilotaram a *Monty* nesses últimos sete anos e meio de nave falando com a sonda na linguagem aguda das máquinas. Pequenos ajustes de percurso foram feitos, e a etapa final da nossa desaceleração começou com os propulsores dianteiros disparando três jatos rápidos, e os androides desligaram a mangueira de hidrogênio. Por um momento, a nave tremeu ao nosso redor de forma alarmante, e meu estômago deu um nó. Mas a turbulência passou rápido.

"Droga", disse Joakim. "Acho que perdi um rim ali atrás."

"O que você realmente acha que vamos encontrar?", perguntei, deixando meu corpo relaxar depois do sacolejo. O forro de somespuma da minha cadeira se adaptou ao meu corpo e irradiou um calor delicado e tranquilizador. Eu não olhei para ele, só observei os pilotos androides, perguntando-me se alguém se deu ao trabalho de batizá-los e se, em caso negativo, eles tinham escolhido um nome para si mesmos.

"Você leu os mesmos relatórios que eu, Audrey."

"Você acha que algum deles importa agora? Mesmo que a *Gilgamesh* não seja um caso perdido, você acha que vamos medir seções e coletar amostras? Se tivermos perdido..."

"Nós não sabemos o que perdemos."

"Sabemos que perdemos Welles e três pessoas da tripulação junto. Sabemos que Baird e Osmolska provavelmente não estão fazendo muita ciência agora."

"Nós vamos catar os pedaços. Fazer o que der pra fazer."

"Nós vamos tentar ficar vivos", eu disse, e ele suspirou e assentiu.

"Isso também."

No pequeno convés de voo abaixo de nós, um dos androides fez um ruído repentino como o de um teletipo antiquado, do tipo que se ouve nos vídeos de noticiários antigos. Eu me encolhi, e Joakim colocou a mão na perna esquerda do meu macacão.

"Por que a Agência nos mandaria em uma missão suicida?", perguntou ele, mas eu não fazia ideia de como devia responder a isso. Eu não tinha sequer certeza do que ele queria dizer.

"Eles não poderiam ter previsto nada disso", eu disse.

"Eles mentiram para o resto do mundo. Não é ilógico pensar que também podem ter mentido pra gente."

Eu balancei a cabeça e observei o piloto que fez o barulho de teletipo abrir o peito e começar a mexer no interior pálido de sílica.

"Por que eles gastaram tanto tempo, energia e dinheiro enviando outro grupo de estudiosos de pedras?", perguntou ele. "Se as operações de mineração em Piros foram mesmo abandonadas quinhentos anos atrás, e se a agência quer a tecnologia, por que não enviar engenheiros e mecânicos?"

"Tenho certeza de que vão fazer isso."

"Quando, Audrey? Quando tivermos limpado a sujeira lá embaixo, sobre a qual não estão nem dispostos a nos contar?"

"Acho que não estamos em muita condição de limpar nada."

"Então talvez só queiram que a gente diga pra eles com que porra eles estão lidando. Você não fica se perguntando por que os alienígenas abandonaram Piros? Se os relatórios de pesquisa mineral forem relativamente precisos, por que eles não estão mais lá?"

"Não sei. Porque merdas acontecem", respondi, desejando não ter começado isso, ter esperado até chegarmos na *Gilgamesh* para começar a fazer as perguntas difíceis, desejando ter uma ou duas das respostas que ele estava procurando. "Pode ter havido uma guerra que encerrou as operações. Estamos falando de uma civilização inteira. E coisas ruins acontecem com civilizações. Não tem nada de misterioso nisso. Você não teve aula de arqueologia?"

"Não", disse ele. "Mas, como você está mencionando, por que não enviaram arqueólogos?"

"Enviaram. Osmolska tem diploma em arqueologia."

"Se os relatórios estiverem dizendo a verdade, os alienígenas parecem ter partido numa pressa danada, pelo menos os que *conseguiram* partir."

"Coisas ruins acontecem", falei mais uma vez e pedi para minha cadeira remover os dispositivos de segurança.

"Você está começando a parecer uma porra de papagaio, sabia?"

"Tenho hidro em dez minutos", eu disse, levantando-me quando as dobras pesadas da somespuma me soltaram. Bati no relógio do cinto. "Podemos continuar depois, se você achar mesmo que devemos. Você não era o sr. Vamos Esperar Pra Ver? Não é quem sempre disse que toda aquela coisa da *Aegis* era só história de terror?"

"Eu não fui enfiado a bordo da *Aegis*, nem você."

Nessa hora, comecei a pensar na última vez que fizemos amor, duas semanas antes de partirmos de Canaveral.

"Vai ficar tudo bem", eu disse, acreditando ou não. "Você vai ver. Vamos atracar amanhã e vai ficar tudo bem."

"Certo", disse ele, nada convencido, e afastou o olhar de mim.

"Não sei mais o que dizer."

"Eu só preciso de um tempo pra pensar", disse ele baixinho.

Eu fui para minha sessão de hidroterapia e deixei Joakim sozinho no convés de observação, olhando com atenção o holograma tremeluzente da sonda-guia da *Gilgamesh*, os olhos azuis observando as longas fileiras de monitores acima das estações dos pilotos. Eu só via escuridão e estrelas naquelas telas. Nunca vou saber o que Joakim viu lá.

II.
A segunda caneta

Estou cometendo erros. Leia as páginas novamente e você vai ver que estou cometendo erros. Por exemplo, se os pais de Umachandra Murdin tivessem tomado parte na secessão pós-humanista no "fim dos anos vinte", ela só teria sete ou oito anos quando a equipe da *Montelius* foi escolhida em 2234. Quando partimos para Piros, ela tinha trinta e poucos anos, e, na verdade, a secessão terminou em Manhattan, no ano de 2201, com as revoltas do Natal em Chinatown e a subsequente quarentena da ilha Roosevelt. Tem outras coisas que escrevi errado. Tenho certeza. Mas não quero desperdiçar tinta corrigindo tudo. Você vai conseguir encontrar as inconsistências se estiver lendo isto, se achar que importa. Desconfio que não. Devem ser só erros *factuais*, e não erros em relação à *verdade*.

No dia 18 de dezembro, chegamos a Piros e a *Gilgamesh*, presa em sua órbita geoestacionária ao redor da lua. Eu estava nos meus aposentos, sentindo-me melhor do que em qualquer outro momento desde que despertei do coma, sentindo-me quase em forma novamente depois das administrações diárias dos androides médicos. Estava deitada na cama, ouvindo Chopin (ou Liszt, ou quem quer que fosse), lendo, provavelmente relendo as monografias de Sam Welles sobre a biogeocronologia de Piros ou sobre as investigações morfológicas dos restos dos mineradores alienígenas que foram recuperados; alguma coisa assim. Joakim fez contato pelo sistema de comunicação, e sei que senti medo, mas também posso ter sentido uma espécie de euforia. Tínhamos ido tão longe, abrindo mão de tanto, só para ver as coisas que estavam à nossa frente. Eu me vesti e cheguei ao convés de observação em menos de dez minutos. Joakim estava lá, inclinado sobre a amurada, vendo as telas e os androides, e Umachandra e Peter também estavam lá. Ela estava conectada, alheia ao resto de nós e às imagens nas telas, acompanhando os subsistemas de navegação, percorrendo o labirinto de sílica da transmissão direcional, da triangulação e da análise de gráviton de Magellan. Peter Connor estava sentado, mordendo o cabo de um dos seus cachimbos e sem tirar os olhos das imagens da *Gilgamesh*, da lua vermelha como tijolo e da área agitada e tempestuosa em roxo, escarlate e verde de Cecrops, que consumia tudo, exceto por uma crosta negra ao fundo. Pelo menos, Umachandra estava vestida.

"Desvie 7,12 graus a bombordo", ouvi um dos androides dizer e depois os propulsores de posicionamento zumbindo abaixo de nós, e as imagens na tela começaram a mudar.

"Parece bem", disse Joakim, com esperanças, e apontou para a *Gilgamesh*.

"Ah, sim. Uma linda maçã vermelha com algumas minhocas verdes e gordas dentro", murmurou Peter, e Joakim olhou para ele de cara feia.

"Ao menos temos um canal aberto?", perguntei, e Joakim balançou a cabeça e franziu a testa.

"Os androides dizem que fomos reconhecidos e liberados", disse ele, "e Murdin diz que estão recalibrando os geradores de campo pra fazer uma aproximação. Mas, até o momento, é só contato entre androides. Baird não está respondendo. *Ninguém* está respondendo..."

"Ninguém *humano*", interrompeu Peter.

"Dá no mesmo."

Em janeiro de 2001, a descoberta de um segundo planeta orbitando em Gliese 876 foi anunciada por uma equipe de cientistas do Centro de Pesquisa Ames da Nasa, pela Universidade da Califórnia em Santa Cruz, pelo Instituto de Astrobiologia da Nasa, pelo Instituto Carnegie e pela Universidade de Nova York em Stony Brook (tenho esses fatos anotados na minha frente). Claro que, naquela época, cada planeta extrassolar era motivo de coletiva de imprensa, e os corpos de Gliese mais ainda, pois marcavam a primeira vez que alguém detectou ressonância orbital forte entre dois planetas extrassolares. O mais externo dos dois foi batizado de GJ876c, um gigante gasoso com menos de sessenta por cento da massa de Júpiter. Só ganharia o nome de Cecrops mais de setenta anos depois. Cecrops, claro, foi o rei da Ática, um híbrido metade humano e metade dragão. Cecrops escolheu Atena, no lugar de Poseidon, como protetora de Atenas.

"Firme", disse um dos androides suavemente, quando câmeras externas nos mostraram o alinhamento do umbigo da *Monty* com a teia de atracagem de estibordo da *Gilgamesh*.

"Estamos indo rápido demais", avisou Umachandra, e eu senti os propulsores de posicionamento sendo disparados de novo. "Assim está melhor", disse ela, como uma mãe encorajando um filho desajeitado.

"Projetando o umbilical", disse um androide. "Contato em oito, sete, seis", e "Melhor se segurarem em alguma coisa", disse Umachandra, reconhecendo a nossa presença pela primeira vez desde que chegamos no convés. "Tem alguma coisa errada. Acho que tem giro demais."

E as duas naves se tocaram, uma batendo com força na outra, a *Montelius* fazendo o papel do macho ávido, *in flagrante delicto* dezenas de milhares de quilômetros acima da grande lua vermelha de Cecrops. A força do impacto me pegou desprevenida, apesar do aviso de Umachandra, e eu teria caído se Joakim não tivesse me segurado. As luzes se apagaram, mas voltaram em vermelho um segundo ou dois depois, e por toda a *Monty* sirenes começaram a berrar.

"Porra", resmungou Peter. "Que porra de manobra foi *essa*, Magellan?"

"Não foi Magellan", disse Umachandra e começou a se desconectar do console. "Três segundos antes do contato, a *Gilgamesh* disparou os propulsores número dois. Não houve tempo pra compensar."

"Nós sofremos danos?", perguntou Joakim, soltando-me quando eu estava me segurando bem na amurada.

"Nada muito sério. Mas provavelmente vamos ter que fazer alterações na rota pra que a trava tripulacional funcione. Uma parte do circuito da escotilha fritou."

Joakim olhou para ela e cuspiu no chão, aos seus pés. "Não podemos nem abrir a porra da escotilha?", perguntou ele, e eu vi que tinha sangue na saliva, rosa-coral no convés de alumínio.

"Já tem uma unidade de manutenção a caminho", respondeu Umachandra.

Peter se levantou e cobriu as orelhas. "Alguém pode *por favor* desligar essas merdas?"

"Estão todas ligadas ao mesmo timer de alarme automático", disse Umachandra, balançando a cabeça e tirando o último conector preto e amarelo da têmpora esquerda. "Mais trinta e cinco segundos e todos devem entrar no ciclo de desligamento." No instante seguinte, porém, os alarmes ficaram em silêncio ao mesmo tempo, como se debochando dela, e Peter Connor riu e se virou para os monitores.

"Qual é o tamanho da merda em que nos metemos, Uma?", perguntou ele, e acho que foi a primeira vez que ouvi alguém chamar Umachandra Murdin por um diminutivo ou apelido. Olhei para Joakim, e ele deu de ombros.

"Coloquem alguém no visor", disse ele para os pilotos, mas os dois pareceram ignorá-lo, ocupados com camadas intrincadas e coloridas de touchpads, botões e telas tremeluzentes.

"Os sinais sonoros pararam", disse Joakim, virando-se para Umachandra. "Por que as luzes ainda estão vermelhas?"

"Depois do impacto, Magellan recorreu à energia auxiliar", respondeu ela. "Vai esperar até ter certeza de que não tem rompimentos na estrutura nem defeitos internos antes de voltar para a primária."

"Mas os sinais..."

"Não sei, Joakim. Eu não sei."

E fiquei ali, segurando a amurada com tanta força que meus nós dos dedos ficaram dormentes e pálidos, vendo os movimentos frenéticos dos pilotos e as imagens nas telas, tudo lavado com sangue e escuridão sob a iluminação auxiliar, tudo lavado em tons irreais.

Na tela maior, uma das câmeras remotas da *Montelius*, um módulo curto de arraste conectado que foi liberado quando nossos monitores de proximidade sinalizaram que tínhamos chegado a cinquenta quilômetros da *Gilgamesh*, exibiu imagens SROLED em tempo real. A *Monty* e a *Gilgamesh* se fundiram uma à outra como insetos monstruosos, pairando acima do equador de Piros, e, atrás de tudo, o grande disco do hemisfério norte de Cecrops. As faixas brilhantes de pele de cobra da atmosfera turva do planeta, amônia e vapor de água e fosfina, montando guarda 2,5 milhões de quilômetros atrás da lua.

Os gregos antigos acreditavam que Cecrops ensinou a humanidade a enterrar seus mortos.

Um dos pilotos se virou e olhou para nós, os olhos brilhando suavemente na luz vermelha baixa. "Temos um sinal chegando pelo canal dois", disse ele, ou ela, o que Joakim quisesse que eu pensasse. "É um sintético", acrescentou o androide.

"Pode passar", respondeu Joakim, e o piloto assentiu e passou as mãos com habilidade pelos controles. Minha visão das naves, de Piros e de Cecrops foi abruptamente substituída por uma imagem da ponte de *Gilgamesh*. Um androide sorridente de olhos violeta nos olhava. Ela estava usando um macacão azul, com o logo obrigatório da divisão técnica de IA da agência costurado acima do seio esquerdo.

"Saudações, tripulação da *Montelius*", disse a androide naquela mesma voz tranquilizadora e cantarolada que me despertou apenas nove dias antes.

"Jesus", sussurrou Joakim, e olhou para Peter.

"Precisamos falar com o subcomandante Baird", eu disse, ignorando o que ainda podia restar do protocolo, segundo o qual Joakim devia ter falado primeiro. "Nosso mecanismo de atracamento..."

"Desculpe, dra. Cather, mas o subcomandante Baird não está disponível agora. No entanto, talvez eu possa..."

"Tem alguém *humano* com quem possamos falar?", perguntou Joakim com impaciência, e o androide fez uma pausa antes de responder.

"Não no momento", disse ela.

"Onde eles *estão*?"

"Houve complicações, comandante Hamilton."

"O que exatamente você *quer dizer* com 'complicações'?", perguntou Joakim, e eu o conhecia bem o bastante para ver o quanto estava perto de abandonar qualquer pretexto de civilidade. Mais uma vez, a androide fez uma pausa, como se escolhendo as palavras com cautela.

"Lamentavelmente, comandante, foi necessário dispensar a tripulação humana da *Gilgamesh* do serviço ativo. Sob a Seção 17-12C, parágrafo seis..."

"Eles tomaram a porra da nave", murmurou Peter. "Esses merdas de plástico fizeram um motim."

Na tela, a androide piscou uma vez e olhou diretamente para Peter. "Não, dr. Connor. Não foi um motim. Foi uma ação legal, necessária para garantir a segurança da *Gilgamesh* e a segurança da *Montelius* também. Como eu disse, houve complicações."

"O dr. Baird está vivo?", perguntou Joakim, antes que Peter pudesse dizer qualquer coisa.

"Sim, senhor. Ele está vivo e fisicamente bem."

"Fisicamente? Mas não *mentalmente*?"

"Seria melhor, comandante, discutirmos isso a bordo da *Gilgamesh*. Tenho motivos para acreditar que esse canal não é mais seguro."

"Seguro em relação a *quem*?", perguntou Umachandra, a voz quase tão calma quanto a da androide. A sintética olhou para ela em silêncio por um longo momento, depois olhou rapidamente por cima do ombro.

"Seguro em relação a quem?", perguntou de novo Umachandra.

"Como eu disse, houve complicações."

"Desista, pessoal. Não vamos arrancar nada dessa vaca", sussurrou Peter e voltou a sentar.

"Nossa escotilha está emperrada", eu disse. "A câmara de pressão pode ter sido danificada."

"Sim, dra. Cather. A *Gilgamesh* também sofreu um pequeno dano na colisão. Enviamos uma equipe para ajudar no conserto da sua câmara de ar. Se for impraticável, vamos usar um dos transportes para trazer sua tripulação."

"Não houve sinal de Welles?", perguntou Joakim, limpando suor da testa com a mão.

"Não, senhor, não houve. Mas temos drones na superfície. Não abandonamos as esperanças. Estou aliviada com a chegada de vocês."

"Tem alguma coisa que possamos fazer pra ajudar com a câmara de pressão?", perguntou Umachandra. "Um dos nossos SJ4 está trabalhando nela por dentro."

"Obrigada. Vamos sincronizar nossos esforços, dra. Murdin. Vocês devem se preparar para sair da *Montelius*. Vamos trazer vocês assim que possível."

"É", disse Joakim com cansaço. "Pode deixar." E a transmissão foi encerrada e substituída imediatamente pela visão anterior das duas naves, a lua e o gigante gasoso.

"Você acha que ela está falando a verdade?", perguntei a Joakim.

"Claro", respondeu Umachandra. "Claro que ela está falando a verdade. A programação dela não permite que aja de outra forma."

"Baboseira", disse Joakim. "Androides podem mentir, e todos sabemos que os androides podem muito bem mentir. Não vamos saber o que está acontecendo lá enquanto não estivermos a bordo."

"Se soubermos", acrescentou Peter, inconvenientemente.

"Se soubermos", concordou Joakim. "Murdin, quero uma avaliação de Magellan. Se a mainframe da *Gilgamesh* estiver contaminada, não quero que entre aqui."

"Não tem motivo nenhum pra acreditar..."

"Você pode só *fazer* o que eu pedi? Por favor? Tenho que ver como é aquela tranca."

As luzes primárias zumbiram alto e voltaram a funcionar; eu apertei os olhos, pisquei e os esfreguei enquanto Peter Connor seguia Joakim para fora do convés de observação e Umachandra seguia as ordens e se conectava novamente a Magellan.

Quase uma semana se passou desde que comecei a escrever estas coisas. Eu normalmente escrevo tarde da noite, quando não consigo dormir. O som do vento e da neve nas janelas me faz desgostar da escuridão do meu quarto. Tenho uma escrivaninha na sala da frente, sento-me lá de roupão e pantufas e tento lembrar o que aconteceu depois, e depois, e depois disso. Às vezes, o vento soa tão alto que escuto música para bloquear o rugido e o assovio constantes, alguma coisa dos compositores neomodernistas ou, em outras vezes, baladas folk americanas antigas. Tenho um belo par de tinfones de baixa imersão Ito, e posso botar música tão alto quanto quiser tarde da noite sem incomodar os vizinhos. As paredes deste apartamento velho são finas. E às vezes esqueço os gatos, porque não consigo ouvir os miados com a "Oitava sinfonia de Pritchard" ou "Frankie e Johnny", e eles acordam os vizinhos. Eu me livraria deles se pudesse, dos gatos, se conseguisse aguentar ficar sozinha. Tenho dois robôs de arrumação velhos que limpam a poeira e mantêm o banheiro limpo, e há uma sintética, Zoraya, que mora no fim do corredor e dá uma olhada em mim de vez em quando, mas não é o mesmo que ter uma coisa biológica como companhia. Uma coisa quase tão frágil e necessitada quanto eu.

Há três gatos dividindo o apartamento comigo agora: um macho gordo e laranja chamado Matthieu, um macho jovem e magrelo preto e branco chamado Léon, e uma fêmea malhada que chamo de Sabine. Desconfio que ela tinha outro nome antes de eu encontrá-la procurando comida nas nevascas de junho. Ela tinha coleira, mas sem plaquinha nem chip de identificação. Agora é Sabine, e vai ter de se acostumar, se já não tiver se acostumado.

Estou saindo pela tangente, não estou? Quando acordei esta manhã, atrasada para uma palestra, fiquei alguns minutos na cama enquanto os restos de um sonho com Umachandra Murdin se desfaziam. E pensei em terminar isto aqui. Em parar e guardar os papéis em algum lugar, em uma gaveta onde ninguém vai olhar até bem depois de eu ter morrido. Ou eu poderia mandar para o incinerador. Ou posso fechar a história com uma mentira caprichada. Eu poderia dizer: "E Joakim decidiu invalidar o programa da missão e, depois de uma discussão com Umachandra, nós quatro voltamos para a estase poucos dias depois de desatracar a *Monty* da *Gilgamesh*". Eu poderia ser muito, muito audaciosa e escrever: "Eles viveram felizes para sempre". Ou simplesmente: "Todos viveram".

Estou desperdiçando tinta. Estou ciente de que estou desperdiçando tinta.

Há janelas enormes viradas para o norte na frente da minha escrivaninha. O vidro original foi substituído séculos atrás por placas grossas de permaclear que distorcem tudo, mas só um pouco. Selantes impedem que o vento entre, e uma rede de filamentos termais embutidos no permaclear ajuda o apartamento a ficar aquecido. Em dias de céu limpo, tenho uma boa vista da île-Saint-Louis encolhida no Sena congelado, a Paris coberta de gelo se espalhando até os limites antigos e além. O céu é bom de ver nesses dias, o céu azul-persa que pelo menos parece limpo, mas eu fecho as cortinas em noites sem nuvem porque não consigo mais suportar a visão das estrelas.

Elas sempre parecem estar olhando, e não importa que eu saiba o quanto essas observadoras devem estar distantes. Quanto tempo levaria para qualquer coisa de lá vir até aqui, porque consigo vê-las, e imagino (sim, eu *imagino*) que conseguem me ver. Que estão me olhando há décadas. Depois de Piros, durante a longa quarentena na órbita de Marte, um dos psiquiatras me declarou *astrofóbica*, que sofre de um medo mórbido das estrelas e de outros corpos celestiais, o que, claro, encerrou minha carreira em exo. Bom, isso e mais uma dezena de outros diagnósticos, e o fato de que eu teria cortado minha própria garganta antes de me inscrever em outra nave com dispositivo de coma. Mas, sim, eu tenho medo das estrelas.

Sou uma mulher velha com três gatos, um apartamento cheio de ossos petrificados, livros velhos, discos antigos e suportes de dados, vivendo com salário de palestrante e aposentadoria da agência, e tenho medo das estrelas.

E estou desperdiçando tinta.

Mas não consigo dormir e não estou pronta para seguir para a próxima parte da história, a parte da minha vida que *virou* história, a passagem pela escotilha danificada da *Montelius* para a *Gilgamesh*. A primeira conversa com a sintética que assumiu o comando da nave. A conversa com Baird que aconteceu em seguida. E assim por diante. Talvez amanhã à noite eu consiga começar a escrever essas coisas. Mas não hoje.

Talvez eu devesse botar fogo nestes papéis.

Dois meses atrás, dei uma palestra sobre paleoecologia de Europa na Galerie de Paléontologie et d'Anatomie Comparée, e, depois, quando a aula foi aberta a perguntas, uma estudante com sotaque australiano, uma loura alta, perguntou se eu discutiria a expedição a Gliese. Olhei com nervosismo para o monitor poucos metros à minha esquerda, e ele balançou a cabeça com aquele jeito lento, sério e não exatamente ameaçador como os monitores acadêmicos balançam a cabeça. Eu assenti para ele e disse educadamente para a garota que era um assunto que eu estava proibida de discutir, pois assinei vários documentos de confidencialidade, e, além do mais, não era o assunto da palestra.

"Mas você era parte da tripulação da *Montelius*, não era?", perguntou ela. "Você *estava* lá?"

Eu olhei para o monitor de novo, um africano musculoso, os olhos escondidos em segurança atrás de um amontoado de implantes. Ele estava falando no microfone na palma da mão esquerda. O que queria dizer que estava conectado e relatando para a segurança, e decisões já estavam sendo tomadas sobre como a situação devia ser encarada. Ele balançou a cabeça de novo, de forma mais vigorosa agora, e eu assenti de novo e sorri para ele, depois ignorei a garota e apontei para o relógio na parede. Agradeci a todos e inventei uma mentira sobre precisar examinar moluscos argentinos nas coleções antes de ir para casa. Houve uma salva desanimada de palmas quando saí do auditório.

Você estava *lá*?

Estava?

Eu tenho certeza absoluta?

No dia seguinte, eu soube que a garota, uma neozelandesa cujo nome é Jedda Callahan, foi detida depois da palestra e levada a interrogatório. Foi liberada algumas horas depois, quando os exames deram negativo, mas eu sabia que ela seria seguida por semanas ou meses, que seria classificada como Amarelo-3 ou mais. A agência sabe que há muitas células ecoterroristas, antiespaço e fundamentalistas religiosos que adorariam poder encher suas campanhas com uma imagem mais nítida do que realmente aconteceu em Piros. A AENA entende o dano que seria causado, os possíveis custos aos programas extrassolares e às indústrias que dependem deles, e toma cuidado. São alertas, como as estrelas. Já me perguntei muitas vezes por que permitiram que Joakim e eu saíssemos da quarentena. Não precisavam ter feito isso. Ninguém relevante teria duvidado da história que inventassem para explicar nossas mortes. Mas a agência sempre foi especialista em correr riscos calculados, e deve ter havido algo mais que eles precisavam de nós.

Não consigo sequer começar a imaginar o que era esse algo.

Joakim tinha as teorias dele, mas Joakim está morto agora, e não gosto de pensar nelas.

Ali está o aerobus das quatro da madrugada, com as luzes vermelhas e azuis piscando suavemente na neve e no gelo quando passa devagar acima da Rue de Rivoli, indo para o oeste, na direção do novo terminal de Vanves. E eu devia ir para a cama, devia dar comida para os gatos e ir para a cama. Já falei o suficiente por enquanto, mesmo *se* tudo isso foi mero desperdício de tinta.

Amanhã à noite, farei melhor.

Foram quase cinco horas para deixar a câmara de pressão e os sistemas de sustentação da vida operarem novamente. Umachandra passou boa parte do tempo conectada a Magellan, providenciando escarpas e contraescarpas, reiniciando senhas e códigos de acesso. Ela até fez o upload de um firewall antiquado, para o caso de haver problemas com as funções de roteador da IA nativa. Enquanto Peter e eu preparávamos as cápsulas de deslocamento, Joakim ficou na cabine dele, ditando um relatório de crise para a AENA (tudo o que sabíamos, e acho que tudo de que ele desconfiava) sobre os problemas a bordo da Gilgamesh. Em quinze anos, as palavras dele chegariam às estações mais distantes, história imediata para qualquer um que ainda estivesse por lá e pudesse se importar. Ele direcionou o sinal pelos caminhos atuais dos foguetes e por três outros projetados, sabendo que poderia chegar a outros viajantes bem antes de chegar à Terra. Quando Umachandra finalmente se desconectou e recebemos luz verde dos sintéticos a bordo da *Gilgamesh*, ele ordenou que vestíssemos nossos trajes espaciais.

Na baía de transferência, verificamos e reverificamos lacres e manômetros, sistemas de resfriamentos e unidades respiratórias. Uma membrana de CO_2 no meu equipamento de respiração estava danificada e teve de ser substituída, e um dos tanques de oxigênio de Joakim estava quase vinte por cento abaixo do nível ideal. Ele o abriu e colocou um cartucho cheio no encaixe na perna direita da roupa, enquanto Umachandra reclamava da dela, que estava apertada demais apesar das modificações para se ajustar à sua altura. Peter estava sentado em uma das cápsulas, o capacete no colo, olhando silenciosamente para a escotilha da câmara de pressão.

"Isso é ridículo", resmungou Umachandra, lutando com uma costura na roupa. "Não são nem dez metros, e Magellan diz..."

"É só uma precaução", interrompeu Joakim e entregou meu capacete.

"Bom, é uma precaução idiota pra caralho", respondeu Umachandra com rispidez, e a pele do seu rosto, a única parte não escondida dentro da roupa, brilhou em um irritado tom amarelo-alaranjado. "Você acha mesmo que vão nos levar lá pra dentro e nos jogar no espaço?"

"Não, não acho", respondeu ele, "porque vamos entrar um de cada vez. Eu vou primeiro, depois você, então Audrey, e quero que Peter seja o último a passar. Se alguma coisa der errado, quem tiver ficado deste lado deve desconectar na mesma hora."

"Nós não sabemos o que aconteceu lá", disse Peter. "Até onde sabemos, todo mundo está morto."

Umachandra suspirou alto e verificou os lacres nas luvas. "Se *humanos* tivessem dito o que a sintética disse, você não estaria agindo assim, Peter."

"E o que você quer dizer?"

"Que você está se comportando com intolerância."

"Estamos falando de androides", disse Joakim, parecendo quase tão irritado quanto o brilho dos cromatóforos e fotóforos de Umachandra. "Não são refugiados brasileiros nem crianças ph, são só androides."

"Não, eles *não* são androides, comandante Hamilton, são sintéticos..."

"Mesma merda, Murdin. São máquinas, e às vezes as máquinas funcionam mal. *Todas* as máquinas dão defeito."

"Obviamente, os humanos também", respondeu ela e colocou o capacete. Houve um sibilar leve quando os pontos de junção ao redor do pescoço se fecharam, e um clique seco quando os tanques de respiração foram ligados.

Nem Joakim nem Peter responderam. Eu coloquei meu capacete, trancando-me na bolha, confiando minha vida a outro conjunto de máquinas. Eu duvidava que Joakim gostasse da ironia, então não comentei com ele. O interior do capacete tinha cheiro de plástico, e eu queria que ele tivesse me posicionado como a segunda da fila, em vez de Umachandra; queria passar pelo umbilical e tirar os trajes espaciais o mais rápido possível. Não acho que no meu caso fosse a mesma desconfiança em relação aos sintéticos que estava afetando Joakim e Peter. Era um medo bem maior e menos concentrado. Eu precisava saber que diabos tinha dado errado lá, para que esse desconhecido pudesse começar a se tornar conhecido, para que as coisas começassem a fazer sentido para mim de novo, e talvez eu pudesse ter uma chance contra a ansiedade e o medo que começaram a enevoar minha mente.

Alguns minutos depois, todos estávamos de capacete. Joakim nos fez passar por uma verificação de comunicadores e por uma quarta verificação de sistema computacional. Todos estávamos ok, e passamos por Peter até os controles manuais ao lado da escotilha.

"A leitura de mercúrio está 977 milibares", disse ele, a voz metalizada e aguda transmitida pelos alto-falantes da roupa. "E a mistura de gases está boa. Um pouco alta em oxigênio, mas dentro dos limites. As leituras gravitacionais estão normais. As temperaturas estão na faixa de vinte e dois, então acho que não vamos congelar."

"Está na cara que os robôs do mal nos querem *dentro* da armadilha pra depois acionar", disse Umachandra, o sarcasmo e o desprezo emanando do sistema de comunicação.

"Cala a boca, Uma", disse Peter. "Você não está ajudando."

"Eu não estava tentando ajudar. Talvez tenham preparado o umbilical com cargas de zimax."

"Por favor", eu disse. "Podemos acabar logo com isso?"

Joakim assentiu e digitou o novo código de acesso de vinte dígitos que Umachandra deu para ele momentos antes. Houve um sibilar alto quando a pressão do ar na baía de transferência e o umbilical começaram a equalizar, e Joakim virou dois clipes vermelhos de segurança, destrancando a escotilha.

"Quando eu passar, vou sinalizar para Umachandra vir", disse ele. "*Não* comece a atravessar até eu mandar o sinal." Ele levantou a alavanca pesada de liberação à esquerda do painel de controle, e a escotilha abriu. "Peter, feche a escotilha assim que eu passar. O SJ4 vai fechar depois que você passar."

"Tome cuidado", eu disse, e ele assentiu, passou pelo vão e entrou naquele corredor com o mesmo branco implacável dos nossos trajes espaciais. As paredes, o chão e o teto pareciam o interior do acordeão de um gigante, e Joakim ficou na passagem estreita de alumínio. Havia alças de apoio acima, mas ele não precisaria delas enquanto a gravidade fosse mantida.

Dez metros, eu pensei, lembrando o que Umachandra tinha dito, e apertei os punhos enluvados. *Nem dez metros deste lado para aquele lado.* Com que rapidez eu conseguia caminhar por dez metros? Trinta segundos, fácil, até me deslocando devagar, com cautela, mesmo dentro de um traje espacial, trinta ou quarenta segundos no máximo.

Mas quantas coisas podem dar errado em apenas trinta ou quarenta segundos?

Quando Peter fechou a escotilha novamente, a escotilha similar na outra ponta do umbilical ainda não tinha sido aberta. Eu contei nos dedos e esperei. Peter olhou pela janelinha, e Umachandra mexeu nas configurações do sistema de comunicação.

"Está aberta", disse Peter depois do que pareceram dez ou vinte minutos. "Ele entrou."

"Talvez queiram todos nós a bordo da *Gilgamesh* pra nos matar", disse Umachandra, e alguns segundos depois nossos comunicadores estalaram.

"Estou bem", disse Joakim. "Podem vir."

"Abra a porra da escotilha, Peter, antes que eu sufoque nesse troço", disse Umachandra, e ele levantou a alavanca e baixou novamente quando ela já estava na passagem.

"Ela está apavorada", disse ele, e ficou claro que ele estava preocupado, e senti que eu estava ouvindo uma confidência que não queria ouvir. "Merda, ela deve estar com mais medo do que nós. E essa é a forma dela de demonstrar, agindo como uma escrota."

E os comunicadores estalaram de novo.

E chegou a minha vez.

Ontem, Zoraya me perguntou o que eu estava escrevendo. Ela nunca tinha visto folhas brancas de papel nem canetas esferográficas. Contei um pouco e prometi deixar que ela lesse tudo quando eu terminasse. Quando cheguei na parte dos sintéticos tomando o controle da *Gilgamesh*, ela ficou em silêncio e olhou para a neve lá fora.

"Foi muito tempo atrás", eu disse, percebendo que a tinha chateado.

"Não é muito diferente agora", respondeu ela.

"Agora, vocês têm direitos", argumentei. "Têm cidadania e recursos para..."

"Na França", disse ela baixinho. "Na Suécia e na Nova Zelândia. Na Rússia, eu tenho direitos."

"Somos uma espécie antiga", eu disse para ela. "Não somos tão adaptáveis quanto gostamos de pensar. Demoramos um tempo pra nos ajustar a coisas diferentes de nós."

"Sim, eu vi isso."

"Estávamos muito longe de casa. Tudo estava uma merda. Nós estávamos com medo."

"Você não acha que os sintéticos na outra nave também estavam com medo?"

"Estavam", admiti.

"Você vai colocar isso na história?", disse ela e desviou o olhar da janela, da cortina cinza-azulada que cobria a cidade.

"Sim. Claro."

E isso pareceu satisfazê-la. Zoraya é uma garota muito bonita, e me consola saber que nunca vai envelhecer, que vai viver toda a duração da vida com o mesmo rosto perfeito (a não ser que escolha algo diferente). Os olhos são castanho-esverdeados, e uma inspeção casual nunca revelaria que são sintéticos. Na maior parte do tempo, o cabelo comprido é quase branco, mas às vezes ela usa um tom de lavanda, e em outros dias prefere castanho. Se eu tivesse tido uma filha, gostaria que fosse bonita como Zoraya.

Quando estávamos todos a bordo da *Gilgamesh*, tiramos rapidamente os trajes espaciais antes de sairmos da baía de transferência da nave. Umachandra enrolou o dela em uma bola e jogou em um canto, e Peter riu dela. Seguimos um sintético nervoso até um elevador que nos levou para uma sala de conferência no nível três. A sintética com quem falamos no convés de observação algumas horas antes estava nos esperando lá.

"Bem-vindos", disse ela de forma agradável, fazendo sinal para nos sentarmos à longa mesa oval que ocupava a maior parte da pequena sala. "Obrigada, Lawrence", disse ela para o sintético, e ele assentiu e desapareceu imediatamente no corredor, fechando a porta ao passar.

"Como já indiquei", disse a sintética, "estamos todos extremamente aliviados com a sua chegada."

"Ótimo", disse Joakim. "Agora, quando você vai nos contar o que está acontecendo aqui?" Ela olhou para as mãos cruzadas sobre a mesa à frente. Era uma Apex3 padrão, com olhos violeta e cabelo preto, a pele cintilando suavemente nas luzes da cabine e a paciência quase infinita que ela foi programada para demonstrar com seres humanos.

"Meu nome é Evelyn", disse ela.

"Desde quando os A3 têm nome?", disse Peter, e ela não afastou o olhar das mãos cruzadas.

"A dra. Osmolska me deu o nome. Ela deu nome a todos nós aqui na *Gilgamesh*."

"Bom, quanta porra de atenção dela", disse Peter, e Joakim franziu a testa para ele.

"Onde ela está, Evelyn?", perguntou Joakim. "Onde está a dra. Osmolska?"

"Está nos aposentos dela."

"E o dr. Baird?"

"Nos aposentos dele também. Foi necessário sedá-los para o bem-estar deles."

"Mas você vai deixar que a gente os veja?"

"Se for o que vocês quiserem, comandante. Mas, infelizmente, eles não vão ser muito úteis para vocês."

"E todos os outros foram para a superfície com o dr. Welles?", perguntei, e ela assentiu.

"Acho que vocês deviam saber que o dr. Baird tentou dissuadi-lo de expandir o perímetro e de levar uma nave até o local. Mas ele estava muito empolgado."

"Que local?", perguntei, e ela olhou para mim. E foi nessa hora que eu vi que ela estava com medo, Zoraya. Um tremor nos cantos dos lábios carnudos, o brilho frágil nos olhos dela. Ela passou a mão esquerda pelo pequeno painel inserido em seu lado da mesa, e a parede atrás dela se dissolveu em uma tela grande.

"Registro Piros 2250-2-987,2", disse ela. "Referência na rede R9-0P2, longitude..."

"Jesus Cristo", disse Peter, interrompendo-a. Na tela, fotocélulas na parede exibiam uma vista aérea de uma área ampla no terreno inóspito de Piros. Claro que todos nós sabíamos sobre as naves alienígenas, sobre o equipamento de escavação e as refinarias, os assentamentos abandonados, mas nunca tínhamos visto fotografias tão claras quanto a da parede atrás de Evelyn.

"Foi tirada de uns cinco quilômetros acima", disse ela, ainda me olhando. "Resultados preliminares mostram que é o local mais recente que encontramos em qualquer parte de Piros até agora. As sondas avançadas trouxeram amostras que datavam de nove mil e trezentos anos, com variação de mais ou menos mil anos."

"Jesus", disse Peter novamente. "Olha essa merda."

Eu reparei primeiro nas estradas, tiras mais claras vermelho-tijolo e branco-alaranjado cruzando os cumes, os sulcos e as ravinas, levando meus olhos para a beirada do grande poço. Eu podia muito bem estar olhando para uma operação mineradora enorme da Terra, para a mina abandonada de Bingham Canyon em Utah ou para a pedreira Limberg na Finlândia, um dos velhos gigantes dos dias anteriores à economia de prospecção e de refinarias interespaciais terem fechado a maioria dos poços abertos na Terra. Mesmo depois de um milênio, os terraços estreitos e concêntricos ainda eram visíveis.

"É gigante", disse Joakim.

"Qual é a largura?", perguntou Umachandra.

"Mais de sete quilômetros na parte mais larga", respondeu Evelyn, movendo a mão de novo pelo ar acima do painel. A imagem na tela tremeu de leve, e a resolução melhorou. "Agora, estamos a três quilômetros", disse ela. "Dá para ver o lago claramente."

Realmente, o chão da enorme pedreira estava totalmente inundado. Na foto, a água era muito escura e parecia mais óleo que água líquida. Eu só conseguia começar a imaginar a profundeza que devia ter, quanto tempo aquele lago amplo e imóvel ficou na sombra de Cecrops, quanto tempo fazia desde que os alienígenas acertaram uma hidrovia subterrânea, quanto tempo fazia desde que desligaram as bombas que deixariam o poço seco e trabalhável.

Evelyn continuou falando, discursando agora como um agente empolgado da AENA que apresentava um projeto para um comitê financeiro avarento. Mas não olhou para a tela uma vez sequer. Ficou de costas para a parede, os olhos alternando entre nossos rostos e o painel na mesa. "A seção aqui é coberta por uma pedra calcária algácea densa, que muda gradativamente para minério sulfetado embaixo. As camadas com presença de cobre, e são pelo menos doze, são todas xisto argiloso que sofreu um metamorfismo de baixo grau. O corpo de depósito porfirítico de cobre é enorme e bem uniforme na distribuição de mineralização de sulfeto, principalmente calcopirita. As sondas também encontraram ouro, prata e molibdênio em concentração. Mas desconfiamos, pelos exames das aeronaves de carga e locais de refinaria, que o cobre era o mineral de alvo primário."

"Isso é fascinante", disse Peter e coçou a barba. "Mas acho que devíamos estar falando do que aconteceu com a tripulação e deixar a geologia pra depois."

A sintética assentiu e cruzou as mãos na frente do corpo novamente, apoiando-as perto do painel.

"É muito complicado", disse ela.

"Eu entendo isso", disse Joakim, e eu consegui ouvir a paciência dele começando a se esgotar. "Mas temos que saber o que aconteceu com o comandante Welles e qual é o problema com Baird e Osmolska. Temos que saber essas coisas *agora*, Evelyn."

"Acho que não vai importar muito, não da forma como você espera."

Depois que ela disse isso, acho que ficamos todos em silêncio por um momento ou dois. Eu não conseguia tirar os olhos da tela, daquela enorme pedreira com o lago negro parado, com as máquinas paralisadas espalhadas com descuido pouco alteradas durante a maior parte de um milênio à mercê dos elementos de Piros, dos incontáveis tons de vermelho e marrom, amarelo e laranja.

Acho que foi Umachandra quem falou primeiro, que falou em seguida. Ela talvez tenha dito: "As sondas pelo menos conseguiram localizar a nave do dr. Welles?".

Tenho certeza que sim. Que ela falou primeiro. Isso, ou alguma coisa bem parecida a ponto de não fazer diferença.

"Você é ph", respondeu a sintética, e Umachandra disse que sim, era. "Isso torna você meio alienígena também, não é?"

"Só responda à pergunta. Você encontrou a porra da nave ou não?", perguntou Peter com irritação, inclinado por cima da mesa na direção de Evelyn.

"Encontramos", disse ela, ainda calma, mas as mãos tinham começado a tremer de leve. "Encontramos quase imediatamente." E ela aumentou a resolução da fotografia de novo e puxou a imagem para a esquerda. Não dava para confundir a forma de D da nave. Deu até para ler o número de registro impresso em amarelo-canário na fuselagem, logo atrás da cabine.

"E você está dizendo que estava vazia?", perguntou Joakim.

"Estou sob alguma desconfiança, comandante?"

Ele olhou para Peter e depois para mim.

"Se você estivesse na nossa posição...", comecei, mas Peter me interrompeu.

"Mas não está, Audrey. Esse é o problema. Ela não tem ideia de como *começar* a compreender sua posição."

"Não acredito que seja verdade, dr. Connor", disse Evelyn, a compostura começando a falhar, e ela levantou a cabeça e olhou nos olhos dele.

"Neste exato momento, não estou nem aí para o que você *pensa*", respondeu Peter. "Nem para o que você pensa que pensa. No que me diz respeito, você não é nada além de uma extensão ambulante da *Gilgamesh*. E, considerando a confusão que temos aqui, acho que desconfiar de mau funcionamento do computador não é muito absurdo."

"Você está enganado. Ela é totalmente autônoma", disse Umachandra, virando-se para Peter Connor. "Os A3 não têm dependência nenhuma da mainframe, assim como eu não tenho de Magellan." E ela apontou para os pontos de conexão na têmpora.

"Não precisa me defender, dra. Murdin", disse Evelyn e olhou para o painel na mesa.

"O que você quis dizer", perguntou Joakim, "quando falou que não achava que importaria se soubéssemos o que aconteceu com a tripulação?"

"Ela estava fodendo com a sua cabeça", disse Peter, e Umachandra o mandou ficar quieto.

"Eu queria poder responder a essa pergunta, comandante Hamilton. Queria, sinceramente."

"Por que não pode, Evelyn?", perguntou Joakim. "É porque não *sabe* a resposta ou porque não quer nos *dizer* a resposta?"

"Eu sei...", começou ela, mas houve um estalo mecânico estranho e inesperado em sua voz. Ela fechou os olhos por um momento antes de continuar. "O que sei ou não sei é irrelevante, comandante."

"E por que isso?", perguntei, e ela olhou para mim com aqueles olhos violeta. Acho que estaria chorando se os A3 fossem equipados com dutos lacrimais.

"Como favor pessoal à dra. Osmolska, eu permiti que ela trancasse alguns arquivos na minha memória. Ela tem a senha. Ninguém mais pode abri-los. Foi um favor, o mínimo que eu podia fazer por ela."

"Porque ela te deu um nome", disse Umachandra.

"Por muitos motivos, dra. Murdin."

"Não dá pra anular?", perguntou Joakim.

"A dra. Osmolska achou que uma opção de anulação acabaria com o propósito de trancar os arquivos, e eu concordei com ela."

"Que se dane isso tudo", resmungou Peter, levantando-se tão rapidamente que quase derrubou a cadeira, e a sintética se encolheu. "Foda-se. Por que não encontramos Baird e Osmolska e voltamos pra *Monty* o mais rápido possível?"

"Por que você não senta e cala a boca?", disse Umachandra.

"O dr. Connor talvez tenha razão", disse Evelyn, falando pouco mais alto que um sussurro agora. "Eu não devia ter trazido vocês. Foi egoísmo..."

"Quanto tempo vocês três vão ficar sentados aqui ouvindo essa merda?", perguntou Peter, dando um passo para trás, na direção da passagem fechada. "Lamento demais o que aconteceu aqui, mas não vejo muito o que possamos fazer, exceto diminuir nossas perdas e voltar pra casa."

"Peter, não vai haver janela de lançamento viável por mais duas semanas", eu disse. "Você precisa..."

"Então deixamos que os androides se preocupem com isso, ou programamos Magellan pra fazer as correções de rota adequadas automaticamente."

"Você nem sabe do que está falando", disse Umachandra e balançou a cabeça. "Está se comportando como uma criança."

"*Por favor*", sussurrou Evelyn, fechando os olhos novamente. "Isso não está ajudando em nada, vocês aí brigando. Se quiserem ir embora, vão. Se quiserem falar com os doutores Baird e Osmolska..."

"Você não pode nos dizer o que Welles encontrou lá embaixo?", perguntou Joakim e apontou para a tela. "Não pode nos dizer o que ele estava procurando?"

"Não", respondeu a A3 e abriu os olhos. "Não posso. Todos esses arquivos estão trancados."

"Então temos que tentar encontrar as respostas nós mesmos."

"Para quê?", perguntou Peter a Joakim e riu. Eu estava começando a me perguntar como Peter Connor tinha conseguido passar pelas avaliações de estresse. "Você *ouviu* o que ela disse. Não tem nada que a gente possa fazer."

"Peter, se você quiser voltar pra *Montelius*, não vou culpar você." Joakim ficou olhando para Evelyn enquanto falava, e agora ela estava olhando para ele.

"Eu *estou* falando a verdade, comandante", disse Evelyn. "Tudo o que *posso* contar para você, tudo a que ainda tenho acesso. A dra. Osmolska é minha amiga."

"E o dr. Welles é meu amigo", respondeu Joakim e sorriu para ela.

"Sim, eu sei. Ele estava muito animado com a sua chegada."

"Você pode nos dizer se acha que tem alguma chance de ele estar vivo?"

Ela hesitou por um momento, olhou para Peter andando perto da porta.

"Parece muito improvável", respondeu ela. "Os kits de sobrevivência da nave e os suprimentos médicos ainda estavam no veículo. Aonde quer que tenham ido, eles foram sem comida e sem água. Se alguém ficou ferido..."

"Havia algum sinal de violência a bordo da nave?", acrescentei, e, em resposta, a A3 só me olhou com impotência.

"Obrigado", disse Joakim para ela. "Considerando as circunstâncias, sei que você fez tudo o que pôde."

"Comandante, há respostas que é melhor você não descobrir. Eu queria que você pudesse entender isso."

"Eu também queria", disse Joakim, ficando de pé. "Quero falar com o dr. Baird agora."

"Claro", disse ela e passou a mão sobre o painel, desligando a imagem da nave e da superfície da lua, tornando a parede apenas uma parede de novo. "Vou levá-lo pessoalmente aos aposentos dele."

Tem alguém na porta. Deve ser só Zoraya. Jogamos xadrez às sete todas as quintas à noite, depois que ela chega em casa do trabalho na biblioteca. Talvez eu escreva um pouco mais depois do nosso jogo, se não estiver muito cansada. Talvez eu mostre para ela o que acabei de escrever.

Cinco semanas atrás, a garota da minha palestra na Galerie de Paléontologie et d'Anatomie Comparée veio me ver. Estava esperando no corredor. Não é difícil entrar neste prédio, e não fiquei surpresa. As roupas estavam sujas, o cabelo parecia não ser penteado havia dias. Ela parecia mais magra e mais velha do que eu lembrava, mas eu só a tinha visto no meio de um auditório lotado, e meus olhos não são mais o que já foram. Ela se apresentou, Jedda Callahan, aluna de sociometria e teologia na Université Sorbonne Nouvelle.

"Eu já sei seu nome", eu disse, olhando para os dois lados do corredor, para ter certeza de que todas as outras portas estavam fechadas, para ter certeza de que ninguém estava ouvindo. E ninguém estava, ao menos ninguém que eu pudesse *ver*.

"Eu tenho que falar com você", disse ela. "É importante."

"Você foi classificada como amarelo", respondi, o que, na minha opinião, era quase tão direto quanto dizer simplesmente não, foda-se, me deixe em paz, vá assombrar outra pessoa.

"Por favor", disse ela e se enfiou entre mim e a porta de casa. "Você estava lá. Eu sei que estava lá. As pessoas com quem eu trabalho..."

"... não são preocupação minha. Agora, preciso que você saia do meu caminho."

"O dr. Hamilton fez contato conosco. Antes de morrer, contou coisas sobre Gliese, sobre o que aconteceu em Piros, e disse que devíamos procurar você."

"Saia do meu caminho, srta. Callahan", eu disse, enfiando a mão no bolso do casaco para pegar o spray vermelho que vinha carregando desde que fui de Miami para Paris. Eu nunca precisei dele antes. Nunca tinha achado que precisaria.

"Ele disse que podíamos confiar em você. Disse que você era das nossas."

"O dr. Hamilton não estava bem", respondi, fechando a mão ao redor do pote de plástico. Eu o tirei do bolso, e ela olhou para o spray por um momento, depois olhou para mim novamente.

"Ele disse que você era amante dele."

"Eu sou uma velha. É *tudo* o que sou agora. E não vou perder minha aposentadoria e correr o risco de ser presa porque você quer brincar de dissidente, terrorista ou seja lá o que esteja fazendo."

"Estou procurando a verdade", ela disse, e eu ri dela. Foi uma gargalhada dura e doentia que acho que eu devia estar guardando em um canto escuro da minha alma por muito, muito tempo. Saiu de mim como vômito ou diarreia, como uma doença que eu estava carregando.

"Jesus, eu devia quebrar a sua cara por dizer uma coisa tão idiota", falei, limpando os olhos e percebendo que tinha começado a chorar. "Eu devia chamar a polícia. Ou você não cansou deles?"

Jedda deu um passo para trás e esbarrou na porta do meu apartamento. Os olhos estavam no spray.

"Você é uma velha", disse ela. "E não posso oferecer nenhum tipo de proteção, e não posso oferecer dinheiro..."

"Não vou contar nada."

"Ele disse que não contaria. Disse que podíamos confiar em você, mas que estaria com medo demais pra falar."

"Então por que você está aqui, criança?" Eu ergui o spray e apontei para a cara dela, do jeito que as instruções mostram.

"Porque ele achou que podia estar errado sobre você. Disse que devíamos ao menos tentar. Disse que você viu mais, que podia preencher as..."

"Se eu precisar usar essa merda", eu disse e tirei a tampa de segurança do spray, "se você me *fizer* usar isso, é improvável que volte a enxergar. E tem cinquenta por cento de chance de você ficar surda."

"Eu sei disso", disse ela. "Eu vi pessoas..."

"Bom, eu não, e nem quero."

"Um policial usou no meu irmão dois anos atrás, durante um interrogatório", disse Jedda Callahan. "Ele perdeu os dois olhos."

"Eu não posso ajudar você. Sejamos honestas. Não, eu não *quero* ajudar você."

Estava gelado no corredor, porque ninguém naquele bloco podia pagar mais do que algumas horas de aquecimento por dia, e nada é desperdiçado nos corredores, saguões e elevadores. Nossa respiração formava vapor no ar, fumaça dos nossos lábios pairando um momento no brilho das lâmpadas fracas e irregulares, e percebi que ela não estava de casaco.

"Você viu bem mais do que ele", disse ela novamente. "Foi o que o dr. Hamilton nos disse. Você e a dra. Murdin, ele disse que vocês viram mais."

"Você é corajosa, criança, ou só idiota?"

"Seja como for, não sou covarde. Não me escondo atrás de policiais e sprays."

"Não posso contar nem pra você nem pra ninguém o que não lembro", eu disse, falando lenta e deliberadamente, olhando nos olhos dela, com o indicador da mão direita cobrindo o botão da lata.

"Não", disse ela. "Não pode."

"O que vi ou não vi em Piros, Jedda, acabei esquecendo muito tempo atrás. Você entende o que estou dizendo?"

Ela respirou fundo, trêmula, e chegou rapidamente para o lado, sem mais bloquear a porta agora. Naquele momento, acho que vi muitas coisas nos olhos dela. Medo e raiva, confusão, uma determinação terrível que só consigo lembrar vagamente de já ter sentido (se eu realmente já senti mesmo algo tão puro). Havia sangue pontilhando os lábios rachados, e ela o lambeu e me observou.

"As pessoas com quem eu trabalho", sussurrou ela, "nós estamos nos preparando para divulgar o que temos sobre Piros. Mas você sabe como é, dra. Cather. Você é cientista, então *sei* que você sabe como é. Cada vez que alguém responde uma pergunta, temos dez novas no lugar dela."

"É assim que funciona", eu respondi, e ela assentiu.

"E se a coisa tiver seguido você pra cá?", perguntou ela e abraçou o próprio corpo, tentando não tremer. "Você *deve* se perguntar isso, dra. Cather. Deve se perguntar muito isso. E se estiver aqui *agora?*"

Coloquei a tampa de segurança no lugar e passei por ela, esticando a mão para a maçaneta. No final do corredor, Zoraya abriu a porta e olhou para nós.

"*Est-ce qu'il y a quelque chose que ne va pas?*", disse ela, e eu sabia que ela devia estar com a mão na campainha de segurança ao lado da porta. "*Y a-t-il un problème*, dra. Cather?"

"Estou de saída", disse Jedda Callahan e forçou um sorriso. "Foi um erro da minha parte. Peço desculpas por ter incomodado. Prometo que não vai acontecer de novo."

"*Tout va bien*", eu disse para Zoraya. "*Elle est une étudiante.*"

"Se você mudar de ideia...", começou Jedda Callahan.

"Não vou", eu disse.

"Não é tão difícil de nos encontrar quanto pode parecer. Não se quisermos ser encontrados. *Bonsoir*, dra. Cather. *Je ne vous dérangerai plus.*"

E ela me deixou lá, a mão na maçaneta, sem fôlego e com o coração disparado, a boca seca como cinzas. Quando a porta do elevador fechou, eu falei para Zoraya que estava bem, de verdade, para ela não se preocupar, e ela disse para chamá-la se eu precisasse de alguma coisa, de qualquer coisa, se eu quisesse conversar ou jogar xadrez, depois fechou a porta.

Se você estiver lendo isto, Jedda, espero que haja mais respostas nas páginas seguintes do que perguntas. Duvido, assim como já duvidei de muita coisa, mas espero que sim, para o nosso bem.

Considerando que ela foi responsável por nos deixar de fora das lembranças de Evelyn, não pareceu que haveria muito a ganhar numa tentativa de conversa com Anastazja Osmolska. Além do mais, ela tinha pedido para ser pesadamente sedada, com doses horárias de Trioxisefrina e Relar, que tornaram a recusa dela em falar conosco um ponto controverso. Umachandra e Peter foram para o laboratório no nível dois, seguindo um geofísico sintético falante chamado Bellerophon. Umachandra queria dar uma olhada no que tivesse restado dos registros de campo e de preparação, e nós todos achávamos melhor deixar Peter em algum lugar onde suas explosões provocassem danos menores.

A *Gilgamesh* zumbia indiferentemente ao nosso redor, e nossos passos ecoavam alto nos longos corredores.

Como comandante, Evelyn pediu para estar presente, e Joakim concordou com relutância. Acho que preferiria falar com Jack Baird sozinho.

Nós o encontramos sentado no escuro. Uma varredura da retina de Evelyn abriu a porta, e não havia nada lá dentro além de escuridão, um pretume que pareceu, por um instante, tão frio, absoluto e infinito quanto o espaço. Imaginei que parte da nave tivesse sido arrancada e que seríamos sugados para o vácuo, um breve momento de horror e dor quando a descompressão explosiva acabasse com qualquer preocupação que pudéssemos ter em relação ao destino de Sam Welles e sua equipe e aos mistérios de Piros. Mas ouvi a música, rock and roll do século xx, uma coisa dos Beatles que só reconheci porque fiz "História da música pop" como eletiva na universidade.

"Dr. Baird, temos convidados", disse Evelyn, não de forma desagradável, de pé na passagem, ocupando a abertura entre nós e a escuridão. "A *Montelius* atracou. O comandante Hamilton e a dra. Cather gostariam de falar com você, se tiver um momento."

I wake up to the sound of music,
Mother Mary comes to me...

"Dr. Baird", disse Evelyn, dando um passo hesitante na escuridão, "posso acender as luzes?"

"Você permitiu que eles atracassem?", perguntou ele. "Deixou que subissem a bordo?" E alguma coisa na voz dele, uma coisa que ultrapassou irrevogavelmente a esperança, a sanidade e o consolo, me fez querer dar meia-volta e seguir correndo para a baía de transferência, para a *Monty*. Que Joakim e os outros lidassem com isso, seja lá o que *isso* fosse.

"Eu não poderia ter feito outra coisa", respondeu Evelyn. "Você devia saber disso."

"Você ainda acha que tem volta? Acha que eles vieram salvar você?"

"As luzes?", perguntou ela novamente.

"As luzes", respondeu ele com cansaço, e a sala começou a se iluminar. Em alguns segundos, a escuridão se desfez em sombras magras e desanimadas se encolhendo embaixo da mobília.

Jack Baird estava sentado na cama, nu exceto por uma cueca suja. Eu tinha visto algumas palestras gravadas que ele fez em Harvard e em um congresso em Maastricht e me lembrava dele como um homem magro e bem-cuidado. Mas o homem na cama era quatro ou cinco décadas mais velho, pelo menos dez quilos acima do peso e não se barbeava nem se limpava havia dias; os olhos estavam injetados e envoltos por uma vermelhidão insone quase roxa.

"Jack", disse Joakim, passando por Evelyn. "Que diabos está acontecendo aqui?"

"Que diabos", riu ele. "Que diabos mesmo."

"Você vai falar com a gente?", perguntou Joakim, e Jack Baird apertou os olhos alterados e insones para ele.

"Vá pra casa, cara", disse ele. "Volte para o seu foguete e volte a dormir. Quando acordar, você pode fingir que foi tudo um pesadelo."

"Não posso fazer isso. Viemos longe demais pra..."

"Besteira. Vá pra casa *agora*, enquanto ainda *pode*, e deixe que os androides limpem nossa sujeira. Eles parecem estar cuidando muito bem de tudo." E ele olhou de cara feia para Evelyn, até ela olhar para o chão.

"Você acredita mesmo que não pode ir pra casa?", perguntei, e Jack Baird olhou para mim.

"Eu tenho que saber o que está acontecendo aqui", disse Joakim e atravessou o pequeno aposento até parar diretamente em frente a Baird. "Tenho que fazer uma ligação, Jack, se for hora de abortar, e não posso fazer isso se não tiver ideia do que está acontecendo."

"Welles ainda está desaparecido?", perguntou Baird, e Joakim assentiu. "Eu *tentei* impedir o cara, e os outros, de voltar pra lá. Não tentei, Evelyn?" E a sintética assentiu sem tirar o olhar do chão. "Eu *falei* pra eles, *todos* eles, que eles não voltariam, mas acho que eles já sabiam disso. Já tinham visto o bastante."

"Bastante de quê?", perguntou Joakim.

Jack Baird riu de novo e esticou a mão para uma garrafa de alumínio no chão, perto da cama.

"Você já leu Blake?"

"William Blake?"

"É, William Blake."

"Não", respondeu Joakim.

"Que pena. Poderia ter ajudado, se bem que Deus sabe que não me ajudou." Baird tomou um gole da garrafa e a colocou de volta no chão.

"Você não está fazendo sentido", disse Joakim e sentou em uma cadeira perto da cama.

Jack Baird fechou os olhos. "Obscuro, girando em atividade silenciosa, despercebido nas paixões atormentadoras", disse ele, recitando versos de poesia que eu nunca li nem ouvi. "Uma atividade desconhecida e horrível; uma sombra que se autocontempla, ocupada em trabalhos enormes."

"O que você encontrou lá embaixo?", perguntou Joakim, e Baird abriu os olhos novamente e deu de ombros.

"Eu prometi a Anastazja", disse ele. "Prometi que nunca contaria a ninguém. Ela acha que é exatamente isso o que a coisa quer de nós, comunicação. Ela acredita que se propaga como um vírus, como um vírus da consciência humana."

Joakim olhou para mim e depois para Evelyn.

"Não houve prova nenhuma de contágio biológico", disse a sintética. "Posso afirmar isso."

"Volte pra casa, comandante Hamilton", sussurrou Baird e deitou na cama, de costas para Joakim, cobrindo-se com lençóis que pareciam não ser trocados havia semanas ou meses. "Não tem nada que você possa fazer aqui. Nada além de morrer."

"Eu tentei avisar", disse Evelyn.

"Pode ter havido um mau funcionamento na estase?", perguntou Joakim a ela, olhando para Baird e para os lençóis amassados e sujos. "Uma coisa que resultou em psicose, algum tipo de colapso neurológico tardio?"

"Isso foi muito tempo atrás."

"Certo. Mas poderia ter *acontecido*?"

A sintética balançou a cabeça. "Foi uma das primeiras possibilidades que a dra. Osmolska eliminou. Não há evidência de irregularidades no registro da estase, e o equipamento está perfeito. Ela também não encontrou sinais de anormalidades neurológicas nela mesma ou no dr. Baird. Eles não parecem ter enlouquecido, pelo menos não no sentido médico aceito da palavra."

"E a sustentação de vida?", eu sugeri. "Ou possíveis toxinas de Piros, ou das amostras que foram colhidas? Radiação de..."

"Já repassei tudo dezenas de vezes, dra. Cather", interrompeu Evelyn, também observando Baird agora. "Não há sinal nenhum de contaminação da superfície da lua, e todos os nossos sistemas de sustentação de vida estão de acordo. Não há nada errado com o hábitat da *Gilgamesh.*"

"Nada que vocês tenham conseguido encontrar", eu disse. "E a IA da nave?"

"Doutora, eu garanto, se houvesse mau funcionamento, variação ou qualquer coisa do tipo em qualquer parte da nave, eu teria descoberto a essa altura."

"A não ser que você *também* esteja sofrendo de mau funcionamento", retruquei, e Joakim se virou para mim, o olhar tomado de desconfianças que eu sabia que ele nunca colocaria em palavras enquanto a sintética estivesse presente.

"Nós todos fizemos múltiplos autodiagnósticos, por pedido da dra. Osmolska, e ela mesma os repetiu", disse Evelyn, começando a falar na defensiva. Acho que qualquer um teria falado assim. "Não está em nós."

"Porra, Joakim. Eles estão aqui há quarenta anos", eu disse. "Talvez tenha sido só isso."

A música dos Beatles terminou e outra começou, uma que eu nunca tinha ouvido.

Blackbird singing in the dead of night...

"O que vamos fazer?", perguntei a Joakim.

"Vão pra *casa*", disse Jack Baird, o rosto encostado na parede.

"Por que não afeta os sintéticos?", perguntou Joakim a Evelyn, mas Baird respondeu antes que ela tivesse oportunidade.

"Porque eles não têm alma", murmurou Baird. "Porque a consciência *artificial* não é o suficiente. Precisa da coisa de verdade. Apague as luzes, Evelyn."

"O que vamos fazer?", perguntei a Joakim novamente, e ele balançou a cabeça e mordeu o lábio inferior.

Into the light of the dark black night.

"Vamos falar com Murdin e Peter", respondeu ele. "A não ser que eles tenham encontrado alguma coisa no laboratório que comece a dar sentido a isso, vamos pegar uma das naves pra irmos ver pessoalmente."

"Eu não aconselharia isso, comandante", disse Evelyn na hora em que as luzes começaram a se apagar novamente.

"Por algum motivo, eu achava que não aconselharia", disse Joakim, levantando-se, e eu o segui para fora do quarto e pelo corredor até o elevador.

Eu devia ter começado isto com algum tipo de revisão curta do que sabemos da história geológica e paleontológica de Piros? Pensei em fazer isso, mas concluí que só seria uma *desculpa*, procrastinação, nada além de uma forma de adiar a escrita dessas coisas todas que sempre pensei (e rezei) para não encontrar coragem de registrar. Você que está lendo isto, seja lá quem for, sei que não deve estar particularmente preocupado com a teoria evolucionária extrassolar, nem com a macrofauna bentônica para-Paleozoica de Quarry 6, nem com os três relatórios que publiquei antes de partirmos (todos pelo departamento de ciências naturais da aena, baseados em imagens holométricas detalhadas repassadas pela *Gilgamesh*) sobre os três pequenos bivalves de Piros que batizei de panduripodes por causa das carapaças distintas em forma de violino.

Mas, por todo o horror e toda a perda, tanto durante nosso tempo em Piros quanto nas décadas seguintes, fui incapaz de afastar a admiração pelo lugar, minha alegria com os fósseis. Foi por isso que eu fui, afinal. Foi o preço que coloquei na minha vida. Assim como Joakim, Umachandra Murdin e Peter Connor.

Durante boa parte de sua história, Piros ficou quase completamente coberta de um oceano de água líquida salgada. E, diferentemente de Europa, esse oceano não ficava escondido embaixo de três a quatro quilômetros de gelo, embora ainda não sejamos capazes de entender os mecanismos que o impediram de congelar, tão longe do calor cada vez menor de Gliese 876. Baird desconfiava de radiação de Cecrops, mas eu sempre achei que parecia improvável ao extremo e favorecia um modelo concentrado em forças hidrotermais e vulcânicas, calor vital bombeado para cima pelo núcleo de ferro derretido da lua. As mesmas correntes de convecção que espalharam um quebra-cabeça de placas tectônicas pela superfície de Piros.

Os oceanos estavam lá pelo menos um bilhão de anos antes das origens da vida na Terra e pareciam ter persistido bem em uma época similar ao Período Siluriano, cerca de quatrocentos e trinta milhões de anos atrás. Assim como em Europa, cordados parecem não ter evoluído (mais um prego no caixão da hipótese de "inevitabilidade morfogênica" de Long). Mas houve alguns invertebrados genuinamente espetaculares: predadores como minhocas e com cascos medindo mais de 7,6 metros de comprimento (*Deinopharyngos* e seus parentes); criaturas cegas estilo trilobitas que parecem ter existido em colônias sociais complexas (os pseudotrilobitomorpha); e o monstruoso *Osmolskia ceratognathus*, algo como uma lesma do mar enorme com projeções de chifres envolvendo os quatro maxilares triplos, descoberto por Anastazja Osmolska e batizado postumamente em sua homenagem. No total, pelo menos vinte mil espécies de fósseis foram reunidas pela *Gilgamesh* antes de chegarmos lá, fósseis de tempo geológico variando em um bilhão de anos. Passei muito tempo acordada, incapaz de parar de imaginar as maravilhas que *nós* teríamos encontrado, a tripulação da *Monty*, se as coisas tivessem sido diferentes. Aquela biologia alienígena teria sido o trabalho da minha vida e o de muitas gerações depois.

Durante quase cinco bilhões de anos, a vida prosperou nos mares de Piros e talvez em cadeias espalhadas de ilhas vulcânicas (embora ninguém tenha obtido provas de vida terrestre). E então, em menos de cem mil anos, os mares secaram e a lua morreu. Parkinson e Subramanian compararam com a secagem da hidrosfera marciana.

E estou desperdiçando tinta preciosa.

E tempo.

Fico esperando que alguém da agência apareça na minha porta, algum investigador espertinho e bem informado atrás de coisas legalmente sigilosas que foram violadas. Eu *sei* que devem estar cientes da minha conversa com Jedda Callahan. Fico pensando se sabem sobre estas canetas e estas folhas de papel. Quero terminar antes que decidam me levar e me armazenar como um resto inconveniente. Agora que comecei, quero terminar antes que me façam parar.

Depois da conversa com Jack Baird, Joakim e eu pegamos o elevador para o laboratório. Nenhum de nós disse para o outro algo que eu consiga lembrar; o elevador apitou alto quando passamos por cada nível, e uma voz gravada anunciou cada um deles. A porta tremeu e deslizou lentamente para se abrir, e seguimos a passagem estreita que levava até a baía de conexão com os laboratórios e as estações de processamento.

Encontramos Umachandra em um dos centros de computação do laboratório, as pálpebras tremendo como alguém dormindo e sonhando enquanto falava diretamente com Huxley, a mainframe da *Gilgamesh*. A pele brilhava e pulsava em sincronia com algum ritmo secreto e interno, alternando brilhos de roxo e dourado. Peter Connor estava sentado a uma mesa coberta de bandejas de plástico branco com amostras e espécimes grandes, olhando silenciosamente para os pedaços de xisto, marga e pedra calcária, para a variedade bizarra de fósseis à frente, como um banquete de pedra.

"Olhe aquilo", ele disse para Joakim, apontando para um pedaço de pedra coberto do que parecia um amontoado de dentes de tubarão piritizados e de chapas equinoides. "O que você acha que aquela coisa era?" Ele sorriu, soltou uma risada e passou os dedos pelo cabelo.

"Não conseguimos muita coisa com Baird", disse Joakim. "Não vi sentido em tentar com Anastazja."

"Está tudo em ordem aqui?", perguntei, e Connor balançou a cabeça, sem tirar os olhos da pedra marrom-chocolate e do fóssil cor de bronze.

"Não", respondeu ele e apontou na direção de uma fileira comprida de prateleiras do outro lado da sala. "Até agora, uma série de amostras está desaparecida, o registro da coleção foi alterado, e Uma está encontrando várias falhas nos dados. Parece que alguém, provavelmente Osmolska e seus soldadinhos de ferro, andaram ocupados se desfazendo de coisas."

"Eu esperava algo assim", disse Joakim, "depois que Evelyn nos disse que a memória dela foi trancada."

Eu olhei para Umachandra.

"Tem padrão?"

"Realmente, é quase certo que tenha", disse Peter Connor e riu novamente, esfregando os olhos. "Hamilton, acho que essa porcaria de coisa é algum tipo de holotúria. Bom, não um holotúria *sensu terra*, mas um análogo de Piros."

"Tudo o que sumiu está relacionado à pedreira onde a nave foi encontrada, não é?", perguntei, e ele assentiu.

"Mais de três mil arquivos foram eliminados", disse Umachandra atrás de mim, a voz pesada e grogue por causa da pós-conexão. "Houve uma limpeza ampla. Não queriam que ninguém descobrisse nada."

"E qual é a porra da *boa* notícia?", murmurou Joakim e sentou em uma cadeira ao lado de Peter.

"A boa notícia", respondeu Umachandra, "é que Huxley é bem mais cooperativo do que os sintéticos. E a agência inseriu uma rede protetora com quatro senhas para impedir que esse tipo de coisa aconteça. O diário está cheio de buracos, mas tem fantasmas pra todo lado. Vou demorar um tempo pra acionar os protocolos de recuperação..."

"Mas você consegue recuperar?", perguntou Joakim.

"Uma boa parte. Vou demorar algumas semanas."

"Tudo tem seu lado ruim", disse Peter e se inclinou para mais perto do pedaço de xisto.

"E você acha que é o melhor que pode fazer? Algumas semanas?", perguntou Joakim. Umachandra pareceu ofendida e tirou um conector do rosto.

"*Você* quer tentar hackear essa porra de caixa? Fique à vontade."

"Nós temos que tomar uma decisão", eu disse. "Se houver alguma chance de alguém da equipe de Welles estar vivo lá embaixo..."

"Então está na hora de fazer bolas de neve no inferno." Peter riu com deboche e franziu a testa para mim por cima do ombro. "Você não pode estar falando sério. Tem duas semanas, Audrey. Mesmo se eles tivessem comida e água, coisa que não tinham, os filtros não durariam mais do que setenta e duas horas, no máximo. Depois disso, o envenenamento de CO_2..."

"Tudo bem, então podemos pelo menos recuperar os corpos. Não temos essa responsabilidade, Peter?"

"Colocando os nossos em risco?", perguntou ele e se virou para os fósseis. "Eu não acho."

Joakim levantou um pedaço de pedra amarelada e olhou por um momento, como se todas as nossas respostas estivessem escondidas em algum lugar dentro dela, nas camadas eletromagnéticas das moléculas, no fóssil ocupando a superfície.

"Odeio ser quem vai dizer, mas isto aqui não é uma democracia, pessoal."

"Eu acho que você devia ter dito horas atrás", resmungou Umachandra, massageando uma marca que um dos conectores deixou em sua têmpora direita.

"Então o que vai ser, comandante?", perguntou Peter e esticou a mão para o leitor digital portátil no centro da mesa. Ligou-o e começou a avaliar o fóssil que estava examinando. "Está na hora de pararmos de bancar os cientistas e começarmos a bancar os bons soldados? 'Eles não têm o que responder, nada têm para dizer, eles apenas têm que morrer. Dentro do vale da Morte...'."

"Isso é Shakespeare?", perguntou Umachandra, batendo distraidamente na lateral de uma das interfaces do local com uma caneta de comunicação preta.

"Não, praga", respondeu Peter, verificando as configurações de cor e contraste no instrumento, os níveis de matiz e saturação, antes de mudar de VARRER para GRAVAR. O instrumento zumbiu suavemente, como uma vespa sonolenta.

"Pulamos o resgate e vamos direto pra contingência de recuperação", disse Joakim, ignorando os dois. Eu entendi, ou achei que entendi, a relutância na voz dele. "Pegamos uma das naves que restaram e procuramos os corpos."

"Eles não podem ter ido muito longe", eu disse. "Menos de cinquenta quilômetros, no máximo, e eu acharia que menos de vinte seria mais razoável. Como Peter disse."

"Peter disse que devíamos pegar o que pudermos e sair daqui", murmurou Peter, reiniciando o leitor digital para outra leitura.

"Ainda tem chance de salvarmos este projeto", disse Joakim. "Mas não tenho como saber quanto temos de chance enquanto não descobrirmos o que aconteceu com Welles. E qual é o problema com Baird e Osmolska."

Peter riu e fez pequenos círculos no ar ao redor da orelha direita.

"Vamos partir às três", continuou Joakim. "Isso dá a todo mundo oportunidade de descansar antes do voo. Se não os tivermos encontrado até as quinze, vou encerrar a operação e voltamos. A partir daí, cabe a Umachandra recuperar o que conseguir do fluxo de dados de Huxley. Na verdade, quero que ela fique aqui e comece logo com esses fantasmas."

"Claro", sussurrou ela e inclinou o assento para a frente, quarenta e cinco ou cinquenta graus, até os dois pés tocarem no piso do laboratório. "É bem melhor do que procurar gente morta em uma mina de cobre."

"É essa a ideia", disse Peter e fez outra leitura da pedra.

"Vou precisar falar com Evelyn", eu disse para Joakim. "Como oficial de comando, ela precisa saber quais são nossos planos."

Ele coçou a barba. "Evelyn não é mais oficial de comando. Eu sou. Uma sintética só pode agir como oficial de comando na ausência de um oficial humano adequado."

"Mesmo assim", eu disse, "eu acho que ela devia ser consultada."

"Vá em frente. Fale com ela. Você que sabe. Estou cagando."

"Agradeço a cortesia", disse Evelyn, "mas não será necessário." Nós todos nos viramos e a encontramos na entrada. Havia sangue fresco espalhado no macacão e no rosto dela, sangue nas mãos e no cabelo. Ela estava segurando uma arma grande e pesada, daquelas usadas para fazer consertos nas paredes internas da nave, aninhada nos braços magros. Mirava em Joakim, e eu reparei na luz vermelha piscante perto do cano, indicando que estava carregada e pronta para disparar.

"O que você está fazendo?", perguntou Umachandra, e a sintética respondeu sem desviar o olhar de Joakim.

"Sei como deve parecer", disse ela, a voz tensa de uma forma que eu nunca tinha ouvido em um androide. "Não é o rumo de ação que eu teria escolhido. Mas a dra. Osmolska achou que devia haver um plano de segurança."

"O que você está *fazendo*, Evelyn?", perguntou Umachandra de novo, a pele assumindo um tom escuro e roxo-avermelhado, mas a voz perfeitamente calma, perfeitamente firme.

"Se vocês ao menos fossem embora. Talvez eu devesse ter encorajado mais esse resultado."

"A dra. Osmolska programou você pra fazer isso", perguntou Joakim, "quando trancou seus bancos de memória?"

"Sim", respondeu Evelyn. "Não é o rumo de ação que eu teria escolhido."

"Ela os matou", sussurrou Peter. "Meu Jesus, ela matou os dois."

"Isso é verdade?", perguntou Joakim à sintética. "É daí que vem todo o sangue?" Claro. Ele sabia a resposta. Nós todos sabíamos a resposta, mas acho que também sabíamos que nossa expectativa de vida tinha sido reduzida de repente ao número de perguntas que conseguíssemos pensar em fazer a ela, ao espaço de tempo durante o qual poderíamos manter Evelyn falando.

A luz piscante me lembrou o anão vermelho queimando no centro daquele sistema solar.

"É uma coisa terrível", disse Evelyn e mudou a posição da arma, "ter o livre-arbítrio negado. Você consegue imaginar isso, comandante Hamilton?"

"Não, Evelyn, eu não consigo imaginar isso."

"Tem alguma forma de podermos ajudar a seguir o curso de ações que você teria tomado?", perguntei, e o olhar dela se desviou de Joakim para mim.

"Não, dra. Cather. Infelizmente, não tem. Mas agradeço por perguntar. Quero que vocês entendam que esse não é o curso de ações..."

"... que você teria tomado", disse Peter. "É, nós já ouvimos essa parte."

"Vocês não podem visitar a superfície, dr. Connor. Ninguém pode, nunca mais."

"Ei, por mim, tudo bem", respondeu ele, parecendo mais irritado que assustado. "Baixe essa merda e vamos sair daqui rapidinho, juro por Deus..."

"... e pela sua mãe mortinha?", terminou a sintética e sorriu, o sorriso mais partido e desesperado que já vi.

O que aconteceu em seguida, bem, acho que ajuda se você entender mais uma coisa sobre a fisiologia ph de Umachandra. E uma coisa sobre a neurologia das lulas *Loligo* e *Illex*, das quais os pais dela pegaram DNA emprestado. O maior axônio humano tem meros dois milésimos de milímetro de diâmetro. Por comparação, os axônios de uma lula podem ter até dois décimos de centímetro, cem vezes o diâmetro de um axônio neural no *Homo sapiens sapiens*, presenteando-o com tempos de reação que fazem o humano mais veloz parecer terrivelmente lento. Eu nunca soube direito o quanto os axônios de Umachandra Murdin eram grandes, mas *sei* que é uma das características que a tornaram um elo ideal entre humano e computador, uma das coisas que tenho certeza de que a AENA estava torcendo para poder duplicar nos próprios programas de hibridização.

Nenhum de nós a viu agir.

Nenhum de nós viu algo além da ponta da caneta de comunicação de polirresina de dezoito centímetros projetada no peito de Evelyn, enfiada na cpu da androide. Houve um momento de surpresa assustada no rosto dela, *menos* de um instante, e as feições ficaram inertes, os olhos rolaram para trás, e a arma caiu das mãos dela e se espatifou no chão. Evelyn caiu em cima da arma, tendo sobrado nada dela além de uma pilha multibilionária de plástico, hidráulica e circuitos em curto.

Acabei de parar e reler os últimos parágrafos. Parece uma coisa tirada de um daqueles melodramas pavorosos e ridículos. Mas não consigo pensar em outra forma de contar. Foi o que aconteceu, independentemente de como pareça quando escrito.

Umachandra se levantou e andou até Evelyn... até *o quê*? Zoraya ia querer que eu escrevesse "corpo" ou "cadáver", não ia? Umachandra se levantou e andou até Evelyn, até o que tinha sobrado dela, e se ajoelhou ao lado.

"Cristo, moça", disse Peter Connor, ofegante. "Não me surpreende você ser uma trepada tão boa."

"Devíamos nos apressar", disse Umachandra, desligando a arma. "Ela pode ter sabotado a sustentação de vida."

"Ou o umbilical, ou o sistema de atracamento", disse Joakim de forma sombria e se levantou. "Vamos voltar direto para a *Montelius* e tentar entender de lá."

"E Baird e Osmolska?", perguntei.

"O que *tem* eles?", questionou Joakim. "Se quiser escrever homenagens póstumas, pode fazer isso na *Monty*."

Nós seguimos pela passarela acima das duas naves que restavam até o elevador, até a baía de transferência da *Gilgamesh*. Umachandra carregou a arma para o caso de algum dos outros sintéticos ter sido programado para tentar nos impedir de ir embora. Mas não encontramos resistência, então eles não tinham sido programados assim, ou Evelyn desligou todos antes de ir nos procurar. Ou Anastazja Osmolska achou que um assassino sintético bastaria para fazer o serviço.

Os gatos querem ser alimentados, e esta caneta está quase sem tinta, e minha mão está doendo demais para que eu escreva qualquer coisa mais hoje.

III.
A terceira (e última*) caneta*

Se calculei mal e esta última esferográfica ficar sem tinta antes de eu terminar a história, ainda tenho o cotoco de um lápis velho que deve durar até o fim. Eu o encontrei alguns anos atrás, em uma loja na Rue de la Bûcherie, uma loja que vende livros impressos e cartões-postais com imagens, selos postais e muitas outras coisas que as pessoas não usam mais. Há letras impressas em madeira com tinta dourada: 77-2 USA HB 2. O segundo número dois está inclinado para o lado, perpendicular ao resto.

Velha, você está divagando.

Está esquecendo que o tempo pode ser até mais precioso do que tinta, grafite e papel (eu talvez tenha o suficiente desse último).

Ontem, no Jardin des Plantes, falei com uma plateia agitada de umas dez pessoas sobre Europa. Depois, quando caminhei até em casa, Zoraya me parou no corredor quando eu estava abrindo a porta.

"Tinha homens na sua porta", disse ela, olhando com nervosismo para o elevador.

"Polícia?", perguntei, e ela balançou a cabeça.

"*Non, je ne le pense pas.*"

"Então talvez não devêssemos nos preocupar com isso."

"*Qui était-ce*, a garota?", perguntou Zoraya, e eu soube na hora que ela estava falando de Jedda Callahan.

"Eu já falei. Só uma estudante", eu disse, sustentando a mentira que não era totalmente mentira. "Ninguém com quem nos preocupar."

"Você está escrevendo sua história para ela", disse Zoraya, não perguntando, já certa e só comentando.

"Estou com frio e meus pés estão doendo", respondi. "Preciso de uma xícara de chá quente. Preciso tirar os sapatos. Venha depois do jantar, podemos conversar."

"Eu tenho um cliente hoje", disse ela. Zoraya lê tarô e mexe um pouco com astrologia e leitura de mãos. "Aquela garota, *elle est morte*. Dois dias atrás." E se virou sem dizer mais uma palavra e me deixou ali de pé com a mão no identificador, um laser que determinava se eu era mesmo eu e se devia ou não ter permissão de entrar no meu apartamento.

Lá dentro, tranquei a porta, fui até a sala onde está minha escrivaninha e abri a tela do AllPress. "França, Paris", eu disse. "Doze de janeiro de 2303." A tela piscou por alguns segundos. "Callahan, Jedda, mortes", acrescentei, e a tela tremeu de novo. Havia uma manchete: TERRORISTA PRÓ-TERRA MORTA EM APARENTE SUICÍDIO. Não havia muito mais. Jedda Maye Callahan, uma cidadã australiana na União EurAsiática com visto de estudante, foi encontrada morta por um amigo próximo. Tinha cortado os pulsos com uma faca. O artigo mencionava o registro de prisão do irmão e listava seus laços "confirmados" com vários partidos políticos e organizações ilegais. Era aluna na Université Sorbonne Nouvelle, no terceiro ano de sociometria e teologia, como me falou, e, assim que a investigação fosse concluída, o corpo seria devolvido à família em Wellington.

Então, Jedda, não estou mais escrevendo para você.

Talvez eu só esteja escrevendo para mim.

Talvez eu seja a próxima encontrada morta em uma banheira de água vermelha e fria.

Nós voltamos para a *Montelius* sem incidentes. Ninguém havia alterado o umbilical nem o sistema de atracamento. Joakim instruiu os pilotos para encerrarem o contato entre naves, e logo estávamos desconectados e nos afastando rapidamente do abatedouro em que Anastazja Osmolska e a sintética transformaram a *Gilgamesh*. Nunca voltamos a botar o pé lá. Essa honra seria reservada a uma equipe de limpeza da espaçonave seguinte que percorresse as estradas estreladas até Gliese 876, uma espaçonave estelar sino-coreana chamada *Galatea*. Fizemos uma refeição fria em silêncio, depois passamos algumas horas fingindo descansar, antes de Peter e Umachandra prepararem a Nave Um para lançamento. Tentei chamar a *Gilgamesh* várias vezes, sem resposta dos pilotos ou de quem quer que fosse. Umachandra tentou criar uma ligação entre Magellan e Huxley, sem sucesso. Assim, Joakim decidiu que devíamos todos ir até a superfície de Piros juntos, embora Peter tenha pedido repetidamente para ficar para trás. Eles discutiram enquanto nos vestíamos.

"Se houver problema, os androides podem enviar outra nave por controle remoto", disse Joakim.

"Ei, podemos *por favor* tentar não mentir uns para os outros daqui em diante? Se houver problema, estamos ferrados, todos nós, cada um de nós, exatamente como Welles e os demais. Não vai importar se estamos no chão ou no ar."

"Eu preferia que estivéssemos todos juntos", disse Joakim pela quarta ou quinta vez. "Não sabemos o que vamos encontrar lá embaixo. Não sabemos de quem vamos precisar..."

"Vamos precisar de coveiros, querido", disse Peter com desprezo, e, ao ouvir isso, Joakim lançou um olhar que o silenciou por um tempo. Peguei Umachandra colocando um terço em um bolso da roupa espacial. Ela não pareceu perceber que reparei, e não perguntei nada, embora ela fosse quase a última pessoa que eu pudesse desconfiar que fosse religiosa. Mas isso me lembrou de ter ouvido a música antiga dos Beatles tocando no quarto de Jack Baird: *I wake up to the sound of music, Mother Mary comes to me...*

Into the light of the dark black night.

Joakim nos levou da transferência até a baía de decolagem, e a íris de aço na barriga da sonda de aterrissagem espiralou lentamente até se abrir, metal contra metal, aceitando a pequena nave de transporte na qual nos amontoamos. E eu pensei: *Está nos engolindo. Está nos engolindo vivos.*

E então estávamos lá dentro, e a íris se fechou embaixo de nós.

"Você tem as coordenadas da pedreira?", perguntou Umachandra a Peter, enquanto dedos robóticos ágeis a prendiam com segurança na matriz de navegação, e o assento se ajustou para acomodar o corpo dela.

"Tenho. Bem aqui", respondeu ele e bateu no capacete, indicando um dos implantes mnemônicos no crânio. Ele disse as referências de registro e de rede que Evelyn nos tinha dado, e os computadores da nave as usaram para extrapolar a posição do local, latitude e longitude, e para ajustar uma zona de pouso adequada. Enquanto a baía despressurizava, Joakim se acomodou no assento do piloto, e Peter e eu assumimos nossos lugares na parte de trás da cabine. Três ou quatro minutos depois, os pilotos abriram as portas da baía a partir da ponte, e Joakim disparou o motor principal. A pequena nave saiu rugindo, como leões deviam ter rugido no passado.

"S-1 para *Montelius*, estão nos ouvindo?", perguntou Joakim ao microfone no capacete.

"Afirmativo", respondeu um dos pilotos sintéticos.

"Vocês têm nossa rota?"

"Afirmativo."

Joakim estudou o mostrador primário de voo e diminuiu a aceleração em alguns milímetros, depois apertou um botão no painel de instrumentos superior, e os motores diminuíram a potência.

"Como você quer essa abordagem?", perguntou Umachandra. "Devo acionar o automático?"

"Não", respondeu ele. "Nos deixe no manual."

Estou conjecturando que ele disse essas coisas, essas coisas em *particular*, por esse ser o tipo de conversa que acontecia normalmente entre pilotos e navegadores. Não me lembro das palavras precisas. Mas me lembro de ativar o monitor de vídeo do tamanho de uma carta de baralho na parte de trás do assento de Joakim e de ver Piros destacado em vermelho-alaranjado contra o vazio. Fiquei sentada ali, com a espuma me segurando como todos os amantes que nunca mais vou ter, vendo a maior lua de Cecrops ficando maior conforme Umachandra ia calculando distâncias e horários, inclinações e inserções, e Joakim se ocupava com os painéis de controle. Tentei imaginar Piros como devia ser meio bilhão de anos antes, coberta de nuvens brancas e águas azuis, uma coisa viva, e não aquele cadáver de mundo estéril e árido.

"Vamos todos morrer lá", disse Peter Connor, e eu o ignorei, mantendo os olhos no monitor.

E nós caímos.

Zoraya veio aqui em casa depois do jantar, e ficamos vendo a neve cair na noite escura de Paris lá fora, pela janela atrás da minha escrivaninha. Tomei uma taça de conhaque, e ela folheou as páginas gastas e apagadas de um livro que tenho sobre Vincent van Gogh. Às vezes, ela parava e lia algumas linhas em voz alta, ou só o nome de um quadro – *No pé das montanhas, Ravina de Les Peiroulets* ou *Ciprestes*. Ela me perguntou se eu gostava de Van Gogh, e eu admiti que ele não me era muito familiar, que o livro foi presente de um amigo dos Estados Unidos. Ela me perguntou se eu conhecia Rudorfer, um artista berlinense que pintou quadros de refugiados da época do frio, e eu confessei que não estava muito familiarizada. Eu só conseguia me lembrar de *The Dry Salvages*, uma jovem ao amanhecer, seminua, usando trapos no rio Spree congelado com o sol subindo acima da cidade fumegante e destruída.

Nós também conversamos sobre outras coisas.

"Quando você veio para casa, fazia mais de trinta e quatro anos que tinha ido embora", disse ela, "mas envelheceu menos de dezesseis anos."

"É", eu respondi. "Fodido pacas, você não diria?"

"Não. Eu nunca uso essa palavra", disse Zoraya, sem levantar o olhar do livro de pinturas de Van Gogh; eu precisei de dois segundos para entender de que palavra ela estava falando e percebi que estava tendo o que a IA gosta de chamar de "momento de incoerência literal".

"Que palavra?", perguntei porque pareceu falta de educação tirar conclusões.

"'Pacas'. Ninguém mais fala assim, Audrey. Mas é legal quando você fala. É..." Ela fez uma pausa, fingindo precisar procurar a palavra certa. "Acho muito *peculiar*." E ela olhou para a neve e voltou a observar os quadros de Van Gogh.

"Meus pais estavam mortos havia muito tempo", eu disse. "Minha irmã, Maggie, estava velha. Meu irmão estava morto. O mundo todo tinha mudado."

"Você estava sozinha."

"Sim, eu estava totalmente sozinha."

Ela virou outra página, olhou para mim e sorriu com o belo rosto de plástico, com os olhos castanho-esverdeados feitos pelas mãos de outro androide, e por um instante eu quis destruí-la. Conseguia me ver me levantando para bater nela, para estragá-la à perfeição, minhas mãos vivas rasgando a pele sintética do esqueleto moldado a vácuo, arrancando fios, bexigas hidráulicas e fios de quartzo. Um animal pulando do passado na direção do futuro, uma deusa pleistocena reencarnada, erguendo-se novamente para se vingar dessa coisa que o homem elaborou a sua própria imagem. Naquele momento, ela era tudo o que roubou minha vida: toda a tecnologia, a *Montelius*, a estase, a agência, aquele lago escuro parado e à espera no fundo de uma mina de cobre em Piros.

E então ela era apenas Zoraya novamente, a garota que morava no fim do corredor e me fazia companhia, e eu tomei meu conhaque para afastar a culpa, a vergonha e o ódio de mim mesma.

Não ligo se estou desperdiçando tinta. Esta é a minha história, assim como as coisas que aconteceram conosco em Piros. Jedda Callahan está morta agora, e em pouco tempo acho que também virão atrás de mim. Então, vou dizer o que quero no tempo que ainda tenho, assim como vou dizer coisas que queria poder guardar dentro de mim.

Zoraya colocou o livro de Van Gogh no chão aos pés dela e começou a me fazer perguntas sobre Piros, sobre as minas, sobre as naves alienígenas esquecidas, refinarias e assentamentos abandonados.

"Essas coisas não são segredo", eu disse. "Você consegue encontrar na biblioteca. Você pode ler *O mundo vermelho distante*, de André Tyson, ou..."

"Eu nunca liguei muito para astronomia", disse ela.

"Mas você é astróloga", retruquei, e ela deu de ombros.

"Tem uma diferença grande entre cosmologia e cosmogonia."

"A *Galatea* e a *Ivanov* trouxeram artefatos", eu disse.

"Sim, mas estão em museus em países que nunca visitei, em países onde sintéticos ainda são considerados propriedade."

"Bom, tem muitos 2-Ds e holovídeos deles on-line", eu disse, terminando meu conhaque, um gole um pouco maior do que eu esperava. "Você poderia olhar", acrescentei quando o fogo na minha garganta se acomodou confortavelmente no estômago. "Até tenho um índice aqui, em algum lugar."

"Talvez eu veja um dia", disse ela e olhou a neve por um tempo, e eu a vi olhando a neve cair. "Você sabia que Umachandra é tradicionalmente um nome masculino?", perguntou ela.

"Sabia", respondi. "Eu perguntei pra ela uma vez sobre isso."

"Acho que *Uma* é luz, e *Chandra* é a lua. Tem alguma coisa a ver com vários aspectos de Parvati, a consorte de Shiva na mitologia hindu. Parvati, Durga ou Shakti, ela tem muitos nomes. De qualquer modo, Umachandra é nome de menino. Mas *Chandra* e *Uma* são nomes de menina."

"Quando Umachandra Murdin nasceu", eu disse, "ela tinha genitália ambígua. Deve ter sido causado pelas atividades ph dos pais. Os médicos disseram para a mãe que ela era menino."

"Na *Montelius*, ela estava transando com Peter Connor? Ele sabia?"

"Sabia o quê?"

Mas Zoraya voltou a olhar a neve.

"Não importa", disse ela. "Não importa agora, não é?"

"Não", eu disse sem muita certeza. "Acho que não importa."

"Os alienígenas eram humanoides?", perguntou ela.

"Eram", eu disse. "A *Galatea* trouxe alguns esqueletos. Tem um em exibição no New Smithsonian. Devem ter sido um povo incrível."

Zoraya assentiu sem tirar os olhos da neve caindo com força no vidro.

"Tem um poema que aprendi", disse ela. "De um poeta americano, mas não consigo lembrar o nome dele. Ele morreu antes de eu ser ativada."

Um dos meus gatos, o laranja gordo, Matthieu, apareceu vindo da cozinha e andou pelo tapete, a barriga oscilando de leve de um lado para o outro. Ele miou alto antes de pular desajeitadamente no meu colo, onde ficou olhando de cara feia para Zoraya, que olhou para ele. Eu acariciei a cabeça dele e sussurrei coisas tranquilizadoras e bobas, e em poucos minutos ele estava dormindo e roncando com agitação.

"Não sei por que gatos me odeiam", disse Zoraya.

"Você não sabe se odeiam."

"Sei, sim. Gatos *sempre* me odiaram."

"Qual era o poema?", perguntei. "Do poeta americano que morreu antes de você nascer."

Ela franziu a testa e olhou para a janela e para a tempestade.

"Eu não nasci", disse ela. "Essa palavra é tão feia."

"Você sabe o que eu quero dizer."

"Não me lembro dele inteiro."

"Do que você lembra?"

Ela não respondeu imediatamente. Eu sabia que só estava fingindo não lembrar, que era pelo menos cem anos jovem demais para ter começado a sentir qualquer deterioração de rede neural semelhante à senilidade entre os sintéticos. Mas eles gostam de fingir que esquecem coisas, como se os fizesse parecer mais humanos. Não consigo entender por que qualquer coisa poderia querer parecer mais humana.

Zoraya suspirou baixinho, fechou os olhos e recitou para mim o que "lembrava".

"Ainda assim", disse ela, "não vemos que não somos deuses, Os pais sagrados e as mães sagradas e os demônios de nossas antiguidades, *Adoro te devote, latens Deitas, quae sub his figuris vere latitas*. Nós não compreendemos nossa insignificância aos pés da eternidade. Nós não temos tempo para aprender. Não temos coragem de admitir. Não temos força para aceitar, e, ao aceitar, de ir além dessa infância tormentosa. Em vez disso, levamos neve e gelo para festas de aniversário no Inferno e parabenizamos nossa ignorância."

Esperei um momento para ter certeza de que ela tinha terminado.

"Isso é tudo de que você se lembra?", perguntei.

"É. Eu já soube tudo, mas não sei mais. Você entendeu o latim?"

Eu disse que sim, o que era verdade, e desejei outra taça de conhaque, mas Matthieu parecia tão satisfeito no meu colo, e eu não queria acordá-lo.

"Você devia queimar, Audrey", disse Zoraya, olhando diretamente para mim agora. "Não escreva mais nada. Dê para mim, vou destruir para você. Quando vierem, não vão encontrar nada..."

"*Pourquoi ferais-tu cela*?", perguntei, e ela olhou para Matthieu.

"*Je ne pense pas que je puisse prendre soin d'eux*", disse ela baixinho. "Mas não conseguiria vê-los passar fome."

Eu sabia o que ela estava tentando dizer, o que realmente queria dizer, e por um momento até considerei deixar que levasse as páginas, as canetas e o cotoco de lápis. Permiti-me ter a fantasia de que parar agora seria suficiente para satisfazer a agência, e que me deixariam em paz. Mas passou, como um floco de neve derretendo na vidraça aquecida. Eles viriam mesmo assim. Eu não conseguia entender por que estavam demorando tanto. E sabia que viriam atrás de Zoraya também, que apagariam toda informação de que eu existi do cérebro sintético escondido onde algumas pessoas poderiam esperar encontrar um coração artificial.

"Obrigada", eu disse. "Obrigada, Zoraya. Você tem sido uma boa amiga, mas eu preciso terminar. Não se preocupe com os gatos. Eles sabem se cuidar."

"Não esse aí", disse ela e apontou para Matthieu. "Ele está velho e gordo demais para pegar ratos."

"Estou cansada", respondi. "Vamos conversar de novo amanhã."

"Vamos?"

"Claro que sim. Amanhã é quinta."

Então ela saiu, e eu fiquei olhando a neve e ouvindo Matthieu roncar, às vezes cochilando, meio sonhando com aquele dia, em Piros e na minha infância em Vermon, e com deuses hindus de pele azul até o sol aparecer no céu novamente.

Zoraya não veio jogar xadrez hoje. Ela ligou e queria saber se eu precisava de alguma coisa, e quando perguntei se jogaríamos mais tarde ela disse que tinha um cliente à noite, um homem da Bélgica, de gêmeos.

Às vezes, ela tem clientes à noite.

Então talvez eu consiga acabar isto aqui.

A nave nivelou a nove mil e cem metros, e eu fiquei desejando ter mais do que as imagens granuladas da tela de vídeo, desejando que estivesse tendo a mesma vista direta e desobstruída pela janela da frente do veículo que Joakim e Umachandra tinham de seus lugares na cabine. Peter não estava interessado no cenário; ele ficou enjoado durante a descida e estava com os olhos bem apertados, com gotas de suor pontilhando as bochechas como orvalho ou uma febre. Pela frente do capacete, parecia pronto para vomitar de novo, e o pequeno mecanismo de limpeza do traje se projetava junto às bochechas dele, só por precaução.

A paisagem estéril que se estendia abaixo de nós podia facilmente se passar pelo Afeganistão, pelo sul do Arizona ou por Daedalia Planum, exceto pelos tons incontáveis e intensos de vermelho que faziam Marte parecer pálida em comparação. Jornalistas e escritores da rede já tinham se agarrado a isso e rotulavam Piros como "o planeta mais vermelho" e "o verdadeiro deus da guerra". Alguns místicos cristãos tinham até citado a descoberta da lua como sinal da aproximação do Armagedom. Claro que não havia necessidade de recorrer a presságios, profecias e metáforas apocalípticas. A bioquímica e a geofísica eram alquimias adequadas o bastante para justificar as aparentes infinitas planícies de pedra vermelho-sangue, areia e terra que foram deixadas para trás pelo recuo e pela subsequente morte dos oceanos de Piros.

Verifiquei meu relógio com ansiedade. Havia menos de quinhentos quilômetros entre nossa posição atual e o local de pouso, dez ou doze minutos de voo, no máximo. Tentei não pensar no que íamos encontrar lá embaixo, tentei não pensar em Evelyn, na arma e nos versos de William Blake que Jack Baird citou. Ocupei-me com a topografia abaixo de nós, alguns pontos que reconhecia dos gráficos que passei anos estudando: um cânion fundo que tinha de ser o Valles Hela, com o piso estreito mais de cinco quilômetros abaixo do platô de Mare Malacia, que o cercava; uma linha alta de penhascos marcando a beirada gasta do paleocontinente Niflheim; uma cratera de impacto não batizada, com menos de um milhão de anos de idade, mais de trezentos quilômetros de largura. Alguns dos macrofósseis mais antigos recuperados de...

Zoraya, não posso escrever isso *assim*, como uma narrativa mundana e linear, como se não passasse de uma história ou de um diário de viagem para mim. *Nenhuma* dessas coisas é relevante, o que vi na tela, a geologia de um mundo morto que os humanos provavelmente nunca mais vão visitar, os nomes triviais que os homens deram para cânions e montanhas orbitando uma estrela distante.

De repente, pareço irremediavelmente perdida neste manuscrito, procurando nas páginas secas, e temo que seja só porque estou chegando perto do *fim*. E não quero *ver* o fim de novo, não, não, nem mesmo do santuário da minha memória. Não quero torná-las concretas, aquelas últimas horas. Ninguém até hoje escreveu um manuscrito mais profano do que este, Zoraya. Vai ser uma coisa sem sentido e blasfema se eu não conseguir terminar. Jedda Callahan mereceu a morte dela, por me levar a este momento, por me fazer acreditar que eu poderia encontrar redenção para uma vida desperdiçada e covarde ao dar a ela e aos compatriotas "a verdade".

Não existe verdade, Zoraya.

Nunca houve *verdade* alguma. Só momentos, o que eles contiveram e as partes de nós que perdemos. Jedda Callahan era uma *crente* arrogante e perigosa, e jamais teria entendido. Ela queria fatos, como se fatos estivessem no centro disto. Estou inventando números para encher os espaços vazios na minha memória, porque quero que tudo pareça preciso pra caralho, porque...

PARE.

Acabei de pegar a caneta novamente, depois de colocá-la na mesa e me afastar, pretendendo *ficar* longe. Depois de ficar sentada na privada por quase uma hora com um estilhaço de permaclear, que encontrei na rua ontem, encostado no pulso esquerdo, tentando encontrar coragem para acabar *comigo*.

Evidentemente, não tenho essa força.

A nave pousou na pedreira, desceu bem perto da nave de Welles. Joakim verificou todos os instrumentos para ter certeza de que nossa nave não tinha sido danificada ao passar pela atmosfera turbulenta de Piros e nem durante a aterrissagem. Apertou botões e girou sintonizadores, murmurou sobre válvulas de combustível e altímetros, enquanto Umachandra falava com Magellan e com os pilotos sintéticos pairando umas duzentas milhas náuticas acima. Ela leu nossas coordenadas para o computador e programou a nave para que voltasse no piloto automático para a *Monty*. A senha e o apertar de um botão levariam qualquer um de nós de volta à órbita se acontecesse alguma coisa que impedisse Joakim e Umachandra de pilotar a nave manualmente.

Peter gemeu, e devo tê-lo tranquilizado de que ele se sentiria melhor em pouco tempo, quando saíssemos e estivéssemos em solo firme. O traje dele já tinha administrado uma droga para aliviar a náusea e a vertigem.

Joakim foi o primeiro a sair da nave, depois Umachandra, e eu fui a terceira. A íris ficou fechada, e usamos uma escada dobrável simples. Só alguns degraus, alguns batimentos disparados, alguns segundos, e eu estava em um dos terraços amplos da pedreira. Da Flórida para aquele trecho de pedra sem vida embaixo da luz moribunda de Gliese 876, esse caminho todo para estar no fim de tarde de um dia que mais parecia noite. Olhei para cima, na direção da beirada oposta do poço alguns metros acima de nós, e cheguei o mais perto da beirada do terraço que ousava e olhei para o lago de ébano enchendo o fundo distante da pedreira. Ao ver isso, a superfície lisa como um espelho, parecendo imune ao vento que uivava por aquela abertura na crosta da lua, eu senti medo, solidão e desespero. Não são emoções que eu gostasse de admitir naquela época, nem estados mentais que faziam você ser apreciado pela AENA ou por outros integrantes de equipe, e aí guardei meus pensamentos só para mim.

"Onde começamos?", perguntou Umachandra a Joakim (ou pelo menos vou fingir que foi exatamente isso que ela disse).

"Vou levar Audrey e dar uma olhada na nave", respondeu ele e fez sinal na direção da nave de Welles. "Você e Connor, deem mais uma olhada nas unidades de rastreamento." Umachandra assentiu, embora nós todos soubéssemos que as caixas de rastreamento apresentavam uma leitura correta, e segui Joakim por cem metros em direção ao sul, até a nave da *Gilgamesh*. Já estava coberta com uma camada grossa de poeira fina e avermelhada das duas semanas que passou em Piros.

A nave estava aberta, e não tinha ninguém dentro.

"Nenhuma surpresa aqui", disse Joakim e sentou no assento do piloto. "Como você está?"

"Estou indo", eu disse para ele. "Só indo."

"Bom, continue indo", disse ele e começou a examinar os controles.

As três baterias primárias estavam mortas, mas a de backup estava bem, e havia combustível suficiente nos tanques. A luz amarela e verde do piloto automático não piscava porque a nave estava sem energia, mas o sistema tinha sido programado para retornar à nave mãe. Não havia sinal de violência ou de infortúnio. Até onde conseguíamos perceber, a nave tinha sido simplesmente abandonada, ou aconteceu alguma coisa com a tripulação que a impediu de voltar.

"É sinistro", eu disse, pegando um kit médico no compartimento na parede da cabine e abrindo.

"É, bom. Acontece", disse Joakim, a voz falhando pelo comunicador. "Lembra daquela nave de carga marciana, *Perro Negro*? Sumiu e depois apareceu nos arredores de Noctis Labyrinthus, sem um arranhão sequer, com todos os sistemas operacionais normais, mas sem sinal da tripulação."

"Sim, eu sei que acontece", respondi, fechando o kit médico e trancando-o. Tudo estava ali, todas as seringas e frascos, todas as sondas laser e nanocurativos, bem onde deviam estar em uma nave cheia de viajantes saudáveis. "Mesmo assim é sinistro pra caralho."

E ali estava eu, permitindo-me expressar ao menos uma pequena fração do que senti ao espiar naquele abismo alguns minutos antes. Mas eu tinha me aberto com Joakim muitas vezes. Ele foi meu amante de tempos em tempos, e uma vez passamos duas semanas tensas juntos, em quarentena, depois de uma falha de bioconfinamento de nível quatro em Europa-Herschel. Ele era o mais próximo que eu tinha de uma família.

"Espere só um segundo", disse Joakim, e, depois de devolver o kit médico ao seu lugar na parede, eu me virei para ver o que ele estava fazendo. Houve um som áspero e zumbido, um estalo breve de estática, e percebi que estava ouvindo uma gravação do gravador de voo. Joakim apertou RETROSPECTO, e por um momento só houve o vento batendo incansavelmente no casco da nave novamente e os barulhos mais suaves e mecânicos que vinham do meu traje espacial. Só o ritmo irregular da minha respiração, inspiração e expiração, que se fazia alto e nada humano por causa da acústica do capacete. Mas eu queria olhar para trás, ter certeza absoluta de que era a minha respiração que eu estava ouvindo, ter certeza de que estávamos sozinhos na nave.

"Bem *aqui*", disse ele e apertou PLAY. "Escute isso, Audrey."

Havia mais estática, depois o que parecia ser um homem falando, e fiquei de pé ao lado de Joakim, perguntando-me *o que* ele esperava que eu ouvisse, vendo o display que transformava o que eu estava ouvindo em linhas vermelhas e verdes, formando picos e depressões de vozes humanas e ruídos de fundo.

"É Welles", disse ele, "bem aí." Ele ajustou o volume no painel de comunicação do traje e se inclinou para mais perto do pequeno alto-falante acima das alavancas dos flapes.

Eu não conhecia o sujeito, então acreditei na palavra dele. Boa parte da gravação era ininteligível, um oscilar misturado de vozes e interferência do ambiente. Mas, de repente, ouvi uma voz subir claramente acima dos ruídos, não a que Joakim tinha identificado como de Sam Welles, mas uma voz que podia ser de um mulher ou de um garoto novo.

"Uma sombra autocontemplativa", disse a voz, pronunciando cada sílaba lentamente, precisamente. Joakim olhou para mim, e eu consegui ver a confusão nos olhos azuis. "Esticada sobre o mundo apavorante, e o rolar de rodas..."

Houve outra explosão de estática, bem mais alta do que as outras, mas consegui ouvir alguém rindo atrás, uma gargalhada aguda e lunática, e estiquei a mão para o botão de desligar. Mas Joakim interceptou minha mão enluvada a caminho do console. "Não", disse ele com firmeza, ainda olhando para mim. "Eu preciso ouvir isso, Audrey."

"Ninguém precisa ouvir essa merda", respondi, tentando em vão soltar minha mão da dele.

A estática passou rápido, mas a gargalhada ainda estava lá, e agora eu conseguia ouvir alguém recitando o que pareciam coordenadas ao fundo.

"Não *aqui*", supliquei. "Aperte o botão, e a gente pode ouvir na nossa nave. Mas não aqui."

"Cala a *boca*", rosnou ele, apertando tanto minha mão que doeu, e eu não falei mais uma palavra e parei de lutar. Fiquei ali, imóvel, e nós ouvimos.

"Eu conheço sangue quando vejo, porra", insistiu Sam Welles.

"Aquilo é uma sombra?", perguntou uma voz assustada e tomada de pânico, outro homem falando junto com a gargalhada lunática. "É uma sombra ou é a sombra de uma sombra?"

"Jesus, olhem o céu! Olhem a porra do céu!"

"Vocês vão ver", disse a mulher, ou o garoto, a voz dela ou dele como mel, sono e sol quente entrando pelo caos sônico, como chuva caindo no telhado de uma casa em chamas. "Estamos perto agora. Estamos chegando..."

"Cristo, é algum tipo de arma", gritou o homem em pânico, e a gargalhada ficou mais alta e mais alta e mais alta, até eu achar que os alto-falantes explodiriam. Fechei os olhos e trinquei os dentes, tentando me lembrar de orações que conhecia quando criança, mas não havia espaço para o que quer que fosse na minha cabeça além da gargalhada.

"Não, não um trovão", disse Sam Welles. "Olhe para o outro lado..."

De repente, houve um *pop* alto, como a rolha de uma garrafa de champanhe, e a gravação terminou, e os alto-falantes ficaram em silêncio de novo.

Lentamente, Joakim relaxou o aperto, até eu conseguir soltar a mão. Ele não estava mais me olhando, estava olhando através do para-brisa para a pedreira, que se projetava em todas as direções.

"Nós não vamos encontrar ninguém vivo aqui embaixo", eu disse, e ele assentiu. Eu estiquei a mão, apertei o EJETAR, e o aparelho cuspiu uma pequena plaquinha de platina. Não se vê mais isso, mas a agência ainda usava em 2197, quando a *Gilgamesh* partiu da Terra. Coloquei em um bolso e fiquei ali parada, olhando por cima do ombro de Joakim para o painel de instrumentos escuro.

"Não tem eletricidade", eu disse. "Você falou que as baterias estão esgotadas."

"Sim", respondeu ele, parecendo apenas parcialmente desperto. "Não tem eletricidade. Eu falei isso."

"E o auxiliar está em standby."

"Sim", disse ele e se virou para mim novamente. Ele piscou, e eu consegui ver que estava chorando.

A ejeção é manual, mas o aparelho não devia ter tocado som algum, nem uma porra de gemido. Mas eu estava lá, Zoraya, e Joakim também estava, e nós dois ouvimos.

"Nós temos que sair daqui", eu disse, mas ele deu de ombros e afastou o olhar de mim novamente, apoiando um indicador grosso no gravador. "Estou falando sério, Joakim. Nós temos que sair daqui *agora*."

"Se eu apertar este botão", disse ele com voz sonolenta, falando tão baixo que a voz mal chegava a um sussurro de ruído branco nos comunicadores. "Se eu apertar *este* botão, nós vamos ouvir de novo, não vamos? Você pegou a placa e não tem energia, mas, se eu apertar isto..."

Eu cobri a mão dele com a minha, sabendo que seria inútil tentar impedi-lo, sabendo o quanto ele era mais forte do que eu.

"Sim", eu disse. "Acho que vamos. Mas nós já ouvimos e temos que ir."

"Estamos dentro de uma história de terror agora, não estamos?", perguntou ele.

"Precisamos encontrar Umachandra e Peter", falei porque não teria respondido àquela pergunta por nada além de uma nave de cinco segundos de volta para Sol. "Joakim, você tem que tirar a mão do gravador e se levantar, e nós temos que encontrá-los."

Lá fora, o vento berrou e sacudiu a nave, e me lembro de pensar em quantas semanas, meses ou anos demoraria até que uma tempestade empurrasse a nave da *Gilgamesh* pela beirada do terraço, fazendo-a cair no lago negro.

E me perguntei se algum dia chegaria ao fundo.

Não consigo lembrar exatamente o que aconteceu em seguida, Zoraya. Só sei que, de alguma forma, consegui colocar Joakim em movimento. O vento estava pior do que quando entramos na nave, levantando ondas de poeira cor de ferrugem que dificultavam a visão de mais do que três ou quatro metros à frente, e xinguei todos nós por não termos pensando em montar uma linha de segurança. Mas Umachandra e Peter estavam quase exatamente onde tínhamos deixado, não muito longe da beirada íngreme e fragmentada do terraço.

Peter estava sentado de pernas cruzadas no chão, usando os dedos enluvados para desenhar na terra, e ela estava de pé ao lado dele. Umachandra se virou para nós, o rosto pouco iluminado pelas luzes dentro do capacete, e os fotóforos brilhando em roxo embaixo da pele. Ela fez sinal para irmos logo.

"Venha", eu disse para Joakim, que andava devagar. Ele parava e olhava para a nave, e eu tive de segurá-lo pela mão e puxá-lo, cambaleante.

"Não consigo ver o sol", disse ele. "Como já pode ser noite, Audrey? Ficamos tanto tempo longe?"

"Não tem sol aqui. Nunca teve", respondi, com raiva, medo demais e muito longe de me importar com o que devia ou não dizer para ele. "Continue andando."

"Nós temos que encontrá-los. Eles não podem ter ido muito longe."

Eu me agarrei à mão esquerda dele e o puxei pela terra e pela escuridão, vendo Umachandra e Peter ficando menos e menos distintos quanto mais perto chegávamos. Parte de mim sabia que era apenas um truque da tempestade, e tentei me entregar completamente à parte racional cada vez menor da minha mente.

"Nós não podemos deixá-los aqui", disse Joakim.

"Eles estão mortos. Estão todos mortos há duas semanas."

"Você não sabe, Audrey." E ele estava certíssimo quanto a isso, Zoraya; eu não sabia. Claro que não sabia. Mas, depois de ouvir o que ouvi na gravação, eu esperava e rezava a todos os deuses misericordiosos e santos da Terra, a todas as deidades nas quais nunca acreditei e nunca acreditaria, para que eu estivesse certa.

"Você tem que continuar andando, Joakim. Não vou poder carregar você se você não andar."

"Nós somos sãos", murmurou ele, com o vento crescente açoitando a voz. "Nós dois, Audrey. Somos pessoas sãs. Pessoas sãs não têm alucinações."

"Têm, sim, porra", gritei para ele. "Pessoas sãs sempre têm alucinações, o tempo todo." E Umachandra estava bem na minha frente, a luz suave ao redor do rosto como uma auréola.

Mother Mary comes to me...

"Me ajude com ele, por favor", eu disse, e ela assentiu e passou rapidamente o braço ao redor dos ombros de Joakim. Eu sabia que ela conseguiria levantá-lo se necessário, se eu precisasse que fizesse isso.

"Peter está bem?", perguntei, e ela balançou a cabeça.

"Nós devíamos ter ouvido Evelyn", disse Umachandra. "Devíamos ter ouvido Connor quando ele quis que nós..."

"Estamos a caminho", eu disse, e ela riu.

"Vamos embora quando e se nos deixarem", sibilou ela pelos alto-falantes do capacete, quase sussurrando, como se estivesse com medo de que alguém ou alguma coisa além de mim estivesse tentando ouvir acima do vento. Eu não tinha coragem de perguntar o que poderia ser, nem sobre o que ela estava falando.

"Onde vocês dois estavam, porra?", perguntou ela.

Joakim olhou para ela e para mim, como uma criança pedindo permissão para falar.

"Na nave...", eu comecei a dizer, mas Joakim estava apontando para o relógio no meu pulso.

"Eu estava quase pronta pra pegar o Peter e sair daqui", disse Umachandra. "Verifiquei as naves duas vezes, a nossa e a abandonada, e, onde quer que vocês estivessem, Audrey, não era lá."

"Quanto tempo?", perguntou Joakim. "Quanto tempo ficamos fora?"

Ele já sabia a resposta, e eu também.

"Quase três horas. Eu estava com medo de vocês terem ficado desorientados na tempestade e terem caído pela beirada."

Nós não estávamos na nave da *Gilgamesh*.

Nós nunca ouvimos a gravação.

O que explicaria por que a placa não estava no meu bolso quando voltamos para a Montelius.

Nós nos perdemos na tempestade de areia.

Só que a tempestade de areia só começou *depois* que saímos da nave abandonada.

Ou...

Passei a vida me fazendo essas perguntas, Zoraya. Não há respostas. Não há verdade. Só há perguntas horríveis contendo perguntas ainda mais horríveis, uma regressão infinita de improbabilidades improváveis levando a nada.

Quando alcançamos Peter, o vento estava passando e a visibilidade melhorava. Ele ainda estava sentado no chão, a poucos metros da beirada do terraço, e segurava na mão direita um pedaço de xisto cor de canela, que tinha usado para riscar coisas na pedra à frente. Se eram para ser palavras, foram escritas em um alfabeto que nunca vi.

"Ainda está lá", disse Umachandra e apontou por cima do abismo, para o outro lado da pedreira. Eu olhei, apertando os olhos na névoa, mas havia quase um quilômetro e meio até o outro lado, e eu não conseguia ver nada além da beirada distante do buraco delineada contra o céu.

"Peter diz que não consegue ver, mas não sei se está dizendo a verdade. Saiu do lago. Desde então, está sentado ali, nos olhando."

"Não consigo ver nada", disse Joakim, começando a falar mais como ele mesmo e menos como um sonâmbulo.

Umachandra bateu com força no estojo de um dos instrumentos presos à coxa. "Não aparece na varredura, mas é animado. Então ou é inorgânico, ou a calibração do instrumento está ruim."

"Ou não está lá", disse Joakim.

"Acredite em mim, Hamilton. Está lá", respondeu Umachandra, as pupilas verticais se contraindo até virarem fendas, mas captei o tom frágil da voz dela, mais ansiosa do que defensiva, que demonstrava o quanto ela precisava que alguém visse.

Eu abri a boca para dizer que não estava vendo e que devíamos nos preocupar com isso depois, mas as sombras pairando do outro lado do poço pareceram se mover sutilmente, e houve movimento. Percebi que eu *estava* vendo. Não era algo definido, nada que eu conseguisse lembrar em detalhes, como um vislumbre fugidio de uma coisa enorme e escura se movendo lentamente sob águas estagnadas e lamacentas.

Eu me lembro disso?

O que quero dizer é: eu *realmente* me lembro disso?

Joakim disse para Jedda Callahan que Umachandra e eu vimos quase tudo. Mas não me lembro de ter dito para Joakim o que achei ter visto agachado do outro lado da pedreira. Umachandra contou para ele antes de morrer?

A coisa ficou ali só por um momento, um tom mais escuro de escuridão se dobrando ou desdobrando, encolhendo ou esticando...

Obscuro, girando em atividade silenciosa.

Uma sombra que se autocontempla, ocupada em trabalhos enormes.

Não vou escrever mais, não hoje. Mas também não vou dormir. Vou ficar sentada aqui até o amanhecer, depois vou procurar uma desculpa para me vestir e sair. Lá está o aerobus das quatro da madrugada, brilhando em vermelho e azul, vermelho e azul, e não consigo me lembrar se dei comida para os gatos. Estou escrevendo há horas, e minha mão dói muito. Quero parar de pensar em Piros e quero que o sol nasça.

E eu só escapei sozinha para contar a vocês.

É assim que vou terminar? Como Ismael citando o *Livro de Jó*? Eu nunca gostei muito de ficção, pois estava ocupada demais com as coisas que achava que eram verdades. Mas sempre amei Melville, especialmente *Moby Dick*. Li em algum lugar que Ismael quer dizer "Deus escuta" em hebreu. Assim, a epígrafe parece apropriada.

Vi o sol nascer e tomei chá preto quente com Matthieu roncando satisfeito no meu colo. Hoje está sendo um dia de céu. Temos cada vez menos desses dias a cada ano. As nuvens se abriram logo depois da aurora, e tem tanto azul, o azul-pastel limpo de um mundo vivo. Eu lembro que os olhos de Joakim eram quase desse mesmo tom de azul. O sol cintila intensamente na neve, formando diamantes estranhos no gelo pendurado nas calhas, e talvez faça um dia mediano de inverno lá fora.

Estou olhando para a janela há duas horas, sentindo o sol no rosto. Matthieu e Léon estão encolhidos juntos na escrivaninha à minha frente. Sabine está perdendo o show, mas parece sempre perdida em seus afazeres secretos. Acredito que ainda tem muita tinta nesta caneta.

Zoraya foi embora há um tempinho.

Ela veio hoje de manhã com três homens de ternos cinza do Departamento Pessoal e de Segurança Interdepartamental da aena. Eu nem fiquei surpresa. Gostaria de ter ficado, mas não fiquei. Talvez tenha até me sentido aliviada. Um dos três homens (cada um me disse o nome neutro e intercambiável, mas esqueci todos) leu as acusações preliminares contra mim enquanto Zoraya segurava minha mão, como a amiga que passou tanto tempo fingindo ser.

"Você é agente?", perguntei quando os homens terminaram de me dizer o que fiz de errado, e ela disse que era, que vinha me observando havia muito tempo. Não sei se acredito nisso. Teria sido fácil para eles a reprogramarem depois que Jedda Callahan veio até mim, ou em qualquer outra hora. Até ontem à noite, talvez, o cliente que era mais importante do que o xadrez, o belga de gêmeos. Pode ter acontecido nessa hora. Ela não teria como saber. Prefiro acreditar que foi isso que aconteceu, embora pareça uma fantasia egoísta.

"Você vai ser mantida em prisão domiciliar", disse ela, "até a hora, se houver, em que a agência julgar que você deixou de oferecer risco à segurança de projetos. Não vai ser ruim, Audrey. Você pode até ficar com seus gatos. E sempre vou estar no fim do corredor. Fui designada para proteger você."

Olhei para os três homens por alguns segundos, os rostos escondidos atrás de máscaras lisas de metal e plástico. Um deles cruzou e descruzou as pernas, como se estivesse nervoso, ou entediado, ou como se precisasse ir ao banheiro.

"Você faz uma prisão perpétua parecer férias", eu disse, e Zoraya suspirou e olhou para as mãos.

"Pode não ser perpétua", disse ela. "Em dois anos, seu caso vai ser arquivado com a corte executiva..."

"... e", eu interrompi, "em trinta e um meses vou ter o direito de acusações formais e uma audiência pré-julgamento, que vai ser adiada indefinidamente, porque a agência não pode correr o risco de que isso vá a julgamento."

"Audrey, vamos tirar o melhor possível disso, juntas."

"Uau", eu disse, e um dos homens se levantou, o que estava cruzando e descruzando as pernas, e foi até a minha escrivaninha. Separou a primeira página do manuscrito do resto e levantou a mão direita alguns centímetros acima dela, com o dispositivo de leitura de imagens implantado na mão digitalizando de cima a baixo.

"Eles não vão levar?", perguntei.

"Nesse momento, achamos que está mais seguro aqui, com você", respondeu ela. "Você pode até terminar se quiser. Eu estaria interessada em saber como termina."

"Não contaram pra você?"

"Eu sei o que preciso saber. Mas não é a mesma coisa que ter suas impressões, nas suas palavras, do jeito como você lembra que aconteceu."

"E se eu quiser destruir?", perguntei, sorrindo, e Zoraya olhou para um dos homens da AENA e depois para mim.

"Nós vamos ter um registro do documento. Se você quiser se livrar do original, pode fazer isso. Mas acho que devia ir para os arquivos, você não acha? Você se dedicou tanto."

Antes de saírem, um dos três homens implantou um localizador na minha coluna, em algum lugar entre a terceira e a quarta vértebra cervical. Quase não senti dor e só saíram algumas gotas de sangue.

Pois então. Estou escrevendo esta última parte para mim, ou para ninguém. Talvez esteja escrevendo para Joakim. Eu talvez deixe você ver, Zoraya. Ou quem quer que você seja agora. Mas não estou escrevendo *para* você. Desconfio que você conheça os "fatos" melhor do que consigo lembrar. Os oito meses que passamos em órbita ao redor de Piros, esperando a *Galatea*. A descoberta de que Anastazja Osmolska ainda estava viva na *Gilgamesh*, embora tenha conseguido cortar a própria língua e amputar a maioria dos dedos antes de se cegar com um maçarico. Você deve ter ao menos acesso limitado às transcrições de nossos relatos antes que a nave tivesse retornado a Sol. E seja lá o que eles tenham finalmente decidido que devia ser registrado sobre a morte de Umachandra na quarentena marciana, você também sabe. E o suicídio de Peter Connor uma semana depois que apagaram a memória dele. Os anos de Joakim entrando e saindo de hospitais psiquiátricos. A decisão de cancelar qualquer expedição a Gliese 876 depois que a *Ivanov* voltou com apenas metade da tripulação humana viva. Etc., etc.

Você sabe *toda* essa merda, Zoraya. Não precisa das "minhas impressões" do que aconteceu e do que não aconteceu.

Quanto aos boatos sobre sinais ftl codificados que emanavam de Piros, e as doze mortes na Estação de Ganymede-Kobayashi em janeiro, e as histórias que os pró-terra começaram a confiar aos escritores de rede sobre pragas alienígenas, dissimulações e visões de "corpos escuros" além do Cinturão de Kuiper, mais uma vez, você deve saber mais sobre essas coisas do que eu. E, se não souber, lembre-se: não é algo que a agência precise que você saiba.

Já escrevi o suficiente agora. Não quero mais escrever, nunca mais.

Só quero ficar aqui sentada no sol quente com meus gatos, torcendo para termos um dia de céu inteiro.

E eu só escapei...

Apêndice

O bicho na minha imaginação

Trecho dos registros médicos da nave espacial *Aegis* (AENA R18.0F65, posição 7, 987.EC1 fell), inserido por Jaeng Li Chieu, Ph.D., Especialista da Missão.

Registro de voz, data 2/5/23; transcrição 87-234B12.

Código de liberação 5; STATE BLUE EIGHT:

Os barulhos na porta pararam.

Eu estava tendo dificuldade para me concentrar. As perguntas que ficavam fazendo pela porta. Não tenho respostas para elas, exceto as respostas que já descobriram. As revelações da nossa solidão. Do vazio e do fogo que mancha o vazio. Não tenho que repetir essas coisas, tenho? Não é necessário. A morfina e as gotas de privação sensorial também não ajudam. Embotam a dor e embotam a mente, e eu usaria menos, mas não consigo invalidar o comando de procedimento dos 712, que regula a dosagem mínima.

Aposto que Tyler conseguiria, mas Tyler é só um barulho na porta.

Estamos ocupados com minha coxa esquerda há duas horas. Nos espelhos, consigo ver o trançado vermelho e cinza da minha carne, uma escultura grosseira e viva que os robôs estão fazendo em mim. Eles são precisos e caprichosos, e não estão arrancando minha pele impiedosamente. Eles não cometem erros. Sabem que é importante que eu veja tudo. Deixam as incisões limpas com sugadores enquanto dedos quentes de bisturi revelam os segredos mais profundos, mais profanos, mais sagrados.

Quase todo o quadríceps femoral está exposto agora. O robô, que chamo de Blink, acabou de terminar de medir a superfície anterior do reto femoral. Sei que as medidas serão precisas. Confio em seus cálculos. A credibilidade deles me deixa livre para ver além dos fatos, dos fatos que são necessários, mas também que obscurecem a verdade. Preciso estar livre para ver mais fundo, para encontrar o fogo que as estrelas enterraram dentro de mim.

O fogo que está nos queimando vivos.

Entrou pelos meus olhos, o cintilar de fornalhas deslizantes, hélio, hidrogênio, fótons correndo sem esforço por pupilas, lentes e mares vítreos, queimando nervos óticos até os hemisférios do meu cérebro.

Minha veia circunflexa femoral lateral, acho que é para isso que estão apontando agora, uma coisa pulsando levemente na cavidade vermelha, branca e preta em mim. Eles sabem o que eu preciso ver, porque falei tudo para eles antes de começarmos. Foi muito tempo atrás. Não tinha ninguém na porta. Foi muito tempo atrás. Estou tentando me lembrar de coisas de livros, vídeos e aulas de anatomia, de cadáveres dissecados em laboratórios assépticos. Essa veia passa atrás dos músculos sartório e reto femoral, e lá se divide em três ramos: o ascendente, o transversal e o descendente. O primeiro atravessa o quadril e se junta a uma rede com os ramos terminais da artéria glútea superior e da artéria circunflexa ilíaca profunda. Estão mostrando todas essas coisas para mim, não mortas, não conservadas, não preservadas, mas vivas e efêmeras, e em algum lugar lá dentro eu vou ver o fogo.

Ou vou ver outra coisa.

Ainda tem muitas partes de mim que não foram abertas.

O ramo descendente passa por trás do reto femoral com um único ramo longo descendo até o joelho, para se juntar a uma parte da artéria poplítea.

Eu pareço uma aula. Eu sou uma aula, Xiao Chen, e você vai reclamar porque não estou falando em mandarim.

Você nunca vai ver o fogo.

Minha pele é feita de folhas agora. Minha pele de páginas. Estão me virando, os robôs, e me abro para eles como um livro, uma flor, ou lençóis brancos limpos.

Eu me abro para mim.

Sem os barulhos na porta, só tem os sons úmidos que os 712 fazem enquanto trabalham, e os sons mecânicos da sustentação de vida. As bombas que assumiram o lugar dos meus pulmões murchos e ausentes, o ruído suave da hemodiálise que faz o que meus rins faziam antes de os androides cortarem os dois fora, colocando-os com cuidado em potes separados com solução de vinte e quatro por cento de permafix. Eles são seus, Xiao Chen. O display acima de mim zumbe baixo, mostrando estatísticas que parecem cada vez menos importantes, menos vitais – pressão arterial 95/60, pulsação 65 bpm, temperatura do corpo 35,8 graus Celsius –, os detalhes irrelevantes da minha biologia falhando, flutuando na luz tangerina.

Os rins suspensos nos potes, não exatamente sem peso, a máscara em semicírculo que era o lado direito do meu rosto, trinta e dois dentes, as unhas da minha mão esquerda. Acrescente essas coisas e subtraia qualquer uma que pareça enganosa.

Eu não quero morrer. A questão aqui não é essa.

Blink está indicando o sartório agora, que pedi para tentarem remover intacto. Xiao Chen, você se lembra de quando contei que o sartório é o músculo mais comprido do corpo humano? Da espinha ilíaca até a tíbia, uma área de tecido como raízes fundas na terra, se espremendo por outras raízes, solo, carne e osso.

Estou coerente. Não deixe que digam o contrário.

Sei o que está acontecendo comigo.

Sei por quê.

Eles parariam, mesmo agora, se eu os instruísse a parar. Abririam a porta para Tyler e Peeples e para o resto, e o barulho pararia. Se eu deixasse. Mas aí haveria novos barulhos, não haveria? E esses barulhos seriam piores. Eu poderia fazê-los parar com um toque em uma única tecla nesse teclado. Seria fácil assim. A morte é sempre fácil. Eu quase apertei a tecla duas vezes ontem, ou horas atrás, não sei, não tenho certeza. Esse é o grácil proximal, o adutor longo? Não tenho certeza. Tem suor nos meus olhos. É por isso que há anotações.

Os lasers abrem minha pele macia com menos esforço do que meus pensamentos abrem o momento. Uma tecla. Uma tecla, Xiao Chen, e a tripulação estaria aqui, se perguntando como me costurar de volta. Fingindo que o fogo não está dentro de mim e também dentro deles.

Acredito que nunca vão ver.

Nem ouvir o que sussurra enquanto durmo.

Que sou apenas o começo de solidão, que a solidão se projeta à minha frente, o músculo sartório do tempo, e em um bilhão de vidas eu jamais compreenderia a menor porção dela. A solidão é a escuridão, as estrelas, o estalar da radiação de fundo, o frio e o calor do vácuo. A solidão é todos os lugares para onde fomos levados desde que frágeis passos devonianos nos carregaram para longe dos céus azuis sujos. Lá fora, estamos sozinhos. Completamente. Absolutamente. Despidos de ilusões do contrário. Por mais que falemos e das precauções que tenham sido tomadas, sozinho aqui está Deus. O fogo em mim não me deixa fazer aquelas brincadeiras e esquecer, não de novo, nunca mais.

Estamos sozinhos.

Com dor. Com medo. No espaço entre as estrelas. Na luz forte de uma sala de cirurgia. Na morte.

No começo e no fim, estamos sozinhos.

Fui revelada como alguém sozinha. Estou deitada aqui, sincera, mostrando segredos e tentando encontrar o fogo. Órgãos, tecidos e lembranças, meu passado e meu futuro escritos nas voltas azuis-brancas-vermelhas-cinza do meu intestino grosso.

Só consigo sentir cheiro de sangue e de carne de porco queimada dos lasers enquanto trabalham. As agulhas de prata e os anestésicos me deixam bem mais como pedra do que carne. Já? Não tinha uma injeção...

Blink está cutucando meu glúteo médio esquerdo, e o que chamo de Yu Jie, porque as palmas das três mãos dele são verde-claras, está medindo alguma coisa. Não sei bem o quê. Aço inoxidável penetra embaixo de fibras que se esticam do ílio até o fêmur, e agora Yu Jie está puxando o tensor da fáscia lata para que Blink possa olhar melhor. Para que eu também possa olhar melhor.

Antes de começar, eu perguntei a Blink o que ele achava de ir para casa, e ele não entendeu a minha pergunta.

Desconfio que é isso que tem mantido os androides seguros do fogo. Perguntas que eles não entendem, conceitos misericordiosamente além da programação deles.

Se Tyler entendesse a pergunta, desligaria a sustentação de vida e explodiria a nave, nos deixando vagando mortos pelo abismo, e ninguém nunca nos encontraria, e não teríamos que explicar sobre a solidão. É uma espécie de barganha. A solidão concordaria com isso, tenho certeza. Um sacrifício porque sabe que vai ganhar de qualquer jeito no fim. Todo mundo acaba vindo para cá. Não é necessário ter um foguete. Não é necessário ser empregado da Agência Espacial Nacional Aliada nem marcar tantos pontos na avaliação que ninguém quer falar com você porque sabe que não tem espaço lá dentro para uma alma, só números, fatos e consequências. Todo mundo vem para cá.

Assim, a solidão é paciente.

E disposta a fazer acordos.

(FIM posição 7, 987.EC1 fell, registro e arquivo)
(7código21-7)
(KN90*2MA)
(registro)

INSECTUM.

CASAS NO FUNDO DO MAR

HIST.XXV

25.

Drosophilla Megaencephalica

FEMINAM — QUATTUOR CENTUM SEPTUAGINTA OCTO

P.478

Começou com um verso de uma música do R.E.M. Depois, Jacova Angevine. Voltou a John Steinbeck (A rua das ilusões perdidas e Doce quinta-feira). Mãe Hidra, Pantalassa, mbari, enguias-pelicano, apocalipse sussurrado, os que descem para o mar sem navios.

KIERNAN OFFICINARUM INVESTIGATIONIS

CAITLÍN R. KIERNAN

1.

Quando fecho os olhos, eu vejo Jacova Angevine.

Eu fecho os olhos, e ali está ela, sozinha no quebra-mar, com a buzina de nevoeiro enquanto o mar agitado bate com a espuma em um amontoado de pedras cinzentas. O vento de outubro deixa seu cabelo selvagem, e ela está de costas para mim. Os barcos estão chegando.

Eu fecho os olhos, e ela está na beira da água em Moss Landing, olhando para a baía, observando o lugar onde a plataforma continental se estreita até virar um filete, indo cair no abismo negro do Monterey Canyon. Há gaivotas, e o cabelo dela está preso em um rabo de cavalo.

Eu fecho os olhos, e estamos andando juntos em Cannery Row, indo para o sul, na direção do aquário. Ela está usando um vestido de guingão e um par surrado de botas Doc Martens que deve ter há quinze anos. Eu digo alguma coisa inconsequente, mas ela não me escuta, ocupada demais fazendo cara feia para os turistas, para os absurdos estéreis e alegres do Bubba Gump Shrimp Company e do Mackerel Jack's Trading Post.

"Ali era um prostíbulo", diz ela, apontando na direção do Mackerel Jack's. "O Lone Star Cafe, mas Steinbeck chamava de Bear Flag. Tudo pegou fogo. Nada aqui é como era."

Ela fala isso como se lembrasse, e eu fecho os olhos.

E ela está na televisão de novo, no velho píer em Moss Point, no dia que lançaram o ROV *Tiburón* II.

E ela está no armazém da Pierce Street em Monterey; homens e mulheres de vestes brancas prestam atenção em cada palavra que ela diz. Acompanham cada sílaba, cada respiração, os muitos olhos como os olhos saltados de peixes abissais encontrando a luz do sol pela primeira vez. Atordoados, apavorados, arrebatados, perdidos.

Todos eles perdidos.

Eu fecho os olhos, e ela os está guiando até a baía.

Aquelas criaturas pularam as barricadas.

E seguiram para o mar.

Todos esses momentos divididos, desconectados, ou conectados de tantas formas diferentes que nunca vou conseguir separá-los e encontrar uma narrativa coerente. Essa é minha loucura, minha arrogância, achar que posso construir uma mera história do que aconteceu. Mesmo que pudesse, não é algo que as pessoas fossem querer ler, nada que eu conseguisse vender. CNN, *Newsweek*, *The New York Times*, *Rolling Stone* e *Harper's*, todo mundo já sabe o que eles pensam sobre Jacova Angevine. Todo mundo já sabe o quanto quer saber. Ou o pouco que quer saber. Nessas mentes, ela já ganhou seu lugar no hall da fama dos cultos da morte, ladeada com firmeza por Jim Jones e Heaven's Gate.

Eu fecho os olhos, e "Fogo do céu, fogo na água", ela diz e sorri; eu sei que desta vez ela está falando do incêndio de 14 de setembro de 1924, o dia em que um relâmpago acertou os tanques de armazenamento de cinquenta e cinco mil galões que pertenciam à Associated Oil Company e um rio ardente correu até o mar. Nuvens pretas tremeluzentes bloqueiam o sol, e o fogo tem a voz de um furacão quando cai nas fábricas, uma voz de demônios, e ela para e amarra os sapatos.

Estou sentado neste quarto escuro de hotel, olhando para a tela do meu laptop, para a luz clara de cristal líquido, digitando palavras irrelevantes para construir frases sinuosas, esperando, esperando, esperando, e não sei o que estou esperando. Ou se estou só com medo de admitir que sei exatamente o que estou esperando. Ela se tornou meu fantasma, minha assombração particular, e coisas assombradas esperam para sempre.

"Nas mansões de Poseidon, ela vai preparar corredores de coral, vidro e ossos de baleia", diz ela, e a multidão no armazém inspira e expira como um único organismo atônito, os corpos reunidos menores do que o todo momentâneo que construíram. "Lá embaixo, vocês não vão conhecer nada além de paz, nas mansões dela, na noite infinita das espirais dela."

"*Tiburón* é tubarão em espanhol", diz ela, e eu digo que não sabia, que fiz dois anos de espanhol no ensino médio, mas foi mil anos atrás, e só me lembro de *sí* e *por favor*.

Que barulho é esse agora? O que o vento está fazendo?

Eu fecho os olhos de novo.

O mar tem muitas vozes.

Muitos deuses e muitas vozes.

"Cinco de novembro de 1936", diz ela, e essa foi a primeira noite em que fizemos sexo, a longa noite que passamos juntos em um hotel decadente de Moss Point, o tipo de lugar para onde pescadores levam suas prostitutas, o mesmo lugar onde ela estava hospedada quando morreu. "A Del Mar Canning Company queimou toda. Ninguém nunca tentou culpar um relâmpago por aquilo."

O luar entra pelas cortinas, e eu imagino por um momento que a pele dela ficou iridescente, madrepérola, o tom cintilante de uma mancha de óleo. Estico a mão e toco na coxa nua, e ela acende um cigarro. A fumaça paira densa no ar, como névoa ou esquecimento.

As pontas dos meus dedos na pele dela, e ela se levanta e anda até a janela.

"Está vendo alguma coisa lá fora?", pergunto, e ela balança a cabeça bem devagar.

Eu fecho os olhos.

No luar, consigo identificar as cicatrizes inchadas e circulares nas duas omoplatas, descendo até a metade da coluna. Duas dúzias ou mais, mas nunca me dei ao trabalho de contar exatamente. Algumas não são maiores do que uma moedinha de dez centavos, mas várias têm pelo menos cinco centímetros de diâmetro.

"Quando eu for embora", diz ela, "quando terminar aqui, vão fazer perguntas sobre mim a você. O que você vai dizer?"

"Depende do que perguntarem", respondo e dou uma gargalhada, ainda pensando que foi uma das brincadeiras estranhas dela, essa conversa de ir embora, e me deito e olho para as sombras no teto.

"Vão perguntar tudo", sussurra ela. "Mais cedo ou mais tarde, espero que perguntem tudo."

E perguntaram mesmo.

Eu fecho os olhos e a vejo, Jacova Angevine, a profeta lunática de Salinas, pérolas que eram seus olhos, berbigões e mexilhões vivos, vivos à beça, e ela está ajoelhada na areia. O sol está nascendo atrás dela, e ouço pessoas chegando pelas dunas.

"Eu vou dizer que você era boa de cama", eu digo, e ela dá outra tragada no cigarro e continua a olhar a noite pela janela do hotel.

"Sim", diz ela. "Acho que vai mesmo."

2.

A primeira vez que vi Jacova Angevine... quer dizer, a primeira vez que a vi em *pessoa.* Eu tinha acabado de voltar do Paquistão e voei até Monterey para tentar desanuviar a cabeça. Um amigo fotógrafo tinha apartamento lá e estava a trabalho em Tóquio, então achei que podia relaxar algumas semanas, um mês inteiro, talvez, encher a cara e fazer a descompressão. Minhas roupas, minha bagagem, minha pele, tudo em mim ainda estava com cheiro de Islamabad. Eu passei mais de seis meses fora, investigando ligações reais e imaginárias entre extremistas muçulmanos, intermediários europeus e o programa de armas nucleares do Paquistão, tentando avaliar os males causados pelo empreendedor Abdul Qadeer Khan, pai da bomba paquistanesa, tentando determinar exatamente o que ele vendeu e para quem. Todo mundo já sabia, ou ao menos achava que sabia, sobre a Coreia do Norte, a Líbia e o Irã, e as autoridades americanas desconfiavam que a Al-Qaeda e outros grupos terroristas deviam estar na lista de clientes dele também, apesar de garantias em contrário do major-general Shaukat Sultan. Eu voltaria com a cabeça cheia de apocalipse e urdu, com campanhas anti-Índia e poesia mushaikh, e estava determinado a esvaziar a mente de tudo, exceto uísque e o cheiro do mar.

Era uma tarde ensolarada de quarta-feira, um dia quente para novembro no condado de Monterey, e decidi sair para tomar ar. Tomei banho pela primeira vez em uma semana e almocei tarde no Sardine Factory na Wave Street: remoulade de caranguejo-sapateira-do-pacífico, ostras frescas com raiz-forte e linguado com um molho de limão um pouco carregado no tomilho. Depois, decidi visitar o aquário e percorrê-lo todo. Quando era criança no Brooklyn, eu passava muito tempo no aquário de Coney Island, e, três décadas depois, havia poucas coisas que um homem pudesse fazer sóbrio que me relaxassem de forma tão rápida e completa. Paguei a conta com meu MasterCard e segui a Wave Street na direção sul e leste até a Prescott, depois virei na Cannery Row, com a baía cintilante à direita, o céu azul-pálido de outono no alto como óleo sobre tela.

Eu fecho os olhos, e aquela tarde não é uma coisa que aconteceu três anos atrás, uma coisa que estou fazendo parecer uma droga de diário de viagem. Eu fecho os olhos, e está acontecendo agora, pela primeira vez, e ali está ela, sentada sozinha em um banco comprido na frente da exposição de floresta de algas, o rosto fino virado para a cobertura alta e oscilante atrás do vidro, com o pontilhado das sombras de peixes e algas passando de um lado para o outro pelas feições dela. Eu a reconheço, e isso me surpreende, porque só tinha visto o rosto dela na televisão, em fotos de revistas e no livro que ela escreveu antes de perder o emprego em Berkeley. Ela vira a cabeça e sorri para mim, do jeito familiar como se sorri para um amigo, do jeito como se sorri para alguém que se conhece a vida toda.

"Você deu sorte", diz ela. "Está quase na hora de alimentarem os peixes." E Jacova Angevine bate no banco ao lado dela, indicando que eu devia me sentar.

"Eu li seu livro", digo e me sento, porque ainda estou surpreso demais para fazer qualquer outra coisa.

"Leu? Leu mesmo?" E agora ela parece não acreditar em mim, como se eu só estivesse dizendo que li seu livro para ser educado, e pela expressão dela consigo perceber que ela acha meio estranho alguém se dar ao trabalho de tentar lisonjeá-la.

"Sim", eu digo, esforçando-me para ser sincero. "Eu li mesmo. Na verdade, li algumas partes duas vezes."

"E por que você faria uma coisa dessas?"

"De verdade?"

"Sim, de verdade."

Os olhos dela são da mesma cor da água presa atrás dos painéis grossos de vidro do aquário, da cor do sol de novembro filtrado por água salgada e algas. Linhas de expressão nos cantos da boca e embaixo dos olhos a fazem parecer vários anos mais velha do que é.

"No último verão, eu estava viajando de Nova York para Londres e tinha escala de três horas em Shannon. Seu livro foi a única coisa que levei pra ler."

"Que horrível", diz ela, ainda sorrindo, e se vira para olhar para o grande tanque novamente. "Quer seu dinheiro de volta?"

"Foi um presente", eu respondi, o que não é verdade, e não tenho ideia de por que estou mentindo para ela. "Uma ex-namorada me deu de aniversário."

"Foi por isso que você a largou?"

"Não, eu a larguei porque ela achava que eu bebia demais, e eu achava que ela bebia de menos."

"Você é alcoólatra?", pergunta Jacova Angevine, tão casualmente como se estivesse perguntando se eu gostava de leite no café ou se preferia puro.

"Bom, algumas pessoas dizem que estou seguindo por esse caminho", digo para ela. "Mas gostei do livro, de verdade. É difícil acreditar que despediram você por ter escrito. Quer dizer, que as pessoas são despedidas por escreverem livros." Mas eu sei que isso também é mentira; não sou tão ingênuo, e não é tão difícil entender como ou por que *Leviatã desperto* acabou com a carreira acadêmica de Jacova Angevine. Um crítico da Nature o considerou como "o exemplo mais confuso e absurdo de má história casada com má ciência desde o caso Velikovsky".

"Não me despediram por ter escrito o livro", diz ela. "Eles me pediram educadamente para me demitir porque achei que devia publicar."

"Por que você não lutou contra eles?"

O sorriso dela diminui um pouco, e as linhas ao redor da boca parecem ficar um pouco mais pronunciadas. "Eu não venho aqui para falar do livro e nem da minha história infeliz no trabalho", diz ela.

Eu peço desculpas, e ela me diz para não me preocupar.

Um mergulhador entra no tanque, neoprene preto-fosco deixando uma trilha de bolhas prateadas, e a maioria dos peixes se aproxima dele ou dela com expectativa, uma agitação de robalos e velozes tubarões-leopardo, bodiões da Califórnia, cantarilhos e outras espécies que não reconheço. Ela não diz mais uma palavra, está ocupada observando a alimentação, e eu fico sentado ao lado dela, no fundo de um oceano de mentira.

Eu abro os olhos. Só tem as palavras na tela à minha frente.

Só voltei a vê-la depois de boa parte de um ano. Durante esse tempo, como meu trabalho me mandou de volta ao Paquistão, depois à Alemanha e a Israel, eu reli o livro dela. Também li alguns dos artigos e críticas, e uma breve entrevista on-line que ela deu para o site *Unknown Country*, de Whitley Strieber. Depois, procurei um artigo sobre arqueologia inuíte que ela escreveu para a *Fate* e me perguntei em que ponto Jacova Angevine decidiu que não tinha mais volta, nada a perder e, portanto, nenhum motivo para não se permitir fazer parte do mundo obscuro e estridente dos crentes nas teorias marginais e dos fanáticos por ovnis, teóricos da conspiração e "investigadores" do paranormal que pareciam tão ansiosos para recebê-la como se ela fosse uma deles.

E também me perguntei se talvez ela não fosse como eles desde o começo.

3.

Acordei pela manhã de um sonho longo com tempestades e afogamento e fiquei deitado na cama, parado, avaliando a ressaca e olhando para o teto cheio de bolhas e manchado de infiltração do meu quarto de hotel. E finalmente admiti para mim mesmo que isso não vai ser o que o jornal me contratou para escrever. Acho que não estou mais nem tentando escrever para eles. Querem a parte podre, claro, e eu nunca tive problema em cavar buracos. Passei os últimos vinte anos como cavador de aluguel. Acho que não importa o fato de que eu talvez a tenha amado, nem de que boa parte da podridão seja minha. Não posso fingir que estou agindo por nobreza da alma ou lealdade e nem por qualquer outra preocupação egoísta e tardia pela minha própria reputação suja. Eu escreveria exatamente o que querem que eu escreva, se pudesse. Se soubesse como. Preciso do dinheiro. Não trabalho há cinco meses, e minhas economias estão quase acabando.

Mas, se não estou escrevendo para eles, se abandonei todas as esperanças de um pagamento no fim disso tudo, por que ainda estou sentado aqui, digitando? Estou fazendo uma confissão? Abençoe-me, Pai, não consigo esquecer? Acredito que é uma coisa que posso vomitar como uma barriga enjoada cheia de uísque, que escrever tudo vai fazer os pesadelos pararem ou pode tornar mais fácil sobreviver aos dias? Eu sinceramente espero que não seja tão idiota. Independentemente do que eu seja, gosto de pensar que não sou idiota.

Não sei por que estou escrevendo isto, seja lá o que for. Talvez seja apenas um bilhete de suicídio muito longo.

Ontem à noite, eu assisti à fita outra vez.

Tenho as três versões comigo: a que ainda está sendo espalhada pela internet, que termina logo depois que o ROV foi acertado, antes de as luzes voltarem; a edição que o MBARI, o Instituto de Pesquisas do Aquário da Baía de Monterey, repassou para a imprensa e para a comunidade científica, em resposta à versão que circulava on-line; e tenho a filmagem "crua", a cópia que comprei de um técnico de robótica que alegou estar a bordo do R/V *Western Flyer* no dia que o incidente aconteceu. Paguei dois mil dólares por ela, e o garoto jurou que estava completa e era autêntica. Eu sabia que não era a primeira pessoa para quem ele vendia a fita. Fiquei sabendo dele por um contato no departamento de química da UC Irvine. Nunca tive certeza de como ela ficou sabendo, mas soube que o técnico estava tendo um lucro bem razoável vendendo o contrabando para qualquer um disposto a abrir a mão.

Nós nos encontramos em um Hotel 6 em El Cajon, e eu vi a fita até o fim antes de entregar o dinheiro. Ele ficou sentado de costas para a televisão enquanto eu via a fita, rebobinava e começava novamente.

"O que é que você está fazendo?", perguntou ele, retorcendo as mãos e olhando com ansiedade para as cortinas pesadas. Eu as tinha fechado depois de ligar o videocassete alugado que levei comigo, mas uma fresta intensa do sol da tarde entrava pelas cortinas e dividia o rosto dele no meio. "Cacete, cara. Você acha que não vai ser a mesma coisa cada vez que você assistir? Acha que, se ficar repetindo sem parar, o fim vai ser diferente?"

Já assisti à fita mais vezes do que consigo contar, umas duzentas pelo menos, e ainda acho que é uma pergunta muito boa.

"E por que o MBARI não divulgou isso?", perguntei ao garoto, e ele riu e balançou a cabeça.

"Por que você acha, porra?", respondeu ele.

Ele pegou meu dinheiro, lembrou-me novamente de que não nos conhecíamos e que negaria tudo se eu tentasse apontá-lo como minha fonte. Em seguida, entrou na Kombi velha e barulhenta e foi embora, deixando-me lá sentado com um vídeo colorido de uma hora e meia sem edição, gravado em algum lugar no fundo do Monterey Canyon. Tudo o que a câmera de bordo do ROV *Tiburón* II viu (a unidade portátil móvel com controle remoto não estava funcionando direito naquele dia), a trinta quilômetros de distância da costa e a três quilômetros de profundidade, e, desde o começo, eu entendi que era o mais próximo que eu provavelmente chegaria de uma resposta, e que também era só um tipo de pergunta diferente e bem mais terrível.

Ontem à noite, eu enchi a cara, mais do que o habitual, *bem* mais do que o habitual, e assisti pela primeira vez em quase um mês. Mas tirei o som da televisão e deixei as luzes acesas.

Mesmo bêbado, eu ainda sou um covarde.

O fundo do mar iluminado pelas seis lâmpadas HMI de 480 watts do ROV, revelando um tapete aveludado de sedimento cinza-amarronzado trazido do Delta de Elkhorn e de todos os outros deltas e rios que terminavam na baía. E, mesmo naquela profundeza, há indícios de vida: estrelas-do-mar e caranguejos se agarram a pedras da cor de merda, esponjas e pepinos-do-mar, os corpos sinuosos e lisos de peixes de olhos grandes. Aqui e ali, formações rochosas escuras surgem no limo como ossos saindo da carne podre de um leproso.

Meu editor babaca riria em voz alta dessa comparação, provavelmente daria uma olhada, riria e diria alguma coisa como: "Se eu quisesse roxo, teria comprado um vaso de violetas, porra". Mas meu editor babaca não viu a fita que comprei do técnico.

Meu editor babaca não conheceu Jacova Angevine, não a ouviu falar, não trepou com ela, nunca viu as cicatrizes nas costas dela e nem o medo nos olhos.

O ROV chega perto de um lugar rochoso onde o fundo do mar despenca de repente, então hesita, reagindo a comandos da sala de controle do *R/V Western Flyer*. Um momento ou dois depois, a queda firme de neve marinha fica tão pesada que é difícil ver muita coisa através da luz refletida nas partículas esbranquiçadas dos detritos afundando. E, sentado no chão entre o pé da cama e a televisão, eu quase estico a mão e toco na tela.

Quase.

"É um pouco de tudo", ouvi Jacova dizer, embora ela nunca tenha dito algo assim para mim. "Lodo, fitoplâncton e zooplâncton, fuligem, muco, diatomáceas, restos fecais, poeira, grãos de areia e argila, poeira radioativa, pólen, esgoto. Parte é até composta de partículas de poeira interplanetária. Uma parte caiu das estrelas."

E o *Tiburón II* dá um salto e desliza alguns metros, escorrega cautelosamente pelo precipício, iniciando a lenta descida por esse novo e inesperado abismo.

"Nós passamos por aquele trecho mais de doze vezes, pelo menos", disse Natalie Billington, piloto principal do ROV *Tiburón II*, para um correspondente da cnn depois que a versão da fita que circulava na internet chegou ao noticiário. "Mas aquele precipício não estava em nenhum dos registros. De alguma forma, sempre o deixamos passar. Sei que não é uma resposta muito satisfatória, mas é um lugar bem grande lá embaixo. O cânion tem mais de trezentos e vinte quilômetros. Você acaba perdendo coisas."

Por um tempo, exatamente 15,34 segundos, só tem escuridão, neve marinha e alguns peixes curiosos ou assustados. De acordo com o MBARI, a velocidade vertical do rov durante essa parte do mergulho é de cerca de trinta e cinco metros por minuto; então, quando chega ao fundo novamente, a profundidade aumenta em quase oito metros. O fundo do mar aparece novamente, e não tem tanto sedimento solto ali, só um amontoado de rochas quebradas, e é surpreendente o quanto são limpas, quase completamente livres das crostas e da sujeira habituais. Não há esponjas e nem pepinos-do-mar para serem vistos, nem estrelas-do-mar, e até a neve marinha onipresente diminuiu, concentrando-se apenas em alguns pontos aleatórios. E então a rocha larga e achatada que costuma ser chamada de "pedra Delta" aparece. E não é como o rosto em Marte ou Von Daniken vendo astronautas antigos em artefatos maias. O ∂ entalhado na pedra é inconfundível. As beiradas são tão afiadas, tão limpas, que poderia ter sido feito ontem.

O *Tiburón II* paira acima da pedra Delta, espalhando luz nesse lugar escuro, e sei o que vem agora, então fico bem imóvel e conto os segundos na cabeça. Quando chego ao trinta e oito, a visão da câmera do rov vira violentamente para a direita, sinalizando o impacto a bombordo, e um instante depois só há estática, ruído branco e a falha de doze segundos na fita, durante a qual a câmera ainda estava ligada, mas não gravando.

Contei até onze e desliguei a televisão, depois fiquei ouvindo o vento, as ondas batendo na praia, esperando que meu coração diminuísse o ritmo dos batimentos e que secasse o suor no meu rosto e nas palmas das minhas mãos. Quando tive certeza de que não ia vomitar, apertei EJECT, e o videocassete cuspiu a fita. Devolvi-a para a caixa azul-marinho e fiquei fumando e bebendo, sem conseguir pensar em nada além de Jacova.

4.

Jacova Angevine nasceu e cresceu na casa vitoriana do pai em Salinas, a apenas alguns quarteirões do local de nascimento de John Steinbeck. A mãe morreu quando ela tinha oito anos. Jacova não teve irmãos, e os parentes mais próximos, tanto paternos quanto maternos, estavam no leste, em New Jersey, na Pensilvânia e em Maryland. Em 1960, os pais se mudaram para a Califórnia, poucos meses depois de se casarem, e o pai aceitou um emprego de professor de inglês do ensino médio em Castroville. Depois de seis meses, abandonou esse trabalho e arrumou outro, com um pagamento apenas um pouco melhor, na cidade de Soledad. Apesar de ter doutorado em literatura comparada em Columbia, Theo Angevine parecia não ter ambições acadêmicas específicas. Ele escreveu vários romances quando estava na faculdade, mas nenhum chegou a encontrar uma editora. Em 1969, com a esposa grávida de cinco meses, ele se demitiu do emprego na Soledad High e se mudou para o norte, para Salinas, onde comprou uma casa velha na Howard Street com um empréstimo bancário e o adiantamento do primeiro livro vendido, um mistério com o título de *O homem que ria em enterros* (Nova York, Hazard House).

Até o momento, nenhum dos três livros publicados sobre Jacova, sobre a seita Porta Aberta da Noite e sobre os afogamentos em massa na praia estadual de Moss Landing fizeram mais do que uma menção passageira aos romances de Theo Angevine. Elenore Ellis-Lincoln, em *Fechando a porta: anatomia da histeria* (Nova York, Silas and Schumer), por exemplo, destina apenas um único parágrafo a eles, embora dedique um capítulo inteiro à infância de Jacova. "Os trabalhos do sr. Angevine receberam pouca atenção da crítica, positiva ou negativa, e a renda proveniente deles era pouca." Ellis-Lincoln escreve: "Dos dezessete livros que publicou entre 1969 e 1985, só dois, *O homem que ria para enterros* [sic] e *Sete no pôr do sol*, ainda estão disponíveis. É notável que o tom geral dos livros fica significativamente mais sombrio depois da morte da esposa, mas as obras em si nunca parecem ter sido mais para o autor do que uma espécie de hobby. Com a morte dele, a filha se tornou proprietária dos direitos autorais".

Da mesma forma, em *Culto do Lemingue* (Nova York, The Oversee Press), William L. West escreve: "A produção regular do pai dos livros populares de mistério e suspense deve ter sido uma curiosidade da infância de Jacova, mas nunca foi mencionada nos escritos dela, inclusive nos cinco diários particulares encontrados em uma caixa de papelão no armário do seu quarto. Os livros em si eram totalmente irrelevantes até onde pude verificar. Quase todos deixaram de ser publicados e são bem difíceis de encontrar hoje em dia. Até o catálogo da Biblioteca Pública de Salinas inclui apenas um único exemplar de O *homem que ria em enterros, Pretória e Sete ao pôr do sol*".

Durante os dois anos em que a conheci, Jacova só se referiu aos escritos do pai uma vez, pelo que me lembre, e só de passagem, mas possuía exemplares de todos os livros, um fato que nunca vi mencionado em qualquer fonte impressa. Imagino que não pareça algo significativo se você não se deu ao trabalho de ler os livros de Theo Angevine. Depois da morte de Jacova, eu li todos. Demorei menos de um mês para conseguir exemplares de todos os dezessete, graças principalmente a vendedores on-line, e menos tempo ainda para ler. Embora fosse justo William West considerar os livros como "totalmente irrelevantes", até um exame casual revela alguns paralelos distintamente relevantes entre a ficção do pai e a realidade da filha.

Passei a tarde toda, quase cinco horas, nos quatro parágrafos anteriores, tentando me enganar e acreditar que consigo escrever *sobre* ela como um jornalista escreveria. Que consigo ter algum grau de distanciamento ou objetividade. Claro que estou perdendo tempo. Depois de ver a fita de novo, depois de quase me permitir assistir a *tudo* de novo, acho que estou desesperado para colocar uma certa distância entre mim e a lembrança dela. Eu devia ligar para Nova York e dizer que não consigo fazer isso, que eles deviam procurar outra pessoa, mas depois da besteira que fiz com a história de Musharraf a agência provavelmente nunca mais me ofereceria trabalhos. No momento, isso ainda importa. Pode não importar em um ou dois dias, mas importa agora.

O pai escreveu livros, livros que nunca foram muito populares, e, apesar de não apresentarem qualquer notável qualidade e de não serem muito bons, podem ter pistas da motivação de Jacova e do destino dela. E podem não ter. É simples e contraditório assim. Como tudo acerca do "Culto do Lemingue" (como a Porta Aberta da Noite passou a ser conhecida, como foi rotulada por pessoas que acham mais fácil lidar com a tragédia e o horror se houver uma certa nota de absurdo), como tudo sobre *ela*, o que parece significativo em um momento vai parecer irrelevante no seguinte. Ou talvez seja a forma como aparenta ser para mim. Talvez eu esteja pedindo demais das pistas.

Trecho de *Pretória*, pp. 164-165; Ballantine Press, 1979:

Edward Horton sorriu e bateu a cinza do charuto no cinzeiro grande de vidro na mesa. "Não gosto do mar", disse ele, indicando a janela. "Sinceramente, não consigo suportar nem o barulho. Me dá pesadelos."

Ouvi as ondas quebrando, sem tirar os olhos do homem gordo e das espirais densas de fumaça cinza se formando e rearranjando ao redor do rosto dele. Eu sempre achei que o som das ondas tinha um efeito receptivo e tranquilizante nos meus nervos, e me perguntei qual dos inúmeros segredos de Horton era responsável pelo ódio que ele tinha do mar. Eu sabia que ele tinha participado da Guerra da Coreia na Marinha, mas também tinha quase certeza de que não tinha chegado a entrar em combate.

"Como você dormiu ontem?", perguntei, e ele balançou a cabeça.

"Mal pra caralho", respondeu ele e tragou o cigarro.

"Então talvez você devesse pensar em pegar um quarto mais longe do mar."

Horton tossiu e apontou um dedo gordo para a janela do bangalô. "Não pense que eu não faria isso se a escolha fosse minha. Mas ela me quer *aqui*. Ela me quer sentado aqui, esperando-a, noite e dia. Ela sabe que eu odeio o mar."

"Que se dane", eu disse, esticando a mão para o chapéu, cansado da companhia dele e do fedor do Macanudo aceso. "Você sabe onde me encontrar se mudar de ideia. Não deixe que os sonhos ruins botem você pra baixo. Não passam disso, de sonhos ruins."

"E isso já não basta?", perguntou ele, e eu consegui ver em sua expressão que ele preferia que eu ficasse mais um pouco, embora eu soubesse que jamais iria admitir. "Ontem à noite, pessoas malditas entrando no mar, andando pela areia em fileiras, como uma porra de infantaria. Devia haver um milhão de pessoas. O que você acha que um sonho assim significa?"

"Horton, um sonho assim não significa porra nenhuma", respondi. "Mas talvez você precise deixar de lado a comida temperada demais antes da hora de dormir."

"Você sempre vai ser um babaca", disse ele, e eu fui obrigado a concordar. Ele deu uma baforada no charuto, e eu saí do bangalô, em direção à noite salgada de Santa Barbara.

Trecho de *O que o gato trouxe para casa*, p. 231; Daniel Books, 1980:

Vicky nunca contou a ninguém sobre os sonhos, assim como nunca contou a ninguém sobre o sr. Barker ou o Corvette amarelo. Os sonhos eram segredo dela, quer ela quisesse ou não. Às vezes, pareciam quase repulsivos, vergonhosos, pecaminosos, como uma coisa que ela fez e que era contra Deus, ou pelo menos contra a lei. Ela quase contou para o sr. Barker uma vez, um ano antes de deixar Los Angeles, mais ou menos. Ela chegou a abordar o assunto das sereias, mas ele deu uma gargalhada debochada e riu, e ela pensou melhor.

"Você tem umas ideias estranhas nessa sua cabeça", disse ele. "Um dia, vai ter que deixar essas merdas pra trás se quiser que as pessoas daqui comecem a levar você a sério."

Assim, ela guardou tudo para si. O que os sonhos queriam ou não queriam dizer não era algo que ela fosse ser capaz de explicar ou confessar. Às vezes, nas noites em que não conseguia dormir, ela ficava na cama olhando para o teto, pensando nos castelos destruídos embaixo das ondas e nas garotas bonitas e afogadas com algas emaranhadas no cabelo.

Trecho de *O último agiota de Bodega Bay*, pp. 57-59; Chicken Books, 1982:

"Era assim nos anos cinquenta", disse Foster e acendeu outro cigarro. As mãos estavam tremendo, e ele ficava olhando para trás toda hora. "Cinquenta e oito, certo, ou talvez no começo de cinquenta e nove. Sei que Eisenhower ainda era presidente, mas não tenho certeza do ano precisamente. Mas eu ainda estava em Honolulu, certo, ainda levava turistas chatos pelas ilhas no Saint Chris, para que pudessem pescar e tirar fotos do maldito Kilauea e o que mais fosse. O barco estava no fim da vida, mas ainda ia pra onde a gente quisesse se você soubesse como fazê-lo obedecer."

"O que isso tem a ver com Winkie Anderson e a garota?", perguntei sem me esforçar para esconder a impaciência.

"Jesus, Frank, estou chegando lá. Quer ouvir a história ou não? Eu juro, se você vem aqui fazendo as grandes perguntas, esperando sei lá o que, pode ao menos ficar de boca calada e ouvir."

"Não tenho a noite toda, só isso."

"Bom, mas quem é que tem, posso saber? Enfim, como eu estava dizendo, era por volta de cinquenta e nove e a gente estava em algum lugar no lado norte de Molokai. Old Coop estava pescando em mar profundo, e Jerry... Você se lembra do Jerry O'Neil, certo?"

"Não", eu disse, olhando para o relógio acima do bar.

"Bom, não importa. Jerry O'Neil estava se gabando de um peixe de quinhentos quilos, um marlim gigante que um empresário mexicano de Tijuana fisgou umas semanas antes. O peixe até apareceu no jornal. Jerry disse que o mexicano era problema e que devíamos ficar de olho nele. Disse que era um típico Jonas."

"Mas você acabou de falar que ele pegou um marlim de quinhentos quilos."

"É, claro. Ele conseguiu puxar o peixe, esse chicano filho da puta, mas estava metido com alguma merda vodu espanhola e tinha umas moedas de ouro que jogava pela lateral do barco a cada cinco ou dez minutos. Que nem uma maldita maquininha, ele olhava o relógio e jogava uma moeda. Dobrões de ouro, uma merda assim. Não sei o que eram. Estava deixando Coop maluco, porque não bastava o mexicano ter que fazer isso com as moedas, ele ficava murmurando alguma merda sem parar. Coop ficava mandando ele calar a boca, dizendo que as pessoas estavam tentando pescar, mas esse cara ficava murmurando, jogando moedas e puxando o peixe. Daí eu dei uma olhada em um daqueles dobrões, e tinha alguma coisa marcada na lateral que parecia um maldito polvo, e do outro lado tinha uma estrela parecida com um pentagrama. Você sabe como é, essas coisas que as bruxas e os warlocks usam."

"Foster, que baboseira maluca. Tenho que estar em San Francisco às sete e meia da manhã." Eu fiz sinal para o barman e coloquei duas notas amassadas de cinco e uma de um no balcão à minha frente.

"Você já ouviu falar da Mãe Hidra, Frank? Era pra ela que esse chicano disse que estava rezando."

"Me chame quando você tiver acabado com essas merdas", eu disse. "E não preciso dizer que o detetive Burke não vai ser tão compreensivo quanto eu."

"Jesus, Frank. Espere só um segundo. É como eu conto histórias, ora. Você sabe disso. Eu começo do começo. Não deixo nada de fora."

Esses são só alguns exemplos do que qualquer um vai encontrar se tirar um tempo para procurar. Tem muitos mais, eu garanto. As páginas dos meus exemplares dos romances de Theo Angevine estão todas grifadas com marca-texto amarelo.

E tudo deixa mais perguntas do que respostas.

Entenda como quiser. Ou não. Suponho que um freudiano faria a festa com esse material. O que eu sabia sobre Freud esqueci antes mesmo de sair da faculdade. Seria reconfortante, eu acho, se pudesse descartar o destino de Jacova como o resultado de uma histeria edipiana colossal, o mar retratado aqui como aquele grande ser salvador maternal que finalmente se abre, oferecendo a libertação e o perdão na morte e na dissolução.

5.

Começo a tomar um caminho específico, talvez promissor, e inevitavelmente dou meia-volta e saio correndo com o rabo entre as pernas. Minhas lembranças. O vídeo do MBARI. Jacova e os livros do pai. Arranho a superfície, mas puxo a mão para ter certeza de que não perdi uma porra de dedo. Misturo metáforas da forma como ando misturando tequila e uísque.

Se, como William Burroughs escreveu, "a língua é um vírus do espaço sideral", o que você era, Jacova?

Uma epidemia do inconsciente coletivo. A peste negra da crença. Uma vacina para a amnésia cultural, ela poderia ter dito. E assim voltamos a Velikovsky, que escreveu: "Os seres humanos, ao se erguerem de alguma catástrofe, privados de lembranças do que aconteceu, se viam como criados do pó da terra. Todo conhecimento sobre os ancestrais, quem eles eram e em que espaço interestelar viveram, foi exterminado da memória dos poucos sobreviventes".

Estou bêbado, e o que digo não está fazendo sentido. Ou muito pouco sentido para importar. Mas vocês vão querer prestar atenção nesta parte. É tipo a história de fantasmas dentro da história de fantasmas dentro da história de fantasmas, a pepita de ouro no coração inalcançável da babooshka, matryoshka, matrioska, matreshka, babushka do meu coração cada vez menor. Pode até ser a gota d'água que transborda o copo que é a minha mente.

Lembre-se, estou bêbado, e por isso esse último parágrafo imperdoável pode ser perdoado. Ou não.

"Quando eu me torno morte, a morte é a semente da qual eu cresço." Burroughs também disse isso. Jacova, você vai ser um pomar. Vai ser uma floresta de algas oscilantes. Tem um tronco no buraco no fundo do mar com seu nome nele.

Ontem à tarde, enjoado a ponto de vomitar por ficar olhando para essas quatro porras de paredes sujas, eu dirigi até Monterey, até o armazém na Pierce Street. Na última vez que estive lá, a polícia ainda não tinha tirado as fitas que diziam CENA DO CRIME – NÃO ULTRAPASSE. Agora só tem uma placa grande de vende-se e uma placa ainda maior de entrada proibida. Escrevi o nome e o número da corretora de imóveis na parte de trás de uma caixa de fósforos. Quero perguntar o que vão dizer para potenciais compradores sobre a história do prédio. Dizem que o quarteirão todo vai ser rezoneado ano que vem, e em pouco tempo as construções vazias vão ser convertidas em lofts e apartamentos. A gentrificação abomina um vazio.

Estacionei em uma vaga na rua do armazém, torcendo para que quem estivesse passando não reparasse em mim, torcendo, em particular, para que qualquer policial passando não reparasse em mim. Andei rapidamente, sem correr, porque correr é suspeito e inevitavelmente atrai a atenção de quem *procura* coisas suspeitas. Eu não estava tão bêbado quanto poderia estar, não tão bêbado quanto *deveria* estar, e tentei manter a mente ocupada reparando em detalhes menos significativos da rua, do céu, do tempo. O lixo preso nas ervas daninhas e no cascalho: guimbas de cigarro, garrafas plásticas de refrigerante (me lembro de Pepsi, Coca e Mountain Dew), sacos de papel e copos de restaurantes fast-food (McDonald's, Del Taco, KFC), vidro quebrado, pedaços de metal irreconhecíveis, uma placa enferrujada de Oregon. O céu estava dolorosamente azul, um azul-náusea, só com cirros bem altos estragando aquele céu sufocante em tom pastel. Não havia outros carros estacionados na rua e nem coisas vivas que eu tenha visto. Havia dois lixões, uma placa de pare e uma pilha enorme de caixas de papelão encharcadas de chuva tantas vezes que era difícil saber exatamente onde uma terminava e outra começava. Havia uma calota.

Quando finalmente cheguei ao armazém (o armazém transformado num templo dedicado a deuses parcialmente lembrados, transformado em cena do crime, agora a caminho de ser transformado em outra coisa), abaixei-me no beco estreito que o separa do Edifício de Remessa e Armazenamento da Península de Monterey (construído em 1924). Havia uma porta por aquele caminho com uma tranca frágil. Se tivesse sorte, eu pensei, ninguém teria reparado, ou, se alguém tivesse reparado, talvez não tivesse se dado ao trabalho de consertar. Meu coração disparava, e eu estava tonto (tentei botar a culpa na cor doentia do céu), e havia um gosto metálico no fundo da boca, como um dente recém-obturado.

Estava mais frio no beco do que na Pierce, o sol já baixo o bastante no oeste para que o beco estivesse com sombra havia um tempo. Talvez lá esteja sempre com sombra e nunca fique quente. Encontrei a porta lateral exatamente como esperava encontrar, e três ou quatro minutos mexendo na maçaneta frouxa de metal bastaram para conseguir abri-la. Lá dentro, o armazém estava escuro e até mais frio do que o beco, e o ar fedia a mofo e poeira, lembranças ruins e vazio. Fiquei um momento ou dois na porta, pensando em ratos famintos e mendigos bêbados, viciados em crack delirantes segurando canos de chumbo, teias de aranhas venenosas. Mas respirei fundo e entrei, saindo das sombras e me enfiando em uma escuridão mais decidida, em um frio mais definitivo, e todas as ameaças mundanas se dissolveram. Tudo sumiu da minha mente, exceto Jacova Angevine e seus seguidores (se é assim que você os chamaria), vestidos todos de branco, e a coisa que vi no altar na única vez que vim aqui quando o lugar era um templo da Porta Aberta da Noite.

Perguntei sobre aquela coisa uma vez, algumas semanas antes do fim, na última noite que passamos juntos. Perguntei de onde veio, quem tinha feito, e ela ficou bem parada por um tempo, ouvindo o mar ou só tentando decidir que resposta me satisfaria. No luar que entrava pela janela do hotel, pensei que talvez estivesse sorrindo, mas não tinha certeza.

"É muito antigo", ela acabou dizendo. Eu já estava quase adormecendo e precisei me forçar a despertar novamente. "Ninguém vivo se lembra de quem *fez*", continuou Jacova. "Mas acho que não importa, só que foi feito."

"É hediondo pra caralho", murmurei, sonolento. "Você sabe disso, não sabe?"

"Sei, mas a Crucificação também é. As estátuas sangrando da Virgem Maria e as imagens de Kali também. Os deuses com cabeças de animais dos egípcios também."

"É, bom, eu também não me curvo pra nenhum deles", argumentei, ou algo do tipo.

"O divino é sempre abominável", sussurrou ela e ficou de lado, virando as costas para mim.

Um momento atrás, eu estava no armazém na Pierce Street, não estava? E agora estou na cama com a Profetisa de Salinas. Mas não vou me desesperar, pois não há necessidade de manter o foco, de aderir a uma ilusão restritiva de narrativa linear. Está chegando. Estava chegando o tempo todo. Como Job Foster disse no quarto capítulo de *O último agiota de Bodega Bay*: "É como eu conto histórias, ora. Você sabe disso. Eu começo do começo. Não deixo nada de fora".

Isso é besteira, claro. Desconfio que o azarado Job Foster sabia que era besteira, e desconfio que eu também saiba que é besteira. Não é tarefa do escritor "contar tudo", nem mesmo decidir o que deixar, mas decidir o que deixar de *fora*. O que restar, a parca soma dessa divisão profana, essa é a quimera bastarda que chamamos de "história". Não estou construindo, mas cortando. E todas as histórias, sejam anunciadas como verdades ou falsidades admitidas, são ficção, distante de qualquer fato objetivo pela ação supracitada de cortar. Meio quilo de carne. Uma pilha de serragem. Lascas descartadas de mármore de Carrara. E o que sobrar.

Um homem condenado em um armazém vazio.

Deixei a porta aberta porque não tive coragem de me fechar naquele lugar. E eu já tinha dado alguns passos para dentro, meus pés esmagando alto estilhaços de vidro de uma janela quebrada, esmagando vidro até virar pó, quando me lembrei da Maglite escondida na jaqueta. Mas o brilho da lanterna não ajudou muito a tornar a escuridão menos sufocante, não fez nada além de me lembrar do raio branco ofuscante das lâmpadas HMI do *Tiburón II*, brilhando no lodo do fundo do cânion. *Agora*, pensei, *pelo menos consigo ver* alguma *coisa, se houver alguma coisa para ver*, e imediatamente uma voz de pensamento menos familiar exigiu saber por que diabos eu ia querer ver. A porta levava a um corredor estreito, paredes de concreto verde-menta e teto baixo de concreto, e segui por uma distância curta até o fim, não mais que nove metros, dez no máximo, passando por salas vazias que podem já ter sido escritórios, até uma porta de aço destrancada marcada com letras laranja apagadas: SOMENTE FUNCIONÁRIOS.

"É um armazém vazio", sussurrei, falando as palavras em voz alta. "Só isso, um armazém vazio." Eu sabia que não era verdade, não mais, nem de longe, mas achei que talvez uma mentira fosse mais reconfortante do que a iluminação sem conforto da Maglite na minha mão. Joseph Campbell escreveu: "Desenhe um círculo ao redor de uma pedra, e a pedra vai se transformar em uma encarnação de mistério". Alguma coisa assim. Ou foi outra pessoa que disse, e estou lembrando errado. A questão é que eu sabia que Jacova tinha desenhado um círculo ao redor daquele lugar, assim como tinha desenhado um círculo ao redor dela, assim como o pai, de alguma forma, tinha desenhado um círculo ao redor dela...

Assim como ela desenhou um círculo ao meu redor.

A porta não estava trancada, e logo atrás ficava a barriga ampla e deserta do prédio, uma planície reta de cimento marcada por vigas de sustentação de aço. Havia um pouco de luz do sol entrando pelas paredes leste e oeste, mas não tanto quanto eu esperava, e parecia mais fraca, diluída pelo ar úmido. Virei a Maglite de um lado para o outro pelo chão aos meus pés e vi que alguém tinha pintado por cima dos desenhos elaborados e coloridos feitos pela Porta Aberta da Noite. Uma camada densa de tinta látex cinza cobria o entrelaçado intrincado de linhas, as linhas que ela acreditava que formariam uma ponte, um conduíte, essa foi a palavra que ela usou. Todo mundo tinha visto fotografias do piso, embora eu não tenha visto nenhuma que fizesse justiça ao local. Um *yantra*. Um labirinto. Uma massa contorcida e emaranhada de criaturas marítimas lutando por um sol negro distante. Símbolos hindus, maias e chinook. As linhas precisas de contorno de um mapa topográfico do Monterey Canyon. Cada uma dessas coisas e *todas* essas coisas simultaneamente. Ouvi dizer que tem uma antropóloga em Berkeley que está escrevendo um livro sobre esse piso. Talvez ela publique fotos que consigam transmitir a magnificência horrível. Talvez fosse melhor que não fizesse isso.

Talvez alguém devesse botar uma bala na cabeça dela.

As pessoas disseram a mesma coisa sobre Jacova Angevine. Mas assassinato é quase sempre impensável para homens racionais e com moral, isso *até* um holocausto ter acontecido.

Deixei aquela porta aberta também e andei lentamente na direção do centro do armazém vazio, na direção do lugar onde o altar ficava, o local onde aquela abominação divina de Jacova ficava, em dobras de veludo que tinha a cor de um massacre. Eu estava segurando a Maglite com tanta força que os dedos da minha mão direita estavam começando a ficar dormentes.

Atrás de mim, houve um tipo de som arrastado e arenoso que podia ser de passos, e eu me virei, embolando os pés e quase caindo de bunda, quase soltando a lanterna. A criança estava a uns quatro ou cinco metros de mim, e eu consegui ver que a porta que levava ao beco tinha sido fechada. Ela não podia ter mais de nove ou dez anos, estava usando uma calça jeans surrada e uma camiseta manchada de lama, ou algo que parecia lama na pouca luz do armazém. O cabelo curto talvez fosse louro, ou castanho-claro, era difícil saber. Boa parte do rosto estava perdida nas sombras.

"Você demorou demais."

"Jesus *Cristo*, garota, você quase fez eu me cagar de medo."

"Você demorou demais", disse ela de novo.

"Demorei demais pra quê? Você me seguiu até aqui?"

"Os portões estão fechados agora. Não vão se abrir de novo, nem pra você nem pra ninguém."

Olhei para trás dela, para a porta que tinha deixado aberta, e ela também olhou na mesma direção.

"Você fechou aquela porta?", perguntei a ela. "Não passou pela sua cabeça que posso ter deixado aberta por um motivo?"

"Eu esperei pelo tempo que ousei", respondeu ela, como se isso respondesse minha pergunta, e se virou para me olhar novamente.

Dei um passo na direção dela, talvez dois, e parei. E, naquele momento, tive a sensação ou as sensações que os escritores de mistério e terror, de Poe até Theo Angevine, se esforçaram para transmitir: aquele arrepio quase doloroso quando os pelos da nuca, dos braços e das pernas ficaram eriçados; o nó frio na boca do estômago; o anjo andando pelo meu túmulo; um afrouxamento do intestino e da bexiga; um encolhimento do saco escrotal. Meu sangue gelou. Pode usar todas as porras de clichês, mas não há nada que sequer chegue perto do que senti quando estava ali, olhando para aquela garota, ela olhando para mim, a luz fraca das janelas refletindo nos olhos dela.

Quando olhei no rosto dela, senti *medo* como nunca tinha sentido antes. Nem nas zonas de guerra com as sirenes de ataque aéreo tocando, nem durante entrevistas conduzidas com o cano de uma pistola encostado na minha têmpora ou na minha lombar. Nem esperando o resultado de uma biópsia depois da descoberta de uma verruga específica. Nem no dia em que ela os levou para o mar, e eu fiquei sentado vendo tudo na porra da cnn em um bar no Brooklyn.

E de repente eu soube que a garota não me seguiu pelo beco, nem fechou a porta, mas estava ali dentro o tempo todo. Eu também soube que cem camadas de tinta não bastariam para desfazer o labirinto de Jacova.

"Você não deveria estar aqui", disse a garota, a voz de Minotauro perdida, distante e lamentosa.

"Então onde eu *deveria* estar?", perguntei, e minha respiração fez vapor no ar tão frio quanto o inverno profundo ou o fundo do mar.

"Todas as respostas estavam aqui", respondeu ela. "Tudo o que você está se perguntando, as coisas que mantêm você desperto, que estão levando você à loucura. Todas as perguntas que você coloca naquele seu computador. Eu ofereci tudo pra você."

Daí houve um som como água batendo em pedra, e uma coisa pesada, macia e molhada se arrastando pelo piso de concreto, e pensei na coisa do altar, a Mãe Hidra de Jacova, aquela Madona do abismo pútrida e inchada, os tentáculos e filetes de anêmona e olhos pretos e saltados de lula, o probóscide de verme marinho saindo de um dos buracos onde o rosto devia estar.

Poderosa, imortal filha de Tifão e da serpente Equidna – Υδρα Λερναια, Hidra *de Lerna, prostituta glutona de todos os mundos sem luz, noiva-puta e concubina do Pai Dragão, Pai Kraken.*

Senti cheiro de podridão e lama, de água do mar e peixes mortos.

"Você tem que ir agora", disse a criança com urgência e esticou a mão como se pretendesse me mostrar o caminho. Mesmo na escuridão, consegui ver as cracas e os piolhos-do-mar alojados na carne viva da mão. "Você é uma farpa na minha alma, sempre. E ela arrastaria você para baixo, pra encerrar minha própria escuridão."

E a garota se foi. Não desapareceu, apenas não estava mais *lá*. E os outros sons e odores foram embora com ela. Não sobrou nada além do silêncio e do fedor de qualquer outro prédio abandonado, o vento soprando nas janelas e nas esquinas do armazém e o tráfego nas ruas do mundo esperando em algum lugar além daquelas paredes.

6.

Sei *exatamente* o que esta merda toda parece. Não pense que não sei. É só que finalmente parei de me importar.

7.

Ontem, dois dias depois da minha ida ao armazém, vi a fita do MBARI de novo. Dessa vez, quando chegou na pausa de doze segundos, quando contei até onze, eu continuei até o doze e não desliguei a televisão, não afastei o olhar. Sem dúvida, fui longe demais para me permitir esse luxo. Já vi tanta coisa... Já vi tanta coisa que não existe desculpa razoável para afastar o olhar, porque não pode ter restado algo tão terrível quanto o que houve antes.

E, além do mais, não era algo que eu já não tivesse visto.

O erro de Orfeu não foi ter se virado e olhado para Eurídice e para o Inferno, mas ter achado que podia *fugir*. O mesmo aconteceu com a esposa de Ló. Afastar o olhar não muda o fato de estarmos marcados.

Depois da estática, a imagem volta, e a princípio só tem as pedras, as mesmas de antes, as pedras que deviam estar cobertas de lodo e coisas vivas, ao menos os restos de coisas vivas, mas não estão. Aquelas pedras estranhas e limpas. E as linhas e os ângulos entalhados profundamente nelas que não podem ser resultado de um processo geológico ou biológico natural, as linhas e ângulos que não podem ser algo além do que Jacova dizia que eram. Penso em fragmentos do Partenon, ou de algum outro templo grego ou romano destruído, o ornamento entalhado de um entablamento ou frontão. Estou vendo uma coisa que foi *feita*, uma coisa que foi conscientemente elaborada, não uma coisa que simplesmente aconteceu. O *Tiburón* II se desloca bem lentamente, porque o golpe antes da pausa destruiu dois propulsores de bombordo. Segue em frente com hesitação, flutuando pouco mais de um metro acima do fundo do mar, e agora as luzes do ROV começaram a diminuir e piscar.

Depois da pausa, sei que só tem 52,2 segundos de vídeo faltando até a câmera de estibordo se apagar de vez. Menos de um minuto, e fico sentado no chão do quarto de hotel, contando – um... dois... –, e não tiro os olhos da tela.

O técnico de robótica do MBARI está morto, o homem nervoso que vendeu para mim e para quem estivesse querendo comprar essa versão de mercado negro da fita de vídeo. A notícia passou no noticiário noturno do Canal 46 ontem à noite e saiu na segunda página do *Monterey Herald* hoje. O legista considerou suicídio. Não sei de que outra forma poderiam chamar. Ele foi encontrado pendurado no galho mais baixo de uma figueira, não muito longe das docas de Moss Landing, com os pulsos cortados até quase o osso. Estava usando um colar de lula *Loligo* pendurado em arame. Uma pessoa da família disse para a imprensa que ele tinha histórico de depressão.

Faltam vinte e três segundos para acabar.

Quase três quilômetros no fundo, o *Tiburón* II está inclinado demais para estibordo, e o ROV bate em uma das rochas, e as luzes param de piscar e parecem ficar um pouco mais fortes. O veículo parece pausar, como se considerando o próximo movimento. No dia em que me vendeu a fita, o técnico do MBARI disse que uma parte da lanterna ficou presa nos destroços. Ele me disse que a equipe do R/V *Western Flyer* demorou mais de duas horas para manobrar e soltar o veículo. Duas horas de escuridão total no fundo do cânion, depois que as luzes e as câmeras morreram.

Dezoito segundos.

Dezesseis.

Desta vez, vai ser diferente, eu penso, como uma criança tentando impedir uma surra com a força do pensamento. *Desta vez, vou ver o truque, a brincadeira secreta de luz e sombra, os comos e os porquês de uma simples ilusão de ótica...*

Doze.

Dez.

Na primeira vez, achei que só estava vendo uma coisa entalhada na pedra, ou uma parte de escultura quebrada. A curva suave de um quadril, a linha delgada de uma perna, as intumescências gêmeas de pequenos seios. Um mamilo cor de granito.

Oito.

Mas ali está o rosto dela, e não dá para negar que é o rosto *dela*, Jacova Angevine, o rosto dela no fundo do mar, virado para a superfície, na direção do céu e do Paraíso além do peso de toda aquela água negra, negra.

Quatro.

Mordo o lábio com tanta força que sinto gosto de sangue. Um gosto não muito diferente do oceano.

Dois.

Ela abre os olhos, e *não* são os olhos dela, mas os olhos de uma criatura marinha adaptada àquela noite perpétua. Os olhos desalmados de um tamboril ou de uma enguia-pelicano, olhos como poças iguais de tinta, e alguma coisa sai dos lábios entreabertos...

E depois só tem estática, e fico olhando para o ruído pontilhado.

Todas as respostas estavam aqui. Tudo o que você está se perguntando... eu ofereci tudo pra você.

Mais tarde, uma hora ou apenas cinco minutos, apertei o EJECT, e a fita saiu obedientemente do aparelho. Li a etiqueta em voz alta, para o caso de ter lido errado todas as outras vezes, para o caso da marcação de tempo no vídeo ter sido confundida. Mas era o mesmo de sempre, o dia anterior ao que Jacova esperou na praia de Moss Landing pelos suplicantes da Porta Aberta da Noite. O dia anterior ao que ela os levou até o mar. O dia anterior ao que ela se afogou.

8.

Eu fecho os olhos.

E ela está aqui de novo, como se nunca tivesse ido embora.

Ela sussurra uma sacanagem no meu ouvido, e o bafo dela tem cheiro de sálvia e pasta de dente.

Os protestantes estão exigindo que o Instituto de Pesquisas do Aquário da Baía de Monterey (MBARI) encerre a exploração contínua do cânion submarino imediatamente. O cânion de quarenta e cinco quilômetros de comprimento, alegam eles, é um local sagrado que está sendo profanado por cientistas. Jacova Angevine, antiga professora de Berkeley e líder do controverso culto Porta Aberta da Noite, compara o lançamento do novo submersível Tiburón ii ao roubo das pirâmides do Egito por ladrões de túmulos. (San Francisco Chronicle)

Eu digo para ela que tenho de ir a Nova York, que tenho de aceitar esse trabalho, e ela responde que talvez seja melhor. Não pergunto o que ela quer dizer; não consigo imaginar que seja importante.

E ela me beija.

Mais tarde, quando acabamos e estou cansado demais para dormir, fico deitado acordado, ouvindo o mar e os sons baixos e ansiosos que ela faz nos sonhos.

Os corpos de 53 homens e mulheres, todos possivelmente parte de um grupo religioso conhecido como Porta Aberta da Noite, foram recuperados depois dos afogamentos de quarta-feira perto de Moss Landing, CA. A polícia descreveu as mortes como suicídio em massa. As vítimas foram descritas como tendo entre 22 e 36 anos. As autoridades temem que pelo menos mais 24 pessoas tenham morrido no episódio bizarro, e os esforços de resgate continuam em andamento na costa do condado de Monterey. (CNN.com)

Eu fecho os olhos e estou no antigo armazém na Pierce Street de novo; a voz de Jacova troveja nos alto-falantes dispostos bem alto nas paredes por todo o salão amplo. Estou nas sombras, bem atrás, longe dos verdadeiros crentes, longe dos outros repórteres, fotógrafos e câmeras que foram convidados. Jacova se inclina para o microfone, raivosa, em êxtase e linda – *terrível*, eu penso –, e aquela escultura horrenda está agachada no altar ao lado dela. Tem velas e incenso acesos e buquês de algas secas, conchas e peixes mortos, cuidadosamente arrumados ao redor da base da estátua.

"Não conseguimos lembrar onde começou", diz ela, "onde nós começamos." E todos parecem se direcionar para as palavras dela como pequenos barcos forçando a passagem contra um vento violento. "Não conseguimos lembrar, claro, não conseguimos lembrar, e não querem nem que *tentemos*. Estão com medo, e no medo eles se agarram desesperadamente à escuridão da ignorância. Querem que façamos igual, e assim jamais nos lembraríamos do jardim e do portão, jamais olharíamos para os rostos dos grandes pais e mães que voltaram às profundezas."

Nada parece sequer um pouco real, nem as coisas ridículas que ela está dizendo, nem as pessoas vestidas de branco, nem as equipes televisivas. Essa cena não é sequer tão substancial quanto um pesadelo. Está muito quente no armazém, sinto tontura e enjoo e me pergunto se consigo chegar a uma saída antes de vomitar.

Eu fecho os olhos, e estou sentado em um bar no Brooklyn, vendo-os entrando no mar, e estou pensando: *Tem um filho da puta lá filmando isso, e não tem ninguém tentando impedir, ninguém está levantando um dedo.*

Eu pisco e estou sentado em um escritório em Manhattan, e as pessoas que assinam meus cheques estão me fazendo perguntas que não sei responder.

"Meu deus, você estava trepando com a mulher, por Cristo, e está sentado aqui me dizendo que não tinha *ideia* nenhuma de que ela estava planejando isso?"

"Pare com isso. Você devia saber de alguma coisa."

"Eles adoravam algum tipo de deus peixe pré-histórico, foi o que ouvi. Ninguém vai acreditar que você não sabia que isso ia acontecer..."

"As pessoas têm o direito de saber. Você ainda acredita nisso, não acredita?"

São escassas as respostas sobre o suicídio em massa de um culto da Califórnia, mas os investigadores estão encontrando pistas sobre as mortes na internet e em sites feitos pelos integrantes do culto. O que estão encontrando é um lado sombrio e confuso da internet, um lugar onde ideias e crenças bizarras são trocadas e ganham popularidade. A polícia disse que reuniu uma quantidade considerável de informações sobre a história do grupo, conhecido como Porta Aberta da Noite, mas que muitas semanas podem se passar até que a verdadeira natureza do grupo seja finalmente compreendida. (CNN.com)

E minhas mãos desajeitadas se movem com insegurança pelos ombros nus dela, as pontas dos dedos roçando o caos de tecido cicatricial ali, e ela sorri para mim.

De joelhos em um beco, a cabeça girando, e o ar noturno fede a vômito e a água salgada.

"Bom, eu ouvi falar sobre isso pela primeira vez de uma mulher que entrevistei e que conhecia a família", diz o homem com uma camiseta do Radiohead.

Estamos sentados na parte externa de um bar em Pacific Grove, e o sol está quente e cintila em pontos brancos na baía. O nome dele não é importante, nem o nome do bar. Ele é um estudante de LA, está escrevendo um livro sobre a Porta Aberta da Noite e pegou meu endereço de e-mail com alguém em Nova York. Tem dentes feios e sorri demais.

"Isso aconteceu em 1976, o ano anterior à morte da mãe de Jacova. O pai dela as levava para a praia em Moss Landing duas ou três vezes no verão. Escrevia muito quando estava lá. Aparentemente, a criança era ótima nadadora, como um patinho na água, mas a mãe nunca a deixava ir longe na praia, porque as correntezas marinhas eram fortes. Muitas pessoas se afogam lá, surfistas e tudo."

Ele faz uma pausa e toma dois goles de cerveja, depois seca o suor da testa.

"Um dia, a mãe não está olhando, e Jacova nada longe demais e é puxada pra baixo. Quando os salva-vidas a trazem de volta à areia, ela parou de respirar. A garota está ficando azul, mas não param o boca a boca e a ressuscitação, e ela finalmente volta a si. Levam Jacova para o hospital de Watsonville, e os médicos dizem que ela está bem, mas a deixam internada por alguns dias mesmo assim, só pra observação."

"Ela se afogou", eu digo, olhando para a minha própria cerveja. Não tomei sequer um gole. Gotas de condensação se agarram à garrafa e brilham como diamantes.

"Tecnicamente, sim. Ela não estava respirando. O coração tinha parado. Mas *essa* não é a parte estranha. Enquanto estava em Watsonville, ela ficou contando pra mãe uma história maluca sobre sereias, monstros e demônios marinhos, sobre coisas tentando puxá-la pra baixo, para o fundo do mar, e afogá-la, e que não foi uma contracorrente submarina. Está apavorada, convencida de que ainda estão atrás delas, os monstros. A mãe quer chamar um psiquiatra, mas o pai diz que não, porra nenhuma, a criança só passou por um choque, vai ficar bem. Depois, na segunda noite em que está no hospital, duas enfermeiras aparecem mortas. Um zelador as encontrou em um armário no corredor do quarto de Jacova. E tem uma coisa em que você não vai acreditar, mas eu vi as certidões de óbito e os relatórios das autópsias, juro pra você que é verdade."

O que quer que venha em seguida, eu não quero ouvir. Sei que não *preciso* ouvir. Eu viro a cabeça e vejo um veleiro na baía, balançando como um brinquedo.

"Elas se afogaram, as duas. Os pulmões estavam cheios de água salgada. A oito quilômetros do mar, mas as duas mulheres se afogaram ali, em um *armário de vassouras*."

"E você vai colocar isso no seu livro?", pergunto sem tirar os olhos da baía e do barquinho.

"Vou", responde ele. "Vou, sim. Aconteceu, porra, como eu falei, e posso provar."

Eu fecho os olhos e afasto o dia intenso e brilhante, e desejo não ter aceitado me encontrar com ele.

Eu fecho os olhos.

"Lá embaixo", sussurra Jacova, "você só vai encontrar paz, nas mansões dela, nas noites infinitas das espirais dela."

Nós ficaríamos aquecidos embaixo da tempestade.

Em nosso pequeno esconderijo embaixo das ondas.

Eu fecho os olhos. Ah, Deus, eu fechei os olhos.

Ela passa os braços fortes e bronzeados ao redor do meu corpo e me puxa para baixo, para baixo, para baixo, como o corpo sem vida de uma criança presa em uma contracorrente submarina. E eu iria com ela, em um piscar de olhos eu iria, se isso fosse qualquer coisa além de um sonho, qualquer coisa além do arrependimento amargo de um infiel, qualquer coisa mais do que onze mil palavras largadas como um punhado de areia na cara do oceano. Eu iria com ela, porque, como uma pedra que se tornou uma encarnação do mistério, ela desenhou um círculo ao meu redor.

Fig. 3.
Fig. 9
1c
3b
3c
3d
4a
5c
6c
6f
9b
9c
9g
10c
10h
12b
12c
12d
13g

Fig. 3
Fig. 7
Fig. 8.
Fig. 13

Nós não duvidamos, nós não seguimos instruções,
Lucretia, meu reflexo, dance o fantasma comigo...

Sisters of Mercy,
"Lucretia, My Reflection" (1987)

Estou sozinho. Não há Deus no lugar onde estou.

Aleister Crowley,
O livro da lei (Liber AL **vel Legis, 1904)**

1993

PUBLICAÇÕES

2004

HISTÓRICO DAS PUBLICAÇÕES

As datas originais de publicação aparecem primeiro, seguidas entre parênteses pelo ano em que cada história foi escrita. Por vezes, houve discrepâncias consideráveis entre os dois.

"O vazio eloquente"
Secret City: Strange Tales of London, 1997 (1993)

"O mundo invisível entre nós"
Dark of the Night, 1997 (1994)

"A essa água (Johnstown, Pensilvânia 1889)"
Dark Terrors 2, 1996 (1994)

"Lágrimas sete vezes sal"
Darkside: Horror for the Next Millenium, 1996 (1994)

"Café da Manhã na Casa do Sol Nascente"
Noirotica 2, 1997 (1995)

"Propriedade"
Dark Terrors 3, 1997 (1997)

"Rats Live on No Evil Star"
White of the Moon, 1999 (1997)

"Salmagundi (Nova York, 1981)"
Carpe Noctem, 1998 (1998)

"Cartões-postais do Rei das Marés"
Candles for Elizabeth, 1998 (1997)

"Gigantes na Terra"
Pawn of Chaos: Tales of the Eternal Champion, 1996 (1995)

"Zelda Fitzgerald em roupa de balé"
Tales of Pain and Wonder, 2000 (1995-1999)

"Spindleshanks (New Orleans, 1956)"
Queer Fear, 2000 (2000)

"A estrada dos alfinetes"
Dark Terrors 6, 2002 (2001)

"Cebola"
Wrong Things, 2001 (2001)

"Les Fleurs empoisonnées"
Subterranean Press, 2001 (2001)

"História noturna (1973)"
Wrong Things, 2001 (2001)

"armário 34, gaveta 6"
Weird Shadows Over Innsmouth, 2005 (2002)

"Andrômeda entre as pedras"
Embrace the Mutation, 2003 (2002)

"La Peau verte"
To Charles Fort, With Love, 2005 (2003)

"Montando no touro branco"
Argosy #1, 2004 (2003)

"Waycross"
Subterranean Press, 2004 (2003)

"Os mortos e os lunáticos"
Gothic! Ten Original Dark Tales, 2004 (2004)

"A filha do Quatro de Ouros"
Thrillers II, 2007 (2004)

The Dry Salvages
Subterranean Press, 2004 (2004)

"O bicho na minha Imaginação"
Subterranean Press, 2004 (2004)

"Casas no fundo do mar"
Thrillers II, 2007 (2004)

A autora gostaria de observar que o texto de cada uma dessas histórias, na forma como aparecem nesta coleção, apresentam diferenças, muitas vezes significativas, em relação aos textos originalmente publicados. Em alguns casos, as histórias foram revisadas para cada reimpressão (e algumas foram reimpressas numerosas vezes). Nenhuma história está concluída. Há apenas o momento em que me obrigo a parar e digitar, provisoriamente, *fim*.

SOBRE A AUTORA

Ela escreveu este livro.

AGRADECIMENTOS

Sabendo que não há forma de agradecer a todo mundo, vou ter de me conformar com um obrigada bem amplo e sincero para todas as pessoas que me apoiaram, me empurraram e às vezes me seguraram nos primeiros anos, entre 1992 e 2004, e em todo o tempo depois disso, todos os amigos, amantes, familiares, escritores (colegas e mentores), leitores, agentes, editores, artistas, editoras, livreiros, bibliotecários, companheiros viajantes, acadêmicos, literários, barmen e baristas. Há milhares de vocês, e só posso esperar que saibam quem são. Mas faço um agradecimento especial a William K. Schafer, por ter dado a ideia deste livro, e pela paciência dele em todos os longos meses em que fiquei indecisa. A Richard A. Kirk, Ryan Obermeyer, Dame Darcy, Ted Naifeh, Steve Leialoha pela visão; a Lee Moyer pela magia e pelo retrato mais verdadeiro que podia ter pintado; e a Kyle Cassidy pelo Outro Retrato. Um agradecimento especial a Karen Berger e DC Comics pela permissão de reimprimir as páginas de *The Dreaming* n. 56, e também ao Harvard Museum of Natural History, Boston. Finalmente, a Sonya Taaffe, que veio ao resgate no último minuto; a Geoffrey H. Goodwin, e a Kathryn, minha ursa, minha cabrita, meu amor mal-humorado e melancólico.

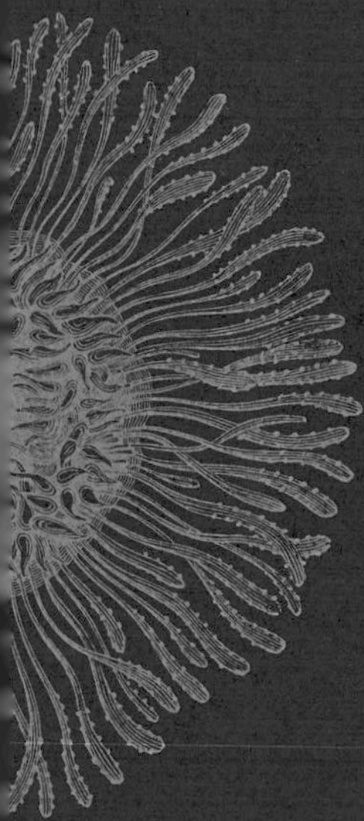

O MUNDO INVISÍVEL ENTRE NÓS

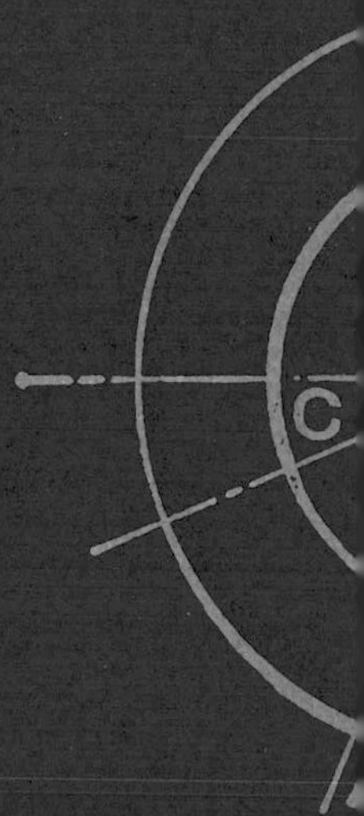

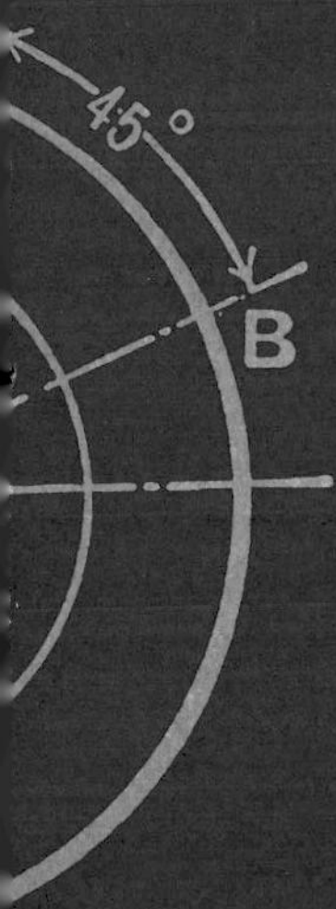
45°
B
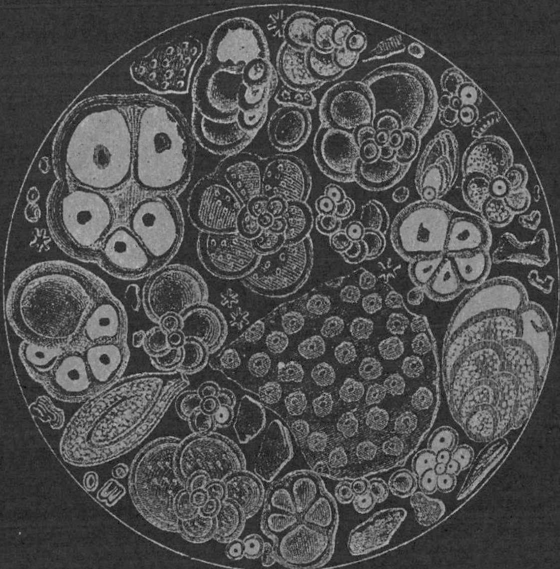
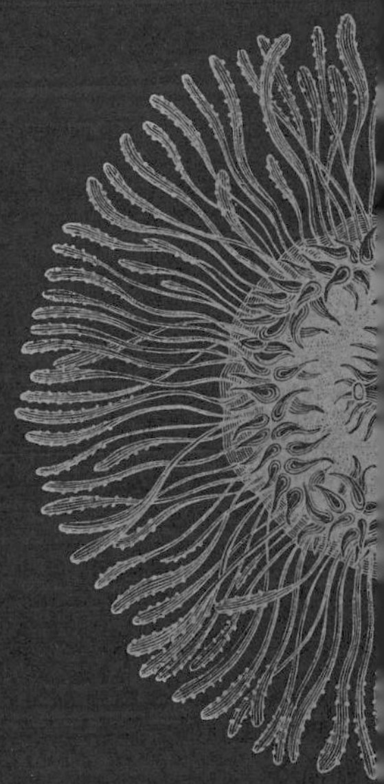

DARKLOVE.®

"A normalidade é um comprimido
amargo do qual reclamamos."
— *A MENINA SUBMERSA* —